MIRA®

Der Preis dieses Bandes versteht sich einschließlich
der gesetzlichen Mehrwertsteuer.

Umwelthinweis:
Dieses Buch wurde auf chlor- und säurefreiem Papier gedruckt.

Nur dieser eine Sommer

Als ihr Freund überraschend die Beziehung beendet, fühlt Cara sich plötzlich in Chicago nicht mehr wohl. Und so folgt sie dem dringenden Wunsch ihrer Mutter Lovie und fährt zu ihr auf die Isle of Palms, die Insel, wo Lovie sich seit Jahren engagiert für den Naturschutz und die bedrohten Meeresschildkröten einsetzt. Mutter und Tochter standen sich nie sehr nah, aber als Cara jetzt erfährt, dass Lovie unheilbar an Krebs erkrankt ist, will sie den letzten Sommer mit ihr verbringen. Zusammen mit dem Naturforscher Brett Beauchamps übernimmt sie Lovies Arbeit – und erkennt, dass sie im Herbst nicht einfach nach Chicago zurückkehren kann, als sei nichts gewesen ...

Mary Alice Monroe

Nur dieser eine Sommer

Roman

Aus dem Amerikanischen von
Martin Hillebrand

MIRA®

MIRA® TASCHENBUCH
Band 25092
1. Auflage: Juli 2004

MIRA® TASCHENBÜCHER
erscheinen in der Cora Verlag GmbH & Co. KG,
Axel-Springer-Platz 1, 20350 Hamburg
Deutsche Erstveröffentlichung

Titel der nordamerikanischen Originalausgabe:
The Beach House

erschienen bei: Mira Books, Toronto
Published by arrangement with
Harlequin Enterprises II B.V., Amsterdam

Konzeption/Reihengestaltung: fredeboldpartner.network, Köln
Umschlaggestaltung: pecher und soiron, Köln
Titelabbildung: by corbis, Düsseldorf
Autorenfoto: © by Harlequin Enterprise S.A., Schweiz
Satz: Berger Grafikpartner, Köln
Druck und Bindearbeiten: Ebner & Spiegel, Ulm
Printed in Germany
ISBN 3-89941-125-0

www.mira-taschenbuch.de

„BETRACHTEN SIE DIE SCHILDKRÖTE“

„Betrachten Sie nur die Schildkröte. Sicher haben Sie sich schon einmal sorgenvoll den Kopf zerbrochen, die Welt nicht mehr verstanden, über das Ende des Lebens philosophiert, und alles schien mit Macht der Zerstörung zuzustreben; doch die Natur, sie schritt und schreitet voran, stetig und würdevoll, gleich dem Tempo der Schildkröte. Ihre Kindertage verbringt die junge Schildkröte im Innern ihres Panzers. Sie sammelt Erfahrung und erfährt den Lauf der Welt durch diese Panzerung hindurch. Während sie wach und gespannt am Rande ihrer Brutgrube ruht, verrennt sich der Mensch in ungestümen Wagnissen und scheitert. Französische Reiche entstehen und zerfallen, die Schildkröte jedoch folgt ihrem eigenen Weg. Was ist ein Sommer? Die Spanne, in der eine Schildkröte in ihrem Ei heranreift und von der Sonne ausgebrütet wird. Die Schildkröte ist von der Natur so angelegt, dass sie vieles erträgt und erduldet, denn sie überdauert zwanzig französische Königshäuser. Eine Schildkröte überlebt mehrere Napoleons. Schildkröten kennen keinen Kummer, keine Sorgen, und doch: Gibt es die weite Welt nicht für sie ebenso wie für Sie?“

Henry David Thoreau (amerik. Schriftsteller, 1817-1862)
Journal
28. August 1856
Zitiert und übersetzt nach Mary Alice Monroe, Nur dieser eine Sommer; Don Mills, Kanada, 2002.

PROLOG

Der Tag ging zur Neige; gemächlich versank die gleißend rote Sonne im Dunst draußen vor der Küste von South Carolina. Lovie Rutledge stand allein auf einer niedrigen, sanft geschwungenen Düne und beobachtete zwei kleine Kinder, deren Haar die gleiche Farbe aufwies wie der Sand. Unter Gekreisch und Getobe spielten sie Fangen mit dem Meer – das uralte Spiel. Lovies Mundwinkel hoben sich unter dem Anflug eines unsicheren Lächelns. Der Junge war höchstens vier, und doch ging er mit seinem Stock, den er wie einen Degen zur Attacke zückte, unerschrocken auf die Brandung los. Dann machte er auf dem Absatz kehrt und rannte, die Welle dicht auf den Fersen, wieder den Strand hinauf. Meist allerdings wurde der arme kleine Kerl doch noch vom Wasser erwischt. Aber das Mädchen! Wie alt mochte die Kleine sein? Sieben? Acht? *Die* verstand sich aufs Fangenspielen! Auf Zehenspitzen tänzelte sie gefährlich nah an die Schaumkronen heran, erkannte instinktiv, wann sie zurückweichen musste, und neckte die Wogen mit hellem Gelächter.

Das Mädchen erinnerte Lovie an ihre Tochter. Wie sehr sie doch meiner Cara ähnelt, ging ihr durch den Kopf. Ein unterdrücktes Lachen entfuhr ihr, als der Bub von einer tückischen Welle erfasst, umgeworfen und kopfüber herumgewirbelt wurde, sodass er zornig nach Luft schnappte. Haargenau wie Palmer, wie mein eigener Junge! Ganz in der Nähe begann die junge Mutter der beiden die Sachen zusammenzupacken, bückte sich nach achtlos beiseite geworfenen Eimerchen und Buddelschippen, räumte die Spielsachen in einen Segeltuchbeutel und schüttelte den Sand aus den Strandtüchern.

Lass das, guck stattdessen deinen Kindern zu, hätte Lovie der jungen Mutter am liebsten zugerufen. Rasch! Hör mit dem Aufräumen auf, und schau dich um! Erkennst du, wie unbeschwert die Kleinen lachen? So lachen nur unsere Allerjüngsten! Sie ermöglichen uns auf diese Weise Rückschlüsse auf ihr Wesen! Koste sie aus, diese Augenblicke! Genieße sie! Denn sie vergehen so schnell wie der Sonnenuntergang, und eh du dich versiehst, bist du wie ich – eine alte, einsame Frau, die alles, buchstäblich alles dafür gäbe, noch einmal an einem milden Abend wie diesem mit ihren Kleinen beisammen zu sein.

Sie schlang die Arme um den Leib und seufzte. „Lovie, jetzt reicht es aber“, ermahnte sie sich kopfschüttelnd. Natürlich hätte sie der jungen Mutter auf keinen Fall ihre Gedanken mitgeteilt. Es wäre ungebührlich und zwecklos obendrein gewesen. Die Mutter hatte den Kopf voll mit anderen Dingen, musste an vieles denken, noch vieles tun. Sie verstünde Lovies Ratschlag wahrscheinlich erst, wenn die Kinder erwachsen und ausgeflogen wären. Eines Tages würde sie sich an diese Dämmerstunde erinnern, an den Anblick ihrer über den Strand tobenden Rangen, und dann ... ja, *dann* würde sie sich wünschen, sie hätte beim Aufräumen innegehalten, die Kleinen bei den rundlichen Händchen genommen und gemeinsam mit den beiden Fangen gespielt.

Lovie verfolgte, wie die Szene sich in vorhersehbarer Weise weiter entwickelte: Die Strandtücher wurden zusammengefaltet und im Beutel verstaut, der Nachwuchs vom Meeresrand zurückkommandiert, und während sich allmählich die Dunkelheit herabsenkte, führte die Mutter ihre ermatteten Krieger in formlosem Gänsemarsch über die Düne. Schließlich waren sie außerhalb von Lovies Sichtweite.

Nun herrschte Stille an diesem vertrauten Strandabschnitt. Wieder war ein Tag vergangen. Ein Strandläufer stakste in seiner typischen steifbeinigen Art an der Schaumlinie der Wellen entlang und äugte nach Beute. Hinter Lovie wiegte sich der Strandhafer in der Abendbrise. Lovie schloss die Augen, überließ sich bewusst dieser wundersamen Melodie. Friedliche Abende wie dieser würden sich nun nicht mehr allzu oft einstellen. Es war Mitte Mai, die Ferienzeit lag nicht mehr fern; nicht mehr lange, und an der Küste von South Carolina würde die Urlaubssaison in vollem Gange sein.

Und bald schon, dachte Lovie, kommen auch meine geliebten Schildkröten.

Geraume Zeit schaute sie unbewegt aufs Meer hinaus, während sich um sie herum der Himmel dunkler färbte. Sie spürte geradezu, wie dort draußen, in der unter den Winden rollenden, wogenden Dünung, eine Meeresschildkröte auf ihre Zeit wartete, geduldig ausharrte, bis ihr ein mächtiger Instinkt eingab, dass nun der Augenblick da war, um sich an Land zu wagen. Sommer für Sommer, so lange schon, dass sie die Jahre gar nicht mehr zu zählen vermochte, hatte Lovie ihr Möglichstes getan, um den Meeresschildkröten durch die Phase der Eiablage zu helfen. Nicht ausgeschlossen, dass sich unter der diesjährigen Schar von Muttertieren sogar ehemalige Junge befanden, die Lovie vor zwanzig Jahren beschützt hatte, als sie ins Meer krabbelten. Der Gedanke entlockte ihr ein Lächeln.

Lovie lief hinunter zur Wasserlinie, direkt zu der Stelle, wo ihr die Wellen bis an die Zehen schwappten. Als sie klein war – ach, vor so vielen Jahren –, da hatte auch sie mit dem Ozean Haschen gespielt und war kichernd vor den heranrollenden Wogen weggerannt, genauso wie ihre Kinder und Enkelkinder. Doch nun waren sie alte Freunde, Lovie und das Meer. An diesem Abend hatte sie sich eingefunden, um sich von ihm trösten zu lassen. Lovie verharrte regungslos; jedes Kräuseln der Wellen um ihre Knöchel spürte sie wie eine zärtliche Berührung, und das sanfte Rauschen der Brandung kam ihr vor wie Liebesgeflüster. *Ist ja gut, alles gut ...*

Ihre Augen füllten sich mit Tränen. Der Anblick der jungen Mutter mit den beiden Kleinen hatte Bilder heraufbeschworen, die zwar voller Freude waren, ihr aber gleichzeitig das Herz schwer werden ließen. Zu rasch war die Zeit verflogen, waren ihr die Jahre wie Sand zwischen den Fingern zerronnen. Sie reckte das Kinn und wischte sich eine Träne von der Wange. Vor ihr erstreckte sich die tiefblaue Weite gleichsam bis in die Unendlichkeit. Dies ist nicht die Zeit für Tränen, schimpfte Lovie mit sich selbst. Du in deinem Alter müsstest wissen, dass das Leben nicht immer fair mit einem umspringt, genauso wenig wie die See. Und dennoch habe ich immer eins geglaubt: Wenn ich mich nur an die Regeln halte und lange genug durchstehe, dann bleibt mir eines Tages genug Zeit, um ...

Um was zu tun? fragte sie sich verwirrt. Noch immer war ihr nicht ganz klar, was genau eigentlich in der Beziehung zu ihren Kindern fehlte. Besonders im Verhältnis zu ihrer Tochter. Als kleine Kinder hatten Cara und Palmer unter den wachsamen Blicken der Mutter genau an diesem Stück Strand zusammen gespielt. Damals waren sie einander nahe gewesen, hatten so viel Spaß miteinander gehabt. Nun allerdings, da Lovies Kinder erwachsen waren, ließ sich fast Zoll für Zoll messen, wie sehr sie sich auseinander gelebt hatten, wie sehr sich die Distanz zwischen ihnen mit den Jahren vergrößert hatte.

Sie wandte sich ab, wanderte den Strand entlang auf die drei Grundstücke zu, die in diesem Abschnitt wertvollen Baulands noch unerschlossen waren, und erklomm die kleine Düne. Jenseits der Grundstücke, in einiger Entfernung, konnte sie ihr Strandhaus erkennen, das auf einem Sandhügel thronte und fast hinter einer Reihe von hohen, schlanken Oleanderbüschen verschwand. Sein einst leuchtend gelber Anstrich war unter der Sonne abgeblättert und konnte mit dem prachtvollen Gelb der Schlüsselblumen, die wild in den Dünen wuchsen, nicht mehr mithalten. Sämtliche Winkel und Ecken, sämtliche malerischen Glasscheiben des Häuschens waren Lovie trotzdem lieb und teuer. Ihr „Primrose Cottage", ihr Haus inmitten der Primeln, war mehr als nur ein Haus am Meer. Sie betrachtete es als eine Art Sinnbild: ein Ort des Sonnenscheins und des Glücks für sie selbst und ihre Kinder.

Einsam stand Lovie da und schaute gen Westen. Das letzte Licht des Tages erlosch, dunkel und still senkte die Nacht sich herab. Man hörte nur das Rascheln des wogenden Strandhafers und das sanfte Plätschern der Brandung. Während die Geister der Vergangenheit erwachten und sich Phantomen gleich in den betörenden Farben der Dämmerung wanden, seufzte Lovie und faltete die Hände wie zum Gebet. Die alte Frau ging auf die siebzig zu. Für Bedauern oder für Zweifel, für Träume von dem, was vielleicht hätte sein können, hatte sie keine Zeit mehr. Sie musste planen. Das Strandhaus mit all den Geheimnissen, die es barg, sollte in sichere Hände übergehen. Zu lange Jahre war zu viel geopfert worden, als dass man die Geheimnisse nunmehr hätte preisgeben können. Für zu viele Menschen stand der Ruf auf dem Spiel.

Nur eine einzige Hoffnung blieb ihr.

„Lieber Gott", betete sie, wobei ihr die Stimme keuchend aus der wie zugeschnürten Kehle drang. „Ich bin nicht gekommen, um mich zu beklagen. Dazu kennst du mich nach all den Jahren viel zu gut. Doch in der Bibel steht, dass du nie eine Tür verschließt, ohne gleichzeitig ein Fenster zu öffnen. Deshalb flehe ich dich an, dieses Fenster jetzt aufzumachen. Du weißt, wie die Dinge zwischen mir und Cara stehen. Wahrscheinlich bedarf es eines Wunders, damit wir Frieden schließen. Doch du genießt einen gewissen Ruf als Wundertäter, und das lässt mich hoffen. Bitte, lieber Gott, mehr verlange ich nicht. Auch keinen Aufschub. Ich würde willig hinscheiden, wenn ich sicher sein könnte, der Streit wäre beigelegt, bevor ich diese Welt verlasse." Sie lächelte wehmütig. „Willig oder nicht, gehen muss ich so oder so – auch das ist mir bewusst." Ihr Lächeln erstarb, als sie schmerzhaft das Gesicht verzog. „Bitte, lieber Gott, erfülle mir diese kleine Bitte. Nicht bloß meinetwegen, sondern um Caras willen. Gib, dass ich noch ein einziges Mal mit meinem Kind spielen darf, ehe ich sterbe. Schicke mir meine Cara heim."

Nach zwanzig oder mehr Jahren Aufenthalt im Meer kehrt die weibliche Karettschildkröte zu dem Strand zurück, an dem sie einst aus dem Ei schlüpfte. Dort setzt sie dann ihr Gelege ab. Hunderte von Meilen legt sie dazu im Atlantik zurück, den Bauch unter dem dreihundert Pfund schweren rötlich-braunen Panzer voller befruchteter Eier.

1. KAPITEL

Cara hatte diese Heimreise im Laufe der Jahre mehrmals im Geiste angetreten. Doch stets war irgendein Projekt, irgendein Termin, irgendein selbst aufgebautes Hindernis dazwischengekommen.

Aber nun steuerte sie, todmüde und erschöpft von der langen Fahrt, durch die flache, einst als Baumwollanbaugebiet genutzte und nun als Küstentiefland bekannte Ebene gen Süden. Zwanzig Jahre war es mittlerweile her, seit sie zuletzt diesen langen Highwayabschnitt durch South Carolina in Richtung Küste befahren hatte. In ihrer Jugendzeit hatte sie diese Gegend stets nur als eine Durchgangsstation auf dem Weg zu einem anderen Ziel angesehen. Egal, wohin.

Sie passierte absterbende Waldgebiete, zum Verkauf angebotenes Ackerland, riesige Flachdach-Lagerhäuser und sonnengebleichte Schilder, die auf die nächste Ausfahrt in Gebiete hinwiesen, wo die Aussicht auf geröstete Erdnüsse, reife frisch gepflückte Pfirsiche sowie Stockcar-Rennen mit Feuerwerk winkte. Es war Ende Mai. Allmählich wich der Frühling bereits dem hitzeflirrenden Südstaatensommer. Holunderbeersträucher wucherten an den Straßenrändern; und Cara wusste, dass drüben in den Kiefernwäldern flammend rot die Korallensträucher blühten und Sumpfeibisch üppig die Ufer zierte, als wüchse er in einem naturbelassenen Gewächshaus.

Plötzlich fiel ihr ein, dass die Jahreszeit angebrochen war, in der die Meeresschildkröten zur Eiablage heimkehrten. Angesichts der Ironie lachte Cara laut auf.

Hätte ihr jemand vor Jahresfrist gesagt, sie werde im Mai des folgenden Jahres ihrer Mutter einen längeren Besuch abstatten und dazu nach Charleston reisen – Cara hätte nur den Kopf in den Nacken gelegt und wäre in ihr typisches kehliges Lachen ausgebrochen. „Ausgeschlossen“, wäre ihre Antwort gewesen, und ihre Augen hätten zornig geblitzt. Zum einen hätte ihr Terminkalender die Reise von vornherein nicht zugelassen. Bei Cara war jede Minute des Tages doppelt verplant. Notfalls wäre sie allerhöchstens zu einem Kurzaufenthalt mit Übernachtung hingeflogen, wie seinerzeit zur Beerdigung ihres Vaters. Zum anderen gab es auf Erden keinen Ort, den sie weniger gern besucht hätte als Charleston. Und keinem Menschen wäre sie weniger gern begegnet als ihrer Mutter. Der augenblickliche Status quo, eine Art höflicher Waffenstillstand, war beiden, Mutter und Tochter, während Caras selbst gewähltem Exil recht gut bekommen.

Doch Mama hatte, wie üblich, ein tadelloses Timing. Wohin sonst hätte man schon gehen sollen, wenn die Welt um einen herum in Trümmern lag, als nach Hause?

Cara umfasste das Lenkrad fester. Warum war ihr sonst in so geordneten Bahnen verlaufendes Leben dermaßen aus dem Ruder geraten? Wie konnte es passieren, dass sie sich nach zweiundzwanzig Jahren der Unabhängigkeit, nach einer viel versprechenden Karriere, nach vollständiger, umfassender Selbstständigkeit auf diesem verdammten Straßenabschnitt wiederfand und Richtung Heimat gondelte?

Es war der Brief ihrer Mutter gewesen, der sie zu dieser Fahrt verlockt hatte. Noch am Vortag hatte Lovie ihrer Tochter mit der üblichen Blumensendung zum Geburtstag gratuliert. Als Cara den Strauß vorsichtig aus dem lilafarbenen Floristenpapier wickelte, erfüllte der berauschende Geruch von Gardenien die Wohnung. Mit einem Schlage fühlte Cara sich nach Charleston zurückversetzt, hinein in den von Mauern umfriedeten Garten ihrer Mutter, in dem eine uralte Magnolie ihre Zweige spreizte und die weißen Blüten der Gardenie mit dem rankenden Jasmin um die Wette dufteten. Dann hatte sie den von ihrer Mutter verfassten Brief geöffnet und gleich die vertraute, lockere Handschrift erkannt.

Happy Birthday, liebe Caretta,

beim Duft der Gardenie muss ich immer gleich an Dich denken. Seit dem Tode Deines Vaters befindet sich alles im Wandel. Nun ist es für mich an der Zeit, wie ich es nenne, mein Haus in Ordnung zu bringen. Komm heim, Cara! Und sei's auch nur für eine Weile. Nicht in das Haus in der Tradd Street. Komm zum Strandhaus! Dort war es doch für uns immer am schönsten, nicht wahr?

Sage bitte nicht, Du hättest zu viel zu tun oder keinen Termin frei. Weißt Du noch, wie wir es früher immer hielten? „Lass Dir den Geburtstag nicht aus der Hand nehmen!" Kannst Du Dir nicht einmal selbst diese Zeit zum Geschenk machen und ein paar Tage mit Deiner alten Mutter verbringen? Bitte, komm nach Hause, mein Schatz! Bald! Dein Vater ist nicht mehr, und wir zwei haben all die Jahre zu besprechen, die sich inzwischen angesammelt haben.

In Liebe,

Mama.

Möglicherweise war es der Geruch der Gardenien, welcher das plötzliche Gefühl der Einsamkeit auslöste. Vielleicht lag es auch nur daran, dass jemand an ihren Geburtstag gedacht hatte. Oder Ursache war schlicht Caras Niedergeschlagenheit, die daher rührte, dass sie gerade ihren Job verloren hatte. Doch zum ersten Mal, seit sie mit achtzehn die schützenden Arme ihrer Mutter verlassen hatte, verspürte Cara eine jähe, verzweifelte Sehnsucht nach ihr.

Cara wollte heim. Heim ins Lowcountry, ins Marschland, wo sie einst glücklich gewesen war.

Cara überquerte den Ashley River sowie den Wando River, bog ein letztes Mal vom Highway ab und steuerte sodann zügig auf eine neue, elegant geschwungene Bogenbrücke zu, die das Festland mit der kleinen, der Küste vorgelagerten Insel namens Isle of Palms verband. Das gesamte Panorama breitete sich vor Cara aus. Von hier aus hatte man einen atemberaubenden Blick auf den endlos blauen Himmel und das von Wasserläufen durchzogene Grün der Marschen und Sümpfe, die sich erstreckten, so weit das Auge reichte. Cara merkte, wie sie beim Betrachten dieser grenzenlosen Weite bereits innerlich zur Ruhe kam. Welten trennten sie plötzlich vom Gedränge und Gehupe der engen Straßen. Geradeaus vor ihr schnitt das glänzende Band des Intracoastal Waterway eine breite, blaue Schneise durch die wogenden Wiesenflächen, und parallel zu dieser Wasserstraße verlief der schmale

Hamlin Creek. Bootsanleger säumten, einer neben dem anderen, das Flussufer; meist schaukelte auch ein Boot vertäut an einem Steg.

Cara erreichte den Scheitelpunkt des Brückenbogens. Urplötzlich lag er in seiner ganzen majestätischen Weite vor ihr: der unermessliche, grenzenlose, blau schimmernde Atlantische Ozean – ein lebendes Wesen, dessen Kraft unter der stillen Oberfläche pulsierte. Cara stockte der Atem, ein Schauer überlief sie, und in diesem zutiefst bewegenden Augenblick begriff sie, dass nach wie vor Salzwasser ihre Adern durchströmte.

Es war ihre Heimkehr zur Isle of Palms. Selbst der Name zerging auf der Zunge, zauberte Bilder von schwankenden Palmen hervor, von trägen, sonnigen Nachmittagen am Rande der Brandung. Schon seit hundert Jahren diente die Insel den Bürgern von Charleston und Columbia als Zuflucht, wenn die Sommerhitze unerträglich wurde. Früher hatten sie mit der Fähre übergesetzt, in den Kiefern- und Eichenhainen gelagert oder im Pavillon zu den Klängen namhafter Bands getanzt. In späteren Jahren waren Brücken und Straßen gebaut worden, und jeden Sommer nahm die Inselbevölkerung proportional zur Hitze zu. In Kinder- und Jungmädchentagen hatte Cara hier Sommer für Sommer mit ihrer Mutter und Palmer, ihrem älteren Bruder, verbracht. Zu ihren glücklichsten Erinnerungen gehörte eine Zeit, in der sie alle drei, völlig ohne Rücksicht auf die Zeiger der Uhr, in den Tag hinein gelebt und sich lediglich dem Diktat der sengenden Sonne von South Carolina unterworfen hatten.

Sie hatte zwar gehört, dass die Insel damals, 1989, vom Wirbelsturm Hugo heimgesucht und dem Erdboden gleichgemacht worden war, doch in welchem Ausmaß der Lauf der Zeit das Bild einer Landschaft verändern konnte, das hatte sie sich nicht vorstellen können. Früher einmal war dies ein schläfriges kleines Eiland gewesen, mit einem Kaufladen, einem Schnaps- und einem Eisenwarengeschäft, die sich rechts und links an einige Inselrestaurants schmiegten – ein Ansichtskartenmotiv. Ocean Boulevard hatte seinerzeit nur aus einer Reihe bescheidener Strandhäuser bestanden. Vor denen erstreckte sich ein breiter Streifen von Sanddünen, die sich in behäbigem Auf und Ab am Meeresufer entlangwellten.

Umso größer war Caras Entsetzen, als sie feststellte, dass die Dünen, auf denen sie einst gespielt hatte, verschwunden waren, zugepflastert für eine Kette von Villen, die einen pastellfarbenen Holzwall bildeten, den Blick aufs Meer versperrten und die einstmals direkt am Strand gelegenen Sommerhäuser auf der anderen Straßenseite zu bloßen Hütten degradierten. Diese wunderschönen neuen, nach den Verwüstungen durch Hurrikan Hugo errichteten Anwesen standen nunmehr sogar noch näher an der Wasserlinie, als wollten sie mit ihrer Arroganz dem Wettergott trotzen, auf dass dieser es ja nicht wagen möge, noch einmal zuzuschlagen. Während ihrer Vorbeifahrt brauchte Cara nur den Kopf von links nach rechts zu wenden, um beide Architekturstile abwechselnd in Augenschein zu nehmen: Schaute sie zur einen Seite, sah sie Häuser, die aus der Zeit vor dem Wirbelsturm stammten, guckte sie zur anderen, erblickte sie die protzigen Villen, die danach errichtet worden waren.

Dennoch: Manches verändert sich nie, dachte sie, während sie Pelikane beobachtete, die wie eine Bomberstaffel im Formationsflug über sie hinwegzogen. Cara kurbelte die Seitenscheibe herunter und atmete tief die wohltuende Inselluft ein. Es begann bereits zu dämmern, und mit jedem feuchten Windhauch schien es Cara, als werde eine Seite im Buch ihrer Geschichte geräuschvoll zurückgeblättert. Sie erinnerte sich an die Tage, als sie als junges Mädchen über diese Straße geradelt war, als der Wind ihr die Haare zerzaust hatte, sodass die Strähnen wie Bänder geflattert hatten. Noch zwei weitere Häuserzeilen setzte sie ihre Fahrt in südlicher Richtung fort, wobei sie angestrengt Ausschau hielt. Als sie das Haus dann erblickte, verschlug es ihr schier den Atem.

Primrose Cottage. Mattgelb wie die schwach durch die Dämmerung schimmernden Primeln, von denen es eingerahmt wurde, thronte das anno 1930 in einigem Abstand zur Straße erbaute Sommerhaus auf einer niedrigen Düne. Im Gegensatz zu all den anderen penibel angelegten Grundstücken und Neubauten war das Haus ihrer Mutter nur noch ein schwaches Abbild einstigen Glanzes, im Dämmerlicht, inmitten wogender, hoher Gräser, hellrosa Phloxstauden und gelber Schlüsselblumen, die ihm den Namen gegeben hatten. Wenngleich ein wenig mitgenommen, schien die alte Holzkonstruktion mit dem niedrigen ausladenden Dach und den breiten gemütlichen Veranden dennoch so selbstverständlich hierher zu gehören wie die Fächerpalmen. Zwanzig Jahre war es nun her, seit Cara das Haus zuletzt gesehen hatte, so viele Jahre seit Beginn ihres Weges vom Mädchen zur Frau in den besten Jahren. Sie hielt am Straßenrand an und betrachtete es, und erst jetzt kam es ihr zu Bewusstsein: Während sie sich, gänzlich unempfänglich für die Insel und das dortige Treiben, ihr Leben in Chicago eingerichtet hatte, war dies zauberhafte Häuschen immer da gewesen und hatte ihrer geduldig geharrt.

Sie legte den ersten Gang ein, tuckerte bedächtig um die Häuserzeile herum bis zur Rückseite des Cottages und lenkte den Wagen in die gewundene, kiesbestreute Zufahrt, wobei sie Acht gab, dass die Räder sich nicht durch die dünne Kiesschicht gruben und im Sand darunter stecken blieben. Beim Anblick des alten, in glänzendem Gold lackierten VW-Cabrios, das vor der Veranda abgestellt war, lachte sie kurz auf. Fuhr Mama etwa immer noch ihren Goldkäfer? Das altmodische Faltverdeck des Cabriolets wirkte wie eine Flagge. Jedermann wusste: Parkte der Goldkäfer in der Einfahrt, dann residierte Olivia Rutledge im Haus, und Besuch war willkommen.

Cara ließ den Wagen ausrollen und spürte die hinter ihr liegenden Kilometer noch immer in den Knochen. Durch die Frontscheibe schaute sie auf das, was ihr stets Heimat gewesen war. Kam sie etwa selbst nun auch quasi nur noch als Besucherin her? Oder gaben ihr allein die Bande des Bluts schon das Recht, Primrose Cottage als ihr Zuhause zu bezeichnen? Dass sie stundenlang in den Blumenbeeten Unkraut gejätet, die Fenster zum Schutz vor Orkanen mit Brettern verbarrikadiert, jahrelang im Schaukelstuhl vorn auf der Veranda gesessen hatte – zählte das überhaupt? Seufzend zog sie die Handbremse an.

Wahrscheinlich nicht. Und im Übrigen: Sie konnte sich noch erinnern, wie sie in einem Ausbruch jugendlicher Leidenschaft ihre Mutter angeschrien und ihr klar gemacht hatte, sie wolle mit ihnen allen nicht das Geringste mehr zu schaffen haben – weder mit ihr noch mit ihrem verdammten Vater noch mit sonstigen Dingen, die irgendwie mit ihnen in Verbindung standen.

Doch genau diese Verbindung meldete sich nun und zwang sie heraus aus der verbrauchten Luft des Wagens, hinein in die kühle, vom Meer her wehende Brise, in die sich der betörende Duft des Geißblatts mischte. Cara verharrte, den einen Fuß schon im Sand, den anderen noch auf der Straße. Sie spürte, wie der Sog an ihr zerrte, sie wegriss vom Ufer jener Welt, die sie gerade hinter sich gelassen hatte.

Von der Masse der heranflutenden Erinnerungen überwältigt, schätzte sie die noch verbleibenden Meter bis zur Haustür ihrer Mutter ab. Eintreten wollte sie schon, doch jahrelanger Zorn hielt sie wie angewurzelt am Fleck. Daher lehnte sie sich gegen das Fahrzeug und sann nach Worten, nach Floskeln, die das Eis brechen konnten und ihr gleichzeitig ein Minimum an Selbstachtung bewahren würden. Eine Woche bleibe ich, so redete sie sich ein und nahm all ihren Mut zusammen. Vielleicht zehn Tage, höchstens. Einen Tag länger, und ihre Mutter würde sie wahnsinnig machen; im Nu würde der Rückfall in alte Verhaltensmuster erfolgen – Sticheleien und Grobheiten, gefolgt von Schmollen und anhaltendem Schweigen. Gütiger Himmel! Sie massierte sich die Stirn. Ob es ein Fehler gewesen war, überhaupt herzukommen?

Überall um sie herum färbte sich der Himmel in dunkel-dämmrigen Schattierungen von Blau und Violett. Auf! Heimwärts! So schienen die letzten Warnrufe der Vögel Cara aufzufordern. Irgendwo in der Ferne schlug ein Hund an. Und dann, von der anderen Seite des Hauses her, vernahm Cara den hohen, melodischen Gesang einer Frauenstimme.

Sie schlich näher, spähte um die Hausecke und erblickte eine kleine Frauengestalt, die gemächlich den vom Cottage zum Wasser führenden Sandpfad heraufschlenderte. Sie trug einen großen Strohhut, einen langen, ausgebleichten Jeansrock und hellrote Segeltuchschuhe. Bruchstücke ihres Lieds – nichts sonderlich Bekanntes – wehten mit dem Wind zu Cara herüber. Mit einer Hand schleppte die Frau einen roten Plastikeimer, ein unverkennbarer Hinweis darauf, dass es sich um eine der „Turtle Ladies" der Insel handelte, eine der einheimischen Schildkrötenschützerinnen. Caras Herz begann vernehmlich zu klopfen, doch sie schaute weiterhin nur wortlos zu. Aus dieser Entfernung hätte man die Person glatt für ein junges Mädchen halten können. Die Frau wirkte ganz und gar unbekümmert und hatte offenbar nur Augen für die Wildblumenbüschel, an denen sie vorbeilief. Hin und wieder blieb sie stehen, bückte sich und pflückte eine Blume, um gleich darauf ihren Weg zum Cottage fortzusetzen und weiter ihre Melodie vor sich hin zu summen.

Cara hatte tausend Sachen sagen, sich tausendfach in Positur werfen wollen, doch all ihre Pläne lösten sich in Luft auf – so schnell wie der Schaum der Wellen, sobald sie auf den Strand auftreffen.

„Mama!" rief sie aus.

Ihre Mutter erstarrte und wandte den Kopf in die Richtung, aus der die Stimme gekommen war. Hellblaue Augen blitzten unter der breiten Krempe des Strohhuts, der Mund öffnete sich weit vor echter, überraschter Freude. Dann ließ die Frau den Eimer fallen und breitete in einem beglückten Willkommensgruß die Arme aus.

„Caretta!"

Beim Hören des ungeliebten Namens krampfte sich alles in Cara zusammen, doch rasch überwand sie die wenigen Meter und folgte dem uralten Weg des Kindes in die Umarmung der Mutter. Da Cara einen Kopf größer war, musste sie leicht in die Knie gehen, und dabei kam sie sich vor wie immer, wenn sie neben Olivia Rutledge stand: wie ein wild gewordener Bulle neben einem zerbrechlichen Porzellanpüppchen. Doch als sie von ihrer Mutter liebevoll in die Arme genommen wurde, da schwappte eine Woge kindlicher Wonne über Cara hinweg.

„Du hast mir gefehlt“, flüsterte Olivia, das Gesicht an Caras Wange geschmiegt. „Du bist wieder daheim. Endlich!“

Cara erwiderte die Umarmung zwar, brachte jedoch kein Wort heraus. Zu viele Jahre des Schweigens erstickten jeden Laut. Dann löste sie sich, trat einen Schritt zurück, und es traf sie wie ein Faustschlag, als sie erkannte, wie sehr sich ihre Mutter verändert hatte. Olivia Rutledge war eine alte Frau geworden. Unter dem kecken Strohhut lugte ihr Gesicht fahl hervor, die Haut schien schlaff an den hohen Wangenknochen zu hängen, und die blauen Augen hatten ihren Glanz verloren. Obwohl von Gestalt immer schon zierlich und gertenschlank, wirkte Lovie nun jedoch mager.

Wie konnte das so schnell gehen, fragte sich Cara. Noch vor anderthalb Jahren bei der Beisetzung von Caras Vater war Olivia mit jener Schönheit, jener Anmut aufgetreten, der die Zeit offenbar nichts anhaben konnte. Gewiss ging man mit neunundsechzig nicht mehr als junge Frau durch, doch Cara wollte es nicht in den Kopf, dass ihre Mutter *alt* geworden sein sollte. Olivia gehörte zu den wenigen Glücklichen, die von der Natur mit einer mädchenhaften, schlanken Figur gesegnet worden waren und zudem über ein natürlich schönes Gesicht sowie eine Haut verfügten, die so rein und frisch war wie die so heiß geliebten Wildblumen. Caras Vater pflegte stets zu sagen, er habe Olivia geheiratet, weil sie so süß war, wie sie aussah. Und das stimmte auch. Alle Welt mochte Olivia Rutledge, oder „Lovie“, wie sie von denen genannt wurde, die sie gut kannten. Ihre Tochter jedoch wusste, welchen Preis die Mutter über die Jahre für diese Beliebtheit gezahlt hatte.

„Wie geht es dir?“ fragte Cara und suchte den Blick der Mutter. „Was macht die Gesundheit?“

„Ach, alles bestens.“ Olivia quittierte Caras besorgten Unterton mit einer wegwerfenden Handbewegung. „Gegen den Untergang des Römischen Reiches ist kein Kraut gewachsen. Ich versuche es schon gar nicht mehr.“ Ihre Augen hellten sich auf, als sie zu ihrer Tochter aufschaute. „Aber du! Wenn man dich so anguckt, kann man nur sagen: Du siehst einfach fabelhaft aus!“

Cara blickte an sich herab, musterte das zerknitterte weiße T-Shirt und die dunklen, in der Taille zwickenden Jeans. An diesem Morgen war sie vor Tagesanbruch aufgewacht, hatte nach einer Katzenwäsche aus Zeitgründen auf Make-up verzichtet und es zudem in Kauf genommen, dass das dunkle Haar ihr ungeordnet auf die Schultern fiel.

„Von wegen! Meine Sachen sehen verboten aus. Ich rieche nach Schnellimbiss!"

„Ich finde, dass du toll ausschaust. Ich kann's noch gar nicht fassen, dass du hier bist! Als du anriefst, um dein Kommen anzukündigen, da bin ich beinahe in Ohnmacht gefallen. Dem Himmel sei Dank, dass du da bist!"

„Mama, der Himmel hat nichts damit zu tun. Du hast mich in deinem Brief gebeten, dich zu besuchen, und das tue ich hiermit."

„*Du* magst vielleicht so denken. Aber ich in meinem Alter weiß es besser. Doch lass uns nicht streiten." Sie hakte Cara unter und drückte sie sacht an sich. „Ich habe gebetet, dass du heimkommst, und nun sind meine Gebete erhört worden." Langsam setzten sie sich Richtung Haus in Bewegung. Lovie wandte den Kopf und betrachtete Cara forschend. „Was guckst du mich so an?"

„Wie gucke ich denn?"

„Als hättest du einen Schreck bekommen."

„Ich weiß nicht. Du kommst mir verändert vor. Irgendwie ... glücklich."

„Na! Natürlich bin ich glücklich! Wieso auch nicht?"

Cara zuckte mit den Schultern. „Keine Ahnung ... Wahrscheinlich hab ich nach der Lektüre deines Briefes erwartet, dass du ziemlich einsam bist. Ein bisschen niedergeschlagen vielleicht. Daddys Tod ist schließlich noch nicht lange her!"

Lovie verzog das Gesicht, und wie üblich vermochte Cara die Miene ihrer Mutter nicht zu deuten.

„Mein Brief sollte eigentlich nicht traurig klingen. Eher ein bisschen wehmütig."

„Fehlt Daddy dir sehr?"

Olivia berührte zart Caras Wange. „Wenn mir jemand fehlt, dann du! Hier ganz besonders! Hier auf der Insel hatten wir immer eine Menge Spaß, oder?"

Cara nickte. Die Gefühle, die im Tonfall ihrer Mutter mitschwangen, ließen sie nicht unbeeindruckt. „Stimmt. Wir beide, du und ich. Und Palmer." Ihren Vater erwähnte sie lieber nicht. Er hatte sich nur selten im Haus am Meer blicken lassen, weil er es vorzog, in der Stadt zu bleiben oder auf Reisen zu gehen. Und obschon das Thema im Familienkreis nie angeschnitten wurde, herrschte doch die stillschweigende Übereinkunft, dass die Sommerferien wegen eben dieser väterlichen Abwesenheit sogar noch gelungener ausgefallen waren.

„O ja!" Lovie lachte verhalten in sich hinein. „Und Palmer. Der auch!"

„Wie geht's meinem wild verwegenen Bruder?"

„Mit wild und verwegen ist nichts mehr. Schade drum!"

Cara zog die Augenbrauen hoch. „Na, die Bemerkung sieht dir aber ganz und gar nicht ähnlich! Ich meine mich zu erinnern, dass ihr zwei, Daddy und du, den lieben Palmer immer fest an die Kandare genommen habt, wenn er im jugendlichen Überschwang über die Stränge schlug. Das muss ich erst mal verdauen – sobald ich den Schock überwunden habe, dass du dir eine kritische Bemerkung über den Thronfolger erlaubt hast!"

Ihre Mutter lachte bloß. „Wie lange kannst du bleiben?"

„Eine Woche."

„Länger nicht? Cara, mein Schatz, immer hast du so viel zu tun! Bleib doch bitte ein bisschen länger!"

Cara verlangsamte ihren Schritt und dachte nach. Termine warteten im Augenblick ja wirklich nicht auf sie, und ihrer Mutter schien so viel daran zu liegen, dass sie ihren Aufenthalt ausdehnte. Ein wenig Erholung – vielleicht tat das ganz gut. „Unter Umständen hänge ich ein paar Tage dran. Das ist der Vorteil, wenn man mit dem Wagen unterwegs ist: Kein Ticket mit Verfallsdatum!" Sie blieb stehen. „Ist es dir recht, wenn ich offen lasse, wann ich abfahre?"

„Das ist mir nicht nur recht, das passt hervorragend!“ Lovie tätschelte ihrer Tochter den Arm und ging dann über den sandigen Pfad voraus ins Strandhaus. „Tritt ein. Du bist doch sicher erschöpft von der langen Reise. Hast du Hunger? Das Essen steht zwar nicht fix und fertig auf dem Tisch, aber ich kriege schon etwas hin.“

„Mach dir bloß keine Umstände! Seit vierzehn Stunden knabbere ich im Auto an irgendwelchen Süßigkeiten!“

„Wann bist du in Chicago losgefahren?“

„Morgens, kurz vor fünf.“ Cara unterdrückte ein Gähnen.

„Wieso setzt du dich so einem Stress aus, Liebes? Du hättest dir zwei, vielleicht drei Tage Zeit nehmen und Zwischenstationen einlegen sollen! Die Berge sind doch zu dieser Jahreszeit so herrlich!“

„Ach, du kennst mich doch! Wenn ich einmal unterwegs bin, dann möchte ich schnellstmöglich ankommen!“

„Typisch“, erwiderte Lovie, und ihre Augen funkelten schelmisch. „Wie immer!“

Während Cara die Stufen zur Haustür hinaufstieg, inspizierte sie das Cottage. Spuren des Verfalls waren sichtbar, schlimmer, als sie zunächst vermutet hatte. Die rückwärtige Veranda war weggesackt; die an den Hauswänden entlang gepflanzten Sträucher warteten mit einem dschungelähnlichen Wildwuchs auf. An einem Fenster fehlte eine Fensterlade, und an einigen Stellen war der Anstrich so verwittert, dass das nackte Holz hervorschaute. „Mir scheint, der alte Kasten muss dringend überholt werden.“

„Das arme, alte Haus ... das Wetter spielt ihm oft übel mit! Ständig gibt es etwas zu reparieren.“

„Für dich allein ist das eine Menge Arbeit. Springt Palmer denn nicht hin und wieder ein?“

„Palmer? Er gibt sich alle Mühe, doch mit dem großen Haus drüben hat er wahrlich alle Hände voll zu tun. Und sein Geschäft ist schließlich auch noch da! Und seine Familie.“ Lovie zog die Brauen zusammen und presste die Lippen aufeinander – ein sicheres Anzeichen dafür, dass sie nicht mit der vollen Wahrheit herausrückte. „Palmer hat seine eigenen Probleme. Ich komme schon allein zurecht. Oh, schau dir nur meine Schlüsselblumen an!" rief sie aus und zeigte auf ein in der Nähe stehendes Büschel. „Sind sie nicht herrlich dieses Jahr?" Sie schloss die Augen und sog die Luft durch die Nase ein. „Riechst du das? Fast wie Zitronen!"

Cara wusste nicht recht, ob ihre Mutter geschickt das Thema gewechselt hatte oder sich einfach nur leicht ablenken ließ. Doch mittlerweile spürte Cara die gefahrene Strecke schwer in allen Gliedern. In der einsetzenden Dunkelheit zu stehen und an den Blumen zu schnuppern, darauf hatte sie im Moment wirklich keine Lust.

„Ich bin ziemlich erledigt, würde liebend gern meine Sachen ausladen und dann etwas Kaltes trinken. Etwas Alkoholisches, falls du damit dienen kannst."

„Einen Gin Tonic vielleicht? Wie hört sich das an?"

Beinahe hätte Cara vor Behagen geschnurrt.

Mittlerweile waren sie auf der Veranda angelangt. Allerlei Gerümpel hatte sich dort angesammelt: alte Rattanmöbel, ein stockig gewordener Seesack mit einem Sammelsurium von Strandutensilien, verrostete Gartengeräte jeglicher Art. Lovie blieb stehen, stützte sich mit der Hand an der Wand ab und schlüpfte aus ihren sandverkrusteten Joggingschuhen. Cara fuhr zusammen, als sie den schmalen blassen Streifen am Ringfinger ihrer Mutter bemerkte, genau an der Stelle, an der sich zweiundvierzig Jahre lang ein Goldreif mit einem großen, bei Tiffany geschliffenen Brillanten befunden hatte.

„Mama, wo ist denn dein Ehering?"

Verlegen betrachtete ihre Mutter die Hand und begann, sich den Sand vom Rock zu klopfen. „Ach, das klobige olle Ding? Das habe ich nach dem Tod deines Vaters abgestreift. Hab's sowieso nur ihm zuliebe getragen. Mir hat nie viel an dem Ring gelegen. Er hat mich nur gestört und war mir hier am Strand ewig im Wege. Ich denke, ich werde ihn Cooper vererben. Eines Tages kann er ihn seiner Braut schenken."

Cooper war Palmers kleiner Sohn, und wie nicht anders zu erwarten, verhätschelte Caras Mutter den bislang einzigen männlichen

Nachkommen und Stammhalter, der den stolzen Namen Rutledge weiter tragen sollte.

„Putz dir bitte die Schuhe ordentlich ab. Ich kann mich einfach nicht an die Mengen von Sand gewöhnen, die dauernd unter den Sohlen ins Haus geschleppt werden."

Cara tat, worum ihre Mutter sie gebeten hatte. „Was suchst du denn um diese Zeit noch am Strand?"

„Na, hör mal! Wir haben schon zwei Schildkrötengelege!"

„Ich dachte, ihr sucht die Spuren morgens!"

„Tun wir auch! Ich wollte nur nach dem Rechten sehen. Du kennst mich doch. Zu Beginn der Brutzeit packt es mich immer." Bekümmert verzog Lovie das Gesicht. „Das Nest vorhin habe ich zwar an Ort und Stelle gelassen, aber ich bin nicht sicher, ob das richtig war. Normalerweise hätte ich es an eine sicherere Stelle verlegt. Es liegt mir ein bisschen zu tief am Wasser, zu nahe an der Flutmarke." Sie schüttelte den Kopf und schnalzte mit der Zunge. „Das Umweltministerium ist momentan ziemlich pingelig. Umbetten dürfen wir die Gelege höchstens, wenn's nicht anders geht. Ach, ich weiß nicht recht ...", fuhr sie nervös fort. „Läuft die Flut hoch auf, könnte sie das Nest zerstören. Vielleicht hätte ich's doch an eine andere Stelle versetzen sollen."

„Du hast dich entschieden, Mama. Die Sache ist erledigt. Lass es dabei bewenden." An ihrem Arbeitsplatz fällte Cara viele Entscheidungen pro Tag. Dass manche Menschen stets zauderten und zögerten, fand sie schlichtweg unbegreiflich. Über eine Sache war sie sich jedoch im Klaren: Im Augenblick ärgerte sie sich gar nicht so sehr über die Wankelmütigkeit ihrer Mutter. Was nervte, waren vielmehr die Schildkröten. Immer waren es die Schildkröten. Jahr für Jahr, solange Cara zurückdenken konnte, hatte sich Lovies Leben zwischen Mai und Oktober um die Meeresschildkröten gedreht. Und automatisch waren Cara und ihr Bruder dann in den Hintergrund gerückt.

„Ich weiß, du hast Recht. Nun kann ich sie ohnehin nicht mehr umbetten. Überflüssiges Getue von mir." Lovies Miene verfinsterte sich, bevor sie sich zur Tür wandte. „Komm herein! Jetzt mache ich dir erst mal deinen Drink."

Ein Schritt ins Haus genügte, und Cara fühlte sich wieder in die Vergangenheit zurückversetzt. Das Strandhaus ihrer Mutter gehörte zu den wenigen noch erhaltenen Originalbauten auf der Insel. Es mochte zwar eng sein und mitgenommen aussehen, doch es war sehr gemütlich. Auf Nut und Feder verlegte Profilhölzer an Wänden und Decken sowie Rauspunddielen aus Kiefernholz sorgten für eine wohnliche Atmosphäre in den von Olivia blitzblank geputzten Zimmern. Überall merkte man, dass Lovie einen Sinn für Inneneinrichtung besaß: Abgetretene Orientläufer dämpften die Schritte, die elfenbeinfarbenen Wände waren mit Familienfotos oder Gemälden mit Insellandschaften geschmückt. Die Bilder hatten einheimische Künstler geschaffen, viele von ihnen waren alte Freunde von Lovie. Wuchtige, wenn auch nicht zueinander passende Sessel und eine Anzahl Stühle standen in zwar beengter, doch behaglicher Anordnung vor einem großen Panoramafenster, das eine atemberaubende Aussicht auf Strand und Ozean bot.

Die echt antiken Erbstücke der Familie befanden sich im eigentlichen Familiensitz in Charleston, vor Orkanen, Kindern und Besuchern in Badekleidung geschützt. Ins Sommerhaus wanderten lediglich die „nicht so guten" Gegenstände. Caras Spielkameraden waren stets gern zum Spielen hergekommen, denn bei Lovie hieß es nie „Füße runter", „Hände weg" oder „Vorsicht". Stets gab es gesüßten Eistee im Kühlschrank und Kekse in der Speisekammer. Das Leben hier am Strand war in mancherlei Hinsicht anders als in der Stadt.

Cara folgte ihrer Mutter durch einen schmalen Korridor und gelangte zu den zwei Schlafräumen ganz hinten – zu ihrem und Palmers ehemaligen Zimmern. Auf Schritt und Tritt spürte sie die Last der Erinnerungen, die in den leicht muffig riechenden Wänden und dunkel gewordenen Winkeln lauerten.

„Deine Kammer ist bereits hergerichtet", verkündete Lovie und öffnete die Zimmertür. Ein Stoß frischer Seeluft wehte in den Flur. „Soll ich lieber das Fenster schließen?"

„Nein, lass nur. Ich hab das Fenster gern offen." Typisch Mutter, dass sie nicht die Klimaanlage benutzt, dachte Cara, während sie tief die feuchte, süß duftende Luft einatmete, die sich in alle Glieder auszubreiten schien. Mutter und Tochter sahen einander an.

„Im Bad sind saubere Handtücher." Lovie machte eine rasche Handbewegung in Richtung des Badezimmers.

„Prima."

„Bedien dich ruhig bei den Toilettenartikeln. Seife, Shampoo, es ist alles da. Eine Extra-Zahnbürste auch."

„Ich habe meine zwar mitgebracht, aber trotzdem vielen Dank."

„Es dauert ein wenig, bis das Wasser warm ist, wenn es aus der Leitung fließt."

„Ich entsinne mich."

„Also dann ..." Lovie zögerte und verschränkte nervös die Hände. Einen Augenblick lang standen Mutter und Tochter verlegen herum, als wären sie sich völlig fremd. „Dann lass ich dich jetzt allein, damit du dich etwas frisch machen kannst."

„Das wäre prima."

Lovies Hand verharrte über der Türklinke, und im Gesicht ihrer Mutter spiegelte sich eine solche Sehnsucht, dass Cara sich von dem schmerzhaften Anblick abwenden musste.

„Lass dir Zeit", meinte Lovie und zog die Tür hinter sich zu.

Klickend fiel die Tür ins Schloss, worauf Cara, endlich allein, einen Seufzer der Erleichterung ausstieß und ihren Koffer auf den Boden sacken ließ, wo er dumpf aufschlug. Bedenkt man die Fallstricke, denen wir ausgewichen sind, ist die erste Runde nicht schlecht gelaufen, dachte sie. Die lange Fahrt hatte sie ausgelaugt, und ihre innere Anspannung äußerte sich nun in einem pochenden Kopfschmerz. Während sie sich den verspannten Nacken massierte, ließ sie den Blick bedächtig durch ihr einstiges Zimmer wandern. Zu ihrem Erstaunen befand es sich noch in dem Zustand, in dem sie es vor zwanzig Jahren verlassen hatte. Das alte schwarze Doppelbett mit dem eisernen Gestell und der schrillen, pinkfarbenen Tagesdecke nahm fast die gesamte Zimmerfläche ein. Baumwollvorhänge in Rosa und Weiß flatterten vor dem einzigen Fenster über der rustikalen Kiefernkommode mit der Deckplatte aus rosarotem Marmor. Ein schmale Tür neben dem Fenster führte auf die mit engmaschigen Drahtgittern gegen die Mückenplage gesicherte vordere Veranda.

Es war ein Jungmädchenzimmer, spartanisch und doch gemütlich. Bilder von Palmen hatten zwar die Rockstar-Poster ersetzt, aber die Bücher aus Jugendtagen, in denen Cara Jahr für Jahr während der Sommertage geschmökert hatte, waren noch alle da. Mit dem Finger fuhr sie über vertraute Titel: Carolyn Keenes Mystery-Storys um die Heldin Nancy Drew, „Durch Zeit und Raum“ von Madeleine L’Engle, Tolkiens „Der kleine Hobbit“, Emily Brontës „Sturmhöhe“ und Robert M. Pirsigs Roman „Zen und die Kunst, ein Motorrad zu warten“. Literatur, die dazu beigetragen hatte, Bildung und Wertvorstellungen eines jungen Mädchens zu formen. Welche Werke, fragte Cara sich, muss ich nun noch meinem Bücherregal hinzufügen, auf dass der Inhalt mir durch diesen neuen Lebensabschnitt hilft?

Ganz kurz schaute sie sich im Spiegel an und hielt, von ihrem eigenen Spiegelbild überrascht, abrupt inne. Es war ein unwirklicher Augenblick, in dem die Vergangenheit eingefroren zu sein schien. Jetzt, da sie wieder hier in ihrem alten Zimmer stand, hätte sie fast erwartet, das magere Mädchen mit dem dünnen Haar zu sehen, das einst mit tränenerfüllten Augen in diesen Spiegel gestarrt hatte. Jenes arme, bedauernswerte Mädchen.

Cara konnte nicht als typische Südstaatenschönheit durchgehen. Sie galt nicht als „Southern Belle“ wie ihre Mutter. An Cara war alles etwas zu groß geraten. Sie maß knapp einen Meter achtzig, wirkte zu dünn und hatte einen zu flachen Busen. Ihre Füße waren riesig, ihre Lippen zu voll für das schmale Gesicht. Und ihren Teint hielt sie für völlig danebengeraten. Stets haderte sie mit dem Herrgott, dem ihrer Ansicht nach ein Irrtum unterlaufen sein musste: Sie hatte die Gene ihres Vaters geerbt und war groß, dunkelhaarig und dunkeläugig geworden. Palmer hingegen wies den zartgliedrigen Körperbau, die blonden Haare und die blauen Augen der Mutter auf.

Lovie indes liebte die dunkle Hautfarbe ihrer Tochter und nannte sie stets „meine kleine Seeschwalbe“, der glänzenden dunklen Augen und des schimmernden schwarzen Haarschopfes wegen. Manchmal auch neckte sie Cara und bezeichnete sie als Lachmöwe – noch ein schwarzköpfiger Vogel mit lautem, gackerndem Ruf.

Cara beugte sich näher zum Spiegel und fuhr sich mit der Hand über die Wangen. Kosename hin oder her: Die Südstaaten der sechziger und siebziger Jahre hatten einem mageren, unattraktiven Mädchen das Erwachsenwerden nicht leicht gemacht. Doch das hässliche Entlein war zu einem dunklen Schwan geworden. Ihr einst schlaksiges Äußeres, für das Cara viel Spott hatte einstecken müssen, war zu etwas gereift, das Kolleginnen und Kollegen als „auffallend attraktiv“ bezeichneten. Ihre vormals häufig gerügte aggressive Intelligenz wurde als „markantes Selbstbewusstsein einer erfolgreichen Karrierefrau“ beschrieben.

An diesem Abend kamen Cara diese Definitionen jedoch auf schmerzliche Weise unpassend vor. Sie war kein Kind und auch keine junge Frau mehr. Im Spiegelbild erkannte sie die neue Brüchigkeit ihrer Haut, die zarten Falten um Augen und Mundwinkel, die ersten grauen Haare an den Schläfen. Voller Bitterkeit dachte sie daran, dass sie mittlerweile nicht mehr auffallend attraktiv und längst nicht mehr erfolgreich war. Sie wirkte vielmehr so müde und mitgenommen wie das alte Strandhaus.

Ich lege mich nur einen Augenblick hin, redete sie sich ein, wandte sich vom Spiegel ab, entledigte sich ihrer Oberbekleidung und ließ sie achtlos auf dem Boden liegen. Lediglich mit Unterwäsche und einem T-Shirt bekleidet, zog sie die Laken zurück und streckte sich gähnend auf der weichen Matratze aus. *Nur die Augen etwas ausruhen lassen.*

Das alte Leinen fühlte sich frisch an; eine feuchtmilde Meeresbrise strich Cara wie Balsam über die bloße Haut. Ganz langsam glitten die

Gedanken davon, die Lider wurden ihr schwer, und Cara spürte, wie sie sich treiben ließ, Stück für Stück. Das Leben, das sie noch vor Stunden geführt hatte, schien so fern wie die City von Chicago zu sein. Cara kam zur Ruhe, tiefe Stille erfüllte ihre Seele. Draußen vor dem Fenster rauschte der Ozean, der sie einlullte und sanft wie Mutterarme in den Schlaf wiegte.

Ziellos wie ein Stück Strandgut irrte Caras Geist durch das Tohuwabohu der Ereignisse, die sich in den vergangenen Tagen zugetragen und sie zu dieser Reise veranlasst hatten. Begonnen hatte alles am Dienstagmorgen, als das Telefon in ihrem Büro läutete und sie ohne jede Vorwarnung zu Mr. David Alexander gebeten wurde. Als Personalchef war Dave für Entlassungen zuständig und als gnadenloser Henker berüchtigt. Alle Welt wusste: Wenn man zu Dave bestellt wurde, kam das einer Einladung zu einer langen Autofahrt mit der Mafia gleich.

Warum erschießen sie mich nicht gleich, hatte Cara sich aufgebracht gefragt, während sie im Aufzug zum 29. Stock hinauffuhr. Schließlich war sie ein arbeitsabhängiger Workaholic; sie brauchte ihre Arbeitsstunden wie eine Droge, und nun wollte man ihr offensichtlich den Nachschub verwehren. Freilich, sie hatte einen wichtigen Stammkunden verloren, doch in der Werbebranche passierte so etwas nun mal. Ansonsten verfügte sie doch über eine makellose Erfolgsbilanz! Stand sie nicht kurz davor, als Ersatz einen neuen Großauftrag an Land zu ziehen? Während sie den Korridor entlangschritt, fiel ihr die außergewöhnlich gespannte Stille auf, die in dem Gewirr von Großraumarbeitsplätzen und engen Büros herrschte. Nur ein gelegentliches Läuten des Telefons und ein kurz darauf unterdrücktes Schluchzen unterbrachen diese Ruhe. Leere Karteikästen säumten die Flure, und was Cara am meisten irritierte, waren bewaffnete Sicherheitsleute, welche die Aufzugtüren bewachten. Sie schluckte heftig, marschierte steifbeinig durch das Labyrinth aus Fluren und Zimmern. Also war an den Gerüchten doch etwas Wahres dran! Offenbar rollten Köpfe, und zwar nicht zu knapp.

Als sie endlich vor Mr. Alexanders Dienstzimmer anlangte, war ihre Haut von einem feuchten Schweißfilm überzogen. Mit hölzernen Bewegungen nahm sie Platz, lehnte den angebotenen Kaffee und das Glas Mineralwasser ab. Letztendlich verlief alles so, wie sie befürchtet hatte. Mit seiner dünnen, nasalen Stimme teilte der „Henker“ ihr zu seinem großen Bedauern mit, dass sie als verantwortliche Abteilungsleiterin für den Verlust eines Schlüsselkunden den Kopf hinhalten müsse. Während er ihr lang und breit die großzügige Abfindungsregelung der Firma erläuterte, schlug Cara die Beine übereinander, faltete artig die Hände im Schoß und schaute, vom Schock wie betäubt, aus dem Fenster. Am Ende der demütigenden Unterredung erhob sie sich, dankte Mr. Alexander höflich dafür, dass er sich für sie Zeit genommen hatte, erklärte ihm, sie werde ihre persönlichen Gegenstände später abholen, und verließ das Firmengebäude – in Begleitung eines bewaffneten Wachmanns.

Danach war sie geradewegs zu ihrer engen Eigentumswohnung am Lake Michigan gefahren. In dem etwas vernachlässigten Ein-Zimmer-Apartment steckten ihre gesamten Ersparnisse der vergangenen zwanzig Jahre, jeder einzelne Cent. Sie hatte die Wohnung wegen der Nähe zum Seeufer erworben – ein letzter Anflug von Heimatverbundenheit nach langem Exil. Allerdings erwies sich ihre Bleibe nicht als der Zufluchtsort, zu dem man waidwund und verletzt zurückkehrte. Es war kein Zuhause, wo wichtige Ziele im Leben erreicht und Familienfeste gefeiert wurden. Diese vier Wände bargen keine Erinnerungen an lustige Begebenheiten oder lieb gewordene Augenblicke. Der minimalistische Stil, das kühle Eisblau und Grau der Wände und Polster, die wenigen persönlichen Dinge, all das bot keinerlei Hinweis auf Caras Charakter oder auf ihre Interessen. Ihre Eigentumswohnung diente lediglich als Schlafstelle für die Nacht, als Aufbewahrungsort für ihre bedeutungslosen Habseligkeiten, fast so nüchtern wie der Tresorraum einer Bank.

Und doch stellte diese nüchterne und fast sterile Wohnung Caras gesamten irdischen Besitz dar.

Es war grausam, im Alter von vierzig Jahren plötzlich aufzuwachen und feststellen zu müssen, dass man keine Freunde hatte, keine Interessen und keinerlei Verbindung zu Dingen außerhalb des Berufs. Das alles hatte sie verpasst, zu lange aufgeschoben, aufgehoben für den Tag, an dem sie mehr Zeit haben würde. Sie hatte sich stets über ihre Arbeit definiert. Jetzt, mit einem Male, war das alles weg, und sie fand sich im Haus ihrer Mutter wieder, in dem Bett, in dem sie als Kind geschlafen hatte. Und mit nunmehr vierzig fühlte sie sich genauso unsicher wie damals mit achtzehn.

Cara spürte jene bittere Kälte, die einem direkt ins Mark dringt, und schlang fröstelnd die Arme um den Körper. Es war die Kälte, die der Furcht bedenklich nahe kommt.

Einige Zeit später hätte sie nicht genau sagen können, ob sie träumte oder ob das wirklich die Hand ihrer Mutter war, die ihre Schläfe berührte und ihr sanft das Haar aus dem Gesicht strich. Hatte ihr da jemand zärtlich die Stirn geküsst?

Zur Eiablage kehren die weiblichen Meeresschildkröten an den Ort zurück, an dem sie einst selbst aus dem Ei geschlüpft sind. Wird dieses Verhalten vom Instinkt gesteuert? Vom Gedächtnis? Von Gerüchen oder Geräuschen? Von magnetischen Feldern etwa? Niemand weiß es genau.

2. KAPITEL

Der Silberglanz des Mondes über South Carolina kann einschläfernd wirken. Die Küstensonne hingegen ist so stechend und scharf wie der durchdringende Ton einer Fanfare. Mühsam schlug Cara ein Auge auf und blinzelte in das gleißende Sonnenlicht, das durch das offene Fenster ins Zimmer fiel. Es dauerte eine Weile, bis sie wusste, wo sie war, bis sie merkte, dass es sich bei den von draußen hereindringenden Lauten nicht um quäkendes Autogehupe handelte, sondern um unablässiges, munteres Vogelgezwitscher. Die lange Fahrt, die Entlassung – alles kam ihr blitzartig wieder in den Sinn. Ächzend stülpte sie sich ein Kissen über den Kopf. Genau in diesem Moment begann das Telefon im Flur zu läuten.

Offenbar machte niemand Anstalten, den Anruf entgegenzunehmen. Also warf sie das Kissen beiseite, zog das T-Shirt züchtig über ihr Höschen, trippelte wie eine Strandkrabbe durch den engen Korridor zu dem kleinen hölzernen Hocker, auf dem das einzige Telefon im Cottage stand, und nahm den Hörer ab.

„Hallo?" Es klang, als hätte sie einen Frosch im Hals.

Schweigen. Nach kurzer Pause meldete sich eine Frau. „Olivia?" Sie schien so verunsichert, dass ihre Stimme fast schrill wirkte.

„Nein, hier ist nicht Lovie!" Cara hätte um ein Haar gegähnt. „Ich bin die Tochter."

„Ach so!" Erneutes Schweigen folgte. „Ich wusste gar nicht, dass Lovie eine Tochter hat."

Cara rieb sich die Augen und wartete.

„Kann ich bitte Ihre Mutter sprechen?"

Die Frage war Cara in über zwanzig Jahren nicht mehr gestellt worden. Cara blinzelte verschlafen und ließ den Blick durch das Wohnzimmer schweifen. Im Haus war es mucksmäuschenstill.

„Sie ist nicht hier."

„Aber ... aber ich habe Schildkrötenspuren gefunden!"

Der aufgeregten Stimme nach zu urteilen, handelte es sich bei der Anruferin offensichtlich um eine Dame, die gerade erst zu Lovies ehrenamtlichen Aktivistinnen beim so genannten „Turtle Team", den Schildkrötenschützern der Isle of Palms, gestoßen sein musste. „Wie schön!" gab Cara zurück. „Danke. Ich werd's ihr ausrichten, sobald sie zurück ist."

„Halt! Wollen Sie denn nicht wissen, wo die Spuren sind? Ich stehe hier am Strandzugang an der 6th. Avenue. Was soll ich denn jetzt machen? Etwa hier warten?"

Cara seufzte. Ihre Zerschlagenheit ließ ein wenig nach. „Also wirklich, ich kann Ihnen beim besten Willen nicht sagen, wie Sie sich verhalten sollen. Und ohne eine Tasse Kaffee bin ich sowieso nicht imstande, einen klaren Gedanken zu fassen."

Von draußen vernahm sie Schritte. Offenbar stapfte jemand die Stufen zur Veranda herauf. Gott sei Dank! Rettung in letzter Minute.

„Augenblick", rief sie in den Hörer. „Ich glaube, da kommt sie gerade!" Cara zog das Kabel des antiquierten schwarzen Apparats straff und lugte um die Ecke. Die Haustür flog auf. Doch statt ihrer Mutter betrat eine junge Frau so selbstsicher das Haus, als wohne sie hier. In vornüber gebeugter Haltung mühte sie sich mit einer Anzahl Einkaufstüten voller Lebensmittel ab, wobei ihr das wuschelige blonde Haar über Stirn und Augen fiel. Sie keuchte leicht und versetzte der Tür mit dem Absatz einen Stoß, sodass sie ins Schloss fiel.

Einen bedrohlichen Eindruck machte die junge Dame freilich nicht. Eine Schwangere wirkt eben selten gefährlich. Die Frau trug ein sehr kurzes Umstandskleid mit pastellfarbenem Blumenmuster, ein billiges Etwas aus dünner Kunstseide, dessen Saum vorn, wo der Stoff sich über dem Bauch spannte, hoch vom Körper abstand. Als sie sich aufrichtete und das Haar aus dem Gesicht strich, bemerkte sie, dass sie von Cara beobachtet wurde. Beider Blicke trafen sich.

Cara zuckte zurück und zog ihr T-Shirt über den Slip. Die Unbekannte hingegen schien nicht im Mindesten überrascht, hier auf Cara zu treffen, die nun, gegen die Korridorwand gelehnt, hören konnte, wie die geheimnisvolle Fremde sich ohne ein Wort der Begrüßung in die Küche begab und die Schranktüren auf- und zuklappte, als führe sie im Hause das Regiment.

„Entschuldigung!“ rief Cara energisch zu ihr hinüber. „Wer sind Sie denn?“

„Hat Ihre Mama mich etwa nicht angekündigt?“ erwiderte die Frau. Ihr gedehnter Südstaaten-Akzent verriet das Mädchen vom Lande.

Blitzartig wurde Cara bewusst, dass sie am Vorabend eingeschlafen war, ohne gegessen und ihrer Mutter eine gute Nacht gewünscht zu haben. Über Pläne zu sprechen, über Besucher oder über ein Mädchen, das möglicherweise am Morgen auftauchen würde – dazu waren sie überhaupt nicht gekommen. Nach Caras Einschätzung stammte die junge Frau aus der Nachbarschaft oder war eine Art Hilfskraft, die für Lovie einkaufen ging.

Aus dem Telefonhörer drang die aufgeregte Stimme der Schildkrötennovizin. „Hallo? Sind Sie noch da?“

„Hier ruft jemand völlig aufgelöst wegen einer Schildkröte an!“ verkündete Cara der Frau. „Wissen Sie, wo meine Mutter steckt?“

„Bin schon unterwegs!“ tönte es aus der Küche.

Die Stimme kam näher, und im nächsten Augenblick stand die Fremde auch schon direkt vor Cara. Nun konnte Cara ihr Gesicht erkennen: Es war nicht das Gesicht einer erwachsenen Frau, sondern das eines Teenagers, das Gesicht einer Puppe mit runden Wangen und vollem Kussmund, und durchaus sexy. Die Fremde war überraschend jung. Verblüfft ließ Cara den Blick zu dem gewölbten Leib hinunterwandern. Automatisch legte das Mädchen die Hand auf die Bauchrundung. Als Cara wieder aufschaute, erkannte sie in den hellgrauen, mit dunklem Kajal akzentuierten Augen der Schwangeren eine eisige, herausfordernde Kälte, die das junge Mädchen fast aggressiv wirken ließ und Cara schlagartig auf die Nerven ging. Mit leicht hoch gezogenen Brauen, sodass es einem spöttischen Feixen schon sehr nahe kam, starrte die Fremde zurück und musterte Cara sowie deren spärliche Bekleidung. Einen Moment lang standen die beiden einander gegenüber und taxierten sich schweigend.

Wieder quäkte zwischen ihnen die Stimme der Anruferin aus dem Hörer. „Hallo? Hören Sie mich?“

Das Mädchen streckte die Hand aus, drehte die Handflächen nach oben und krümmte fordernd die Finger.

Cara blickte zwar indigniert, übergab jedoch den Apparat an die Schwangere. Die drehte Cara demonstrativ den Rücken zu und begann ein Gespräch mit der Anruferin, ließ sich den Standort bestätigen und erteilte Anweisungen mit einer Selbstsicherheit, die vermuten ließ, dass sie dies nicht zum ersten Mal tat.

Nun guck sich einer den kleinen Frechdachs an! Cara war ehrlich entrüstet. Dann aber gewann die Müdigkeit endgültig die Oberhand. „Ach, was soll's", brummte sie, machte kehrt und begab sich zu ihrem Zimmer zurück. Zumindest wusste die Kleine, wer immer sie auch sein mochte, wie man diese aufdringliche Anruferin abfertigen musste. Auf dem Weg bemerkte Cara, dass die Tür zum einstigen Zimmer ihres Bruders offen stand. Als sie kurz hineinschaute, fielen ihr das zerwühlte, ungemachte Bett sowie ein rosarotes, gerüschtes Nachthemd auf, das auf den Laken lag.

Der Groschen fiel sofort; bei Cara setzte Enttäuschung ein. Offenbar war das Mädchen ein Feriengast. Von wegen gute Absichten und trautes Wiedersehen von Mutter und Tochter! Das Sommerhaus bot ja kaum Raum für sie beide! Zu dritt musste man schlichtweg Platzangst bekommen. Ausgeschlossen, dieser eigensinnigen werdenden Mutter, die ihrerseits von ihr, Cara, alles andere als begeistert zu sein schien, aus dem Wege zu gehen. Hätte ich gewusst, dass das Cottage an Sommerfrischler vermietet ist, dann ...

Cara schnappte sich ihr Kissen vom Boden, schleuderte es auf das Bett zurück und ließ sich lustlos auf das Laken fallen. Was erwarte ich eigentlich, grübelte sie. Mutter hat schon immer anderen den Vorzug gegeben. Vor mir kamen stets mein Bruder, mein Vater und sogar die vielen Besucher, die sich allem Anschein nach im Familiensitz in Charleston die Klinke in die Hand gaben.

Das Haus am Meer allerdings, das war immer etwas anderes gewesen. Cara hatte gehofft, hier werde ...

Sie presste die Lippen aufeinander. Was war sie für eine Närrin gewesen! Dabei hatte sie doch schon vor ihren Teenagerjahren gelernt, ihrer Wege zu gehen und nicht zu viel zu erwarten. Auf einmal kam ihr das Zimmer im durchdringend hellen Licht der Morgensonne nicht mehr so zauberhaft wie gestern vor. Die altmodische Tagesdecke war von der Sonne ausgeblichen, die Wandfarbe vergilbt. Zwar bauschte eine sanfte Brise die fadenscheinigen Gardinen, doch ohne Klimaanlage würde es bis spätestens Mittag drückend schwül werden. Allmählich bereute Cara den überstürzten Entschluss, nach Hause zurückzukehren.

Die ersten Vorboten von Kopfschmerzen, verursacht durch zu viele stressige Tage und zu wenig Schlaf, machten sich nun deutlich bemerkbar. Cara streckte sich auf dem Bett aus, hieb ein paar Mal mit der Faust ins Kopfkissen und überließ sich mitsamt ihren quälenden Gedanken einem tiefen, traumlosen Schlaf.

Unruhig mit dem rechten Fuß wippend, stand Toy Sooner an der Küchenspüle, wusch die Glaskanne aus und füllte den Wasserbehälter der Kaffeemaschine. Dann häufte sie sechs Maßlöffel Kaffeepulver in den Filter und schaltete das Gerät ein. Sie wusste, dass Lovie nach der Rückkehr von ihrer Schildkrötenpatrouille stets gern ihre Tasse frisch aufgebrühten Kaffee genoss. Zudem hatte Toy eine Schachtel Doughnuts gekauft. Für mehr reichte ihr Geld nicht; es gab nicht viel, womit sie beweisen konnte, wie dankbar sie Miss Lovie war. Außerdem bekräftigte Lovie stets aufs Neue, dass sie keine Dankbarkeit erwarte. Doch genau deswegen hätte Toy sich gern umso mehr erkenntlich gezeigt.

Dass Mitmenschen ihr etwas schenkten, ohne ihrerseits auf eine Gegenleistung zu hoffen, das war völlig neu für Toy, und dass sie hier bei Miss Lovie eine Bleibe gefunden hatte, kam ihr wie die Erfüllung eines Wunschtraums vor. So gut hatte sie es noch nie im Leben gehabt. Sogar ein eigenes Zimmer stand ihr zur Verfügung, eins für sie allein! Und die Krönung des Ganzen: Niemand zankte mit ihr herum oder keifte sie pausenlos an. Vor ihrer Bekanntschaft mit Miss Lovie hatte sie auch nicht annähernd geahnt, wie angenehm gemeinsam eingenommene Mahlzeiten sein konnten, mit sauberem Tischtuch, Servietten und richtigem Besteck. Bei jedem Essen, wohlgemerkt!

Und gespeist wurde regelmäßig. Beileibe nicht die schnelle Dosensuppe vor dem Fernseher oder der Mac aus der Schachtel, nein, ordentliche Gerichte mitsamt Gemüse. Lovie unterhielt sich außerdem mit ihr wie mit einer ernst zu nehmenden Gesprächspartnerin und behandelte sie nicht wie eine törichte, undankbare Göre, die sich, dumm wie sie war, ein Balg hatte andrehen lassen, wie Toys Eltern es ausdrückten. Die hatten sich kurz in der Tür des Wohnwagens blicken lassen und ihre Tochter, die sich in ihrer Not an Vater und Mutter wandte, abgewimmelt. „Wer erwachsen genug ist, um bei diesem Darryl zu hausen, der kann auch auf sein Balg selber aufpassen.“ Das hatten sie ihr an den Kopf geworfen. Und die wollten Eltern sein? Selbst als sie ihnen beichtete, Darryl sei handgreiflich geworden, verweigerten sie jede Hilfe. „Du hast dir die Suppe eingebrockt, nun löffele sie auch aus.“ Mehr hatten sie nicht zu sagen. Höchstens noch, dass sie in die Kirche gehen und den Herrgott demütigst um Vergebung ihrer Todsünde anflehen solle.

Lovie hingegen wiederholte ein ums andere Mal, dass Liebe niemals Sünde sein könne. Im Gegenteil, wer nicht liebe, der begehe die schlimmste aller Verfehlungen, meinte sie. Und was Miss Lovie äußerte, das glaubte Toy, denn eine noch gottesfürchtigere Person als Miss Lovie war ihr im Leben nicht begegnet. Miss Lovie sorgte irgendwie dafür, dass Toy mit sich und ihrer Lage besser zurechtkam, statt sich wie eine Versagerin zu fühlen oder gar noch schlimmer als das: wie eine, die sich weggeworfen hat. Das nämlich war das Gefühl, das ihre eigene Mutter ihr vermittelt hatte.

Genau deswegen hätte Toy fuchsteufelswild darüber werden können, dass Miss Lovies leibliche Tochter offenbar nicht zu würdigen wusste, welches Glück sie mit ihrer Mutter hatte. Diese Cara sollte mal einen einzigen Tag mit meiner Frau Mama zubringen, überlegte Toy verdrossen. Die würde sich wundern!

Als sie seinerzeit informiert worden war, dass Caretta Rutledge kommen wolle, da hatte Toy gleich geahnt, dass dieser Besuch nichts

Gutes verhieß. Miss Lovie hatte ihr mal erzählt, ihre Cara sei irgendein hohes Tier in einer großen Werbeagentur in Chicago. Das passte, befand sie jetzt, nachdem sie der Frau begegnet war. Diesen Menschenschlag, den kannte Toy. Daran, dass diese Zeitgenossen zufällig im richtigen Stadtteil aufgewachsen waren, die renommiertesten Schulen besucht hatten, stets schicke Klamotten trugen oder in tollen Häusern wohnten, lag es nicht allein. Nein, tief in der Seele hielten Mädchen wie Cara sich für etwas Besseres. Die brauchten sich nicht zu beweisen.

So bleiben die Reichen reich, sinnierte Toy. Die betrachten sich als exklusiven Verein, halten sich an einen Geheimcode, den nur sie verstehen und in den sie keine Außenstehenden einweihen. Als ob sie, Toy, je vorgehabt hätte, diesem Club beizutreten ... Allein der Blick, mit dem Cara sie gemustert, ihren dicken Bauch inspiziert hatte, war deutlich genug gewesen: eine Abfuhr erster Güte. Von oben herab behandelt zu werden, davon konnte Toy ein Lied singen. Doch es tat schon weh, wenn man sich in diesem Haus, in dem sie sich unendlich wohl gefühlt hatte, derart minderwertig vorkam.

Mit einem Schwamm wischte sie das verschüttete Kaffeemehl auf. Dass alles im Haus seine Ordnung hatte, gefiel ihr; es machte ihr regelrecht Spaß, alles blitzblank zu putzen. Sie selbst war in einem schrecklichen Chaos aufgewachsen; überall hatten Zeitungen und Kleidungsstücke herumgelegen, nie wurde die Wäsche gewaschen. Sie konnte sich nicht erinnern, dass sie je sauber gefaltete Handtücher im Wäscheschrank vorgefunden oder mal ein Blumenstrauß auf dem Tisch gestanden hätte. Hier im Sommerhaus lebte man dagegen wie in einer anderen Welt. Sie brauchte nur die Küchenvitrine zu öffnen und das säuberlich aufgestapelte Porzellan, all das fein zueinander passende Geschirr anzuschauen. Jedes Mal überlief sie dabei ein Glücksgefühl.

Ausziehen würde sie nur ungern. Lovie wollte zwar, dass Cara den ganzen Sommer hier verbrachte, doch Toy glaubte nicht recht, dass die Tochter es so lange aushalten würde. Toy hatte allerdings nicht die Absicht, ihr den Aufenthalt zu verderben, schon allein aus Rücksicht auf Miss Lovie. Sie konnte sich zwar keinen Reim darauf machen, doch Miss Lovie legte großen Wert auf diese gemeinsamen Tage mit der Tochter. Und Lovie Rutledge zuliebe hätte Toy fast alles getan.

Mittlerweile war die Küche vom Duft frisch aufgebrühten Kaffees erfüllt. Toy hatte gerade die Doughnuts auf einem hübschen Teller angerichtet, als sie Schritte auf der Treppe zur vorderen Veranda hörte. Rasch wischte sie sich den Zucker von den Fingern und eilte zur Tür, um die Hausherrin zu begrüßen.

„Hallo, Miss Lovie!" rief sie und nahm ihr den roten Eimer ab. „Allmählich habe ich mich schon gefragt, ob Sie wohl den ganzen Morgen da draußen bleiben wollen!"

„Ist es schon so spät?" gab Lovie zurück und hielt an, um wieder zu Atem zu kommen.

Toy runzelte die Stirn, als sie Lovies Erschöpfung bemerkte. „Wollen Sie sich nicht kurz setzen? Ich hole Ihnen ein Glas Wasser und bringe Ihnen ein schöne Tasse Kaffee!"

„Gott, das klingt aber verlockend", erwiderte Lovie kurzatmig, während sie sich auf einen Stuhl am kleinen Holztisch direkt draußen vor der Küchentür sinken ließ.

Den Blick fest auf Lovie geheftet, stellte Toy ein Tablett vor sie hin. „Haben Sie denn heute etwas entdeckt?"

Umgehend hellte sich Lovies Miene auf. „Unsere dritte Legegrube! Emmi und ich haben mit dem Fühlstab sondiert, und gleich beim dritten Versuch sank er direkt tief ein. Da hättest du mal Emmis Gesicht sehen sollen! Einhundertvierundfünfzig Eier! Ist das nicht großartig? Leider hat die Mutterschildkröte ihr Gelege mitten auf dem Pfad zum Strand eingebuddelt. Auf diesem breiten bei der 17. Avenue."

„Wahrlich keine sonderlich gute Idee."

„Ich bin sicher, das arme alte Mädchen hatte keinen Schimmer, dass es sich um einen Strandpfad handelt. Wir mussten das Gelege also umbetten. Zwischen der 16. und der 17. Avenue sind die Dünen recht hoch.

Nach längerem Suchen haben Emmi und ich dann ein hübsches Brutplätzchen gefunden. Ein guter Tag, im Großen und Ganzen betrachtet."

„Aber ein langer für Sie", fügte Toy hinzu.

„Ach, ich fühl mich prima, wirklich. Ein wenig außer Atem, doch kein bisschen zerschlagen."

„Keine Schmerzen?"

„Überhaupt keine."

„Und die Nachricht von der Aktivistin an der 6. Avenue haben Sie erhalten?" Toy reichte Lovie eine kleine, mit Tabletten gefüllte Schale.

„Hab ich, vielen Dank! Flo hat sie an mich weitergegeben." Naserümpfend starrte sie die Pillen an.

„Bitte, Miss Lovie! Es muss sein, das wissen Sie doch! Schauen Sie nur, ich habe Ihnen einen Doughnut mitgebracht, damit die Dinger besser flutschen. Wie in dem Lied aus ‚Mary Poppins': ‚Mit 'nem Löffelchen voll Zucker schluckst du jede Medizin'. Also, hinunter damit, schieben Sie's nicht erst auf die lange Bank!"

Angesichts des kleinen Pillenbergs verzog Lovie angewidert das Gesicht, doch Toy wartete beharrlich neben ihr, die Arme resolut vor der Brust verschränkt. Zuweilen blieb ihr nichts anderes übrig, als die gestrenge Krankenschwester zu spielen; schließlich hatte der Arzt sie nicht zum Scherz beiseite genommen und ihr aufgetragen, streng darauf zu achten, dass Miss Lovie ja ihre Medikamente wie verordnet einnahm. Sie bemühte sich, weiter beim Thema Schildkröten zu bleiben und Lovie etwas von der Medizin abzulenken.

„Und dieser Anruf heute Morgen – war das auch ein Gelege?"

Nach hörbarem Schlucken stellte Lovie das Glas ab und schüttelte verneinend den Kopf. „Ein missglückter Legeversuch. Die Schildkröte muss ziemlich weit den Strand hinaufgekrabbelt sein, irrte dann wohl einige Zeit umher und kehrte schließlich um. Wir haben alles abgesucht, jedoch kein Gelege gefunden. Vermutlich handelt es sich um dasselbe Muttertier, das bereits etwas weiter unten an der 17. Avenue ihre Gelege abgesetzt hat. Die Spuren waren ähnlich." Missmutig starrte sie die verbliebenen Pillen an.

„Na los, nur noch ein paar", drängte Toy und schaute zu, wie Lovie tief einatmete, die letzten rosafarbenen Kügelchen ergriff und sie mit angewidertem Schaudern hinunterwürgte.

„Na bitte! Geschafft!"

„Eklige Dinger! Ich weiß nicht, wieso ich mir das noch antue!"

„Das dürfen Sie nicht sagen! Sie wissen doch, wieso! Wir hätten Sie gern noch lange bei uns!"

Lovies Gesicht wurde weich und traurig, als sie Toy ansah. „Zumindest noch den Sommer über."

„Ach was, noch viel länger! Ich bin doch schon dabei, ein Weihnachtsgeschenk für Sie auszusuchen. Aber es stimmt, der Sommer ist am schönsten. Seit die Schildkröten eintreffen, sind Sie ja richtig happy!"

„Und jetzt ist sogar meine eigene Caretta zurückgekommen."

Toys Lächeln erlosch.

Lovie legte den Kopf schräg und musterte Toy. „Ihr habt euch also kennen gelernt?"

Toy ließ sich ebenfalls am Tisch nieder, wobei die Stuhlbeine knirschend über die Bohlen schabten. Etwas unbeholfen saß sie da, weil ihr runder werdender Leib ziemlich viel Platz benötigte. „So könnte man's nennen. Sie hatte gerade diesen Alarmanruf wegen der Schildkrötenspuren entgegengenommen, und ich kam genau während des Gesprächs vom Einkaufen zurück. Wir haben uns quasi gegenseitig erschreckt, scheint mir."

„Sie ist gestern Abend schon früh eingeschlafen. Ich hatte ursprünglich damit gerechnet, dass sich nach deiner Rückkehr aus dem Kino die Gelegenheit ergeben würde, dich vorzustellen. Aber wie sich herausstellte, wurde daraus nichts."

„Hatte ich mir schon gedacht. Sie guckte mich an, als ... Na ja, drücken wir es mal so aus: Allzu erfreut über meine Anwesenheit schien sie nicht zu sein."

„Zuweilen lehrt Cara einen das Fürchten."

Toy schnaubte unwirsch. „Also echt, Miss Lovie, kaum zu fassen, dass sie Ihre Tochter sein soll. Zwei Frauen von so unterschiedlichem Wesen hab ich ja mein Lebtag noch nicht getroffen!"

Lovie lachte verhalten in sich hinein und stellte verschmitzt fest: „Da würde sie dir, glaube ich, nicht widersprechen."

Toy schürzte die Lippen und kratzte an ihren Fingernägeln herum. „Ich hab da so 'ne Idee. Es ist vielleicht besser, wenn ich woandershin ziehe, zumindest für diese Woche beziehungsweise solange Cara hier ist. Da hätten Sie beide doch auch mehr Zeit füreinander."

„Und wo würdest du unterkommen?"

„Also, für 'ne Woche könnte ich ja wieder bei Darryl wohnen."

„Kommt überhaupt nicht in Frage!"

Der scharfe Ton von Lovies Stimme ließ Toy verblüfft aufblicken. Die alte Dame saß kerzengerade auf ihrem Stuhl; ihre Augen blitzten zornig.

„Wäre doch nur für eine Woche! Und er nähme mich gern wieder auf, das weiß ich!"

„Du willst zu diesem Kerl zurück? Unter gar keinen Umständen!"

„Er liebt mich!"

Eine ganze Weile saßen sie einander stumm gegenüber. Lovie bedeckte schließlich Toys Hand mit der ihren. „Als ich dich einlud, hier bei mir einzuziehen, da tat ich das in der Absicht, dir ein Zuhause zu geben. Du solltest dich hier wohl fühlen. Bislang haben wir uns doch recht gut verstanden, nicht wahr?" Als Toy zustimmend nickte, fuhr Olivia fort: „Wie also kannst du nur denken, du seiest plötzlich unerwünscht, weil Besuch eingetroffen ist?"

„Hier geht's ja nicht um irgendeine Besucherin. Schließlich ist Cara Ihre Tochter!"

„Und du bist mir genauso zur Tochter geworden."

Toy senkte den Kopf und heftete den Blick auf die schmale Hand, die über der ihren lag, die Hand einer Mutter. Auch wenn die Haut blass, nahezu durchsichtig war, auch wenn blaue Adern hervortraten und die Knochen so zerbrechlich schienen wie die eines Vogels, so verkörperte diese Hand doch so viel Liebe und Kraft, dass Toy vor Rührung die Tränen in die Augen traten.

Leise fragte Lovie: „Versprich mir, dass du bleibst. Dass du mit dazu beiträgst, dass alles gut verläuft."

Toy nickte heftig, weil sie sich ihrer Tränen schämte.

Cara blinzelte unter bleiernen Augenlidern hervor und schaute auf ihre Uhr. Beinahe Mittag. Sie war benommen, hätte glatt noch zwölf Stunden weiterschlafen können. Aber konnte sie den lieben langen Tag in den Federn verbringen? Doch, durchaus, das hätte ihr nichts ausgemacht, allerdings hielt sie das stumme Geständnis nicht für sehr schmeichelhaft. Ihr Kopf dröhnte etwas, und sie hatte einen pelzigen Geschmack im Mund, als wäre die Mundhöhle mit Watte gefüllt. Sie schwang die Beine aus dem Bett, zog sich Boxershorts über und tappte auf nackten Sohlen durch den Flur Richtung Küche.

Im Sommerhaus ihrer Kindertage kam sie sich seltsam verloren vor, so, als sei sie hier völlig fremd. Das Haus sah gegenüber früher völlig anders aus. Ihre Mutter hatte alles ausräumen und so umbauen lassen, dass die kleinen Kammern des Cottage nunmehr als Hausmittelpunkt einen großzügigen, luftigen Hauptraum bildeten, der jeweils vorn und hinten an eine breite, überdachte Veranda grenzte. Linker Hand befand sich ein schmaler Gang, der zu den beiden Kinderzimmern mit der Toilette dazwischen führte. Zur Rechten lagen Elternschlafzimmer, das Bad sowie die schicke kleine Küchenzeile, modern, vom Feinsten eingerichtet und Lichtjahre entfernt von der einstigen Allerweltsküche, an deren klobige Ausstattung Cara sich noch erinnern konnte.

Das einzige Möbelstück, das sie wieder erkannte, war die Geschirrvitrine. Hinter den verglasten Türen standen Porzellanservice, die von Generation zu Generation weitervererbt worden waren. Cara nahm sich ein Gedeck aus blau-weißem Meißener Porzellan heraus. An diesem verkorksten Morgen wirkten die vertrauten Gegenstände irgendwie tröstlich. Zum Glück war der Kaffee in der Thermoskanne noch sehr heiß. Außerdem hatte eine wohlmeinende Seele einen kleinen Teller mit Doughnuts bereitgestellt.

Im Zeitlupentempo trug Cara Tasse und Süßgebäck auf die moskitogeschützte Veranda und ließ sich, mit Blick auf den Ozean, schwer in einen riesigen hölzernen Schaukelstuhl sinken. Vor ihr, jenseits des menschenleeren Sandstreifens mit seinen flachen Dünenhügeln und wilden, windgepeitschten Sträuchern, wogte still die Dünung des Ozeans, unnahbar und abweisend.

„Ach, da bist du!"

Cara fuhr herum und bekam gerade noch mit, wie ihre Mutter um die Hausecke bog. In Khakishorts und salbeigrünem T-Shirt, das mit einer Schildkröte bedruckt war, wirkte sie geradezu unternehmungslustig. Den sportlichen Eindruck verstärkte eine rote Baseballkappe, auf der vorn das Staatswappen von South Carolina, Fächerpalme und Halbmond, aufgestickt war.

Cara grüßte mit einem müden Winken. Lovie fasste das Treppengeländer und schleppte sich mühsam und schwer atmend die Stufen hinauf. Besorgt hastete Cara die Treppe hinunter, um ihrer Mutter zu Hilfe zu eilen.

„Alles in Ordnung?"

„Zuweilen spüre ich mein Alter", erwiderte Lovie resigniert. „Ist weiter nichts."

„Wann warst du das letzte Mal beim Arzt?"

„Nimm bitte zur Kenntnis, dass zwischen Dr. Pittman und mir fast schon eine telepathische Verbindung besteht. Sage ich ‚Hatschi', ruft er umgehend an und wünscht ‚Gesundheit'."

„Nein, Mutter, im Ernst! Ich kann mich nicht erinnern, dich einmal so außer Atem gesehen zu haben."

Lovie blieb auf einer Stufe stehen und schaute ihre Tochter schräg von der Seite an. „Cara, meine Liebe", begann sie, wobei der vorwurfsvolle Unterton kaum zu überhören war, „du hast mich seit geraumer Zeit nicht besucht. So weit kann es mit deinen Erinnerungen also nicht her sein. Heutzutage komme ich relativ schnell aus der Puste."

Kleinlaut hakte Cara sich bei ihrer Mutter unter und half ihr die Treppe hinauf. Oben angelangt, ließ Lovie ihre Tochter los und holte tief Luft.

„Na also, alles kein Malheur. Bei mir geht's wie bei der Schildkröte – langsam, aber sicher. Und wie fühlst *du* dich?"

Cara bemerkte durchaus die Schweißperlen an Lovies Oberlippe, enthielt sich aber jeglichen Kommentars. „Tut mir Leid wegen gestern Abend. Ich bin nicht absichtlich gleich am ersten Tag eingenickt. Aber das Bett war so einladend, und bei der sanften Brise, die durch das Fenster hereinwehte ... Ich wollte mich eigentlich bloß einen Augenblick hinlegen, um meinen Augen etwas Ruhe zu gönnen. Doch bevor ich mich versah, war's heller Morgen!"

„Mach dir darüber keinen Kopf. Ich habe mir gleich gedacht, dass du von der langen Fahrt einfach nur zu erschöpft warst. Uns bleibt reichlich Zeit, um den Abend nachzuholen. Du hast dir also nichts vorzuwerfen. Hat der Schlaf dir wenigstens gut getan?"

„Leider nicht. Ich fühle mich nach wie vor ziemlich zerschlagen. Wahrscheinlich liegt's am plötzlichen Tempowechsel, weil ich nach dem Stress in der Knochenmühle jetzt plötzlich kürzer trete."

„Ich vermute eher, dass es auf die Inselatmosphäre zurückzuführen ist. Offenbar benötigen viele meiner aus dem Norden kommenden Gäste einige Tage, um sich zu akklimatisieren. Lass dir Zeit. Komm doch morgen einfach mit zum Strand, und unterstütze unsere Schildkröteninitiative! So ein Strandspaziergang an der Sonne und der frischen Luft tut dir bestimmt gut!"

„Ich halte mich bei gutem Wetter nicht mehr so gerne im Freien auf wie früher. Dafür habe ich zu viel über Hautkrebs und den vorzeitigen Alterungsprozess der Haut gelesen. Heutzutage bewundere ich den Sonnenschein lieber aus der sicheren Zimmerperspektive. Und übrigens: Hast du schon vergessen, dass ich mit den Schildkröten nicht viel am Hut habe?"

Lovie tat das mit einer Handbewegung ab. „Dann eben um der Gesellschaft willen! Erinnerst du dich noch an Emmaline Baker? Sie macht ebenfalls bei uns Turtle Ladies mit und brennt geradezu darauf, dich wiederzusehen."

„Emmi? Die ist hier?" Vor Caras geistigem Auge tauchte das Bild ihrer Busenfreundin aus Jugendjahren auf.

„Im Sommer kommt sie immer noch mit ihren Jungs her. Sie fragt dauernd nach dir."

„Ich würde sie auch liebend gern treffen. Nur nicht ausgerechnet heute. Später vielleicht", vertröstete Cara ihre Mutter. Heute war ihr schon allein der Gedanke an Geplauder ein Gräuel.

Lovie musterte sie von der Seite und ließ sich dann in ihrer unnachahmlichen Eleganz auf der Veranda in einen Schaukelstuhl gleiten. „Setz dich doch, Cara! Lass uns ein wenig reden!"

Cara kam der Aufforderung nach. Lovie nahm die Mütze ab, benutzte sie als Fächer und wiegte sich dazu sanft im Schaukelstuhl. Cara betrachtete ihre Mutter etwas genauer und erschrak. Das Haar, das einst dicht und von der Farbe gesponnenen Goldes gewesen war, wirkte im unbarmherzigen Morgenlicht nunmehr dünn und weiß. Sogar die Kopfhaut schimmerte durch. Erschüttert fuhr Cara sich mit der Zunge über die Lippen. „Soll ich dir ein Glas Wasser holen?"

„Nein, ich gehe sowieso gleich ins Haus und bereite uns etwas zu essen zu. Du musst doch völlig ausgehungert sein."

Cara verneinte und fügte hinzu: „Mach dir bitte meinetwegen keine Umstände." Sie schnappte sich ihre Kaffeetasse und gesellte sich zu ihrer Mutter. „Ich nehme ohnehin keine regelmäßigen Mahlzeiten zu mir. Mein Organismus ist diese Gewaltkur gewohnt."

„Du bist zu mager. Und obendrein blass."

Cara lachte. „Dasselbe könnte man von dir behaupten!"

Lovies blaue Augen weiteten sich. „Ach, wer gibt schon etwas auf eine alte Frau wie mich? Du hingegen befindest dich in der Blüte deiner Jahre!" Ihr aufmerksamer Blick wanderte von Caras Gesicht zum zerwühlten, schulterlangen braunen Pagenkopf. Cara trug noch dasselbe zerknitterte T-Shirt, in dem sie angereist war. Es hing ihr über die weiten blauen Männer-Boxershorts, welche die langen, schlanken Beine betonten. „Wirklich, du treibst immer noch sehr gute Friseursalons auf", stellte Lovie fest. „Aber müde siehst du aus. Und gestresst. Insbesondere deine Augen sind ganz verquollen und ein wenig blutunterlaufen."

„Ach, wie reizend", brummte Cara, während sie an ihrem Kaffee nippte. Dann massierte sie sich die Stirn, hinter der sich, wie sie nun feststellte, ein schmerzhaftes, angespanntes Gefühl ausbreitete.

„Fühlst du dich nicht gut? In unseren Gefilden ging ziemlich heftig die Frühsommergrippe um!"

„Nein. Nur wieder dieser elende Kopfschmerz."

„Ach so ... du hast noch immer diese Beschwerden?"

„Leider."

„Hm. Ich sag's ja, das kommt vom Stress. Als du klein warst, stellte sich dein Kopfweh immer vor Klassenarbeiten ein. Weißt du noch? Oder wenn ..." Sie unterbrach sich mitten im Satz.

Cara beendete ihn: „Wenn Daddy mal wieder ausrastete."

Ihre Mutter lächelte kläglich. Verlegene Stille trat ein.

„Ich hab ganz vergessen, dir mitzuteilen, dass dich jemand am Telefon sprechen wollte, als du unterwegs warst." Cara fischte sich einen Doughnut vom Teller. „Eine Frau. Sie hatte Spuren gesichtet."

„Um wie viel Uhr hat sie denn angerufen?"

„Ach, vor Stunden schon. Das Mädchen da drinnen hat mit ihr gesprochen."

„Richtig, ja. Eine fehlgeschlagene Eiablage." Und dann hakte sie nach: *„Das Mädchen*? Ich nehme an, du meinst Toy Sooner?"

Man sah Cara an der Nasenspitze an, was sie von diesem Gast hielt. „Aha, so heißt die also." Sie biss in den Teigkringel, und auf ihr T-Shirt rieselten winzige Zuckergussbröckchen. „Zur gegenseitigen Vorstellung hat's noch nicht gereicht", murmelte sie kauend, wobei sie die Krümel wegwischte. „Wir hatten einen kurzen Wortwechsel, bevor ich mich vorsichtshalber verzog, um nur ja nichts Falsches zu sagen." Sie griff nach ihrer Kaffeetasse und nahm rasch einen Schluck.

„Was ist denn das eigentlich für eine Person? Ist die nicht ein bisschen zu jung für ein Baby?“

Lovie musterte das Gesicht ihrer Tochter mit derselben Miene, die sie stets aufgesetzt hatte, wenn Cara als kleines Mädchen mit vollem Munde gesprochen hatte. „Ja, sie ist jung. Sehr jung, das liebe, arme Ding. Aber so etwas kommt eben vor. Sogar in Charleston!“

Cara verdrehte die Augen und tupfte sich mit einer Serviette die Mundwinkel ab. „Mutter, ich bin nicht etwa schockiert! Ich wollte nur wissen, was sie hier sucht! Und ausgerechnet jetzt!“

„Soll heißen, während deines Besuchs?“

„Ehrlich gesagt, ja! Es ist schließlich nicht so, dass ich permanent hier auftauche. Wie oft? Alle zwanzig Jahre mal?“ Wieder biss sie in ihr Gebäckstück, kaute, schluckte dann heftig und fügte pikiert hinzu: „Ich Dummerchen bin davon ausgegangen, dass du Zeit mit mir verbringen möchtest – und zwar mit mir alleine.“

„Cara, Schatz, wer wird denn jetzt kleinlich werden? Natürlich will ich dich bei mir haben. So war die Einladung auch gemeint.“

„Aha. Und diese Toy hast du eingeladen, damit ...“

„Ich habe sie nicht eingeladen. Sie ist kein Feriengast. Sie wohnt hier. Ich kann sie schließlich nicht vor die Tür setzen, nur weil du mich besuchst.“

„Sie wohnt hier? Seit wann? Die Saison hat doch eben erst begonnen!“

„Toy ist seit März hier, wohingegen ich schon im Januar hierhergezogen bin.“

„Januar? Seit wann kehrst du Charleston so zeitig den Rücken? Warum verlässt du dein Haus in der Stadt und hockst den Winter über hier draußen? Hast du dich mit Palmer überworfen?“

„Ach was, nichts dergleichen. Wie kommst du darauf? Ich konnte – oder, besser gesagt, ich wollte – in meinem Alter nicht allein hier hausen. Und als ich Flo meine Lage schilderte, stellte sie mir Toy vor.“ Als Cara ein verdutztes Gesicht machte, fügte Lovie hinzu: „Du kennst doch noch Florence Prescott von nebenan, oder?“

„Na klar! Die Schwungvolle mit der hellroten Mähne.“

„Richtig. Nur dass das Haar jetzt weiß ist. Wahrscheinlich erinnerst du dich nicht mehr, dass sie jahrelang als Sozialarbeiterin in Summerville gearbeitet hat. Unter der Woche blieb sie in ihrer Wohnung, und an den Wochenenden oder im Urlaub brachte sie das alte Sommerhaus ihrer Eltern hier auf der Insel wieder auf Vordermann. Immer dann, wenn sie es zeitlich einrichten konnte. Na ja, jedenfalls wurde ihre Mutter immer gebrechlicher. Deshalb fasste Flo eines Tages den Entschluss, sich pensionieren zu lassen und die alte Dame herzuholen. Meine Güte, das muss inzwischen an die zehn Jahre her sein! Seitdem wohnt Flos Mutter ebenfalls hier. Kinder, wie die Zeit vergeht! Die beiden sind gute Freunde von mir geworden. Ein wahres Glück für mich, solche Nachbarn!“

„Mutter, was hat das alles mit dieser Toy zu tun?“

„Das wollte ich dir gerade erklären. Flo ist nach wie vor ehrenamtlich im Frauenhaus tätig. Eines Tages erzählte ich ihr von meiner Absicht, mich auf der Insel niederzulassen, und von meinem Wunsch nach einer passenden Mitbewohnerin. Sofort wurde sie hellhörig und berichtete mir von einem jungen Mädchen, mit dem ich mich bestimmt wunderbar ergänzen würde.“

„Du hast sie im Frauenhaus aufgegabelt?“

„Aus deinem Mund klingt das so, als wäre sie ein Vierbeiner, den man irgendwo eingefangen hat“, protestierte Lovie. „Ja, sie war im Frauenhaus, die Arme. Dafür ist diese Einrichtung doch da, und dem Himmel sei Dank dafür! Frauen müssen doch wissen, wohin sie sich wenden können, wenn sie um Leib und Leben fürchten!“

„Schon gut, schon gut! Du trägst Eulen nach Athen! Ich spende regelmäßig für ein Frauenhaus in Chicago.“

Lovie nickte zustimmend. „Ich begehe auch keinen Vertrauensbruch, wenn ich dir ein wenig von Toys Vergangenheit berichte. Das Mädchen hat alles mit mir besprochen und findet es am besten, wenn ich dir reinen Wein einschenke. Also: Toy wohnte mit ihrem Freund zusammen und stellte eines Tages fest, dass sie schwanger von ihm ist. Als er ihr gegenüber handgreiflich wurde, hat sie ihn verlassen."

„Er hat sie geschlagen?"

„Richtiggehend verprügelt. Dem Ungeborenen ist nichts passiert, doch Toy bekam es mit der Angst zu tun und verließ den Kerl."

„Recht so! Damit steigt sie gewaltig in meiner Achtung. Aber so jung noch, und schon mit dem Freund zusammenleben? Und dann auch gleich schwanger? Was ist denn mit ihren Angehörigen?"

„Unmenschen sind das! Die wollten von Toy nichts mehr wissen. Wiesen ihr die Tür, beschimpften sie als Herumtreiberin und warfen ihr alle möglichen Gemeinheiten an den Kopf, überließen das arme Ding sich selbst. Man stelle sich das vor! Die eigene Tochter!"

Cara verspürte plötzlich Mitleid mit dem Mädchen. Wie entsetzlich die Lage einer Heranwachsenden werden konnte, war ihr nicht neu. Auf den Straßen der Großstadt weht so einem jungen Ding der Wind scharf und grausam ins Gesicht.

„Wie alt ist sie? Sechzehn? Siebzehn?"

„Fast achtzehn – und zudem eine Seele von Mensch. Sie sieht aber halt noch sehr jung aus."

Plötzlich kam es Cara so vor, als hätte sie einen Kloß im Hals. „Ich war ebenfalls achtzehn, als ich zu Hause auszog."

Ihre Mutter zuckte zusammen. „Ach, das kann man doch nicht vergleichen! Du bist schließlich freiwillig gegangen! Dein Vater und ich waren dagegen, doch du hattest schon immer einen starken Willen und ein großes Selbstbewusstsein. Da kann Toy nicht mithalten. Sie ist sehr unsicher, ein Kind noch."

Was ihre Mutter da gerade sagte, fuhr Cara wie ein Messerstich ins Herz und kränkte sie zutiefst. Sie schloss fest die Augen, weil sie den Ausdruck auf Lovies Gesicht nicht ertrug. Sie konnte nicht fassen, was sie da gerade zu hören bekam. Hatten die Eltern ihr nicht das Gleiche zugemutet, damals, als sie so alt gewesen war wie Toy jetzt? Sollte Olivia vergessen haben, dass sie, Cara, gleichfalls aus dem Elternhaus gewiesen worden war? Oder hatte ihre Mutter das alles wohlweislich verdrängt?

„Toy wusste weder aus noch ein“, fuhr Lovie fort.

Ich auch nicht, als ich abgehauen bin! Hat dir das vielleicht etwas ausgemacht? „Also hast du sie aufgenommen?“ Cara schlug die Augen wieder auf.

„Ich hielt das für die beste Lösung. Ich suchte eine Mitbewohnerin, und Toy ein Dach über dem Kopf.“

„Es ist dein Leben“, erwiderte Cara und hob resigniert die Hände.

„Du findest es also falsch?“

„Keineswegs“, entgegnete sie, gleichmütig zwar, doch mit äußerster Mühe, ihren kochenden Zorn zu beherrschen. „Ich will mich nur nicht in deine Entscheidungen einmischen.“

Beide verfielen erneut in Schweigen, sodass eine unbehagliche Stille eintrat. Cara merkte, wie ihr Kopfschmerz zu pochen begann. Ihre Mutter schaute auf das Meer hinaus.

„Ich bin mir ganz sicher; wenn du Toy eine Chance gibst, wird sie dir gefallen. Möglicherweise kommt sie dir anfangs etwas verschlossen vor, aber sie gleicht einer Schildkröte: Unter der harten Schale steckt ein weicher Kern. Sie ist ein lieber Kerl, der Zuneigung und Geborgenheit braucht.“ Lovie legte die Finger über Caras Hand. „Willst du es nicht wenigstens mit ihr versuchen? Mir zuliebe?“

Erschöpft lehnte Cara sich gegen die Stuhllehne und blickte ihre Mutter lange an. Der Zorn war zwar verraucht, doch der Stachel saß noch immer tief. Cara fühlte sich wieder wie ein Kind, und ihr Herz schien zu rufen: *Wieso setzt du dich so für Toy ein und nicht für mich, deine eigene Tochter?* Ob sie wollte oder nicht – die Eifersucht nagte an ihr, weil ihrer Mutter so viel an diesem unbekannten Mädchen lag. Über die Jahre hatte sich zu ihrer Mutter eine Art neutrales, unaufdringliches Verhältnis entwickelt, das beiden – wegen oder trotz der Entfernung – gut bekam. Doch auf einmal kam Cara die Distanz zwischen ihnen riesig vor.

Sie zog die Hand weg. „Na schön, Mama. Ich probier's.“

Endlich gelangt die Meeresschildkröte in vertraute Gewässer. Während über dem Atlantik der Mond aufgeht, wartet sie in der Dünung, nicht weit vom Strand. Die Schildkröte tut, was der Instinkt ihr eingibt. Zwar ist die See ihr Element, doch sie muss diese gewohnte Umgebung verlassen und unbekannten Gefahren trotzen, um am Sandstrand eine Grube für die Eiablage zu schaufeln. Findet sie eine sichere Stelle? Oder soll sie lieber noch ein Stück weiter schwimmen?

3. KAPITEL

Die Kopfschmerzen verschlimmerten sich zu einem akuten Migräneanfall und peinigten Cara so arg, dass sie benommen wieder ins Bett taumelte. Lovie legte ihr einen feuchten Waschlappen über Augen und Stirn und gab ihr den Rat, die Muskulatur zu entspannen und möglichst wenig nachzugrübeln. Cara nickte zwar folgsam, wusste allerdings, dass man dann auch gleich von ihr verlangen konnte, das Atmen einzustellen. Ihr Job war futsch, sie verfügte über kein Einkommen mehr und hatte keine Ahnung, wie es weitergehen sollte. Wahrscheinlich würde sie sich nun wochenlang wie eine Wahnsinnige das Hirn zermartern. Rastlos drehte sie sich von links nach rechts und riss sich schließlich den Lappen von den Augen. Das heulende Elend überkam sie nun; verzweifelt barg sie das Gesicht in den Händen und ließ den tagelang aufgestauten Tränen freien Lauf.

Wenig später waren die Augen geschwollen und entzündet. Cara versank in jene sonderbare Apathie, die mit völliger Erschöpfung einhergeht. Sie starrte teilnahmslos auf den Oleanderbusch, der sich vor dem Fenster im Wind wiegte. Zeit spielte von jetzt an keine besondere Rolle mehr. Wolken drängten rasch vom Festland heran und überzogen den eben noch blauen Himmel mit tristem Grau. Zuvor schon hatte Cara das basstiefe Brüllen eines Nebelhorns vernommen. Ein riesiger Containerfrachter manövrierte vorsichtig durch die Hafenausfahrt und strebte dem offenen Meer zu. Ihr kam es so vor, als wäre sie ein solches Schiff auf hoher See, als steckte sie in einer Nebelbank, dick wie Erbsensuppe, als führte der Kurs ins Ungewisse.

Als blutjunge 18-Jährige hatte sie Charleston den Rücken gekehrt, um im Norden ihr Glück zu suchen. Damals kümmerte es sie nicht sonderlich, wohin die Reise ging – nur weg aus den Südstaaten war die Devise. Von den unausgesprochenen und trotzdem eindeutigen Erwartungen an eine junge Südstaatendame, zumal an eine aus besten Kreisen, hatte sie mehr als genug: zunächst ein von der Familie ausgewähltes College, danach Gattenwahl und Heirat, um sich sodann niederzulassen – irgendwo in den Südstaaten, versteht sich. So oder so ähnlich war ihr gesamtes Leben bereits säuberlich wie auf einer Karte vorgezeichnet gewesen.

Von Anfang an hatte sie allerdings ihr eigenes Kartenstudium betrieben, ihr Elternhaus nach einem tränenreichen Wutausbruch verlassen und sich nach Chicago abgesetzt. Die aufstrebende Metropole am Michigansee entsprach Caras unverblümtem, rebellischem Naturell weit mehr als das biedere Charleston mit seiner kultivierten Art. Folglich war Cara geblieben, hatte das Salzwasser des Atlantiks gegen das Süßwasser des Lake Michigan und ihren melodischen Südstaatenakzent gegen das näselnde Englisch des mittleren Westens eingetauscht. Und eines hatte sie sich fest vorgenommen: Sie wollte sich nicht mit Hilfe ihrer weiblichen Reize, sondern allein dank ihrer Intelligenz und ihres Könnens durchsetzen.

Sie hatte sich beileibe nicht geschont. Tagsüber hatte sie als Sekretärin in einer Werbeagentur gejobbt und sich nach Feierabend in Abendkursen weitergebildet, während ihre Zimmergenossinnen durch die Kneipen zogen und auf Männerfang gingen. Bis auf den heutigen Tag erfüllte es sie mit Stolz, dass sie ihren Bachelor-Abschluss nach sieben langen Jahren am Abendkolleg erworben hatte. Damit nicht genug: Im Anschluss hatte sie noch ein Studium der Betriebswirtschaftslehre angehängt und es mit dem Magistergrad abgeschlossen – alles ohne einen einzigen Cent Unterstützung von Seiten der Eltern. Das entsprach eben Caras Art. Sie war überzeugt, sie könne es ganz nach oben schaffen, das Rennen gewinnen, wenn sie nur härter arbeitete als alle anderen.

Und sie hatte es tatsächlich geschafft, auch wenn das Rennen ein Marathonlauf gewesen war. Es hatte fünfzehn Jahre hartnäckiger Plackerei erfordert, die Sprossen der Karriereleiter zu erklimmen und von der Empfangssekretärin zur Abteilungsleiterin aufzusteigen. Die Belohnung hatte in einem erfüllten, arbeitsreichen Dasein bestanden. Cara war stolz darauf, sich ab und zu den Luxus kleiner Annehmlichkeiten leisten zu können. Wohlhabend war sie zwar nicht, sie konnte sich jedoch durchaus etwas gönnen: Theaterbesuche, eine gute Flasche Wein, die eine oder andere Geldanlage, dazu die passende Garderobe samt den Accessoires, die man bei einer Führungskraft eben voraussetzte.

Und hin und wieder gab es Männer, zwar nie eine feste Bindung, doch die erwartete Cara auch nicht. Mit Richard Selby war sie nun vier Jahre liiert, länger als mit jedem anderen Kandidaten. Richard arbeitete als Jurist in derselben Agentur wie sie, ein Mann mit sicherem Auftreten, geistreich und durchaus nicht unansehnlich. Bislang war es das ernsthafteste Verhältnis, zu dem Cara es je gebracht hatte. Ob es sich um Liebe handelte, wusste sie nicht genau. Eine Liebeserklärung hatten beide bisher nicht über die Lippen gebracht. Es hätte auch nicht ihrem Stil entsprochen. Dennoch: Man verstand sich ohne Worte. Zumindest glaubte Cara das.

Eigentlich konnte sie sich nicht beklagen.

Und dann das Unfassbare: Mit einem Schlag war mit dieser Lebensweise Schluss gewesen. Man hatte Cara entlassen, und sie musste feststellen, dass sie außerhalb der Arbeitswelt keine Freunde besaß. Sang- und klanglos war sie aus Chicago abgereist, ohne sich vorher auch nur mit einer Silbe von Richard zu verabschieden. Dass ihm das offensichtlich wenig ausmachte, gab ihr ziemlich zu denken.

Den Ereignissen hilflos ausgeliefert zu sein, das erschreckte sie am allermeisten. Schließlich war sie eine Frau, die gern die Fäden in der Hand hielt und für alle Eventualitäten gerüstet sein wollte. Deshalb war die Entlassung gleichsam wie aus heiterem Himmel gekommen. Cara hatte geschuftet und geschuftet, sich auf ihrer vorausberechneten Laufbahn gewähnt, und dann, plötzlich: der große Knall! Nun war sie wie betäubt, ausgelaugt, fühlte nichts mehr, nur Furcht. Hätten die Mitarbeiter in der Agentur sie jetzt sehen können, sie hätten sich ins Fäustchen gelacht! Miss Rutledge, die knallharte Powerfrau, im Sommerhaus ihrer Mutter, zusammengerollt wie ein Fötus!

Cara zog sich das Laken bis unters Kinn, kuschelte sich in die nach Meer duftenden Kissen und warf einen letzten Blick zum Fenster. Ein

Windstoß fuhr durch das Zimmer und ließ die Rollos flattern. Regen lag in der Luft.

Ein Schauer – der wäre jetzt angenehm, überlegte Cara schläfrig. Dann schloss sie wieder die Augen.

Als sie erwachte und die Augen aufschlug, stellte sie verblüfft fest, dass das Zimmer in schummrigem Halbdunkel lag. Ein Geräusch hatte sie aufgeweckt, ein Pochen, als klopfe jemand auf Holz. Im matten Schein der Flurbeleuchtung sah sie ihre Mutter am Fenster, schmächtig, bekleidet mit einem dünnen Sommerpullover, eine Küchenschürze um die Hüften. Mit dem Handballen schlug Lovie gegen den schlecht schließenden Fensterflügel, dessen verzogener Holzrahmen offensichtlich klemmte. Ein Sturm schien sich anzukündigen. Ein wütender Windstoß bauschte bereits das Moskitonetz; erste dicke Regentropfen klatschten gegen die Fensterscheibe. Schließlich knallte das Fenster zu, mit lautem Rumms zwar, doch dicht und solide.

„Wie spät ist es?" krächzte Cara heiser und stützte sich auf die Ellbogen. Sogleich meldete sich der hämmernde Kopfschmerz wieder, weshalb sie sich leise stöhnend zurück in die Kissen sinken ließ.

„Entschuldige, dass ich dich geweckt habe." Lovie verriegelte das Fenster und ließ das Rollo herab. „Meine Güte, es gießt ja in wahren Sintfluten!" Sie wandte sich zu Cara um, fixierte sie mit prüfendem Mutterblick und kam zögernd näher. „Was macht das Kopfweh?"

„Nicht mehr ganz so schlimm wie heute Morgen."

„Aber abgeklungen ist es noch nicht?"

„Nein", murmelte Cara. „Wie lange habe ich geschlafen? Wie viel Uhr ist es denn?" Sie wiederholte die Frage von vorhin und fuhr sich mit der Zunge über die spröden Lippen.

„Fast vier. Den ganzen Tag nieselt es schon, mit kleinen Unterbrechungen. Man hat den Eindruck, als wolle das Wetter uns ärgern. Aber jetzt rollt ein richtiger Sturm vom Festland heran. Dem Himmel sei Dank. Der Regen tut dringend Not." Lovie schob ihrer Tochter eine Strähne aus der Stirn und prüfte, ob Cara eventuell Fieber hatte. Die sanfte Berührung der Fingerspitzen linderte den Schmerz, Cara fielen die Augen zu. „Du brauchst wirklich Schlaf, mein Schatz“, fuhr Lovie fort und zog ihre Hand fort. „Doch du musst auch etwas essen. Wir wäre es mit einer Kleinigkeit? Ich habe dir Suppe gekocht.“

Cara lächelte dankbar, wenngleich kläglich. „Mir war doch gleich so, als dufte es hier appetitlich. Und könnte ich bitte auch ein Glas Wasser haben?“

„Aber sicher! Bin schon unterwegs!“

Erneut stemmte Cara sich mühsam hoch und verzog schmerzhaft das Gesicht. Das unbarmherzige Pochen hinter den Schläfen wollte nicht nachlassen. Immerhin gelang es ihr, in dem abgedunkelten Raum die Augen zu öffnen. Auch die Übelkeit hatte nachgelassen. Draußen vor dem Fenster heulte der Wind. Ein naher, grollender Donnerschlag ließ das Haus vibrieren, aber offenbar hielt das Unwetter sich nicht lange. Cara rechnete damit, dass der Sturm bald abziehen würde, hinaus aufs Meer. Auf unsicheren Beinen wankte sie ins Bad und rieb sich das Gesicht mit kaltem Wasser ab. Als sie ins Zimmer zurückkam, wartete ihre Mutter bereits mit einem Tablett, auf dem ein Teller und ein Glas standen. An eine Vase mit frischen Blumen hatte Lovie ebenfalls gedacht.

„So, bitte sehr! Leckere Hühnersuppe mit Brot, Eiswasser und, nicht zu vergessen, Aspirin!“

Cara bewegte sich wie in Zeitlupe. Jede unbedachte Bewegung löste eine Kettenreaktion von Kopfschmerzen aus. Sie zog sich ins Bett zurück und lehnte den Rücken gegen das dicke Polster aus Kopfkissen, die ihre Mutter für sie aufgestapelt hatte. „Ich komme mir vor wie im Krankenhaus!“

„Aber du bist einfach nur daheim. Leidest du denn öfter unter diesen Anfällen?“

„Von Zeit zu Zeit. Sie stellen sich beispielsweise ein, wenn ich spät abends noch arbeite, zu lange schlafe oder dergleichen. Schokolade verschafft etwas Linderung, gelegentlich auch Koffein. Von beiden konsumiere ich in jüngster Zeit mehr als das übliche Quantum.“

„Höchstwahrscheinlich Veranlagung", meinte Lovie mit Nachdruck, packte Cara das Tablett auf den Schoß und legte ihr eine Serviette zurecht. „Deine Großmutter litt unter solch grässlichen Kopfschmerzen, dass sie sich tagelang ins abgedunkelte Schlafzimmer verkroch."

Cara nahm einen Löffel von der Brühe und kostete sie. „Gott, ich habe total vergessen, wie köstlich deine Suppen schmecken!"

Lovie nahm das Kompliment nicht ohne Stolz entgegen und schaute ihrer Tochter beim Essen zu.

„Falls die Gene wirklich durchschlagen", antwortete Cara, während sie weiterlöffelte, „dann schlummert tief in mir wohl auch das Talent für solche Kochkünste. Für Suppen, Gemüse oder Grillsaucen." Sie blies auf den Esslöffel voll heißer Brühe, den sie gerade zum Mund führte. „Allerdings liegt diese Veranlagung wohl sehr tief verborgen", schloss sie augenzwinkernd und schob sich die Flüssigkeit in den Mund.

„Pah! Das hat mit Veranlagung nichts zu tun. Das ist schlicht und einfach Übung. Ich habe dich im Kochen unterrichtet, seit du alt genug warst, um mir in der Küche zur Hand zu gehen. Als Mutter wäre ich doch keinen Schuss Pulver wert, wenn ich nicht meine Familienrezepte an meinen Nachwuchs vererben würde!"

Cara blickte in ihren Suppenteller.

„Was ist, Liebes? Du siehst aus, als hättest du Kummer. Möchtest du darüber sprechen?"

„Ungern." Cara verstummte. Ihre Antwort hatte nicht unwirsch klingen sollen, doch sie war ihr einfach so herausgerutscht – ihr üblicher Abwehrreflex, wenn jemand ihr zu nahe zu kommen drohte, auch wenn dieser Jemand die eigene Mutter war. Vielleicht sogar gerade deswegen. Um den Keil nicht noch tiefer zu treiben, fügte sie hinzu: „Jetzt noch nicht."

Lovie wandte sich zur Tür und wollte hinausgehen. „Falls du's dir anders überlegst – ich stehe dir zur Verfügung."

„Mama!" rief Cara.

Die Hand schon auf der Türklinke, drehte Lovie sich um.

„Danke. Für die Suppe."

„Du brauchst dich nicht zu bedanken. Das ist doch meine Aufgabe als Mutter! Ich hab's gern getan."

„Das weiß ich. Trotzdem – danke für alles."

Lovie wischte sich die Hände an der Schürze ab und nickte. Ihre Augen glänzten vor Dankbarkeit. „Und brav aufessen, hörst du? Ich hole nachher das Tablett ab."

Seufzend lehnte Cara sich in die Kissen zurück. Aller Anfang war wirklich schwer!

Der Memorial Day rückte heran. Das gesamte Wochenende hindurch hielt das Regenwetter an. Festmärsche mussten abgesagt, Picknicks von draußen nach drinnen verlegt werden. Lovie konnte sich das Nörgeln und Murren, das bestimmt in allen Hotels und Ferienhäusern der Insel zu hören war, lebhaft vorstellen. Sie ihrerseits freute sich über das dringend benötigte Nass, waren die Spitzen der Fächerpalmen doch bereits vertrocknet. Darüber hinaus bedeutete der wolkenverhangene Himmel eine willkommene Abwechslung, eine Chance zur inneren Einkehr. Das Wetter regte Lovie außerdem dazu an, sich bislang zu kurz gekommenen Aufgaben im Haus zu widmen, zum Beispiel ihren Fotoalben.

Schon immer war es ihre Absicht gewesen, ihre private Fotosammlung in Alben zu kleben. Sie hatte allerdings viele Jahre dafür nie Zeit gefunden. Daher war die Masse der Bilder in Schuhkartons gewandert, sicher verwahrt zwar, doch kunterbunt durcheinander. Seit Lovies Umzug ins Sommerhaus stand die Kollektion jedoch ganz oben auf der Tagesordnung. Folglich hatte Lovie in den vergangenen vier Monaten mehr Alben angelegt als in vierzig Jahren zuvor.

An diesem regnerischen und grauen Nachmittag war Lovie so ins Bildersortieren vertieft, dass sie gar nicht bemerkte, wie Florence Prescott, ihre langjährige Freundin und Nachbarin, durch die Küche hereinkam.

„Wühlst du etwa immer noch in deinen uralten Aufnahmen herum?“

Lovie schaute hoch und begrüßte Flo mit einem Lächeln. „Immer noch? Schätzchen, da haben sich Fotos in rauen Mengen angesammelt. Die kann man im ganzen Leben nicht einordnen. Jedenfalls ich nicht mehr.“

Flo machte ein nachdenkliches Gesicht. Die hellblauen Augen blickten ernst. „Wieso? Wie geht's dir denn? Irgendwelche Veränderungen?“

„Nein. Damit ist auch nicht zu rechnen.“

„Na, warum so trübsinnig? Das ist doch kein schlechtes Zeichen! Nichts überstürzen!“ Sie trat näher und ließ sich neben Lovie auf das Sofa sinken. Flo war mittelgroß und hatte die typisch schlanke, drahtige Figur der Langstreckenläufer, obschon ihre sonnengebräunte Haut nicht mehr so straff war wie früher. Lediglich das dichte, schneeweiße Haar verriet, dass Flo mit ihren 65 Jahren doppelt so alt war, wie sie aussah. Wenn sie redete, tat sie das mit demselben konzentrierten Elan, mit dem sie früher ihre Volksläufe bestritten hatte. „Und? Sonst alles in Ordnung? Ziemlich still bei dir, was? Wo steckt Toy?“

„Die ist zum Markt gegangen. Sie sagte, sie wolle eine Süßspeise zum Nachtisch machen. Ich bin nicht sicher, ob sie mich mästen will oder ob ihre Hormone verrückt spielen.“

Flo lachte. „Wahrscheinlich von beidem etwas. Aber ich habe deine Tochter überhaupt noch nicht zu Gesicht bekommen. Ist die treulose Tomate denn tatsächlich hier? Oder hast du das nur erfunden?“

„Guck doch mal in ihr Zimmer, wenn du mir nicht glaubst! Ach halt, doch besser nicht! Sie schläft!“

„Schon wieder? Sie schläft ja ununterbrochen! Fehlt ihr was?“

„Sie hat Migräne. Die ersten paar Tage konnte die Ärmste nur im abgedunkelten Zimmer liegen. Ich habe sie mit reichlich Hühnersuppe aufgepäppelt. Nun geht es allmählich aufwärts. Die Kopfschmerzen klingen ab.“

„Na also, einmal mehr erweist sich deftige Hausmannskost als Allheilmittel! Und wieso schläft das Mädchen immer noch so lange?"

„Darüber zerbreche ich mir schon die ganze Zeit den Kopf. Vielleicht ist es einfach nur Erschöpfung. Sie arbeitet so hart und ist, wie sie sagt, richtig ausgebrannt. Kannst du dir vorstellen, dass sie mehrmals pro Monat nach New York oder Los Angeles fliegt? Das habe ich überhaupt nicht gewusst. Also, das wäre nichts für mich! Dieses ewige Hin und Her! Manchmal sogar nur für einen Tag! Ihr mag so etwas ja liegen, aber ich wäre dafür viel zu bodenständig." Sie schürzte die Lippen und schaute zur geschlossenen Zimmertür hinüber. Je länger sie darüber nachdachte, desto mehr glaubte sie, dass Trauer in Caras Blick gelegen hatte. Oder war's Resignation gewesen? „Mein Gefühl sagt mir, dass da etwas nicht stimmt. Äußerlich scheint alles in Ordnung; es kommt eher von innen. Aber sie verrät mir ja nicht, was los ist."

„Das wundert mich keineswegs. Das sieht unserer Caretta ähnlich!"

„Was willst du denn damit andeuten?"

„Wie lange ist sie jetzt von zu Hause fort? Zwanzig Jahre? Und wie oft hat sie sich in dieser Zeit an dich gewandt, dich mal um Rat gebeten? Oder dich einfach mal besucht, nur so zwischendurch? Um mit dir zum Beispiel die alten Fotos hier zu sortieren?" Ihre Augen funkelten. „Kein einziges Mal, wenn ich mich recht entsinne!"

Lovie, der die Bemerkung einen schmerzhaften Stich versetzte, widmete sich wieder ihren Fotoalben. „Sie arbeitet viel und geht ihrer eigenen Wege."

„Ich nehme an, sie taucht hier so selten auf, weil's einfacher für sie ist. Ihr liegt euch nämlich oft in den Haaren, ihr zwei."

„Tun wir *nicht*!"

„Es artet nicht in Gebrüll aus, das stimmt wohl. Dafür seid ihr viel zu wohlerzogen." Flo versetzte ihre Freundin einen Stoß in die Seite. „Trotzdem existiert zwischen euch eine latente Aggression. Vermutlich merkt ihr das schon gar nicht mehr. Aber wenn du mich fragst – ich weiß, du wirst den Teufel tun, doch ich sag's trotzdem: Ihr müsstet euch mal richtig fetzen, und zwar nach allen Regeln der Kunst. Euch mal offen und ehrlich die Meinung geigen!“

„Toller Vorschlag“, erwiderte Lovie verdrossen. Ausgerechnet ihre beste Freundin schien die Situation offenbar absolut nicht einschätzen zu können. „Ich glaube, du irrst dich. Cara ist eben weit von zu Hause weggezogen. Dass sich damit auch eine emotionale Distanz ergibt, versteht sich doch von selbst! Außerdem war sie immer schon Einzelgängerin und kam stets sehr gut allein zurecht.“

„Allein zurechtzukommen und allein zu sein – das sind zwei völlig verschiedene Paar Schuhe!“

„Was soll das jetzt heißen?“ fragte Lovie verstört.

„Na! Ist sie etwa liiert?“

„Keine Ahnung! Ich habe sie oft genug gefragt. Aber sobald ich das Thema anschneide, wird sie fuchtig. Sie erwähnte mal einen Kollegen, einen gewissen Richard Selby. Mit dem geht sie wohl seit geraumer Zeit aus. Ich spitze ja schon die Ohren, wenn ein Männername häufiger als zweimal erwähnt wird. Andererseits denke ich, wenn dieser Richard ihr auch nur annähernd etwas bedeuten würde, dann hätte sie doch bestimmt schon mit ihm telefoniert, oder? Aber sie hat bislang noch keine Menschenseele angerufen.“ Lovie fiel ein, wie auffallend leer und ausdruckslos Cara durchs Fenster geschaut hatte. „Meinst du, sie ist einsam?“

„Woher soll ich das wissen? Möglich ist es allemal. Mag ja sein, dass sie im Job als Karrierefrau gilt. Nach Feierabend ist sie allerdings einfach nur Frau.“

Verwirrt ließ Lovie einen Stapel Fotos auf den Schoß sinken. „Aber das habe ich dir doch eben erst erklärt! Sie führt ein ausgefülltes, aktives Leben! Sie ist oft unterwegs, unternimmt viel, geht für ihr Leben gern ins Theater, kennt die aktuellsten Inszenierungen!“

Fast hätte man den Eindruck haben können, dass Flos messerscharfer Blick sich glatt durch Lovies Erklärungsversuche bohrte. Sie durchschaute die Freundin offenbar sofort. „Wie leer so ein vermeintlich erfülltes Leben sein kann, müsstest du eigentlich am besten wissen."

Die Antwort blieb Lovie im Halse stecken. Es kam ihr so vor, als wäre ihre Welt, die nur wenige Augenblicke zuvor noch so friedlich und geordnet gewirkt hatte, aus den Fugen geraten.

„Entschuldige", murmelte Flo. „Du kennst mich ja. Ich rede erst und denke dann anschließend nach. Du wärst nicht die Erste, die mir eine überreife Tomate an den Kopf wirft. Nur zu!"

Lovie lächelte kläglich und schüttelte den Kopf. „Genau das mag ich an dir am meisten. Und ich frage mich, ob du nicht tatsächlich Recht hast, was Cara angeht." Aus dem Fotostapel im Schoß wählte sie eine Aufnahme aus, die ihre Tochter im Alter von dreizehn Jahren zeigte. In ein Buch vertieft, kauerte Cara wie ein Katze im Geäst einer gewaltigen alten Eiche und schien dabei nur aus einem Knäuel dünner Arme und Beine zu bestehen.

„Schau sie dir an", sagte Flo liebevoll. „Selbst da guckt sie ganz düster!"

Lovie lachte leise und fuhr mit dem Finger über das Bild ihrer Tochter. „Der alte Baum war Caras Lieblingsplatz. Auf den kletterte sie immer, wenn sie lesen oder nachdenken oder einfach mal allein sein wollte. Wahrscheinlich stellte er eine Art Rückzugsort dar. Sie war schon ein sonderbares kleines Wesen! Man hatte dauernd den Eindruck, als laste das Leid der Welt auf ihren Schultern."

„Pubertierende Mädchen verhalten sich oft so. Sie sind nicht mehr Kind und noch nicht Frau und können furchtbar launisch sein."

„Mag sein. Solange Cara klein war, standen wir uns sehr nahe, doch dann entfernte sie sich immer mehr von mir. Ich konnte fast körperlich spüren, wie sie sich mir entfremdete."

„Auch das ist für Mädchen in dem Alter völlig normal."

„Mag sein, aber eine Mutter macht trotzdem Schlimmes dabei durch." Lovie seufzte. „Nach wie vor hält sie mich auf Distanz. Verglichen mit dem Verhältnis zu ihrem Vater, ist das allerdings eine Kleinigkeit. Mich brüskierte sie nur. Mit ihm hingegen stritt sie sich regelmäßig. Ich hatte oft Angst um sie. Du weißt ja, wie jähzornig ihr Vater werden konnte. Ja, es machte ihr sogar Spaß, ihn zu provozieren, glaube ich."

„Ehrlich? Alle Achtung!"

„Flo!"

„Na und? Was ich von Stratton halte, ist dir bekannt! Friede seiner Asche – obwohl ich mir lieber nicht vorstellen möchte, wo der alte Trottel jetzt braten muss!"

Lovie war zwar sichtlich befremdet, enthielt sich aber eines Kommentars. Sie kannte das schon: Wenn sie Stratton auch nur mit einem Wort verteidigte, ging Flo postwendend an die Decke. Flo hatte den Kerl auf den Tod nicht ausstehen können, was allerdings auf Gegenseitigkeit beruhte. Schnee von gestern, soweit es Lovie betraf.

„Ich wollte unbedingt einen Schnappschuss von meiner Tochter, wie sie in diesem Baum hockt", sagte sie und wandte ihre Aufmerksamkeit wieder dem Foto zu. „Und er ist mir gelungen. Die Eiche und mit ihr noch weitere Bäume sind Wirbelsturm Hugo zum Opfer gefallen. Jammerschade." Sie seufzte und legte die Bilder beiseite. „Ich zeige ihr die Aufnahme später. Cara wird mit Sicherheit auffallen, dass ihr Baum verschwunden ist."

„Wo du schon dabei bist – magst du sie nicht auch gleich fragen, an was sie sich sonst noch aus jenen Tagen erinnert? Auf die Weise könnte sich euer Verhältnis vielleicht ein wenig entspannen."

„Ach Flo, die Zeiten sind doch längst passé! Wozu die alten Geschichten aufwärmen? Zum ersten Mal ist Cara allein meinetwegen nach Hause gekommen, und ich möchte, dass ihr Besuch in fröhlicher und positiver Atmosphäre verläuft. Vielleicht hast du Recht mit deiner Annahme, dass das damals ohnehin alles nur typischer Teenager-Weltschmerz bei ihr war! Wer weiß das schon? Jetzt bloß keine schlafenden Hunde wecken!"

„Das sieht dir ähnlich! Nur alles wieder schön verdrängen!" Flo betrachtete ihre Fingernägel. „Apropos, hast du ihr mitgeteilt, dass ..." Sie schaute auf. „... na ja, das mit dir eben!"

„Wie es um mich steht? Gott bewahre! Sie hat doch gerade erst den Fuß über meine Schwelle gesetzt!"

„Von wegen! Seit Tagen ist sie schon da! Ich kenne dich, Olivia Rutledge! Du hältst natürlich wieder den Mund und frisst alles in dich hinein. Nur um des lieben Friedens willen!"

„Keineswegs. In Kürze habe ich einen Arzttermin. Ich wollte Cara sowieso schon seit langem informieren – jetzt kommt es auf ein paar Tage mehr oder weniger auch nicht mehr an!"

„Aber dann sagst du es ihr?"

„Selbstverständlich!"

Noch einmal musterte Flo ihr Freundin scharf, als wolle sie ergründen, ob sie Lovie glauben konnte oder nicht. Offenbar zufrieden mit dem Ergebnis dieser Inspektion, stieß sie einen tiefen Seufzer aus, klopfte sich abschließend mit der flachen Hand auf den Oberschenkel und stand auf. „Ich muss nach Miranda schauen. Sie hat sich leicht erkältet. In dem Alter darf man selbst das kleinste Zipperlein nicht auf die leichte Schulter nehmen. Ach, fast hätte ich vergessen, weshalb ich überhaupt hier aufgetaucht bin! Drüben auf Sullivan's Island ist eine tote Schildkröte angespült worden. War ein ganz junges Weibchen, das arme Vieh. Eine Schiffsschraube hat ihm den Carapax zerfetzt, wahrscheinlich im Hafen. Das ist jetzt schon der sechste tote Loggerhead, der seit Beginn der Brutzeit angespült wurde. Ich fürchte, es wird dieses Jahr mehr tote Tiere als Bebrütungsgruben geben. Wir müssen uns gewiss auf weitere Schildkrötenleichen einstellen, wo doch die Fangsaison auf Garnelen bald losgeht!"

„Mal den Teufel nicht an die Wand! Noch sind wir früh dran; unsere Schildkrötenmädchen dümpeln noch draußen in der Dünung und machen sich bereit. Lass ihnen Zeit! Mag sein, dass es diesmal ein wenig schleppend anfängt. Doch es wird sicher unsere bisher beste Schildkrötensaison und ein durchschlagender Erfolg." Voller Hoffnung blickte Lovie auf das Foto mit ihrer Tochter und lächelte dabei strahlend. „Ich spüre es."

Im Englischen wird die Meeresschildkröte ihres großen Kopfes wegen als „Loggerhead“ (Dickschädel) bezeichnet. Ihre Kinnladen sind gebogen, sodass das kräftige Maul der Spitze eines Geierschnabels ähnelt. Das Innenohr ist mit Lederhaut überwachsen. Meeresschildkröten besitzen einen sehr feinen Geruchssinn und einen ausgeprägten Instinkt für den Überlebenskampf, der die Art seit Urzeiten vor dem Aussterben bewahrt hat.

4. KAPITEL

Nachdem sie eine Woche lang Trübsal geblasen und im Pyjama im Haus herumgehockt hatte, langte es Cara allmählich mit dem Selbstmitleid. Ihr Entschluss stand fest: Jetzt sollte der Ferienaufenthalt richtig anfangen.

Den ganzen Morgen über waren unentwegt Anrufe von aufgeregten Schildkrötenaktivistinnen eingegangen. Schließlich erfasste Toy und Lovie eine hektische Aufbruchstimmung: Sie packten ihre Utensilien in den roten Plastikeimer, eilten zu Lovies Käfer-Cabrio und machten sich auf zum Strand, zu den Fundstellen diverser Schildkrötenspuren.

Hinter geschlossener Zimmertür wartete Cara, bis die Haustür vernehmlich ins Schloss fiel und Toys und Lovies Schritte sich entfernten.

Ihre jetzige Lage erinnerte sie an das, was sie und ihr Bruder früher immer gesagt hatten, nachdem ihr Vater zur Arbeit aufgebrochen war: *Die Luft ist rein!* Duschen konnte sie nur mehr schlecht als recht, da bloß ein kümmerliches Rinnsal aus dem verkalkten Duschkopf plätscherte. Hingegen hob die von Lovie bereitgelegte parfümierte französische Seife ihre Stimmung beträchtlich. Große, flauschige Duschtücher und eine herrlich angenehme, nach Gardenien duftende Lotion rundeten die Morgentoilette ab. Bei ihrer Rückkehr ins Zimmer stellte Cara endlich fest, dass ihr Koffer bereits ausgepackt worden war. In einer Kommodenschublade fand sich ein frisches Duftkissen.

„Ach, Mama ...“, murmelte Cara und schüttelte lächelnd den Kopf.

Die Sachen, die sie mitgebracht hatte, ihre schicken Hosen, Seidenblusen und das sexy geschnittene schwarze Kleid, hingen bereits auf Bügeln in dem engen Spind. Daheim in Chicago quoll der Kleiderschrank über vor Edeltextilien: Seidenblusen und Halstüchern, Kostümen aus federleichter Schurwolle. Dazu kamen unzählige Paar Stiefel und Schuhe aus feinstem Leder. Für die Großstadt die richtige Garderobe, erst recht für eine Frau in leitender Position. Doch für einen Faulenzertag am Strand hatte Cara nichts Passendes dabei. Faulenzen in Chicago – völlig ausgeschlossen!

Sie entschied sich für eine elegante Kombination aus mintgrüner Seide und für ein Paar auffällige, strassbesetzte Riemchensandalen. Dann stellte sie sich vor den großen an der Innenseite der Schranktür angebrachten Spiegel. Für die Michigan Avenue in Chicago wäre ihr Aufzug wahrscheinlich genau richtig gewesen. Was ihr jedoch hier entgegenblickte, war eine hoch gewachsene, schlanke, dunkelhaarige Frau, die sich im City-Stil der neunziger Jahre angezogen hatte und damit in der ungezwungenen Inselatmosphäre völlig deplatziert wirkte. Anschließend legte Cara, um ihr Outfit noch etwas zu betonen, ein wenig Lidschatten und etwas Wimperntusche auf und vollendete das Ganze mit einem Hauch Parfüm. Das noch feuchte dunkle Haar drehte sie im Nacken zu einem Knoten, den sie mit einem Kämmchen feststeckte.

Als sie schließlich ins Wohnzimmer trat, fielen Sonnenstrahlen durch die Fenster. Die Aussicht auf einen schönen Tag hob ihre Stimmung; Cara blieb einen Moment stehen und genoss einfach nur in tiefen Zügen die frische, salzige Meeresluft.

Dass ihr der Magen hörbar knurrte, wertete sie als gutes Zeichen. Sie frühstückte rasch in der winzigen, im Sonnenlicht blitzblank glänzenden Küche und stromerte danach durchs ganze Cottage, schaute durch alle Fenster, spähte in sämtliche Zimmer und blätterte die Zeitschriften durch, die auf dem Couchtisch lagen. Es dauerte nicht lange, bis sich die gewohnte Rastlosigkeit in ihr regte. So untätig herumzutrödeln, das war Cara nicht gewohnt. Sie vermisste ihren Terminkalender. Es war höchste Zeit; sie musste etwas unternehmen.

Sie hatte wirklich einen längeren Urlaub nötig, das sah sie durchaus ein. Zunächst galt es jedoch, sich der neuen beruflichen Lage anzupassen und entsprechend zu planen: Telefonate, Überlegungen bezüglich der Jobsuche, vielleicht der eine oder andere Gesprächstermin. Immerhin verfügte sie in der Branche durchaus über Kontakte, und die Tatsache, dass sie einen Ruf als Werbe-Expertin genoss, stärkte ihr Selbstvertrauen.

Nur hatte sie leider ihr Notebook und zu allem Überfluss auch ihr Handy in Chicago gelassen. Wie kann man nur so dumm sein, fragte sie sich. Nach ihrem Rauswurf hatte sie aufgebracht die Stadt verlassen und sich vorgenommen, ihrem alten Leben für eine gewisse Zeit den Rücken zu kehren. Doch anstatt sich nun befreit zu fühlen, wurmte es sie, dass sie ihre E-Mails nicht abfragen konnte, und sie hatte das Gefühl, von der Außenwelt abgeschnitten zu sein. Ohne Internetanschluss wurde sie reizbar und hektisch, sodass sie glaubte, unter Entzugserscheinungen zu leiden.

So strich sie nervös im Haus umher, und dabei streifte ihr Blick einige Fotografien, die lose gruppiert auf dem Kaminsims standen. Der Platz war vorher leer gewesen; Lovie musste die Bilder dort also erst kürzlich aufgestellt haben. Neugierig geworden, trat Cara näher, um die Aufnahmen aus der Nähe zu betrachten.

Zuallererst erregte ein Foto in einem schmalen Silberrahmen ihre Aufmerksamkeit. Auf dem Bild war sie selbst zu sehen, wie sie zusammengekauert auf einem Baum saß und ein Buch las. Sie musste damals ein ganz junges Mädchen gewesen sein. Tief in ihrem Innern regte sich etwas; sie schaute zum Fenster an der Rückseite des Hauses. Gab es sie noch, die alte Eiche, die sie viele Jahre als eine Art Kameradin betrachtet hatte? Nein, der Baum war verschwunden, ein Verlust, der Cara tief traf. „Armer alter Baum“, flüsterte sie. Erinnerungen wurden in ihr wach; automatisch stellte sie die gerahmte Fotografie zurück und nahm sich die anderen vor.

Die größte Aufnahme, auch sie in silbernem Rahmen, zeigte Palmer nebst Familie auf der Veranda des Stammhauses in Charleston. Mit sonnengerötetem Gesicht und in marineblauem Blazer mit blanken Messingknöpfen saß er neben seiner Frau und hatte den Arm um sie gelegt. Julia, schlank, makellos frisiert und in kerzengerader Haltung, trug ein helles Leinenkleid. Zu beiden Seiten des Ehepaares saßen die Kinder, Linnea und Cooper. Palmer hatte als Zielscheibe manchen Scherzes herhalten müssen, weil er ein Mädchen geheiratet hatte, das exakt wie seine Mom war. Cara hatte das allerdings nie sonderlich lustig gefunden, denn sie war der Ansicht, dass solche Scherze stets auch ein Körnchen Wahrheit enthielten.

Als Nächstes schaute sie sich das Foto ihrer Nichte an, das in einem Porzellanrahmen mit Blumendekor steckte. Linnea musste nach Caras Einschätzung jetzt etwa neun Jahre alt sein und war ein bildhübsches Ding, das Züge von beiden Elternteilen aufwies. Sie besaß zum Beispiel das gleiche offene Lächeln wie ihr Vater und würde, da war sich Cara sicher, irgendwann mit diesem koketten Strahlen sämtliche Bengel um den Finger wickeln. Ansonsten ähnelte sie mehr ihrer Mutter sowie ihrer Großmutter: zierlich, mit strahlenden blauen Augen, feinem, weißblondem Haar und einer zarten Haut. Cara lachte leise in sich hinein. Der gute Palmer wird mal alle Hände voll zu tun haben, seiner Kleinen die Jungs vom Leibe zu halten, vermutete sie; aber nach all dem Unfug, den der Kerl in seiner Jugend angestellt hat, ist das nur ausgleichende Gerechtigkeit.

Cooper hingegen war ein echter Rutledge, angefangen vom rebellisch vorgereckten Kinn über die Nase, die bereits den Ansatz edler Form und gerader Linie erkennen ließ, wie sie für einen Rutledge typisch waren, bis hin zur breiten Stirn mit dem charakteristischen Haaransatz. Auf dem Foto sah man, dass der Kleine nicht in die Kamera lächelte, sondern eine eher unwirsche Grimasse zog, als wolle er fragen: Muss das unbedingt sein? Cara überlegte, wie alt der Junge sein mochte, und es war ihr peinlich, dass sie es nicht wusste. Ging man nach dem pausbäckigen Gesicht und dem unsicheren, fast verlegenen Grinsen, konnte er höchstens fünf sein. Was Cara jedoch besonders faszinierte, war die Augenfarbe – ein dunkles Braun, so wie bei ihr selbst und bei ihrem Vater. Der Blick dieser braunen Augen verriet die Verletzlichkeit hinter der forschen Fassade. Cara fand sich in ihrem Neffen ein Stück weit wieder.

Bedächtig stellte sie das Foto auf den Kaminsims zurück und gestand sich bekümmert ein, dass ihr die beiden Kleinen ziemlich fremd waren. Eigene Kinder hatte sie nicht, was weniger am guten Willen als vielmehr an den äußeren Umständen lag. Linnea war ihre einzige Nichte, Cooper der einzige Neffe. Natürlich hatte sie ihnen regelmäßig Geburtstags- oder Weihnachtsgeschenke geschickt und postwendend höfliche, doch unpersönliche Dankschreiben erhalten. Aber tiefer reichte das Verhältnis nicht. Cara war sich nicht mal sicher, ob die zwei ihre Tante wohl erkennen würden, falls sie ihnen zufällig über den Weg liefe.

Kurz entschlossen begab sie sich zum Telefon und wählte Palmers Privatnummer – die Nummer ihres Elternhauses, die sie von Kindesbeinen an auswendig konnte. Viermal erklang das Rufzeichen, ehe sich eine unwirsche Stimme meldete.

„Palmer?" fragte Cara verblüfft. Dass ihr Bruder am Vormittag zu Hause war, wunderte sie. Sie hatte eigentlich mit Julia gerechnet.

Eine Pause folgte. „Mama?"

Cara lachte auf. „Nein, ich bin's! Cara! Na, wie geht's?"

„Cara? Na, hol mich doch ... Das ist aber eine Überraschung! Und? Wie steht's?"

„Gut, prima! Ich bin übrigens hier!"

„Echt? Mensch, Spitze! Für länger?"

„Nicht allzu lange."

„Geschäftlich oder aus Spaß an der Freud?"

„Eher Letzteres."

„Tatsächlich?" Er schien aufrichtig überrascht zu sein und stieß ein leises, tiefes sonores Lachen aus – eine Eigenart der Südstaatler. „Hm, das ist ja ganz was Neues!"

„Leg dich bloß nicht schon wieder mit mir an, Palmer", scherzte Cara. „Genau genommen rufe ich vom Sommerhaus an. Mama hat mich auf ein paar Tage eingeladen, und da bin ich nun."

„Ach, hat sie das?" Er schwieg einen Moment, als müsse er das

Gehörte erst einmal verarbeiten. „Hast du denn schon Mamas Hausgenossin kennen gelernt?"

Das Wort „Hausgenossin" betonte er auf eine so eindeutige Weise, dass von vornherein klar war, was er von dem Mädel hielt: offenbar nichts. Cara seufzte und erinnerte sich an das Versprechen, das sie ihrer Mutter gegeben hatte. „Hab ich. Flüchtig. Die macht sich allerdings ziemlich rar. Außerdem hatte mich ein Migräneanfall außer Gefecht gesetzt, und zwar gleich vom ersten Tag an. Außer Gejammer habe ich keinen Piep herausbekommen. Doch nun befinde ich mich auf dem Wege der Besserung. Sag mal, Palmer, gerade eben hatte ich ein Foto von Linnea und Cooper in der Hand. Erstaunlich, wie groß die zwei geworden sind! Ich rufe an, weil ich euch allesamt eigentlich sehen wollte, wo ich schon mal hier bin!"

„Aber klar, Schwesterherz! Herzlich gern! Julia wird uns bestimmt etwas richtig Leckeres kochen. Wann möchtest du eintrudeln?"

Cara merkte, dass sie lächelte. „Wann wär's euch denn recht?"

„Pass auf, folgender Vorschlag: Ich bin momentan auf dem Sprung, weil ich nach Charlotte muss. Hab da was Geschäftliches zu erledigen und bleibe dort für den Rest der Woche. Im Augenblick packe ich gerade. Wie wär's mit Samstag? Wirst du noch so lange hier sein? Es sind allerdings drei volle Tage bis dahin ..."

Cara merkte, dass ihr Bruder sie aufziehen wollte, und schmunzelte. Dann schaute sie durchs Fenster in den strahlend blauen Himmel. Die erste Woche hatte sie den Kopf hängen lassen und im abgedunkelten Zimmer jammernd und stöhnend im Bett gelegen. Urlaub hatte man das wirklich nicht nennen können. Was ihr jedoch viel wichtiger erschien: Das, weswegen sie eigentlich hergekommen war, hatte sie noch nicht geschafft. Außerdem würde sie gerne ihre Nichte und ihren Neffen wiedersehen.

„So lange bleibe ich noch. Kannst dich drauf verlassen, großer Bruder!"

„Ausgezeichnet", antwortete er begeistert. „Wir freuen uns alle. Und bring unser Mutterherz mit, verstanden? Sag ihr, die Enkelchen fragen dauernd nach ihr. Mama hat uns erst ein paar Mal besucht, seit sie in die winzige Bude gezogen ist und sich da verkriecht wie 'n Einsiedlerkrebs. Ich mache mir richtig Sorgen!"

„Warum fahrt ihr nicht zu ihr raus auf die Insel? Ist doch nicht weit!"

„Das könnten wir eigentlich tatsächlich machen, jetzt, wo der Sommer beginnt und die Kinder Ferien haben. Wir kommen alle und machen mal 'nen ausgedehnten Besuch."

„Da wäre Mama bestimmt ganz aus dem Häuschen", versicherte Cara. Und weil ihr plötzlich Toy einfiel, fügte sie noch hinzu: „Nur über Nacht würde es hier momentan etwas beengt sein."

„Ach, ich übernachte doch schon lange nicht mehr in unserem Cottage", meinte ihr Bruder abfällig. Es war ihr direkt unheimlich: Er hörte sich bereits genauso großspurig an wie weiland ihr Vater. „Inzwischen besitze ich mein eigenes Feriendomizil auf Sullivan's Island, drüben, unweit des Leuchtturms. Das Problem ist nur, wir vermieten es im Sommer so häufig, dass wir kaum selbst noch zu 'nem Kurzurlaub ans Meer kommen; jedenfalls nicht so, wie wir's uns vorstellen."

Es entging Cara nicht, wie viel Stolz in seiner Stimme mitschwang. Offenbar liefen die Geschäfte nicht schlecht, wenn er sich ein Sommerhaus auf Sullivan's Island leisten konnte. Nach ihrem letzten Erkenntnisstand sparten er und Julia eigentlich für den Erwerb eines Hauses in Charleston. Vielleicht gefiel es ihnen ja doch ganz gut auf dem Familienanwesen, das eigentlich Lovie gehörte. Ein ungutes Gefühl beschlich Cara und ihr schwante etwas.

Palmer unterbrach ihre Gedanken. „Kommt doch gegen vier Uhr nachmittags", sagte er. „Wir machen 'ne Bootsfahrt, schippern vielleicht 'ne Runde über den Intracoastal Waterway und kehren dann zum Hafen zurück. Hast du bestimmt schon 'ne Ewigkeit nicht mehr gemacht, jede Wette! Wir gönnen uns 'nen Drink und bewundern den Sonnenuntergang – wie in alten Zeiten! Mit allem Drum und Dran!"

„Klingt klasse, Palmer!" Caras Antwort kam von Herzen. „Soll ich irgendwas mitbringen?"

„Na ja, wenn du schon fragst. Erinnerst du dich noch an die Krabbenbude drüben bei Shem Creek? Clud's hieß die!"

„Weiß ich zwar nicht mehr, aber ich werde sie schon finden."

„Na hör mal, wie kann man einen solchen Laden vergessen? Klar entsinnst du dich! Da gibt's die frischesten Krabben; man kauft sie direkt vom Kutter. Bei der Tankstelle an der Coleman Street biegst du ab und schlängelst dich durch die Altstadt, bis es nicht mehr weitergeht, direkt bis zum Dock. Wenn du mir da ein paar Krabben besorgst, übernehme ich die Rechnung. So an die vier Pfund müssten reichen. Ich würde sie ja selbst holen, aber ich bin nicht vor Freitag aus Charlotte zurück. Und Julia und die Kinder begleiten mich und besuchen Julias Mutter. Wir kommen allerdings allesamt Freitag zurück. Ich könnte uns Frogmore-Eintopf machen."

Offensichtlich ist ihm nicht entfallen, dass der Eintopf in Kindertagen mein Leib- und Magengericht war, sinnierte Cara. Ob er ihn deshalb für mich zubereiten will? „Ein solches Angebot schlage ich nicht aus", verkündete sie.

„Fein, das wäre geregelt. Grüß Mama von mir. Bis bald!"

Sie beendeten das Gespräch mit derart selbstverständlicher Ungezwungenheit, als hätten sie erst tags zuvor miteinander geplaudert. So muss es auch zwischen Familienmitgliedern sein, fand Cara, die lächelnd das alte Telefon anstarrte. Jahrelang sah man sich nicht, und dann reichten wenige Worte, um eine innige Verbindung wieder aufleben zu lassen.

Sie legte den Hörer wieder auf die Gabel, hielt ihn jedoch noch eine Weile fest. Im Haus herrschte Stille. Sie war allein. Wenn schon, denn schon, dachte sie und hob den Hörer wieder ab. Himmel, war das Ding umständlich! Und tonnenschwer, verglichen mit dem Miniformat ihres Handys! Cara wählte ihre Privatnummer, um ihren Anrufbeantworter abzuhören.

Wie erwartet, waren die üblichen Solidaritätsanrufe von Kolleginnen und Kollegen eingegangen. Einige Anrufer schienen ebenfalls auf der Straße zu stehen, andere wiederum vermittelten nicht diesen Eindruck. Cara notierte sich die Nummern. Richard hatte häufig angerufen und sich erkundigt, wieso ihr Handy nicht eingeschaltet war. Er klang besorgt und bat dringend um Caras Rückruf.

Richard. Plötzlich vermisste sie ihn schrecklich, stellte sich seine energischen Züge und das dunkelbraune Haar vor, das erste graue Strähnen aufwies. Mit Richard hatte sie beides erlebt, Triumphe und Tragödien. Jedermann in der Agentur hatte vom Verhältnis zwischen ihnen gewusst und es im Grunde genommen positiv für die Firma gefunden. Schließlich beschäftigten Cara und Richard sich auch nach Feierabend noch mit dem einen oder anderen Projekt, selbst wenn sie im Büro überhaupt nicht gemeinsam damit befasst waren. Ja, die beiden hatten sogar des Öfteren amüsiert behauptet, ihre Verbindung sei auf diese Weise besser als bloße Liebe.

Die Panik in seiner Stimme, wenn Richard eine Nachricht auf ihrem Anrufbeantworter hinterlassen hatte, war nicht zu überhören. Bei Cara regte sich das schlechte Gewissen. Sie hätte ihn wirklich längst anrufen, ihm zumindest mitteilen können, dass sie verreist war. Kopfweh hin oder her – sie hätte versuchen müssen, mit ihm zu sprechen. Ob ihn seine Entlassung wohl auch so vernichtend getroffen hatte? Schade, dass er während der größten Krise in ihrer beider Berufsleben dienstlich nach New York musste. Dabei hätten sie einander in dieser Situation am nötigsten gebraucht.

Sie schaute auf ihre Armbanduhr: Viertel nach zehn; in Chicago war es eine Stunde früher. Womöglich schlief Richard noch. Cara hätte liebend gern mit ihm telefoniert, beschloss aber, zunächst Adele Tillwell anzurufen. Adele war Headhunter und vermittelte Führungskräfte. Bekam man sie nicht gleich frühmorgens an die Strippe, lief eine Kontaktaufnahme mit ihr auf ein nervenaufreibendes Lotteriespiel hinaus, besonders zur Mittagszeit. Cara holte ihr Notizbuch, Papier und Stift und richtete sich den kleinen Holztisch im Flur als provisorischen Schreibtisch ein. Erneut hätte sie sich dafür ohrfeigen können, dass sie ihr Handy vergessen hatte. Sie zog einen Stuhl heran, setzte sich und rief die bewährte Personalvermittlungsagentur an, mit der sie schon häufig zusammengearbeitet hatte – allerdings bislang immer dann, wenn sie eine Fachkraft und nicht einen neuen Job suchte.

Zum Glück erwischte sie Adele bereits im Büro. Nach dem üblichen Vorgeplänkel kam man rasch zur Sache und diskutierte lang und breit Caras momentane Situation. Dass Adele bereits über die Entlassung im Bilde war, erstaunte Cara nicht im Geringsten. Man scherzte ein wenig, tauschte den letzten Klatsch aus und befasste sich nach Beendigung des Geplauders eingehend mit der Situation auf dem Arbeitsmarkt. Caras Lebenslauf und Jobprofil wurden erörtert, notwendige Schritte überlegt.

„Mal gucken, was sich machen lässt. Die Lage auf dem Arbeitsmarkt ist im Moment nicht gerade rosig“, schloss Adele. „Besonders für Leute mit Ihren Qualitäten. Dank Ihrer alten Alma Mater kann man die Straßen mit Bewerbern pflastern.“

Cara merkte, wie ihr schon wieder angst und bange wurde. „Aber ich genieße einen soliden Ruf und verfüge über ausgezeichnete Referenzen.“

„Zweifellos! Sie sind ’ne Spitzenkraft, gar keine Frage. Irgendwann findet sich bestimmt etwas für Sie.“

Man hörte Adeles unsicheren Unterton.

„Und weiter?“ forschte Cara.

„Sie müssen halt abwarten, bis sich etwas ergibt.“

Im Kopf überschlug Cara rasch, wie lange sie wohl ohne Einkommen überleben konnte. Die Abfindungsregelung der Firma war durchaus generös, aber ... „Wenn ich zu lange warten muss, schwindet mein Finanzpolster dahin. Von meiner Eigentumswohnung ganz zu schweigen!“

„Auf diese Dinge habe ich keinen Einfluss, Cara. Es kann gut und gern Monate dauern.“

„Menschenskind, schlimm, wenn man keinen Einfluss hat, was?“

Adele kicherte, und Cara spürte gleich, wie die Anspannung nachließ. Die Frau machte ihre Sache gut. „Gänzlich ohne Einfluss sind wir nicht“, antwortete die Headhunterin. „Auf alle Fälle werde ich mich mit aller Macht für Sie einsetzen, Cara. Schließlich sind Sie meine Lieblingskundin. Sie haben in der Vergangenheit viel für mich getan. Sie selbst könnten auch schon einmal Ihre eigenen Beziehungen spielen lassen. Übrigens, soll ich bei ganz bestimmten Arbeitgebern für Sie nachfühlen? Faxen Sie mir doch einfach eine Liste zu.“

„Geht nicht. Wo ich bin, herrscht tiefstes Mittelalter. Sie müssten mal das Telefon sehen, mit dem ich anrufe. Und mailen kann ich Ihnen auch nichts, denn ich habe mein Notebook vergessen.“

„Meine Güte! Wo stecken Sie denn? In Sibirien?“

Cara musste lachen. „Nein. Im Sommerhaus meiner Mutter. Ich bin in solcher Hast in Chicago aufgebrochen, dass ich alles vergessen habe, was nicht angewachsen war. Aber was soll's! So lange bleibe ich hier nicht; vermutlich nur bis nächste Woche. Irgendwie werde ich Ihnen die Liste schon zukommen lassen. Wenn alle Stricke reißen, bleibt immer noch die Post.“

„Ich schaue mal, was sich machen lässt. Ach, da kommt mir gerade eine Idee: Sie könnten doch Richard Selby anrufen! Der kann doch sicher auch einiges für Sie in Bewegung setzen!“

Richard? „Äh, gut. Nochmals vielen Dank. Auf Wiederhören!“

Langsam legte Cara den Hörer auf, saß eine ganze Weile nachdenklich da und versuchte zu ergründen, was Adele mit ihrer abschließenden Bemerkung gemeint haben konnte. Sicherlich wollte Adele andeuten, dass Richard sich in einer starken Position befand. Sollte das etwa heißen, dass man ihn doch nicht gefeuert hatte? Fragen über Fragen schwirrten Cara durch den Kopf, als sie umgehend Richards Privatnummer wählte. Unter normalen Umständen hätte sie nicht erwartet, ihn am Vormittag zu Hause zu erwischen. Doch normal waren die Zeiten eben nicht.

Nach dem fünften Klingelzeichen meldete sich der Anrufbeantworter mit Richards klarer und energischer Stimme. Cara legte auf, ohne eine Nachricht zu hinterlassen. Der eigene Herzschlag dröhnte ihr in den Ohren, als das Undenkbare Gestalt annahm: *Sollte er der Agentur tatsächlich nach wie vor angehören?*

Verdammt! Im Büro anzurufen – dazu hatte sie absolut keine Lust. Sie bekam schon Zustände, wenn sie nur an die betretenen Mitleidsbekundungen und abgedroschenen Erklärungen dachte, die sie sich dann würde anhören müssen. Aber es lag ihr nicht, Unangenehmes lange aufzuschieben. Sie brauchte Gewissheit, und zwar unverzüglich. Also atmete sie tief durch, hob wieder ab und wählte Richards Dienstanschluss. Die Frage war, ob sie ihn unter der Nummer überhaupt noch erreichte.

„Büro Richard Selby. Guten Morgen!"

Das verschlug Cara zunächst den Atem. Es dauerte eine Weile, bis sie den Schock überwunden hatte. „Morgen, Trish! Cara Rutledge hier."

„Ach, hallo! Wir fragen uns schon seit geraumer Zeit, wohin Sie sich verkrochen haben!"

Cara merkte, wie ihr bei dieser Bemerkung die Zornesröte ins Gesicht stieg. „Man kann nicht behaupten, dass ich mich verkrochen habe", konterte sie frostig.

„Ach ... äh ...!" Die Sekretärin reagierte betreten und geriet ins Stocken. „Ich meine nur ... Mr. Selby hat mehrmals versucht, Sie zu kontaktieren. Er macht sich Sorgen um Sie."

„Tatsächlich? Das war aber nicht nötig. Ich bekam einen Anruf von meiner Mutter und musste deswegen unvermittelt abreisen. Dringende Familienangelegenheit." Auf keinen Fall durfte das Gerücht umgehen, Cara Rutledge sei abgetaucht. Da war Abwesenheit wegen eines familiären Notfalls vorzuziehen.

„Ich hoffe, es handelt sich um nichts Ernstes."

„Mittlerweile hat sich alles erledigt, vielen Dank." Und dann, nach einer kurzer Pause, fragte sie so zwanglos wie möglich: „Ich nehme an, Mr. Selby gehört noch zur Firma?"

Trish staunte offenbar über eine solche Frage und ließ ein hohes, trillerndes Lachen erklingen. „Aber sicher doch! Man hat ihn sogar befördert! Wussten Sie das nicht? Mr. Selby ist jetzt Leiter der Rechtsabteilung!"

Cara spürte, dass ihr Herz schneller schlug. Eine böse Ahnung überkam sie, die sich rasch zu einem hässlichen Verdacht auswuchs. Es war nicht schwer, sich ein infames, abgekartetes Spiel auszumalen. Als Angehöriger der Rechtsabteilung musste Richard von den Massenentlassungen, die auf die Belegschaft zurollten, gewusst haben. Und dann Beförderung? Das ließ nur einen Schluss zu: Richard verfügte über Insiderwissen. Mit Sicherheit hatte er Caras Namen auf der schwarzen Liste gesehen, sich wohlweislich auf Dienstreise begeben und andere die Drecksarbeit tun lassen. Dieser elende Feigling, durchzuckte es Cara. Lässt mich ungerührt zum Hinrichtungsblock gehen! Mit verbundenen Augen! An meinem Geburtstag! Aufgebracht nestelte sie am Telefonkabel herum.

„Miss Rutledge?"

„Freut mich für ihn", erwiderte sie betont gleichmütig. „Dann beziehen Sie sicher ein neues Büro und haben momentan alle Hände voll zu tun, was?"

„O nein! Der Umzug ist schon gelaufen. Offiziell wurde die Beförderung erst diese Woche ausgesprochen, doch wir wussten natürlich Bescheid und konnten schon im Voraus packen. Mr. Selby wollte zunächst die Entlassungen abwarten und seine Beförderung erst danach bekannt geben. Ach ..." Sie verstummte plötzlich. Offenbar war ihr auf einmal eingefallen, dass Cara ebenfalls zu den Betroffenen gehörte. „Tut mir Leid für Sie, Miss Rutledge. Aber es traf Sie ja sicherlich nicht unvorbereitet ..." Es klang wie eine verlegene Frage.

„Selbstverständlich nicht", versicherte Cara. In Wirklichkeit hatte sie das Gefühl zu ersticken.

„Mr. Selby befindet sich augenblicklich in einer Besprechung. Ich weiß jedoch, dass er unbedingt mit Ihnen reden will. Wie gesagt, er hat ein ums andere Mal angerufen. Ich werde ihm unverzüglich mitteilen, dass Sie verreist sind. Kann er Sie telefonisch erreichen?"

Cara schwieg erst einmal. Zu sehr ging ihr diese Niedertracht an die Nieren. „Nein“, wehrte sie dann ruhig ab. „Bestellen Sie ihm bitte, ich melde mich von unterwegs.“ Und um zu betonen, dass sie nach wie vor mit Richard liiert war, fügte sie noch hinzu: „Natürlich über seinen Privatanschluss!“ Immerhin wollte sie den Schein wahren. Dann legte sie auf.

Mehr als bloßer Schein war ihr Verhältnis im Augenblick auch nicht, eine hässliche, abstoßende Fassade, weiter nichts. All das Vertrauen, all die persönliche Nähe, die vielen gemeinsam verbrachten Stunden – Schall und Rauch! Am liebsten hätte Cara die Empörung, die nun in ihr aufstieg, gellend herausgeschrien. Die Hand schon griffbereit am Telefonhörer, rang sie mit sich selbst, hätte liebend gern angerufen und ihm ein paar geharnischte Dinge auf seine bescheuerte Anrufmaschine gebrüllt.

Doch dann ballte sie nur die Hand zur Faust und ließ den Arm seitlich am Körper herabhängen. Eher fallen Weihnachten und Ostern auf einen Tag, dachte sie, als dass ich den auch nur einmal anrufe, den Lumpen! Sicher, sie fühlte sich gekränkt und kochte vor Wut, aber sie war nicht so naiv, ihm eine Nachricht auf dem Anrufbeantworter zu hinterlassen, damit er diese dann zur allgemeinen Erheiterung irgendwelchen Leuten vorspielen und sich womöglich noch einen Drink auf ihr Wohl dabei genehmigen konnte. Fehlte nur noch, dass man ihm anerkennend auf die Schulter klopfte, weil er, als die Sache haarig wurde, so elegant die Kurve gekriegt hatte. Vor Schmerz kniff Cara die Augen zusammen. Wie hatte er ihr das nur antun können? Eine derartige Skrupellosigkeit hätte sie ihm niemals zugetraut, zumindest nicht ihr selbst gegenüber. Zugegeben, man war nicht verheiratet, doch Caras Ansicht nach allemal ein hervorragendes Team gewesen! Es gab so viele schöne Erinnerungen, so viele Momente, in denen sie sich sehr nahe gewesen waren, zahlreiche glückliche Augenblicke, die sie gemeinsam genossen hatten. Sie alle fielen Cara jetzt wieder ein.

Benommen hockte sie nun auf dem harten Holzstuhl und starrte aufs Meer.

Dann brach sie in Gelächter aus.

Zunächst kam es stoßweise, ein kurzes, bellendes Auflachen, in das sich ungläubiger Spott mischte, als wolle sie sich selbst verhöhnen. Schließlich konnte sie sich gar nicht mehr halten vor Lachen. Ach, das ging doch auf keine Kuhhaut mehr! Lag es an einer besonders vermaledeiten Sternenkonstellation, dass diese wahre Katastrophenserie über sie hereinbrach? Gerade vierzig geworden, den Job verloren und nun auch noch den Laufpass erhalten! Hätte ich einen Hund, vermutete Cara, wäre der gewiss von einem Auto überfahren worden. Was hielt das Schicksal wohl als Nächstes für sie bereit?

Großer Gott, nur schleunigst raus, sonst drehe ich durch, schoss es ihr durch den Kopf, nachdem ihr Heiterkeitsausbruch abgeklungen war. Abrupt stand sie auf, wollte nur weg, möglichst weit weg vom Telefon, vom Strandhaus, von allem. Der Ozean schimmerte unter den Strahlen der bereits hoch am Himmel stehenden Sonne.

Cara fischte sich einen von Lovies breitkrempigen Strohhüten aus dem Korb an der Tür und floh hinaus in den Sonnenschein. Obgleich noch Frühling herrschte, war es schon heiß. Cara schritt zügig aus, folgte dem schmalen Pfad, der sich über die unbebauten Grundstücke auf der gegenüberliegenden Straßenseite schlängelte. Angesichts dieser exzellenten Strandlage war es eigentlich ungewöhnlich, dass solch wertvolles Bauland noch unerschlossen brachlag. Auf der ganzen Insel existierte höchstens noch eine Hand voll Parzellen mit unverbauter Strandlage. Hier gab es gleich drei nebeneinander. Lovie konnte sich glücklich schätzen, dass sie direkt gegenüber wohnte und noch freie Sicht aufs Meer hatte.

Allmählich stieg der Pfad an und wand sich im Bogen bergan um eine hohe Düne. Das Herz ging Cara auf, als sich völlig überraschend wieder das schier endlose Blau der schimmernden Wasserfläche vor ihr ausbreitete. Dumpf hallte das Brausen der Brandung in den Ohren wider, nur hie und da unterbrochen vom Kreischen der Möwen. Weit draußen auf See zog schemenhaft ein Frachter durch den Dunst, während näher zum Land hin ein Schwarm Pelikane im Tiefflug dicht über die Wellen glitt. Es grenzte an ein Wunder, dass der Anblick des Meeres einen alle Probleme vergessen ließ, als betätige man eine Löschtaste im Gehirn. Wie mit einer Liebkosung hieß die Brise Cara willkommen, lockte sie herab von ihrem Dünenausguck, hinunter an den Strand.

Diese Inselseite, weitab von den Hotels und Restaurants, war nicht ganz so von Touristen überlaufen, auch wenn in einiger Entfernung die Sonnenhungrigen auf grellbunten Strandtüchern lagen oder im Schatten von farbenfrohen, im Sand verankerten Sonnenschirmen saßen. Cara wandte sich in ihre Richtung und wählte den etwa drei Kilometer entfernten, weit ins Wasser ragenden Landungssteg als Ziel. Soweit sie sich erinnerte, ließ sich dort bei einem kühlen Getränk trefflich rasten. Dass ihr schickes, doch unangebrachtes Outfit hier am Strand auffiel, blieb nicht aus. Es zog die neugierigen Blicke der Bikinimädchen genauso auf sich wie die der jungen Mütter, deren Sprösslinge in den lauwarmen Sandpfützen herumplanschten, die von der Flut übrig geblieben waren. Cara lächelte, als sie an einer Düne vorbeikam, wo Holzstäbe und orangerotes Trassierband ein markantes Dreieck bildeten. Ein farbiges Plastikschild wies Besucher warnend darauf hin, dass sich hier die Bebrütungsgrube einer Meeresschildkröte befand. Gut möglich, dachte Cara, dass Mama es markiert hat.

Als sie nach einiger Zeit den Landungssteg mit dem dazugehörigen kleinen Promenadenzentrum erreichte, spürte sie bereits den ersten Sonnenbrand auf den Schultern. Vor begeistert mitgehenden Zuschauern maßen athletische junge Leute ihre Kräfte und spielten Beachvolleyball. Cara, die vor Durst fast umkam, zog es zunächst zu einem kleinen Café, zu dem ein mit Holzbohlen ausgelegter Weg führte. Sie hätte draußen an einem der Tische unter den roten Sonneschirmen Platz nehmen können, beschloss jedoch, erhitzt und durchgeschwitzt wie sie war, die Kühle der Klimaanlage im Innern des Lokals vorzuziehen. Also trat sie ein. Ihre Augen mussten sich erst an das dämmrige Dunkel gewöhnen, aber die wohltemperierte

Luft, von der sie gleich beim Eintreten umhüllt wurde, erschien Cara wie eine Wohltat.

Sie setzte sich an einen Tisch gleich an der Wand, direkt unter eine Bierreklame. Allein zu sitzen machte ihr nichts aus. Wegen der zahlreichen Dienstreisen, die sie im Zuge ihrer beruflichen Tätigkeit hinter sich gebracht hatte, war sie es gewohnt, allein in Restaurants zu speisen oder in einem Flughafenlokal zu warten. Allerdings konzentrierte man sich bei Geschäftsreisen stets auf das Dienstliche. Kostüm und Aktenkoffer sorgten zudem dafür, dass man nicht weiter auffiel. Hier hingegen konnte man sie nicht gerade als konzentriert bezeichnen: Sie starrte zerstreut die Wand an und stach inmitten der unbekümmerten Urlauber ringsum, die in Shorts, T-Shirts oder Strandsachen herumliefen, in ihren Seidensachen hervor wie ein bunter Hund.

Eine junge Kellnerin tauchte auf, Block und Bleistift gezückt, bereits ebenmäßig braun gebrannt und ganz offensichtlich bemüht, diese Bräune auch zu demonstrieren. Cara bestellte eine Cola Light und einen Krabbensalat nach kreolischer Art. Beides wurde im Handumdrehen serviert, und sie konnte ein mehr als üppiges Gericht in Angriff nehmen. Als sie sich anschickte, den ersten Bissen auf die Gabel zu spießen, hatte sie das merkwürdige Gefühl, dass jemand sie beobachtete. Und als sie sich daraufhin umdrehte, blickte sie in ein Augenpaar vom gleichen Tiefblau wie der Himmel, der sich draußen über dem Ozean spannte.

Sie fühlte sich so schlagartig von diesen blauen Augen angezogen, die einem Mann gehörten, dass sie das Kribbeln bis in die Zehen spürte. Er saß an der Bar und musterte Cara eingehend, die Ellbogen auf den Tresen gestützt, den Kopf in ihre Richtung gewandt. Die breiten Schultern schienen den ausgebleichten Stoff des Hemdes schier sprengen zu wollen. Das dichte braune Haar war windzerzaust; Bartstoppeln zierten Kinn und Wangen; in den Augenwinkeln zogen sich Lachfältchen durch wetterbraune Haut. Alles in allem strahlte er unterschwellige Kraft und gereifte Persönlichkeit aus. Ein Jüngling war er jedenfalls nicht mehr.

Er hockte mit drei Freunden zusammen, und die Jungs wirkten wie vier nette Typen von nebenan, die in ihrer Stammkneipe ein Bier zischen. Der bärtige Rotschopf zur Rechten lehnte sich vertraulich zur Seite, flüsterte ihm etwas ins Ohr, lachte auf und schaute kurz in Richtung Cara. Sie bemerkte, wie der Blick des Breitschultrigen von ihrem Gesicht zu ihren Schuhen wanderte und wie sich seine Lippen langsam zu einem genüsslichen Grinsen verzogen, so, als habe er soeben die Pointe eines Witzes verstanden. Dann wandte er sich ab und widmete sich wieder der Baseball-Übertragung im Fernsehen.

Cara spürte, wie ihr die Schamröte siedend heiß in die Wangen stieg. Es wurde ihr peinlich bewusst, dass ihre verzierten Riemchensandalen, die man in der City wahrscheinlich für todschick gehalten hätte, in diesem Ambiente lächerlich aussehen mussten.

„Zahlen, bitte!“ rief sie und gab der Kellnerin ein Zeichen, woraufhin die junge Bedienung forschen Schrittes herbeieilte und bereits unterwegs den Betrag auf die Quittung kritzelte. Cara hielt dem Mädchen die Scheckkarte unter die Nase, ehe es überhaupt etwas sagen konnte. Im Nu war die Zeche bezahlt; Cara erhob sich, ging am Tresen vorbei, ohne die Männerriege zu beachten, und verließ das Lokal.

Das gleißende Licht blendete sie, und die Sonnenstrahlen brannten auf den geröteten Schultern, doch Cara war so in Rage, dass sie sich davon nicht irritieren ließ. Der Zorn, die erste echte Gefühlsregung seit Tagen, tat ihr richtig gut, ja, besser noch, jetzt hatte sie ein Ziel. Forschend guckte Cara von links nach rechts und stellte fest, dass die Straße mittlerweile wegen der Hitze menschenleer war. Ausgefallene Wandgemälde prangten an weiß getünchten Gebäuden; es gab Eiscafés und Pizzabuden, einen Laden für Surfzubehör und ein kleines Hotel. Schließlich fiel ihr Blick auf eine winzige Boutique, vor der ein Papagei lauthals allerlei Pfeiftöne und anrüchige Sprüche hören ließ. Cara gab sich einen Ruck und überquerte lächelnd die Straße. „Gut gemacht“, lobte sie den Plappervogel und betrat den Laden.

Die Verkäuferin war zwar noch jung, doch offenbar keineswegs unerfahren. Sofort musterte sie die eintretende Cara mit kennerischer Miene und kam eilfertig hinter ihrer Ladentheke hervor, als habe sie gleich erkannt, dass diese Kundin in der Klemme steckte.

„Was kann ich für Sie tun?" erkundigte sich das Mädchen betont fröhlich.

„Wo sind die Kabinen?" fragte Cara zurück, nahm flott die Stellagen mit den sauber gefalteten Textilien in Augenschein und traf ruckzuck ihre Wahl: zwei Paar Shorts, vier T-Shirts, ein Jogginganzug aus dünnem Stretchmaterial, genau das Richtige für abendliche Strandläufe, zwei Badeanzüge, ein Strandmantel aus dünnem Frottee, ein langes, fließendes Baumwollkleid mit Blumenmuster und ein blaues Strandtuch, dem sie nicht widerstehen konnte. Das alles schleppte sie mit in die Umkleidekabine, um nur wenig später wieder aufzutauchen. Nun trug Cara Khakishorts und ein weißes T-Shirt. An beiden Sachen baumelten noch die Preisschilder, die von der amüsierten Bedienung kurzerhand abgeschnitten wurden. Caras Seidenensemble landete, sorgfältig zusammengefaltet, in einer Einkaufstüte.

Zu guter Letzt erstand Cara noch ein paar bequeme Sandalen mit breiten Fußriemen, nicht eben elegant, doch ideal für lange Strandspaziergänge, und eine marineblaue Baseballkappe mit dem aufgestickten Wappen von South Carolina. Die Mütze behielt Cara gleich auf, der Strohhut sowie die strassverzierten Schläppchen wanderten wie zuvor die Seidensachen in die nunmehr ziemlich dickbäuchige Tragetasche. Als Cara den Laden verließ, schaute sie im Vorübergehen in den Spiegel. Ihre Arme und der Hals waren rot vom Sonnenbrand, die langen, dünnen Beine weiß wie ein Fischbauch.

„Touristin, unverkennbar", gestand Cara, doch sie lachte dabei. Den unbekümmerten Look, den sie an ihrer Mutter so bewunderte, für den hatte sie sich nun auch entschieden, und es machte Spaß.

„Stimmt", pflichtete ihr die Verkäuferin bei, „aber Sie fallen jetzt nicht mehr so auf!"

Obwohl die Meeresschildkröte schon erschöpft und ausgehungert ist, beginnt für sie erst jetzt der härteste Teil ihrer Reise. Im Durchschnitt gräbt eine Meeresschildkröte vier Gelegegruben pro Brutsaison, wobei sie von Eiablage zu Eiablage jeweils zwei Wochen rastet.

5. KAPITEL

Zusammengesunken saß Lovie auf der unbequemen Untersuchungsliege und knöpfte sich mit bebenden Fingern die Bluse zu. Bei diesen Strahlenbehandlungen hatte man stets das Gefühl, als sauge einem die Therapie den letzten Tropfen Energie aus dem Leib. Wenn es mit dem Krebs doch nur genauso wäre, dachte Lovie bekümmert. Aber so einfach gab sich der Krebs leider nicht geschlagen. Sie musste sich der Tatsache stellen, dass die Strahlentherapie nicht richtig anschlug. Lediglich in der Hoffnung, dadurch ihr Leben um wenige Monate verlängern zu können, hatte Lovie in die Strahlentherapie eingewilligt, denn als Pflegefall wollte sie nach einem erfüllten, aktiven Leben keinesfalls enden.

Ihre Hand erstarrte an der Knopfleiste. War es nicht allmählich an der Zeit, Sohn und Tochter über die Krankheit zu informieren? Die Frage ging Lovie häufig durch den Kopf. Natürlich war sie geschockt, ja, vor Angst geradezu wie gelähmt gewesen, als der Tumor im Dezember des vergangenen Jahres entdeckt worden war. Er hatte damals bereits eine Größe gehabt, die eine Operation nicht mehr zuließ. Alle Prognosen sahen düster aus. Lovie hatte ihre Entscheidung sorgfältig abgewogen und sich dann auf ihre jahrelange Erfahrung im Umgang mit ihren Kindern verlassen. Mit unangenehmen Dingen hatte sie Cara und Palmer nie behelligt und auch diesmal die Krankheit für sich behalten.

Außerdem hätte Palmer, der stets sehr auf seine Mutter fixiert war, ein Riesentheater veranstaltet. In einem fort wäre er damit beschäftigt gewesen, zwar dramatisch, doch zwecklos die Hände zu ringen, zu toben und zu behaupten, er werde die besten Spezialisten konsultieren und seiner Mutter, verdammt noch mal, die bestmögliche Behandlung angedeihen lassen. Sodann hätte er wahrscheinlich seine Julia dazu verdonnert, als Lovies Oberpflegerin zu fungieren. Dabei wusste Lovie, dass ihre Schwiegertochter mit einer solchen Aufgabe überfordert gewesen wäre. Julia mochte zweifellos ein braves Mädchen sein, aber sie wäre nur dauernd nervös herumgewuselt, von einer Krise in die nächste geschlittert und völlig von der Rolle gewesen. Das zwangsläufig folgende Chaos hätte nur die beiden Kleinen verstört. Und ganz abgesehen davon, hätte Palmer es nie und nimmer zugelassen, dass seine Mutter aus dem Haus in Charleston ausgezogen wäre, um sich im Sommerhaus einzurichten.

Und Cara ... Lovie knöpfte den letzten Knopf zu und ließ die Hände in den Schoß sinken. Schwer zu sagen, wie Cara wohl auf die Nachricht von der Krankheit reagiert hätte. Möglich, dass sie Sonderurlaub genommen, sich gleich auf den Weg gemacht und die Pflege der Mutter an sich gerissen hätte, wie es ihrer zupackenden Art entsprach. Möglicherweise wäre auch nur ein Blumenstrauß von ihr eingetroffen.

Oh ja, von anderen Krebspatienten hatte Lovie mancherlei Geschichten gehört, herzzerreißende Berichte über Kinder, die es nicht für nötig hielten, die schwer kranken Eltern zu besuchen, über alte Freunde, die sich nicht einmal die Mühe eines Telefonanrufs machten, über Geschwister, die so taten, als gäbe es den Krebs gar nicht oder als müsse man ihn einfach nur ignorieren, damit er von selbst verschwand. Glaubten die etwa, Krebs sei etwas Ansteckendes? Hatten sie denn so mit sich selbst zu tun, dass sie sich nicht von der Unannehmlichkeit einer tödlichen Krankheit die Laune verderben lassen wollten? Oder machte ihnen gerade der Gedanke an den Tod solche Angst, dass sie ihn lieber verdrängten? Kein Wunder, dass sterbenskranke Menschen sich oft so allein fühlten.

Die Kälte, die ihr besonders hier im nüchternen Behandlungszimmer stets durch die dünne Haut drang und sich bis in die Knochen fraß, ließ Lovie erschaudern. Blicklos, unendlich müde und den Tränen nahe, starrte sie die grünen Kacheln an. Die Behandlung schlug ihr regelmäßig auf den Magen. Sie wollte nur eins: heim, heim zum Sommerhaus, wo sie im Windschatten auf der Veranda in ihrem vertrauten Schaukelstuhl sitzen und dem tröstlichen Murmeln des Meeres lauschen konnte.

Sie hob den Kopf, als jemand forsch anklopfte. Die Tür flog auf, und herein stürmte Dr. Pittman in wehendem weißen Kittel. Dr. Pittman schien es immer eilig zu haben und hatte die irritierende Angewohnheit, stets hektisch und abgehackt zu sprechen, um nur möglichst schnell zur Sache zu kommen. Nach Lovies Ansicht lag das an zwei Gründen: Zum einen war der gute Doktor offenbar derart hochintelligent, dass sein Mund mit dem Hirn nicht recht Schritt halten konnte, zum anderen hatte er in Harvard oder Yale oder einer ähnlichen Eliteanstalt studiert und war folglich Nordstaatler. Er galt als der beste Facharzt weit und breit. Nichtsdestoweniger meinte Lovie, er wäre zu jung für die vielen gerahmten Diplome und Urkunden, die an den Wänden hingen.

„Guten Morgen, Mrs. Rutledge!“ rief er betont fröhlich, wobei er jedoch auf die Krankenakte schaute.

Lovie murmelte einen höflichen Gegengruß und zog sich den Kragen der Bluse enger um den Hals.

Hinter Pittman trat Toy ins Zimmer. Die treue Seele, durchfuhr es Lovie. In diesen vergangenen Monaten hatte das Mädchen weiß Gott einiges auf sich nehmen müssen: die Fahrten zur Therapie und zurück, das stundenlange Warten ... und alles, ohne sich zu beklagen. Natürlich waren die Chauffeurdienste wichtig, doch angesichts der übrigen von Toy verrichteten Pflegedienste kaum der Rede wert. Toy erledigte den Großteil der Einkäufe, verrichtete die gesamte Hausarbeit und begleitete Lovie sogar zum sonntäglichen Gottesdienst. Am wichtigsten allerdings war sie als Gesprächspartnerin. Traf Lovie nach der Strahlenbehandlung mehr tot als lebendig zu Hause ein, dann war es schlichtweg eine Erholung, es sich bequem zu machen und einfach nur Toys lebhaftem Geplapper zuzuhören. Toy trug das Herz auf der Zunge und kam vom Hölzchen aufs Stöckchen. Sie war eben jung. Lovie konnte sich nicht vorstellen, wie sie ohne das Mädchen zurechtgekommen wäre. Toy war ihr mehr als nur Gefährtin. Sie war ein Geschenk des Himmels.

Auch diesmal erfasste sie gleich die Lage, eilte herbei, ergriff Lovies ausgestreckte Hand und drückte sie aufmunternd und erleichtert zugleich. Mit ihrem übermüdeten, blassen Gesicht und der sommersprossigen Nase jedoch wirkte sie viel zu jung, um Mutter eines Kindes zu werden.

„Der liebe Gott hat uns zwar aufgetragen, uns um die Kranken zu sorgen", mahnte Lovie und tätschelte dabei Toys leicht schwielige Hand, „aber du tust manchmal wirklich etwas Zuviel des Guten."

„Ach was, halb so wild!" Das Mädchen wischte Lovies besorgte Bemerkung beiseite.

„Der liebe Gott wird's dir vergelten", versicherte Lovie lächelnd und fügte etwas ernsthafter hinzu: „Dass es so lange dauern würde, konnte ich nicht ahnen."

„Ich habe drüben gesessen, gelesen und ferngeschaut. Übrigens, Doktor, Ihre Klinik könnte weiß Gott ein paar neue Zeitschriften gebrauchen. Die aktuellste ist vier Monate alt. Echt blamabel, so was!"

Dr. Pittman hörte nur mit halbem Ohr zu und nickte abwesend. Nach wie vor war er in Olivias Krankenblatt vertief.

Toy wandte sich wieder an Lovie. „Müde?" fragte sie. „Sie sehen nämlich müde aus. Wie wär's mit 'nem Imbiss oder einer Erfrischung unterwegs?"

„Für mich nicht. In meinem Magen rumort es noch immer, als schlüge er Purzelbaum. Aber wenn du etwas essen möchtest, können wir gern anhalten. Das täte auch dem Baby gut."

„Es wäre mir lieb", mischte sich der Arzt ein, „wenn Sie etwas besser essen würden, Mrs. Rutledge. Sie nehmen ständig ab!"

„Ich gebe mir Mühe", erwiderte Lovie kraftlos und mehr dem Arzt zum Gefallen, denn insgeheim hielt sie den Rat für zwecklos. Sie hatte ohnehin nicht mehr lange zu leben. Natürlich konnte sie das nicht offen aussprechen, um Toy nicht zu verschrecken. Das Mädchen hat sich anscheinend in den Kopf gesetzt, ich würde ewig leben, dachte sie.

„Haben Sie in letzter Zeit irgendwelche Sorgen?" Dr. Pittman blickte vom Krankenblatt auf und musterte Lovie aus dunklen Augen. „Oder besondere Schmerzen?"

Und ob ich Sorgen habe, hätte Lovie ihm gern erwidert. Der Arzt wusste doch genau, dass keine Aussicht auf Genesung bestand! Außerdem machte er den Eindruck, als habe er jegliches Interesse an dem Fall verloren und wolle ihn möglichst rasch zu den Akten legen. „Mit den verordneten Schmerzmitteln sind sie einigermaßen erträglich", antwortete sie jedoch.

„Sie melden sich, sobald die Tabletten nicht mehr anschlagen, okay?" Dr. Pittman guckte Toy an, als erwarte er eine Bestätigung, worauf das Mädchen folgsam nickte. Er klappte das Krankenblatt zu, ließ die Hand auf der geschlossenen Akte ruhen und schüttelte den Kopf mit dem schütter werdenden Haar. „Dann war's das für heute. Ich verhehle nicht, Mrs. Rutledge, dass ich mit Ihrem Entschluss, die Behandlung einzustellen, nicht einverstanden bin. Es wäre mir lieber, Sie würden sie den Sommer hindurch fortsetzen."

Lovie schloss die Augen und seufzte.

„Was? Sie hören mit der Therapie auf?" Toys Augen weiteten sich vor Schreck.

„Ja", gestand Lovie, um sich dann nochmals an den Arzt zu wenden. „Falls ich Ihrer Empfehlung folge und den Sommer über herkomme – besteht dann Aussicht auf Heilung?"

„Nein", entgegnete er vorsichtig. „Endgültige Heilung war von der Strahlentherapie nie zu erwarten. Aber darüber haben wir doch gesprochen, Mrs. Rutledge, nicht wahr?" Dass seine Patientin das anders verstanden haben könnte, beunruhigte ihn offenbar.

„Ja, das haben wir", bestätigte Lovie gefasst. „Das ist mir vollkommen klar. Und mir ist auch bewusst, dass Sie mir nicht viel mehr Zeit als bis zum Ende des Sommers geben. Oder?"

Dr. Pittman war taktvoll genug, um auf die Frage nur mit einem Lächeln zu reagieren.

Lovie merkte, wie Toy ihr nervös die Hand drückte.

„Also, Doktor, was denken Sie? Wenn Sie den letzten Sommer Ihres Lebens vor sich hätten, würden Sie ihn dann mit Strahlenbehandlungen verbringen wollen?"

„Gut möglich. Wenn ich's dadurch bis in den Herbst hinein schaffen würde."

Lovie zuckte kaum merklich mit den Schultern. „Mir reicht der Sommer. Wenn's ein guter ist."

Das mochte Toy offensichtlich nicht unwidersprochen hinnehmen. „Aber Miss Lovie! Warum sagen Sie so was? Sie können die Krankheit besiegen!"

Lovie wusste, dass Toy, einmal in Fahrt geraten, nur schwer zu bremsen war. „Schon gut, Liebes! Ich habe meine Entscheidung gefällt." Und etwas leiser fügte sie hinzu: „Für Wunschdenken ist die Zeit zu kostbar. Ich möchte jede Minute genießen, die der liebe Herrgott mir noch schenkt. Und das geht nicht, wenn ich mich erschöpft und unwohl fühle. Wozu soll ich die wenigen Stunden, die mir noch bleiben, mit Warten auf den Tod verbringen? Solange noch Leben in mir ist, werde ich das nicht tun. Doktor, es bleibt dabei. Schluss mit der Therapie."

Toy kämpfte mit den Tränen und schwieg.

Dr. Pittman nickte verständnisvoll. „Na schön", meinte er und zog einen Verschreibungsblock aus der Kitteltasche. „Auch wenn wir uns hier in der Klinik nicht mehr treffen sollten, Mrs. Rutledge, so möchte ich doch über alles Weitere auf dem Laufenden bleiben. Ich werde mich an Ihren Hausarzt halten und mich von ihm über Veränderungen im Krankheitsverlauf informieren lassen. Doch zunächst müssten Sie mit Ihren Angehörigen die unmittelbaren Umstände besprechen, die sich von nun an für Ihre Pflege und Betreuung ergeben. Wir wollen zwar hoffen, dass die letzte Behandlungsreihe ein weiteres Ausbreiten des Krebses hinauszögert, können allerdings nicht sagen, in welchem Zeitrahmen sich das bewegen wird. Es wird der Tag kommen, an dem Miss Sooner mit Ihrer Pflege überfordert ist. Möglich, dass Sie auf einen mobilen Pflegedienst zurückgreifen möchten. Vielleicht sollten Sie auch ein Pflegeheim in Erwägung ziehen."

„Nichts da!" fuhr Toy dazwischen. „Miss Lovie muss nirgendwohin! Ich bleibe bei ihr."

Dr. Pittman musterte sie wohlwollend. „Wann wird Ihr Baby voraussichtlich das Licht der Welt erblicken?"

„Im September."

„Sie sehen doch sicher ein, dass Mrs. Rutledge exakt in dem Zeitraum Hilfe am dringendsten braucht? Krankenpflege kann zu einer extremen Belastung werden. Wie wollen Sie sich um die dringenden Bedürfnisse von Mrs. Rutledge kümmern, während Sie gleichzeitig Ihr Baby betreuen müssen?"

Lovie sprang für Toy in die Bresche. „Ich habe erwachsene Kinder. Außerdem gibt es, wie Sie bereits erwähnten, Pflegedienste, an die ich mich wenden kann. In ein Heim möchte ich nicht."

„Ich schreibe Ihnen jetzt die Telefonnummer einer Sozialarbeiterin auf, die speziell dafür ausgebildet ist, den Angehörigen bei dieser Art von Entscheidung zu helfen. Es gibt natürlich eine Menge zu bedenken. Vielleicht möchten Sie auch Ihren Seelsorger zu dem Thema befragen." Er reichte Lovie einen Zettel. „Ich wollte, ich könnte mehr für Sie tun. Alles Gute! Und halten Sie mich auf dem Laufenden!"

Nachdem er gegangen war, ließ Lovie erleichtert die Schultern sinken. Mit den Ärzten war sie fertig – zumindest für den Sommer.

„Das hätten Sie mir doch erzählen können, dass Sie die Therapie abbrechen", verkündete Toy vorwurfsvoll.

„Es war eine spontane Entscheidung."

„Sie müssen es Cara jetzt mitteilen! Dass Sie krank sind, meine ich!"

„Nein. Und du tust das auch nicht, verstehst du? Ich verbiete es dir!"

„Aber ..."

„Toy, damit das klar ist: Ich möchte nicht, dass sie es erfährt. Jedenfalls jetzt noch nicht!"

„Ich weiß nicht, wieso Sie sie damit verschonen!" protestierte Toy hitzig. „Sie soll doch so eine Führungspersönlichkeit sein, oder? Dann wird sie wohl damit umgehen können!"

„Mit Schonung hat das nichts zu tun, sondern eben genau damit, *dass* sie eine Führungspersönlichkeit ist, wie du es nennst. Wenn ich sie jetzt informierte, dann würden wir einzig und allein über die Pflege diskutieren. Außerdem steht Cara augenblicklich ziemlich neben sich. Es gibt wichtigere Dinge, die ich mit ihr klären muss. Viel Zeit bleibt mir dafür nicht. Wenn's zu schlimm wird, einverstanden, dann werde ich es ihr sagen. Aber wann dieser Moment gekommen ist, das entscheide ich. Du musst mir vertrauen. Versprich mir, dass du ihr nichts verrätst."

„Na gut, meinetwegen." Toy fügte sich, wenn auch unwillig. „Aber ich halte es trotzdem für falsch. Ich an Caras Stelle würde es wissen wollen. Eigentlich müssten Sie ihr reinen Wein einschenken!"

„Ach ja? Hast du etwa deiner Mutter den Termin deiner Niederkunft mitgeteilt?"

„Das ist was anderes", wehrte Toy rasch ab.

„So? Oder befürchtest du nur, dass sie sich ohnehin nicht darum schert? Toy, mein Mädchen, ich weiß, wie so etwas ist. Vielleicht hege ich ähnliche Ängste." Lovie lächelte aufmunternd und legte ihre Hand auf Toys. „Man sollte immer nur das tun, womit man auch leben kann."

Toy nickte und nagte an der Unterlippe.

„Nun bin ich hundemüde und möchte heim in mein Sommerhaus. Wir wollen uns nicht mehr über das Thema streiten. Schließlich müssen wir uns beide auf den Sommer vorbereiten. Und auf was für einen! Cara ist da, und bald kommt auch dein Kleines auf die Welt! Es geschieht doch so viel Schönes! Na, was meinst du? Setzen wir alles daran, dass es ein unvergesslicher Sommer wird!"

Palmers Einladung sorgte bei den Damen von Primrose Cottage für eine Begeisterung, die bei allen dreien Erstaunen hervorrief und sie aus der Lethargie riss, welche bislang im Sommerhaus geherrscht hatte. Besonderen Spaß machte es, die übliche legere Strandbekleidung einmal abzulegen und sich ein wenig in Schale zu werfen. Als Cara ins Wohnzimmer trat, hielt Lovie beim Binden des rosafarbenen Seidenschals inne, den sie zu ihrem Leinenkleid trug, und starrte ihre Tochter verblüfft an.

„Willst du etwa so zum Dinner?"

Cara schaute an ihren nagelneuen Laufhosen mit den seitlichen weißen Ziernähten hinab. Sie selbst fand sich ziemlich schick. „Eigentlich schon!"

Lovie war einen Moment sprachlos. „Zum Dinner?" wiederholte sie dann.

„Mama, wir machen eine Bootspartie!"

„Du siehst aus, als wolltest du ins Fitnessstudio! Dabei hast du doch so viele hübsche Sachen, die dir so gut stehen! Wieso ziehst du nicht etwas Farbenfroheres an? Und mit hohen Absätzen und einem kleinen bisschen Lippenstift fühlt man sich als Dame doch um Längen wohler! Südstaatenfrauen wissen das!"

Cara musste tief Luft holen. „Falls es dir entgangen sein sollte: Ich wohne seit über zwanzig Jahren in Chicago!"

„Caretta Rutledge! Du bist in den Südstaaten geboren! Vergiss das nie! Mag sein, dass du nach deinem Weggang aus Charleston in der Fremde gelebt, deinen Südstaatenakzent aufgegeben und deine Diplome eingeheimst hast. Doch die Frage ist und bleibt: Woher kommst du? Mein Schatz, so weit kann man gar nicht reisen, so viele Jahre kann man gar nicht fern der Heimat leben, als dass man je seine Herkunft verleugnen könnte! Die trägt man mit sich im Blut!"

„Aha! Jetzt liest du mir wohl die Leviten, was?"

In Lovies Augen blitzte ein Funken schmerzlich erworbener Lebensweisheit auf. „Allmählich machst du mir Sorgen! Kein Zweifel, du bist eine starke Frau. Doch Stärke allein, ohne Flexibilität, lässt einen Menschen bloß unbeugsam werden. Warte nur ab! Im September, wenn es von See her heftig zu stürmen beginnt, dann knicken die Bäume aus hartem Holz, splittern und stürzen um. Die elastischen Palmen jedoch sind zäh und biegsam. Darin liegt das Geheimnis von uns Südstaatenfrauen: in Kraft, Schönheit und Geschmeidigkeit. Unflexibel sind wir nie gewesen!"

Mit geschlossenen Augen zählte Cara bis zehn. „Wenn ich mich zum Dinner umziehe – ersparst du mir dann weitere Gardinenpredigten?“

Lovie setzte ihr reizendstes Lächeln auf und rückte ihr Tuch zurecht. „Aber ich bitte dich! Trag, was du möchtest, Liebes!“

Also war doch Umkleiden angesagt. Cara streifte das neue, lange Baumwollkleid mit dem Blumenmuster über und ließ das dunkle Haar wie eine glänzende Mähne lose auf die Schultern fallen. Als einzigen Schmuck legte sie große, goldfarbene Ohrringe und Armreifen in hellen Farben an. Ihrer Mutter zuliebe schminkte sie sich noch die Lippen rot.

„Du schaust richtiggehend exotisch aus“, lobte Lovie und nickte dabei zustimmend, als Cara zum zweiten Mal auftauchte.

Cara musste sich eingestehen, dass sie sich in dem locker fallenden Kleid sehr wohl fühlte. Es fiel zudem in dieser Umgebung weniger auf.

Toy erschien in einem langen schwarzen Rock, kombiniert mit einem weiten, schwarzen Jerseytop, das sich über dem Bauch spannte. Sie schwieg, wirkte mürrisch und in sich gekehrt und erinnerte Cara an einen schwarz gewandeten japanischen Puppenspieler, der unauffällig im Bühnenhintergrund agiert. Die Vorstellung eines Dinners im formellen Rahmen des Herrenhauses in Charleston bereitete Toy offensichtlich Unbehagen. Gut ein Dutzend Gründe hatte sie vorgebracht, um sich vor dem Besuch zu drücken. Lovie war allerdings unerbittlich gewesen und hatte auf der Teilnahme ihrer neuen Freundin bestanden und damit gedroht, sie werde andernfalls ebenfalls zu Hause bleiben. Als dann auch noch von Cara Einwände vorgebracht worden waren, hatte diese sich einen warnenden und unmissverständlichen Blick ihrer Mutter eingehandelt. Ganz offensichtlich gab Lovie sich keinen Illusionen hin, was die Einstellung ihres Sohnes zu Toy betraf, machte sich aber nicht das Geringste daraus. Eingedenk ihres Versprechens hatte Cara sich weitere Bemerkungen verkniffen und ihrem

Bruder den Hinweis auf dem Anrufbeantworter hinterlassen, er solle mit einem weiteren Gast rechnen.

Das Wetter tat heute ein Übriges und sorgte für die rechte Ausflugstimmung. Bei makellos blauem Himmel, niedriger Luftfeuchtigkeit und einer sanften, angenehmen Brise begab sich das Damentrio auf den Weg nach Charleston. An einem milden Samstagnachmittag wie diesem kam es somit wenig überraschend, dass die Ben-Sawyer-Brücke hochgezogen war, um eine lange Bootsparade von Wochenendausflüglern durchzulassen. Cara reihte sich in die Schlange der vor dem Flussufer wartenden Autos ein und erfreute sich an den Oldie-Hits, die aus den Fenstern des vor ihr stehenden Fahrzeugs dröhnten.

„Hören Sie nur! In dem Song kommt Ihr Name vor!" rief Toy vom Rücksitz. „Stimmt doch, oder?" Sie sang sogar mit. „Caretta, Caretta ..."

„Der Song heißt Corinna, Corinna", verbesserte Cara trocken. „Was mir persönlich im Übrigen als Name erheblich besser gefallen hätte als die zoologische Bezeichnung für eine Schildkrötenart!"

„Na ja, wie soll ich das auch wissen?" entgegnete Toy und wippte mit dem Rücken gegen die Sitzlehne. „Ist ja 'n ziemlich alter Titel. War sicher vor meiner Zeit."

„Vor meiner auch", murmelte Cara, wobei sie sich das Lachen kaum verkneifen konnte.

„Eigentlich müsstest du stolz wie Oskar sein, dass du nach der altehrwürdigen Meeresschildkröte benannt bist", wandte ihre Mutter ein.

„Gott sei Dank habt ihr mich nicht Caretta Caretta getauft. Die vollständige lateinische Bezeichnung wäre noch grauenhafter!"

„Ich hatte es ursprünglich vor, aber dein Vater spielte nicht mit. Brauchst gar nicht so zu lachen! Es war mein voller Ernst!"

Cara klopfte den Takt der Musik aufs Lenkrad. Wie locker man auf einmal miteinander umging, wo doch vor ein paar Tagen noch solche Spannungen geherrscht hatten! Sie und Toy waren einander zwar höflich, aber bewusst distanziert begegnet, etwa wie zwei

Faustkämpfer, die sich vor der ersten Runde argwöhnisch taxierten. Mit jedem Tag allerdings wuchs Caras Respekt, weil sich einfach nicht übersehen ließ, mit welchem Fleiß das Mädchen seine Arbeit im Haus verrichtete.

Sie wandte leicht den Kopf zur Seite, um etwas von dem rasanten Wortwechsel zwischen Toy und Lovie mitzubekommen. Lovie hatte sich im Beifahrersitz umgedreht und erörterte offenbar mit dem Mädchen die Herstellung eine Marinade unter Verwendung von Sesamöl und Knoblauch. Dass die beiden sich mochten, war nur zu offensichtlich. Kaum trafen sie aufeinander, schwatzten sie drauflos wie zwei Plaudertaschen. Cara, die sich niemals so natürlich ihrer Mutter gegenüber verhalten konnte und das Ganze nun durch die schützenden dunklen Gläser ihrer Sonnenbrille beobachtete, verspürte sogar so etwas wie Eifersucht. Mutter und Tochter gaben sich zwar alle Mühe, die Kluft, die sich zwischen ihnen aufgetan hatte, zu überwinden, aber für Heiterkeit und Geplauder war die Distanz noch zu groß.

Es dauerte seine Zeit, bis die Hebebrücke sich wieder senkte, doch dann ging die Fahrt weiter, über den Fluss und durch die Feuchtniederungen Richtung Mount Pleasant.

Plötzlich fiel Cara die Abmachung mit ihrem Bruder ein. „Wir müssen unterwegs noch Krabben einkaufen“, sagte sie und hielt nach der beschriebenen Abzweigung vom Coleman Boulevard Ausschau. „Weiß jemand, wo hier die Verkaufsbude steht?“

Ihre Mutter lachte fröhlich auf. „Gegenüber von Shem Creek, nächste Straße links. Nicht zu fassen, dass du das vergessen hast! Dabei hat dein Vater dich so oft dorthin geschleppt!“

„Selektives Gedächtnis“, gab Cara schnippisch zurück, bog in die Seitenstraße ein und fand sich im Nu in einem verwinkelten Labyrinth enger Gassen wieder, in einem Altstadtviertel mit gewaltigen, moosbedeckten Eichen und entzückenden kleinen Häusern. Palmers Anweisung entsprechend hielt sie sich rechts, fuhr an einer Reihe riesiger neuer Gebäude vorbei und landete schließlich wie gewünscht in einer

Sackgasse. Am Straßenrand stand ein altes Holzschild mit der Aufschrift „Cluds Krabbenköder und Fangausrüstung".

Hinter dieser umständlichen Bezeichnung verbarg sich nichts weiter als eine kleine Holzbude sowie ein paar Krabbenkutter, die hinter dem Verkaufsstand am Kai lagen. Eine Hand voll kräftiger Burschen war gerade dabei, unter Geschrei und Gelächter einen großen Krabbentrawler zu entladen. Offenbar schenkten die Männer den drei Frauen, die in hochhackigen Schuhen und Sommerkleidern am Sperrholztresen der Krabbenbude standen, keinerlei Beachtung.

Cara stöckelte um die Hütte herum, um die Bedienung zu suchen. Es war ein sonniger Nachmittag, und wohin man auch schaute, alles wirkte wie eine Postkarten-Idylle aus dem historischen Charleston mit einem ehemals charakteristischen Wirtschaftszweig der Stadt. Man hörte schrilles Möwengeschrei, das Schwappen der Wellen und ein dumpfes Rumpeln, wenn die Fischerboote gegen die Kaimauer stießen; dazu gesellte sich der Geruch von Krabben, Salz und Meer, der Cara scharf in die Nase stach. Sie trat näher an den Kai, um das Gewirr aus Masten und Takelagen besser betrachten zu können. Auf der Bordwand des Trawlers hockte ein breitschultriger Krabbenfischer. Er trug speckige Jeans, ein rotes T-Shirt und schwere, sonnengebleichte, farbverschmierte Stiefel. Die gebräunten, wettergegerbten Wangen waren unrasiert; das braune Haar fiel ihm, als er sich zum Fangnetz hinunterbeugte, fast bis über die Augen. Gerade wollte Cara umkehren, da wandte er den Kopf in ihre Richtung.

Ach, du liebe Zeit! Der Mann aus dem Strandcafé! Cara wusste, er hatte sie bemerkt, sogar erkannt, denn gleich darauf verzog sich sein Gesicht zu einem verschmitzten, schalkhaften Lächeln.

Abrupt fuhr Cara herum. Möwengeschrei gellte ihr wie Hohn und Spott in den Ohren. „Der hat mir gerade noch gefehlt", brummte sie unwirsch, machte auf dem Absatz kehrt und eilte zurück zum Verkaufsstand, wo ihre Mutter und Toy bereits die Krabben in Empfang nahmen.

„Fertig?" Cara hatte es plötzlich eilig und zückte ihre Geldbörse.

„Mit deiner Kreditkarte kommst du hier nicht weit", meinte ihre Mutter skeptisch.

Cara zog ein paar Dollarscheine hervor und legte sie auf den Tresen. Lovie hingegen kramte aufreizend bedächtig in ihrem Portemonnaie herum und zählte den Betrag Münze für Münze in Kleingeld einzeln auf die Theke, während Cara einen nervösen Blick in Richtung Trawler warf. Aus den Augenwinkeln sah sie, wie der breitschultrige Typ gemessenen Schrittes auf die Verkaufsbude zulief.

Schnell griff sie in ihre Börse, gab dem Verkäufer einen Dollarschein als Trinkgeld, hakte dann ihre Mutter unter und trat hastig den Rückzug an. Toy trottete hinterher.

„Was sollte denn dieser plötzliche Aufbruch?" erkundigte sich Lovie und legte den Sicherheitsgurt an, während Cara mit Vollgas vom Parkplatz fegte, dass der Kies nur so aufspritzte. „Das verstehe einer!"

„Wir dürfen Palmer nicht warten lassen."

„Wie bitte? Ja, ist es denn die Möglichkeit? Auf die Minute pünktlich zu erscheinen gilt als unhöflich! Jetzt nimm endlich den Fuß vom Gas, Cara, und benimm dich etwas damenhafter!"

Palmer Rutledge stand auf seiner Motorjacht. Mit der einen Hand hielt er das Steuerrad, in der anderen eine Bierdose, was ihn nicht daran hinderte, seine Gäste mit schwungvoller Geste auf die neuen, teuren Anwesen hinzuweisen, die sich entlang des Intracoastal Waterway erstreckten. Lovie und Toy saßen Seite an Seite unter einem Sonnensegel, wohingegen Cara sich im Bootsheck niedergelassen hatte und die Sonne genoss. Es war eine lustige, sonnige, spritzige Fahrt, bei der Palmer als Skipper alle Register zog. Cara machte es sich in ihrem Liegestuhl bequem, hielt ihre Baseballmütze fest, damit sie im Fahrtwind nicht davonflog, und hörte lächelnd und nickend den Kommentaren ihres Bruders zu.

In Caras Erinnerung hatten sich früher weit weniger Häuser und Bootsanleger an den Ufern dieser verschlungenen Wasserstraße befunden. Auch erheblich weniger Boote waren unterwegs gewesen als jetzt. Als Kinder hatten Cara und ihre Freunde vom Steg ins Wasser springen und quer durch den Waterway zu einem bewaldeten Inselchen schwimmen können, wo man ausruhte und wieder zu Atem kam, bevor es dann zurückging. Wäre man heute auf die Idee verfallen, etwas Derartiges zu versuchen, hätte man ebenso gut auf allen vieren über eine zweispurige Schnellstraße krabbeln können. So gefährlich war es mittlerweile. Eine Jacht nach der anderen rauschte vorbei, sodass Palmers Boot in den Bug- und Heckwellen auf und nieder wippte. Doch auf allen Booten herrschte gute Laune; man winkte und lachte sich zu.

Trotz aller Schönheit der Häuser und Marschen hatte Cara jedoch mehr Lust, sich einfach nur zurückzulehnen und ihrem Bruder zuzuschauen, der sichtlich in seinem Element war. Palmer konnte man als waschechten Jungen aus der Region, als „Lowcountry Boy", bezeichnen, der jeden Quadratzentimeter Boden und jeden Tropfen Wasser liebte, aus dem dieses besondere Fleckchen Erde bestand.

Schon als Junge war er ein ruheloser Geist gewesen und ständig mit hungrigem Blick umhergestreift, weswegen ihn seine Mutter „Palmer der Panter" genannt hatte. Nun war auch er unübersehbar in die Jahre gekommen; der Bauchansatz über dem Bund seiner Bermudashorts und seine deutlich gerundeten Wangen zeugten von einem guten Leben – und von einer Schwäche für Süßigkeiten und Gegrilltes.

„Möchtest du etwas trinken, Tante Caretta?"

Cara wandte den Kopf. Neben ihr stand Linnea, adrett wie eine kleine Lady, und servierte ihr, breitbeinig und angestrengt das Gleichgewicht haltend, ein kaltes Getränk.

„Aber sicher! Danke, Darling!" Cara nahm das Glas entgegen. „So eine niedliche, entzückende Gastgeberin wie du ist mir ja noch nie begegnet! Ganz toll, wie du das machst. Palmer, guck mal, wie prima deine Tochter das kann! Verschüttet keinen Tropfen! Bewegt sich bei diesem Geschaukel wie eine Ballerina!"

„Eher wie 'n angetörnter Matrose!"

„*Daddy!*" rief Linnea empört aus.

„Kleiner Jux, Mäuschen! Du weißt doch, du bist Daddys Prinzessin!“

„Mama hat gesagt, ich soll mich um die Gäste kümmern“, erklärte die Kleine mit rührendem Ernst. „Sie ist nämlich zu Hause geblieben und bereitet das Essen zu. Willst du sonst noch was? Oder Oma Lovie? Oma, etwas Kaltes?“

Linnea erledigte ihre Aufgabe mit Eifer und Begeisterung, hangelte sich von Sitz zu Sitz, von Knie zu Knie, hielt sich an allem Möglichen fest, um bei dem ständigen Auf und Ab nicht über Bord zu gehen.

Cooper hingegen interessierte sich ausschließlich für die seemännische Seite. Klein, aber stämmig stand er stocksteif neben dem Vater und verfolgte, den Blick der runden, dunklen Augen auf die Hebel und Anzeigen gerichtet, jeden einzelnen Handgriff. Leider war sein Vater zu sehr damit beschäftigt, über das Motorengedröhn hinweg den Fremdenführer zu spielen. Den Jungen beachtete er nicht.

„Lässt du mich auch mal lenken, Daddy? Bitte!“ Mittlerweile fragte der Kleine zum zehnten Mal.

Palmer verscheuchte ihn. „Mensch, Cooper, jetzt setz dich mal ’n bisschen zu Oma rüber!“

Cooper schmollte zwar, gehorchte aber und verzog sich steifbeinig in den Schatten des Sonnensegels, wo er sich griesgrämig neben Toy und Lovie hinhockte. Eine Zeit lang rutschte der Knirps unruhig auf seinem Sitz herum, schlich sich dann aber, wie Cara amüsiert beobachtete, verstohlen wieder zum Cockpit zurück und schaute seinen Vater mit flehenden braunen Augen an. Er bot einen komischen und zugleich traurigen Anblick. Cara fiel ein, dass Palmer früher von seinem Vater auf die genau gleiche Art und Weise behandelt worden war. Auch der hatte den Sohn dauernd abgewehrt. Palmer, Palmer, dachte sie, pass bloß auf!

Die rote Sonne ging schon am Horizont unter, als man wieder Kurs auf Charleston nahm. Das Wasser schimmerte rosa im Abendlicht. Mit dröhnendem Triebwerk und mächtig schäumender Heckwelle pflügte das Boot durch die Wellen und lief in den Hafen ein.

„Guck mal, Tante Cara!“ rief Linnea aus und zeigte auf eine kleine Insel mitten in der Hafeneinfahrt. „Da drüben liegt Fort Sumter!“

Cara, die diesen geschichtsträchtigen Ort früher viele Male besucht hatte, nickte.

Linnea kam etwas näher und versuchte, ihre Tante in ein Gespräch zu verwickeln. „Wusstest du schon, Tante Cara, dass der erste Kanonenschuss des Kriegs zwischen den Bundesstaaten genau auf Fort Sumter abgefeuert wurde?“

Cara öffnete den Mund, war aber sprachlos vor Staunen.

Palmer brach in schallendes Gelächter aus. „Sie hält dich für ’n Yankee!“ brüllte er. „Das hast du nun davon, dass du da oben im Norden lebst!“

Lovie lächelte nur und wiegte bedächtig den Kopf.

„Mäuschen“, prustete Palmer, „wenn deine Tante Cara ’n Yankee ist, dann bin ich auch einer.“

Verblüfft schaute die Kleine ihren Vater an. „Aber sie wohnt doch in Chicago!“

„Tut sie auch, Darling. Aber sie ist hier in Charleston geboren und aufgewachsen. Genau wie du!“

Linnea drehte sich um und musterte Cara nachdenklich. Im Blick der Kleinen mischten sich Verwunderung und Argwohn, als könne das Kind sich nicht recht entscheiden, ob sie ihre Tante dafür, dass sie offenbar den Verstand verloren und das Lowcountry verlassen hatte, nun eigentlich rügen oder bemitleiden sollte.

Cara war sich sehr wohl darüber im Klaren, dass sie in der Familie eine Art Sonderstellung innehatte. Sie galt als jemand, der ins Exil gegangen und in Regionen geflohen war, die heißblütigen Südstaatlern kalt und fremd erscheinen mussten. Man betrachtete sie als jemanden, der sich lediglich zu Pflichtbesuchen herbemühte, sich fremdartig kleidete und lieber in einem Hotel abstieg, statt bei den Angehörigen zu übernachten.

„Keine Sorge, Linnea“, versicherte Cara und verzog das Gesicht. „Das kannst du ja nicht wissen. Ich bin lange vor dem *Bügerkrieg* von daheim fortgegangen." Mit Bedacht wählte sie den nur von Yankees benutzten Ausdruck „Bürgerkrieg", um ihren Bruder zu ärgern.

Palmer reagierte prompt auf den Seitenhieb seiner Schwester. „Mach nur so weiter mit deiner Geschichtsklitterung, Schwesterherz", nuschelte er gedehnt. Cara konnte sich gut vorstellen, dass seine Augen dabei blitzten, auch wenn sie von den dunklen Gläsern der Sonnenbrille verborgen wurden. „Aber ich werde immer dein älterer Bruder, Mamas Liebling und überhaupt in jeder Hinsicht der Bessere sein."

Cara ließ die Retourkutsche gutmütig über sich ergehen, denn sie ahnte, dass dies erst der Auftakt zu dem war, was mit Sicherheit noch folgen würde. Es gehörte zu Palmers Angewohnheiten, heikle Themen ins Spaßige zu ziehen. Nach der Klärung der Verwandtschaftsverhältnisse taute Linnea zusehends auf und setzte sich, sowohl aus Neugier als auch aus Zuneigung, neben ihre Tante. Cara spürte, wie der schmächtige Körper des Mädchens gegen den ihren gedrückt wurde, während das Boot Kurs auf die Spitze der Halbinsel von Charleston nahm. Mit einem Male merkte sie, wie sehr ihr die Kleine ans Herz gewachsen war – eine völlig ungewohnte Erfahrung. Sie lächelte liebevoll und freute sich, als Linnea ihr Lächeln erwiderte.

Als das Boot sich der Stadt näherte, wurde es still an Bord. Cara schaute hoch. Beim Anblick der historischen Herrenhäuser, welche die Battery säumten und Charleston seine besondere Würde verliehen, regte sich Stolz in ihr. Reizvoll und graziös erhoben sie sich über der hohen Kaimauer, gleich einem Reigen von anmutig über eine Balustrade gebeugten schönen Frauen. Ganz egal, wie oft man dieses Panorama vor sich sah – niemand, weder Fremder noch Einheimischer, vergaß je das erhebende Gefühl, das sich einstellte, wenn man die Stadt aus dieser Perspektive betrachtete. Am eindrucksvollsten, überlegte Cara, wirkt Charleston noch immer vom Wasser aus.

Bei gedrosseltem Triebwerk zog Palmers Power-Boot eine Spur quirlender Gischt hinter sich her und glitt sacht in den Jachthafen, wo sich Benzingestank mit dem Salzwassergeruch mischte. Cara war ein wenig flau im Magen vom Geschaukel zuvor.

„Gleich sind wir da", verkündete Linnea, wies dann zum Ufer und fügte mit kindlichem Besitzerstolz hinzu: „Das da drüben ist unser Haus!"

Cara reckte den Hals und spähte angestrengt über die Mastspitzen hinweg in Richtung Bay Street. Tief holte sie Luft, ließ ihren Gedanken freien Lauf, quer durch das Gebäudegewirr aus Ziegelstein, Holz und Eisen bis hin zum Haus ihrer Kindheit. Und als sie ihre Mutter anguckte, da merkte sie zu ihrer Verblüffung, dass deren Blick auf ihr ruhte und ein leises, wissendes Lächeln um Lovies Lippen spielte.

Im Schutz der Dunkelheit wagt sich die Meeresschildkröte an Land. Schwerfällig wie ein Panzer walzt sie den Strand hinauf und schleppt sich zu einer höher gelegenen Stelle, um das Nest zu schaufeln. Diese Tätigkeit obliegt ausschließlich den Weibchen. Die frisch geschlüpften Männchen hingegen streben gleich dem Meere zu und begeben sich so gut wie nie wieder an Land.

6. KAPITEL

Caras Elternhaus, eine stattliche Villa im neoklassizistischen Stil, stand in einer der schmalen, von Fächerpalmen und Eichen gesäumten Seitenstraßen des so genannten „South of Broad", jenem goldenen Stadtteil, in dem man dem Wohlstand noch in seinem vollen Überfluss begegnen konnte. Am passendsten war wohl der Begriff „entzückend", wollte man die außergewöhnliche Architektur der historischen Herrenhäuser mit ihren pastellfarbenen Anstrichen, der Kirchen und Gärten mit ihren kunstvollen schmiedeeisernen Einfriedungen beschreiben. Anfang der sechziger Jahre, kurz nach Caras Geburt, hatten Olivia und Stratton Rutledge das etwas verwahrloste Anwesen zu einem Bruchteil seines jetzigen Verkehrswertes erworben, denn Lovie war auf Anhieb vom Charme und von der Grazie des Hauses begeistert gewesen, in dem Cara dann ihre gesamte Kindheit und Jugend verbracht hatte. Wie sich bald herausstellte, sollte das Wohnen darin zu einem wahren Abenteuer werden. Während der Ausschachtungsarbeiten beim Bau des Swimmingpools stieß Lovie auf zahllose Kunstgegenstände. Im Zuge jahrelanger, sorgfältiger Restaurierung gelang es ihr dann, das Gebäude mit seiner wunderbaren, auf drei Geschossebenen verlaufenden Veranda in seiner ursprünglichen Pracht neu erstehen zu lassen. Dass es über viele Jahre hinweg im herbstlichen Haus- und Gartenführer der Gesellschaft für Denkmalschutz Erwähnung gefunden hatte, war Lovies Verdienst gewesen.

Cara stoppte am Straßenrand und betrachtete ihr inmitten majestätischer Eichen aufragendes Elternhaus. Sie wusste, es war beileibe nicht so, dass ein schönes Heim auch automatisch ein glückliches Zuhause bedeutete. Beim Aussteigen stellte sie fest, dass Nebelschwaden vom Hafen herankrochen und alles um sie herum grau verhüllten. Sie schlug die Wagentür zu und schritt wortlos über das unebene Trottoir Richtung Gartentor. Selbst jetzt, kurz vor dem Ziel, verspürte sie aufs Neue den Drang, auf dem Absatz kehrtzumachen und die Flucht zu ergreifen. Im Inneren dieser imposanten Villa lauerten Erinnerungen, denen Cara liebend gern aus dem Weg gegangen wäre – nicht etwa düstere oder anstößige Dinge, nichts, was skandalträchtige Schlagzeilen geliefert hätte, nein, sondern eine lautlose, doch tückische Art von traumatischer Erfahrung, die sie und Palmer hatten machen müssen. Gedanken an die lange Reihe von Kränkungen und traurigen Vorfällen, welche die Geschwister erduldet hatten, umhüllten Cara wie ein feuchtkalter Mantel und ähnelten den dichten Nebelschwaden an diesem Abend.

Wie sie so neben ihrer Mutter vor dem Eingang stand und darauf wartete, dass jemand aufmachte, schnürte ein beklemmendes Gefühl ihr den Atem ab. Helles Kinderlachen war zu hören, dann vernahm man Schritte, als jemand die Treppe herunterpolterte. Im nächsten Augenblick flog die Haustür weit auf, und Julia begrüßte das draußen stehende Trio mit einer herzlichen Umarmung.

„Da seid ihr ja endlich! Wir dachten schon, ihr hättet euch verlaufen! Wie lange braucht ihr denn vom Hafen bis hierher?"

„Ich wollte nur noch eine kleine Runde durchs Viertel drehen", erklärte Cara.

„Na, dann herzlich willkommen und hereinspaziert! Die Kinder sind schon außer Rand und Band!" In ihrem hübschen, blumigen Sommerkleid, das genau zu ihren hellblauen Augen passte, wirkte Julia schlank und grazil. Cara hatte sie Jahre nicht gesehen; Julias kecke, jugendliche Frohnatur war offenbar einer reifen Eleganz gewichen, die ihr durchaus zum Vorteil gereichte. Und doch bemerkte Cara hinter dem strahlenden Lächeln der Schwägerin eine bislang nicht gekannte Härte, besonders um die Augen, wo kleine Fältchen deutlich von nervlicher Belastung zeugten. Das einst lange, blonde Haar trug sie jetzt sportlich kurz, wodurch die großen topas- und brillantbesetzten Ohrringe noch wirkungsvoller zur Geltung kamen. Dazu hatte sie ein perfektes Make-up aufgelegt. Wäre Cara ihrer Schwägerin zufällig beim Einkaufen begegnet, hätte Julia garantiert ebenfalls wie aus dem Ei gepellt ausgeschaut.

Dass Julia ihre Schwiegermutter in deren eigenem Haus wie eine

Besucherin behandelte, kam Cara eigentlich ein wenig anmaßend vor. Doch vermutlich entsprach es dem Wesen einer Südstaatlerin, Gästen unbedingt das Gefühl zu vermitteln, sie seien willkommen. Im Gegensatz dazu benahm Toy sich eher störrisch, trat von einem Bein aufs andere und rang sich mit knapper Not ein halbherziges „Guten Tag" ab. Cara kannte sie mittlerweile gut genug und wusste, dass sich hinter diesem Verhalten nur Toys Unsicherheit verbarg.

Julia lachte über eine Bemerkung, die Lovie gemacht hatte, und geleitete die Gäste durchs Foyer zur Veranda. Cara blieb zurück, um sich ein wenig umzugucken. In Gestaltung und Atmosphäre entsprach das Haus mit den hohen Decken, den reichhaltigen Holzverzierungen, dem kunstvoll gemauerten Kamin und den blitzblanken Parkettfußböden im Wesentlichen den grandiosen historischen Anwesen, wie sie für Charleston typisch waren. Dennoch fiel Cara eine Veränderung auf, zwar auch im Interieur, doch mehr noch in der Stimmung. Die öden Tapeten, an die sie sich noch gut erinnerte, hatte man durch helle, fröhliche Wandanstriche ersetzt: Himbeerrot beherrschte das Esszimmer, Salbeigrün den vorderen Wohnbereich, kühles Blaugrün das Arbeitszimmer. An den Fenstern waren die schweren Brokat- und Samtvorhänge herrlichen Seidenstores gewichen, die geradezu von den drei Meter hohen Decken herabzuschweben schienen. Die leuchtenden Farben hoben wirkungsvoll die Antiquitäten hervor, die sich seit Generationen im Besitz von Caras Familie befanden.

„Du machst ja ein Gesicht, als rechnetest du damit, dass hier jeden Moment ein Geist auftaucht", bemerkte Palmer, als er seiner Schwester einen Gin Tonic brachte. Er hatte sich umgezogen und trug nun lange Hosen und Polohemd anstelle seiner Bootskluft.

Cara wandte sich um, lächelte ihrem Bruder zu und nahm den Drink mit einem Dankeschön entgegen. „Du meinst Daddy, was?"

Palmers Blick wanderte zu dem großen Ölportrait von Stratton Rutledge, das die Wand über dem Treppenabsatz dominierte. „Er ist immer noch da und schwebt hier herum. Ich kann dem verdammten Stinkstiefel einfach nicht entrinnen."

„Du hättest aber die Möglichkeit dazu gehabt."

Palmer schüttelte den Kopf und lachte verkrampft, wobei ein gehetzter Ausdruck in seine Augen trat. „Ich leite die Firma, wohne in diesem Haus, trage den Namen ... Tja, was soll ich sagen? Es muss wohl mein Schicksal sein, und ich hab's aufgegeben, davor wegzulaufen."

Cara blickte ihren Bruder an. „Jeder von uns bestimmt sein Schicksal selbst."

„Falls du das glaubst, Darling – ich hab da noch ein Stück Sumpfland, das ich dir gern überlasse!" Er nippte an seinem Bourbon und grinste sie schelmisch an. Erneut spürte Cara die alte, innige Verbindung, die zwischen ihnen bestanden hatte, als sie noch Kinder gewesen waren. „Jedenfalls freue ich mich wie 'n Schneekönig, dich mal wieder zu treffen", fuhr er fort. „Du siehst so klasse aus wie immer." Und nach einer ganz kurzen Pause: „Und so groß."

Mit ihrer Körpergröße von fast einem Meter achtzig stand Cara ihm nahezu auf Augenhöhe gegenüber. Schon damals hatte es ihn gestört, dass Cara zwar jünger, dafür aber größer war als er. Mit einem verspäteten Wachstumsschub hatte Palmer seine Schwester schließlich dann doch noch überholt, wenn auch nur um zwei Zentimeter.

„Aber ich bin noch immer größer als du", fügte er hinzu.

„Mir scheint, dass gilt auch für den Umfang, was?"

Er tätschelte sich zärtlich den Bauch. „Ja, ja, das kommt vom Eheleben. Da kannst du schlecht mitreden."

„Bislang konnte ich mich drücken", konterte sie ungerührt.

„Sag mal, woher hast du eigentlich all diese spinnerten Ideen? Jedenfalls garantiert nicht aus dem Süden. Wärst du hier geblieben, hättest du jetzt 'nen strammen Gatten und 'ne Horde Kinder! Ah, Vorsicht! Sie fährt schon die Krallen aus!"

„Wenn du wüsstest, wie oft Mama mir das schon unter die Nase gerieben hat! Ich kann's nicht mehr hören!"

Er gluckste verständnisvoll und ließ seinen Whiskey im Glas kreisen. „Und wie lange bleibst du diesmal?"

„Keine Ahnung. Mama möchte mich ja länger hier behalten. Aber, ehrlich gesagt, ich werde schon allmählich zappelig, weil ich hier tatenlos herumsitze."

„Mensch, Cara", entgegnete er kopfschüttelnd. „Kannst du's etwa nicht abwarten, dieses Paradies zu verlassen und wieder in das kalte Chicago abzuhauen? Ich kapier das einfach nicht!" Dann legte er neugierig den Kopf schief. „Erwähntest du nicht einen Brief von Mama?"

Cara nickte und nippte an ihrem Gin. „Stimmt", antwortete sie etwas ernster. „Unser bisheriges höflich-distanziertes Verhältnis funktionierte ja über die Jahre ganz ordentlich. Doch jetzt werde ich das Gefühl nicht los, als hätte sich seit Daddys Tod einiges in Mamas Leben verändert. Mir scheint, dass ich ihr fehle. Oder, was wahrscheinlicher ist, sie möchte, dass ich ihr beim Durchforsten von all dem Kram helfe, den er hinterlassen hat."

Palmers Miene veränderte sich – kaum merklich zwar, aber doch so, dass Cara spürte, dass sie eine empfindliche Stelle berührt hatte.

„Durchforsten von Kram? Was denn für welcher?"

„Auch das ist mir schleierhaft. Vermutlich das ganze Gerümpel, das oben auf dem Dachboden herumsteht. Vielleicht will sie auch, da sie ja jetzt im Sommerhaus wohnt, einige Dinge hier aus dem Haus nach drüben schaffen. Vermutlich möchte sie das Haus verkaufen. Hat sie denn mit dir noch nicht darüber gesprochen?"

Palmer wandte sich kurz ab. Dann musterte er sie fragend. „Nein", erwiderte er zögernd. „Nein, das hat sie nicht."

„Ich glaube, sie ..."

Ihr Bruder unterbrach sie und machte eine ausladende Handbewegung. „Und wie gefällt dir der alte Kasten jetzt?"

Der abrupte Themenwechsel verblüffte sie zwar, doch sie ging darauf ein. Wahrscheinlich, so schloss sie, fühlt er sich von unserer Mutter übergangen und ist entsprechend verschnupft.

„Sieht alles ganz anders aus", erklärte sie und folgte ihm in den Wintergarten. „Wirkt irgendwie ... wie soll ich sagen ... jünger! Fröhlich sogar. Da muss ein hervorragender Innenausstatter am Werk gewesen sein."

Er strahlte. „Alles Julias Verdienst! Es wäre echt nett, wenn du's ihr gegenüber mal lobend erwähnen würdest. Sie hat sich mit jeder Kleinigkeit herumgeplagt. Dir kann ich's ja verraten: Ich dachte schon, ich kriege Schielaugen, denn sie schleppte ständig diese dicken Musterbücher mit Stoffproben für Gardinen, Bettdecken, Kissenbezüge und weiß der Geier was sonst noch an, und ich musste die mit ihr angucken. Und die Einfassungen und Fransen erst! Du hast dein Lebtag nicht geahnt, dass es so viel von dem Zeug gibt!"

„Ich werde ihr sagen, dass sie alles ganz ausgezeichnet hinbekommen hat." Cara schaute in ihr Glas. „Und Mama? Hat sie gegen die Renovierung nicht protestiert?"

Palmer fixierte sie mit einem merkwürdigen Gesichtsausdruck. „Protestiert? Wieso das denn, zum Teufel?"

„Weiß ich doch nicht! Immerhin hat sie so lange hier gewohnt ..."

„Ach was, die Veränderungen gefallen ihr gut", versicherte er im Brustton der Überzeugung. „Und Julia machen diese Renovierungsarbeiten unheimlich Spaß. Mir ist es so oder so Jacke wie Hose, also ist jeder rundum glücklich und zufrieden. Aber dieser ganze traditionelle Kram, der ist wohl nicht nach deinem Geschmack, was? Wie ich höre, stehst du mehr auf diesen modernen minimalistischen Stil."

Cara ließ den Blick durch die geschmackvoll eingerichteten Räumlichkeiten schweifen. Ob das noch stimmte, das mit dem minimalistischen Stil? Sie war sich nicht sicher. „Möglich", antwortete sie und lächelte hintergründig. „Doch einer Dame steht das Vorrecht zu, ihre Meinung ändern zu dürfen."

„Na, hoffentlich hast du deine Einstellung zu Frogmore-Stew nicht auch geändert. Mensch, draußen im Garten brodelt ein Riesentopf, extra für dich. Müsste allmählich gar sein. Julia!" rief er laut.

Seine Frau lugte um die Ecke. „Was ist, Schatz?"

„Besorg meiner Schwester mal was zum Knabbern. Ich kümmere mich derweil um den Eintopf. In ein paar Minuten gibt's was zu essen!" Er wandte sich um und zwinkerte Cara vielsagend zu. „Hab's extra für dich zubereitet!"

Es erfüllte Cara mit Freude, dass ihr Bruder das Lieblingsgericht seiner Schwester doch nicht vergessen hatte. Sie begleitete Julia in die Küche, um ihr beim Vorbereiten des Festmahls zu helfen.

Später saßen sie alle beisammen im himbeerroten Esszimmer um die lange Mahagonitafel. Große weiße Kerzen flackerten ringsum, und der kristallene Lüster glänzte wie der Mond am Firmament. Man sprach über alte Zeiten. Genauer gesagt war es Palmer, der redete, während Cara sich zurücklehnte und ihm lauschte. Er thronte am Kopfende des Tisches, gab lustige Geschichten und Anekdoten zum Besten, erzählte von glücklicheren Kindheitsmomenten, die Bruder und Schwester gemeinsam erlebt hatten, sowohl im Elternhaus als auch am Strand. Mittlerweile war er der gleiche talentierte Geschichtenerzähler wie früher sein Vater. Diese Fähigkeit, mit Worten zu jonglieren, wurde kleinen Jungen im Süden schon beizeiten beigebracht und mit zunehmendem Alter immer ausgeprägter. Doch nur wenige verstanden es so gut wie Palmer, bestimmte Details auszuschmücken, farbige Ausdrücke zu verwenden, Menschen so präzise zu charakterisieren, dass man sich beim Zuhören die betreffenden Personen derart genau vorstellen konnte, als stünden sie in Fleisch und Blut vor einem. Alle Zuhörer beugten sich gespannt vor, während Palmer Vergangenes zum Leben erweckte. Fast hätte man meinen können, er erlebe alles beim Erzählen aufs Neue. Auch Lovie und Cara ließen sich zurück in die Vergangenheit entführen und ergänzten Palmers Schilderungen mit eigenen Bemerkungen.

Toy hatte anfänglich versucht, die Gelangweilte zu spielen. Doch auch sie wurde in den Bann gezogen und hörte gespannt zu. Die beiden Kleinen verschlangen Palmers Geschichten mit der gleichen Hingabe wie den dampfenden Eintopf aus Krabben, Würstchen und Mais. Bei besonders komischen Passagen lachten sie dermaßen ausgelassen, dass sie sich den Mund zuhalten mussten, um nicht quer über den Tisch zu prusten. Selbst Toy wirkte mittlerweile entspannter, lächelte sogar oder stimmte auch mal in das Gelächter ein.

Je später allerdings der Abend wurde und je mehr Wein durch Palmers Kehle floss, desto hektischer röteten sich seine Wangen. Seine sprühend temperamentvollen Erzählungen waren plötzlich mit einem verbitterten Unterton versehen, als er die düsteren Kapitel und Misstöne im Hause Rutledge ansprach. Ein Gefühl unangenehmer Gespanntheit machte sich breit, und fast konnte man hören, wie die Damen erleichtert aufseufzten, als Palmer seinen Stuhl zurückschob und sich erhob.

„Was meint ihr – sollen wir noch eine Flasche öffnen?" fragte er, schon leicht lallend, wobei er die leeren Weinflaschen einsammelte. „Ihr wartet hier. Bin gleich zurück!"

Kaum hatte er den Raum verlassen, als Lovie ihrer Schwiegertochter einen strengen Blick zuwarf. Julia verstand und reagierte sofort. „Los, Kinder, Zeit fürs Bett! Gebt eurer Großmama und Tante Cara noch einen Gutenachtkuss, und dann ab! Flink wie die Häschen!"

Es folgte eine Reihe schmatzender Küsschen und zärtlicher Liebesbekundungen, bis Julia sich entschuldigte, um die Kleinen zu Bett zu bringen.

Auch Toy hatte Lovies Wink mit dem Zaunpfahl offenbar begriffen. „Ich bin echt müde, Miss Lovie. Macht es Ihnen was aus, wenn ich mich ein bisschen auf der Wohnzimmercouch ausstrecke und die Füße hochlege?"

Lovie war die Erleichterung anzumerken: „Gute Idee. Mach dir den Fernseher an, wenn du möchtest. Aber richte dich nicht erst häuslich ein! Wir brechen bald auf!"

Toy verschwand. Kurz darauf tauchte Palmer mit einer neuen Flasche auf, von der er den Staub abwischte.

„Junge", begann Lovie und faltete ihre Serviette zusammen, „lass es gut sein für heute. Es war ein wunderbarer Tag. Ich kann dir gar nicht genug danken."

Palmer verharrte mitten in der Bewegung. „Nein, nein, ihr geht noch nicht!" Seine Stimme klang bittend und bockig zugleich. Er trat an den Tisch und entkorkte die Flasche. „Der Abend fängt doch gerade erst an! Und außerdem lässt du dich so selten blicken, Mama!"

Plötzlich schaute er verblüfft in die Runde, als wäre ihm gerade erst aufgefallen, dass jemand fehlte. „Wo sind denn die Kinder hin?"

„Julia bringt sie zu Bett", erwiderte Lovie.

Er runzelte die Stirn. Seine Augen blitzten zornig. „Wieso hat es das dumme Weibsbild denn damit so eilig?" Er machte einen Schritt auf das Treppenhaus zu und brüllte: „Julia!"

Konsterniert verfolgte Cara das Schauspiel.

„Ja?" ertönte es eine Spur zu fröhlich.

„Was zum Teufel treibst du da oben?" herrschte Palmer sie an.

„Ich stecke die Kleinen ins Bett. Es ist spät!"

„Nicht so laut, Palmer", mahnte Lovie gelassen und ruhig. „Du krakeelst hier ja herum, als wärst du auf dem Fischmarkt! Nun lass Julia mal schön die beiden schlafen legen!"

„Schlafen können sie immer noch! Erst einmal sollen sie mehr mit dir zusammen sein!"

Cara lief es bei diesem hässlichen und nur zu vertrauten Anblick eines Mannes, den zu viel Wein aggressiv gemacht hat, eiskalt den Rücken hinunter.

„Nach dem langen Tag fielen ihnen ja schon die süßen Äuglein zu. Die zwei sind schließlich noch klein und brauchen ihre Nachtruhe. Und ich alte Frau muss jetzt auch ins Bett. Im Übrigen ist es mit dem Auto nur ein Katzensprung von euch zu mir. Du kannst meine Enkelchen vorbeibringen, wann immer du möchtest."

Palmer wiegte den Kopf. „Ist nicht das Wahre, ohne dich hier im Haus. Du hast einen guten Einfluss auf die Kinder. Julia mag ja 'n liebes Mädchen sein, aber – unter uns – dein Niveau hat sie nicht!"

Konnte das die Möglichkeit sein? Er blamierte seine Frau vor Mutter und Schwester! Cara musterte ihn scharf.

„Wieso bist du überhaupt fortgezogen?" lallte er weiter. „Das hier ist doch dein Heim genauso wie meins!"

„Wie edelmütig", meinte Cara sarkastisch.

„Na, stimmt doch", verteidigte er sich wütend. „Ich wollte nicht, dass sie sich eine neue Wohnung sucht." Unsicher schenkte er Cara nach, wobei er einiges verschüttete. Dann fügte er beinahe schmollend hinzu: „Sie wollte es ja nicht anders!"

„Richtig", bestätigte Lovie begütigend und zog ihr Glas weg. „Ich weiß, du hättest es gern gesehen, wenn ich geblieben wäre. Das ehrt dich. Doch ganz ehrlich, ich könnte gar nicht glücklicher sein als dort, wo ich jetzt lebe. Ich habe mein kleines Sommerhaus schon immer geliebt."

„Geliebt? Geliebt hast du *dieses* Haus", widersprach Palmer, wobei er sein Glas füllte.

Cara und Lovie wechselten einen besorgten Blick.

„Aber da du schon einmal davon angefangen hast", fuhr er fort und machte es sich auf seinem Stuhl bequem, „lass uns vernünftig darüber reden." Er verlagerte seinen Oberkörper nach vorn, stützte sich schwer mit beiden Ellbogen auf den Tisch, schaute Lovie von unten an und sagte, schon etwas friedfertiger: „Also gut, ich möchte schlicht und ergreifend Folgendes: Mama, komm zu uns zurück! Dass du so weit vom Schuss auf deiner Insel hockst, das gefällt mir nicht. Hier im Hause könnte ich mich besser um dich kümmern."

„Ich fühle mich dort sehr gut aufgehoben."

„Was denn, in der alten Hütte? Die steht doch kurz vorm Einsturz, ist 'ne wahre Mausefalle! Menschenskind, ein ordentlicher Windstoß, und das ganze Ding wird vom Fundament gefegt!"

„Das kleine Cottage hat so viele Wirbelstürme überstanden, dass ich sie gar nicht mehr zählen kann!" protestierte Lovie.

Palmer hob beschwichtigend die Hand. „Die Bausubstanz ist ja nur eine Sache. Ein Hausmädchen anzuheuern, während du genauso gut hier bei uns wohnen könntest, das ist schon etwas anderes. Trotzdem – alles kleine Fische, verglichen mit dem gewaltigen Hieb, den der jüngste Bescheid über die Grundbesitzsteuer uns versetzt hat. Der Verkehrswert der kleinen Parzelle ist in den letzten paar Jahren kometenhaft gestiegen." Palmers Augen nahmen einen merkwürdigen Glanz an. „Dein nutzloses Sommerhäuschen steht auf erstklassigem strandnahem Grund und Boden! Von solchen Grundstücken gibt's auf der Insel nicht mehr viele – das dürfte auch dir bekannt sein. Wie dem auch sei, beim letzten Steuerbescheid schnellte mein Blutdruck in Schwindel erregende Höhen!"

Lovie reagierte bestürzt. „Aber hast du denn den Antrag auf Steuerermäßigung für mich nicht gestellt?" fragte sie. „Das solltest du doch! Letzten Dezember, als ich hier auszog, habe ich dich darum gebeten!"

„Ich bin deinem Wunsch durchaus nachgekommen, aber trotzdem fiel die Steuerbelastung erheblich höher aus als sonst. Dein Geld ist zum größten Teil angelegt, Mama, und bei der augenblicklichen Lage auf den Aktienmärkten hast du nur begrenzte Mittel flüssig. Es ergibt schlicht und ergreifend keinen Sinn, das Sommerhaus noch länger halten zu wollen."

„Ich brauche nicht viel."

„Das ist nicht der springende Punkt. Lass mich ausreden. Ich habe meine eigenen Nachforschungen angestellt und weiß aus sicherer Quelle, dass die Bruchbude mindestens sieben-, wenn nicht achthunderttausend Dollar wert ist, egal, in welchem Zustand. Möglicherweise sogar noch mehr. Also, die Sache ist die: Direkt dir gegenüber liegen diese drei Supergrundstücke. Zwei davon wurden der Küstenschutzgesellschaft auf ewig als offenes Küstengelände gestiftet."

Cara zog die Augenbrauen hoch. Das war ihr neu! Wenn es wirklich stimmte, erhöhte dies den Wert von Lovies Grundstück beträchtlich.

Palmer setzte seinen Vortrag fort. „Ich sehe die Dinge folgendermaßen: Falls es mir gelingen sollte, die dritte Parzelle, die sich direkt gegenüber von deiner befindet, zu erwerben, würden wir gemeinsam über zwei erstklassige Grundstücke verfügen. Ich könnte einfach auf gut Glück zwei Häuser darauf bauen lassen, eins direkt zum Meer, und zwar so, dass man vom zweiten Gebäude ebenfalls noch einen unverbauten Blick aufs Meer hat. Zwei solche Immobilien wären von unschätzbarem Wert. Die brächten uns Millionen!"

„Für mich ist das Land auch so schon von unschätzbarem Wert", erwiderte Lovie leise.

„Na klar, Mama, ich weiß, wie sehr du daran hängst. Doch wir sollten das Eisen schmieden, solange es heiß ist! Wir müssen das verbliebene Grundstück kaufen, ehe es uns jemand vor der Nase wegschnappt!"

„Hast du denn eine Ahnung, wem es gehört?" erkundigte sich Cara.

„Noch nicht, aber ich hab meine Leute darauf angesetzt. Ist nur 'ne Frage der Zeit, bis wir's heraushaben", antwortete Palmer.

„Ich soll also verkaufen? Sofort? Verstehe ich dich da richtig?" hakte Lovie nach.

Cara schaute ihre Mutter an. Ein bestimmter Unterton in Lovies Stimme ließ sie aufhorchen, eine eiserne Kraft, die in der Frage verborgen lag. Palmer war in der Zwischenzeit krebsrot angelaufen. Seine Augen glichen denen eines Jagdhundes, der Blut geleckt hat.

„Ich finde, wir sollten es zumindest in Erwägung ziehen und mal überlegen, was dabei herausspringen könnte."

Lovie wandte sich an Cara. „Bist du auch der Ansicht, ich sollte verkaufen?"

Cara hatte nicht damit gerechnet, dass man sie um ihre Meinung bitten würde. „Das ist deine Entscheidung!"

„Wieso fragst du *sie?*" fuhr Palmer hitzig dazwischen.

Cara wurde böse. „Als Mitglied der Familie steht mir doch wohl das Recht zu, mich zu dem Thema äußern zu dürfen!"

„Das Recht? Du glaubst, du kannst dich über zwanzig Jahre abseilen und hättest hier trotzdem noch Rechte?"

„Cara", wiederholte Lovie nachdrücklich, sodass Caras Aufmerksamkeit von Palmer abgelenkt wurde. „Willst du, dass ich verkaufe?"

Nachdenklich schürzte Cara die Lippen. Zu ihren beruflichen Stärken gehörte die Fähigkeit, bei der Lösung eines Problems sämtliche Aspekte zu berücksichtigen. Als sie antwortete, klang ihre Stimme daher fest und entschlossen. „Wenn Palmer Recht hat und die beiden angrenzenden Parzellen sozusagen als küstennahes Naturschutzgelände und nicht als Bauland ausgewiesen sind, dann ist dein Grundstück

Gold wert. Und krisensicher. Und Geld brauchst du nicht; zumindest dürftest du keine akuten finanziellen Sorgen haben." Sie guckte Palmer an. „Wenn ich mich nicht täusche, ist Mamas Geld in seriösen Wertpapieren angelegt. Falls ihre Blue-Chip-Aktien eines Tages nichts mehr wert sein sollten, dann geht das ganze Land unter. Also", schloss sie und wandte sich wieder Lovie zu, „wenn du mich fragst: Tu das, was dir Spaß macht. Es ist dein Leben und dein Land. Hab Freude daran!"

Lovies Miene entspannte sich, und ihr Mund verzog sich zu einem sanften Lächeln. In ihrem Blick lag so etwas wie Erleichterung.

Doch Palmer ließ nicht locker. „Und du hast nicht zufällig selbst Interesse an dem Strandhaus?"

Es war eine bösartige Unterstellung, die Cara tief traf. Sie sah ihre Mutter an. Lovie hatte sich vorgebeugt und wartete sichtlich gespannt auf die Antwort.

„Nein." Cara meinte es ehrlich. „Es gehört Mama. Ich hoffe, sie wird dort noch lange glücklich und zufrieden leben."

Palmer lehnte sich im Stuhl zurück und verschränkte die Hände über dem Bauch. „Ach, tatsächlich? Ich für meinen Teil finde es, gelinde gesagt, sonderbar, dass du ausgerechnet jetzt, nach all den Jahren, wieder auftauchst und plötzlich Interesse für die Familie und das Sommerhaus zeigst!"

Cara ließ sich nicht provozieren, denn der Alkohol sprach aus ihrem Bruder. „Wie bereits erwähnt, bin ich auf Mamas ausdrücklichen Wunsch hergekommen. Falls du fürchtest, ich wäre auf Beute aus oder wollte mir etwas unter den Nagel reißen, kann ich dich beruhigen. Mir geht's finanziell nicht schlecht; reich bin ich zwar nicht, aber für mich langt's. Ich habe immer schon auf eigenen Beinen gestanden, wie dir bekannt sein dürfte." Sie lehnte sich ebenfalls zurück und fügte mit ironischem Lächeln hinzu: „Mein Geld habe ich auf die althergebrachte Weise verdient – mit harter Arbeit. Ich brauche keine Almosen von Mama."

„Schwesterherz", erwiderte er gedehnt, „wenn hier einer Geld auf die althergebrachte Weise gemacht hat, dann ich. Ich hab's nämlich geerbt." Er lachte laut über seine eigene Bemerkung, wodurch die Spannung im Raum etwas nachließ, obwohl sie weiterhin unterschwellig zu spüren war. Mit Unschuldsmiene wandte er sich wieder seiner Mutter zu. „Mama, sei vernünftig! Ganz abgesehen von der finanziellen Lage, müssen wir in Erwägung ziehen, dass es dir eines Tages nicht mehr so gut geht wie heute. So hübsch du auch bist – wir werden alle nicht jünger! Da draußen so ganz allein, das ist einfach zu riskant. Wir wohnen in der Stadt, deine Ärzte ebenfalls. Falls dir etwas zustößt, dauert es ewig, bis dir wirksame Hilfe zuteil wird. Was wäre das für ein Sohn, der seine Mutter in dieser Lebenssituation sich selbst überlässt?"

„Ich weiß deine Fürsorge sehr wohl zu schätzen", entgegnete Lovie steif, „aber ich bin nicht allein. Die Damen vom Schildkröten-Team schauen regelmäßig vorbei, und Toy kümmert sich um mich." Sie unterbrach sich jäh, weil sie wohl bedauerte, den Namen erwähnt zu haben.

Palmer stieg jedoch sofort auf das Thema ein. „Das stört mich ja gerade! Was wissen wir eigentlich über das Mädel? Die könnte dich doch glatt nach Strich und Faden ausnehmen!"

„Um Gottes willen ...", stöhnte Lovie kopfschüttelnd und schlug die Hände vors Gesicht.

„Und selbst wenn sie die Pfoten vom Tafelsilber lässt – wie soll dir eine beistehen, die so hochschwanger ist, dass sie kaum laufen kann? Die ist doch kaum alt genug, um sich selbst zu versorgen! Ach, zum Kuckuck!" Palmer schlug mit der flachen Hand auf den Tisch. „Es passt mir nicht, dass meine Kinder mit so einer Umgang pflegen. Ich möchte noch nicht einmal, dass die sich in meinem Haus aufhält! Was soll denn meine Linnea denken?"

Ob Toy etwas mitbekommen hatte? Cara guckte über die Schulter. Eigentlich war Palmers Gezeter kaum zu überhören gewesen. Sie rechnete mit einer geharnischten Antwort ihrer Mutter, doch Lovie schien zu schrumpfen und ließ die Schultern hängen – ein sicheres Zeichen der Resignation. In Cara kochte der gerade erst überwundene

Ärger wieder hoch. Sie explodierte und stauchte ihren Bruder zusammen, und zwar in einem Ton, der schon die Teilnehmer so mancher Vorstandssitzung das Fürchten gelehrt hatte: „Es reicht, Palmer! Du kennst das Mädchen nicht einmal, und dennoch verurteilst du Toy, weil sie in anderen Umständen ist? Ein Esel schilt den anderen Langohr, wie? Ich kann mich da an einen Vorfall erinnern! Ist ein paar Jährchen her ..."

Hektische Flecken tauchten auf Palmers Gesicht auf, doch er besaß immerhin so viel Anstand, verlegen den Kopf zur Seite zu wenden.

„Aha, du entsinnst dich also noch", stellte Cara fest. Sie verzichtete darauf, auf die alte Skandalgeschichte näher einzugehen. Palmer wusste auch so, worauf sie hinauswollte. Vor Jahren hatte er bei jeder sich bietenden Gelegenheit Mitschülerinnen von der Highschool zur Jagdhütte seines Vaters abgeschleppt. Es geschah das Unausweichliche; die Sache wurde mit Geld geregelt, und Palmer hatte noch einmal Glück gehabt, was man von dem armen Mädchen nicht behaupten konnte. Cara vermochte sich nicht an den Namen zu erinnern, Palmer sicher auch nicht, da wäre sie jede Wette eingegangen. Manches ändert sich eben nie, dachte sie, am Ende zahlt stets das Mädchen die Zeche.

Eine peinliche Stille entstand, die Palmer zum Austrinken seines Glases nutzte, während Cara tief Luft holte. Für sie war der Abend gelaufen.

„Ich glaube, für diesen Abend reicht es mit der Reise in die Vergangenheit", verkündete sie. „Mama hat beschlossen, im Sommerhaus zu bleiben und es mit ihrer Mitbewohnerin zu teilen. Und soweit ich das beurteilen kann, ist Toy eine anständige, fleißige junge Frau, die ihre Sache gut macht. Sogar ausgezeichnet – was man von mir die letzten paar Tage nicht behaupten kann." Sie schaute Lovie an. „Entschuldige, Mama, dass mit mir kürzlich nichts Gescheites anzufangen war. Aber das schöne Essen heute Abend und unser Schlagabtausch haben offenbar meine Lebensgeister wieder geweckt. Ich habe nicht vergessen, wer ich bin und aus welchen Gründen ich damals überhaupt von hier fortging. Nichts für ungut, Palmer, aber eins möchte ich gern loswerden: Du hast dich haargenau zu einem solch hartherzigen Chauvi entwickelt, wie Daddy einer war. Da stehst du ihm in nichts nach. Man kennt dich ja kaum wieder!"

Einen Augenblick lang saß Palmer wie vom Donner gerührt da. Dann verhärteten sich seine Züge, und als er sprach, war seine Stimme tief und frostig, auch wenn er ein charmantes Lächeln aufsetzte. „Pech, dass ich bei dir so tief gesunken bin. Aber Tatsache ist, liebe Schwester, dass du seit geraumer Zeit von der Bildfläche verschwunden bist, deinen eigenen Lebensstil gewählt hast, dich um deine eigenen Angelegenheiten kümmerst. Und mir fiel die Aufgabe zu, mich deiner Mutter anzunehmen."

Cara platzte der Kragen. „Du behandelst sie doch wie ein Kind! Du bist ihr Sohn, nicht ihr Ehemann! Du solltest etwas mehr Respekt vor ihr haben! Schließlich handelt es sich um *ihr* Geld! Mama ist durchaus in der Lage, ihre finanziellen Angelegenheiten selbst zu regeln. Mir scheint, es macht dir Spaß, sie herumkommandieren zu können. Auch in dieser Hinsicht ähnelst du Daddy!"

Palmer erstarrte. Es tat Cara weh, ihn so zu sehen, auch wenn sie von ihren Vorwürfen nichts zurückzunehmen hatte. Doch sie erkannte in seinen Zügen den Jungen wieder, der er einmal gewesen war. Allmählich verzog Palmer seinen Mund zu einem förmlichen Lächeln.

„Ich tue nur meine Pflicht als Sohn. Frag sie doch!"

Cara drehte sich zu ihrer Mutter um.

„Du weißt doch, wie wenig ich mir aus Zahlen mache", bestätigte Lovie kleinlaut. Es kam Cara so vor, als sacke ihre Mutter immer stärker zusammen.

Palmer nahm den Faden wieder auf: „Du vergleichst mich mit Daddy, Cara? Nun, möglicherweise hast du nicht ganz Unrecht. Der Apfel fällt nicht weit vom Stamm – heißt es nicht so? Aber du kannst sagen, was du willst, eins lässt sich nicht wegdiskutieren: Während du oben in Chicago lebtest, war ich hier, musste mich mit seiner penetranten Trunksucht und seinen unverhohlenen Gemeinheiten herumschlagen. Nach seinem Tod hat Julia das gesamte Haus streichen lassen, weil es keine andere Möglichkeit gab, den Gestank nach Schnaps und kaltem Zigarrenqualm loszuwerden. Ich bin hier bei Mama geblieben, habe auf sie aufgepasst. Du weißt genauso gut wie ich, dass es mir beileibe nicht allein ums Geld geht." Mittlerweile war er so aufgebracht, dass seine Augen sie boshaft anfunkelten. „Er hat die Firma nicht dir übertragen, sondern mir! Und wieso? Nicht, weil er mich mehr mochte, das ist jedem klar", stellte er bitter fest. „Sondern weil du ihm die kalte Schulter gezeigt hast, ihm und allem hier, weil du ihm die Brocken vor die Füße geworfen hast. Das hat er dir nie verziehen."

Beide starrten sich in stummer Abneigung an.

„Und ich", erwiderte Cara nach einer Weile, „hab ihm nie verziehen, wie er mit uns Kindern umsprang. Oder wie er dich behandelt hat, Mama."

Lovie blickte zu Boden. Cara fand es unerträglich, wie sehr ihre Mutter zusammengesunken war. Es tat ihr körperlich weh. Diese bemitleidenswerte Person, die da am Tisch hockte, war ihre Mutter, die im Strandhaus wie ein völlig anderer Mensch gewirkt hatte! Ging es um ihre Mutter, dann fielen Cara normalerweise Charaktermerkmale wie „unschlüssig" oder gar „unterwürfig" ein. Beim Dinner im Familienkreis hatte Olivia Rutledge stets wortlos und aufmerksam an eben diesem langen, polierten Tisch gesessen oder war stumm zwischen Küche und Esszimmer hin- und hergehuscht, um das Essen aufzutragen. Nur wenn sie gefragt worden war, hatte sie sich am Gespräch beteiligt. Dabei waren oft Dinge verhandelt worden, die im Grunde niemanden interessierten und die jeder schnell vergaß. Und nie hatte sie ihrem Mann widersprochen, selbst dann nicht, wenn er sie verbal aufs Bösartigste attackierte. Für Cara und ihren Vater waren Diskussionen dazu da, um sich gegenseitig die Argumente wie Salven um die Ohren zu feuern. Es kam darauf an, dass einer schließlich siegte. Ihrer Mutter und ihrem Bruder war nichts anderes übrig geblieben, als vor dem verbalen Kugelhagel in

Deckung zu gehen. Damals hatten sie Caras Verhalten als Charakterstärke ausgelegt. Dass es für Cara auch ein Kampf ums Überleben gewesen war, ihrem Vater Paroli zu bieten, das hatten sie hingegen nicht erkannt.

Die Reste einer fast erkalteten, uralten Wut glommen in ihrer Brust auf, als sie ihrem Bruder ins Gesicht schaute. „Lassen wir die Vergangenheit ruhen!"

Palmer ließ sich nicht aus dem Konzept bringen. „Leider reichen aber die Nachwirkungen der Vergangenheit bis in die Gegenwart hinein", wandte er ein. Mit einem Schlage schien er wieder nüchtern zu sein. „Vielleicht gestattest du, dass ich dich über das, was sich während deiner Abwesenheit hier zugetragen hat, ins Bild setze!"

Lovie versuchte, ihn zu beschwichtigen. „Palmer ..."

„Moment mal, Mama! Offensichtlich hat unsere Cara nicht den geringsten Schimmer, wie die Dinge hier stehen. Wir sollten aber nichts unter den Teppich kehren. Ich möchte, dass sie es weiß."

„Das ich was weiß?" fragte Cara. „Lange vor Daddys Tod war uns doch allen klar, dass er dir das Unternehmen überträgt! Erstgeburtsrecht hin oder her – in diesem Fall war das völlig in Ordnung. Ich wollte die Firma nicht, und du hattest sie verdient. Schließlich warst du derjenige, der viel Arbeit in die Firma investiert hatte und sich zudem mit vielem hast abfinden müssen. Ich hab's dir von ganzem Herzen gegönnt."

Palmer reagierte mit einem leichten Kopfnicken. „Nur war das noch nicht alles, was er mir hinterließ. Wenn du bis zur Testamentseröffnung geblieben wärst, wüsstest du es."

„Fang jetzt bloß nicht damit an", bat sie ihn.

„Ich wollte dich nur darüber informieren, dass er mir den Löwenanteil seines Vermögens vererbt hat."

Cara sah zu Lovie hinüber, als erwarte sie eine Bestätigung. Es ekelte sie an, dass ihr Vater seiner Frau auch das zum Schluss noch angetan hatte. „Und unsere Mutter bekam noch nicht einmal die Hälfte? Aber Mama! Ursprünglich war's doch eigentlich dein Geld!"

Palmer antwortete. „Als er starb, lief alles auf seinen Namen. Selbst das Haus."

„Nein", keuchte Cara. Ungläubig und mit versteinerter Miene guckte sie wieder ihre Mutter an. Lovie blickte auf ihre Hände. Wieso hat sie sich nicht gewehrt, sondern sich alles von ihm nehmen lassen, wunderte sich Cara. Plötzlich begriff sie die Bedeutung der mysteriösen Anspielungen, die Palmer bezüglich des Hauses gemacht hatte. Heftig fuhr sie herum und herrschte ihren Bruder laut an: „Du hast Mama das Haus weggenommen?"

Palmers Züge verzerrten sich vor Wut. „Nein, zum Teufel! Für wen hältst du mich eigentlich? Natürlich hab ich's ihr nicht weggenommen! Der Dreckskerl hat's mir vererbt, um Mama zu ärgern! Ich hab ja versucht, es ihr zurückzugeben!" Hilfe suchend wandte er sich an Lovie. „Stimmt doch, oder?"

Lovie hatte Tränen in den Augen, als sie nickte.

Cara verstand kein Wort mehr. „Kapier ich nicht."

Palmer setzte erneut an. „Er ..."

„Lass mich erklären", unterbrach Lovie mit leiser, aber fester Stimme. „Ich wollte das Haus nicht. Ich hab's Palmer geschenkt, mit allem Drum und Dran." Sie betrachtete Cara. „Du hast doch nie Interesse gehabt, etwas zu erben. Daran hast du über die Jahre nie den Hauch eines Zweifels gelassen. Palmer hingegen wollte das Haus, wollte es für sich und Julia und die Kinder. Die ganze Zeit schon hatten sie sich um alles gekümmert; sie liebten das Haus, und daher stand es ihnen zu. Sie sind hier sehr glücklich. Und das entspricht meinem Wunsch: dass in dieses Haus wieder das Glück einkehrt, dass in diesen Räumen wieder eine fröhliche Familie zu Hause ist." Melancholisch ließ sie ihren Blick durch das Zimmer wandern. Ihre blauen Augen wirkten dabei blasser als sonst – wahrscheinlich ein Zeichen von Alter und Krankheit. „Dein Vater leitete die Entscheidung ein, aus was für Gründen auch immer. Doch wer sie schließlich in die Tat umsetzte, war ich. Nicht Palmer und nicht dein Vater, sondern ich. Niemand sonst."

Cara spürte, dass diese Zurücksetzung sie härter und tiefer traf, als sie vermutet hätte. Sie sah ihre Mutter an. Dass ihr Bruder das Haus bekommen hatte, war nicht das Problem. Die von Lovie vorgebrachten Gründe leuchteten ein, die ganze Sache schien nur gerecht. Im Testament jedoch ganz und gar übergangen worden zu sein, das tat weh. Freilich, damals, als sie von zu Hause fortzog, war sie jung und starrköpfig gewesen. Wer war das mit 18 nicht? Aber deswegen völlig leer auszugehen ...? Als ihr Vater starb, da hatte sie einen sicheren Arbeitsplatz besessen und sich stark genug gefühlt, es mit der Welt aufzunehmen. Nun allerdings verlor sie allmählich den Boden unter den Füßen. Ihr Job war futsch, dazu hatte sie ihr Lebensgefährte abserviert – und das alles im Zeitraum von weniger als zwei Wochen. Und jetzt, wo sie daheim Trost suchte, musste sie feststellen, dass sie auch von der Familie verstoßen worden war.

Lovie schaute sie bedrückt an. „Falls du irgendetwas Bestimmtes aus dem Haus möchtest, ein Möbelstück etwa, ein Gemälde ...“

„Aber ja, Cara“, bestätigte Palmer, „du brauchst es nur zu sagen!“

Cara schwieg; mehr als dieses Almosen hatte ihre Familie ihr offensichtlich nicht zu bieten. Sie spürte, wie tief in ihr etwas abstarb und sich ihr bewährter Selbstschutzmechanismus zu regen begann. Ihr war, als stünde eine stählerne Scheidewand zwischen ihr und dem Rest der Familie, ein Schutzschild, der schon oftmals in vergangenen Jahren die Pfeile abgehalten hatte. Zum ersten Mal hatte diese Panzerplatte sich vor zweiundzwanzig Jahren niedergesenkt, genau an dieser Tafel. Cara war gerade volljährig geworden und hatte ihren Vater, der am Kopfende des Tisches saß, darüber informiert, dass sie beabsichtige, sich an der Universität von Boston einzuschreiben. Er war wie üblich angetrunken gewesen und hatte vor Wut gekocht. Von ihrer Mutter war keinerlei Reaktion gekommen, sie hatte damals an der gleichen Stelle am Tisch gesessen wie jetzt und niedergeschlagen in ihren Teller gestarrt. Palmer war mit der Situation völlig überfordert gewesen. Er hatte stocksteif gegenüber gehockt und seine Schwester mit Blicken angefleht, ihren Vater nicht noch weiter zu reizen.

„Für wen hältst du dich eigentlich, du dummes Gör?“ hatte ihr Vater sie angebrüllt. „Hier wird gemacht, was ich sage! Und wenn du auch nur einen Fuß aus dieser Stadt, ach was, aus diesem Haus setzt, dann ist ein für alle Mal Feierabend zwischen uns! Du haust nicht in den Norden ab, und damit basta! Ich lasse mir so etwas nicht bieten! Erst recht nicht von ’nem großmäuligen Backfisch, der auf seine Bildung und Erziehung pfeift! Du blamierst uns ja bis auf die Knochen, mich und deine Mutter! Du bleibst schön hier, Caretta Rutledge! Wenn du jetzt gehst, kriegst du nicht einen müden Dollar, nicht ein mickriges Möbelstück! Ich werde dich nicht mal mehr grüßen, wenn ich dich auf der Straße treffen sollte! Kapiert?“

All das fiel Cara wieder ein, und ihr Verstand meldete sich. Eins war klar: So sehr sie die antiken Familienstücke auch ins Herz geschlossen haben mochte – wenn sie eins davon mitnähme, würde es sie in die Tiefe ziehen wie ein Mühlstein. Sie brauchte ihre Freiheit, heute noch genauso wie damals.

„Nein, danke“, antwortete sie gelassen. „Die Sachen wurden dir und Julia geschenkt. Ich verzichte. Vielen Dank, dass du mir die Lage klar gemacht hast.“

Sich nicht weiter demütigen lassen – das war jetzt alles, was sie wollte. Das Gefühl der Unterdrückung, das sie stets unter diesem Dach gespürt hatte, nahm ihr die Luft zum Atmen. Sie fürchtete, sie könne die Nerven verlieren und entweder in verbittertes Gelächter oder in Schmerzensschreie ausbrechen.

Schließlich stand sie auf und verabschiedete sich mit den üblichen höflichen Floskeln. Man benachrichtigte Toy, Julia kam ebenfalls, um ihnen Lebewohl zu sagen, und, flankiert von Mutter und Bruder, schritt Cara zur Haustür. Dort beugte sich Palmer vor und küsste seine Schwester auf die Wange.

Noch bevor die Tür sich hinter Cara schloss, fuhr ein plötzlicher Windstoß heulend durch die Bäume. Es klang wie das hohle Lachen eines Gespenstes.

Falls der Meeresschildkröte der Platz für die Eiablage irgendwie ungeeignet erscheint, falls sie auf Wurzeln oder Fels stößt oder einen Feind wittert, kehrt sie ins Wasser zurück, ohne ihr Vorhaben ausgeführt zu haben. Dieser Vorgang wird als „missglückte Eiablage" bezeichnet.

7. KAPITEL

Während der Heimfahrt herrschte Schweigen. Möglicherweise war bereits zu viel gesagt worden, vielleicht auch zu wenig. So oder so – niemand fühlte sich zur Konversation verpflichtet, und so kehrten sie stumm auf die Isle of Palms zurück. Zahlreiche Wolken bedeckten den Himmel, sodass keine Sterne zu sehen waren. Nur vereinzelt drang Licht aus Häusern und erhellte die samtschwarze Nacht.

Lovie hatte neben Toy auf dem Rücksitz Platz genommen. Vor ihr, im matten Schein der Armaturenbeleuchtung, erkannte sie den Umriss ihrer Tochter, die kerzengerade hinter dem Steuer saß, die Schultern gegen die Lehne gepresst, beide Hände fest am Lenkrad. Wie bekannt Lovie diese Körperhaltung vorkam! Schon als Kind hatte Cara regelrecht unnahbar gewirkt, wenn sie verärgert gewesen war. Palmer hatte immer gleich losgeheult, doch wenn man Cara nach ihrem Befinden fragte, hatte sie einfach den Blick abgewandt. „Gut“, war meist ihre Antwort gewesen.

Am Cottage angekommen, hielt Cara ihrer Mutter höflich die Seitentür auf, ging aber jeglicher Diskussion aus dem Weg und eilte sogleich ins Haus. Als Lovie eintrat, hatte Cara ein Glas Wasser in der Hand. Mit einem raschen „Gute Nacht“ und einer kurzen Abschiedsgeste schlüpfte sie in ihr Zimmer und schloss die Tür.

„Also, ich glaube, ich gehe auch schlafen“, meinte Toy kühl und distanziert.

„Alles in Ordnung mit dir?“

„Nur müde“, erwiderte sie, wich aber Lovies Blick aus.

Lovie schaute ihr nach und bemerkte, wie schwer dem Mädchen das Gehen mittlerweile fiel, da das Gewicht des Ungeborenen mehr und mehr drückte. „Dann gute Nacht, mein liebes Kind!“

Toy nickte nur und verschwand in ihrem Zimmer.

Mit müden Schritten schleppte sich Lovie zum Küchenherd, setzte Wasser auf, stellte dann zwei Tassen bereit, füllte Kräutertee in die Kanne und trocknete sich die Hände an einem Geschirrtuch ab. Dann stützte sie sich auf die Arbeitsplatte, stieß einen zitternden Seufzer aus und senkte den Kopf. Diese Phasen des Schweigens zwischen ihr und Cara brachen ihr das Herz. Sie durften nicht sein. Zwischen ihr und Cara hatte lange Funkstille geherrscht, sogar zu lange, um der Wahrheit die Ehre zu geben. Nun musste sie Stärke beweisen. Flo hatte Recht: Sie sollte mit ihrer Tochter reden. Es war keine Zeit mehr zu verlieren.

Sie nahm all ihren Mut zusammen, schritt über den Sisalteppich direkt zu Caras Zimmertür und klopfte an. „Caretta?"

Keine Antwort.

„Cara?"

Schritte waren zu hören, die Tür öffnete sich, und Cara erschien. Sie trug hellblaue Pyjamahosen und ein Baumwolltop. Ihr Gesicht war sauber abgeschminkt, das dunkle Haar so gründlich gebürstet, dass es schimmerte. Auf dem Bett im Hintergrund lag ein offener und schon halb gepackter Koffer. Cara fuhr sich über die Stirn, seufzte entnervt auf und ließ die Hände sinken.

„Was ist denn noch?"

„Ich dachte, jetzt wäre ein guter Zeitpunkt für unser Gespräch."

„Jetzt?" Cara verstummte, guckte zur Decke und schüttelte den Kopf. „Ausgeschlossen. Ich bin viel zu müde." Angesichts Lovies enttäuschter Miene fügte sie aber etwas sanfter hinzu: „Und du wohl auch. Du bist doch sicher fix und fertig."

„Allerdings. Aber ich tue bestimmt kein Auge zu, wenn wir nicht miteinander reden."

„Das konnten wir doch noch nie gut."

„Nein, in der Tat nicht."

„Warum also ausgerechnet heute Abend noch?"

Lovies Blick fiel auf den Koffer. „Das liegt doch auf der Hand. Und nebenbei: Lieber spät als überhaupt nicht!"

„Vielleicht ist es schon zu spät."

„Solange wir noch Atem zum Sprechen haben, ist es nie zu spät. Komm! Ich habe Teewasser aufgesetzt."

Sie trugen ihre dampfenden Tassen ins Wohnzimmer. Lovie schaltete zwei kleine Lampen an, deren warme, gelbe Lichtkegel eine gemütliche Atmosphäre erzeugten. Cara machte es sich in den dicken Sofapolstern bequem, winkelte ihre langen, schlanken Beine unter dem Körper an und kuschelte sich wie eine Katze in die Couchecke. Aufmerksam und argwöhnisch betrachtete sie ihre Mutter. Lovie ließ sich ihr gegenüber im Sessel nieder, sank tief in die Kissen, spürte plötzlich, wie todmüde sie war, und gähnte.

„Willst du's nicht lieber auf morgen verschieben?“ fragte Cara. „Es ist kurz vor elf!“

„Nein, nein, jetzt hab ich mich innerlich darauf eingestellt.“

„Du hättest es mir sagen sollen“, bemerkte Cara, nachdem ihre Mutter sich zurückgelehnt hatte.

Typisch Cara, dachte Lovie; meine Tochter macht keine langen Umschweife. „Du hast Recht. Ich wollte dich informieren. Allerdings habe ich nicht damit gerechnet, dass das Thema an diesem Abend angesprochen werden würde.“

„Palmer glaubt, ich wäre nur zurückgekehrt, um den Familienschatz einzusacken.“

„Er ist ein braver Junge. Ich weiß nicht, wie ich ohne ihn in den vergangenen Jahren zurechtgekommen wäre. Allerdings sollte er ein bisschen mehr auf sein Gewicht achten. Er isst zu viel. Zum Teil trage ich dafür die Schuld. Ich hab ihm immer so viel gegeben, wie ich nur konnte, denn Stratton ... na, du erinnerst dich ja an deinen Vater! Für dich als seine Tochter war's schon schlimm genug, aber als Sohn hatte Palmer es doppelt schwer.“

„Mama, darüber bin ich mir im Klaren. Aber mein Bruder ist zu streng zu dir. Wieso lässt du dir das bieten?“ Sie machte eine verzweifelte Handbewegung. „Das mit Daddy, okay, das war halt so. Aber Palmer ist dein Sohn! Möchtest du denn nie Herrin deines Schicksals sein? Willst du nicht wissen, wo dein eigenes Geld ist?“

„Wo mein Geld ist?“ Lovie wirkte erstaunt. „Das interessiert mich nicht. Hat es noch nie getan. Geld bedeutet nichts als Stress und Kopfschmerzen. Finanzen, Rechnungen und so weiter waren bis zu seinem Tod stets Sache deines Vaters. Jetzt regelt das Palmer für mich."

„Du siehst ja, was dein Vertrauen dir eingebracht hat!"

„Palmer ist ein guter Junge. Die ganze Zeit hat er sich um mich gekümmert, während du fort warst. Das soll kein Vorwurf an dich sein. Ich möchte ihn nur verteidigen."

„Der liebe, liebe Palmer ..."

„Cara ..."

„Das war doch schon immer das Kernproblem, oder? Du hast stets für Palmer Partei ergriffen und dich gegen mich gestellt."

„Ich ergreife für niemanden Partei."

„Und ob du das tust! Du merkst es nur nicht. Dein ganzes Leben lang geht das schon so, und es treibt mich die Wände hoch! Immer überlässt du anderen die Entscheidung. Ich ertrage es nicht länger, dass du ständig vor den Männern in deinem Leben kuschst. Warum wehrst du dich nicht?"

„ So wie du? Das ist eben nicht meine Art. In dieser Hinsicht ähnelst du deinem Vater."

Cara erstarrte, als habe sie einen Schlag ins Gesicht bekommen. „Ich habe nichts mit ihm gemeinsam!"

Die heftige Reaktion überraschte Lovie. „Trifft dich meine Bemerkung so sehr? Ich bin immer davon ausgegangen, du würdest lieber wie er als wie ich sein!"

„Ich möchte mit niemandem verglichen werden. Vor allem nicht mit ihm!"

„Tja ...", murmelte Lovie verwirrt, „dann umso besser! Das meine ich durchaus nicht sarkastisch, sondern ehrlich. Ich wollte, ich hätte in deinem Alter auch solches Rückgrat bewiesen!"

„Das wäre auch besser gewesen!"

Lovie schloss die Augen.

„Tut mir Leid, Mama", sagte Cara nach kurzem Zögern, wobei man ihr anmerkte, wie sehr sie ihre Äußerung bedauerte. „Du weißt doch, wie er war! Du hast ihn geliebt, das ist mir klar. Nur habe ich nie begriffen, wie das genug sein konnte, um sich dafür jahrelang von ihm schikanieren zu lassen."

„Das würdest du doch nicht verstehen", flüsterte Lovie gequält.

„Warum nicht? Ich bin schließlich kein Kind mehr! Du hast ihn geliebt, oder?" Sie fuhr sich mit der Hand über die Stirn und kniff die Augen zusammen. Doch dann brach es unter Tränen aus ihr heraus: „Ich habe ihn gehasst, diesen Dreckskerl!"

Lovie schwieg eine Weile, bevor sie gleichmütig antwortete: „Tja, ich auch."

Cara ließ den Arm sinken. Ihr Kopf fuhr hoch. Wortlos starrte sie ihre Mutter an. Plötzlich wandte sie den Kopf zur Seite und blickte aus dem Fenster.

Stumm betrachtete Lovie das Profil ihrer Tochter. Mit der stolzen, geraden Nase, den hohen Wangenknochen, den vollen Lippen ähnelte sie dem Vater, den sie zu hassen vorgab.

„Wollen wir nicht wenigstens einige unserer Differenzen beilegen, Cara?"

Cara wischte sich über die Augen und drehte sich dann wieder zu ihrer Mutter um. Es tat Lovie weh, ihre Tochter weinen zu sehen. Die wenigen Gelegenheiten, bei denen Cara in Tränen ausgebrochen war, ließen sich an den Fingern einer Hand abzählen.

„Genau darauf hatte ich gehofft, als ich herkam! Ich hegte sogar die idiotische Vorstellung von einer Art Wiedervereinigung zwischen Mutter und Tochter! Kannst du dir das vorstellen?" Sie lächelte kurz, fügte dann aber erschöpft hinzu: „Schon gut, macht nichts." Sie holte tief Luft. „Ich fahre morgen nach Chicago zurück."

„Jetzt schon?"

„Es ist doch offensichtlich, dass du meine Hilfe nicht brauchst. Und ganz ehrlich, ich habe eine solche Unordnung hinterlassen, dass ich unbedingt aufräumen muss. Ich kann hier nicht länger tatenlos herumhocken."

„Jetzt bist du beleidigt!"

„Durchaus nicht. Ich brauche nur ein wenig Zeit, um alles nochmal zu überdenken."

Lovie holte zitternd Luft. „Du nimmst an, die Familie wolle nichts mehr mit dir zu tun haben. Du glaubst, Palmer habe alles bekommen, und du nichts!"

„Mutter, bitte ..."

„Du hast mich gefragt, wie das gemeint gewesen sei, als ich dir schrieb, dass bestimmte Dinge in Ordnung gebracht werden müssten. Also, pass auf!" Sie nippte an ihrem Tee, der ihr offenbar gut tat, und stellte ihn auf den Tisch zurück. In ihrem Sommerhaus fühlte sie sich sicher, hier konnte sie eher sie selbst sein als im Haus in Charleston.

„Nach dem Tode deines Vaters", begann sie, „fasste ich den Entschluss, mich ins Sommerhaus zurückzuziehen. Es war kein spontaner Schritt, sondern die Erfüllung eines Versprechens, das ich mir schon lange vorher gegeben hatte, eine Art Geschenk, das ich mir selbst machen wollte. Und immer wenn ich daran dachte, half es mir über schwierige Zeiten hinweg."

Cara blickte ihre Mutter an. In schwierigen Zeiten? Was sollte das heißen? „Warum hast du so lange gewartet?"

„Ich hatte meine Gründe. Doch der Plan existierte schon lange. Warum habe ich wohl vor Jahren die Küche renovieren lassen?"

„Weil du das Cottage vermieten wolltest, dachte ich."

„Genau das habe ich Stratton erzählt. Ich wusste, er stimmt zu, wenn ich es als Investition deklariere." Ihr Lächeln hatte etwas Verschwörerisches. „Aber es war für mich selbst! Ich wünschte mir sehnlichst, allein zu wohnen. Für jemanden in meinem Alter ist es leichter, das Strandhaus in Ordnung zu halten als die Villa in Charleston mit ihren empfindlichen Antiquitäten! Hier bin ich wirklich frei, frei von all dem ..." Sie seufzte. Der passende Begriff fiel ihr nicht ein.

„Getue?" bot Cara an.

„Überflüssigen Firlefanz. Du scheinst in diesem Punkt ähnlich zu empfinden wie ich. Häuser und Möbel bedeuten dir nicht viel. Das schätze ich an dir."

Mit diesem unerwarteten Kompliment hatte Cara nicht gerechnet.

Lovies Blick ging ins Leere, während sie ihren geheimsten Gedanken nachhing. „Vierzig Jahre habe ich in dem großen Haus verbracht", begann sie zögernd. „Eins lass dir sagen: Diese reizenden und von aller Welt bewunderten alten Kästen sind schwer in Schuss zu halten. Ich hab's am eigenen Leibe erfahren. Dauernd sind Reparaturen fällig: am Anstrich, an der Elektroinstallation, an den sanitären Einrichtungen, am Putz ... Ich kann dir sagen, ein guter Stuckateur ist in diesen Gefilden sein Gewicht in Gold wert! Ich hatte die Nase voll: vom Ärger mit den Handwerkern, vom Staubwischen, von der Pflege der Antiquitäten. Ständig musste man die Rollos hinunterlassen, weil die kostbaren Stücke die Sonne nicht vertrugen. Und weiß der Himmel, mir reichte es auch, ständig die Gastgeberin zu spielen."

„Ich dachte, du hättest das Haus geliebt!"

„Eine Weile war das auch so. Dabei geht es mir um mehr als nur um das Haus an sich. Als Frau an der Seite deines Vaters hatte ich meine gesellschaftlichen Aufgaben zu erfüllen, auch als deine und Palmers Mutter, als aktives Mitglied der Kirchengemeinde, in der Schule, in der Firma. Mein Tag war von vorn bis hinten verplant: Einladungen und Gegenbesuche, politische Kampagnen und kulturelle Veranstaltungen. Endlose Telefongespräche, Termine, Besprechungen. Essen kochen, aufräumen, Arztbesuche, Garten, Einkäufe. Stets mussten Knöpfe angenäht, Blumen gegossen oder die Kinder irgendwohin kutschiert werden. Mein Gott, was bin ich herumgefahren! Ganze Jahre habe ich im Auto verbracht und mir weitere Jahre Sorgen gemacht, als ihr, du und Palmer, selbst den Führerschein hattet. Von einer Frau wird eine Menge verlangt im Leben, denn sie ist die Achse, um die sich viele kleine Planeten drehen. Ich habe alle Erwartungen erfüllt. Zweifellos gab es auch zahllose glückliche Augenblicke in all der Zeit. Doch mit Strattons Tod ging dieser Teil meines Daseins zu Ende."

An dieser Stelle sprach sie mit fester Stimme, wandte sich um und ließ ihren Blick friedvoll durch das gemütlich erleuchtete Cottage schweifen. Dann atmete sie tief durch und machte ihrem Herzen Luft. „Wenn ich mir je etwas habe zuschulden kommen lassen, dann ist es die Tatsache, dass ich mir nicht genug Zeit für mich selbst nahm, für eine ruhige Stunde, um nachzudenken, zu beten, Kraft zu schöpfen. Dazu war ich viel zu beschäftigt. Jeder Augenblick war in dem großen Haus so verplant, dass ich einfach innerlich austrocknete. Ich könnte vermutlich mit dem Finger auf meine Mitmenschen oder auf Ereignisse zeigen und ihnen die Schuld zuweisen. Doch im Tiefsten meiner Seele weiß ich, dass ich allein die Verantwortung trage und niemand sonst." Ihre Miene hellte sich auf. „Aber im Sommer, da kam ich immer hierher. Das hat mich gerettet. Hier fühlte ich mich immer glücklich und befreit, so, als wär's in meinem Herzen Tag für Tag nur Sommer, das ganze Jahr!"

Cara beugte sich verwundert vor. Sie hatte den Eindruck, ihre Mutter erst jetzt wirklich kennen zu lernen. „Genauso habe ich es immer empfunden!"

„Das habe ich vermutet und gehofft, dass du verstehst, wie wichtig Primrose Cottage ist. Für uns und für die Familie."

Cara staunte nicht schlecht, hatte aber nicht die Absicht, diese Wesensverwandtschaft näher zu erörtern. „Richtig schön, sich mit dir zu unterhalten. Sollten wir öfter tun."

„Dann bleib doch!"

„Das geht nicht, Mutter! Ich bin kein kleines Mädchen mehr. Mit Sommerferien ist Schluss!"

„Du bist noch immer *mein* kleines Mädchen."

„Aber ich kann es mir momentan nicht leisten, Urlaub zu machen! Ich habe viel um die Ohren. Ich erkläre es dir später. Nächstes Jahr vielleicht."

„Nein, nicht nächstes Jahr. Dieses!"

Cara stand vom Sofa auf, ging auf ihre Mutter zu und ergriff ihre Hand. „Nimm's mir nicht übel, Mama, aber es geht wirklich nicht. Ich habe schon gepackt und breche gleich bei Sonnenaufgang auf."

„So früh willst du mich schon verlassen?"

„Ich muss. Wirklich!"

„Wenn du noch ein paar Tage bleiben würdest, könnten wir ..."

„Ich muss meine Wohnung aufräumen, meine Rechnungen bezahlen ... Mama, ich muss schließlich meinen Lebensunterhalt verdienen! Wenn ich früh losfahre, schaffe ich's vielleicht in einem Tag."

„Ach so! Kommst du denn bald wieder?"

„Ich werde es versuchen."

Lovie zog ihre Hand weg. Sie wusste, es war nichts zu machen, und fühlte sich unaussprechlich alt und gebrechlich. „Dann geh jetzt schlafen, Liebes. Ich trinke nur noch meinen Tee aus."

Es war eine windige Nacht, doch Lovie störte das nicht. Der Wind hatte die Wolken vertrieben, sodass man nun die Sterne am klaren Firmament funkeln sah.

Lovie trat aus dem Schatten der Veranda und schaute zum Himmel. Der Große Bär war so deutlich zu erkennen, dass Cooper spielend die Verbindungsstriche hätte ziehen können. Dennoch, der Pfad durch die Dünen hatte seine Tücken. Lovie schaltete ihre Spezialstablampe ein, deren sanftes Rotlicht die Schildkröten nicht erschreckte, legte sich einen alten Pullover über die Schultern und machte sich auf zum Strand. Es war schon sehr spät, nach Mitternacht bereits, doch sie fühlte sich viel zu unglücklich, als dass sie hätte schlafen können.

Deshalb brauchte sie diesen Spaziergang. Zwar konnte sie in ihrem Alter nicht so weit laufen, wie sie es gern getan hätte, doch diese nächtlichen Wanderungen am Strand verschafften ihr nun, da Russell nicht mehr war, etwas Seelenfrieden.

Russell, liebster Russell ... Oh, wie sehr sie ihn vermisste, ihren engsten Freund, ihre Liebe, ihn und seine so unaufdringlichen Ratschläge! Wäre er noch am Leben gewesen, sie hätte ihm alles über das Fiasko mit Cara erzählt und ihn um Rat gebeten. In Gedanken war sie bei ihm, während sie dem dünnen Lichtstrahl folgte, der auf den Boden vor ihr fiel. Auf dem schmalen Pfad setzte sie einen Fuß vor den anderen und passte auf, dass sie nicht über irgendwelches Gestrüpp stolperte. Sonst hätte sie womöglich die ganze Nacht mit gebrochener Hüfte hier draußen liegen müssen. Palmer wäre mit Sicherheit ausgerastet!

Sie stieg hinauf auf die höchste Stelle der Düne. Bis hierher erstreckte sich der Strand. Oben angekommen, ließ sie sich dankbar auf die Knie fallen. Von dem bisschen Klettern war ihr schon ganz warm geworden. Wie beschwerlich doch das Alter sein konnte! Früher, da war sie denselben Pfad entlanggerannt, dann quer über den Strand gespurtet, hatte sich anschließend kopfüber in die Wellen gestürzt und war ein paar kräftige Züge geschwommen, und das alles, ohne auch nur einmal verschnaufen zu müssen. Sie legte die Hand auf die Brust und lachte still in sich hinein. Gütiger Himmel! So lange schien das alles noch gar nicht her zu sein!

Sie streifte ihre Turnschuhe ab, grub die Zehen tief in die kühle Düne, spreizte dann die Finger und steckte auch sie in den Sand. Dies war ihr Lieblingsplatz. Nahezu endlos konnte sie auf diesem Fleckchen hocken und sich all dem verbunden fühlen, was ihr lieb und teuer war: dem Meer, dem Strand, diesem Boden. Hier fühlte sie sich Russell sehr nah.

Sie ließ sich rücklings in den Sand sinken, schloss die Augen und stellte sich vor, noch einmal in Russells Armen zu liegen. Je älter sie wurde, desto leichter fiel es ihr, seine Gegenwart zu spüren – ein Spiel, das sie sich in jüngster Zeit häufiger gestattete. Es schadete doch nichts! Falls es ein Zeichen von Senilität sein sollte – na und? Wahrscheinlich würde sie längst tot sein, bevor die Umnachtung voll und ganz einsetzte. Außerdem tat ihr das Spiel viel zu gut, als dass sie ihm hätte widerstehen können.

In Gedanken ruhte sie wie einst mit Russell auf der alten schwarzrot karierten Decke, die sie immer zu diesen Dünen-Rendezvous aus dem Strandhaus mitgebracht hatte. Damals war Russells Haar derart blond gewesen, dass es sich von seiner Haut, die durch stundenlange Naturforschung in der Sonne so naturbraun wie gegerbtes Leder geworden war, fast weiß abhob. Und seine Haut hatte sich sowohl weich als auch stellenweise schwielig angefühlt. Daran konnte sie sich noch erinnern. In jenen Tagen war ihre eigene Haut samtweich und geschmeidig gewesen; tagsüber hatte sie das lange, dichte Haar zu einem Zopf geflochten getragen. Doch nachts löste Russell sanft die Flechten, bis ihr Haar sich lose über die Decke fächerte.

Sie war erst 39 gewesen, er 41. Sie hatte sich an ihn geklammert, denn sie wusste, ihnen blieb nur dieser eine kostbare goldene Sommer. Sie waren beide verheiratet, hatten Familie, gesellschaftliche Verpflichtungen – Zwänge, denen sie sich nicht entziehen konnten und wollten, so verlockend der Gedanke auch sein mochte. Von Anfang an war beiden klar, dass die Beziehung den Herbst nicht überdauern würde.

Dieses Fleckchen Düne auf diesem menschenleeren Streifen Insel war ihre Oase gewesen. Damals hatten noch keine Gebäude dies Refugium überragt; der Mond war das einzige Licht, das Rascheln des Strandhafers der einzige Laut ringsum gewesen. Über die Liebenden hatten die Sterne gewacht und verständnisvoll gefunkelt. Lovie musste nur ganz fest die Augen schließen, um sich vorzustellen, mit Russell zusammen zu sein. Und wenn sie alle störenden Gedanken ausblendete, dann meinte sie sogar, seine Stimme zu hören – mit dem melodischen Südstaatenakzent, der ihr so süß in den Ohren klang.

„Ich weiß weder aus noch ein, Russell", sagte sie laut. „Hast du mitbekommen, worüber Palmer mit mir gesprochen hat? Er eröffnete mir, wie viel dieser Grund und Boden jetzt wert ist. Darauf wäre ich im Leben nicht gekommen, dass er mal so wertvoll sein könnte! Du erinnerst dich sicher, dass mir das Land hier in all den Jahren Trost spendete, in denen ich einsam und ohne Liebe lebte. Hier kann ich dir nah sein. Nie und nimmer würde ich dieses Fleckchen Erde aufgeben. Doch meine Zeit ist abgelaufen. Ich werde diese Welt bald verlassen. Was soll also mit diesem Land geschehen? Ich muss mich entscheiden. Mein Sohn möchte dieses Grundstück hier erwerben. Er hat keine Ahnung, dass es mir gehört. Glaubst du, ich sollte ihn darüber informieren? Er würde es bestimmt im Handumdrehen verkaufen – und mit Kusshand! Es bräche mir zwar das Herz, aber es würde eine Menge Geld einbringen. Überleg doch mal, was ich mit so viel Geld anfangen könnte!"

Was würdest du denn damit machen?

„Ach, wenn ich nur jung genug wäre, dann würde ich auf Reisen gehen. Es gibt noch so viel auf der Welt, was ich mir gern angeschaut hätte. Doch nun bin ich dafür zu alt und so krank, dass es zu strapaziös wäre. Für teure Kleidung habe ich nicht viel übrig. Meinen Schmuck verschenke ich. An diesem Punkt meines Lebens sehe ich allen irdischen Besitz als bloßen Tand an. Wie ich schon gegenüber Cara erwähnte, betrachte ich ihn als Firlefanz, der nur vom Wesentlichen ablenkt. Und doch lastet die Verantwortung auf mir. Schließlich handelt es sich tatsächlich um sehr viel Geld, an dem meinen Kindern einiges liegen könnte."

Du wirst beiden je ein Grundstück hinterlassen, oder?

„Ich bin mir noch nicht ganz sicher. Es gibt ja auch noch meine Enkel. Das Geld würde ihnen bestimmt als Starthilfe nutzen, wenn sie erwachsen sind. Sie könnten damit ihr Studium finanzieren oder es als Anzahlung für ein Haus verwenden. Es wäre schön, wenn sie mich dadurch in guter Erinnerung behielten. Und schließlich darf ich Toy nicht vergessen. Ihr muss ich wirklich helfen! Also, was soll ich bloß tun? Überlasse ich das Land meinen Enkeln, dann werden die Leute sich verwundert fragen, wie es in meinen Besitz gelangt ist. Und mit der Zeit würde die Wahrheit ans Licht kommen. Ich habe schon zu viele Opfer gebracht und möchte am Ende meines Lebens nicht auch noch meine Würde verlieren, indem ich unsere intimsten Dinge preisgebe. Außerdem will ich meine Familie schützen!"

Doch was hast du erreicht? Ihr habt euch entzweit!

„Liebster, was soll ich nur tun?"

Das weißt du doch!

„Ja. Du hattest von jeher die Absicht, das Land dem Naturschutzbund zu vermachen. Auch ich halte das für eine gute Idee, aber ich bin mir noch nicht im Klaren, ob es recht ist. Und ich brauche jemanden, auf dessen Hilfe ich zählen kann."

Cara?

„Cara reist ab."

Aber noch ist sie da. Du solltest mit ihr reden. Das willst du doch ohnehin!

„Dazu reicht die Zeit nicht mehr. Cara bricht schon morgen früh auf. Da müsste schon ein Wunder geschehen."

Wunder gibt es immer wieder.

„Wo gehst du hin? Bitte verlass mich nicht!"

Ich werde dich niemals verlassen.

„Russell!" Lovie richtete sich auf und streckte die Arme nach ihm aus, doch es rann nur Sand durch ihre Finger.

Sie war wieder allein und wusste, dass es keinen Zweck hatte, sich Russell zurückzuwünschen. Schmerzerfüllt stützte sie die Ellbogen auf die Knie und fröstelte leicht. Der helle Glanz des Mondes überzog den Strand mit einem silbernen Hauch. Die Flut lief auf; weiß schäumend rollten die Wellen ans Ufer.

Plötzlich zuckte Lovie zusammen und starrte wie gebannt zur Wasserlinie. Bewegte sie da nicht etwas? Brandung klatschte an Land und flutete dann rückwärts. Winzige Pünktchen leuchtenden Planktons, Muscheln und Tang blieben zurück. Mit klopfendem Herzen saß Lovie regungslos da, um die riesige, schemenhafte Gestalt nicht zu erschrecken, die nun wie eine prähistorische Riesenechse aus den Wellen auftauchte.

Eine Meeresschildkröte! Tatsächlich!

Am Strand angelangt, verharrte das Tier, reckte den Hals und hob witternd den Kopf. Dann prüfte es den Sand mit seinem schnabelartigen Maul. Man konnte nur annehmen, dass es sich um die instinktgesteuerte Aufnahme einer uralten Information handeln musste, der die Schildkröte an Land folgte. Lovie hielt den Atem an und wartete gespannt, was als Nächstes passieren würde. Endlich setzte sich das Tier in Bewegung und kroch langsam und schleppend den Strand hinauf, direkt auf Lovie zu. Alle paar Schritte musste es den Gesetzen der Schwerkraft Tribut zollen und anhalten – kein Wunder bei einem Körpergewicht von annähernd drei Zentnern. Mit unbeholfenem, ruckartigem Watschelgang arbeitete sich der Loggerhead Zoll für Zoll vorwärts, wobei er häufige Pausen einlegte, um zu verschnaufen.

Es würde geraume Zeit dauern, bis die Schildkröte ihr Ziel erreicht hätte. Ein Gedanke schoss Lovie durch den Kopf. Unendlich vorsichtig robbte sie ein paar Meter rückwärts und hastete schließlich gebückt die dem Strand abgewandte Dünenseite hinunter. Die Stablampe ließ sie ausgeschaltet, um das Tier nicht zu verjagen, und eilte, so schnell ihre Beine sie trugen, über den Pfad zurück zum Strandhaus.

Diesmal klopfte sie nicht erst an Caras Zimmertür, sondern trat sofort ein, wich dem Koffer aus, der am Bett stand, und rüttelte ihre Tochter sanft an der Schulter.

„Cara! Wach auf!"

Mit einem Ruck fuhr Cara hoch, japste laut und riss vollkommen verstört die Augen auf.

„Ich bin's! Aufwachen! Ich möchte dir etwas zeigen! Beeil dich!"

„Was ist los?" murmelte Cara schlaftrunken und schaute sich verdattert um.

„Los, mach schon! Zieh dich an! Am Strand ist eine Schildkröte! Das darfst du nicht verpassen!"

„Mensch, Mama ..."

Lovie ließ nicht eher locker, bis ihre schlaftrunkene Tochter in Jeans, T-Shirt und Sandalen geschlüpft war, und führte sie dann freudig erregt in die feuchtkühle Nacht hinaus. Hintereinander huschten Mutter und Tochter über den Pfad zum Strand. Lovie eilte zügig voraus, drehte sich kurz vor der Düne um und legte mahnend den Finger über die Lippen. Dann, auf allen vieren, krochen beide im Schneckentempo um den Sandhügel herum, bis sie den offenen Strand vor sich sahen.

Die Flut war ein wenig abgelaufen, und den weichen Sand durchfurchte eine lange, tiefe Schildkrötenspur von der Wasserlinie bis fast hinauf zum Fuß der Düne. Das Scharren des Reptils war in der nächtlichen Stille deutlich zu vernehmen. Lovie ließ ihren Blick an der Spur entlangwandern und entdeckte schließlich das Tier, ein prächtiges Exemplar! In großen Fontänen warf es beim Graben den Boden auf, sodass der Sand wie Konfetti ringsum herunterregnete.

Hinter sich hörte Lovie, wie Cara den Atem anhielt. Beide legten sich hinter einen kleinen Dünenvorsprung. Pausenlos werkelte die Schildkröte an ihrer Grube, wobei sie die paddelförmigen Hinterbeine abwechselnd zum Schaufeln und zum Wegräumen des Aushubs einsetzte, immer und immer wieder, fast eine Stunde lang. Schließlich verharrte sie regungslos, und tiefe Stille trat ein. Lovie gab ihrer Tochter ein Zeichen, und beide krochen nun näher heran. Es heißt, dass Schildkrötenweibchen bei der Eiablage in eine Art Trance verfallen und den Fluchtreflex so lange unterdrücken, bis das Werk vollbracht ist.

Der Wind hatte sich in der Zwischenzeit fast völlig gelegt. Das Mondlicht erhellte die Szene, die sich vor Cara und Lovie abspielte. In Lovie erwachte jene Erregung, die sie bei diesem Anblick stets verspürte. Niemand wusste, wann oder wo ein Loggerhead an Land kam. Deshalb konnte man es als besonderen Glücksfall betrachten, Zeuge eines solchen Ereignisses zu werden.

Welch göttlicher Fingerzeig, dachte Lovie, schickte ein stummes Dankgebet gen Himmel für dieses kleine Wunder und musterte ihre Tochter. Cara kauerte vollkommen regungslos neben ihr und verfolgte das Geschehen mit dem Gesichtsausdruck eines Kindes. Lovie lächelte in sich hinein. Es war schon richtig gewesen, sie aus dem Schlaf zu holen, denn ihre Tochter würde sich ihr Leben lang an diese Nacht erinnern, in der sie mit der Mutter die Eiablage der Karettschildkröte erlebt hatte, des Tieres, nach dem sie benannt worden war.

Schulter an Schulter beobachteten Mutter und Tochter während der folgenden Stunde das Reptil. Diesmal, so schien es Lovie, wirkte das Schweigen nicht trennend, sondern verbindend. Von Zeit zu Zeit schauten sie einander an und strahlten. Stocksteif verharrte das Kriechtier und ließ nacheinander über hundert kugelförmige Eier in den Sand plumpsen, wobei ihm Ströme von Tränen aus den Augen rannen.

Tränen einer Mutter, so kam es Lovie vor. Die Tränen der Pflicht, der Hingabe und Liebe. Die Tränen der Resignation und Ergebung. Und auch die Tränen des Abschieds. Denn die Schildkröte verließ ihr Nest nach der Eiablage, um nie wieder zurückzukehren.

Weine nicht, Mutter, hätte Lovie der Schildkröte gerne zugerufen. Müssen nicht alle Mütter früher oder später ihre Kleinen verlassen? Auch mir wird es bald so gehen. Auch ich werde nie zurückkehren.

All die Wissenschaftler, die jene Tränenströme als bloße Augenreinigung abtaten – was wussten sie schon? Als Frau brauchte man die Schildkrötentränen nur zu sehen, um instinktiv zu erkennen, dass das Weibchen um seine Jungen weinte. Die Mutter kannte die Räuber, die auf die Kleinen lauerten, die tückischen Strömungen, von denen sie abgetrieben wurden, die verwirrenden, gefährlichen Lichter, die Fangnetze, in denen sie sich verhedderten, die vielen, vielen einsamen Jahre im Meer. Sie trauerte, weil sie ihre Jungen nicht vor dem Schicksal bewahren konnte.

So stark war die mächtige Verbindung zwischen ihr und dem prächtigen Wesen da draußen, dass Lovie nun selbst die Tränen in die Augen schossen. Sie hatte das Gefühl, als wären sie gute Freundinnen, die sich einmal gemeinsam ausweinten.

Dann spürte sie, wie Cara ihre Hand drückte, und plötzlich wich die Traurigkeit. So war der Kreislauf der Natur. Wie hieß es doch in der Bibel? Ein jegliches hat seine Zeit – Geborenwerden hat seine Zeit, und Sterben hat seine Zeit.

Mittlerweile hatte die Schildkröte die Eiablage beendet und schob nun mit den Hinterbeinen Sand über das Gelege. Danach robbte sie im Kreis und schleuderte dabei wahllos gewaltige Sandfontänen umher, als wolle sie die Stelle tarnen, an der ihr Schatz vergraben lag. Lovie und Cara wichen ein wenig zurück, um dem Tier genügend Platz zu lassen, sein Werk abzuschließen, ehe es ins Meer zurückkroch.

Mit einigem Abstand, wie eine Ehrenwache, folgten die beiden stumm dem völlig erschöpften Tier, das sich unter Aufbietung der letzten Kräfte vorwärts schleppte, wobei der Rand des Rückenpanzers über den Sand schabte. Oft hielt das Weibchen an und hob den Kopf, als wittere es schon das Meer. Je näher die Wellen rückten, desto energischer bewegte das Tier sich voran. Diese neue Energie, diese Erregung des Reptils – sie wirkten geradezu ansteckend.

Lovie glaubte, die Erleichterung des Tieres wahrnehmen zu können, als es das Wasser erreichte. Eine Welle fegte die Sandschicht vom rötlichbraunen Panzer, und er schimmerte im Mondlicht wie eine prächtige Ritterrüstung.

„Jetzt hast du's geschafft", flüsterte Cara der Schildkröte zu. Den ganzen Weg bis zur Wasserlinie, jeden einzelnen quälenden Schritt, waren sie hinter ihr hergelaufen. Nun mussten sie zurückbleiben.

Wuchtig strebte das Tier voran, und sobald es den Auftrieb des Wassers spürte, begannen die kräftigen Beine zu rudern. In diesem wunderbaren Augenblick schüttelte es die irdische Last ab; ein schwerfälliges, plumpes Ungetüm verwandelte sich in ein Wesen von höchster Anmut und Eleganz. Ein letztes Mal reckte das Tier den Kopf, als wolle es Lebewohl sagen. Dann tauchte es in die Wogen und verschwand.

Lovie verspürte den unerklärlichen Drang, dem Tier zu folgen, hinein in jene unermessliche, unbekannte Tiefe. Weit dort draußen, unter der Oberfläche, wartete eine weite, eine andere Welt, eine Welt voller Zauber und Schönheit. Wie entrückt betrachtete Lovie die schimmernde Bahn, die das Mondlicht aufs Meer warf.

„Mama! Komm zurück! Geh nicht so weit rein!"

Lovie blinzelte verwirrt und blickte an sich hinab. Das Wasser reichte ihr bereits bis zu den Knien.

„Na, so was! Ich hab nichts gemerkt, so sehr war ich von dem Schauspiel gebannt! Aber nun ist sie fort!"

„Nimm meine Hand!"

„War sie nicht wunderschön?"

„Atemberaubend schön! Geradezu zauberhaft. Nie hätte ich das für möglich gehalten!"

„Ich hab's ja schon oft beobachtet", sagte Lovie, als sie wieder den Strand erreicht hatte, „aber es ist jedes Mal so, als sähe ich es zum ersten Mal!"

„Wie es wohl sein mag da draußen?" fragte Cara versonnen. Sie stand direkt am Wasser, hatte die Arme um den Leib geschlungen und blickte in die Ferne. „Schau nur, wie unendlich weit das Meer ist! Und dann einfach so unterzutauchen ... Kann man sich kaum vorstellen!"

„Es ist ein wenig wie Sterben, glaube ich. Man möchte der Schildkröte folgen, man ist neugierig, aber zuvor muss man die unsichtbare, flüchtige Grenze überwinden, die diese und jene Welt voneinander trennt. Man bräuchte gar nicht viel – ein rascher Tod, das wäre alles! Ein Schritt, ein letzter Atemzug, und schon schwebt man davon!"

„Na, vielen Dank, auf diese letzte Reise will ich aber noch nicht gehen. Für heute langt es, wenn wir den Weg nach Hause finden." Cara wandte sich um und lief den Strand hinauf.

„Cara?"

Cara blieb stehen und drehte sich um.

„Ich werde mich bald auf diese Reise begeben."

Caras Züge erstarrten. „Wie bitte?"

„Ich habe Krebs. Ich weiß, es hört sich dramatisch an, aber ich habe keine Ahnung, wie ich's dir schonender beibringen soll. Also, nun ist es heraus!"

Abertausende von Gefühlen jagten durch Caras Körper. „Nein!" rief sie dann, trat einen Schritt nach vorn, hielt abrupt an und schüttelte verwirrt den Kopf. „Krebs? Und welcher?"

„Lungenkrebs."

„Aber du rauchst doch seit Jahren nicht mehr!"

„Dasselbe hab ich auch gesagt, als ich die Diagnose erfuhr. Doch da war das Kind schon in den Brunnen gefallen. Mittlerweile habe ich bereits eine Strahlentherapie hinter mir." Lovie hörte, wie Cara keuchend einatmete. „Dadurch wird mir ein bisschen Aufschub gewährt."

„Wie lange weißt du es schon?"

„Schon geraume Zeit. Seit Dezember."

„Und wie weit ist der Krebs fortgeschritten?"

„Leider ziemlich weit. Um es kurz zu machen: Es geht langsam mit mir zu Ende."

Cara war wie vor den Kopf geschlagen.

Lovie streckte die Hand aus. „Du bist ja kreidebleich, Liebes."

Cara raufte sich die Haare. „Zu Ende? Zu Ende? Wieso hast du mich nicht angerufen? Ich wäre doch sofort zu dir geeilt!"

„Ich wollte nicht, dass du nur wegen meiner Krankheit kommst."

„Krankheit? Aber du hast mir doch gerade mitgeteilt, dass du sterben wirst!“

„Eben.“

„Augenblick mal. Nicht so schnell!“ Caras Stimme hatte jenen Unterton angenommen, den Lovie von ihrer Tochter kannte, wenn diese versuchte, ihre Emotionen unter Kontrolle zu halten und praktisch und effizient zu denken. „Woher weißt du, dass du stirbst? Welcher Arzt hat dich behandelt? Es gibt doch neue Heilmethoden! Oder wir versuchen es mit einer anderen Klinik! Ich kenne einen Onkologen, der ...“

„Cara, hör auf! Das ist alles zwecklos. Wir können nur noch eins tun, nämlich mein Haus in Ordnung bringen. Und das versuche ich schon die ganze Zeit, obwohl es mir bislang ziemlich misslungen ist. Ich bedauere das, was heute Abend bei Palmer passiert ist. Ich hätte dir alles vorher sagen sollen, doch ich wollte einfach nur mit euch ein wenig zusammensitzen, ohne gleich besprechen zu müssen, wer nach meinem Tode was bekommt. Ich halte das für Zeitverschwendung, und die Zeit verrinnt mir zwischen den Fingern. Verstehst du das denn nicht? Es ist doch so wie vorhin, als die Schildkröte ins Meer zurückkroch! Sie entledigt sich aller irdischen Last, und danach sehne ich mich auch! Doch bevor ich scheide, muss ich meine Angelegenheiten regeln. Und den Aufschub, der mir gewährt wird, möchte ich dazu verwenden, dich aufs Neue kennen zu lernen.“

Cara stand regungslos da und kämpfte mit den Tränen. „Und deshalb sollte ich herkommen? Das hattest du in deinem Brief gemeint?“

„Ja.“

„Ach, Mama ...“ Wie ein Häufchen Elend sackte Cara in den Sand und schlug die Hände vors Gesicht. „Mir ist, als würde mir der Boden unter den Füßen weggezogen. Es scheint alles so unwirklich zu sein! Vor kurzem noch zerfloss ich fast vor Selbstmitleid, fragte mich, welche Strafen die Götter für mich wohl noch vorgesehen haben, doch mit dieser Nachricht habe ich nie und nimmer gerechnet! Doch noch nicht so früh!“

„Nun wein doch nicht“, flüsterte Lovie und ging neben ihrer

Tochter in die Knie. Ihr Gesicht war ebenfalls tränenüberströmt. „Hat das heute Nacht nicht Spaß gemacht? Wir zwei haben etwas ganz Besonderes erlebt!"

Cara nickte und wischte sich mit dem Handrücken über das Gesicht. „Das stimmt. Und ob!"

„Wenn nur Palmer auch dabei gewesen wäre!"

„Hat er von deinem Zustand Kenntnis?"

„Nur Florence und Toy waren eingeweiht. Sie haben mir die ganze Therapie hindurch zur Seite gestanden. Doch jetzt ist die Strahlenbehandlung beendet, und ich hoffe und bete, dass mir wenigstens noch dieser letzte Sommer bleibt."

„Nur noch dieser Sommer? Länger nicht?"

„Das reicht mir. Ich weiß, es klingt schrecklich egoistisch, aber ich sage es trotzdem: Bitte bleib hier! Nur diesen Sommer! Ich bin mir im Klaren, dass es für dich schwierig ist, so lange Urlaub zu nehmen, doch wenn du dich dazu durchringen könntest ..."

Cara tat einen tiefen, unsicheren Atemzug und schaute zu den Sternen hoch. All das, was in den vergangenen Wochen auf so absurde Art zu Bruch gegangen war, fügte sich anscheinend wieder zu einem Ganzen und ließ nur eine einzige Antwort zu. Und als sie die Hand ihrer Mutter nahm und sie zärtlich drückte, da erschien ein Lächeln auf Lovies Gesicht.

„Selbstverständlich bleibe ich! Solange du mich brauchst! Ich kümmere mich um dich. Ich lasse dich nicht im Stich, das verspreche ich dir."

„Und deine Arbeit?"

„Darüber zerbrich dir nicht den Kopf. Ach, Mama! Auch ich bin dir so manche Erklärung schuldig!"

In klug abgestimmten Bewegungen setzt die Schildkröte ihre paddelförmigen Hinterbeine als Schaufeln ein, mit denen sie den Sand ausbaggert und eine birnenförmig gestaltete Grube von etwa 40 Zentimetern Tiefe aushebt. Dort hinein werden die Eier abgelegt.

8. KAPITEL

Toy war schon früh wach, weil sie in letzter Zeit sehr schlecht schlief. Das Baby wuchs mittlerweile schnell und drückte ihr auf die Blase, sodass sie dauernd zur Toilette musste. Ihr Körper hatte sich stark verändert. Ihr Bauch ragte allmählich gewaltig nach vorn. Die Brüste waren enorm groß geworden, was Darryl sicher gefallen hätte. Sie lächelte bei dem Gedanken, doch besann sich schnell eines Besseren.

Am Vorabend hatte sie im Hause Rutledge im Wohnzimmer gesessen, während die anderen sich im Esszimmer endlos lange unterhielten. Das Ganze hatte ihr von Anfang an nicht zugesagt: der Besuch an sich, das Haus, die Warterei, und dann musste sie auch noch so tun, als hörte sie nichts. Dabei hatte sie so ziemlich alles mitbekommen, auch wie dieser Palmer, dieser aufgeblasene Fettmops, über sie hergezogen war.

Cara hatte sich für sie eingesetzt und ihrem Bruder gehörig den Marsch geblasen. Selbst jetzt noch wunderte sich Toy darüber. Wer hätte das gedacht? Ausgerechnet Cara, dieser Eisberg!

Die ganze Nacht hatte Toy sich mit dem Gedanken herumgeschlagen, ob sie nicht lieber zu Darryl zurückkehren sollte. Sie hatte auch von ihm geträumt, von seinem netten Lächeln, seiner fürsorglichen Art.

Nie hätte Darryl zugelassen, dass jemand sich so über sie äußerte wie Palmer Rutledge. Das indes war nicht der einzige Grund dafür, die Rückkehr zu Darryl in Erwägung zu ziehen. Es tat ihr vielmehr in der Seele weh, dass Lovie sie vor ihrem Filius nicht in Schutz genommen hatte. Schließlich waren ihm Sachen herausgerutscht, die schlichtweg nicht stimmten und eine Beleidigung darstellten. Glaubte er etwa, sie würde klauen, nur weil sie arm war? Viele von diesen Geldsäcken gingen einfach davon aus, dass arme Schlucker den Unterschied zwischen Recht und Unrecht nicht kannten. Als ob sie Miss Lovie hätte bestehlen können! Vielmehr hatte Palmers Gerede so geklungen, als wolle er selbst seiner Mutter etwas wegnehmen, als habe er vor, sich etwas unter den Nagel zu reißen, was ihm nicht gehörte, und zwar aus nackter Geldgier. Tiefer konnte man beim besten Willen nicht sinken, egal, ob man arm oder reich war. Dabei hatte der Kerl doch schon genug abgestaubt. Menschenskinder! Hätte man ihr ein solches Haus geschenkt – sie wäre für den Rest ihres Lebens aus dem Schneider gewesen!

Nicht, dass jemand je auf den Gedanken verfallen wäre, ihr so ein Geschenk zu machen. Leute aus Toys Schichten wohnten nicht in solchen Häusern. Und Toy hätte den Kasten ohnehin nicht haben wollen. Was sie sich vielmehr vorstellte, das war eine sonnige, nette, saubere Bleibe, die sie so ausstaffieren konnte, wie Lovie es ihr beigebracht hatte, mit hübscher Tischwäsche und passendem Geschirr und Spitzenstores vor den Fenstern. Ein glückliches Heim hätte sie daraus gezaubert, ein Zuhause für das Kleine und für Darryl. Dafür hatte sie jetzt ein Händchen, und sie war sich ganz sicher, Darryl wollte, dass sie zu ihm zurückkehrte, sie und das Baby. Er brauchte eben nur eine Weile, um den Schock zu verkraften, das mit der Schwangerschaft und so. Mehr war's nämlich nicht – er hatte sich gewaltig erschreckt. Ganz bestimmt hatte er sie nicht schlagen und ihr all die Gemeinheiten an den Kopf werfen wollen. Er war ein braver Bursche, und er liebte sie, das wusste sie genau. Und das Baby würde er auch gern haben, wenn er's erst einmal gesehen hatte.

Und deshalb überlegte sie nun, ob sie ihn nicht vielleicht anrufen sollte, um einmal vorzufühlen, wie er zu ihrer möglichen Rückkehr stand. Auch wenn sie Miss Lovie genau das Gegenteil erzählt hatte.

All dies ging ihr durch den Kopf, während sie sich das Gesicht wusch und sich in eins ihrer sackförmigen Kleider zwängte. Unwirsch schnalzte sie mit der Zunge, weil eine Naht in Höhe der Hüfte schon aufgeplatzt war. Im Flur bemühte sie sich, den Reißverschluss am Rücken zu schließen, doch es gelang ihr nicht. Dann blieb sie stehen und hob schnuppernd die Nase. War das etwa Kaffeeduft, der ihr da entgegenwehte?

„Guten Morgen!" Cara schaute auf, als Toy in ihr Blickfeld trat, und begrüßte sie mit einem Lächeln.

Vor Verblüffung brachte Toy keinen Ton hervor. Das war das erste Mal, dass sie Miss Caretta Rutledge vor elf Uhr morgens zu Gesicht bekam! Und dann auch noch in der Küche bei Kaffee und Toast! Beinahe hätte Toy sich verwundert die Augen gerieben, doch dann fiel ihr der Lidstrich ein, den sie sich dabei wohl ruiniert hätte.

„Kaffee gefällig?"

„Äh ... ja, gern! Danke!"

Ein vernehmliches „Plopp" ertönte und zeigte an, dass der Toast fertig war. In Rekordzeit hatte Cara die Scheiben mit Butter bestrichen und auf zwei Teller gelegt, einen für sich und einen für Toy. Ein Tablett mit Marmelade und verschiedenen Käsesorten ergänzte das Frühstücksbüfett.

„Ich bin zwar keine Drei-Sterne-Köchin, doch das hier wird ja wohl reichen für den Anfang. Möchtest du sonst noch etwas? Müsli? Eier? Du musst schließlich für zwei essen!"

„Ich kann mir ja später noch was machen. Fürs Erste langt mir das hier." Unschlüssig beäugte sie Cara. In ihren Khakihosen wirkte diese so schlank und durchtrainiert wie eine der feinen Damen in Miss Lovies Garten-Illustrierten. Verlegen fingerte Toy wieder an ihrem Reißverschluss herum und kam sich dabei so unbeholfen wie ein Walross vor.

„Lass mal, ich mache das schon." Cara trat hinter sie, und nach einigem Hin und Her ließ sich der Reißverschluss bewegen. „Normalerweise hätte ich dich aufgefordert: ‚Zieh den Bauch ein', doch das bringt wohl nichts. Ich sag's nur ungern, aber lange macht's dies Kleid nicht mehr. Wie wär's? Wollen wir nicht in die Stadt fahren und ein paar Umstandssachen für dich einkaufen?"

„Ach, nicht nötig", versicherte Toy hastig. „Ich werde ein paar von meinen Kleidern ändern. Wo steckt übrigens Miss Lovie? Sie steht doch sonst immer als Erste auf!"

„Sie ist heute Morgen noch ziemlich müde. Ich bin froh, dass sie mal richtig ausschläft." Cara setzte sich an den Tisch und lud Toy mit einer Handbewegung ein, Platz zu nehmen. Beide saßen sich gegenüber, Toy ein wenig befangen, doch Cara so entspannt, wie Toy sie noch nie zuvor gesehen hatte. Cara bestrich ihren Weizentoast mit einer üppigen Schicht Erdbeermarmelade und biss herzhaft hinein.

Toy schaute sie an, verfolgte jede Bewegung. Es war ihr fast peinlich, dass Cara eine solch natürliche Eleganz ausstrahlte, während sie selbst stocksteif auf ihrem Stuhl hockte und versuchte, auch so gekonnt wie Cara die Butter auf den Toast aufzutragen.

„Rate mal, was wir heute Nacht beobachtet haben", sagte Cara mit blitzenden Augen und rief, als Toy nur den Kopf schüttelte: „Eine Schildkröte! Wir haben alles miterlebt – wie sie die Grube aushob, wie sie die Eier ablegte ... und dann sind wir ihr bis zum Meer gefolgt. Was für ein prächtiges Exemplar!"

Toy biss in ihren Toast, kaute eine Weile und wandte dann ein: „Ich dachte, Sie sind nicht so für Schildkröten!"

Cara fuhr sich mit einer Serviette über die Mundwinkel, legte das Tuch dann ab und strahlte: „Jetzt schon! Nach so einem Schauspiel, da kann man doch gar nicht anders!"

„Letzte Nacht ist das passiert? Und wo war ich?"

„Du hast geschlafen wie ein Murmeltier. Hoffentlich bist du nicht sauer, dass wir dich nicht geweckt haben. Mich hat Mama nämlich wachgerüttelt, und dann sind wir eiligst zum Strand aufgebrochen. Ich glaube, sie wollte mich unter vier Augen sprechen." Sie legte ihren Toast ab und verkündete mit ernster Miene: „Vorige Nacht hat mir Mama eröffnet, dass sie unter Krebs leidet."

Auch Toy legte ihren Toast auf den Teller und starrte Cara wortlos an.

„Gestern Nacht", fuhr Cara fort, „haben wir über vieles geredet, über Dinge, die wir schon viel früher hätten klären sollen. Mama hat mir erzählt, wie du dich die ganzen letzten Monate um sie gekümmert, sie zur Behandlung gefahren und stundenlang gewartet hast. Leicht war das sicher nicht für dich."

„Das war nichts im Vergleich zu dem, was sie für mich getan hat."

„Trotzdem kann ich dir gar nicht genug danken. Doch von nun an wird einiges anders. Ich habe beschlossen, den Sommer über zu bleiben und ihr zur Seite zu stehen. Sei unbesorgt, ich dränge dich nicht beiseite. Ich möchte dir nur die Arbeit etwas erleichtern. Ich habe mir überlegt, dass ich die notwendigen Aufgaben außerhalb des Hauses übernehmen könnte, vielleicht das Autofahren und das Einkaufen, wenn du mal müde bist. Kochen kann ich für keine zwei Cent; das besorgst am besten du weiterhin, sonst verhungerst du am Ende noch! Und als ausgesprochenen Ordnungsfreak würde ich mich auch nicht gerade bezeichnen, wie Mama dir bestätigen wird. Ehrlich gesagt, was Haus und Herd angeht, habe ich zwei linke Hände. Also, wir sind auch weiterhin auf dich angewiesen, ehrlich! Über die Details können wir uns später unterhalten. Ich wollte dich nur schon einmal informieren."

Toy saß eine Weile wortlos da. Das Gehörte musste sie erst einmal verdauen. Cara wirkte so zielbewusst, so ganz anders als bisher! Wahrscheinlich hatte sie ihre Mutter doch sehr gern.

„Ich bin froh, dass Miss Lovie sich Ihnen anvertraut hat. Ich habe ihr immer zugeraten. Es war mir überhaupt nicht recht, dass ich es wusste und Sie nicht! Das kam mir immer so vor, als hätten wir ein Geheimnis. Dabei war's gar nicht so! Ich glaube, sie wollte Sie nur heraushalten."

„Das hat sie schon immer so gemacht. Sie frisst gern Probleme in sich hinein und tut so, als sei alles in bester Ordnung, um uns zu schützen. Doch jetzt muss ich sie behüten. Nein, nicht vor dir!" fügte sie lächelnd hinzu.

„Vor Palmer?"

Bei der Bemerkung zog Cara die Augenbrauen hoch. „Möglich. Er weiß noch nichts von der Erkrankung. Und ich kann schlecht einschätzen, wie er es wohl aufnehmen wird."

„Meinen Sie, er zwingt Miss Lovie, wieder nach Charleston zurückzuziehen?"

„Versuchen wird er's bestimmt, und das bereitet mir Kummer. Mama lässt sich von ihm genauso unterbuttern wie von meinem Vater.

Beim bloßen Gedanken daran könnte ich schon ausflippen!“ Cara seufzte und blickte in ihre Kaffeetasse. „Eins steht jedenfalls fest: Dass mir meine Unabhängigkeit stets so viel bedeutete, liegt sicherlich daran, dass ich als Kind und Jugendliche immer mit ansehen musste, wie meine Mutter sich dauernd meinem Vater unterordnete. Ein Frau sollte nie von einem Mann erwarten, dass er für sie sorgt.“

„Wieso denn nicht? Ich erwarte das aber!“

„Lass es lieber! Falls du hoffst, ein Mann würde dich im Sturm erobern und dir all deine Sorgen nehmen, kannst du lange warten. Ich habe festgestellt, dass Sorgen weitaus eher verschwinden, wenn man sich statt auf einen Mann auf sich selbst verlässt.“

„Für Sie mag das ja gelten, aber ich halte es da eher wie Miss Lovie, glaube ich. So ’n bisschen auf die altmodische Tour, wissen Sie? Mit der großen Karriere hab ich eh nichts im Sinn. Ich möchte mal heiraten und ’ne nette Familie gründen. Mehr hab ich nie gewollt. Und mein Darryl, der wird gut für mich und mein Baby sorgen. Irgendwann ganz bestimmt.“

Cara sparte sich eine Antwort. Sie saß nur da und hörte zu. Das tat sie aber auf eine so merkwürdige Art, dass bei Toy der Eindruck entstand, jedes Wort, das man äußerte, würde haarklein in seine Bestandteile zerlegt und verarbeitet. Es ging Toy auf die Nerven, wenn sie derart genau unter die Lupe genommen wurde. Sie stand vom Tisch auf und trug ihren Teller zur Küchenspüle. Auf dem Rückweg brachte sie die Kaffeekanne mit, schenkte Cara ein, stellte die Kanne auf den Tisch und setzte sich wieder.

„Übrigens wollte ich Ihnen noch was mitteilen“, begann sie unsicher. „Wegen gestern Abend.“

„So? Was denn?“

„Ich hab gehört, was Ihr Bruder über mich gesagt hat.“

Cara runzelte die Stirn. „Ich bedauere, dass du das mitbekommen hast. Es war gemein.“

„Kann man wohl behaupten!“ Toy kratzte an einem Fingernagel und zuckte die Schultern. „Aber irgendwie bin ich’s gewohnt. Viele haben Vorurteile gegenüber schwangeren Teenagern; sie meinen, mit uns stimmt was nicht, von wegen Moral und so, wissen Sie? Wie dem auch sei – ich fand's toll, wie Sie ihm Kontra gegeben haben." Sie hob den Blick. „Danke!"

Cara lehnte sich lächelnd zurück. „Nicht der Rede wert! Im Grunde ist er kein übler Kerl. Man muss ihm nur regelmäßig auf die Zehen treten, damit er anständig bleibt. Julia dürfte eigentlich allmählich kapiert haben, wie's geht."

„Da haben Sie Recht. Wieso macht er das eigentlich mit ihr?"

„Was denn?"

„Na, er kommandiert sie ganz schön rum!"

Düster starrte Cara in ihren Kaffee. „Wie der Vater, so der Sohn."

„Wollen Sie damit andeuten, Ihr Daddy hat Miss Lovie genauso schikaniert?"

„Und ob! Nur noch ärger!" Caras Miene verfinsterte sich noch weiter. Mit beiden Händen umfasste sie die Kaffeetasse. „Viel schlimmer!"

Toy war überrascht. Dass so etwas auch den Damen auf der Sonnenseite des Lebens passieren konnte, hätte sie nicht für möglich gehalten. „Nicht zu fassen! Wie kann man Miss Lovie so behandeln? Sie ist doch die perfekte Lady! Die Güte in Person!"

„Die meisten Frauen, mit denen so umgesprungen wird, sind lieb und nett. Nur solche Zimtzicken wie ich, die lassen sich so etwas nicht bieten!"

Toy grinste. Allmählich gefiel ihr das Leben im Strandhaus wieder. Seit Caras Ankunft hatte sie nämlich wie auf glühenden Kohlen gesessen. „Sie sind doch keine Zimtzicke!" Und als Cara sie daraufhin spöttisch anschaute, lachte sie noch einmal laut und fügte hinzu: „Na, jedenfalls jetzt nicht mehr!"

Caras Mundwinkel verzogen sich zu einem Lächeln, auch wenn es etwas ungelenk ausfiel.

„Spaß beiseite", meinte sie dann. „In meinen Augen ist ein Frau noch lange keine Beißzange, nur weil sie sich nicht misshandeln oder schikanieren lässt. Im Gegenteil – sie verfügt über Selbstachtung."

„Soll das heißen, dass Ihr Daddy gegenüber Miss Lovie handgreiflich geworden ist?"

Caras Lächeln erlosch. „Ich möchte damit nur sagen, dass es keine Entschuldigung gibt, wenn ein Mann gegen eine Frau die Hand erhebt. Nicht die geringste. Basta! Doch noch schlimmer können einen Worte verletzen. Verbalattacken sind noch tückischer, weil man die Narben, die sie hinterlassen, nicht sieht. Und glaub ja nicht, mein Vater hätte seine verbalen Salven nicht gezielt abgefeuert! Meine Jugend spielte sich gleichsam auf einem Kriegsschauplatz ab. Irgendwann bekam jeder von uns eine Kugel verpasst. Doch ich habe die Flucht ergriffen. Meine Mutter blieb. Ich schwöre dir, ich begreife bis heute nicht, wie sie das die ganze Zeit ausgehalten hat."

„Sie muss ihn sehr geliebt haben." Aber irgendwie glaubte Toy das selbst nicht.

Cara musterte Toy durchdringend. „Dann wär's doch nur umso schlimmer, oder?"

Mit gesenktem Kopf schabte Toy erneut an ihrem Fingernagel herum. „Was soll man denn tun, wenn man jemanden so sehr liebt!"

„Man kann sehr wohl etwas machen! Man hat immer die Wahl!"

Toy spürte, wie sich ihre Wangen vor Scham und Zorn rosa färbten. Wenn sie so etwas schon hörte! Glaubte etwa alle Welt, sie ticke nicht mehr richtig? Ihre Freundinnen hatten ebenfalls dauernd gefragt: Wieso lässt du dich von deinem Darryl schikanieren, herumschubsen und vor allen beleidigen? Warum schießt du den Kerl nicht in den Wind? Es ging einfach nicht, und sie kam sich ziemlich dumm vor, weil sie's wider besseres Wissen nicht hinkriegte. Alle wollten ihr nur helfen, gewiss. Auch Cara, klar. Im Endeffekt jedoch vermittelten einem alle nur das Gefühl, man sei nicht gut genug.

„Sie haben gut reden! Sie stecken ja nicht in meiner Haut! Sicher, Sie hatten auch Ihre Probleme, aber immerhin waren Sie reich! Sie haben eine gute Schule besucht, und Ihnen standen Türen offen, die einem Mädchen wie mir immer verschlossen bleiben. Für Sie gab es immer einen Ausweg. Ich hab mir Sachen anhören müssen, die 'ne ganze

Ecke schlimmer waren als das Gerede von Ihrem Bruder. Ich muss so etwas einstecken, weil ich keine andere Wahl habe. Sie kommen sich ganz toll vor mit Ihrem College-Abschluss und dem wichtigen Job. Dabei haben Sie kein Ahnung!“

„Man braucht weder viel Intelligenz noch Geld, um zu erkennen, dass es mit Liebe nichts zu tun hat, wenn man sich als Frau von einem Mann demütigen oder halb zu Tode prügeln lässt. So etwas nennt man Misshandlung! Da will irgendein Kerl nur sein Machtgelüste an einer Frau austoben!“

Toy geriet sichtlich in Rage und reckte streitsüchtig das Kinn. „So einer ist Darryl nicht! Er behandelt mich richtig gut! Das mit dem Schlagen ist ihm nur ein einziges Mal passiert, und es hat ihm furchtbar Leid getan!“

„Hinterher bedauern sie es immer! Aber dann tun sie's doch wieder.“

Toy kämpfte mit den Tränen und fühlte sich in die Ecke gedrängt. „Nein!“ Das kam fast wie ein Schrei. „Unterstehen Sie sich, so über ihn zu reden! Er hat mit Ihrem Vater nichts gemeinsam. Ich liebe ihn. Wir werden eine Familie sein! Ich überlege sogar, ob ich ihn nicht heute anrufen soll!“ Sie stieß ihren Stuhl zurück, kam unbeholfen auf die Beine und stampfte zornentbrannt aus dem Zimmer, hinaus auf die Veranda.

Toys Flucht rief Schuldgefühle bei Cara hervor. Sie hatte das Mädchen nur warnen wollen und nicht beabsichtigt, es zu verletzen. Jetzt regte sich ihr schlechtes Gewissen. Doch sie erinnerte sich daran, dass sie in der Firma eine ganze Reihe von Kolleginnen gekannt hatte, die mit Schrammen und Hämatomen zum Dienst erschienen waren. Weil sich die Situation über kurz oder lang negativ auf die Arbeitsergebnisse ausgewirkt hätte, war Cara gezwungen gewesen einzugreifen und hatte den Frauen nahe gelegt, eine Beratungsstelle aufzusuchen, wenn sie nicht eines Tages ihren Job verlieren wollten. Als schwierigste Aufgabe hatte es sich immer erwiesen, die Frauen davon zu überzeugen, dass sie keine Schuld an ihren Misshandlungen trugen.

Nachdenklich kratzte Cara sich am Kopf und seufzte vernehmlich. Es war zwar noch nicht Abend, doch ein Drink hätte jetzt nichts geschadet. Sie erhob sich und ging Toy hinterher.

Kaum war sie aufgestanden, da läutete das Telefon. Um zu vermeiden, dass Lovie von dem Gebimmel geweckt wurde, eilte Cara rasch durch den Korridor und hob ab, behielt jedoch gleichzeitig Toy im Auge. Das Mädchen hatte die Arme über der Brust verschränkt und starrte aufs Meer hinaus.

„Hallo?"

„Lovie?"

Genervt blickte Cara zur Decke. „Nein, hier ist die Tochter."

„Ja, Menschenskind, Cara! Ich bin's! Emmi!"

Es dauerte etwas, bis bei Cara der Groschen fiel. „Was denn – Emmaline Baker?"

„Kennst du sonst noch 'ne Emmi auf der Insel? Mir wurde zugetragen, du wärst mal wieder im Lande. Aber du lässt ja nichts von dir hören! Eine feine Freundin bist du!"

„Entschuldige, Emmi! Ich war krank, und außerdem geht hier alles ein wenig drunter und drüber."

„Klar, verstehe schon", beschwichtigte Emmi. „Halb so wild. Was hast du denn heute vor? Ich würde mich gern mit dir treffen."

„Herzlich gern!" Versonnen lächelnd lehnte Cara sich gegen die Wand und versuchte, sich an Emmaline Baker zu erinnern. Wie lange mochte es her sein, dass sie sich das letzte Mal gesehen hatten? Zwanzig Jahre? Damals hatte Emmi, schlaksig, grobknochig und mit ihrem breiten, ständig lächelnden Mund, fast wie eine Doppelgängerin der Rock-Sängerin Carly Simon gewirkt. Am tollsten hatte Cara immer Emmis Haar gefunden, die wilde, feuerrote Lockenpracht, die sie bestimmt von ihren ungestümen schottischen Vorfahren geerbt hatte! Außerdem war Emmi ein kluger Kopf. Beide, Emmi und Cara, hatten nicht die gleiche Schule besucht. Jedes Jahr zu Ferienbeginn war das gleiche Ritual abgelaufen: Zeugnisvergleich! Meistens lagen beide im Notendurchschnitt gleichauf. Obwohl sie dicke Freundinnen waren, wurde auf diesen Wettlauf um die besseren Zensuren, der allerdings nie in Eifersüchtelei oder Missgunst ausartete, nicht verzichtet. Cara wusste stets: Spätestens im Juni stand der Notenvergleich mit Emmi an. Also setzte sie sich das ganze Schuljahr über auf den Hosenboden und steckte die Nase in die Lehrbücher. Ob Emmi sich wohl verändert hatte? War sie wohl nach wie vor so temperamentvoll wie damals oder mit den Jahren etwas gelassener geworden?

„Mir ist zu Ohren gekommen, dass du jetzt auch bei den Schildkröten-Muttis bist", scherzte Cara.

„Jawoll! Deine Mama hat mich am Ende doch noch rumgekriegt. Was sie allerdings dreißig Jahre gekostet hat." Beide glucksten amüsiert. „Entsinnst du dich noch, wie sie uns in aller Herrgottsfrühe immer zur Spurensuche auf Strandpatrouille schickte?"

„Ich weiß nur noch, dass uns das beiden auf den Wecker ging!"

„Apropos Schildkröten. Mir sind heute Morgen Spuren aufgefallen, direkt vor eurem Haus."

„Ach, die kennen wir. Wir konnten heute Nacht die Eiablage beobachten. Mama hat die Stelle mit einem Muschelhäufchen markiert."

„Echt? Mensch, super! Das nennt man Anfängerglück! Ich bin jetzt schon zwei Jahre dabei und hab das noch nie zu Gesicht bekommen. Gerissen, diese Loggerheads! Kommt Lovie denn nachher und prüft mit der Sonde nach? Sieht aus, als wäre das Nest an einer ziemlich guten Stelle."

„Nein, sie kommt nicht. Mama fühlt sich heute nicht besonders wohl. Pass auf, ich habe einen Vorschlag: Ich mach mich selbst mit den Stäben und dem anderen Zubehör auf die Socken, und wir treffen uns dort. Dann darfst du mit deinen Fachkenntnissen angeben. Wir könnten außerdem mal wieder so richtig schön tratschen."

„Wird aber auch Zeit! Ich habe schon befürchtet, du wärst mir die letzten zwei Wochen aus dem Weg gegangen." Sie schwieg einen Augenblick und fügte dann ernst hinzu: „Du warst zu lange fort, Herzchen!"

„Ich weiß. Alles klar, ich bin sofort da. Bis gleich!"

„Wetten, dass ich als Erste ankomme?“ Emmi hängte ein, bevor Cara auch nur einen Ton sagen konnte. Als Kinder hatten sie oft Wetten dieser Art abgeschlossen.

Als Cara den Hörer auf die Gabel legte, schnürte ihr die Rührung fast die Kehle zu. Emmi Baker! Im ganzen Leben hatte sie nur eine wirkliche Freundin besessen. Emmi war wie eine Schwester gewesen, der man getrost alles anvertrauen konnte, ohne befürchten zu müssen, dass sie es ausplauderte. Jemand, der einen verstand, schon bevor man den Satz beendet hatte, der alles Mögliche mit einem einzigen Blick ausdrücken konnte, der zu einem hielt, ohne Wenn und Aber. Cara freute sich schon, Emmaline Baker wiederzusehen.

Sie schob die Hände in die Taschen ihrer Shorts, trat zu Toy auf die Veranda und murmelte: „Hi.“

Toy wandte sich um. „War das ’ne Bekannte von Ihnen?“

„Emmi Baker. Wir waren Jugendfreundinnen.“

Das Mädchen nahm die Mitteilung eher teilnahmslos auf und nickte. Offenbar bedrückte Toy etwas. Sie wirkte distanziert, allerdings weniger auf ihre bisherige reservierte Art, sondern anders, irgendwie traurig.

„Toy, was ich da vorhin von mir gegeben habe ... vielleicht klang es etwas zu sehr nach Predigt. Entschuldige bitte, ich wollte dich nicht verletzen. Du hast ja Recht. Ich kenne deinen Freund ja gar nicht. Ich habe dir das mit meiner Mutter erzählt, um dir zu zeigen, dass du nicht die Einzige bist, der so etwas passiert, sondern dass es vielen Frauen so geht, egal, ob arm oder reich, gebildet oder nicht so gebildet. Wir verurteilen dich nicht. Wir wollen nur dein Bestes. Das ist alles.“

Toy zuckte halbherzig mit den Schultern. „Nicht so schlimm. Ist mir schon klar, dass Sie es nicht böse gemeint haben.“

„Du möchtest doch nicht allen Ernstes zu ihm zurück?“

„Irgendwann schon.“ Dann guckte sie Cara über die Schulter an und fügte deutlich zugänglicher hinzu: „Haben Sie auch wirklich nichts dagegen, dass ich bleibe? Wo Sie doch nun auch den ganzen Sommer hier verbringen werden?“

Cara wusste, die Gelegenheit kam so schnell nicht wieder. Ein Wort von ihr hätte genügt, um Toy zum Gehen zu bewegen und mit Lovie ungestört zu sein. Sie war hin- und hergerissen, doch dann schaute sie das Mädchen an, sah den vortretenden Bauch, das fransige blonde Haar, den Lidstrich. So sehr unterschieden sich Cara und Toy eigentlich gar nicht. Beide waren sie Außenseiter und von einem Mann misshandelt worden. Mit einer Ausnahme: Cara hatte sich ihre Selbstachtung bewahrt, ihre hartnäckige, zielbewusste Entschlossenheit. Toy hingegen ... Toy hatte nur ihr Baby und den zerbrechlichen Traum von einer Familie.

„Ganz im Gegenteil", versicherte Cara und versuchte Toy aufzumuntern. „Pass auf, ich treffe mich mit Emmi unten bei den Schildkrötenspuren. Wir wollen das Nest markieren. Möchtest du mitkommen? Ich habe nämlich keinen Schimmer, was ich alles mitbringen muss!"

„Ich bleibe lieber hier, damit jemand da ist, wenn Miss Lovie aufwacht. Aber alles Notwendige finden Sie da drüben in dem roten Eimer neben der Tür. Über alles andere weiß Ihre Freundin sicher Bescheid."

„Willst du wirklich nicht mit? Wir könnten Mama einen Zettel hinlegen, auf dem steht, wo wir sind."

„Ich bin auch selbst noch müde." Sie betrachtete Cara, und in ihrem Blick lag tiefe Niedergeschlagenheit.

Cara wollte sie nicht länger drängen. „Na gut", erwiderte sie und schaute kurz auf die Uhr. „Nur eins noch: Ich lade euch alle zum Essen ein, wenn ich zurückkomme. Du kannst das Restaurant aussuchen. In etwa einer Stunde bin ich wieder da. Jetzt muss ich los." Sie setzte Mütze und Sonnenbrille auf, schnappte sich den roten Eimer, starrte ihn an und stellte amüsiert fest: „Nicht zu fassen, dass ich mich hab austricksen lassen! Jetzt mache ich doch tatsächlich bei diesem Schildkrötenzirkus mit!"

Das Freizeichen ertönte fünfmal, bevor er endlich abnahm. „Ja?"

„Hallo, Darryl!"

Einen Moment lang herrschte Schweigen am anderen Ende der Leitung. „Wer ist da?“

„Na, ich!“

„Toy?“

„Ja sicher, wer sonst? Ich dachte, ich rufe an und erkundige mich mal, wie's dir geht!“

Eine lange Pause folgte, in der Toy nervös das Kabel zwirbelte.

„Nett, dass du dich meldest“, erwiderte er sarkastisch. Dann erkundigte er sich kurz angebunden: „Wo, zum Teufel, steckst du?“

„Vermisst du mich?“

Erneut entstand eine Pause. „Lange nichts von dir gehört, Baby!“

Sie biss sich auf die Unterlippe. „Und? Wie fühlst du dich?“

„So lala.“

Sie merkte, dass er sauer war. Sollte sie das als gutes oder schlechtes Zeichen betrachten? „Mir geht's gut. Und dem Baby auch. Du bekämst sicher 'nen Schreck, wenn du mich sehen würdest. Ich bin ziemlich füllig geworden.“

„Du hast es also behalten!“ Als Frage konnte man das nicht werten. Sein Zorn war unüberhörbar.

„Das weißt du doch! Es ist unser Kind, Darryl!“

„Ich will mit dem Balg nichts zu schaffen haben. Das habe ich dir gleich gesagt.“

„Aber es ist von dir! Ich war mit niemandem sonst ...“

Er unterbrach sie scharf. „Was soll's! Es ist dein Körper und dein Leben!“

Das saß. Es tat so weh, dass sie scharf die Luft einsog. „Ich muss Schluss machen.“

„Augenblick noch!“ rief er hastig. „Toy?“

Gequält legte sie den Hörer noch einmal ans Ohr. „Was ist?“

„Das hättest du nicht tun dürfen, mich einfach so sitzen lassen! Ich komme nach Hause, und du bist weg! Menschenskind, Toy, was sollte der Mist denn?“

„Und du hättest auch nicht meine Sachen einfach auf die Straße schmeißen dürfen! Das hat mir Denise nämlich erzählt! Ich konnte nicht mal das abholen, was mir gehörte!“

„Ich war stinkig! Hatte ja auch allen Grund dazu! Es war doch bis dahin alles okay mit uns! Und dann machst du einfach alles kaputt!“

„Das war nicht meine Absicht. Aber mir wuchs alles über den Kopf, da hab ich's mit der Angst gekriegt!“

„Angst? Vor mir?“ Er wurde laut.

„Nicht so ganz. Es ging mir auch um das Kind.“

„Siehst du? Da haben wir's! Das Baby steht zwischen uns. Hab ich gleich vermutet und Recht behalten. Diesen ganzen Käse können wir im Augenblick nicht gebrauchen. Wir sind noch zu jung. Ich jedenfalls bin es!“

„Schwanger ist schwanger! Das lässt sich nicht rückgängig machen! Und an Abtreibung habe ich nicht eine Sekunde gedacht!“

Sie hörte, wie er einen Zug von seiner Zigarette nahm und dann den Rauch ausblies. „Dann wär's das wohl.“

„Offensichtlich“, stimmte sie ihm leise zu.

„Toy, Baby, überleg dir das gut! Die letzten Monate bin ich halb verrückt vor Sehnsucht nach dir geworden. Du hattest keinen Grund abzuhauen. Mir tut Leid, was geschehen ist. Ich bin halt durchgedreht. Wo bist du jetzt?“

„Das ... das darf ich nicht sagen.“

„Was soll das heißen? Was unterstellst du mir da eigentlich?“

Er schien wütend zu werden. Sogleich versuchte sie, ihn zu beruhigen. „Ich unterstelle dir doch nichts! Nur ... im Augenblick muss ich mir selbst erst einmal darüber klar werden, wie es weitergehen soll! Wenn wir uns treffen, möchte ich vielleicht am liebsten gleich wieder zu dir zurück!“

„Und was wäre daran so schlimm?“ erkundigte er sich mit Schmelz in der Stimme.

Sie seufzte und wäre ihm fast wieder erlegen. „Nichts. Nur ... jetzt eben noch nicht! Für die Dauer der Schwangerschaft bleibe ich lieber hier. Nach der Geburt habe ich bestimmt bald meine Figur wieder –

und dann machen wir da weiter, wo wir vor der Schwangerschaft aufgehört haben!"

„Könnte klappen!"

Sie fasste sich ein Herz. „Das Kleine wird dir sicher gefallen, wenn du es erst gesehen hast. Ich versorge das Kind. Du brauchst dich um nichts zu kümmern."

„Ha! Du weißt ja, zum Vater eigne ich mich noch nicht!"

„Aber du bist bald Vater, Darryl!" Plötzlich vernahm sie eine Frauenstimme im Hintergrund, die seinen Namen rief. Toy umklammerte den Hörer. „Wer ist das?"

„Ach, irgend 'n Mädchen." Er machte sich nicht einmal die Mühe, ihr die Situation zu erklären.

„Was sucht die bei dir?"

„Na, was glaubst du wohl? Vergiss nicht, du bist schließlich abgehauen! Damit musstest du rechnen!"

„Du Schwein!" Von Empörung und Eifersucht gepackt, schmetterte sie den Hörer auf die Gabel. Ihr Atem ging stoßweise. Im Bauch spürte sie ein schmerzhaftes Ziehen. Sie holte tief Luft und ließ ihre Fingerspitzen über den angespannten Leib kreisen. Das Ganze war noch schlimmer gelaufen, als sie befürchtet hatte.

Sie lehnte sich an die Wand und rieb sich kurz die Augen. Was für ein Schlamassel! Sie hatte geahnt, dass er sauer sein würde, doch gleichzeitig gehofft, er würde sie vermissen und sich mit ihr versöhnen wollen. Von wegen! Er hatte bereits eine andere! Wie konnte ich nur so blöd sein, fragte sie sich. Das hat man davon, wenn man sich mit einem Rockmusiker einlässt!

Kurz darauf klingelte das Telefon.

„Hallo?"

„Ich dachte, es würde dich vielleicht interessieren, dass ich deine Nummer habe!"

„Darryl, du sollst mich hier nicht anrufen! Und herkommen darfst du erst recht nicht, verstanden?"

„Erzähl mir nicht, was ich zu tun oder zu lassen habe! Du gehörst mir, vergiss das nicht! Ich komme vorbei, wenn's mir passt, und dann begleitest du mich brav nach Hause, wo dein Platz ist!"

„Wenn du mich zurückhaben willst, dann nur mit dem Baby ..."

Er hatte bereits eingehängt, bevor sie den Satz beenden konnte. Ihr Herz hämmerte wie wild, als sie den Hörer langsam auflegte. Immer musste er das letzte Wort haben! Und meist zeigten seine Drohungen ja auch Wirkung.

Toy starrte das Telefon an und kaute auf ihrer Unterlippe herum. Mittlerweile war sie nicht mehr wütend. Nein, sie hatte Angst.

Wenn Cara an Emmi dachte, dann fiel ihr auch gleich der Tag ein, an dem sie beide das Küssen gelernt hatten. Es war unter der Veranda von Emmis Elternhaus gewesen, in den Sommerferien nach der siebten Klasse. Zu dritt hatten sie auf dem kühlen Boden gesessen, sie, Emmi und Tom Peterson, der Schwarm der Klasse. Cara wusste zwar nicht mehr, wer das Spiel vorgeschlagen hatte, aber man drehte eine leere Flasche, die dann auf eine der Kandidatinnen wies. Daran erinnerte sie sich noch lebhaft. Die beiden Mädchen hatten darum gewetteifert, wer den ersten Kuss von Tom bekam.

Auch wenn es Cara gewesen war, der dieser Triumph zuteil wurde, zeigte bei der nächsten Drehung der Flaschenhals jedoch auf Emmi. Und von diesem Moment an waren sie und Tom unzertrennlich gewesen. Beide besuchten dieselbe Oberschule und waren von nun an ein Paar. In den Sommerferien stieß Cara als dritte im Bunde hinzu, und so trieb das Trio sich herum. In erster Linie bestand ihre gemeinsame Beschäftigung in drei Dingen: Sie ließen sich bräunen, gingen abends ins Kino und drückten sich so oft wie möglich vor dem Schildkrötendienst. Nach dem Schulabschluss studierten Tom und Emmi an der University of South Carolina und schlossen unmittelbar nach Toms Examen den Bund der Ehe, wobei Cara als Trauzeugin fungierte.

Danach hatte man sich aus den Augen verloren, wie es so oft geschieht, wenn man erwachsen wird und seiner eigenen Wege geht. Obwohl man sich über die Jahre nur selten schrieb oder miteinander sprach, erfuhr Cara doch durch Weihnachtsgrüße oder über ihre Mutter, dass Tom und Emmi nach Atlanta gezogen waren. Tom arbeitete dort in leitender Position bei Coca Cola. Sie hatten kurz hintereinander zwei Söhne bekommen. Anders als bei anderen Freundschaften, die mit der Zeit entstanden oder vergingen, hatte Cara immerfort gespürt, dass sie und Emmi etwas Besonderes verband.

Als Cara jetzt den Strand erreichte, erblickte sie eine Frau, die auf einem riesigen Stück Treibholz saß und mit einem Stock im Sand stocherte. Um die Hüften herum war sie so breit wie der Baumstamm, auf dem sie hockte. Unter der Krempe ihres Sonnenhutes kräuselten sich kupferrote Locken. Als Cara sich näherte, wandte die Frau den Kopf und begann zu strahlen.

„Cara!"

„Emmi!"

Mit einem Jauchzer schlossen sie einander in die Arme und wiegten sich sanft. Cara kam es vor, als würde die Zeit zurückgedreht. Plötzlich waren sie wieder dreizehn und Freundinnen für immer und ewig. Als sie einander losließen, hatte Emmi Tränen in den Augen. Sie musterte Cara kurz.

„Meine Güte, du hast dich kein bisschen verändert", stellte sie dann fest. Ihr Mund verzog sich zu einem breiten Lächeln.

„Danke gleichfalls!"

„Ach, geh mir weg, du Lügnerin!"

Emmi hatte ziemlich zugelegt. Das zusätzliche Gewicht verteilte sich allerdings gleichmäßig über ihre an sich schon üppige Statur und ließ sie weniger dick als vielmehr groß erscheinen. Ihre Haut war zart gebräunt. Sommersprossen auf Nase und Wangen verliehen ihr eine jugendliche Frische. Nach wie vor strahlte sie gute Laune aus, und ihre grünen Augen funkelten vor Wiedersehensfreude.

Eine Weile grinsten sie sich wortlos an, als könnten sie nicht die Augen voneinander lassen. „Hach, wie schön, dich mal wieder zu treffen", befand Cara. „Wie lange ist das jetzt her?"

„Ach Gott, Jahre! Jedenfalls zu lange."

„Furchtbar, wie die Zeit verfliegt."

„Du sagst es." Beide kicherten wie Schulmädchen. „Und du? Noch immer nicht unter der Haube?" fragte Emmi.

„Nö. Das liegt nur daran, dass du mir seinerzeit Tom vor der Nase weggeschnappt hast. Und danach ..." Sie zuckte die Achseln.

Emmi lachte auf, doch Cara bemerkte, dass ihre Freundin dabei traurig guckte. „Wie geht's ihm überhaupt? Ist er zu Hause? Ich würde ihn gerne begrüßen."

„Tja, wo der wohl stecken mag? Augenblick mal!" Nachdenklich tippte Emmi sich mit dem Finger an die Lippen. „Gerade jetzt ist er irgendwo in Südamerika. Er arbeitet nach wie vor bei Coca Cola, leitet 'ne neue Produktionsstätte in Peru, saust dauernd hin und her. Meist hin. Mir fiel zu Hause die Decke auf den Kopf, also beschloss ich, auf die Insel zu fahren. Wir sehen uns im Sommer ohnehin nicht allzu oft." Sie buddelte mit dem Zeh im Sand herum. „Bei uns ist es ein bisschen so wie früher bei deinen Eltern."

Cara blinzelte irritiert. Ihre Mutter war stets vor ihrem Mann in das Haus am Meer geflüchtet, was Emmi indes nicht wissen konnte. In ihrer Jugendzeit waren sie zwar eng befreundet gewesen, doch in die Probleme ihres Elternhauses hatte Cara die Freundin nie eingeweiht. Wenn Lovie ihr eins eingebläut hatte, dann die Regel, dass schmutzige Familienwäsche um keinen Preis in der Öffentlichkeit gewaschen wurde.

„Seit der Geburt unserer beiden Jungs sind wir immer jeden Juli und über Weihnachten hergekommen. Die Bengel fanden es hier immer klasse, und Tom und mir gefiel es natürlich auch. Seit sich meine Eltern voriges Jahr als Rentner nach Florida zurückgezogen haben, steht mir das Sommerhaus ganz zur Verfügung. Und da bin ich nun."

„Und die Jungs? Was machen sie so? Sind doch bestimmt knackige braune Surf-Burschen, was? Richtige Herzensbrecher!"

„Ja und nein. Hin und wieder lassen sie sich am Wochenende hier blicken. James, der Älteste, lebt nur für sein Studium und hält es für Zeitverschwendung, den Sommer hier zu verbringen. Also bleibt er gleich an der Uni. John hat seinen Beruf und einen großen Freundeskreis. Wenn er kommt, stellt er sich auch schon mal aufs Surfbrett, aber eher selten. Er zieht Atlanta vor. In seinem Alter hat man nicht gerade große Sehnsucht nach seiner Mami."

„Das heißt, den Sommer über wohnst du allein hier?" hakte Cara nach.

„Jawohl. Und ich genieße jede Sekunde. Frei wie ein Vogel! Juchhu!" Sie breitete die Arme aus und ahmte die Flatterbewegung der Vögel nach.

Cara musste lachen. „Verrückt wie immer!"

Emmi ließ die Arme sinken, setzte dann den Hut ab und fuhr sich durchs Haar. Die lange, dichte Mähne, die Cara einst so bewundert hatte, reichte nur noch bis zum Kinn und zeigte Ansätze von Grau – ein Anblick, der Cara mit Melancholie erfüllte.

„Nein, verrückt bin ich nicht mehr. Eigentlich schade. Aber einen ganz kleinen Spleen versuche ich mir noch zu erhalten. Aber sparen wir uns das für später auf. Jetzt schieß erst mal los und erzähl mir von dir! Wie man hört, bist du 'n großes Tier in der Werbebranche. Ich hab's ja immer gewusst, dass du es mal zu was bringst, Caretta Rutledge!"

Seufzend setzte Cara sich auf den langen Palmenstamm, den die Brandung angeschwemmt hatte, und bedeutete der Freundin, auch Platz zu nehmen. Emmi ließ sich neben ihr nieder. Sie streckten die langen Beine aus, wie sie es als Kinder immer getan hatten. Neben Emmis stämmigen, braun gebrannten wirkten die von Cara dünn und käsig.

„Nein, ich arbeite nicht mehr für die Werbeagentur. Die Zeiten sind vorbei", erwiderte Cara und stemmte die Absätze in den Sand. „Ich bin gegangen worden. Unmittelbar bevor ich herkam. Eines Morgens gehe ich ins Büro, hab einen neuen Großkunden an der Angel, und kaum war 'ne Stunde herum, da setzen sie mich vor die Tür, und zwar mit Eskorte. So eine Erfahrung wünscht man seinem ärgsten Feind nicht, das kann ich dir flüstern."

„Wie bitte?" Emmi konnte es kaum fassen. „Hast du etwa Riesensummen unterschlagen oder mit 'ner Maschinenpistole in der Cafeteria rumgefuchtelt?"

Cara lachte. „Von wegen! Sagen wir mal, es war Großreinemachen, und man betrachtete mich als einen überflüssigen Fussel. Zwar als einen großen und nicht ganz billig zu entsorgenden Fussel, der jedoch trotzdem reif für den Mülleimer war."

„Mensch, Cara, das tut mir aber Leid!"

„So etwas geschieht eben. In dieser Branche sogar öfter, als man denkt. Allerdings rechnet man nie damit, dass es einen selbst trifft."

„Und wie fühlst du dich jetzt? So einigermaßen? Oder musst du bereits den Hut herumgehen lassen, weil du arbeitslos bist? Schon als Kinder haben wir uns geschworen, dass wir uns gegenseitig aufnehmen, falls Not am Mann sein sollte. Also, meine Tür steht dir offen!" Sie unterbrach sich. „Bist du deshalb nach Hause zurückgekehrt?"

Cara schüttelte den Kopf. „Nein, ich kann mich schon selbst über Wasser halten", antwortete sie. „Bis jetzt zumindest. Wegen meiner langjährigen Firmenzugehörigkeit hatte ich Anspruch auf eine generöse Abfindung. An den Bettelstab hat's mich also noch nicht gebracht, doch andererseits ist es auch nicht so, dass ich jetzt schon ausgesorgt hätte. Ich hoffe, noch diesen Sommer einen neuen Job zu haben. Eine Headhunterin schaut sich bereits nach einer neuen Position für mich um. Ich bin recht optimistisch, dass sich etwas Passendes findet. Hoffentlich bald, sonst muss ich am Ende doch auf dein Angebot zurückgreifen."

„Jederzeit! Vergiss nicht, wir sind weibliche Blutsbrüder!"

„Zum Glück existierten gewisse Gefahren damals noch nicht. Heutzutage muss man ja um sein Leben fürchten, wenn man sein Blut mit dem eines anderen vermischt!"

„Gemacht hätten wir's trotzdem!"

„Weißt du, ich glaube, alles sollte so passieren. Vorsehung. Heute Morgen beim Aufwachen bin ich zu diesem Schluss gelangt. Wenn das mit Mama voriges Jahr passiert wäre, hätte ich nicht den Sommer über hier bleiben können. Jetzt ist das kein Problem."

„Hoppla, nicht so schnell! Ich kann dir nicht ganz folgen. Wenn *was* mit deiner Mutter passiert wäre."

„Sie hat Krebs."

Emmi fuhr vor Entsetzen kerzengerade hoch. „Miss Lovie? Nein!"

„Ich hab's auch gerade erst erfahren. Lungenkrebs. Allem Anschein nach haben sich bereits Metastasen gebildet, sodass man nichts mehr für Mama tun kann." Plötzlich versagte ihr die Stimme.

„Mann, das darf doch nicht wahr sein! Ausgerechnet sie? So ein Mist!"

Cara nickte. „Sie hat mich gebeten, den Sommer über bei ihr zu bleiben. Ich habe zugestimmt. Das meinte ich, als ich erzählte, jetzt, da sie mich gefeuert haben, sei es kein Problem, mich um sie zu kümmern. Voriges Jahr hätte ich mir nicht den ganzen Sommer frei nehmen können."

„Hättest du schon, wenn's nötig gewesen wäre."

„Aber das hätte mich vermutlich den Job gekostet! Doch das sind Kinkerlitzchen, nicht wahr? Was bedeutet schon der Verlust des Arbeitsplatzes, wenn die Mutter stirbt?"

Bekümmert schüttelte Emmi den Kopf. „Wie furchtbar traurig! Es tut mir in der Seele weh! Die ganze Insel wird trauern; schließlich kennt sie hier doch fast jeder als die Turtle Lady! Nur ihr haben wir's zu verdanken, dass wir beobachten durften, wie die jungen Schildkröten schlüpften."

„Erinnerst du dich noch daran, dass sie immer ein Fähnchen aufstellte, wenn in irgendeinem Nest die Jungen kurz vorm Schlüpfen waren?"

Emmi nickte und lächelte wehmütig. „Und damals hat sie den Jungtieren sogar ein wenig geholfen. Du entsinnst dich sicher, worauf ich anspiele. Heutzutage ist das strengstens verboten."

Von Verboten wusste Cara nichts, und sie interessierten sie auch nicht. Sie wusste nur, dass ihre Mutter im nächsten Sommer, wenn die Meeresschildkröten wiederkehrten, nicht mehr da sein würde. „Einfach unvorstellbar, dass sie stirbt! Man findet sich nur sehr schwer damit ab. Wenn ich sie angucke, dann denke ich: Na gut, sie ist krank. Aber dass ihr Leben zu Ende geht, das kann ich noch immer nicht fassen. Seltsam, doch plötzlich zieht sich so ein Sommer lang hin. Und dennoch – wenn ich mir überlege, dass es ihr letzter sein wird, dann kommt er mir erschreckend kurz vor."

„Versetz dich nur mal in sie!"

„Das ist ja das Verblüffende! Sie hat offenbar kein bisschen Angst!"

„Was macht sie ..."

Emmi wurde vom schrillen Begrüßungsruf einer Frau unterbrochen, die sich über den Strand näherte, und winkte ihr zu. „Florence ist im Anmarsch. Du erinnerst dich doch an Florence Prescott, oder?"

„Na und ob!" Cara blickte der Frau entgegen, die früher eine Art Tante für sie gewesen war. Auch sie schien kaum gealtert zu sein. Ihr schneeweißes Haar stand in scharfem Kontrast zur tiefen Bräune ihrer Haut. Sie trug ein grünes T-Shirt mit dem Aufdruck einer Meeresschildkröte und dem Schriftzug „Turtle Team".

Schon von Weitem konnte man sehen, dass Flo den Kopf schüttelte. „Ja, ist es denn die Möglichkeit?" rief sie aus. „Caretta Rutledge, wie sie leibt und lebt! Wie geht's dir denn, mein Schatz?"

Cara stand auf und umarmte sie mit derselben Selbstverständlichkeit, mit der sie Flo früher begrüßt hatte, als diese öfter gänzlich ohne Vorwarnung auf eine Tasse Kaffee in die Küche hereingeschneit war. „Gut! Klasse schaust du aus! Oh, ich freue mich so, dich zu treffen!"

„Du hast dich aber auch nicht zu deinem Nachteil verändert", antwortete Flo, nahm ihre Sonnenbrille ab und musterte Cara von Kopf bis Fuß, wobei der Blick der blauen Augen wie ein Suchscheinwerfer auf und ab schwenkte. „Zumindest wirkst du nicht wie jemand, der dem Tod gerade von der Schippe gesprungen ist. Lovie hat mir erzählt, du wärst seit deiner Ankunft ziemlich krank gewesen."

„War ich auch, aber ich fühle mich schon besser."

„Das macht die gute Inselluft. Du müsstest öfter nach Hause kommen."

Der versteckte Seitenhieb entging Cara keineswegs. „Das stimmt. Aber diesmal bleibe ich den ganzen Sommer."

Flos Miene verfinsterte sich. Ihr Blick signalisierte, dass sie Caras Beweggrund kannte. „Sie hat's dir also endlich gesagt?"

Cara presste die Lippen aufeinander und nickte.

„Gut. Da bin ich froh. Sie musste es loswerden, genauso wie es Zeit wurde, dass du es erfuhrst. Sie braucht dich jetzt. Sie hat dich schrecklich vermisst!"

Aus Flos Mund klang das derart überzeugend, dass Cara nervös von einem Bein aufs andere trat. Nie hätte sie vermutet, dass ihre Mutter sie brauchte, geschweige denn vermisste.

„Es wird für uns alle nicht leicht werden", fuhr Flo fort, „aber das dürfen wir uns nicht anmerken lassen. Immer Kopf hoch!"

„Mir fällt da übrigens was ein", mischte sich Emmi ins Gespräch. „Wir müssen uns überlegen, wie wir Lovie entlasten, falls sie ihr Programm nicht ganz schaffen sollte."

„Da wird sie sich kaum reinreden lassen", vermutete Flo. „Die Schildkröten sind ihr Leben."

„Ihr wird nicht anderes übrig bleiben", wandte Cara ein. „Diesen Sommer sollte sie nur an sich denken. Die Schildkröten haben sie lange genug in Anspruch genommen."

Flo fixierte sie eindringlich und erwiderte dann zögernd: „Das mit deiner Mutter und ihren Schildkröten hast du nie verstanden. Ich gehe sogar so weit zu behaupten, dass du's zum Teil bis heute nicht begreifst. Aber eins kannst du mir glauben, Caretta: Nimmst du ihr die Loggerheads, dann bringst du Lovie schneller um als der Krebs. Sie kümmert sich jetzt schon um die Schildkröten, seit du auf der Welt bist, und sie sind ihr Ein und Alles. Sie stellen für sie eine besondere Verbindung zu Gott und der Welt dar. Das bisschen Frieden hat sie sich wahrlich verdient. Du ahnst sicherlich, worauf ich hinauswill."

Cara schwieg.

„Du weißt doch, wie sehr sie sich auf die jährliche Schildkrötensaison freut! Sie lebt geradezu dafür. Die Bebrütungsgruben aufspüren und markieren, früh aus den Federn, um auf Spurensuche zu gehen, Nächte hindurch beim Gelege wachen, bis die Jungen schlüpfen ... Sie führt penibel Buch, schreibt unser Info-Blatt, hält Vorträge, macht Touren mit Kindern, begrüßt die Touristen und so weiter und so fort! Wie eine Glucke, die sich um jedes einzelne Küken sorgt. Und eins kommt noch hinzu: Menschen, die eine Aufgabe haben, leben länger, altern langsamer, bleiben geistig wacher und sind eine ganze Ecke umgänglicher. Auch wenn sie dadurch ein wenig engstirnig erscheinen mögen." Sie musste schmunzeln, fuhr dann aber ernst fort: „Nimmst du Lovie die Schildkröten weg, was hat sie dann noch? Nur ihre Krankheit, sonst nichts. Sie wird hinsiechen und auf den Tod warten. Ich hab's oft genug miterlebt und kriege schon die Krise, wenn ich bloß daran denke. Wenn du mich fragst: Mehr denn je braucht sie das Zugehörigkeitsgefühl zum Turtle Team. Ja, Olivia Rutledge verkörpert diese Truppe geradezu!"

Cara, die sich Flos engagierte Verteidigungsrede wortlos angehört hatte, strich sich das Haar aus dem Gesicht. „Und wie lautet deine Empfehlung?"

Flo kaute auf dem Bügel ihrer Sonnenbrille und schaute Cara an. „Du solltest mitmachen!"

„Ich? Bei den Schildkröten-Muttis?"

„Sehr richtig."

Cara schüttelte den Kopf. „Kommt nicht in Frage. Vielen Dank für das Angebot, aber dazu bin ich nicht der Typ."

Flo drückte das Kreuz durch. „Meinst du, dazu müsste man ein bestimmter Typ sein?"

„Na klar! Jemand von der fürsorglichen Sorte halt."

Flo legte den Kopf schräg und musterte sie. „Und du glaubst, nicht der fürsorgliche Typ zu sein?"

Cara wich dem Blick nicht aus. „Genau."

Florence brach in schallendes Gelächter aus. „So 'n Blödsinn! Natürlich bist du das! Du weißt es nur noch nicht! Du brauchst nur ein Nest voller gerade geschlüpfter Jungtiere, dann wirst du's schon merken! Also, pass auf: Klar ist, dass deine Mama den Sommer mit dir verbringen möchte, und du hättest jetzt in dieser Jahreszeit die beste Möglichkeit, dich einzubringen. Lovie wird vielleicht nicht alles schaffen, was sie sich vorgenommen hat, also kannst du ihr diejenigen Tätigkeiten abnehmen, die ihr körperlich zu schwer fallen – früh aufstehen, gemeldete Schildkrötenspuren verifizieren, nachts die Nester kontrollieren. Lovie kann derweil die Statistiken führen, das Info verfassen und nebenbei so oft zum Strand kommen, wie es ihr Zustand erlaubt. Auf die Weise fühlt sie sich nicht ausgebootet."

Cara verzog gequält das Gesicht. „Aber dafür halse ich mir eine ganze Menge auf! Mensch, Flo, du weißt doch, dass ich mit diesen Aktivistinnen nie etwas am Hut hatte!"

„Ach, nun gib dir mal 'nen Stoß", mischte Emmi sich ein und stieß ihre Freundin in die Seite. „Deine Mama hat mich letztes Jahr auch eingewickelt. Ich räume ja ein, dass ich anfänglich auch alles andere als begeistert war, wenn ich früh raus musste, besonders wenn keiner da war und mir niemand zum Frühstück Gesellschaft leistete. Doch du kennst ja deine Mutter. Bevor ich mich versah, lief ich jeden Morgen Strandpatrouille und fühlte mich herrlich dabei. Abends konnte ich kaum den Sonnenuntergang erwarten, um endlich im Dunkeln mit den anderen Mädels bei den Nestern zu sitzen. Seitdem ich der Schildkrötengruppe angehöre, fühle ich mich hier wieder heimisch. Diese Insel ist dadurch wieder mein Zuhause geworden! Vorhin erwähntest du, dass der Sommer sich zuweilen lang hinzieht. Die Schildkröten stellen jedoch zweifellos seinen Höhepunkt dar. Und das Beste ist: Dies alles kannst du gemeinsam mit deiner Mutter erleben!"

„Und die braucht dich jetzt", fügte Flo lakonisch hinzu.

Dieses letzte, ruhig ausgesprochene Argument gab für Cara den Ausschlag. Noch kreiste es zwar in ihrem Kopf, doch eine Alternative wollte ihr nicht einfallen. Ihr war, als werde sie wie ein Stück Treibholz hinauf aufs Meer gezogen.

„Helft ihr mir denn auch? Ich habe doch nicht die geringste Ahnung!"

„Na klar, wir alle unterstützen dich", versicherte Flo. „Sei unbesorgt, Caretta. Du hast die beste Lehrerin der Welt!"

Emmi war plötzlich den Tränen nahe und umarmte ihre Freundin zum wiederholten Mal. „Ich bin so froh, dass du wieder zu Hause bist! Willkommen daheim!"

Die Meeresschildkröte lässt ihre lederartigen Eier in die Bebrütungsgrube fallen, jeweils zwei, drei oder vier auf einmal. In jedes Nest legt sie 80 bis 150 dieser tischtennisballgroßen Kugeln.

9. KAPITEL

An der Küste von South Carolina beginnt der Sommer nicht mit der Tag- und Nachtgleiche, sondern am Tag nach dem Memorial Day, wenn die Schulen ihre Pforten öffnen und die Kinder mit Hurra und Triumphgebrüll an die Strände strömen, wenn bunte Handtücher wie Wimpel im Wind flattern und Segelschiffe auf dem Meer kreuzen. Die Ferienhäuser, die das Ufer säumen, sind bis September ausgebucht, denn dann fängt die Schule wieder an. Bis dahin jedoch kriecht der Urlaubsverkehr Stoßstange an Stoßstange über den Boulevard.

Für Cara markierte ihr erster Tag im „Turtle Team" den Beginn des Sommers. Bald nach ihrer Aufnahme in die Schildkröteninitiative traf telefonisch die Meldung ein, dass Schildkrötenspuren in Höhe der 22. Avenue gesichtet worden waren. Als man Lovie weckte und ihr diese Neuigkeit mitteilte, grinste sie wie ein Honigkuchenpferd. „Schnapp dir den roten Eimer!" befahl sie und schlug die Laken beiseite.

Mitsamt Eimer und Utensilien ging es im Goldkäfer in Richtung Schildkrötengelege. An diesem Morgen war es leicht bewölkt. Vom Meer her wehte eine frische Brise. Cara saß am Steuer. Nach jahrelanger Gewöhnung an Automatikgetriebe und zähflüssigen Stadtverkehr war es ein ganz neues Gefühl, ein Auto mit herkömmlicher Schaltung durch die kurvenreiche Strecke zu lenken. Mit heruntergelassenem Faltdach gondelten sie wie zwei Teenager auf einer Spritztour über den Palm Boulevard. Rechts neben Cara saß ihre Mutter und hielt strahlend ihren Hut fest, damit der Fahrtwind ihn ihr nicht vom Kopf riss. Feine Strähnen weißblonden Haars flatterten ihr um die schmalen kleinen Hände. Zuweilen wirkte Lovie regelrecht jung!

Cara stellte den Käfer auf einem sandigen Randstreifen ab, setzte die Baseballkappe auf und sprang leichtfüßig aus dem Wagen, um zur anderen Seite zu eilen und ihrer Mutter beim Aussteigen behilflich zu sein. Beladen mit sämtlichen Utensilien, folgten sie dem schmalen, gewundenen Pfad, der zum Strand führte. Die Häuser standen hier so dicht beieinander, dass Cara der aus zahlreichen Küchen dringende Duft von Kaffee und gebratenem Frühstücksspeck in die Nase stieg. Vor ihr lief Lovie, behände wie eine Bergziege, doch zwischendurch hielt sie inne und hustete. Der Husten klang feucht und schien tief aus der Brust zu kommen, ein Geräusch, das Cara bereits einige Male auch im Hause aufgefallen war und sie innerlich in Alarmbereitschaft versetzt hatte.

„Alles in Ordnung?" fragte sie. „Hast du dich vielleicht erkältet?"

„Nein, nein, das liegt an der salzigen Luft und am Sand."

„Na, da wär ich mir nicht so sicher. Tritt lieber ein wenig kürzer. Vielleicht solltest du dir diese Ausflüge ganz sparen!"

„Unsinn! Mir geht's bestens! Der Arzt meint, Bewegung täte mir gut. Nun komm schon, sehen wir zu, dass wir die Spuren finden!"

Am Strand angekommen, fiel es ihnen nicht schwer, die breiten Abdrücke zu erkennen, die das Tier in dem glatten, unberührten Sand hinterlassen hatte. Sie führten von der Auflauflinie der Flut zu einer flachen Vertiefung. Unweit der Stelle klaffte ein riesiges, von Menschenhand gegrabenes Loch, vermutlich die Reste einer massiven Sandburg, die von der Brandung platt gewalzt worden war.

„Dummköpfe", murmelte Lovie, als sie es aus der Nähe betrachtete. „Eine Sandburg ist ja gut und schön, aber so ein Riesenkrater – das ist doch die Höhe! Wissen die denn nicht, dass eine Schildkröte da vorbei muss? Sie hätte ganz leicht in das Loch geraten und in der Falle sitzen können!"

„Die haben beim Buddeln bestimmt keinen Gedanken an eine Schildkröte verschwendet", erwiderte Cara und machte einen Schritt auf das Nest zu. „Es ist schließlich nicht jeder so ein Schildkrötenfanatiker wie du."

„Schlimm genug! Die Meeresschildkröten kommen schon länger an diesen Strand als wir alle zusammen." Lovie nahm einen langen, unten angespitzten Holzpflock zur Hand und überreichte ihn Cara wie bei einer Übergabezeremonie. „Dies war mein Sondierstab. Jetzt vertraue ich ihn dir an. Er gilt als eine Art Ehrenzeichen im Team. Sei dir also deiner Verantwortung bewusst! Nur wenige sind ausersehen, ein Gelege zu überprüfen. Ich werde dir zeigen, wie man das macht. Gib also gut Acht!"

Mit in den Sand gezogenen Linien unterteilte sie die Umgebung der Gelegegrube in vier Teile. Am Beispiel des ersten Viertels lehrte sie Cara, wie man die richtige Körperhaltung einnimmt und den Sondierstab hält, bevor man ihn vorsichtig in den Sand gleiten lässt. Elegant tanzte ihre schmale kleine Hand Zoll für Zoll auf und nieder und schwebte wie eine Ballerina über der kleinen abgeteilten Fläche.

„Es kommt darauf an, dass man ihn nicht wuchtig wie mit einer Bohrmaschine hineindrückt, denn falls man auf die Bebrütungshöhle stoßen sollte, fährt die Sonde durch den weichen Sand wie ein Messer durch Butter. Zu grob darf man ebenfalls nicht stoßen, sonst kann ein Ei zerbrechen. Also, sachte und locker, etwa so!" Sie führte die Bewegung betont langsam und sorgfältig aus. Als sie fertig war, schien sie etwas außer Atem. „Jetzt du!"

Cara ergriff den Stab. Mittlerweile war sie doch nervöser, als sie zugeben wollte. „Jetzt zahlen sich zumindest die Ballettstunden aus, die ich als Kind nehmen musste!"

„Gelernt ist gelernt", meinte ihre Mutter.

Cara hielt die Sonde mit der Spitze nach unten genau mittig zwischen ihren Beinen, ging leicht in die Knie, balancierte ihr Körpergewicht aus und legte los. Bei jedem Stich in den Sand befürchtete sie, mit voller Wucht in ein Ei zu stoßen.

„Nicht so schnell!" mahnte Lovie. „Immer mit der Ruhe! Wieso hast du's dauernd so eilig?"

Cara holte tief Luft und setzte neu an.

„Alle Welt hat's eilig", stellte Lovie fest und ließ sich, nach Atem ringend, in den Sand sinken. „Immer nur schnell, schnell, schnell! Wohin rasen sie alle bloß? Das Leben ist doch kein Rennen! Früher oder später überqueren wir alle dieselbe Ziellinie. Wär's nicht furchtbar, wenn man schon den Zielstrich sehen würde und sich wünschen müsste, man hätte es besser etwas gelassener angehen sollen und wäre nicht so gerast?"

„Vielleicht spricht man von der Menschenrasse, weil der Mensch rast!"

Ihre Mutter lachte. „Tja, an diesem Wettlauf nehmen wir alle teil. Doch dem Sieger winkt kein Preis. Also lass dir Zeit, Cara. Geh stetig und bedächtig vor, im Schildkrötentempo, aber sanft. So ist es besser. Jetzt aufgepasst! Wenn man in die Bruthöhle stößt, erwischt einen das immer unvorbereitet. Fast wie im richtigen Leben."

Vorsichtig ging Cara ans Werk und dachte dabei an den Tai-Chi-Kurs, den sie einmal belegt hatte. Nach und nach fand sie ihren Rhythmus, tauchte den Stab ein, bis sie auf den Widerstand von festem Sand stieß, und zog ihn sacht wieder heraus, um dann an einer anderen Stelle fortzufahren, danach an der nächsten, immer wieder, bis die Umgebung der Brutgrube mit Dutzenden von Löchern übersät war. Nun ging ihr der Bewegungsablauf allmählich leicht von der Hand, und da, plötzlich, als sie es am wenigsten erwartete, fuhr der Stab tief in den Sand, so tief, dass Cara hastig stoppen musste, sonst wäre er zu weit eingedrungen.

Ein jähes Hochgefühl durchströmte sie. Sie schaute ihre Mutter an, um deren Reaktion zu sehen.

Lovie lächelte, wobei ihre Augen vor Stolz strahlten. „Glückwunsch! Jetzt hast du deine Feuertaufe im Schildkrötenteam bestanden!" Hustend kämpfte sie sich hoch, klopfte sich auf die Brust und sagte heiser: „So, und nun die Ärmel aufgekrempelt!" Sie griff nach dem roten Eimer und ließ sich auf die Knie nieder. „Die Brutgrube liegt unterhalb der Hochwasserlinie. Bei auflaufender Flut würde das Gelege mit Sicherheit vernichtet. Wir müssen es umbetten. Gucken wir mal nach, was wir hier haben."

Mit den Händen schaufelte Lovie den Sand beiseite, wobei sie ihn jedes Mal sorgfältig durch die Finger rinnen ließ, um nicht unbeabsichtigt Eier mit fortzuwerfen. Cara beobachtete alles aufmerksam und fing dann gleichfalls an zu graben. Nach einer Weile kamen die Eier zum Vorschein. Cara lachte auf, als hätte sie soeben einen verborgenen Schatz entdeckt. Behutsam griff Lovie in das Nest, hob eine der

Kugeln heraus und reichte diese vorsichtig, als wäre sie aus hauchdünnem Glas, an Cara weiter.

Cara nahm das Ei in die ausgestreckte Hand, umschloss es dann sacht mit den Fingern und betrachtete es. „Haargenau wie ein Tischtennisball! Nur weicher und etwas lederartig."

„Wir können das Gelege nur innerhalb der ersten vierundzwanzig Stunden umbetten. Dabei dürfen wir die Eier aber nicht anstoßen oder drehen, damit sich der Embryo nicht von der Schale löst." Lovie nahm das Ei wieder an sich und ließ es, mit der ursprünglichen Seite nach oben, in den bewährten roten Eimer gleiten.

Eine Kugel nach der anderen wurde herausgeholt und behutsam in den feuchten Sand im Eimer gelegt, der als Übergangsnest diente. Danach transportierten die beiden Frauen sie zu einem vorher festgelegten Platz oberhalb der Hochwasserlinie, an dem die Eier vor Überflutung durch Salzwasser sicher waren. Cara ging dort in die Hocke und buddelte mit einer Muschel ein etwa armtiefes Loch in den Sand, das sie dann zu einer birnenförmigen Kammer aushöhlte, um ein Schildkrötennest zu imitieren. Gedankenverloren saß Lovie daneben und verfolgte jede Bewegung. Nach Fertigstellung der Grube verstaute Cara feierlich sämtliche 104 Eier darin, und zwar mit der richtigen Seite nach oben.

„Weißt du was?" fragte Cara und drehte sich, während sie in den Eimer griff, zu ihrer Mutter um.

Lovie schaute ihre Tochter an. Gerade brach die Sonne durch das Wolkengrau und tauchte Cara, die über das ganze Gesicht strahlte, in ein rosarotes Licht. „Was denn?"

„Das macht ja richtig Spaß! Hat man da Töne?"

Mit angespannter, konzentrierter Miene legte Cara die Eier ins Nest. Lovie erinnerte sich an die Zeit, als Cara noch ein kleines Mädchen gewesen war und mit Palmer Sandburgen gebaut hatte. Damals hatte derselbe Ausdruck auf ihrem Gesicht gelegen.

Danke, lieber Gott, flüsterte sie innig. *Danke für die Gelegenheit, einmal noch mit meinem Kind spielen zu dürfen!*

Sobald es hell wurde, brach vor Caras Fenster ein Höllenspektakel los. Unablässig zwitscherte und tirilierte eine muntere Vogelschar, zuverlässiger als jeder Wecker.

„Schon gut, schon gut", murrte Cara und richtete sich widerwillig auf, gähnte vernehmlich und schwang sich aus dem Bett. Im Grunde war's ihr recht, von den gefiederten Krachmachern geweckt zu werden, denn sie hatte die Aufgabe, den ihr zugewiesenen Strandabschnitt nach Schildkrötenspuren abzusuchen. Geräuschlos streifte sie ihre Shorts sowie das T-Shirt mit dem „Turtle Team"-Logo über und schnürte ihre Laufschuhe zu. Im Haus war es vollkommen still; Lovie und Toy schliefen noch. Cara trat hinaus in die kühle Morgenluft, reckte sich, holte tief Luft und trabte Richtung Strand.

Der unberührte Sand war glatt und fest, seine schimmernde Oberfläche durchbrochen von winzigen Krabbenlöchern und übersät von Muscheln. Während sie so ihren Strandbereich entlangjoggte, ließ Cara ihren Blick vom Ufer zum Horizont schweifen. Gerade stießen die Sonnenstrahlen wie gleißende, rosafarbene Lichtsäulen durch bläulich schattierte Wolken. Caras Stimmung hob sich, als sie langsam ihren Laufrhythmus fand. Seit einer Woche drehte sie nun regelmäßig an diesem Uferabschnitt ihre Runde. Anfänglich war sie schnell außer Atem geraten und hatte unwirsch vor sich hingegrummelt, dass sie sich dies alles nur um ihrer Mutter willen antat. Doch als die Woche zu Ende gegangen war, hatte sie begriffen, dass dieser morgendliche Lauf vor allem ihr selbst zu mehr Wohlbefinden verhalf. Mit jedem Tag fühlte sie sich besser. Notebook samt E-Mails kamen ihr immer weniger wichtig vor, und sie merkte, dass Fitness und Energie zurückkehrten.

Und jeden Tag machte Lovie sie mit neuen Sachen vertraut. In der zurückliegenden Woche hatte Cara zahlreiche Dinge zum ersten Mal tun müssen: Spuren vermessen, Eier zählen, die wichtige Kunst erlernen, ein Gelege umzubetten. Sie hatte auch beigebracht bekommen, wie man eine Brutgrube mit Holzpflöcken und orangefarbenem Trassierband markiert und absperrt, um sie vor der Zerstörung durch Spaziergänger oder Radfahrer zu bewahren.

Nach Ablauf einer Stunde war Caras Patrouille beendet. Heute gab es keine Spuren zu vermelden. Mittlerweile spazierten einige Frühaufsteher und Muschelsammler über den Strand. Zahlreiche hellgraue Gespensterkrabben krabbelten hurtig in ihre Verstecke, als Cara vorbeilief. Sie rechnete damit, dass einige andere Aktivistinnen jedoch Spuren entdeckt haben würden. Garantiert klingelte das Telefon, sobald sie zu Hause eintraf, und jemand teilte ihr mit, er habe eine interessante Entdeckung gemacht. Dann hieß es, erneut aufbrechen, um zu untersuchen, ob diese Spuren zu irgendwelchen Gelegen führten. So sah inzwischen Caras morgendliches Pflichtprogramm aus.

Es überraschte sie, wie viel Gefallen sie daran fand. Innerhalb von weniger als einem Monat hatte sich ihr Leben grundlegend verändert. Zahlreiche Dinge, die sie bislang für fundamentale Bestandteile ihres Daseins gehalten hatte, stellte sie nun in Frage. Sie war in der Annahme aufgewachsen, sie könne von ihrer Mutter nichts lernen, doch in wenigen Wochen hatte sie erkannt, dass Lovie ihr sehr wohl eine Menge vermitteln konnte.

Am Strandhaus angekommen, zog sie ihre Laufschuhe aus. Und als das Summen ihrer Mutter durch das offene Fenster drang, da ahnte Cara, dass die Schildkröten zum ersten Mal im Leben keine Trennung zwischen ihr und ihrer Mutter darstellten, sondern eine Verbindung, ein Band.

Es war Mitte Juni, halb sechs an einem kühlen, bedeckten Abend. Dunleavys Kneipe war gerammelt voll. Auch draußen an den Tischen mit den Sonnenschirmen drängelten sich Einheimische und Touristen. Männliche und weibliche Gäste mit Hund spazierten suchend hin und her und erinnerten Cara an eine Clique von Halbstarken, die ziellos mit dem Auto durch die Gegend kutschierten. Cara und Emmi visierten einen kleinen Holztisch in einer Ecke an und kamen in letzter Sekunde einem Gast zuvor, der einen riesigen Labrador dabeihatte. Es ging ziemlich knapp zu, doch der Vierbeiner zerrte an der Leine, um den Pudel auf dem Schoß einer Dame zu beschnüffeln, und diesen

Vorteil nutzten Emmi und Cara blitzschnell aus. Sie bestellten sich ein Bier mit einem Spritzer Limonensaft sowie Hähnchenflügel, scharf gewürzt, und ließen sich schon nach kurzer Zeit von der entspannten Atmosphäre und der Musik gefangen nehmen.

Cara hatte vergessen, wie lustig Emmi sein konnte und wie wohl es tat, einmal herzhaft lachen zu können, ohne auf Gäste am Nebentisch zu achten. Nach einer so langen Zeit von rein beruflichen Bekanntschaften musste sich Cara erst an diese Art von Verhältnis gewöhnen. War sie mit Kolleginnen oder Kollegen oder mit der Kundschaft unterwegs gewesen, hatte sie sich stets konzentrieren müssen, auch wenn die anwesenden Personen sich recht ungezwungen benommen hatten. Immer hatte sie einen Vorrat von schlagfertigen Sprüchen auf Lager gehabt und eine geradezu meisterhafte Fähigkeit entwickelt, nur so viel an persönlichen Informationen preiszugeben, um nicht verschlossen zu wirken, aber dennoch das wirklich Entscheidende für sich behalten zu können.

In Emmis Gegenwart jedoch brauchte man sich nicht zu überlegen, was man sagte. Sie und Emmi verband vielmehr eine gemeinsame Vergangenheit und eine große Zuneigung zueinander.

Nachdem sie die Hähnchenflügel mit großem Appetit gegessen und sich eine zweite Runde Bier bestellt hatten, lehnte Emmi sich über den Tisch zu ihrer Freundin und fragte: „So, und jetzt raus damit: Was ist mit dir?"

Cara öffnete den Mund, wollte schon heftig protestieren, als die Wahrheit dann doch aus ihr heraussprudelte: „Ich hatte heute ein Gespräch mit Adele, der Jobvermittlerin. Sie wirkte ziemlich verärgert und wollte wissen, warum ich mich noch immer hier auf der Insel herumtreibe."

„Und was hat sie für 'n Problem damit?"

„Das Problem bin ich." Cara verzog das Gesicht und blickte zu einem Pärchen Cockerspaniel hinüber, die sich gerade über verschüttetes Popcorn hermachten. „Ich hatte sie gebeten, für mich ein paar Vorstellungsgespräche zu arrangieren. Das war natürlich, bevor ich von

Mamas Krankheit erfuhr. Ehrlich gesagt hatte ich nicht damit gerechnet, dass Adele so schnell etwas für mich auftreibt. Als ich ihr mitteilte, ich bliebe den ganzen Sommer hier, war sie nicht gerade begeistert, um es milde auszudrücken. Aber das stört mich gar nicht mal so sehr."

„Du bereust doch nicht etwa deine Entscheidung, hier zu bleiben?"

Cara seufzte. „Das nicht, aber ich mache mir Sorgen. Adele hat mir erzählt, es gäbe einige interessante Positionen zu besetzen. Und wenn ich mich so lange aus dem Business verabschiede, sinken meine Chancen wahrscheinlich. Die Sache wird mir langsam unheimlich. Während ich hier auf der Insel hocke, laufen beispielsweise die Zins- und Tilgungszahlungen für meine Hypothek weiter. Auch die Strom-, Gas- und Wasserrechnungen wollen schließlich beglichen sein. Und letztlich muss ich auch an mein Image denken. Je länger ich aus Chicago fort bin, desto mehr wird der Eindruck entstehen, ich hätte den Schwanz eingezogen und mich irgendwo verkrochen."

„Mäuschen, ich möchte nicht gefühllos erscheinen – aber willst du nun bleiben oder nicht?"

„Ich hab dir doch gesagt, dass ich bleibe!"

„Und das kannst du dir leisten? Ohne deine berufliche Reputation zu riskieren?"

„Nicht unbegrenzt, aber bis zum Ende des Sommers schon, ja."

„Dann pfeif auf den ganzen übrigen Käse! Was bringt es dir, wenn du dir darüber weiterhin den Kopf zerbrichst? Du bist nun mal hier, und alles, was recht ist – deine Entscheidung war richtig!"

Cara nickte.

„Irgendwie beneide ich dich", meinte Emmi.

Cara zog verwundert die Augenbraue hoch und schaute ihre Freundin skeptisch an.

„Ehrlich", erklärte Emmi. „Du hast zumindest was zu tun, kannst was bewegen. Ich hingegen habe die letzten Jahre das Gefühl, als hätte man mich kaltgestellt." Sie verstummte, als die Kellnerin die leeren Flaschen abräumte und eine neue Bestellung aufnahm.

„Emmilein! Alles okay?“

Emmi wartete, bis die Kellnerin sich entfernt hatte. Cara erkannte am nachdenklichen Gesicht ihrer Freundin, dass sie einen wunden Punkt getroffen hatte.

„Ach, ich weiß auch nicht“, erwiderte Emmi, und der Frust war unüberhörbar. „Macht wohl die Einsamkeit.“

„Ich dachte, du wärst gern allein!“

„Bin ich auch – manchmal! Aber überall ist es so still. Mehr Leben im Haus, das fehlt mir zuweilen. Und das Gefühl, gebraucht zu werden.“

„Wie lange ist Tom denn noch fort?“

Emmi starrte sie an. „Keine Ahnung“, antwortete sie schließlich.

Der Unterton war Cara nicht entgangen. Fragend betrachtete sie ihre Freundin.

„Also, wenn's dich wirklich interessiert ...“ Emmi rückte nun mit der Sprache heraus. „Vor etwa fünf Jahren wurde Tom auf einen wichtigen Posten befördert und war von da an oft auf Geschäftsreise – verdammt oft. Quer durch die ganze Welt. Seitdem lässt er sich nicht mehr viel zu Hause blicken, im Sommer überhaupt nicht. Und die Jungs sind mittlerweile in dem Alter, wo nur die Clique zählt, Sport, Jobsuche. Kennst du ja. Ich war 'ne gute Ehefrau, hab den ganzen Sommer über in Atlanta in unserem klimatisierten Heim gehockt und auf Toms Rückkehr gewartet oder darauf, dass die Jungs sich erkundigten, was es denn zu essen gäbe. Schließlich ertappte ich mich dabei, dass ich den Rest des Jahres auch nur zu Hause herumsaß. Ich hab viel gebacken, viel gegessen und viel Wein getrunken, und, siehe da, schon waren zehn Kilo drauf!“ Beide lachten. „Als John letztes Jahr im Sommer die Highschool abschloss, da stellte ich mit einem Male fest, dass alle Welt Pläne schmiedete – nur ich nicht! Also sagte ich mir: Jetzt reicht es aber! Ich beschloss, das Ferienhaus nicht zu vermieten, sondern selbst drin zu wohnen.“

„Typisch Emmi!“

„Echt?“ Emmis Augen funkelten. „Kann gut sein! Im letzten

Sommer war alles neu und machte riesigen Spaß. Miss Lovie steckte mich mit dem Schildkrötenvirus an, und von da an hab ich hier richtig wieder Wurzeln geschlagen. Dieses Jahr allerdings ... da fehlt irgendetwas."

„Na, Tom zum Beispiel."

Sie wurde rot und nahm einen gehörigen Schluck aus ihrer Flasche, schaute Cara an und fragte plötzlich: „Weißt du noch, wie wir als Kinder Flaschendrehen gespielt haben?"

Cara lächelte. „Und ob! Nur war's keine Bierflasche, sondern 'ne Cola."

Emmi betrachtete noch immer die Flasche, die sie in der Hand hielt. Dann stellte sie sie ab und blickte auf. „Was hatten wir damals für Zukunftspläne! Wir steckten randvoll mit Träumen, die uns auch durch unsere Collegezeit begleiteten!"

„Und was war danach? Hast du gearbeitet?"

„Gearbeitet? Klar hab ich gearbeitet. Im Haus."

„Das meinte ich nicht. Beruflich. Außer Haus."

„Gehörst du etwa auch zu diesen Langweilern, die glauben, das Hausfrauendasein sei öde und leer? Ich hatte jede Menge zu tun, war auch viel ehrenamtlich beschäftigt, und irgendjemand musste doch bei den Kindern bleiben, wo Tom so häufig unterwegs war! Zumindest zu der Zeit, als sie noch klein waren." Emmi wirkte sichtlich gekränkt.

„Nein, natürlich maße ich mir darüber kein Urteil an. Bin nur neugierig. Du hattest doch vor, Biologie zu studieren!"

„Und du wolltest Balletttänzerin werden."

„Das ist ja wohl kaum vergleichbar", entgegnete Cara schmunzelnd.

„Das stimmt", räumte Emmi ein. „Was wir doch für unterschiedliche Wege eingeschlagen haben, nicht wahr?"

„Offensichtlich. Allerdings unterscheiden wir uns gar nicht so groß. Ich bin meiner Arbeit nachgegangen, du deiner. Viele Jahre zogen ins Land. Jetzt sind wir beide vierzig und denken über die Entscheidungen nach, die wir im Laufe des Lebens gefällt haben. Und die

Zeit scheint immer schneller zu vergehen. Wir können fast zuschauen, wie unsere Haut an Straffheit verliert; wir fragen uns, ob wir genügend Kalzium zu uns nehmen, damit wir nicht später Osteoporose bekommen. Und wir hören genauer hin, wenn's um Joga, Östrogen, Collagen, Fruchtsäuren und solches Zeugs geht, das den Alterungsprozess verlangsamen soll. Und plötzlich interessieren wir uns für Schönheitschirurgie und spielen mit dem Gedanken, uns den Busen straffen zu lassen!"

„Noch ist es nicht so weit", warf Emmi lachend ein.

„Nein, aber wir mustern verstohlen 18-jährige Mädchen und versuchen uns zu erinnern, wie es war, jung zu sein." Liebevoll guckte Cara ihre Freundin an. „Und dann taucht auf einmal eine alte Freundin auf, und man hat das Gefühl, als wäre alles erst gestern gewesen!"

Sie stießen mit ihren Flaschen an und kicherten.

„Ich finde", begann Emmi, „wenn du schon den ganzen Sommer hier verbringst, dann solltest du auch ein wenig unternehmen. Ein paar von den Dingen nachholen, die wir damals als doofe Teenies verpasst haben."

„Hoppla! Ich hielt uns damals für echt cool!"

„So richtig Spaß hatten wir nicht, Caretta! Gib es zu! Wir waren Snobs, zwar auf die positive Art, aber trotzdem – wir haben uns lieber mit Dramatik und Lyrik beschäftigt und so getan, als hätten wir nichts übrig für Segeln, Angeln, Golf und all die anderen Sportarten, für welche die anderen sich begeisterten, besonders unsere Väter."

„Ich bin häufig mit Palmer und Daddy mit dem Schiff unterwegs gewesen."

„Alles kalter Kaffee!" Emmi ließ Caras Einwand nicht gelten. „Hast du schon mal 'ne Bootsfahrt unternommen, die so richtig tief ins Marschland führt? Oder warst du schon mal auf Capers Island zum Krabbenfischen?"

Cara wollte etwas erwidern, klappte aber den Mund zu und schüttelte den Kopf.

„Hab ich mir gedacht. Ich auch nicht, bis meine Söhne alt genug waren, um mich mit aller Gewalt mitzuschleppen. Menschenskinder, ich hatte ja keine Ahnung, was mir bis dahin alles entgangen war!" Sie zeigte mit dem Finger auf Cara. „Weißt du, was du tun solltest?"

Cara musterte sie misstrauisch.

„Nimm an so einer organisierten Bootstour teil. Nein, wirklich! Es gibt 'ne wirklich gute, bei der man Capers Island und diverse andere Orte besucht."

„Warum sollte ich das machen?"

„Weil du hier aufgewachsen bist und es eine wahre Schande ist, dass du deine Heimat nicht richtig kennst! Im Übrigen, was hast du denn schon groß für Termine? Du musst dich doch zu Tode langweilen, wenn du den lieben langen Nachmittag untätig herumhockst!"

„Ich gestehe, ich langweile mich schon ziemlich."

„Na also! Dann nichts wie hin!"

Cara hob resignierend die Hand. „Schon gut, überredet! Ich fahre mit!"

Während der Eiablage füllen sich die Augen der Meeresschildkröte mit Tränen. Diese so genannten „Schildkrötentränen" spülen überflüssiges Salz, das mit dem Wasser im Ozean aufgenommen wurde, aus dem Körper heraus.

10. KAPITEL

Da die Urlaubssaison in vollem Gang war, kam Cara über den Palm Boulevard nur langsam voran, und die Fahrt zum anderen Ende der Insel dauerte eine ganze Weile. Im Yachthafen herrschte fröhliches Treiben um Restaurants und Bootsanleger. Die meisten Wasserfahrzeuge befanden sich in Privatbesitz und umfassten eine ganze Palette, angefangen von kleinen Motorbooten und Jet-Ski-Wassergleitern bis hin zu größeren Charterbooten für Hochseeangeltouren und hochseetüchtige Kreuzfahrt-Yachten.

Cara folgte einem ausgetretenen Pfad zum Kai, auf dem sie eine winzige, auf Pfählen stehende Holzbude entdeckte, die offenbar als Ticketschalter diente. Darüber war ein simples Schild angebracht: „Ökologische Küstentouren". Längsseits vertäut lag ein langes, überdachtes Ausflugsboot mit einem Mittelgang und etwa einem Dutzend zweisitziger Bänke links und rechts. Eine Schar von Urlaubern stand bereits Schlange und wartete darauf, an Bord gehen zu können. Es war das übliche bunte Allerlei: ältere Herrschaften in Bermudashorts, auswärtige Besucher mit umgehängten Kameras, Eltern mit Kleinkindern.

Mit vor der Brust verschränkten Armen stand Cara unschlüssig am Kai und überlegte, ob sie sich einem solchen Familienausflug tatsächlich anschließen sollte. Oft genug hatte sie auf Flugreisen stundenlanges Kindergequengel über sich ergehen lassen müssen. Plötzlich fiel ein Schatten auf sie, und als sie aufschaute, erblickte sie einen sonnengebräunten Hünen mit kastanienbraunem Haar und Augen so blau wie das ausgewaschene Jeanshemd, das er trug.

Sie konnte nur den Kopf schütteln und lachen. „Ach nee! Sie schon wieder!"

Er lächelte, wobei sich ein Mundwinkel in die Höhe zog und sich lustige Fältchen um die Augenwinkel kräuselten. „Leider nehmen Sie jedes Mal Reißaus, wenn ich Sie gerade ansprechen will. Sonst könnte man glatt meinen, Sie lauern mir auf!"

„Kaum. Doch offenbar kann ich mich nicht in die Nähe eines Bootes wagen, ohne Ihnen über den Weg zu laufen."

In seinen Augen blitzte ein amüsiertes Leuchten auf. „Na, dies hier ist zufällig mein eigenes Boot."

Sie zog die Augenbrauen hoch. „*Sie* sind der Veranstalter? Eco-Tours ist Ihr Laden?"

Er nickte.

„Und der Krabbenkutter? Gehört Ihnen der etwa auch?"

„Nein. In der Nebensaison verdiene ich mir beim Krabben- und Muschelfang etwas hinzu."

Er war zwar nicht ihr Typ, doch wider besseres Wissen spürte sie erneut, dass sie sich von ihm angezogen fühlte. Und das lag nicht nur an seiner burschikosen Attraktivität. Seine zurückhaltende, irgendwie altmodische, doch sehr maskuline Art wirkte durchaus erotisch und ließ ihren Blutdruck fühlbar steigen.

„Sie wollten mich ansprechen?" fragte sie.

„Hätten Sie was dagegen gehabt?"

Da sie die Sonnenbrille aufgesetzt hatte, konnte sie es sich leisten, einen raschen, heimlichen Blick auf seine linke Hand zu werfen. Er trug keinen Ring.

„Keineswegs. Ich wundere mich nur etwas. Bislang hatte ich eher den Eindruck, dass Sie sich über mich lustig machen wollten. Oder, sagen wir, dass Sie sich über mich amüsierten."

Er guckte sie verdutzt an.

„Na, wenn ich Sie traf, haben Sie nur gegrinst oder mich ausgelacht!"

Allmählich fiel bei ihm der Groschen. Die blauen Augen blitzten belustigt, und er betrachtete ihre Sandalen. „Neue Schuhe, was?"

„So übel waren die alten nicht!"

Er schwieg, was auch eine Antwort war.

„Nicht, dass mir Ihre Gesellschaft unangenehm wäre – aber sind Sie im Augenblick zum Flirten nicht ein wenig zu beschäftigt?"

Er schaute zu den Fahrgästen hinüber, die vor der Gangway zum

Boot Aufstellung genommen hatten. „Kommen Sie mit! Sie wollen doch die Exkursion mitmachen, oder?"

Sie wusste nicht recht, aber er strahlte sie so unwiderstehlich an, dass all ihr Widerstand dahinschmolz. Hoffentlich tut's mir nicht irgendwann Leid, dachte sie, folgte aber seiner beeindruckenden Gestalt dennoch zum Boot.

Behäbig schoben sich die Wartenden über den Kai, um an Bord zu gehen. Cara reihte sich ein und beobachtete, wie er das Fahrgeld achtlos in eine Metallkiste stopfte, als Fahrschein einfache Zettelchen per Hand mit dem Preis auszeichnete und diese den Fahrgästen reichte. Technisch nicht gerade revolutionär, aber wirkungsvoll, befand Cara und bewunderte die säuberlich geschriebenen Zahlen und Buchstaben. Als sie an der Reihe war und ihr Portemonnaie zückte, wehrte er ab. „Lassen Sie nur", sagte er.

Cara schüttelte den Kopf. „Vielen Dank, aber ich zahle lieber."

Er zögerte, zuckte dann mit den Schultern und nahm das Geld entgegen.

Sie fand einen freien Platz im Bootsheck. Vor ihr saßen zwei Damen mittleren Alters, die wie Schulmädchen kicherten und sich gegenseitig vernehmlich zuflüsterten, für wie gut aussehend sie den Tourenleiter hielten. Nunmehr richteten sich Caras Augen und die aller anderen Teilnehmer auf den besagten Führer, der zunächst vom Bootsrand auf den Kai sprang, um die Taue zu lösen, und dann mit gekonnter Flanke wieder zurück über die Bordwand setzte – alles mit der Leichtigkeit und Eleganz eines Douglas Fairbanks. An Bord herrschte prächtige Stimmung; Fotoapparate wurden gezückt, Scherze flogen hin und her, und alles wartete gespannt darauf, dass das Boot in See stach. Cara freute sich über das bunte Treiben, saß aber still und allein auf ihrem Platz und ließ das Szenario auf sich einwirken.

Plötzlich sprangen die mächtigen Motoren an, das ganze Boot vibrierte, die Schrauben begannen sich zu drehen, und behutsam legte das Ausflugsschiff mit dem Heck voraus vom Kai ab. Es wendete in einem weiten Halbkreis, nahm Kurs auf die Fahrrinne, und dann hieß es volle Kraft voraus. Die Kinder drängelten sich an der Reling, hingerissen vom Anblick der herrlich schäumenden Gischt und der breiten Bugwelle. Der Fahrtwind nahm zu, und mit ihm stieg die Stimmung an Bord. Es ging los!

Der Skipper folgte zunächst dem Intracoastal Waterway, einer unmittelbar hinter der Küste verlaufenden Binnenwasserstraße, die sich von den Florida Keys im Süden bis hinauf nach Boston im Norden erstreckte. Sie war im Jahre 1942 angelegt worden, als man zwei natürliche Wasserwege verbunden hatte, sodass der Schiffsverkehr praktisch durch das Binnenland verlief und der Nachschub während des Zweiten Weltkriegs sichergestellt war. Die Fahrt ging Richtung Capers Island, einer kleinen, der Küste vorgelagerten Insel, die unter Naturschutz stand.

Während die Fahrgäste den Panoramablick auf Wasser und Marschland genossen, ließ Cara den Mann am Steuer nicht aus den Augen. Er hatte ihr den Rücken zugewandt und kam ihr hünenhaft wie ein Wikinger vor. Schließlich war er einen ganzen Kopf größer als die anderen Männer an Bord. Die blauen Hemdschöße flatterten im Fahrtwind; die aufgekrempelten Ärmel enthüllten gebräunte Unterarme und zupackende Hände. Auch wenn Cara hinten im Heck saß, spürte sie doch, dass er sich ihrer Gegenwart wohl bewusst war. Die Spannung knisterte einfach zu stark, als dass sie nur von einer Person hätte ausgehen können.

Von Zeit zu Zeit übergab er, während das Ausflugsboot dahintuckerte, das Steuer seinem Gehilfen, um den Fahrgästen die Landschaft zu erläutern. Er bezeichnete sich selbst als Umweltaktivisten, und schon bald wurde allen klar, dass dies keine leere Phrase war. Er strahlte fachliche Kompetenz aus, sprach in einfachen, prägnanten Sätzen und spulte eine unglaubliche Menge an Fakten über die Region, ihre Geschichte und ihre maritime Fauna herunter. Fasziniert hörten die Passagiere ihm zu. Seine Erklärungen untermalte er nicht mit großer Gestik, wie es Palmes Art war. Er wirkte vielmehr wie ein Lehrer, weniger wie ein Geschichtenerzähler, konnte aber dennoch die Häutung eines Krebses so spannend darstellen, dass eine Gespenstergeschichte auch nicht aufregender gewesen wäre.

Als souveräner Tourenprofi sparte er den Clou bis zum Schluss auf. Das Boot verlangsamte seine Fahrt und drehte bei, er langte über die Bordwand und zog eine kleine, auf den Wellen tanzende rote Boje an Bord. Während sämtliche Ausflügler sich gespannt auf ihren Sitzen vorbeugten, bückte er sich tief hinunter und zog an dem langen Tau, das an der Boje befestigt war. Aus dem Wasser tauchte ein großer schwarzer, triefender Drahtkäfig auf. Kinder und Frauen kreischten auf, als sie bemerkten, was er enthielt: mehrere blaue Krebse, die drohend mit ihren Scheren fuchtelten. Der große Mann hingegen griff mit bloßen Händen in den Behälter und fischte eins der Tiere heraus. Cara hielt den Atem an, die Kinder applaudierten, und die Erwachsenen zückten die Fotoapparate.

„Der hier ist gefährlich!" erklärte er und hielt das Schalentier hoch, damit alle es gut sehen konnten. „Wahrscheinlich ein Weibchen!"

Die Touristen quittierten das mit dem offenbar erwarteten Gelächter. Auch er stimmte kurz in das Lachen ein und schaute wieder zu Cara hinüber. Als sich ihre Blicke trafen, spürte sie, wie sich ihr Gesicht zu einem breiten Grinsen verzog.

Nach kurzer Zeit wurden die Krebse zurück ins Wasser geworfen, und das Boot nahm wieder Fahrt auf. Der Skipper überließ das Steuer seinem Gehilfen, guckte dann in Caras Richtung und bedeutete ihr mit einem kurzen Wink, zu ihm nach vorn zu kommen.

Cara schüttelte abwehrend den Kopf.

„Na los!" rief er.

Die beiden Damen in der Bank vor Cara äugten neugierig über die Schultern. Zögerlich erhob sich Cara und arbeitete sich durch den Mittelgang nach vorn, wobei sie sich von Rücklehne zu Rücklehne hangelte, damit sie bei dem Seegang nicht irgendeinem Unbekannten auf den Schoß purzelte. Vorn im Bug brauste der Fahrtwind ihr so um die Ohren, dass ihr fast die Kappe davonflog.

„Na? Gefällt es Ihnen?“ fragte er und kam etwas näher.

„Sehr!“

„Ich muss zugeben, mit Ihnen habe ich auf meinem Boot am allerwenigsten gerechnet.“

„Mit mir? Wieso das denn?“

„Nun, immerhin stammen Sie aus dieser Gegend. Ich ging davon aus, dass Sie Capers Island in- und auswendig kennen!“

Verblüfft betrachtete sie ihn. „Woher wissen Sie, dass ich von hier stamme?“

Nun war die Verwunderung auf seiner Seite. Er starrte ebenso erstaunt zurück, um dann bewusst treuherzig aus der Wäsche zu gucken. „Du erinnerst dich wohl nicht an mich, wie?“

Der Kerl duzt mich! Cara war total perplex.

„Müsste ich das?“

„Aua! Das tut weh! Entsinnst du dich gar nicht an mich?“

„Leider nicht. Sind Sie sicher, dass keine Verwechselung vorliegt?“

„Absolut sicher. Hat ein wenig gedauert, bis ich dich einordnen konnte, seinerzeit in dem Strandcafé, aber als ich dich dann am Krabbenkutter wieder traf, da fiel es mir wie Schuppen von den Augen. Ich wollte dich gerade begrüßen, da hast du dich eiligst davongemacht.“

„Woher kennen wir uns denn?“ Fast geriet sie ins Stottern.

„Von der Highschool. Ich hab dich da oft gesehen, war eigentlich sogar schwer beeindruckt von dir. Immer hattest du die Nase in irgendeinem Buch.“

„Und wie heiße ich?“

„Cara Rutledge. Falls du nicht mittlerweile einen anderen Nachnamen trägst!“

„Nein, der stimmt noch“, bestätigte sie, erstaunt, dass er tatsächlich wusste, wer sie war. Sie musterte sein kantiges Gesicht, die markanten Kinngrübchen unter den Bartstoppeln, die hellblauen Augen, das braune Haar. Und so ein einprägsames Gesicht sollte sie wirklich vergessen haben? Sie ging ebenfalls zum Du über. „Entschuldige, aber wer bist *du* denn eigentlich?“

„Na los, rate mal!“

„Nee, das ist unfair. In der Schule waren so viele! Raus damit! Mit wem habe ich das Vergnügen?“

Er zog eine Grimasse, allerdings nur zum Spaß. „Jetzt hast du mein Ego aber arg beschädigt! Sagt dir der Name Brett Beauchamps etwas?“

Brett ... Oh je! Nein! Ach, du liebes bisschen! In Sekundenschnelle eilten ihre Gedanken zum Abschlussjahrgang der Oberstufe zurück. Jedes, aber auch jedes Mädchen an den Highschools, die mit Football-Teams in der Oberstufenliga vertreten waren, schwärmte von Brett, dem Quarterback, dem umwerfend attraktiven Abwehrrecken. Brett Beauchamps war der absolute Traumtyp: Er sah blendend aus, war allseits beliebt, eine vielseitige Sportskanone und konnte einen hervorragenden Notendurchschnitt vorweisen, sodass ihm die Elite-Universitäten reihenweise Stipendien anboten.

„Klar habe ich den schon einmal gehört. Persönlich haben wir uns allerdings nie kennen gelernt. Verlass dich drauf, sonst hätte ich mich an dich erinnert. Allerdings verblüfft es mich, dass du dich deinerseits an mich entsinnst. Typen wie du gaben nicht viel auf magere, politisch linkslastige Streberinnen. Wenn mich nicht alles täuscht, wart ihr mehr auf schnuckelige blonde Cheerleader scharf!“

Er tat die Bemerkung mit einem Schulterzucken ab. „Du warst anders als die meisten Mädchen. Einzelgängerin, aber irgendwie cool dabei. Mysteriös.“

„Wie ein Hai?“

Er lachte. „Das nicht – höchstens beim Diskutieren. Ich hab’s noch vor Augen, wie du dastandest, kerzengerade, die Brille mit dem großen roten Gestell auf der Nasenspitze. Dir konnte keiner das Wasser reichen. Du hast deine Gegner in Grund und Boden argumentiert.“

„Auweia, die Rhetorikkurse! Erbärmlich! Aber so lief das in den achtziger Jahren. Deshalb wird man mir wohl all die taktlosen Sprüche verzeihen, die damals Mode waren. Ich weiß allerdings noch, wie neidisch ich war, weil dir die Stipendien von den Elite-Unis geradezu nachgeworfen wurden. Ich hielt das für sexistisch und für durch und durch ungerecht."

Er zuckte mit den Schultern und winkte bescheiden ab. „Das waren eh nur Sportstipendien."

Sie musterte ihn. War seine Bescheidenheit echt? „Aber die Noten musste man erst mal haben, um von Dartmouth oder Harvard angenommen zu werden. Dafür hätte ich wer weiß was gegeben! Aber dich interessierte das alles nicht richtig, was ich bis heute nicht begreife. Wohin hat's dich denn verschlagen?"

„Clemson. Universität von South Carolina. Ich wusste damals schon, dass ich in der Gegend bleiben und mich hier niederlassen wollte. Und ich hab ja die Elite-Unis auch nicht selbst abgeklappert, sondern die haben vielmehr bei mir angeklopft. Ich hatte immer schon vor, nach Clemson zu gehen und dort Meeresbiologie zu studieren."

„Du hast Yale und Harvard sausen lassen?" Cara konnte es noch immer nicht fassen.

„Und du?" fragte er mit entwaffnender Gleichmut. „Wo bist du gelandet? Nach dem Abi warst du wie vom Erdboden verschluckt."

„Ich bin nirgends gelandet. Nicht direkt auf 'nem College, meine ich damit."

„Echt nicht? Das überrascht mich. Du wirktest immer wie eine ... wie 'ne Intellektuelle!"

„Intelligenzbestie, wolltest du wohl sagen, was?" Sie grinste, wurde dann aber ernster und lieferte ihm im Stakkatostil einen Kurzbericht ihres Werdegangs. „Von zu Hause weg, Umzug nach Chicago, Beruf, nebenbei College und Bachelor-Abschluss, danach Uni und Magister." Und nicht ohne Stolz fügte sie hinzu: „Alles im Alleingang."

„Wundert mich bei dir nicht."

Bei seinem Lächeln verflog auch ihr letzter Rest von Reserviertheit. Eine Weile ging ihnen der Gesprächsstoff aus; beide schauten aufs Wasser hinaus, während das Boot in flotter Fahrt dahinglitt.

„So, dann wieder an die Arbeit", meinte er schließlich, als die langen weißen Strände von Capers Island in Sicht kamen. Er übernahm wieder das Steuer, während der Gehilfe die Ausrüstung klarmachte.

Cara setzte sich wieder, kritisch beäugt von dem Damen-Duo, das sichtlich pikiert zur Kenntnis nahm, dass sie so lange mit dem Führer geplaudert hatte. Brett manövrierte das Boot an einen schmalen Landungssteg, der zu einem bewaldeten Abschnitt der Insel führte. Die Gästeschar strömte von Bord. Cara kam sich vor wie bei einem Schulausflug, auf dem es nun im Fußmarsch weiterging. Dank seiner Körpergröße konnte man Brett immer im Auge behalten und ihm leicht folgen, vorbei an Austernbänken im Watt, an einem Hain mit uralten Eichen, die ein zauberhaftes Webdach aus Laub und Moos über die Gruppe breiteten, an Alligatoren, die sich in Süßwassertümpeln sonnten.

Der Spaziergang endete an „Boneyard Beach", einem blendend weißen Sandstrand, der von abgebrochenen dunklen Ästen und umgestürzten Baumstämmen übersät war. Hier hatten alle eine Stunde zur freien Verfügung und konnten auf eigene Faust die Gegend erkunden, bevor dann die Rückfahrt angetreten werden sollte. Cara spürte, wie ihr die Haut kribbelte, nicht von der Sonne, sondern weil sie sicher war, dass Brett sie schon quasi aufs Korn genommen hatte. Gemächlich schlenderte sie am Strand entlang und hielt alle paar Schritte an, um Muscheln zu untersuchen. Aus den Augenwinkeln konnte sie beobachten, dass Brett in die Fänge der beiden Damen geraten war, die wild entschlossen schienen, ihn nicht so schnell entkommen zu lassen. Aber er registrierte Caras Blick, legte den Kopf schräg und lächelte. Die Damen wandten sich um und gafften naserümpfend zu ihr herüber.

Sie lächelte zurück und bückte sich nach einer Muschel. Einen Augenblick später bemerkte sie seinen Schatten im Sand.

„Da hast du gerade eine Wellhornschnecke aufgelesen."

Sie betrachtete die große, gewundene Muschel, die einem spiralenförmigen Schneckenhaus ähnelte. „Als Kind kannte ich sämtliche Arten. Inzwischen hab ich alles vergessen." Sie schüttelte den Sand aus dem Schalenhaus und vergewisserte sich, dass keine Schnecke mehr darin wohnte. „Darf ich die mitnehmen?“

„Wenn’s sein muss. Ich bitte nur darum, dass jeder nicht mehr als eine Muschel oder Schale einsteckt. Und keine Seeigel. Davon werden so viele mitgenommen, dass die Art bereits gefährdet ist. Komm, lass uns ein wenig über den Strand laufen!“

„Wie hast du dich denn von deinen beiden weiblichen Fans losgeeist?“ Sie blickte über die Schulter. Gerade spazierte das Damen-Duo ohne besondere Eile Richtung Wasser.

Er verzog den Mund langsam zu einem verführerischen Lächeln. „Ich hab ihnen gesagt, meine Frau warte auf mich.“

Sie gingen in Richtung einer Gruppe abgestorbener Bäume, die einem Geisterwald gleich aus dem Sand herauszuwachsen schienen. Wurzeln wanden sich um Felsen und Muscheln. Die See schimmerte im ungewöhnlich klaren Sonnenlicht. Brett blieb stehen, stemmte die Hände in die Hüften und sah sich um, als gehöre das alles ihm.

„Ist das hier nicht ein herrliches Fleckchen Erde?“

Sie konnte ihm nur zustimmen. Es war Ebbe. Weit, weit hinaus erstreckte sich der Strand; schmale Wasserrinnen furchten sich wie Bächlein durch den Sand. In einiger Entfernung scheuchte ein kleines Kind ein Möwe auf. Doch das Faszinierendste war die Stille. Der Lärm der Zivilisation schien meilenweit entfernt; man konnte nur das sanfte Rauschen der Wellen und das Kreischen der Möwen hören.

„Man kommt sich vor, als wäre man ganz weit weg von allem“, schwärmte sie. „Da drüben hat ja einer ein Zelt aufgebaut! Ist das denn gestattet?“

Er nickte. „Das Gelände ist freigegeben. Es existieren ja nicht mehr viele vorgelagerte Inseln, die als Naherholungsgebiete genutzt werden können. Die meisten werden Stück für Stück verscheuert. Eine Affenschande! Wenn sich nicht bald was ändert, werden nur wenige Menschen das hier noch zu sehen bekommen. Doch hier darf man lagern und zelten, sich was zu futtern mitbringen und die Angel auswerfen.“ Er bückte sich nach einer Muschel. „Der ideale Ort auch für Liebespärchen.“

Den letzten Satz nuschelte er so schnell und undeutlich vor sich hin, dass Cara nicht sicher war, ob sie ihn richtig verstanden hatte. „Ist es denn nicht manchmal ein wenig überlaufen?“

Er richtete sich auf, wandte den Kopf und lächelte verschmitzt. „Wenn's hier zu voll wird, verziehe ich mich in meine ganz privaten Geheimverstecke. Könnte ich dir bei Gelegenheit zeigen ...“ Und als sie die Brauen hochzog, fügte er hinzu: „Beim Picknick.“

„Ich kann aber Schnaken nicht ausstehen.“

„Ich weiß 'ne Stelle, wo eine angenehme Brise die verscheucht.“

„Sag mal, soll das eine Verabredung werden?“

„Mit über zwanzig Jahren Verspätung. Was ist – ja oder nein?“

Sie schabte letzte Sandreste von ihrer Wellhornschnecke. Das Gehäuse war wunderschön geformt und von hübscher orangeroter Farbe – ein nettes Mitbringsel für ihre Mutter.

„Ja.“

Während sich Cara auf ihrem Ausflug befand, schickte Lovie Toy zum Einkaufen, denn Palmer hatte seinen Besuch angekündigt. Vor lauter Freude hatte Lovie ihn gleich zum Lunch eingeladen und einige seiner sommerlichen Lieblingsspeisen zubereitet: Krabbensalat, Muffins aus Maismehl, Eistee mit Himbeeraroma und zum Nachtisch überbackene Vanillesauce, kalt serviert. Er erschien auch pünktlich, wirkte jedoch ziemlich hölzern und war wachsbleich im Gesicht. Argwöhnisch streifte sein Blick durch das Strandhaus.

„Ist Cara nicht da? Oder das Mädel?“

Lovie setzte ihr freundlichstes Gastgeberinnenlächeln auf. „Nein, die sind beide unterwegs. Ich wollte in aller Ruhe mit dir essen. Nur wir zwei.“

Seine Miene entspannte sich sichtlich. Offenbar erleichtert über dieses Arrangement, legte er sein Jackett ab und lockerte die Krawatte. In Schlips und Kragen hatte er sich nie besonders wohl gefühlt, und

Lovie verspürte fast so etwas wie Mitleid mit ihm, weil er in mancherlei Hinsicht die schwere Bürde des Familienoberhaupts hatte auf sich nehmen müssen.

Sie bat ihn auf die von Moskitogittern umgebene Veranda. Hier duftete es nach Geißblatt, und eine leichte Brise wehte, die das Tischtuch lustig flattern ließ. Während Lovie das Essen auftrug, streckte Palmer die Beine aus und starrte mit sehnsüchtigem Blick aufs Meer hinaus.

„Wirklich ein wunderbares Plätzchen. Ist lange her, seit ich das letzte Mal hier war. Ich hatte ganz vergessen, welch großartige Aussicht du hier genießt. Sehr schön!"

„Du hörst dich schon an wie ein Grundstücksmakler!"

„So?" Lachend griff er zur Gabel.

„Weißt du noch, wie du direkt da draußen mit deinem Kajak durch die Brandung gepaddelt bist? Ich hatte immer Angst, du könntest ertrinken oder von einem Hai angefallen werden. Gleichzeitig hat's unglaublich Spaß gemacht, dir zuzuschauen. Alles wirkte so geschmeidig, und du warst braun wie eine Kokosnuss!"

Auf Palmers Gesicht zeigte sich ein jungenhaftes Lächeln. „Das hat nachgelassen. Was ist eigentlich mit dem ollen Kajak passiert? Vielleicht besorge ich uns ein neues. Cooper könnte paddeln lernen."

„Linnea auch!"

„Die hat's mehr auf die Bengel abgesehen, die in den Dingern sitzen." Er unterbrach sich und tupfte sich mit einer Serviette die Mundwinkel ab. „In unser Ferienhaus auf Sullivan's Island fahren wir auch nur noch selten. Ist dauernd vermietet."

„Wozu habt ihr es, wenn ihr euch nie Zeit dafür nehmt?"

Seine Miene verfinsterte sich. Mürrisch stocherte er in seinem Salat herum. „Weil ich das Geld brauche, Mama. Die Firma läuft zurzeit nicht besonders. Allerdings kein Grund zur Sorge", fügte er eilig hinzu.

Das überzeugte Lovie nicht. Sie hatte zahlreiche Bemerkungen von Julia aufgeschnappt und machte sich sehr wohl Gedanken. „Hast du mit Bobby Lee gesprochen?“ Robert Lee Davis, Banker und Finanzberater der Familie, war ein zuverlässiger alter Freund.

„Hab ich“, erwiderte Palmer. „Er empfiehlt Sparmaßnahmen, meint, wir sollten den Gürtel enger schnallen. Ich bin anderer Ansicht. Wir müssen expandieren, den Wachstumsschub ausnutzen, der im Augenblick hier in der Region herrscht. Mensch, ich kenne Leute, die in ganz South Carolina das große Geld mit Grundstücksgeschäften machen, ihre Jahreseinkünfte glatt verdoppeln!“

Aha, der Panter pirscht sich wieder heran, dachte Lovie. Genau wie sein Vater, nie zufrieden mit dem Erreichten, nie Zeit, das Erreichte zu genießen oder sich an seiner Familie zu erfreuen. Stets hatte Stratton nur eins im Sinn gehabt: Sein Imperium sollte wachsen. Es war nicht so sehr der Ehrgeiz gewesen, den Lovie nun gleichfalls am Sohn verabscheute, sondern sein Anspruchsdenken. Wie sein Vater setzte Palmer selbstverständlich voraus, dass die Welt ihm ein Leben auf großem Fuß schuldig war. Oder, wie er es auszudrücken pflegte, „den Lebensstil, den ich gewohnt bin“.

„Warum bringst du Julia und die Kleinen nicht zum Unabhängigkeitstag hierher? Wir könnten doch grillen!“

„Geht nicht, Mama. Sorry. Wir müssen bereits mit drei Einladungen jonglieren.“

„Ich hätte es nett gefunden, wenn wir mal wieder alle beisammen gewesen wären. Nun, dann ein andermal!“

„Gemacht!“ rief er. „Bald schon!“

Sie verfielen in Schweigen. Palmer aß stumm zu Ende, während Lovie bereits im Geiste das formulierte, was sie ihm sagen wollte.

„Erstklassiges Grundstück“, bemerkte er und lehnte sich zurück.

Erst jetzt ging Lovie jäh auf, dass er vorhin keineswegs aufs Meer hinaus geblickt hatte, sondern auf die Parzelle auf der anderen Straßenseite.

„Das gibt’s auf der ganzen Insel kein zweites Mal“, schwärmte er. „Drei Grundstücke nebeneinander. Sieh es dir an!“ Er wies mit der Hand in die Richtung. „Du hast gewaltiges Glück, dass du etwas schräg versetzt wohnst. Selbst wenn das Grundstück direkt gegenüber bebaut würde, hättest du immer noch freie Sicht nach links hinaus. Wenn ich bloß wüsste, wem die Parzelle gehört, verflixt noch mal!"

„Hattest du mir nicht erzählt, der Grund wäre der Gesellschaft für Natur- und Küstenschutz übereignet worden?"

„Die zwei Grundstücke da drüben, ja. Aber nicht das direkt gegenüber. Nee, das ist Privateigentum. Und ich hab vor, es zu erwerben."

„Vielleicht will aber der Eigentümer nicht verkaufen."

„Alles ist käuflich. Es kommt nur auf den Preis an."

„Du erwähntest doch, du hättest momentan kein Geld!"

„Man muss Geld anlegen, um Geld zu verdienen." Er wandte sich seitlich um und schaute Lovie an. „Genau darüber wollte ich mit dir reden. Es gibt Hinweise darauf, wer der Eigentümer ist."

Lovie ließ ihre Gabel fallen. „Ach, wie ungeschickt! Entschuldige!"

„Alles in Ordnung?"

„Aber sicher. Ich werde halt alt. Also, wie war das gerade mit dem Grundstück?" Sie verschränkte krampfhaft die Hände im Schoß, lächelte aber ungerührt weiter.

„Tja, wir haben ein wenig herumgeschnüffelt. Offenbar wurden dem Küstenschutzbund die zwei Grundstücke da drüben von einem gewissen Russell Bennett übereignet. Kennst du den? Ist das einer von den Bennetts aus Richmond?"

Sie zögerte und krampfte die Hände noch fester zusammen. „Doch, ich erinnere mich schwach. Ich glaube, ich habe ihn und seine Gattin mal kennen gelernt. Sie hieß Eleanor, wenn ich nicht irre. Eine geborene Huntington."

„Er war 'ne ziemliche Größe als Naturforscher und Umweltschützer und so. Insbesondere lagen ihm die Meeresschildkröten am Herzen." Er guckte Lovie erwartungsvoll an. „Offenbar hat er die zukünftige Besiedlungspolitik der Insel vorausgesehen und die beiden Parzellen für den Schutz der Loggerheads zur Verfügung gestellt."

Lovie schwieg noch immer.

„Wie merkwürdig, dass du nichts davon gehört hast! Ist doch eigentlich genau dein Fall!“

„Ich meine, ich hätte mal was in der Zeitung darüber gelesen. Aber das ist alles so lange her. Ich fand seinen Weitblick damals bewundernswert.“

„Erstaunlich, dass ihr euch nicht häufiger über den Weg gelaufen seid, wo du doch so eine eifrige Schildkrötenaktivistin bist! Außerdem hast du doch in den gleichen gesellschaftlichen Kreisen verkehrt wie er.“

„Er war studierter Biologe, ich eine einfache Umweltschützerin. Sagtest du nicht, du hättest herausgefunden, wem die dritte Parzelle gehört?“

„Noch nicht ganz. Aber das Tollste kommt jetzt: Alle drei Grundstücke wurden in demselben Jahr gekauft. Und wir überprüfen jetzt, ob sie sich nicht alle drei im Besitz von diesem Bennett befanden.“

Lovie hustete, wehrte aber ab, als Palmer ihr auf den Rücken klopfen wollte. Nach einer kurzen Atempause und einem Schluck Wasser fragte sie: „Und was würde es bedeuten, wenn er der Eigentümer gewesen wäre? Hieße das nicht, dass er den Grund und Boden dann seinen Angehörigen vererbt hätte?“

„Im Katasteramt ist das nicht beurkundet.“

Sie war empört. „Es sollte dir doch gleichgültig sein, wem es gehört!“ erwiderte sie scharf. „Du verfügst ohnehin nicht über die Mittel, es zu kaufen! Du hast doch vorhin selbst verkündet, dass die Geschäfte schlecht gehen. Da läuft es auf pure Zeitverschwendung hinaus, dieses Vorhaben weiter zu verfolgen!“

„Wir könnten dein Grundstück hier als Parallelgrundstück mit einbeziehen und dann beide verkaufen. Noch besser wäre es, wir bebauen beide, wie ich's neulich abends vorschlug, und verkaufen danach. Mama, wir würden ein Vermögen verdienen!“

„Ich werde Primrose Cottage nie verkaufen“, sagte sie leise. „Dazu bedeutet es mir zu viel.“

Auf seinem Gesicht machte sich Enttäuschung breit. Seine nächsten Worte wählte er mit Bedacht. „Zu meinem Bedauern muss ich dir mitteilen, dass ich gezwungen bin, deinen Unterhaltszuschuss zu kürzen. Wie erwähnt bin ich knapp bei Kasse, und dieses Häuschen hier wird zu 'ner Belastung."

Lovies Gesicht färbte sich flammend rot vor Entrüstung und Angst. „Der Zuschuss ist testamentarisch verfügt! Das kannst du nicht einfach ändern!"

„Mama, sei realistisch! Die Kosten steigen. Der Dollar verliert an Wert. Ich weiß, dass du von diesen geschäftlichen Dingen keine große Ahnung hast, aber, um es ganz einfach auszudrücken: Ich habe das Geld nicht!"

Zitternd schloss Lovie die Augen und schlang die Arme um den Leib.

„Du brauchst nicht gleich das Schlimmste zu befürchten, Mama. Du bist gut versorgt. Du wirst dich bei uns in dem großen Haus pudelwohl fühlen. Du fehlst uns ohnehin schon!" Er beugte sich vor und musterte sie besorgt. „Mama?"

Lovie öffnete die Augen und forschte in den verhärteten Zügen ihres Sohnes nach dem Jungen, den sie einst geliebt hatte. Stets hatte sie geglaubt, dass Cara dem Vater am ähnlichsten war. Doch nun begriff sie, dass sie sich von Äußerlichkeiten wie Körpergröße sowie Haar- oder Augenfarbe hatte täuschen lassen. Mit zunehmendem Alter hatte Palmer mehr und mehr den Habitus des Vaters angenommen: die hängenden Schultern, das scheinbar gewinnende Lächeln, das sich jedoch nie in den Augen widerspiegelte, die Art, wie er mit einem verbalen Hieb eiskalt ein Ultimatum verkündete. All die Jahre, in denen sie um Cara gefürchtet hatte, war Lovie blind gewesen gegenüber dem Sohn, der sich direkt vor ihrer Nase so sehr verändert hatte.

„Ich bleibe den Sommer über hier", beharrte sie und stand mühsam auf. Ihre Entschlossenheit verblüffte ihn sichtlich. „Ich gehe nicht von hier fort. Tu, was du nicht lassen kannst."

„Mama, bitte überleg es dir ..."

„Ich bleibe, denn es wird der letzte Sommer meines Lebens sein. Die ganze Zeit schon überlege ich verzweifelt, wie ich es dir schonend beibringen soll, Palmer, aber nun musst du es erfahren: Ich leide an Lungenkrebs im Endstadium."

Palmer wurde aschfahl im Gesicht.

Lovie nickte nur.

„Nein, zum Teufel! Das gibt's doch gar nicht! Was soll das heißen – Endstadium?"

„Ich nehme an, das weißt du. Schlicht gesagt bedeutet das, dass es mit mir zu Ende geht."

„Krebs kann doch jetzt geheilt werden! Liest man doch andauernd in der Zeitung! Menschenskind, Mama, wir in Charleston verfügen über eine der besten Kliniken in ganz Amerika! Wenn denen nichts einfällt, dann versuchen wir's eben woanders! Ich lasse mir doch nicht einfach von dir weismachen, dass du stirbst, wenn ich nicht wenigstens 'ne Chance hatte, dagegen anzukämpfen!"

„Komm her, Palmer!" Sie breitete die Arme aus, doch er schüttelte nur zornig den Kopf, stand auf, stellte sich an die Brüstung und starrte ins Leere.

„Ich bedauere, dass ich es dir nicht ersparen kann", sagte Lovie. „Ich habe sämtliche Ärzte durch, sämtliche Untersuchungen hinter mir. Niemand kann mehr etwas tun, auch du nicht. Alles liegt nun allein in Gottes Hand. Mach mir jetzt bitte keine Szene! Ich ahnte, dass du so ein Theater veranstalten würdest, deshalb habe ich's dir bislang verschwiegen. Es geht ganz einfach über meine Kraft, mich mit dir in dieser Sache auseinander zu setzen."

Er wandte sich zu seiner Mutter um und schaute sie mit gequälter Miene an. „Wenn ich alles ergeben hinnehmen würde – was wäre ich dann für ein Sohn?"

„Ein fürsorglicher. Ein Sohn, der seine Mutter liebt und ihre Bitte respektiert."

Als sie wieder die Arme ausbreitete, sank er vor ihr auf die Knie, barg den Kopf in Lovies Schoß und weinte wie ein Kind.

Am Nachmittag desselben Tages saßen Cara und Emmi zusammen auf der Veranda, tranken Tee und naschten Erdbeeren. Emmi war mit einer riesigen Schüssel, in der sich zahllose der roten Früchte befanden, die sie auf dem Markt gekauft hatte, zu Besuch erschienen. Gemeinsam wiegten sich die zwei in ihren Schaukelstühlen, taten sich an den Beeren gütlich und plauderten wie in alten Tagen. Cara erinnerte sich an die Zeit, als sie zehn oder elf gewesen waren und sich auf eben dieser Veranda gelümmelt hatten. Damals war es ihnen so vorgekommen, als zögen sich die heißen Sommertage endlos hin.

„Ich hab demnächst 'n Rendezvous", bemerkte sie.

Emmis Kopf fuhr hoch. „Und das teilst du mir erst jetzt mit?"

„Ist ja noch ganz frisch!"

„Mit wem?"

„Brett Beauchamps. Kennst du den noch? Das ist der ..."

„Ich weiß, wer das ist. Wann hat denn der sich mit dir verabredet?"

„Er leitet diese Öko-Exkursionen, auf die du mich geschickt hast."

Vor Staunen bekam Emmi den Mund nicht wieder zu. „Na, so was! Wer hätte das gedacht? Brett Beauchamps und Fremdenführer?" Sie schüttelte den Kopf. „Also, ich hätte gewettet, wenn der überhaupt die vierzig erreicht, dann ist er bis dahin Milliardär oder aber er sitzt im Knast. Brett Beauchamps", wiederholte sie, wobei ihre Augen funkelten. „Na, das ruft Erinnerungen wach! Hat er denn seinen Öko-Kahn richtig aufgemotzt und ordentlich Bier in der Kühlbox?"

„Du, der ist ganz anders, als wir uns an ihn erinnern", entgegnete Cara. Irgendwie hatte sie das Bedürfnis, ihn in Schutz zu nehmen. Dabei war sie selbst wohl am meisten überrascht gewesen, dass der beliebte heißblütige Football-Held sich zu einem ziemlich bemerkenswerten Mann gemausert hatte. „Und Fremdenführer ist er nicht. Ihm gehört die Gesellschaft, diese Eco-Tours. Er ist Naturforscher."

„Na, schau mal einer an", meinte Emmi verdutzt. „Verdammt schwer vorstellbar! Dabei war er doch immer so ein typischer wilder Temperamentsbolzen! Wie hast du ihn denn erkannt? Sieht er immer noch so blendend aus?"

„Genau genommen habe ich ihn nicht erkannt, sondern umgekehrt." Angesichts Emmis schockierter Miene lachte Cara unsicher auf. „Auf der Highschool hatte ich immer das Gefühl, dass der mich überhaupt nicht zur Kenntnis nahm. Wir hingen ja auch mit völlig unterschiedlichen Cliquen herum. Mittlerweile wirkt er erheblich gelassener, ruhiger. Und, ja, blendend sieht er nach wie vor aus, doch irgendwie wirkt er kantig. Attraktiv, aber auf die robustere Art. Nicht so 'n gelackter Traumbubi, Gott sei Dank!"

„Aber ich wette, die Footballmuskeln, die hat er noch, was? Mein lieber Scholli!"

„Also, ich als Frau hielt es immer schon mit dem Motto ‚Grips kommt vor Muskeln'." Hoheitsvoll reckte Cara das Kinn.

„Brett hat beides", konterte Emmi schlagfertig.

„Dir macht das hier wohl Spaß, was?"

„Ich durchlebe alles lediglich stellvertretend für dich und sonne mich in deinem Glanz. Schließlich muss ich was für mich tun, denn mein eigenes Liebesleben liegt danieder."

„Na, wen wundert's? Schließlich bist du Strohwitwe."

Emmi stoppte ihren Schaukelstuhl. „Hat mit Strohwitwe nichts zu tun. Es liegt auch danieder, wenn er daheim ist."

„Jetzt mach aber mal 'nen Punkt! Du und Tom, ihr seid doch das Vorzeigepaar an sich! Inklusive Sandkastenliebe und so weiter!"

Emmis Schaukelstuhl setzte sich wieder in Bewegung. „Alle Lovestorys enden mal."

„Ich hoffe, du machst nur Witze!"

„Keineswegs. Es ist mein voller Ernst. In letzter Zeit hab ich fast das Gefühl, als sei er froh, wenn er wieder eine Reise antreten kann. Und ich geb's zu, mir geht's genauso!"

„Tom liebt dich doch! Hat dich immer geliebt!"

Sie zuckte mit den Achseln. „Sicher, nur nicht mehr so wie früher. Und ich liebe ihn auch nicht mehr so, wie's mal war." Sie zog ein langes Gesicht und senkte die Stimme. „Es ist nicht leicht, etwas für einen Mann zu empfinden, wenn er dauernd fort ist. Wir haben auch keine gemeinsamen Interessen mehr, nicht mal bezüglich der Jungs. Und scharf aufeinander sind wir ebenfalls nicht mehr. Na ja, nach zwanzig Jahren ist der Lack wahrscheinlich ab." Sie wackelte mit den Zehen. „Also, ich hätte nichts dagegen, mal wieder die Fühler auszustrecken. Nur so als Versuch!"

„Also, ich muss schon sagen!"

„He! Guck mich nicht so an! Wieso auch nicht? Er tut's doch auch. Weiß ich genau!"

Das Bild des schüchternen, verschämten Tom, der sich mit rotem Kopf vorbeugte und ihr den ersten Kuss auf die Lippen drückte, schoss Cara durch den Kopf. „Das nehme ich dir nicht ab. Tom war immer so zurückhaltend und so ... konservativ. Er war der einzige Typ aus unserem Bekanntenkreis, der nichts von Sex vor der Ehe hielt."

„Jetzt hält er eben viel von außerehelichem."

„Gibt's doch nicht!" rief Cara.

Emmi betrachtete sie schweigend.

„Du bringst mich noch um", zürnte Cara. „Jetzt bleibt mir heute schon zum dritten Mal das Herz stehen! Bist du sicher?"

„Ich habe in seinem Hotel fünf Nachrichten für ihn hinterlassen. Zu sämtlichen Nachtstunden. So fleißig, dass er nachts noch in der Fabrik herumgeistert, ist selbst Tom nicht."

Cara versuchte, eine plausible Erklärung für Toms Verhalten zu finden. Erfolglos.

„Es wäre nicht zum ersten Mal", fuhr Emmi fort. „Freilich, wenn er heimkommt, konfrontiere ich ihn nie damit. Wir leben unser Leben, als wäre nichts geschehen. Ich bin nicht feige, sondern nur bequem. So zu tun, als ahnte ich nichts, ist einfacher, als ihn zur Rede zu stellen. Und der Witz ist: Nach einiger Zeit kommen mir selbst Zweifel an der Sache, und bevor ich mich versehe, vergesse ich das Ganze – bis alles wieder von vorn losgeht."

Cara wusste nicht, was sie sagen sollte.

Emmi klatschte mit der Hand auf die Lehne des Schaukelstuhls. „Ach, ich will auch gar nicht über dies langweilige Zeug quatschen!"

„Wirklich nicht?“

„Ich habe mir die Suppe eingebrockt, also muss ich sie auch auslöffeln. Selbst wenn's nicht in meiner Küche ist“, fügte sie noch hinzu und verzog ihren breiten Mund zu einem sarkastischen Grinsen. „Die Frage des Tages lautet vielmehr: Wohin führt Brett Beauchamps dich aus?“

„Zu einem Picknick.“

„Ach, du liebes Lieschen! Lass mich raten: du, er, ein Boot und ein Trip zu irgendeinem abgelegenen Inselchen. Von diesen Picknicks hab ich schon zu Schulzeiten Sagenhaftes vernommen! Sprüh dich bloß überall mit Mückenspray ein!“

Wieder musste Cara lachen, doch innerlich war sie gespannt wie ein Flitzebogen. Denn auch sie hatte damals von Bretts Picknicks gehört.

Nach der Eiablage setzt die Meeresschildkröte ihre Hinterbeine wie Harken ein, um eine Sandschicht auf das Gelege zu kratzen. Mit den Vorderbeinen wirbelt sie ringsum Sand auf, um Spuren zu verwischen und das Umfeld des Nests zu tarnen. Nach getaner Arbeit tritt das Weibchen schwerfällig den Rückweg in die schützende See an. Zum Nest kehrt es nie wieder zurück.

11. KAPITEL

Brett holte Cara in einem kleinen Außenborder ab.

„Du schreckst offenbar vor nichts zurück", bemerkte sie, als er ihre Hand nahm und ihr vom Hafenkai in das etwa vier Meter lange flache Fahrzeug half. Im Vergleich zu der Nussschale wirkte das längsseits liegende Ausflugsschiff geradezu wie ein Ozeanriese.

„Zu dem Örtchen, das ich im Kopf habe, gelangen wir nur in einem Boot mit möglichst wenig Tiefgang", erklärte er. „Jetzt nimm Platz, sonst plumpst du mir noch ins Wasser!"

Vorsichtig balancierte sie auf ihren Sandalen mit Gummisohlen zu der flachen metallenen Sitzbank und hielt sich dabei an beiden Bordwänden fest. Damit sie sich überhaupt im Bug setzen konnte, musste Brett zunächst eine riesige Kühlbox, Angel, Kescher, Gummistiefel und dicke Gummihandschuhe aus dem Weg räumen – wahrlich nicht das übliche Beiwerk für ein Rendezvous. Endlich ließ auch er sich im Heck nieder, zwinkerte ihr zu und lächelte erwartungsvoll wie ein kleiner Junge. Ein letzter Kontrollblick, dann drehte er sich um und machte sich am Außenbordmotor zu schaffen.

„Und wohin geht die Fahrt?"

„Ist noch geheim."

„Vermutlich bin ich nicht die Erste, die du dorthin entführst."

Er lachte. „Mitnichten!" Dann überprüfte er Ölstand und Treibstoffvorrat. „Manche meiner Freunde haben versucht, den Platz selbst wieder zu finden. Ich musste sie dann immer auflesen, wenn sie sich verfranst hatten."

Verunsichert starrte Cara auf die weite Ebene aus dicht mit Binsen bewachsenem Marschland, das sich bis in die Unendlichkeit zu erstrecken schien. „Und? Könnten wir uns da auch verfahren?"

„Manche schaffen das." Er setzte eine dicke Sonnenbrille auf, griff nach hinten und startete den Motor.

Die Maschine sprang an, und Cara hielt sich an der Bordwand fest. Geschickt manövrierte Brett das Boot in die Fahrrinne. Offenbar war er auf dem Wasser ebenso zu Hause wie auf festem Boden. „Halt deine Mütze fest!“ rief er, gab dann Gas, und schon pflügte das Boot durch die Fluten. Die Ebbe hatte eingesetzt, sodass sie gegen die starke Strömung anfahren mussten. Das kleine Boot tanzte auf den unruhigen Wellen, der Wind zerrte so heftig an Caras Baseballmütze, dass ihr Rettungsversuch zu spät kam und die Kappe davonflog. Brett erwischte sie ihm letzten Moment und stopfte sie unter die im Heck liegenden Gummistiefel. Das Haar flatterte ihm aus der Stirn. Eine Motorbootfahrt tief an der Wasserlinie – es war etwa so, als brause man mit dem Motorrad dahin. Cara spürte, wie die Gischt ihr salzig und kühl bis ins Gesicht spritzte.

Nur ein Mal hatte sie bisher eine Motorradfahrt erlebt. Eigentlich war's ein besseres Moped gewesen, sie hatte die Tour aber dennoch genossen. Der Wind in den Haaren, die Arme eng um den Mann geschlungen, in den sie damals verknallt gewesen war, all das hatte sie spannend gefunden, und es hatte die Sehnsucht in ihr geweckt, einmal eine richtig schwere Maschine zu fahren. Und diese Bootstour kam der Sache schon sehr nahe, ein erhebendes, belebendes Gefühl.

Zwei größere Yachten glitten an ihnen vorbei. Ihre Bugwellen stießen das Boot so hin und her, dass sich Cara wieder krampfhaft festhalten musste. Brett winkte nur lässig und schaute unbeirrt geradeaus. Beim Dröhnen des Motors war an Unterhaltung nicht zu denken, und so jagten sie wortlos dahin, wobei das Boot häufig abhob und wieder hart aufsetzte. Entspannt genoss Cara die Aussicht. Silberreiher mit langen Hälsen staksten durch die Untiefen, ein Pelikan schwang sich auf, legte sich elegant in die Kurve und segelte davon. Nach einer Weile tippte Brett Cara auf die Schulter und zeigte auf etwas. Als Cara in die Richtung blickte, stockte ihr der Atem. Nur wenige Meter neben dem Boot schwamm ein Delfin und begleitete sie auf gleicher Höhe. Anscheinend wollte das Tier spielen, denn es tauchte fortwährend auf und schnaubte laut durch das Spritzloch. Nur wenig später entdeckte Cara ein weiteres Exemplar, noch näher am Boot. Am liebsten hätte sie ins Wasser gefasst und die glatte, graue Haut des Tieres berührt, das nur eine Armlänge entfernt dicht unter der Oberfläche dahinschoss. Sie lachte laut auf und sah hinüber zu Brett, der sie breit lächelnd beobachtete.

Nach einiger Zeit steuerte Brett das Boot aus der Fahrrinne hinaus in einen schmalen, kanalartigen Wasserlauf. Das Delfinpaar schwamm geradeaus weiter und verschwand. Brett und Cara folgten nun den Windungen durch dichtes Sumpfgelände, in dem sich Kanal an Kanal reihte, die ein Gewirr aus Wasserstraßen bildeten. Cara, der die Gegend allmählich nicht ganz geheuer vorkam, guckte unsicher nach links und rechts. Mannshohe Gräser versperrten die Sicht auf den Horizont, sodass jede Orientierung unmöglich war. Sie hätte nicht mehr sagen können, wo genau sie sich befanden. Sie hoffte inständig, dass Bretts Behauptung, er werde sie schon sicher zurückbringen, nicht bloße Angeberei war.

Je tiefer sie in dieses Marschlabyrinth vordrangen, desto spürbarer setzte die Ebbe ein. Immer seichter wurde das Wasser, wich an einigen Stellen ganz und gar zurück und hinterließ dampfende Wattbänke, wo Wasservögel im aufgeweichten Schlamm nach Beute pickten. Brett fuhr immer langsamer, bis das Röhren des Motors zu einem blubbernden Grollen erstarb. Gekonnt manövrierte er sein Fahrzeug durch den Dschungel aus Sumpfgras und Binsen, die Augen fest auf das Ufer gerichtet, eine Hand an der Ruderpinne. Cara fühlte sich in den Film *African Queen* mit Humphrey Bogart und Katherine Hepburn versetzt.

„Sind wir denn bald da, Mr. Allnut?“

Er grinste breit und wies auf ein so genanntes Hammock, eine kleine, baumbestandene Insel. „Sicher, Rosie!“ rief er zurück.

Sie lächelte. Weil er ihre Anspielung auf den Filmklassiker sofort erkannt hatte, stieg er gewaltig in ihrer Achtung. Männer mit guter Allgemeinbildung waren um ein Vielfaches amüsanter als andere, das hatte sie schon des Öfteren festgestellt.

Endlich steuerte er das Ufer des Hammocks an, ließ das Boot möglichst weit auflaufen und stellte den Motor ab. Mit einem Schlag umgab sie absolute Stille, und Cara hatte das Gefühl, weit weg von aller Zivilisation zu sein.

„Hier sind wir aber noch ziemlich weit vom festen Boden entfernt", meinte sie misstrauisch und musterte kritisch den Schlammstreifen, der jetzt vor ihnen lag.

„Weiter kommen wir nicht mit dem Boot. Ist aber nur noch ein Katzensprung zu Fuß."

„Zu Fuß?" Cara war fassungslos. Hatte sie richtig gehört? „Brett, du glaubst doch nicht, dass ich durch diesen Morast wate! Das ist ja 'ne Riesenfläche! Weiß der Himmel, was da alles kreucht und fleucht!"

„Genau das ist ja das Interessante am Marschboden", erwiderte er, trat aus seinen Sandalen und griff sich die Gummistiefel vom Bootsboden. „Der glitschige Schlamm da ist reich an organischen Stoffen. Leben in allen möglichen Formen entsteht und vergeht da drin – Austern, Schnecken, Winkerkrabben. Ganz zu schweigen von zahlreichen Insekten und Larven."

Starr vor Entsetzen sah Cara zu, wie er in die bis zu den Knien reichenden Stiefel stieg, die Gummihandschuhe und einen Hammer in einen verdreckten Seesack stopfte und den Kescher dazulegte.

„Ist mir schnuppe, was die Viecher in der Pampe da treiben! Ich gehe da jedenfalls nicht rein."

Er stand auf und machte einen Schritt auf sie zu. Sie quietschte auf und fuhr zurück.

Brett lachte, schwang die Beine aus dem Boot und trat in den weichen, schlammigen Schlick. Sogleich sank er bis zu den Knöcheln ein. Dann schob er sich an der Bordwand entlang bis zu Cara, drehte ihr den Rücken zu und machte einen Buckel. „Also los, hops rauf!"

„Du hast sie wohl nicht alle!"

„Na, mach schon! Ich trage dich!"

„Das geht doch nicht!"

„Na gut, wenn du lieber laufen willst ..."

„Nein! Warte! Was muss ich machen?"

Er äugte über die Schulter und zwinkerte ihr zu. „Weißt wohl nicht mehr, wie Huckepack funktioniert, wie?“

„Freilich! Aber wir sind ja keine Kinder mehr! Ich könnte dir weh tun.“

Von oben bis unten musterte er ihre gertenschlanke Figur und schnaubte. „Spring rauf! Das schaffe ich schon!“

„Okay. Aber ich hab dich gewarnt!“ Sie erhob sich von der Sitzbank und balancierte behutsam zum Bootsrand, damit das Boot nicht kenterte, was in dem Schlamm allerdings eher unwahrscheinlich war. Er beugte sich weit vor, und nach einigem Hin und Her gelang es ihr, sich an seinen Schultern festzuhalten.

„Nein, ich bring das nicht“, verkündete sie dann doch und ließ wieder los. „Ich gehe lieber.“

„Mädchen, ein Mann aus dem Lowcountry lässt seine Lady nie und nimmer durch den Schlamm waten!“

„Steht das in so ’ner Art Südstaatler-Knigge geschrieben?“

„Haargenau. Zusammen mit Türaufhalten und Platzanbieten. Wurde mir schon als Knirps eingetrichtert. Also, rauf jetzt!“

„Na schön! Fertig?“

„Wenn du noch lange fragst, krieg ich Muskelschwund in den Beinen!“

Sie packte seine breiten Schultern, hielt den Atem an, sprang mit gespreizten Beinen aus dem Boot hinauf auf seinen Rücken und quiekte, als er ihr unter die Schenkel griff und sich ihr Körpergewicht bequemer auf die Hüften rückte. Seine Rückenmuskulatur fühlte sich eisenhart an, sodass Cara regelrecht zappeln musste, um sitzende Haltung einzunehmen. Sie schlang ihm die Arme um den Hals und lachte.

„Hüh, Pferdchen!“ befahl sie.

„Na, schau mal an, wer da plötzlich frech wird!“ rief er in gespielter Entrüstung, drehte sich um und griff nach dem Seesack. „Kannst du bitte ganz kurz den Kescher halten? Vielleicht können wir uns was zum Essen besorgen.“

Na, das ist mal was Neues, sagte sie sich und griff nach dem Netz. „Ich hab's. Soll ich sonst noch was tragen?"

„Geht das hier eventuell noch?" Er reichte ihr den Seesack, den sie sich über den Arm schwang. Und zu guter Letzt schnappte er sich noch die Kühlbox.

„Du lieber Gott, Brett, willst du das etwa auch noch schleppen?"

„Hast du 'nen anderen Vorschlag?"

„Aber das ist doch mordsschwer, mich auf dem Kreuz und der ganze Kram! Wird dir das nicht zu viel?"

„Das werden wir sehen", erwiderte er und hievte mit einem „Uff!" die Kühlbox aus dem Boot. Cara hielt den Atem an, schmiegte sich an Bretts Rücken und umklammerte ihre Traglast. Noch einmal rückte er Caras Gewicht zurecht, verstärkte den Griff an ihren Beinen und stapfte dann durch den Schlick wie ein Zugbulle im Geschirr. Mit Armen und Oberschenkeln klammerte Cara sich an seinen Hals beziehungsweise seine Hüften. Bretts Leistung musste ungeheure Muskelkraft erfordern, aber dennoch watete er mit relativer Leichtigkeit durch den dampfenden Schlamm. Cara musste sich eingestehen, dass ihr der Ritt Spaß machte.

„Wie geht's da unten, Mr. Allnut?"

„Okay, Rosie", gab er zurück und drehte ein wenig den Kopf zur Seite. Cara ruhte so an seinem Rücken, dass ihr sein Nacken direkt vor den Lippen lag. Sie musste sich beherrschen, sonst hätte sie mit der Zunge die kleinen braunen Locken berührt oder ihm ins Ohr gepustet. Doch sie hatte Angst, dass ihr Packesel bei derlei Spielereien womöglich aus dem Tritt kommen könnte und sie der Länge nach im Matsch landen würden.

„Wie tief kann dieser Schlick sein?"

„Oh, bisweilen ziemlich tief! Bin schon ein paar Mal bis zu den Knien eingesunken."

„Das ist ja wie Treibsand!" Sie erschrak. „Und was hast du gemacht?"

„Das einzig Mögliche. Ich hab mich auf den Rücken gelegt und dann so lange gezappelt, bis die Beine heraus waren."

„Aber jetzt hast du doch mich auf dem Rücken!“

„Stimmt!“

Sie presste kurz die Schenkel an ihn, was er mit einem vergnügten Lachen quittierte, einem tiefen, sonoren Laut, der in seinem Brustkasten widerhallte.

„Nein, im Ernst“, antwortete sie und versuchte, ihre Nervosität zu überspielen. „Was ist, wenn du tatsächlich stürzt? Was muss ich dann machen?“

„Wieder aufstehen, nehme ich an. Und dir den Schlamm von deinem niedlichen kleinen Hintern wischen.“ Ein paar Schritte weiter fügte er hinzu: „Aber keine Angst vor den Egeln. Ich habe Salz dabei.“

Cara erstarrte. Auf einmal tauchten wieder Bildfetzen aus *African Queen* vor ihrem geistigen Auge auf: Humphrey Bogart zog, von Blutegeln bedeckt, den Kutter durch den Sumpf.

„Du bist vielleicht ein Angsthase“, stellte Brett fest. „Fühl nur mal deine Muskeln! Total verspannt! Man könnte deine Beine wie trockene Zweige brechen. Du musst lernen, dich zu entspannen!“

„Lass mich bloß nicht fallen“, flehte sie. „Ich ekle mich schrecklich vor Blutegeln!“

Er lachte wieder. Anscheinend amüsierte er sich köstlich. „Das mit den Egeln war nur Spaß. Hier gibt’s keine. Aber das mit dem Einsinken, das ist Tatsache. Bei diesem Inselchen allerdings nicht. Deshalb gefällt es mir hier so gut. So! Geht’s jetzt besser?“

Ihre Muskeln entkrampften sich. Mit einem Seufzer schmiegte sie sich an Bretts Rücken. „Gemeinheit, ein armes Mädchen aus der Großstadt so zu ängstigen!“

„Ach was, alles nur Jux! Für eine gebildete Dame bist du verdammt vertrauensselig, liebe Miss Rutledge! Eigentlich müsstest du doch Bescheid wissen! Schließlich bist du hier aufgewachsen!“

Vertrauensselig? Das hatte noch niemand von ihr behauptet, doch sie fand die Charakterisierung nicht falsch. „Kann sein, dass ich das bin“, erwiderte sie. „Bist du sicher? Sind hier auch wirklich keine Egel? Ich hab etwas Bammel!“

Einen Augenblick lang schwieg er. „Brauchst du nicht", versicherte er dann, und diesmal lag kein neckender Unterton in seiner Stimme. „Ich passe schon auf dich auf!"

Ich passe schon auf dich auf! Seine Worte wärmten ihr das Herz. Hat das je ein Mann zu mir gesagt? fragte sie sich. Sie konnte sich an keinen erinnern. Im Allgemeinen vertraute sie auf sich selbst und entsprach nicht dem Frauentyp, der sich von den Herren der Schöpfung umsorgen ließ. Instinktiv spürte sie, dass Brett ein Mann war, der Frauen mit Respekt begegnete und sich um sie bemühte. Er fühlte sich wohl in seiner Haut und von einer starken Frau offenbar nicht im Geringsten in seiner Männlichkeit bedroht. Und das wiederum vermittelte ihr den Eindruck, sie dürfe sich in seiner Gegenwart beruhigt ganz als Frau geben. Sie ließ das Kinn auf seine Schulter sinken, ihr Atem ging ganz nah an seinem Ohr. Die Stille ringsum strahlte etwas ungeheuer Erotisches aus, sodass Cara am liebsten gar nicht ans trockene Land gelangt wäre. Mein lieber Scholli, ermahnte sie sich und wiederholte in Gedanken Emmis griffig klingende Warnung. Jetzt erkannte sie, warum Brett Beauchamps die Herzen aller weiblichen Teenager gebrochen hatte.

Endlich setzte er sie auf festem Grund ab, dehnte die Muskeln und rollte die Schultergelenke.

„Für so ein mageres Huhn hast du ein ganz schönes Gewicht", stöhnte er.

„Herzlichen Dank", entgegnete sie pikiert und stellte den Seesack ab. „Aber falls du glaubst, ich würde zu Fuß zum Boot zurückkehren, hast du dich getäuscht. An diese Art von Transport kann man sich glatt gewöhnen!"

„Dann zeig dich mal schön von deiner besten Seite, Miss Rutledge!"

Das klang ziemlich zweideutig, woraufhin Cara die Stirn runzelte.

„Man wird doch wohl noch frotzeln dürfen", beschwerte er sich. „Komm mit! Ich führ dich ein wenig herum."

Sie brachen wieder auf, und diesmal ging es über einen sanft ansteigenden Pfad, der sich durch verfilztes Spartgras in Richtung eines Hains schlängelte. Die Sonne ging bereits unter; die letzten Strahlen tauchten die kleine Insel in lavendelblaues Halbdunkel, geheimnisvoll und fremdartig zugleich. Bald führte der Weg durch ein grünes Grenzland aus niedrigem Gestrüpp in den Wald hinein. Dort standen stellenweise die Bäume so dicht beieinander, dass sie einen undurchdringlichen Wall bildeten, schwarz wie die Nacht. Brett lief voraus und folgte dem Pfad, der sich in Schlangenlinien durch den Wald wand.

Im Innern des Wäldchens beschirmte sie ein Baldachin aus Wipfeln und Ästen. Vor ihnen lag ein wahrer Garten Eden, bestehend aus Eichen, Kiefern, Zedern, Stech- und Fächerpalmen. Hie und da blühten leuchtend rote und gelbe Blumen in gesprenkelt funkelnden Gruppierungen. Plötzlich und unerwartet standen Cara und Brett vor einer kreisrunden Lichtung, die sich wie ein Amphitheater zum Himmel hin öffnete. Wie ein Reh, das zum Äsen aus der Deckung heraustritt, setzte Cara behutsam einen Fuß in den Kreis und schaute nach oben.

„Zauberhaft!“ rief sie aus. „Kein Wunder, dass du dies Fleckchen geheim hältst!“

Ihre Reaktion erfreute ihn sichtlich. Er lächelte. „Früher schlugen Indianer hier ihr Lager auf. Ich habe Tonscherben und Muschelhügel gefunden. In ihrer Sprache nannten die Indianer Inseln wie diese *hammocka* – daher die Bezeichnung Hammock. Auch Wild zieht sich gern hierher zurück. Rehe, Waschbären, Vögel ...“

„Rehe? Wie gelangen die denn hierher?“

„Sie schwimmen.“

„Nicht zu fassen! Vom Festland herüber?“

„Hin und zurück. Ich hab’s mehrmals mit eigenen Augen gesehen. Hier finden sie alles, was sie brauchen – Deckung, dichte Ruhezonen und Nahrung in Hülle und Fülle. Wenn es geregnet hat, sammelt sich Frischwasser zwischen den Dünen und auf den Blättern. Den Tieren bietet sich hier einfach mehr Schutz so weit vom Festland entfernt.“

„Begreiflich, dass es den Indianern hier gefiel. Eine richtige Idylle. Und irgendwie weihevoll, wie in einem Tempel. Wahrscheinlich war’s in alten Zeiten mal ein Heiligtum, ein Ort für rituelle Handlungen." Sie blickte Brett an. Ihre Lippen zuckten. „Ich könnte mir vorstellen, dass du selbst über die Jahre gewisse Rituale an dieser heiligen Stätte zelebriert hast!"

„Einige. Das Verzehren köstlicher Speisen beispielsweise. Also los, schlagen wir unser Lager auf! Wenn ich nicht irre, habe ich dich zum Picknick eingeladen!"

Cara packte die Kühlbox aus, während Brett Brennholz sammelte und es in der Mitte des natürlichen Amphitheaters für das Lagerfeuer aufschichtete. Dann nahm er die Handschuhe und den Hammer, begab sich zu einem Dickicht und zog einen alten Korb daraus hervor. „Hier sind Streichhölzer", sagte er und reichte sie Cara. „Sieh zu, dass du das Feuer zum Brennen kriegst. Ich bin sofort zurück."

„Wohin gehst du? Du willst mich doch nicht etwa allein lassen?"

„Du bist hier sicher wie in Abrahams Schoß. Egel krabbeln nicht an Land."

„Und Alligatoren?"

Er lachte und schüttelte den Kopf. „Gemach, Cara! Alligatoren auch nicht. Allerdings solltest du auf Schlangen aufpassen. Wahrscheinlich triffst du ohnehin meist nur auf harmlose Eidechsen, aber halte dich von allem fern, was farbig ist. Ich bleibe nicht lange fort. Ich hole uns nur ein paar Austern zum Dinner."

„Mit einem Hammer?"

„Du hast wirklich keine Ahnung, was? Austern wachsen in Gruppen im Watt und backen so fest zusammen, als wären sie zementiert. Man muss sie regelrecht abschlagen."

„Ich komme mit", erwiderte sie und sprang hastig auf. „Vor Schlangen habe ich genauso viel Angst wie vor Egeln. Wenn nicht noch mehr."

„Na, dann los!"

Die Sonne war nun fast verschwunden; die Abenddämmerung brach herein. Eine willkommene Brise blies den beiden entgegen, als sie das offene Watt erreichten. Brett begab sich hinaus zu einer der

Austernbänke. Cara blieb am Ufer, verschränkte die Arme und schaute ihm bei der Arbeit zu. Mit weit gespreizten Beinen, den Rücken gebeugt, bearbeitete er einen großen Austernbrocken. Pausenlos hämmerte er darauf los, warf die großen in den Korb und schleuderte die kleinen zurück. Nach kurzer Zeit war der Korb halb voll. Dann richtete Brett sich auf, stemmte eine Hand in den Rücken, dehnte sich und blickte in die untergehende Sonne. Still stand Cara da und betrachtete die dunkle, einsame Silhouette, die sich vor dem dämmrigen Horizont abhob und wie ein Teil dieser Natur wirkte. Brett bückte sich erneut, hob den Korb hoch und trat den Rückweg an.

„Es wird dunkel“, rief er beim Näherkommen. „Machen wir das Feuer an! Gleich gibt's geröstete Austern!“

Wenig später saßen sie gesättigt um ein kleines Feuer, neben sich ein Häuflein leerer Schalen, in der Hand ein gut gekühltes Bier. Rauch von brennendem Zedernholz hüllte sie ein. Cara streckte sich auf der Decke aus, die Brett ausgebreitet hatte, und guckte zu den Sternen hinauf, die gerade zu funkeln begannen, schwach noch, doch schon deutlich erkennbar – der klassische Himmel von South Carolina. Wie ein weißer, rasiermesserscharfer Strich stand die Sichel des Mondes vor dem samtenen, nachtdunklen Blau. Der flackernde Schein der brennenden Scheite warf Schatten auf die Gesichter und ließ die Augen leuchten.

Als er Caras Seufzer hörte, ließ sich Brett neben ihr auf der Decke nieder, den Ellbogen aufgestützt, das Kinn in die Handfläche geschmiegt.

„Und? Waren Mylady zufrieden?“

„Die Lady ist so satt, dass sie gleich platzt! Ich wusste gar nicht, dass ich so viele Austern auf einmal futtern kann! Das Tüpfelchen auf dem i waren allerdings die Salzbrezeln. Ich zeichne das Mahl mit drei Sternen aus.“ Und mit einem Blick in den Sternenhimmel fügte sie hinzu: „Kommando zurück – mit Millionen von Sternen!“ Lächelnd wandte sie sich zu Brett um. Sein Gesicht war ganz nah über dem ihren. „Serviert man Austern nicht eigentlich ausschließlich in den Monaten mit dem Buchstaben R?“

„Sie sind das ganze Jahr über genießbar, aber im Herbst und Winter schmackhafter. Im Augenblick laichen sie; deshalb darf man sie gewerbsmäßig nur in den R-Monaten ernten. Ansonsten ist es verboten. Allerdings habe ich nie jemanden bei der Ernte hier draußen gesehen, also kann man sie hier ruhig das ganze Jahr über sammeln."

„Gibt's eigentlich irgendetwas, das du nicht weißt?"

„Ich bin praktisch auf diesen Gewässern aufgewachsen. Mein Vater ist Lotse, und sein Daddy war's auch. Wahrscheinlich hat er mehr Schiffe in den Hafen von Charleston bugsiert als jeder andere Mensch. Er kennt jede Biegung und jede Kurve, kann sagen, wo sich die Sandbänke und die Untiefen befinden. Die Gezeiten hat er im Blut. Und ein schönes Leben ist es obendrein. Er hat mir all das beigebracht, was ich über die See und die Marsch weiß. Natürlich hat er damit gerechnet, dass ich einmal in seine Fußstapfen trete und den Familienbetrieb übernehme. Denn im Grunde ist es das, ein Familienbetrieb. Lotse wird schließlich nicht jeder! Dazu muss man geboren sein. Es ist ein harter Job, regelrecht gefährlich zuweilen, und die Lotsen müssen einander vertrauen. Niemand darf sich bei diesen Riesentankern einen Fehler erlauben! Einige davon sind mehr als zweihundert Meter lang!"

„Unglaublich!"

„Ich hab schon miterlebt, wie mein Daddy eins von diesen Ungetümen unter der Brücke durchgelotst hat, als wär's ein Außenborder! So einfach!"

„Wieso bist du dann nicht auch Hafenlotse geworden? Ganz offensichtlich liebst du doch Schiffe und Wasser! Der Beruf wäre dir doch auf den Leib geschneidert gewesen!"

„Sicher, dran gedacht hab ich schon. Mein Vater hätte es gern gesehen, und gut verdienen tut man auch. Allerdings sind Lotsen rund um die Uhr in Bereitschaft, und zwar sieben Tage die Woche. Das war nichts für mich. Im Übrigen interessiere ich mich mehr für das, was *im* Wasser ist, als für das, was darauf schippert."

„Und deshalb hast du dich in Clemson immatrikuliert?"

„Richtig. Ich erwarb mein Diplom in Biologie, Hauptfach Meereswissenschaften. Ich habe lange Zeit alle möglichen Forschungen an genau dieser Küste betrieben, war auch vorübergehend für eine Landesbehörde tätig. Besonders aufregend fand ich's nicht. Am besten gefiel mir der Außendienst. Aber Verwaltungskram, das ist nicht meine Kragenweite. Ich bin zwar gern unter Menschen, doch eigentlich ein Einzelgänger. Wie du! Wahrscheinlich hat mich das an dir so fasziniert, selbst damals zu Schulzeiten schon."

Sie grinste verschmitzt. „Darauf wäre ich im Leben nicht gekommen, denn du hast dich seinerzeit völlig anders verhalten. Damals wirktest du wahrlich nicht wie ein Einzelgänger. Dauernd warst du von einem ganzen Hofstaat von Kumpels und dich anhimmelnden Mädels umringt."

„Na, und wenn schon. Ich war jung und meinen Hormonen verfallen."

„Und heute?"

„Na, die Hormone sind nach wie vor aktiv, falls du das meinst. Aber kultivierter. Kontrollierter." Er starrte in die Glut. „Und ansonsten: Was soll ich sagen? Vor etwa zehn Jahren habe ich die Firma gegründet, und bis jetzt läuft sie ganz ordentlich."

„Soweit ich das beurteilen kann, ist das ja wohl eine Untertreibung!"

Er zuckte die Achseln. „Ich habe mittlerweile expandiert und bin an zwei Standorten vertreten. Jetzt will ich eine dritte Zweigstelle eröffnen. Zum ersten Mal reizt mich die Aussicht, dass ich ganz hübsch verdienen könnte. Andererseits bin ich nicht versessen darauf, an einem Schreibtisch über der ganzen Büroarbeit zu versauern."

„Dein kreatives Buchhaltungssystem ist mir bereits aufgefallen."

„Na ja", meinte er und kratzte sich hinter dem Ohr, „auf dem Gebiet könnte ich eigentlich Unterstützung gebrauchen. Bisher habe ich meine Entscheidungen nie auf der Basis von finanziellen Überlegungen getroffen und möchte auch gar nicht erst damit anfangen. Es kommt irgendwie alles hin, denke ich. Das ist ja meistens so." Er zupfte an einem Grashalm. „Mit zunehmendem Alter interessiert man sich für andere Dinge."

Seine Worte hinterließen einen tiefen Eindruck bei Cara. Sie fühlte sich angezogen, war aber dennoch ein wenig misstrauisch und merkte, dass er ihr langsam unter die Haut ging.

„So ist das eben, wenn man vierzig wird", stellte sie fest.

„Die alte Fahrradtheorie von Tolstoi."

Sie lachte und betrachtete ihn. „Was soll das denn sein?"

„Tolstoi schrieb *Krieg und Frieden*, als er schon vierzig war. Erst mit sechzig lernte er das Radfahren. Das macht einem doch Hoffnung, oder?"

„Also, mir durchaus." Sie räkelte sich und schaute wieder zu den Sternen empor. „Was kann man mit vierzig Neues, Unbekanntes in Angriff nehmen? Die Frage stelle ich mir zuweilen. Vermutlich könnte ich den Segelschein oder den Bootsführerschein machen. Oder Fischen und Angeln lernen. Oder sogar Austern ernten." Sie klimperte bedeutungsvoll mit den Wimpern. „Ich weiß ja jetzt, wo!"

„Niemand von denen, die mit mir schon mal hier waren, würden diesen Hammock wieder finden. Bei dir wäre ich mir da nicht so sicher." Er drehte sich auf den Bauch, stützte sich aber weiter auf die Ellbogen ab und blickte auf Caras Gesicht hinunter. „Und wie sieht's mit dir aus?"

„Was soll mit mir sein?"

„Erzähl mit von deinem Leben. Von den zwanzig Jahren, die ich verpasst habe."

„Was möchtest du wissen?"

„Warst du je verheiratet?"

„Warst du denn?"

„Ich habe als Erster gefragt."

„Nein, ich habe nie geheiratet. Wollte es auch nie. Wie du schon sagtest, ich bin eher eine Eigenbrötlerin." Sie guckte ihm direkt in die blauen Augen, gespannt auf seine Reaktion. Fast hatte sie den Eindruck, als spiegele sich der Feuerschein in seinen Pupillen. „Schockiert dich das?"

„Nö. Sollte es das?"

Sie hatte mit einer abfälligen Bemerkung gerechnet, doch da die ausblieb, entspannte sich Cara. Offenbar überwand Brett ihr eigene harte Schale genauso leicht wie die der Austern.

„Im Allgemeinen ist es doch so, dass die meisten Männer – der weibliche Teil der Menschheit übrigens ebenfalls – der Vorstellung, dass Frauen auch als Singles glücklich sind, nichts abgewinnen können und meinen, die müssten automatisch frustriert und unglücklich sein." Als er nichts darauf erwiderte, forderte sie ihn auf: „Jetzt bist du dran."

„Bei mir spielte sich auch nichts mit Ehe ab. Obwohl ich kurz davor stand", räumte er ein. „Wir waren sehr jung und gerade mit dem College fertig. Sie wollte eine Familie gründen. Ich wollte forschen und die Welt erkunden."

„Und was geschah?"

Seine Miene verfinsterte sich. Er nahm den Grashalm aus dem Mund und warf ihn beiseite. „Es ging auseinander."

Aus dem Dunkel ertönte ein scharrendes Geräusch, gefolgt vom schrillen, durchdringenden Schrei eines Tieres. Cara fuhr auf und starrte in die nächtliche Schwärze. Doch zu hören war nur das Knacken der Scheite im Feuer sowie das Konzert der Frösche und Grillen.

„Bist du sicher, dass sonst niemand von deinem Geheimversteck weiß?"

„Jedenfalls habe ich bisher keine Spur von Menschen entdeckt. Zumindest keine von noch lebenden."

„Was ... ach so, die Indianer! Also sind wir wirklich und wahrhaftig mutterseelenallein hier? Falls uns etwas zustößt, wird's kein Mensch je erfahren."

Ein ironisches Lächeln überzog sein Gesicht. „So ist es. Höchstens nach sehr langer Zeit."

„Aha. Dann bin ich dir also auf Gedeih und Verderb ausgeliefert, was?"

Seine Augen funkelten. Offenbar fand er Gefallen an diesem Spiel, hielt sich aber klugerweise zurück.

„Sei ehrlich! Wie viele Mädchen hast du hierher geschleppt? Zehn? Zwanzig? Hundert?" Ob er wohl mit der Wahrheit herausrückt? fragte sie sich. Will ich die überhaupt wissen?

„Bisher überhaupt keins."

„Unsinn! In dieser Gegend warst du doch für deine legendären Hammock-Spritztouren berüchtigt!"

„Hammocks gibt's viele!"

„Ach nee!"

Cara merkte, dass es zwischen ihnen zu knistern begann. Seine Augen schimmerten, sein Blick senkte sich auf Caras Lippen.

Sie ließ sich zurücksinken und verschränkte die Hände hinter dem Kopf. „Man sagt Austern doch aphrodisische Wirkung nach, oder?"

Er beugte sich noch tiefer hinunter, sodass sein Gesicht nur noch Zentimeter von dem ihren entfernt war. Sie spürte seinen warmen Atem auf ihren Wangen. „Kommt darauf an!"

„Auf was?"

„Ob man solches Altweibergeschwätz ernst nimmt oder nicht. Wenn's nämlich stimmt, müssten wir beide in heißer Leidenschaft entbrannt sein."

„Und wenn man's nicht glaubt?"

„Wie meinte doch einst ein weiser alter Mann? Entweder hat man's schon vor dem Austernessen, oder man hat es sowieso nicht."

Sie blickte in sein Gesicht. Im Feuerschein leuchteten seine Augen unglaublich blau. „Wer hat denn nun Recht?" wollte sie wissen. „Das alte Weiblein oder der greise Weise?"

Er senkte den Kopf und küsste ihren Hals. „Die Frage erfordert genauere Forschung am lebenden Objekt."

Sie schloss die Augen und erbebte vor Lust. „Flora oder Fauna?"

Mit dem Kinn drückte er sacht ihren Kopf zur Seite und ließ die Lippen an ihrem Hals hinunterwandern. „Fauna. Auf jeden Fall!"

Sein Atem streifte heiß ihren Hals. Cara spürte ein Kribbeln bis in die Haarspitzen. Sie stöhnte auf, nahm die Arme unter dem Kopf hervor, schlang sie Brett um die Schultern und zog ihn zu sich herab. Er streckte sich neben ihr aus, ließ einen Arm unter ihren Nacken gleiten, sodass ihr Kopf in seiner Armbeuge ruhte, presste sie an sich und streichelte ihr sanft über den Rücken.

Sie begehrte diesen Mann, ja, und zwar mit aller Macht. Sie wand sich vor Verlangen. Bretts Körper war stark und fest. Er beugte sich über sie, erhob sich etwas und ließ seine Schenkel über die ihren gleiten, langsam und gemächlich, bis ihr das Blut wie wahnsinnig raste. Enger umfasste sie ihn, während seine Küsse aufreizend spielerisch an ihrem Hals aufwärts glitten.

Als sich dann endlich seine Lippen auf die ihren legten, öffnete sich Caras Mund, als wollte sie Brett mit Haut und Haar verschlingen. Doch er nahm sich Zeit, erforschte sie mit bewusster Zärtlichkeit, bis sein Kuss fordernder wurde, heißer, besitzergreifender. Sie bebte, schmiegte sich noch fester an ihn, genauso leidenschaftlich wie er; ihre Hände glitten an ihm herab, stahlen sich unter den Baumwollstoff seines Hemdes, ihre Fingerspitzen tasteten über die muskulösen Konturen seines Rückens, der sich seidig und glatt anfühlte.

Brett löste sich, hob den Kopf, schaute auf sie herab. Sie erwiderte seinen Blick; ihre Augen luden ihn ein.

Wieder senkte er den Kopf. Ihre Lippen reckten sich ihm entgegen.

„Auf, du Wildfang“, sagte er plötzlich und gab ihr einen raschen Kuss auf die Nasenspitze. „Sehen wir zu, dass wir einpacken, ehe die Flut aufläuft. Sonst müssen wir zum Boot schwimmen.“

Er stemmte sich hoch, rollte sich zur Seite und sprang auf die Füße.

Wie betäubt lag Cara da, starrte ihn an, die Arme zur Seite ausgebreitet, den Mund zum stummen Protest geöffnet.

Er streckte den Arm zu ihr hinunter.

Sie ergriff seine Hand, und mit einem einzigen Ruck hievte er Cara auf die Füße. Etwas benommen stand sie herum, klopfte sich den Schmutz von der Hose und kam sich vor wie eine Schauspielerin, die ihr Stichwort vergessen hatte. Nur wenige Meter entfernt löschte Brett bereits das Feuer und sammelte sämtliche Utensilien ein.

Was sollte denn das eben, fragte sie sich. Hab ich die falschen Signale ausgesandt? War ich zu draufgängerisch? Hab ich irgendetwas Falsches geäußert? Verstohlen atmete sie tief durch.

Brett hatte bereits die Sachen zusammengesucht und kam näher. „So, das wär's. Fertig zum Abmarsch?"

„Äh ... klar." Verlegen stolperte sie vorwärts. „Soll ich was tragen?"

Seine Augen funkelten amüsiert. „Wenn ich mich recht erinnere, war ich doch das Lasttier!"

„Ach ja!" Sie wusste nicht, ob sie lächeln oder ganz unbeteiligt tun sollte. Es war ihr völlig entfallen, dass er sie Huckepack zurück zum Boot bringen musste. Also würde ihr wohl nichts anderes übrig bleiben, als ihn erneut mit den Armen zu umschlingen. Allein der Gedanke löste eine merkwürdige Mischung aus Vorfreude und Verlegenheit aus, sodass ihr die Knie weich wurden.

Er reichte ihr Kescher und Handschuhe und schnappte sich die Kühlbox. „Also los!" befahl er und marschierte zum Rande der Lichtung, wo die Bäume schwarz wie eine Schattenwand himmelwärts strebten.

Alle Fragen, die ihr auf der Zunge lagen, schluckte sie hinunter und eilte ihm nach.

Vorausgesetzt, es fällt keinem natürlichen Feind zum Opfer, verbleibt das Gelege 55 bis 60 Tage in der Brutgrube. Für Waschbären und Gespensterkrabben sind die Eier ein Leckerbissen. Hunde, Katzen, Wildschweine und Geier stellen ihnen ebenfalls nach. In manchen Gegenden werden die Eier auch von Menschen geraubt.

12. KAPITEL

Es ließ sich nicht beschönigen: Nach so vielen Jahren befand sich das Strandhaus äußerlich in einem beklagenswerten Zustand. Selbst der zartrosa Schein der Morgendämmerung, der sonst stets einen verschämt schmeichelhaften Schleier über den Verfall legte, vermochte diese betrübliche Tatsache nicht zu verdecken. Mit der Kaffeetasse in der Hand schlenderte Cara über das ganze Grundstück, nippte ab und zu und versuchte, sich einen groben Überblick zu verschaffen. Im Licht der aufgehenden Sonne traten die unschönen Stellen, wo der Anstrich abblätterte und die Verandaböden absackten, besonders krass zu Tage. Unter der hinteren Veranda hatte sich mit der Zeit eine veritable Gerümpelhalde angesammelt, bestehend aus lauter Trödel, der einstmals wohl zu Lovies Schätzen gezählt haben mochte. Noch schlimmer sah es mit dem Garten aus. Es gehörte zu Caras schönsten Sommererinnerungen, wie sie auf der Veranda im Schaukelstuhl gesessen, dem Summen der Bienen zugehört und den Duft der Wildblumen eingesogen hatte, der sich mit dem Aroma von Rosen, Jasmin und Geißblatt in Lovies Garten mischte. Nunmehr reichte ein einziger Blick, um zu erkennen, dass das verwilderte, überwucherte Stückchen Land die starke, geschickte Hand eines Gärtners erforderte.

Cara setzte ihre Tasse ab, holte Block und Bleistift und erstellte eine Liste. Listen waren eine Marotte von ihr, je länger, desto besser. Listen brachten Ordnung in Caras Gedanken und vermittelten ihr das Gefühl, das Chaos zu beherrschen. Und so legte sie nun ihre Prioritäten fest, indem sie sich umschaute und das schleichende Entsetzen, das sie angesichts der Ausmaße der zu bewältigenden Aufgabe beschlich, einfach ignorierte. Mit flotter Hand brachte sie ihre Ideen zu Papier, bemüht, die Fantasie nicht mit sich durchgehen zu lassen. Auf dem Blatt reihten sich im Handumdrehen 19 Punkte, die dringend erledigt werden mussten.

Schwungvoll schloss sie die Liste ab und fühlte sich mit einem Schlage wieder wie jemand, der eine sinnvolle Aufgabe anpackt. Sie stopfte den Zettel in die Hosentasche und zog Lovies alte Gartenhandschuhe über, dicke, professionell aussehende Dinger, in denen man sich wie ein echter Gärtner vorkam. Zuerst wollte sie das Gerümpel wegräumen, um Platz zu schaffen für spätere Vorhaben.

Der Morgen verflog im Nu. Gegen Mittag hatte Cara den Großteil des Trödels unter der Veranda entfernt, den Raum darunter sauber gefegt und den abgeräumten Sperrmüll zu zwei Haufen aufgestapelt. Der größere sollte in einem eigens bestellten Container landen. Der kleinere bestand aus allerlei alten Malutensilien, rostigen Gartengeräten, klapprigen Liegestühlen und anderem zerbrochenen Zeugs, das hoffentlich in die Mülltonne wandern würde, falls Lovie grünes Licht gab. Gerade schleppte Cara ächzend und prustend einen schwergewichtigen und total verrosteten alten Ventilator zum größeren der beiden Stapel, als sie hinter sich die Stimme ihrer Mutter vernahm.

„Den willst du doch nicht etwa wegschmeißen, oder?"

Cara wankte noch die letzten paar Schritte und ließ das unglaublich schwere Ungetüm zu Boden plumpsen. Vornüber gebeugt verschnaufte sie einen Moment, die Hände auf die Knie gestützt, und als sie den Kopf wandte, sah sie, wie Lovie beunruhigt die beiden Müllberge beäugte.

„Doch, Mama", erwiderte sie mit trockenen Lippen. „Weg damit! Ist eh alles Schrott!"

„Aber der funktioniert doch noch! Meinst du nicht, den könnte noch jemand gebrauchen? Oder vielleicht sollten wir ihn der Wohlfahrt schenken?"

„Diesen Krempel kann man doch niemandem mehr anbieten! Da kommt ja die Reparatur teurer als ein Neukauf!"

Händeringend betrachtete Lovie nach wie vor den Schrotthaufen. „Das alles soll weg?"

Cara hätte losheulen können. Sie hatte den ganzen Morgen wie ein Pferd geschuftet und auf ein klein wenig Dankbarkeit gehofft, nicht auf hinhaltenden Widerstand. Wie auch immer, hier war Fingerspitzengefühl gefordert. Wenn es ums Ausrangieren von alten Schätzen ging, konnte ihre Mutter sehr unangenehm werden. Früher hatte sie immer fast einen Koller gekriegt, wenn man Lackdosen, in denen sie noch letzte brauchbare Farbreste vermutete, mit dem Müll hatte entsorgen wollen.

„Das Zeugs hier draußen brennt doch wie Zunder, vom Anblick ganz zu schweigen. Ein Schandfleck!" Cara legte Lovie den Arm um die zerbrechlichen, eingesunkenen Schultern. „Warte ab, bis ich fertig bin. Dann wirst du erkennen, was ich vorhabe! Was *wir* vorhaben! Da wir doch den ganzen Sommer zusammen verbringen – was liegt da näher, als das Haus wieder in seinen ursprünglichen Zustand zu versetzen? Würde dir das nicht Spaß machen? Erinnerst du dich noch daran, wie schön es hier an Sommerabenden war? Schwärme von Schmetterlingen flatterten hier herum!" Mit dem Arm beschrieb sie einen Bogen, der den ganzen Garten einschloss. Vor ihrem geistigen Auge tauchten die Wildblumen auf, die früher die Dünen bedeckt hatten. „Ich habe Folgendes vor: Ich reiße das ganze hässliche Gestrüpp heraus, beschneide die Büsche, buddele das alte Wurzelwerk aus, und wenn du möchtest, kannst du danach neue Rosensträucher pflanzen. Deine Rosen – weißt du noch?"

Lovies Miene entspannte sich, und der Anflug eines Lächelns spielte um ihre Lippen. „Es wuchs mir einfach alles über den Kopf. Ich hab's noch mit Gießen versucht ..."

„Schon gut, schon gut! Es musste dir ja mal zu viel werden", beschwichtigte Cara, bevor Lovie noch mehr in Nostalgie versank. „Ich habe zwar keine Ahnung, ob ich das alles allein schaffe, aber ich werde tun, was in meinen Kräften steht. Und für das, was ich nicht selbst bewältigen kann, lasse ich jemanden kommen."

„Da bürdest du dir aber eine gewaltige Last auf, Cara!" Lovie hielt kurz inne und legte den Kopf schräg. „Mit Gartenarbeit kennst du dich nicht besonders aus, oder? Als Kind fehlte dir immer die Geduld dafür. Wenn ich dich mal bat, das Unkraut zu jäten, hast du stets protestiert."

Cara lachte. „Ich hatte gehofft, dass es so wie mit den Schildkröten gehen würde: Du bringst es mir bei. Hast du schon mal die Theorie von Tolstoi und dem Fahrradfahren gehört? Da staunt man Bauklötze! Er hat nämlich erst Radfahren gelernt, als er so alt war wie du. Da werde ich doch wohl noch das Pflanzen lernen!"

Lovies Augen leuchteten auf. „Ja, bestimmt! Hast du denn wirklich Interesse?"

„Aber klar."

„Ich besitze einen ganzen Stapel Gartenliteratur. Fachbücher, die du lesen kannst."

„Hoffentlich hast du auch welche mit schönen Fotos, damit ich alle Pflanzen erkennen und auseinander halten kann! Die Anleitungen allein klingen nach einiger Zeit nämlich alle gleich. Wenn ich aber das Bild sehe, dann bleibt es mir im Gedächtnis."

„Sei unbesorgt, ich helfe dir!"

Caras Begeisterung wuchs angesichts der Tatsache, dass Lovies Entsetzen nunmehr in Enthusiasmus umschlug. „Ich überlege auch, ob wir nicht die Veranda erneuern sollten. Stellenweise ist das Holz so morsch, dass ich befürchte, ihr könntet eines Tages glatt durch den Boden sacken, du oder Toy! Und das Haus braucht unbedingt einen neuen Anstrich. Meinst du, du kannst irgendwo die Originalfarbe mit dem ursprünglichen Gelbton auftreiben?"

Lovie nickte und schaute zur Mülltonne hinüber, neben der zahlreiche Farbdosen lagen. „Unter den Dosen müsste eine mit der Artikelnummer für die Farbe sein. Deshalb werfe ich nichts weg. Man kann nie wissen, ob man es nicht noch einmal braucht!"

Cara verdrehte die Augen. „Heutzutage reicht ein abgeblätterter Farbschnipsel, um den Farbton zu bestimmen. Und die Fensterläden streichen wir in Charleston-Grün, dachte ich. Es sei denn, du möchtest orkansichere Läden!"

„Pläne über Pläne, Cara! Das wird bestimmt sehr kostspielig! Und Palmer hält den Daumen auf der Schatulle!"

Bei der Vorstellung, dass ihr Bruder mit Lovies eigenem Geld derart knauserig verfuhr, geriet Caras Blut in Wallung. Allerdings wollte sie die Stimmung jetzt nicht durch eine Diskussion über Palmers Verhalten verderben. „Ach, zerbrich dir übers Geld nicht den Kopf", wehrte sie ab. „Ich hab die Kosten bereits überschlagen und übernehme sie."

„Ich kann von dir, wo du doch entlassen bist, kein Geld akzeptieren! Du hast doch jetzt keine Einkünfte. Zumindest momentan nicht!"

„Aber ich möchte es dir schenken. Bitte, Mama, lehn es nicht ab! Es würde mir eine solche Freude bereiten."

Lovie hob das Kinn. Ihr Blick schweifte durch ihren von Wüstenkraut überwucherten Garten, glitt über die weichen Linien des Häuschens hin zum großen Haufen Trödel in der Einfahrt und verweilte auf dem Gesicht ihrer Tochter. Cara hatte Farbe bekommen. Die Blässe aus den Tagen nach ihrer Ankunft war gewichen, die mahagonibraunen Augen strahlten nach der Anstrengung an der frischen Luft. Lovie konnte es kaum glauben: Ihre Tochter wollte etwas für *sie* tun!

„Ich weiß sowieso nicht, weshalb ich an dem ganzen Krempel hänge", sagte sie. „Es gibt eine Menge wichtigere Dinge, die einem etwas bedeuten sollten." Man sah, dass sie in Gedanken weit fort war. „Und es wäre schön, wenn hier alles noch einmal in altem Glanz erstrahlt, bevor ich ..." Sie verstummte und rang sich ein Lächeln ab. Dann fuhr sie fort: „Ja, das wäre wirklich schön!"

Cara musste sich abwenden, sonst hätte Lovie bemerkt, dass ihr Tränen in den Augen standen. „Kommst du mal her, Mama? Das hier solltest du dir angucken!" Cara ging voraus zur Vorderseite des Hauses. Entlang der Hausfront wuchs eine Reihe alter, dürrer Oleanderbüsche, welche die ganze Düne beherrschten. Cara ergriff einen der großen Zweige und zog ihn von einem der Stützpfosten weg, auf denen die Veranda ruhte.

„Ich war gerade beim Jäten von Unkräutern, deren Wurzeln offenbar geradewegs bis nach China reichten. Da stieß ich neben einer schwarzen Schlange, die mich fast zu Tode erschreckte, auch auf das hier." Sie bog den Zweig noch weiter zurück, wobei sie sichtlich außer

Atem geriet, und bedeutete ihrer Mutter mit einer ruckartigen Kopfbewegung, näher zu kommen. „Schau dir das an!"

Lovie tastete sich um den widerspenstigen Busch herum und spähte in die angezeigte Richtung. Um die zerbrochenen Sparren eines Spaliers wand sich eine dünne, langgliedrige Kletterrose, die mühsam zum Licht strebte. Lovie lachte hell und herzlich auf. „Na so was! Wenn ich's nicht mit eigenen Augen sähe – ich würde es nicht für möglich halten! Ein einsamer Nachzügler! Wie hast du den denn gefunden?"

„Wer suchet, der findet!" Cara wartete, bis ihre Mutter etwas zurückgetreten war, und ließ dann den Zweig los, der mit lautem Geraschel zurückschnellte. „Mir fiel ein, dass du hier Rosen gezogen hast, ehe die Oleander so hoch geworden sind. Also hab ich mich einfach intensiv umgeschaut. Als ich schließlich auf dies Überbleibsel stieß, konnte ich mein Glück kaum fassen. Hinter dem Busch bekommt die Pflanze weder Luft noch Sonne. Und da musste ich an die Pergola denken. Die zog sich damals um die ganze Veranda und war von Rosen berankt." Sie schirmte ihre Augen mit der Hand ab, betrachtete die Hauswand und versuchte, sich zu erinnern, wie alles früher ausgesehen hatte. „Die Pergola fand ich immer so schön. Was ist damit passiert?"

„Hurrikan Hugo hat kurzen Prozess mit ihr gemacht. Und mit einem Teil der Veranda ebenfalls, wie du festgestellt haben wirst. Mit dem Geld von der Versicherung konnte ich zwar die Fliegengitter und das Dach herrichten lassen, aber zu mehr reichte die Deckungssumme leider nicht. Dein Vater hielt das Häuschen hier immer nur für einen Klotz am Bein; er drehte jeden Cent, den ich in das Cottage stecken wollte, zweimal um. Es war nicht hoch genug versichert. Ich habe auch nur die Vordertreppe erneuern lassen. Mehr konnte ich mir nicht leisten."

„Ein Glück, dass der Wirbelsturm nicht das ganze Haus mitgerissen hat."

Lovie nickte zustimmend. „Den größten Schaden haben die Tornados angerichtet. Mein Haus kam mit knapper Not davon und das von Flo ebenfalls. Aber schau dir die Straßenzeile weiter unten an – die meisten Häuschen sind verschwunden! Allerdings hat uns die Flutwelle übel mitgespielt. Alles total durchgeweicht. Ein großes Boot ist frontal in Bill Wilsons Haustür gekracht." Die Erinnerung brachte sie jetzt noch zum Lachen, obschon der Anblick seinerzeit alles andere als amüsant gewesen sein musste. „Trotzdem, du hast ganz Recht. Wir konnten noch von Glück sagen. Eine göttliche Fügung, will mir scheinen. Zuweilen bedeutet ein Haus einem Menschen weit mehr als nur ein Dach über dem Kopf. Es ist eben ... na ja, es ist wie ein Sinnbild. Wäre das Strandhaus dem Unwetter zum Opfer gefallen, dann hätte Stratton mir nie erlaubt, es wieder aufzubauen. Ich weiß nicht, was aus mir geworden wäre, hätte mir nicht all die Jahre dieses Haus Zuflucht gewährt." Sie starrte aufs Meer hinaus. „Ich weiß es beim besten Willen nicht."

„Genau deshalb müssen wir es in Schuss bringen. Nicht nur dir bedeutet dies Cottage etwas, Mama, sondern es ist auch mir ans Herz gewachsen. Und Toy. Und Palmer, selbst wenn er es nicht zugibt. Und eines Tages wird es auch für Linnea und Cooper wichtig sein. Davon bin ich überzeugt."

„Meinst du?" erwiderte Lovie ungläubig, ehrlich überrascht über Caras Worte. Und in ganz anderem Ton, in dem Staunen und tiefe Befriedigung mitschwangen, erkundigte sie sich noch einmal: „Meinst du wirklich?"

„Wirklich!"

„Du ahnst ja gar nicht, wie wichtig es mir ist, das aus deinem Mund zu hören." Lovie guckte ihr Strandhaus an. Ihre Augen strahlten, als sie munter fragte: „Also? Womit fangen wir an?"

Am folgenden Morgen saß Toy an der Nähmaschine und war gerade dabei, das Garn einzufädeln, als das Telefon läutete. Da Cara und Lovie in Sachen Loggerheads unterwegs waren, eilte Toy zum Apparat. Unterwegs schaute sie auf die Wanduhr im Korridor: neun Uhr, eigentlich etwas spät für eine Spurenmeldung.

„Hallo?“

Keine Antwort.

„Hallo?“

„Schön, deine Stimme zu hören.“

Toy stockte der Atem. „Darryl! Ich habe dich doch gebeten, hier nicht anzurufen!“

„Was regst du dich gleich so auf? Willst du nicht, dass ich mich ab und zu melde und mich erkundige, wie's dir geht? Du bist doch sonst diejenige, die mir immer predigt, dass wir ein Baby bekommen!“

„Das Baby ist dir doch schnurzegal! Und ich auch!“

„Ach, Toy, sag doch so was nicht! Du weißt doch, du bist meine große Liebe!“

„Diesem Weibsstück erzählst du wahrscheinlich dasselbe, was?“

„Was hast du eigentlich erwartet? Haust einfach ab, ohne mir die geringste Chance zu geben! Bist vier Monate von der Bildfläche verschwunden, und ich hab keinen Schimmer, wo du steckst! Ich dachte schon, ich sähe dich nie wieder! Du hast mir das Herz gebrochen!“

„Und deshalb lachst du dir vermutlich 'ne andere an, wie? Damit du mich wieder bekommst!“

„Du warst ja weg! Ein Mann hat gewisse Bedürfnisse. Wärst du hier, müsste ich nicht anderen Frauen nachlaufen!“ Als sie nichts darauf erwiderte, fügte er hinzu: „Du fehlst mir!“

Toy kniff die Augen zusammen.

„So muss es doch nicht sein. Darf ich dich nicht mal besuchen?“

„Nein, ausgeschlossen.“

„Ach, Honey, gib deinem Herzen einen Stoß. Du bist die Einzige für mich. Das weißt du doch!“

„Und das Kind?“

„Okay, na gut! Dann können wir auch über das Baby sprechen. Soll mir recht sein, wenn wir uns nur wieder vertragen.“

„Ist das dein Ernst?“

„Na, und ob! Ich könnte dich doch besuchen, um alles zu bereden. Wo steckst du denn? Wie lautet die Adresse?“

„Es geht nicht, Darryl, dass du hier antanzt! Miss ... die werden gewaltig etwas dagegen haben!“

„Das ist mir doch piepegal! Du bleibst da sowieso nicht mehr lange!“

„Wahrscheinlich doch! Hab ich noch nicht entschieden.“

„Aber ich!“ Er wurde lauter. Toy hörte, wie er tief ein- und ausatmete. Sie stellte sich seine schlanken Finger vor, die Zigarette, die lange Rauchfahne. „Sieh mal, du lässt dich einfach von Leuten, die dich kaum kennen, herumkommandieren. Dabei solltest du besser tun, was *ich* sage! Wir gehören doch zusammen! Was sind denn das eigentlich für welche, wenn du so ’ne Angst vor denen hast, dass ich nicht mal kommen darf? Verwandte oder was?“

„Nein. Ich arbeite für die, das ist alles.“

„Arbeiten? Was denn für Arbeit?“

„Na, mehr so als Haushaltshilfe. Bisschen Putzen und Kochen. Bis vor kurzem hab ich auch die alte Dame gefahren, aber jetzt ist ihre Tochter da. Die übernimmt die Herumkutschiererei, so hab ich etwas mehr Ruhe.“

„Will ich auch hoffen! Bezahlen sie dich wenigstens anständig?“

„Ja“, antwortete sie zögernd. Darüber wollte sie ihm lieber keine Auskunft geben. „Nicht schlecht. Und ich hab freies Essen und Wohnen, also kann ich alles fürs Baby sparen. So ein Baby ist nicht billig! Die ganzen Babysachen, Wiege, Windeln, Decken ... Wäre nicht übel, wenn du mich etwas unterstützen könntest. Schließlich bist du der Vater!“

„Aha! Besuchen darf ich dich nicht, aber zahlen, das soll ich, was? Dämliche Schlampe!“

„*Wie* war das?“

„Wenn ich Unterhalt blechen soll, dann komm nach Hause! Ganz einfach!“

Toy lehnte sich an die Wand und guckte an die Decke.

„Also – was ist jetzt?“ drängte er.

Sie schloss die Augen. „Ich überlege noch!“

„Dann denk weiter nach, und ich komme dich abholen!"

„Nein! Ich will dich hier nicht sehen!"

„Wieso denn nicht? Schämst du dich meinetwegen? Oder hast du 'nen anderen?"

Eine Pause trat ein. Toy glaubte fast zu hören, dass seine Wut immer größer wurde.

„Das ist es also, was? Du hast dich mit 'nem anderen eingelassen!"

„Pah! Als ob mir die Kerle nur so nachrennen würden! Mensch, Darryl! Ich bin schwanger!"

„Na, manche Typen stehen auf Schwangere!"

„Du bist ekelhaft!"

Das brachte ihn aus der Fassung. „Was bin ich?"

Wenn er so klang, war Ärger nicht weit. Toy bemühte sich, die Wogen zu glätten. „Ach, nichts."

„Spuck's aus! Du hältst mich also für ekelhaft, was? Ja?"

„So war's nicht gemeint."

„Würde ich dir auch raten!"

Eine Zeit lang herrschte Stille in der Leitung. Toy spürte, wie ihr die Tränen über die Wangen rannen, wie der Druck zunahm und ihr fast die Luft abschnürte.

„Toy, ich werde wahnsinnig, wenn du einen Keil zwischen uns treibst!"

„Tu ich doch gar nicht", schluchzte sie.

„Ach nein? Was soll das denn sonst sein, wenn du verkündest, du möchtest mich nicht sehen? Merkst du das nicht? Den Leuten bedeutest du nicht so viel wie mir! Für die bist du nur 'ne billige Arbeitskraft! Wir brauchen die nicht – und ihre dämliche Kohle auch nicht! Ich hab immer gut für dich gesorgt."

Toy vernahm Schritte auf den Stufen zur Veranda. Panik stieg in ihr auf, die Furcht, beim Telefonieren überrascht zu werden. „Darryl, da kommt jemand! Ich muss Schluss machen!"

„Warte! Wir sind noch nicht fertig!"

„Ich muss auflegen! Ich soll nämlich nicht mit dir sprechen!"

„Jetzt reicht's aber! Du lässt dir von niemandem vorschreiben, ob du dich mit mir unterhältst oder nicht! Ich hole dich jetzt da raus ..."

„Nein, nicht! Ich rufe dich später an! Versprochen! Tschüss!" Sie legte auf, und im selben Moment schwang die Tür auf.

Als Erste trat Cara ein, eine Schachtel Creme-Doughnuts und eine Großpackung Milch auf dem Arm. Hinter ihr schabte Lovie sich den Sand von den Sohlen. Beide trugen einheitlich grüne T-Shirts mit „Turtle Team"-Schriftzug und Khakishorts.

„Hi!" grüßte Cara, als sie Toy erblickte, und hob die Schachtel hoch. „Ich hab gesündigt, aber als ich die hier ich an der Tankstelle entdeckte, konnte ich nicht widerstehen. Lecker! Die mag ich ganz besonders, und sie sind ganz frisch. Hier, probier mal!" Sie hielt ihrer Mutter die Tür auf, machte dann hinter ihr zu und musterte Toy forschend. „Was ist? Geht's dir nicht gut?"

Wenn Toy während der vergangenen Monate eins von Miss Lovie gelernt hatte, dann dies: Wurden die Zeiten schlecht, dann machte man besonders gute Miene zum bösen Spiel. Und Toy lag viel daran, Miss Lovie nachzueifern. Sie verdrängte alle sorgenvollen Gedanken an Darryl in die hinterste Ecke ihrer Seele und trat lächelnd ins Wohnzimmer. „Ach, ich fühl mich prima! Ganz prima!"

Drei Tage waren seit dem Ausflug zum Hammock vergangen, und noch immer hatte Brett sich nicht gemeldet. Cara hatte im Garten wie ein Irrwisch gewirbelt, weil sie ganz versessen darauf gewesen war, sich mit irgendetwas zu beschäftigen. Sie hatte das Gefühl, als habe sie sich an jenem Abend mit Brett wie eine mannstolle Amazone aufgeführt. Besonders ärgerte es sie, dass ihr nicht gleichgültig war, was er nun wohl von ihr denken würde. Erneut schnappte sie sich die angerostete Spitzhacke, die sie doch vom Sperrmüll gerettet hatte, wogegen auch Lovie keinerlei Einwände vorbrachte, und ließ ihren ganzen Frust am Wurzelwerk aus.

Die Sonne brannte unbarmherzig vom Himmel. Caras Muskeln zitterten, und ganze Bäche von Schweiß rannen ihr nach kurzer Zeit in

Strömen den Rücken hinunter. Gerade schlug sie die letzte Schlacht mit den Oleanderbüschen, als sie das Knirschen von Kies in der Einfahrt hörte. Sie lugte um das Astgewirr herum, um zu sehen, wer da gekommen war.

Die Fahrertür eines weißen Pickups öffnete sich; eine grüne Baseballkappe, verziert mit dem Schriftzug „Coastal Eco-Tours", tauchte auf. Der Mützenträger hatte den Schirm der Kappe tief in die Stirn gezogen, doch die breiten Schultern, die nun sichtbar wurden, waren unverkennbar. Na großartig, schoss es Cara durch den Kopf, und sie richtete sich langsam auf. Jeder Quadratzentimeter ihres Rückens tat weh. Hätte der Kerl denn nicht eine Stunde später eintrudeln können? Bis dahin wäre sie wenigstens frisch geduscht gewesen, hätte angenehm geduftet und ihm nicht in diesem verdreckten, verschwitzten, abgerissenen Zustand gegenübertreten müssen! Sie schob sich eine Strähne aus der Stirn, wodurch sie sich das Gesicht nur noch mehr verschmierte.

Er entdeckte sie, kam langsam auf sie zu und ließ – etwas verlegen – die Hände in die Gesäßtaschen gleiten. „Na, wie schaut's aus?" grüßte er.

„Hallo", erwiderte sie so hoheitsvoll wie möglich, was bei ihrer verdreckten Erscheinung gar nicht so einfach war.

Er blieb auf der anderen Seite des Oleanderbusches stehen, packte einen Zweig und beäugte ihn, als wäre er dem Geheimnis des Universums auf der Spur. „Du wirst mir sicher nicht glauben, wenn ich dir sage, dass der Motor des Ausflugboots schlappgemacht hat, was? Ich musste Tag und Nacht dran herumbasteln, damit er für die heutige Tour wieder lief." Er sah Cara mit Dackelblick an.

„Warum sollte ich dir das nicht abnehmen?" Mit ruckartigen Bewegungen zog sie sich Kiefernnadeln und Dornen aus den Handschuhen.

„Aber du denkst sicherlich, ich hätte trotzdem mal anrufen können."

„Brett, du hast keine Ahnung, was ich denke."

Sein Lächeln erstarb. Offenbar überlegte er angestrengt, ob man eine Spur von Humor aus der Bemerkung heraushören konnte. „Hast Recht. Keine Ausreden! Tut mir Leid!"

Genau die Antwort hatte sie erwartet. Also gab sie die abweisende Haltung auf, erlaubte sich ein leichtes Grinsen und nickte. „Entschuldigung akzeptiert."

„Hast du Hunger? Ich hatte gehofft, du ließest dich vielleicht von mir zum Dinner einladen."

„Ich vermute, dass ich die Energie zu einem weiteren Hammock-Abenteuer heute nicht mehr aufbringe", erwiderte sie. „Nicht, dass es kein originelles Rendezvous gewesen wäre ... fürs erste Mal!" Sie blickte zu dem Haufen mit ausgerissenen Oleanderbüschen, der mittlerweile den Rasen verunzierte. „Aber ich bin fix und fertig!"

„Ich hatte da eher einen Topf gekochter Blaukrabben im Sinn. Bei mir zu Hause."

Jetzt war ein Lächeln wohl gerechtfertigt. „Wenn das so ist, sage ich nicht Nein. Doch lass mich das hier noch zu Ende bringen. Ich schlage mich schon eine ganze Weile mit diesem Mistding herum, aber gleich hab ich es!" Sie packte eine Wurzel, zerrte mit aller Macht daran und stieß dabei unterdrückte Verwünschungen aus. Weit kam sie nicht. Sie war völlig ausgelaugt.

„Pass auf, ich fasse mal mit an", bot er an, trat einen Schritt vor und löste ihre Hand von der Wurzel. Dann drückte er Cara sanft beiseite und packte den Busch direkt oberhalb der Wurzel am Stamm. „Anstandsregel Nummer zwei", dozierte er dabei und stemmte die Beine fest in den Boden. „Ein Mann aus dem Lowcountry steht nie müßig herum und schaut zu, wie eine Dame sich abrackert."

Cara trat einige Schritte zurück. Brett holte tief Luft, ließ ein dumpfes Grollen in der Kehle vernehmen, riss den ganzen Busch samt Wurzeln mit einem einzigen Ruck aus dem Erdreich und warf das Ding auf den riesigen Strauchwerkhaufen, als wäre es ein Wattebausch. Cara machte große Augen.

„Für so was bin ich offensichtlich nicht geschaffen."

Er krempelte sich die Ärmel auf. „Geh du nur und stell dich unter die Dusche. Ich schleppe derweil den ganzen Haufen zum Straßenrand rüber."

„Aber du machst dich ja ganz dreckig! Du brauchst dich nicht verpflichtet zu fühlen. Ich kann das wirklich selbst erledigen!"

„Lass mich doch! Ein wenig Strafe muss sein, meinst du nicht auch?"

Sie versuchte zwar, ein abweisendes Gesicht zu machen, konnte sich indes ein erleichtertes Lächeln doch nicht verkneifen. „Wenn du's so siehst – unter der Veranda findest du Schnur zum Bündeln und auch eine Astschere, solltest du auf den Geschmack kommen!"

Er hatte sich längst einen großen, herabgefallenen Eichenast geschnappt, den Cara keinen Zentimeter von der Stelle hätte bewegen können, und zerrte ihn zum Straßenrand. Amüsiert beobachtete sie Brett einen Moment. Er wusste offenbar genau, was er tat, also ließ sie ihn gewähren und stapfte die Treppenstufen hinauf, wobei ihr jeder Schritt schwer fiel. Im Hausinnern duftete es nach Knoblauch und Tomatensauce. Ihr knurrte der Magen; erst jetzt bemerkte sie, welchen Heißhunger sie von der Arbeit an der frischen Luft bekommen hatte. Toy stand am Herd und rührte in einem Topf.

„Riecht lecker!" rief Cara.

„Danke", entgegnete das Mädchen tonlos, drehte sich jedoch nicht einmal um.

Cara ging an ihr vorbei und wiegte sorgenvoll den Kopf. Was war nur mit dem Mädchen los? In jüngster Zeit verhielt Toy sich wieder genauso in sich gekehrt wie zu Beginn. Sie erledigte zwar ihre Arbeit ordentlich und gab Antwort, wenn sie angesprochen wurde, zog sich allerdings ansonsten in ihr Schneckenhaus zurück. Abends verkroch sie sich auf ihr Zimmer, aus dem man dann das Rattern der Nähmaschine hörte, wenn Toy an ihrer Umstandsgarderobe herumschneiderte. Leider war sie keine besonders gute Schneiderin. Das Muster des grässlichen limonengrünen Kleids, das sie momentan trug, passte an den faltigen Nähten nicht zusammen.

„Ich bin heute eingeladen; ihr könnt also getrost ohne mich essen."

„In Ordnung", erwiderte Toy mürrisch.

„Ach!" Lovie, die sich mit einem Buch auf der Couch niedergelassen hatte, schaute von ihrer Lektüre auf. „Mit wem gehst du denn aus?"

„Ach, den kennst du nicht. Ich bin ihm erst vor kurzem begegnet."

„So?" Lovie klappte das Buch zu und stemmte sich aus den Kissen hoch. „Ein Verehrer also?"

Cara merkte, wie ihre Mutter die Antennen ausfuhr. Herrenbekanntschaft? Das war interessant! „Ich starre vor Schmutz und muss erst mal unter die Dusche. Dann können wir uns weiter unterhalten." Mit dieser Ausrede schlüpfte sie in den Korridor. Fürs Erste war sie dem Trommelfeuer von Fragen, die Lovie sicher schon in petto hatte, entkommen.

Das heiße Wasser brauste auf sie herab und spülte ihr offenbar ganze Ackerkrumen vom Körper. So schachmatt sie sich auch fühlte, so sehr freute sie sich doch auf einen zweiten Abend mit Brett. Bei anderen Männern, mit denen sie in der Vergangenheit flüchtige Affären gehabt hatte, hatte sie oft gehofft, sie würden nicht wieder anrufen. Taten sie es doch, wimmelte sie weitere Anträge immer irgendwie ab, zwar höflich, aber bestimmt. Aber dass Brett sich zurückgemeldet hatte, das freute sie. Jawohl, dachte sie, als sie den Wasserhahn zudrehte, das freut mich ungemein.

Sie zog sich sehr sorgfältig an, entschied sich für weiße Jeans und ein sexy aussehendes schwarzes Seidentop. Das noch feuchte Haar ließ sie locker auf die Schultern fallen. Ein Blick in den Spiegel ließ sie staunen: Sie war regelrecht braun geworden, selbst mit Mütze und gebeugt wie ein altes Weiblein. Ihre Haut glühte geradezu.

„Ich bin weg!" rief sie laut in den Korridor und schnappte sich ihre Handtasche vom Flurtischchen.

Doch das Haus war menschenleer. Man konnte weder Lovie noch Toy irgendwo entdecken, trotz der beiden säuberlich aufgelegten Gedecke, trotz der Servietten und des Blumenstraußes auf dem Esstisch. Durch das offene Fenster drang lautes Gelächter aus dem Garten. Cara hastete zur Tür. Ihr schwante Böses.

Es war leicht diesig, und um die Stauden summten die Insekten. Der gesamte Grünschnitt, an dem Cara den ganzen Tag geschuftet hatte, lag abholbereit am Straßenrand, säuberlich zu handlichen Bündeln verschnürt. Daneben standen Brett und Lovie, lächelnd und plaudernd und zuweilen laut lachend, als würden sie sich seit Urzeiten kennen. Cara eilte die Stufen hinunter und dann über den Rasen zu ihnen hin.

„Wie ich feststelle, seid ihr euch nicht unbekannt", meinte sie zu ihrer Mutter.

„Du hast mir ja gar nicht verraten, dass du mit Brett Beauchamps essen gehst! Brett und ich sind alte Freunde!" Sie ließ ihren ganzen Charme spielen und strahlte Brett an. „Seit wie vielen Jahren wohl schon?"

Er schien ihr offenbar total verfallen zu sein. „Ich weiß nicht, Miss Lovie. Zehn, fünfzehn mindestens!"

Cara war perplex. „Woher kennt ihr euch denn?"

„Na, die Insel ist ein Kaff", erwiderte Lovie. „Jeder kennt jeden. Brett kam immer mal rüber und half Florence bei der Reparatur ihres Hauses. Er ist ein sehr geschickter Handwerker."

„Echt?" Cara warf ihm einen erzürnten Blick zu. Er zog eine Augenbraue in die Höhe, zuckte aber sonst mit keiner Wimper.

„Ich gucke mal nach meiner Sauce", verkündete Toy und verzog sich ins Haus.

Cara hätte es am liebsten gesehen, wenn ihre Mutter gleich mitgegangen wäre. Lovie allerdings kostete den Herrenbesuch sichtlich aus. Man konnte es am Glanz ihrer hellblauen Augen ablesen.

„Die wunderhübsche Veranda da drüben", fuhr Lovie fort, „hat er für Flo gezimmert! Und die Aussichtsplattform ebenfalls. Haben Sie denn Florence mal wieder besucht, Brett?" Sie drehte sich zu ihm um. „Also, ich bin sicher, sie wäre ganz aus dem Häuschen, wenn Sie mal wieder vorbeischauten! Sie zählen zu ihren Lieblingsgästen."

„Leider nicht, Ma'am. Ich war schon lange nicht mehr bei Miss Prescott. Ich werde mal hinübergehen und Guten Tag sagen. Wie alt ist Mrs. Prescott senior denn jetzt?"

„Miranda? Die fühlt sich augenblicklich nicht sonderlich gut. Ihr Besuch würde sie bestimmt aufheitern. Sie spricht noch viel von Ihnen. Ich fürchte, Sie hat ihr Herz an Sie verloren."

„Es ist doch nichts Ernstes mit ihr?"

„Mein Lieber, wenn man neunzig ist, wird jede Kleinigkeit ernst. Wir hoffen, dass sie nur eine leichte Grippe hat und bald über den Berg ist. Sie wissen ja, sie lebt für die Schildkröten. Wenn die Jungen schlüpfen, dann kennt Miranda nichts mehr. Dann kann selbst Flo ihre Mutter nicht vom Strand fernhalten."

Cara lächelte. Es gab bestimmte Parallelen.

„Wer kümmert sich denn inzwischen um Sie, Brett?" fragte Lovie. „Nicht zu fassen, dass Sie noch nicht in festen Händen sind! Ein attraktiver Bursche wie Sie!"

Sein Hals rötete sich leicht. Der arme Kerl konnte einem Leid tun! Cara griff ein. „Mutter, bitte!"

Doch Lovie ließ sich nicht beirren. „Wohnen Sie immer noch am Hamlin Creek?"

„Genau, Ma'am. Zum Glück gelang es mir, das Haus vor ein paar Jahren zu erwerben. Ich bezweifle, dass ich es mir heutzutage noch leisten könnte! Bei den Immobilienpreisen!"

„Wem sagen Sie das? Wer hätte gedacht, dass die Preise einmal so steigen würden? Eine kluge Geldanlage! Wie ich höre, soll ja auch Ihr Geschäft sehr ordentlich laufen. Cara war ganz begeistert, auch wenn sie unterschlagen hat, dass das Boot Ihnen gehört." Sie warf ihrer Tochter lächelnd einen Blick zu, die jetzt ihrerseits rot wurde. „Ich bin stolz auf Sie, mein Junge! Ihr Daddy wird es sicher auch sein! Am Steuer eines Schiffes – genau wie er!"

„Na, seine Schiffe sind einen Tick größer. Trotzdem, vielen Dank für das Kompliment!"

Cara schaute zu Florence Prescotts Veranda hinüber. Das Geplauder zwischen Lovie und Brett bekam sie schon gar nicht mehr mit. Flos Veranda war grundsolide entworfen und gezimmert, kein windschiefer Anbau, sondern robust und der unbeständigen Witterung einer der Küste vorgelagerten Insel durchaus gewachsen. Und stilvoll wirkte sie obendrein. Cara fällte einen Entschluss. Sie wartete auf eine Gesprächspause und nutzte die Gelegenheit.

„Übrigens, Brett, wärst du an einem weiteren Handwerksjob interessiert? Einem kleinen?“

Neugier spiegelte sich auf seinem Gesicht. „Zuletzt hab ich für solche Nebenjobs wenig Zeit gehabt.“ Dann überlegte er einen Moment. „Doch für Miss Lovie tue ich, was in meinen Kräften steht. Welche kleine Gefälligkeit schwebt dir denn vor?“

„Na ja, ganz so klein ist sie auch wieder nicht. Eine neue Veranda vorn am Strandhaus.“ Sie lächelte ihre Mutter an. „Mit Pergola!“

Lovies Augen weiteten sich vor Überraschung, eine Reaktion, die Brett nicht entging. Er schaute Cara fragend an, wandte sich um und lief zur Vorderfront des Cottage, wobei er das Gebäude gründlich in Augenschein nahm. Mutter und Tochter folgten ihm, blieben dann nebeneinander stehen und beobachteten, wie er die Länge der Veranda abschritt, sorgfältig die Unterseite des Hauses überprüfte, dann die rückwärtige Seite entlangeilte und auf die Dünenkrone stieg. Seine Miene verriet nichts, während er stumm die gesamte Anlage fixierte. Als er schließlich zu Lovie und Cara zurückkehrte, lag verhaltener Optimismus in seinem Blick.

„Das dürfte eigentlich keine große Schwierigkeit bereiten“, meinte er.

„Wie schön!“ entfuhr es Lovie.

„Möchten Sie es so, wie es vor dem Wirbelsturm war?“

„Was denn – daran entsinnst du dich noch?“ staunte Cara. „Wie es damals ausgesehen hat? Nicht zu fassen! Das ist doch Jahre her!“

„Freilich erinnere ich mich! Selbst vor meinem endgültigen Umzug auf die Insel hab ich während des Sommers immer auf dem Bau gearbeitet, fuhr oft hier vorbei und bewunderte die blühenden Kletterrosen an der Pergola. Die waren eine absolute Augenweide, Miss Lovie. Schade, dass sie weggeweht wurden."

„Genau meine Worte!" stimmte Cara zu.

„Ich glaube, ich weiß, wie es werden soll", bemerkte Brett. „Traditionell, aber haltbar. Falls Sie noch ein paar alte Fotos hätten, wäre das hilfreich. Das Problem ist nur, dass ich es nach Feierabend machen muss. Allzu schnell wird's also nicht fertig werden."

„Geht's denn wohl noch diesen Sommer?" erkundigte sich Lovie.

Er massierte sich das Kinn. „Na ja, vielleicht zum Ende hin. Im Sommer habe ich schließlich Hochsaison!"

„Es muss aber im Frühsommer sein", drängte Cara. „Je schneller, desto besser! Du kannst ruhig einen Handlanger einstellen. Kauf dir, was du brauchst. Geld spielt keine Rolle."

Er runzelte die Stirn. Cara war, als blitze so etwas wie Entrüstung in seinen Augen auf.

„Geld vielleicht nicht. Meine Zeit schon."

„Entschuldige, ich wollte dich nicht unter Druck setzen. Nur ... na ja ..." Sie guckte kurz zu ihrer Mutter hin. „Es eilt halt!"

Eine ganze Weile sagte niemand etwas. Brett und Cara starrten sich wortlos an. Dann begriff er offenbar und wandte sich Lovie zu. „Wenn ich gleich anfange, bevor die Saison so richtig in Gang kommt, könnte ich's vielleicht einrichten. Aber ich bräuchte wahrscheinlich einen Helfer, womöglich sogar zwei, wenn wir alles zügig fertig stellen wollen. Ich zeichne die Pläne und übernehme die Bauaufsicht. Es gibt da ein paar Experten, die ich fragen kann, ob sie mit anpacken. Sie arbeiten gut und preisgünstig."

„Bestimmt, wenn Sie die Leute empfehlen!" Lovie lag viel daran, ihn nicht zu verärgern.

Cara war da etwas direkter. „Also? Machst du's?"

Er lächelte schalkhaft, und Cara wusste, sie hatte gewonnen. Doch in Windeseile handelte sie sich eine Retourkutsche ein.

„Ich mache es, vorausgesetzt, du bist mit von der Partie!"

Vor Verblüffung brach Cara in ein kurzes, helles Lachen aus.

„Wer, ich? Aber ich kann nicht mal ’nen Nagel in die Wand schlagen! Ich stehe euch doch nur im Wege!“

„Wer redet denn vom Hämmern?“

Sie zog die Augenbrauen hoch. Hatte sie doch noch Glück gehabt?

„Ich dachte mehr ans Pinselschwingen!“

Während das Gelege von der Sonne bebrütet wird, spielt die Sandtemperatur eine wichtige Rolle bei der Bestimmung des Geschlechts der Schildkrötenjungen. Ist der Sand kühler, entstehen mehr männliche Tiere. Bei wärmerem Sand werden es weibliche.

„Trautes Heim, Glück allein“, verkündete Brett und ging voraus über den zerbröselnden Betonpfad. „Hereinspaziert! Gleich gibt's was zu essen!“

Cara indes hatte nur Augen für den kleinen, in den sechziger Jahren errichteten Bungalow mit der Rauputzfassade. „Der ist ja pink!“ rief sie aus.

„Ich nenne ihn den rosaroten Flamingo.“ Er zeigte auf einen rosa lackierten Metallflamingo, der unweit der Haustür auf einem Bein stand. „Guck mich nicht so an! Vergiss nicht, du bist hier wieder auf der Insel! So eine rosarote Hütte oben im Norden, gewiss, das wäre ganz etwas anderes. Aber wir sind hier schließlich nicht so sehr weit von den Bermudas entfernt.“

„Das weiß ich wohl. Doch du in einem rosaroten Haus – das will mir nicht recht in den Kopf. Egal, wo sich das Haus befinden würde.“ Sie betrachtete das kompakte, kastenförmige Gebäude mit dem grauen, leicht gewellten Walmdach. Eine uralte Eiche, die fast das ganze Vorgärtchen einnahm und ein ideales Klettergerüst darstellte, fächerte ihr Geäst über den gesamten Rasen, spendete wohltuenden Schatten und bot dem Häuschen zur belebten Straße hin Sichtschutz. Der Anblick versetzte Cara einen nostalgischen Stich. Sie erinnerte sich an den Baum, den sie als Kind so geliebt hatte.

„Welch süßes Häuschen“, stellte sie fest.

„Süß? Autsch, das tut weh!“ Er schloss die Haustür auf. „Komm lieber herein, bevor du weitere Kommentare dieser Art abgibst.“

Das Hausinnere verriet auf Anhieb den Junggesellen. Die Wände waren von einem trüben Grau, sämtliche Leuchten und Lampen stammten höchstwahrscheinlich aus dem Baumarkt. Das wenige Mobiliar hatte offensichtlich wenig oder gar nichts gekostet und zeugte von jahrelanger Sammelleidenschaft. An der Wand neben der Haustür lehnte ein Fahrrad; den Korridor zierten ein Taucheranzug sowie ein Kajak. Bretts Büro bestand aus einem Haufen Post, Zeitungen, Büchern und Schnellheftern, alle kunterbunt über den Esstisch drapiert. Caras nahm dieses Tohuwabohu jedoch nur nebenbei wahr, denn ihr sprang stattdessen sofort die herrliche Aussicht ins Auge, die man durch die gläsernen Schiebetüren im Wohnzimmer hatte. Draußen strömten die Fluten des Intracoastal Waterway, ein atemberaubender Anblick. Auf der Stelle war Cara in das Haus verliebt.

Sie stand an den Glastüren, die zur Terrasse führten, als Brett von hinten an Cara herantrat. Er umarmte sie, legte seine kräftigen Hände auf ihren Bauch und drückte sie an sich. Die Berührung traf sie fast wie ein elektrischer Schlag. Seufzend schloss sie die Augen.

„Hungrig?" fragte er.

Jedenfalls, so nahm sie sich vor, fängst du jetzt nicht mit diesem albernen Kitsch an, von wegen hungrig nach deinen Küssen und so. Das wäre nun wirklich zu abgedroschen und zu banal.

„Ich sterbe vor Hunger", gab sie zu.

„Dann zaubere ich uns mal was zum Dinner", verkündete er und ließ sie los.

Benommen drehte sie sich um. „Tu das", erwiderte sie, halb lächelnd, halb schmollend. Offenbar wollte der Kerl sie ein wenig aus der Fassung bringen. Andere Männer wären wahrscheinlich ohne Umschweife aufs Ganze gegangen. Das Dinner hätte eher danach stattgefunden.

Er schob die gläsernen Türen auseinander und marschierte quer durch den Garten hinunter bis zum Ende seines Bootsanlegers. Neugierig geworden, trat Cara näher an die Terrassentür und legte die Hand gegen das kühle Glas. Es war zwar von Wasserflecken übersät und verschmutzt, doch sie konnte genau verfolgen, wie Brett sich bückte und kurz darauf einen Fangkorb aus dem Wasser zog. Triefend tauchte das schwarze Eisending aus den Fluten auf, gefüllt mit etwas, bei dem es sich offensichtlich um jede Menge Krabben mit schnappenden Scheren handelte.

Was hat es bloß mit diesem Kerl auf sich, fragte sich Cara. Bei nahezu all ihren früheren Männerbekanntschaften war es so gewesen, dass das Essen aus dem Kühlschrank kam oder telefonisch bestellt wurde. Leise lächelnd lehnte sie sich gegen die Tür. Nun, die waren eben nicht wie Brett. Nicht im Entferntesten.

Zum Glück!

Gemeinsam kochten sie die Krabben in einem großen Edelstahltopf. Während Brett Maiskolben schälte, zerließ Cara in der Mikrowelle die Butter. Dann setzten sie sich auf die Veranda. Die untergehende Sonne färbte das Wasser rosarot und verlieh Caras Haar eine dunkle, zu ihren Augen passende Tönung. Sie hatte es sich hochgesteckt; man brauchte für dieses Essen beide Hände, denn man musste die Krabben in Butter tunken und sich häufig die Finger an der Serviette abwischen.

Beim flackernden Kerzenlicht der Sturmlaternen saßen sie in der Abenddämmerung, verzehrten genüsslich das süß schmeckende Fleisch und tranken dazu Bier aus der Dose. Die Unterhaltung, so schien es, lief praktisch von allein. Sie plauderten über ihre Berufe, die jüngsten Schildkrötengelege, die Pläne für Lovies Veranda und über Gott und die Welt. Je länger der Abend sich hinzog, desto mehr war Cara von Brett angetan. Die Art, wie er sie beim Gespräch anschaute, sein jungenhaftes Lachen, all das beeindruckte sie tief. Es war fast, als wären sie seit langem befreundet und gingen völlig ungezwungen miteinander um – zu ungezwungen fast. Und wenn sie sah, wie herzlich er lachte, wie eindringlich seine blauen Augen beim Erzählen leuchteten, dann hätte sie gern erfahren, ob er genauso empfand wie sie. Oder gab sich ein Brett Beauchamps in Gesellschaft immer so?

Als dann die leeren Schalen abgeräumt waren und sie mit einem neuen kühlen Bier wieder am Tisch saßen, berichtete sie Brett von der Geschichte mit Darryl und Toy. Er reagierte so, wie sie es von ihm erwartet hatte. Sein Mund verzog sich zornig, seine große Hand zerquetschte das Weißblech der Bierdose.

„Der soll bloß bleiben, wo der Pfeffer wächst, dieser Stinkstiefel! Sonst wird's ihm gewaltig Leid tun. Ach was, eigentlich wär's mir sogar lieb, wenn er sich doch blicken ließe!"

„Wie kommt's, dass ihr Kerle ständig zu Imponiergehabe neigt und euch so gern prügelt? Zuweilen könnt ihr's offenbar gar nicht abwarten!"

„In dieser Hinsicht verstehe ich absolut keinen Spaß, Cara. Diese Darryl-Typen – solche, die meinen, sie wären erst richtige Kerle, wenn sie 'ne Frau vermöbeln – sind mir ein Gräuel. Denen biete ich liebend gern Gelegenheit, sich zur Abwechslung mal mit 'nem gleichwertigen Gegner anzulegen."

„Ich kann das verstehen und stimme dir ausdrücklich zu. Nur hoffe ich, dass uns direkt vor Primrose Cottage eine solche Gladiatoren-Lehrvorführung erspart bleibt!" Sie streichelte ihm über den Arm und wirkte ein wenig besorgt. „Bei so einer miesen Ratte weiß man nie. Vielleicht ist er bewaffnet. Mit 'nem Messer womöglich oder gar mit einer Schusswaffe."

„Damit werde ich schon fertig!"

Sie nahm das wortlos zur Kenntnis.

„Was ist?" fragte er, als fühle er sich herausgefordert. „Du guckst mich so sonderbar an! Traust du mir das etwa nicht zu?"

„Ganz im Gegenteil! Wenn du sagst, dass du damit fertig wirst, dann glaube ich dir. So ein Gefühl hatte ich noch nie bei einem Mann."

„Was für ein Gefühl?"

„Ein Gefühl der Sicherheit", erwiderte sie, verblüfft, dass sie etwas so Persönliches preisgab. „Mein letzter Freund ..." Sie brach ab und schlug sich an die Wange. „Himmel, ist das nicht bescheuert, wenn man in meinem Alter noch diesen Ausdruck benutzt? *Freund?* So wie früher, wenn man mit einem ‚festen Freund' ging!"

Er runzelte die Stirn. „Was ist mit ihm?"

Sie fragte sich mit klammheimlicher Freude, ob er wohl ein ganz klein wenig eifersüchtig war. Interessant!

„Na ja ...", begann sie zögernd, wusste aber nicht recht, wie sie fortfahren und wie viel sie ihm überhaupt anvertrauen sollte. Eigentlich empfahl es sich nicht, einem neuen Verehrer gleich mit dem Ex zu kommen, weshalb sie sich für das Motto „Weniger ist oft mehr" entschied.

„Richard und ich waren für dieselbe Werbeagentur tätig. Wir konnten über alles reden, was mit dem Beruf zusammenhing, und ich dachte, wie seien ein recht gutes Team. Wir hatten auch jede Menge Spaß zusammen. Du weißt ja, wie das ist, wenn man gemeinsame Interessen hat. Sobald es aber um persönliche Dinge ging, beispielsweise um mein Verhältnis zu meiner Mutter oder um meine Gesundheit, hielt ich mich sehr bedeckt. Nicht, weil ich Richard nicht mochte, sondern ich sprach aus Prinzip nie darüber. Im Allgemeinen bin ich nämlich sehr wortkarg, was mein Privatleben betrifft. Ich konnte nie ausschließen, dass er nicht eines Tages solche Informationen zu meinem Nachteil verwenden würde. Wie sich im Nachhinein herausstellte, war meine Vorsicht begründet."

„Was ist passiert?"

„Er wurde befördert, ich hingegen gefeuert. Für meine Entlassung konnte er zwar nichts, doch er besaß Kenntnis davon. Trotzdem hielt er es nicht für nötig, mich vorzuwarnen."

„Die haben dich entlassen? Wann denn?"

„Vorigen Monat. Bevor ich herkam."

„Und mehr willst du mir darüber nicht verraten?"

„Was gibt's da noch groß zu erzählen? So was passiert eben. Dir kann es doch eigentlich gleich sein."

„Von wegen! Menschenskind, Cara, unter diesen Umständen nehme ich doch von dir kein Geld für den Bau der Veranda! Das wäre das Letzte, was mir einfiele. Wieso hast du's mir nicht gesagt?"

„Ach, du bist wirklich zu süß! Die nächste Benimmregel? Ein Mann aus dem Lowcountry akzeptiert kein Geld von einer Lady, die vom Pech verfolgt ist?"

„Wenn's vorher keine Regel war, dann steht sie jetzt im Knigge!"

„Keine Sorge", erwiderte sie. Der Bursche gefiel ihr immer mehr! „Die Lady nagt noch nicht am Hungertuche. Eine Veranda kann sie sich so eben noch leisten. Ein Haus vielleicht nicht gerade, doch eine Veranda schon."

„Nein. Das kann ich nicht von dir verlangen."

„Keine Widerrede, Brett!“ sagte sie streng und ließ erst gar nicht zu, dass er einen ganzen Schwall Argumente vorbrachte. „Für mich steht die Sache fest. Es ist schwierig zu erklären, doch ich muss etwas tun, um Mama zu helfen, ich muss dafür sorgen, dass ihr Los leichter wird. So viele Jahre haben wir lediglich leere Floskeln ausgetauscht. Ich weiß, die Veranda wird ihr viel bedeuten, zumal der Anstoß dazu von mir kommt. Es ist mir gleichgültig, wie viel der Bau kostet. Viel schwerer würden die negativen Gefühle wiegen, wenn ich's nicht tun würde.“

Im Geist überschlug Brett die Kosten. „Wird schon nicht so teuer werden!“

„Stopp, Brett! So geht das nicht! Nicht, dass du es für mich billiger machst! Ich kenne den Preis von guter Arbeit und schätze Qualität und fachgerechte Ausführung. Auch wenn ich dein Entgegenkommen sehr wohl zu würdigen weiß.“

„Du vergisst dabei eins: Ich habe ebenfalls eine Menge für Miss Lovie übrig.“ Er verstummte und fragte dann: „Sie ist sehr krank, nicht wahr?“

Cara hatte befürchtet, dass das Gespräch diese Wendung nehmen würde. Sie nickte. „Sie hat Krebs.“

Er blickte zu Boden.

Cara legte die Hand auf die seine. „Brett, ich bin dir wirklich sehr dankbar, dass du die Veranda wieder herrichten willst. Ich habe gemerkt, dass du dich überfahren gefühlt hast. Das war nicht meine Absicht. Vielleicht bin ich etwas zu forsch gewesen. Bitte verzeih mir! Es war nur eben so, dass ich plötzlich in Panik geriet. Die Ärzte geben ihr nur noch diesen Sommer. Da wollte ich das unbedingt für sie tun, bevor ...“ Sie seufzte. „Bevor es zu spät ist.“

„So etwas Ähnliches habe ich mir schon gedacht. Sie wirkt sehr zerbrechlich.“

„Stimmt. Der Anblick geht einem regelrecht durch Mark und Bein. Es bringt mich fast um, wenn sie nichts zu sich nimmt oder wenn sie so schwer Luft bekommt. Und zudem hustet sie jetzt auch andauernd. Ist dir das aufgefallen? Es macht mir Angst. Man steht nur hilflos daneben. Normalerweise greife ich ein, wenn ich ein Problem sehe, und versuche es zu lösen. Aber das hier lässt sich nicht beheben."

„Nein. Doch man fühlt sich so machtlos. Dabei ist es Teil der Natur." Er drehte die Handfläche nach oben und umfasste Caras Handgelenk. „Ich hoffe, du nimmst es mir nicht übel, wenn ich offen spreche. Wir alle betrachten den Tod als etwas Unnatürliches, als eine Sache, gegen die wir ankämpfen müssen. Ich sehe jeden Tag, wie's in der Natur zugeht, und man kann den Anblick nicht immer schön nennen. Das Leben ist eben gefährlich und stellenweise grausam, doch auch wieder wunderbar. Daran müssen wir uns in solchen Zeiten immer erinnern. Es fällt uns schwer, zu ertragen, dass Miss Lovie sterben wird, weil wir sie mögen. Doch wenn es sie tatsächlich trifft, dann ist es unsere Aufgabe, ihr durch diese Phase zu helfen. Wenn wir versuchten, uns dem Tod entgegenzustemmen, würden wir es ihr nur schwerer machen."

„Aber mit neunundsechzig! Das ist doch noch relativ jung! Ich finde es einfach nicht gerecht!"

„Was hat das Leben mit Gerechtigkeit zu tun? Ist es gerecht, wenn ein Kind stirbt? Sind Kriege oder Seuchen gerecht?"

„Brett, bitte!" sagte sie scharf und entzog ihm verärgert ihre Hand. „Erspar mir diese Allgemeinplätze! Dies ist doch keine akademische Diskussion!"

Er guckte sie gekränkt an.

„Schau mal", versuchte sie zu erklären, „wenn ich in der Zeitung etwas über einen tragischen Vorfall lese, bei dem jemand ums Leben kommt, dann stimmt mich das traurig. Ach, wie schlimm, denke ich, und das war's. Selbst beim Tode eines entfernten Bekannten mache ich im alten Trott weiter. Hier aber geht es um meine Mutter. Ich bin verzweifelt, und meine Hilflosigkeit macht mich wütend." Sie schlug die Hände vors Gesicht. „Meine Mutter soll nicht sterben!"

Brett trat zu ihr an die andere Seite des Tisches, setzte sich neben sie und legte ihr den Arm um die Schulter. Sie kam sich furchtbar klein vor, lehnte sich an Brett und fühlte sich tröstlich geborgen.

„Ich kann nur so wenig tun und habe eine solche Angst!"

„Du tust schon eine Menge. Du bist heimgekommen, was ihr bestimmt sehr wichtig war. Nun bringst du das Strandhaus, das euch beiden so viel bedeutet, auf Vordermann."

„Mir ist, als geriete meine ganze Welt ins Wanken."

„Vielleicht gewinnst du genau dadurch den Blick für das Wesentliche."

Schniefend barg sie das Gesicht an seiner Brust. „Vielleicht. Wer weiß! Ich stecke viel zu tief in allem drin, um den Durchblick zu bewahren. Ich habe Angst, denn dies ist erst der Anfang. Und ich fühle mich allein."

„Aber das bist du nicht. Ich bin doch da!"

Mehr sagte er nicht. Er schloss sie einfach in die Arme.

Als Cara und Lovie am folgenden Morgen vom Stranddienst zurückkehrten, wirkte das Haus ungewöhnlich still. Wenn Toy ihre morgendlichen Arbeiten erledigte, sang sie gewöhnlich in der Küche vor sich hin, oder es dröhnte laute Musik aus der Stereoanlage. Doch heute war das nicht der Fall. Den Kopf schräg gelegt, blieb Lovie wie angewurzelt mitten im Wohnzimmer stehen.

„Hör doch", flüsterte sie Cara zu und winkte sie näher heran. „Weint da nicht jemand?"

Cara lauschte angestrengt. Wirklich, jemand schien zu schluchzen und leise vor sich hin zu fluchen. Toy hatte sich in letzter Zeit häufig in sich gekehrt in ihrem Zimmer verkrochen und die Tür hinter sich abgeriegelt. Cara bemerkte den Blick ihrer Mutter und meinte leise: „Ganz schön launisch die letzten Tage, unsere Toy. Liegt sicher an der Schwangerschaft."

„Launenhaftigkeit ist eins, aber Weinen? Das lässt mir keine Ruhe." Energisch ging Lovie auf die nur angelehnte Tür zu. Cara folgte ihr. Als die beiden ins Zimmer spähten, erblickten sie Toy vor der Nähmaschine. Verzweifelt hockte sie vor einem riesigen Stoffknäuel, das sich offensichtlich in der wütend vor sich hin ratternden Maschine verheddert hatte. Toy trug einen kurzen, zerfransten blauen Bademantel, der ihre dünnen braun gebrannten Beine enthüllte. Die Zehennägel waren hellviolett lackiert. Völlig aufgelöst schaute sie auf, als sie die beiden bemerkte.

„Ruiniert", heulte sie und zerrte frustriert an dem Stoffberg. „Ich nähe und nähe und krieg das verdammte Ding einfach nicht hin! Die stinkt mir langsam, diese Näherei!"

„Mädchen!" Lovie legte ihr beschwichtigend die Hand auf die Schulter. „Wieso hast du dich nicht an mich gewandt?"

„Weil ich Sie nicht belästigen wollte! Ich dachte, ich schaffe es vielleicht selbst. Es sah doch gar nicht so schwer aus, als ich das Muster aussuchte! Das liegt nur an diesem Material! Das rutscht so!" Wütend fegte sie sich die verbliebene Stoffbahn vom Schoß.

„Ach, du Arme! Wie solltest du auch ahnen, dass sich solch Material nur schwer verarbeiten lässt?" rief Lovie.

„Ich bin halt einfach zu blöd!"

„Nein, bist du nicht", entgegnete Cara, die sich nun auch ins Gespräch einmischte.

„Und warum krieg ich's dann nicht hin? Nähen kann doch fast jeder!"

„Kein Wunder, dass das nicht richtig klappt", stellte Lovie nach einem Blick auf das Muster fest. „Damit hätte jeder seine Probleme. Hast du denn überhaupt mal Nähunterricht gehabt?"

„Nur in Grundzügen. In der siebten Klasse. Da haben wir mal Kissenbezüge und so Sachen angefertigt. Und jetzt habe ich geglaubt, dass ich das schon irgendwie hinbekomme. Aber all diese verschiedenen Schritte ... das ist so schwer!"

„Ich nähe und schneidere für mein Leben gern. Es ist überhaupt nicht schwer. Aber bevor man sich an einen Hausbau wagt, muss man lernen, mit Hammer und Nagel umzugehen." Lovie warf Cara einen bedeutungsvollen Blick zu. „Stimmt doch, nicht wahr?"

Cara nahm es mit Humor. „Mama hat Recht", bestätigte sie. „Wenn dir einer was beibringen kann, dann sie!"

Toy starrte nur stumm und verdrossen vor sich hin.

„Etwas Anspruchsvolles ist nie einfach", fuhr Lovie fort. „Ich würde dir mit Vergnügen helfen. Und bei diesem Stoff können wir sowieso nichts mehr verderben, also mach nicht ein Gesicht wie drei Tage Regenwetter! Was hältst du davon, wenn wir's zunächst mit einem leichteren Schnitt versuchen? Und wir verwenden einen hübschen, kräftigen Baumwollstoff. Nicht dieses glatte Zeug, das in der Nähmaschine stecken bleibt!"

„Ich könnte euch alles besorgen, Mama", bot Cara an. „Dir wird so ein Einkauf vielleicht zu viel."

„Ihr braucht mich nicht mit Samthandschuhen anzufassen. Ich will selbst in die Stadt!" In Lovies Augen spiegelte sich Empörung über die Unterstellung, sie schaffe einen Einkaufsbummel nicht mehr. Doch dann sah sie es ein: „Na, von mir aus!" Dann wandte sie sich an Toy: „Allerdings hat mir ein Vögelchen gesungen, dass dein Geburtstag naht! Und so etwas verheimlichst du mir? Schäm dich!"

„Ach, ist doch halb so wild! Wehe, Sie machen sich meinetwegen Umstände!"

„Aber natürlich findet etwas statt! Dein achtzehnter Geburtstag! Das ist ein Meilenstein!"

Mit hochrotem Kopf rutschte Toy auf ihrem Stuhl herum. „Na ja, falls ... also, wenn Sie unbedingt möchten, ja, dann wäre ich Ihnen dankbar, wenn Sie statt für mich etwas für das Baby besorgen würden. Ich kann auf Geschenke verzichten, doch für mein Kind habe ich rein gar nichts. Dabei brauche ich doch alles Mögliche! Dafür spare ich mein ganzes Geld!"

Cara war tief betroffen. Sie dachte an die Zeit, als sie so alt wie Toy gewesen war und sich in Chicago ohne einen Cent in der Tasche hatte durchschlagen müssen. Die Existenzangst von damals würde sie wahrscheinlich nie vergessen.

„Babysachen bekommst du noch und noch, wenn wir erst die Sammelaktion für das Kleine veranstalten", verkündete sie und beschloss insgeheim, dafür zu sorgen, dass Toy mit dem Nötigen versorgt wurde. „Aber zu deinem achtzehnten Geburtstag steht dir etwas Persönliches zu!"

„Wir kaufen dir das eine oder andere Kleid", stimmte Lovie zu. „Damit du dich hübsch angezogen fühlst."

„Nein, Ma'am, das wäre mir nicht recht. Ich kann mir etwas schneidern. Allmählich hab ich den Bogen raus."

Lovie warf einen kurzen Blick auf den jämmerlichen Stoffhaufen, der noch in der Maschine steckte, worauf Toy in Tränen ausbrach. Cara und Lovie schauten sich lange und bedeutungsvoll an. Offenbar machten der armen Toy die Hormone zu schaffen.

„Leg dich gar nicht erst mit Miss Lovie an", riet Cara dem Mädchen. „Ihre Zermürbungstaktik funktioniert bei jedem! Sag einfach Ja und gönn uns den Spaß, dir eine Kleinigkeit zum Geburtstag zu schenken!"

Toy wusste offenbar weder aus noch ein. Insgeheim tat sie Cara Leid. Das Mädchen hatte schließlich auch seinen Stolz und versuchte, sein Gesicht zu wahren. „Bitte, Toy", schob sie nach. „Wir lassen nicht eher locker, bis du zustimmst. Und Mama wird es freuen, wenn sie etwas für dich tun kann."

Toy wischte sich über die Augen. Die Tränen waren der Erleichterung gewichen.

„Okay", erwiderte sie, wobei sie verlegen die Achseln zuckte. „Wenn es Miss Lovie solchen Spaß macht, dann wünsche ich mir vielleicht ein Kleid. Aber nur eins!"

Später am Nachmittag desselben Tages saßen Cara und Toy beim Lunch draußen unter einem Sonnenschirm im „Port City Java". Zu ihren Füßen standen mehrere Einkaufstüten, prall gefüllt mit Umstandskleidern, Shorts und Tops aus leichten, wunderhübschen Stoffen. Geschmackvolle Kleidung von dieser Qualität hatte Toy niemals zuvor besessen, ja, sie hatte nicht einmal geahnt, dass es sogar Umstandsbademoden gab! Außerdem hatten die beiden eine komplette neue Babyausstattung angeschafft – winzige, unaussprechlich niedliche Strampelanzüge.

Insgeheim wusste Cara sehr wohl, dass sie bei nun ausbleibendem Einkommen mit ihren Finanzen eigentlich sorgsam haushalten sollte. Doch der Einkaufsbummel hatte einen Heidenspaß gemacht. In Chicago war sie für solche Ausflüge stets viel zu beschäftigt gewesen, und dem Einkaufen selbst hatte sie nie viel abgewinnen können. In den Boutiquen, in denen sie Stammkundin war, wussten die Verkäuferinnen Bescheid, kannten ihren Geschmack und legten ihr bestimmte Ware zurück, damit sie diese später anprobieren konnte. Geschenke bestellte sie telefonisch oder per Internet, oder sie wich auf Gutscheine aus.

Doch der heutige Tag hatte sich als eine völlig neue Erfahrung erwiesen. Voller Begeisterung hatte Toy ein Kleid nach dem anderen anprobiert und mit freudig erregten „Ohs" und „Ahs" neue Schuhe ausgesucht. Besonders von der Babyabteilung des Kaufhauses waren die beiden Frauen begeistert gewesen. Wie Schulmädchen hatten sie beim Anblick der entzückenden Säuglingsstrampler gekichert und sich gleich mehrere Garnituren einpacken lassen. Und je mehr Toy sich gegen den Kauf gewehrt hatte, desto entschlossener hatte Cara darauf bestanden.

Die Erinnerung ließ sie noch im Nachhinein lächeln. Sie schaute liebevoll zu Toy hinüber, die ihr gegenüber am Tisch saß und sich mit Heißhunger über ein Sandwich hermachte. Hätte ich in Toys Alter ein Kind bekommen, so dachte Cara, dann wäre es jetzt sogar schon älter als Toy.

Wie das wohl war, wenn man ein Kind erwartete? Wenn man so ein Menschlein zur Welt brachte? Verstohlen betrachtete sie Toys Bauch und versuchte sich vorzustellen, wie es sein mochte, wenn man das werdende Leben in sich spürte. Es gelang ihr nicht.

Mutter zu sein bedeutete, ein Leben lang für dies Kind Verantwortung zu tragen. Dazu brauchte man Arbeit, ein Dach über dem Kopf, einen Lebensunterhalt. So viel anders als ihr bisheriges Dasein konnte das eigentlich nicht sein. Der Hauptunterschied lag wahrscheinlich im Verlust der Unabhängigkeit, denn das kleine Wesen würde ihr sicherlich die ganze Zeit am Rockzipfel hängen und verwöhnt werden wollen. Ihre eigene Mutter hatte ihr mal erzählt, dass sie von dem Moment an, als sie das Gesichtchen ihres Ältesten zum ersten Mal erblickte, keine ruhige Nacht mehr gehabt hatte.

Sie versetzte sich in eine Mutter hinein, die ihr Neugeborenes im Arm hielt, ihm die Brust gab, in seinen Augen einen Teil ihrer selbst zu entdecken glaubte. Unsympathisch war ihr die Vorstellung nicht. Doch ein Kind würde sie wohl nie bekommen – ein schmerzliches Gefühl, von dem sie für einen kurzen Moment überwältigt wurde.

Verwirrt blinzelte sie in die Nachmittagssonne. Dass sie wohl kinderlos bleiben würde, erkannte sie erst jetzt in seiner ganzen Tragweite. Dabei hatte sie sich nicht etwa bewusst gegen ein Kind entschieden, sondern an ihrer Karriere gebastelt und über Nachwuchs nicht lange nachdenken können. Und nun, im reifen Alter von vierzig Jahren, saß sie hier in diesem kleinen Straßencafé, bei ihrem Eiskaffee und begriff mit einem Male: Ich habe *vergessen*, mir Kinder anzuschaffen.

Toy riss sie aus ihren Gedanken. „Ach, wäre doch Miss Lovie auch hier“, sagte sie. „Wie gut hätte ihr ein solches Sandwich geschmeckt!“

Cara zuckte zusammen. „Was? Oh, entschuldige, ich war nicht ganz bei der Sache!“

„Wir könnten doch Miss Lovie eins von diesen Sandwiches mitbringen.“

Cara versuchte, sich wieder auf das Hier und Jetzt zu konzentrieren, und holte tief Luft. „Keine schlechte Idee, aber ich glaube nicht, dass es Mama schmecken würde. Es ist ziemlich scharf gewürzt. Außerdem hat sie oft überhaupt keinen Appetit.“

Mit einer dramatischen Geste, in die sie ihren ganzen Kummer packte, legte Toy ihr Sandwich hin. „Ist das nicht traurig? Ich habe es mit allen möglichen Gerichten probiert – in der Hoffnung, dass sie einige vielleicht mag. Aber sie isst wie ein Spatz, egal, was ich ihr vorsetze! Ehrlich!“

„Nimm es nicht persönlich. Das macht die Krankheit. Ich hatte dieser Tage ein langes Gespräch mit dem behandelnden Arzt. Seiner

Ansicht nach hält sie sich den Umständen entsprechend wacker. Allgemeinzustand und Stimmung seien gut, meint er. Doch er hat mich auch warnend darauf hingewiesen, dass es nicht mehr lange dauern wird, bis ..." Cara zögerte. Welchen Ausdruck hatte der Arzt verwendet? *Bis der Verfall einsetzt.* Wie unmenschlich das klang! Als spreche man über einen fehlgeschlagenen Laborversuch oder das Haltbarkeitsdatum auf Lebensmitteln! „Über kurz oder lang werden wir unsere liebe Müh und Not haben, sie überhaupt zum Essen zu bewegen!"

Toys Gesicht spiegelte das Entsetzen wider, das sie beide empfanden. „Das ist alles so unfassbar!"

Cara legte ihre Gabel auf den Tisch. „Ich weiß. Es wird schwer. Und dann werden wir aufeinander angewiesen sein, Toy, und uns gegenseitig helfen und stützen müssen!"

Toy nickte ergriffen.

„Dauernd fällt mir ein, wie sie in ihren Jugendjahren war. Sie hatte solchen Schwung! Und was ging sie gerne einkaufen! Unser heutiger Bummel wäre genau ihre Kragenweite gewesen. Sie war mit sämtlichen Verkäuferinnen in den Boutiquen der King Street sozusagen per Du." Cara lächelte bei dem Gedanken. „Damals hättest du sie mal sehen sollen! Sie war wirklich eine Schönheit! Wespentaille, wunderbares blondes Haar! Immer schick." Sie beäugte sich selbstkritisch und lachte dabei. „Wir beide, Mama und ich, waren ein ungleiches Paar. Ich latschte immer neben ihr her wie ihre schlaksige Adjutantin. Kleiderkäufe mit ihr gerieten stets zu einem Fiasko. Probierte ich mal etwas an, fühlte ich mich stets wie ein etwas groß geratenes Trampel. Je zuvorkommender sie sich verhielt, desto unausstehlicher wurde ich. Sie hat nie begriffen, dass ich gern so wie sie ausgesehen hätte. Doch das durfte ich ihr natürlich nicht gestehen. Unsere Einkaufsbummel endeten unausweichlich mit einem Krach. Ich konnte mich dann tagelang selbst nicht leiden. Wahrscheinlich gehe ich deshalb bis auf den heutigen Tag so ungern einkaufen und trage so gut wie nie Kleider."

Toy guckte sie schuldbewusst an.

„Aber mit dir hat's heute Spaß gemacht", versicherte Cara hastig.

„Ich brauchte ja nichts anzuprobieren. Das habt ihr ja brav übernommen, du samt Baby. Ich hatte meine helle Freude daran."

Offenbar glaubte das Mädchen ihr. „Na ja", erwiderte Toy leichthin, „Sie haben's ja auch gut! Wenn ich nur so groß wäre wie sie! Sie schauen ja aus wie 'n Model!"

„Das weniger. Aber apropos – Mama wird sicher erwarten, dass du ihr nach unserer Rückkehr alles vorführst. Warte nur ab!"

Mit beiden Händen griff Toy wieder nach ihrem Sandwich, biss ein enormes Stück ab und schickte sich an, etwas zu sagen. Doch dann erinnerte sie sich wohl daran, dass Sprechen und Kauen gleichzeitig nicht gut funktionierte. Cara unterdrückte ein Schmunzeln.

Als Toy aufgegessen hatte, wies sie auf Caras Teller. „Mehr essen Sie nicht? Man kommt sich ja wie 'n Vielfraß vor im Vergleich zu Ihnen!"

„Ich bin mit Brett zum Dinner verabredet, muss also noch etwas Platz lassen."

„Schon wieder?"

Für einen Moment fiel Cara der Abend zuvor wieder ein. Die halbe Nacht hatte sie sich zu erklären versucht, warum sie vom Ablauf des Abends so angetan war, obwohl sich außer dem Kuss nichts abgespielt hatte. Der allerdings war sagenhaft gewesen.

„Wir wollen heute Abend die Baupläne für die Veranda durchsprechen", erläuterte sie, um jeglichen Fragen von Seiten Toys zuvorzukommen. „Er denkt, er kann Ende der Woche schon loslegen. Kaum zu glauben, was?"

„Mir scheint, der würde für Sie Berge versetzen."

„Was meinst du damit?"

Übertrieben geziert tupfte Toy sich mit der Serviette die Lippen ab. „Ich sehe doch, wie der Sie anhimmelt! Hab doch Augen im Kopf!"

Cara unterdrückte ein Grinsen und rührte gesenkten Hauptes mit dem Trinkhalm in ihrem Eiskaffee. „Nein, deshalb macht er's nicht. Ich hab ihm von Mamas Gesundheitszustand berichtet, und plötzlich war's, als hätte man bei ihm auf einen Knopf gedrückt.

Jetzt kann es ihm gar nicht schnell genug gehen! Es ist wirklich sehr lieb von ihm."

„Ja, weil er ein lieber Kerl ist. Zwar still, aber zupackend, wissen Sie? Solche sind dünn gesät!"

„Das kannst du laut sagen!"

„Also, Darryl jedenfalls hat mich noch nie so angeschaut."

„Das kann dir doch jetzt piepegal sein, wie er dich angeguckt hat!"

Toy legte ihr angebissenes Sandwich auf den Teller. „Ich muss Ihnen da was beichten ... Ich wollte Miss Lovie nicht unnötig beunruhigen, deshalb erzähle ich's lieber Ihnen."

„Ich bin ganz Ohr."

„Es hat mit Darryl zu tun. Ich habe ihn angerufen. Nur um mal zu hören, wie's ihm geht", fügte sie hastig hinzu, als sie merkte, dass Cara ganz und gar nicht begeistert zu sein schien. „Sie müssen wissen, wir waren schließlich 'ne ganze Zeit zusammen!"

Cara rührte weiter in ihrem Eiskaffee herum und bemühte sich um Haltung. Innerlich war sie auf hundertachtzig. „Und was hatte er zu seiner Entschuldigung vorzubringen?"

„Nicht viel. Das ist vielleicht ein Fiesling! Es war sogar 'ne andere bei ihm, und er machte sich nichts daraus, als ich es mitbekam. Ich glaube fast, er hat's drauf angelegt, dass ich es hörte. Zur Strafe gewissermaßen, wissen Sie?" Sie schnaufte verächtlich. „Als ob mir das noch was ausmachen würde!"

„Trotzdem – bestimmt tut's dir weh, dass er dich hintergeht", entgegnete Cara. Ihr fiel Richard ein.

Toy nickte nur grimmig.

„Tja, Reisende soll man nicht aufhalten! Nicht wahr?"

Verlegen, den Blick gesenkt, rutschte Toy auf ihrem Stuhl herum.

„Ist noch was?"

„Irgendwie muss er meinen Anruf zurückverfolgt haben. Vielleicht mit 'nem Computerprogramm oder so. Er hat nämlich jetzt meine Nummer. Ich meine natürlich Ihre! Neulich hat er mich angerufen ... aber ich hab einfach aufgelegt."

„Aha." Cara lehnte sich zurück. Tausende von Möglichkeiten schossen ihr durch den Kopf. Eine gute war nicht darunter. „Was hat er denn wohl deiner Meinung nach vor?"

„Darryl? Dem ist alles zuzutrauen. Er glaubt, ich gehöre ihm."

Caras Puls ging schneller. „Denkst du, er lässt sich bei uns blicken?"

„Weiß ich nicht", gab sie leise und verängstigt zurück. „Ich hab versucht, es ihm auszureden."

„Na, immerhin. Was genau hat er denn gesagt?"

„So genau erinnere ich mich nicht mehr daran. Er lasse sich kein Vorschriften von mir machen und so, und wenn er tatsächlich käme, dann würde er mich wieder mitnehmen." Ihre Stimme bebte. „Wenn er so anfängt, so leise und komisch spricht, dann ist er stinksauer. Das weiß ich."

„Panik hilft dir nicht weiter und schadet zudem deinem Kind. Nimm noch einen Schluck Saft und erzähl mir ein bisschen mehr von dem Kerl!"

Toy nippte an ihrem Saft und beruhigte sich ein wenig. Cara ihrerseits wirkte äußerlich zwar gelassen, machte sich jedoch große Sorgen und wäre am liebsten schnurstracks heimgeeilt, um sämtliche Türen zu verrammeln.

„Was macht Darryl denn beruflich?" erkundigte sie sich.

„Tja, am liebsten möchte er Profimusiker in seiner Rock-Band sein. Er ist echt gut, Sie müssten ihn mal hören! Die Band spielt 'ne Art Country-Rock. Die Stücke schreibt Darryl selbst. Er hat sogar mal 'nen Song über mich komponiert. Dauernd faselt er davon, er wolle nach Kalifornien gehen, damit man ihn endlich entdeckt. Hier wird ja niemand auf ihn aufmerksam, meint er. Ein richtiger Hit, sagt er, das wäre der Durchbruch!"

Der Stolz in Toys Stimme gefiel Cara überhaupt nicht. „Kann er denn von seiner Musik leben?"

„Nein. Jedenfalls noch nicht. Nebenbei schlägt er sich mit Gelegenheitsjobs durch, zuletzt in 'nem Laden, der Unterhaltungselektronik verkauft. Davor war er Barkeeper. Er hat gern Musik um sich rum."

„Barkeeper? Wie alt ist der Bursche denn?"

„Vierundzwanzig."

„Was? Vierundzwanzig? Aber du wirst mal gerade achtzehn! Wie alt warst du denn, als das mit euch anfing?"

„Sechzehn. Aber als ich zu ihm zog, da war ich schon siebzehn", erklärte sie eilig. „Davor war ich ihm zu jung."

„Und auf den Gedanken, eine sechzehnjährige Schülerin könnte zu jung für einen Zweiundzwanzigjährigen sein, ist er wohl nicht gekommen, wie?"

„Aber ich liebe ihn doch! Und er war auch wirklich nett zu mir. Als meine Eltern so gemein zu mir waren, da hat er zu mir gehalten."

Was für Rabeneltern müssen das sein, dachte Cara, die ihre minderjährige Tochter so mir nichts, dir nichts mit einem erwachsenen Mann auf und davon ziehen lassen? „Glaubst du, dass dieser Darryl noch etwas für dich übrig hat?" Als Toy achselzuckend zu Boden blickte, fragte sie weiter: „Oder anders ausgedrückt: Könnte es sein, dass er immer noch meint, du wärst sein Eigentum? Wenn's nämlich so ist, dann wird er sehr wahrscheinlich bei uns auftauchen."

„Das habe ich alles nicht gewollt. Wirklich nicht. Ich hatte halt Sehnsucht nach ihm. Deshalb habe ich ihn angerufen. Ich ahnte doch nicht, dass der den Telefonanschluss zurückverfolgt! Können Sie sich vorstellen, dass er die Adresse rauskriegt?"

„Wenn er's drauf anlegt, findet er dich. Wir müssen uns für alle Eventualitäten wappnen. Ich möchte auf keinen Fall, dass er meine Mutter belästigt."

„Oh, da brauchen Sie sich keine Sorge zu machen; Ihnen oder Miss Lovie tut er ganz bestimmt nichts. So verrückt ist er nicht. Wenn er kommt, dann einzig und allein meinetwegen. Und dann gehe ich mit, damit es keinen Ärger gibt!"

„Und ob es Ärger gibt! Der soll bloß nicht glauben, dass er dich zu irgendetwas zwingen kann." Trotz aller Sachlichkeit explodierte sie fast bei der Vorstellung, dass dieser Westentaschentyrann Toy einfach mitschleppen könnte.

„Ich möchte aber keinen Aufruhr verursachen", flehte Toy Cara an. „Vielleicht ist es am besten, wenn ich einfach ausziehe."

„Dass du uns diese Situation ersparen willst, ist mir klar", versicherte Cara etwas weniger aggressiv. „Hätte ich auch von dir nicht anders erwartet. Aber wenn's tatsächlich zum Äußersten käme – könntest du irgendwo anders Unterschlupf finden? Für ein paar Tage vielleicht? Nicht unseretwegen, sondern um deinetwillen! Wären deine Eltern eine Alternative? Eventuell für eine Nacht?"

„Nein. Die wollen mich nicht mehr sehen, und ich möchte auch nichts mehr mit denen zu tun haben. Das ist ja der eigentliche Grund, warum ich im Frauenhaus gelandet bin. Wenn ich hier nicht bleiben kann, dann muss ich dorthin zurück. Oder ich ziehe eben wieder zu Darryl."

„Völlig ausgeschlossen. Im Übrigen ist es nur eine Frage der Zeit, und du stehst wieder vor der gleichen Situation." Eine kurze Pause entstand. „Nein, am besten bleibst du an Ort und Stelle. Irgendwie kriegen wir das schon hin."

„Cara, auch wenn es mir bei Ihnen und Miss Lovie gefällt – ein besseres Zuhause habe ich nämlich nie gehabt –, ich meine doch, dass es klüger wäre, wenn ich mit Darryl mitgehe."

Cara stemmte die Ellbogen auf den Tisch, faltete die Hände und tippte sich ob dieser versteckten Andeutung mit den Fingerspitzen an die Lippen. Bei derartigen Gelegenheiten bedauerte sie immer, dass sie das Rauchen aufgegeben hatte. Sie musterte Toys Gesicht, auf dem erneut diese eigensinnige Sturheit lag, die ihr schon beim ersten Zusammentreffen aufgefallen war. „Beantworte mir nur folgende Frage: *Willst* du zu ihm zurück?"

Toy starrte sie an und wirkte ein wenig unschlüssig.

Cara schüttelte den Kopf. „Mein Gott, Toy ..."

„Ich bin völlig durcheinander! Ich weiß nicht mehr ein noch aus!" rief das Mädchen und fuhr sich mit der Hand über die Stirn. „Ich liebe ihn immer noch und möchte ihn nicht verlieren! Er ist doch der Vater meines Kindes!“ Verzweifelt hob sie die Hände und lehnte sich unwirsch zurück. „Und jetzt sind alle sauer auf mich. Und von mir angeekelt!“

„Nein, nein, Toy, ich bin nicht böse auf dich – und angeekelt schon gar nicht! Es geht um deine Gefühle. Die muss ich wohl so hinnehmen, auch wenn ich sie nicht verstehe. Was mir viel mehr Sorgen bereitet, ist deine Sicherheit und die deines Kindes.“

„Auch ich habe Angst um mein Baby. Dass er mir was antun könnte, davor fürchte ich mich nicht.“

„Das solltest du aber! Vergiss nicht, er hat schon einmal die Hand gegen dich erhoben! Noch eine Gelegenheit darfst du ihm nicht bieten.“

„Das werde ich nicht. Und er wird’s auch nicht wieder tun.“

„Und das Risiko, dass er das Baby schlägt, willst du aber eingehen?“

„Nein.“

„Also gut! Für mich klingt das so, als wärst du noch nicht so weit, zu Darryl zurückzukehren. Jedenfalls noch nicht jetzt.“

Toy stimmte ihr zu.

„Dann wäre das geregelt. Du bleibst bei uns wohnen. Wenn er wieder anruft – sagst du es mir dann?“

„Das wird er nicht tun.“

„Und wenn doch?“

„Dann werde ich Sie informieren.“

„Und über Sonstiges auch – Briefe, Blumen ... insbesondere jedoch, wenn er ankündigt, dich zu besuchen. Das musst du mir sofort erzählen. Um mehr bitte ich dich nicht.“

„Einverstanden.“

Cara konnte nur hoffen, dass das Mädchen sich an das Versprechen halten würde, und nahm sich vor, nicht zuzulassen, dass dieser Darryl das junge Ding noch einmal ausnutzte. Plötzlich war Cara heilfroh, Brett in den nächsten Wochen in der Nähe zu wissen. Optimistisch griff sie nun wieder zur Gabel und widmete sich ihrem Salat, um die Atmosphäre etwas zu entspannen. Allerdings musste sie feststellen, dass sie keinen Bissen hinunterbrachte. Deprimiert hockte Toy ihr gegenüber, doch Cara wollte sich nicht von diesem Taugenichts namens Darryl den Tag verderben lassen.

„Ich habe da eine ganz andere Idee ..." Cara wechselte das Thema. „Falls du nicht zu müde bist – wollen wir uns mal den Luxus leisten und uns unsere Fingernägel maniküren lassen? Die Gartenarbeit hat meine Nägel ruiniert. Ich habe Lobeshymnen über einen Friseursalon namens ‚Shear Paradise' gehört. Und da dein achtzehnter Geburtstag naht, könntest du bei der Gelegenheit dein Haar neu stylen lassen. Mal was anderes ausprobieren! Terri soll wahre Wunder vollbringen. Was meinst du? Soll ich einen Termin für uns machen?"

„Ehrlich? Sind Sie sicher? Ich hab den Salon schon mal gesehen!"

Cara betrachtete Toys Gesicht. Eine Veränderung wäre genau das Richtige, allerdings nicht nur hinsichtlich Frisur und Garderobe. Unter dem aufdringlichen Make-up und der hellgelben Haartönung erkannte Cara ein unsicheres junges Mädchen, das nach Orientierung verlangte. Toy hatte ein gutes Herz und einen scharfen Verstand. Was sie jetzt noch brauchte, war jemand, der ihr half, sich weiterzuentwickeln. „Ja, ich bin sicher."

Eine Kellnerin kam, um die Teller abzuräumen.

„Halt, das noch nicht!" rief Toy, als die Kellnerin auch nach dem Nachtisch griff, nahm die Gabel und machte sich über den mit schmelzendem Vanilleeis verzierten Nusskuchen her.

Cara konnte beobachten, wie die Bedienung einen eindeutigen Blick auf Toys dicken Bauch warf. Sie war sicher nicht wesentlich älter als Toy, lebte aber, wie das enge Häkeltop, der flache Bauch und der Perlenschmuck verrieten, in einer ganz anderen Welt. Cara beugte sich über den Tisch und fragte Toy: „Nimm mir meine Neugier bitte nicht übel, aber hast du eigentlich die Highschool abgeschlossen?"

Toy schüttelte den Kopf. „Das ging nicht. Ich hätte es zwar geschafft, aber schwanger und so, da war's mir viel zu unangenehm. Und

Darryl fand das Quatsch. Er meinte, ich brauche keinen Schulabschluss. Ich selbst möchte ihn aber später nachholen."

„Planst du das immer noch?"

Sie schaute auf. „Eigentlich schon!"

„Prima. Denn die Schule solltest du wirklich beenden. Was hältst du vom Programm des ‚General Educational Development'? Die bieten doch Fernlehrgänge an, mit denen man sich auf die externe Abschlussprüfung der Highschool vorbereiten kann. Wenn du fleißig lernst, könntest du ganz bestimmt Ende des Sommers die Prüfung ablegen. Ich gebe dir Nachhilfe."

„Warum sollten Sie das für mich tun?"

Cara legte die Hände auf den Tisch. „Weil ich Lust dazu habe. Wenn ich mit etwa achtzehn ein Kind bekommen hätte, wäre es jetzt ungefähr in deinem Alter. Der Gedanke hat mich selbst überrascht", gab sie zu. „Es traf mich zunächst wie ein kleiner Schock, dass ich deine Mutter sein könnte, doch als der überwunden war, da fand ich es eigentlich nicht übel, ein Kind in deinem Alter zu haben. Eine Tochter wie dich."

Toy ließ die Gabel sinken. „Dass Sie mich so einschätzen, hätte ich nicht gedacht."

„Mag sein, dass wir zwei uns zu Beginn ein bisschen gerieben haben. Doch mittlerweile wissen wir beide wohl, was wir aneinander haben. Wir mögen uns und vertrauen uns. Oder etwa nicht?"

Toy nickte. „Ich hab's daran gemerkt, wie Sie Ihrem Bruder den Kopf gewaschen haben."

„Ich werde wahrscheinlich nie Kinder kriegen", fuhr Cara fort und sprach den Gedanken zum ersten Mal offen aus. „Oder Enkel. Deshalb würde es mir viel bedeuten, wenn du dir von mir helfen lässt."

Toy warf einen raschen Blick auf ihren Bauch und streichelte ihn. „Ist schon komisch! Aber als ich noch klein war, zog ich mir immer die Decke über den Kopf, wenn sich meine Eltern stritten. Dann wünschte ich mir, ich würde von 'ner anderen Familie adoptiert. Von einer richtig netten mit 'nem hübschen Haus, wo die Leute lächeln und miteinander reden und sich verabschieden, wenn einer geht." Ihre blauen Augen glänzten feucht vor Sehnsucht, als sie Cara anguckte. „Bei Ihnen in Primrose Cottage fühle ich mich so wohl! Fast wie in meinen Kinderträumen, als wäre ich von Ihnen und Miss Lovie adoptiert worden. Das stimmt natürlich nicht", fügte sie eilig hinzu, als sei ihr die bloße Erwähnung bereits peinlich. „Ich bin ja nun erwachsen. Und zu allem Überfluss auch noch schwanger. Aber Sie sollen wissen, dass mir das, was Sie da vorhin sagten, viel bedeutet. Sehr, sehr viel!"

Als sie die ganze Tragweite der Bemerkung erkannte, verschlug es Cara für einen Moment die Sprache, ahnte sie doch, welche Überwindung es Toy gekostet haben musste, ihr das anzuvertrauen. Beide hatten ein Stück von sich preisgegeben. Von nun an war zwischen ihnen alles anders. Cara streckte den Arm aus und legte ihre Hand über Toys Hände – eine spontane, von Herzen kommende Geste. Doch als sie auf die Hände schaute, die nun miteinander verbunden waren, da fiel ihr auf, dass sie die vertraute Geste ihrer Mutter benutzt hatte.

An den südöstlichen Stränden der Vereinigten Staaten brüten bis zu 18000 Loggerhead-Schildkröten pro Saison, der Großteil davon an der Ostküste Floridas. Meeresschildkröten legen bei ihren Wanderungen zwischen den Jagdgebieten und den Brutstätten riesige Entfernungen zurück. Zwar existieren zahlreiche Theorien, doch keine vermag zweifelsfrei zu erklären, woran die Schildkröten sich bei ihrer Reise orientieren.

14. KAPITEL

Begleitet von einem Höllenspektakel aus Gehämmer, Geschrei und kreischenden Sägen, schafften Brett und sein Mini-Bautrupp es tatsächlich, die Veranda mitsamt Pergola bis Ende Juni fertig zu stellen, indem sie die Arbeiten irgendwie zwischen bestehende Verpflichtungen quetschten und an den betreffenden Tagen rund um die Uhr werkelten. Zudem heuerte Cara eine Malerkolonne zur Verstärkung an, die sich nicht nur die Pergola vornahm, sondern gleich dem ganzen Strandhaus einen neuen Anstrich verpasste. Je mehr die Neugestaltung des Häuschens Gestalt annahm, desto rasanter stieg die Stimmung aller Beteiligten. Lovie ließ sich zu dem Ausspruch hinreißen, der liebe Gott habe sich das verstaubte Haus geschnappt, einmal gut durchgeschüttelt, es dann wieder hingestellt und säuberlich glatt gestrichen.

Niemand war begeisterter als Lovie, die sich ganz in ihrem Element fühlte. Gleichzeitig jedoch haderte sie mit dem Schicksal, wie sie sich schmerzlich eingestand. Einerseits war es natürlich aufregend, den Beginn der Reparaturarbeiten zu erleben, andererseits empfand sie es als zutiefst deprimierend, mit der Angst zu leben, das Ende ihrer Tage vielleicht dahinsiechend in einem Sessel vor dem Fernseher verbringen zu müssen. Den Zugriff auf ihre Finanzen hatte sie sich zwar ohne großes Bedauern von ihrem Mann und später vom Sohn aus der Hand nehmen lassen, Haus und Garten hingegen waren stets ihre Domäne gewesen. Nun kam es ihr so vor, als seien sie beide, ihr Cottage und sie selbst, dahingerafft worden – das eine vom Wirbelsturm, die andere vom Krebs.

Zu Beginn der Bauarbeiten hatte sie sich bewusst zurückgehalten. Ein paar Monate zuvor wäre es Cara wohl nicht einmal sonderlich aufgefallen, dass ihre Mutter im Schaukelstuhl saß und gleichsam vom Spielfeldrand aus zuschaute. Jetzt allerdings bemerkte Cara es, und sie bezog Lovie mit aller Macht in die Entscheidungen mit ein, ließ nicht locker, bis Lovie bestimmen konnte, wie der gelbe Farbton des Anstrichs ursprünglich ausgesehen hatte, bis sie sich wieder erinnerte, wo vor Wirbelsturm Hugo die alten Palmen gestanden hatten, bis sie festlegte, wo neue gepflanzt werden sollten. Cara schaute mit ihr zahllose Kataloge durch und ließ Lovie von Toy zu den Baumschulen chauffieren, um Anzahl und Art der Kletterrosen auszuwählen, die denen am meisten ähnelten, die einst die Pergola so prächtig berankt hatten. In erster Linie aber vermittelte Cara ihr das Gefühl, dass Primrose Cottage Olivia Rutledge gehörte, jetzt und in Zukunft.

Und Caras Plan ging auf. Lovie lebte auf wie seit langem nicht mehr. Wenn sie das Anpflanzen der sieben neuen Palmen, die an verschiedenen Stellen des Grundstücks stehen sollten, überwachte, dann fühlte sie sich wie an jenem Tag, an dem sie dieses kleine Haus am Strand gekauft hatte. Damals hatte es hier nur wenige Strandhäuser gegeben, dafür indes noch zahlreiche Bäume. Zwar übernahm Cara die körperlich anstrengenderen Arbeiten wie Bodenaushub und -verbesserung, doch Lovie setzte die leuchtend roten Kletterrosen, die einmal die Rundbögen der Pergola zieren sollten, höchstpersönlich in die Erde ein.

Während der dreiwöchigen Bauarbeiten sprach Lovie jeden Tag nach dem Aufwachen ein Dankgebet. Endlich kam der Morgen, an dem die Handwerker ausblieben, die Hämmer ruhten, die Sägen verstummt waren, der Morgen, an dem friedliche Stille herrschte. Lovie stand allein im Garten, atmete tief die süß duftende Luft ein und bewunderte das vollendete Werk. Durch das Fenster konnte sie verfolgen, wie Toy drinnen herumwuselte, dabei summend von Zimmer zu Zimmer tanzte, wie sie aufräumte und dann ein warmes Frühstück zubereitete. Jenseits der Straße spazierte Cara über den Strand. Sie trug ihr grünes „Turtle Team“-T-Shirt und hatte den roten Eimer in der Hand. So marschierte sie selbstbewusst einher, die geborene Führungspersönlichkeit, wie Lovie fand.

Lovie holte Luft wie jemand, der nach einer langen Etappe nun die Fackel weiterreicht. Alt zu sein ist doch nicht so übel, dachte sie. Man muss nicht ständig irgendwohin und irgendetwas erledigen. Es war angenehm, einfach nur dazustehen, den Anblick der blühenden Wildblumen zu genießen, vielleicht zu überlegen, wo neue Stauden gepflanzt werden konnten. Und sich am Anblick seines Kindes zu erfreuen.

Am ersten Julimorgen wachte Lovie voller Tatendrang auf. Ihr Herz raste vor Aufregung, und ihre Wangen waren gerötet, als sie Toy und Cara zu sich an den Frühstückstisch rief.

„Ich möchte am Unabhängigkeitstag ein großes Fest zu Ehren der Restaurierung von Primrose Cottage veranstalten. Alle werden eingeladen, meine Familie, meine Freunde und Bekannten. Alle wollen wir hier im Strandhaus beisammen sein."

„Aber, Mama, es verbleiben uns nur ganze vier Tage bis dahin!"

„Das reicht voll und ganz. Warum?" fragte sie trocken. „Hast du andere Pläne für den Feiertag?"

„Nein, im Grunde nicht. Ich dachte nur ..."

„Ich hab auch nichts geplant", platzte Toy heraus und trat Cara unter dem Tisch gegen das Schienbein.

Lovies Begeisterung wirkte ansteckend. Noch ehe man die erste Tasse Kaffee getrunken hatte, waren alle drei Feuer und Flamme. Jeder kramte sein Lieblingskochbuch oder alte Familienrezepte hervor, ellenlange Listen mit den erforderlichen Zutaten und Speisen entstanden, wusste man doch, ohne eine fürstliche Tafel hausgemachter Speisen war so ein Festtagsmahl den Namen nicht wert.

Lovie sprühte regelrecht vor Ideenreichtum, von Kopf bis Fuß wieder Herrin des Hauses, deren Bleistift wieselflink über die Listen flog. „Also, ich backe das Maismehlbrot nach Tante Libbys Rezept. Federleicht ist das! Und dann Omas Brathühnchen. Ach, und die Grillsauce nach Art von Opa Clayton. Toy, kannst du deinen Kartoffelsalat noch einmal machen? Einfach himmlisch war der!" Sie tippte sich mit dem Stift gegen die Lippen. „Hoffentlich haben wir Platz genug in der Tiefkühltruhe!"

„Wir machen Platz", verkündete Toy. „Und falls nötig, können wir einiges zu Flo rüberbringen."

Lovie legte den Bleistift nieder und sagte versonnen lächelnd: „Am wichtigsten ist mir, möglichst viel mit Linnea und Cooper zusammen zu sein. Von meinen kleinen Lieblingen habe ich ja kaum noch etwas! Könnten wir auch zum Strand gehen? Alle zusammen? Cara, ich weiß überhaupt nicht, wann ich dich zum letzten Mal im Wasser gesehen habe!"

„Klar können wir das! Alles, was du möchtest! Nur muss ich mich mit dem Anstrich der Pergola sputen und heute noch fertig werden, sonst tropft uns die Farbe auf die Teller!"

„Ich helfe", bot Toy an.

Cara nickte. „Danke! Und ich lege beim Kochen Hand mit an."

Die zwei lächelten in beiderseitigem Einverständnis, was Lovie nicht entging. „Dann seid ihr beiden ja beschäftigt", stellte sie fest, „und ich kann etwas Bestimmtes erledigen. Fürs Kuchenbacken ist es nämlich eigentlich zu heiß. Ich fahre heute mit Flo in die Stadt und besorge uns ein paar Torten. Und auf dem Rückweg kaufe ich noch Blumen in den Nationalfarben Rot, Weiß und Blau."

„Aber pass auf, dass du dich vor lauter Begeisterung nicht übernimmst", mahnte Cara.

„Ach was! Ich fühle mich großartig! Und Flo ist ja dabei." Lovie spitzte den Bleistift über dem Block an. „Als Erstes bestimmen wir, wer kommen soll. Bevor ich mit Flo losfahre, möchte ich Palmer und Julia telefonisch einladen. Die sind nämlich immer so eingespannt, und das Ganze soll ja recht kurzfristig stattfinden. Hoffentlich haben sie überhaupt Zeit!"

„Na klar", erwiderte Cara mit einem Unterton, der keinen Zweifel daran zuließ, dass sie schon dafür sorgen werde.

„Dann Florence und Miranda."

„Und Emmi", fügte Cara hinzu. „Die flippt sonst aus, wenn wir sie übergehen."

„Und ihr Tom? Hält der sich überhaupt im Lande auf?"

„Der befindet sich noch auf Reisen." Mutter und Tochter wechselten einen wissenden Blick.

„Was ist mit den Söhnen? Kommen die denn nicht übers Wochenende? Vielleicht hat sie schon mit denen was vor!"

„Die kann sie doch mitbringen!" Cara schaute Toy von der Seite an. „Emmis Jungs sind etwa in deinem Alter. Ein, zwei Jahre älter vielleicht. Und nette Kerle, soweit ich gehört habe."

„Und wenn schon", Toy verdrehte die Augen. „Als ob die ausgerechnet Interesse an mir hätten!"

Lovie spielte mit ihrem Stift. „Glaubst du, Brett würde uns die Ehre erweisen? Ich fände es so schön, wenn er bei unserem Fest dabei wäre."

„Ganz bestimmt. Der ist genauso stolz auf diese Veranda wie du!"

„Ach, die gute Seele!"

„Als wenn das der einzige Grund wäre", feixte Toy, worauf Cara ihr einen strafenden Blick zuwarf.

„Zwischen ihm und dir scheint es in der Tat gefunkt zu haben", bemerkte Lovie gut gelaunt. „Ihr zwei konntet ja während der Bauarbeiten kaum die Augen voneinander lassen. Und noch nie hab ich erlebt, dass sich zwei so häufig angerempelt haben, alles natürlich rein zufällig. Wahrscheinlich aus lauter Ungeschick!"

„Wir sind gute Freunde." Da ihre Mutter daraufhin nur die Brauen hochzog, fühlte Cara sich herausgefordert. „Wieso fällt dir die Vorstellung so schwer? Man muss doch nicht immer gleich den Traualtar im Hinterkopf haben!"

„Wenn man den Richtigen gefunden hat, dann durchaus!" rief Toy dazwischen. „Befreundet sein kann man mit Mädchen!"

„Fast mein gesamter Freundes- und Bekanntenkreis besteht aus Männern", konterte Cara. „Und sollte ich tatsächlich heiraten, dann möchte ich meinen Zukünftigen nicht nur lieben, sondern auch mit ihm befreundet sein."

Der Gedanke schien Toy noch nie in den Sinn gekommen zu sein, weshalb sie nur verblüfft guckte. Lovie hingegen strahlte über das ganze Gesicht. „Das ist ja das erste Mal, Cara, dass du die Möglichkeit einer Heirat überhaupt in Erwägung ziehst!"

„Freu dich nicht zu früh, Mama! Ich meinte das nur im Allgemeinen."

„Ich habe auch nicht vor, schon die Räume für die Feierlichkeiten zu reservieren. Es macht mich lediglich glücklich, dass du einen so guten und rücksichtsvollen Mann wie Brett gefunden hast. Ich habe den Jungen immer gemocht. Der denkt nicht an sich, sondern zuerst an andere. Solche Menschen gibt es heutzutage nur noch selten. Und ihr würdet auch gut harmonieren. Bei all seinen Vorzügen ist er doch jemand, der solide Führung braucht."

„Aber wir haben uns doch nicht *gefunden!* Das würde ja bedeuten, dass wir vorher verloren gewesen wären!"

Lovies Lippen zuckten. „Wenn man es so betrachtet ..."

Toy schüttelte den Kopf. „Ich glaube eher, es heißt, dass man nach jemandem sucht. Nach dem Richtigen."

„Ich suche nach rein gar nichts! Höchstens nach 'nem neuen Job!"

„Dir gefällt es nur nicht, dass man nicht steuern kann, wann und in wen man sich verliebt!"

„Vielleicht glaube ich nicht an die Liebe."

„So was Hirnrissiges!" platzte Toy heraus. „Auf jeden Topf passt ein Deckel!"

„Irgendeiner oder ein ganz bestimmter? Das ist nämlich ein Unterschied! Irgendeiner reicht mir nicht. Damit gäbe ich mich nicht zufrieden. Da bleibe ich lieber allein, vielen Dank!"

Das verschlug Toy die Sprache. Perplex lehnte sie sich auf ihrem Stuhl zurück.

„Wir mögen uns sehr, Brett und ich", erläuterte Cara. „Wir sind gern zusammen. Er ist ein sehr attraktiver Mann. Aber wir haben beide keine feste Bindung im Sinn. Wir nehmen es so, wie es kommt. Bestenfalls entsteht daraus ein Sommerflirt."

„Ein Sommer kann ein Leben verändern", sagte Lovie leise und schaute ihre Tochter an. Dass Caras negative Einstellung maßgeblich durch die unglückliche Ehe ihrer Mutter beeinflusst war, hatte Lovie schon immer bedrückt. Es war jammerschade, dass Cara die Liebe für maßlos überbewertet und die Ehe für eine Falle hielt, in der eine Frau unterjocht wurde. Lovie hoffte inständig, dass sich ihre Tochter in diesem Sommer endlich der Liebe öffnen würde. Sie hatte Cara nie erklären können, dass wahre Liebe – jene Liebe, die sie einen Sommer lang mit Russell hatte erfahren dürfen – einer Flut gleicht, die heranrollt und selbst den ausgetrocknetsten Boden wieder urbar macht.

„Nun denn", fuhr sie mit einem Blick auf ihre Liste fort, „damit wären es insgesamt dreizehn."

„Dreizehn? Das ist aber 'ne Unglückszahl!" wandte Toy ein.

„Nicht unbedingt", erwiderte Lovie. Und mit einem wehmütigen Lächeln fügte sie noch hinzu: „Doch vorsichtshalber gibt es auch noch eine Portion meiner deftigen Schwarzaugenbohnen. Dies besondere Gericht möchte ich noch ein letztes Mal kochen."

Während sie sich nach vorn beugte und ihre Liste betrachtete, lehnte Cara sich zurück und schaute aus dem Fenster. Toy kratzte derweil mit dem Nagel an einem imaginären Fleck an der Tischplatte herum. Auch ohne Worte verstanden die drei Frauen, dass Lovie im Januar wohl nicht mehr da sein würde, um dieses traditionelle Bohnengericht der Südstaaten, das zum Neujahrsfest Glück bringen soll, zuzubereiten.

„Bist du das, Lovie Rutledge? Schleichst dich einfach in meine Küche?"

„Miranda! Du bist ja wieder auf den Beinen! Wie schön! Das heißt wohl, dass es dir besser geht!" Sie eilte auf die alte Dame zu, die ein wenig unsicher ins Zimmer schlurfte, wobei sie sich mit langen, schwieligen Fingern auf die Arbeitsplatte stützte, und umarmte sie. Vor Jahren einmal war Miranda Prescott eine hoch gewachsene Frau gewesen, neben der sowohl Lovie als auch Flo wie Zwerge gewirkt hatten, und zudem hatte sie über eine Stimme verfügt, die durchaus zu ihrer Körpergröße passte. Leider hatten ihr die letzten zehn Jahre übel mitgespielt. Mittlerweile im 90. Lebensjahr, war sie hin und wieder verwirrt und zudem beständig schwächer geworden.

An guten Tagen allerdings strahlten ihre blassen Augen Weisheit und Herzensgüte aus. Und gerade heute hatte sie wohl einen dieser guten Tage.

„Ich war schon auf halbem Weg zu Jesus, bin aber noch für ein Weilchen umgekehrt. In Zeiten wie diesen ist man nicht krank. Ich darf doch nicht verpassen, wie die Jungen schlüpfen, oder?"

„Ohne dich wär's halb so schön bei den Gelegen. Die ersten Jungen müssten sich eigentlich jeden Tag aus der Schale und dem Sand kämpfen."

„Ich weiß! Ich bin schon total gespannt!"

„Zuerst beobachten wir das Nest an der 6. Avenue. Wenn meine Tabelle stimmt, dürfte es am 6. Juli losgehen. Zweimal die sechs, wenn das kein gutes Omen ist!"

Mirandas Augen funkelten. „Kann man sich nicht drauf verlassen. Gerissene Viecher, die Schildkröten!"

Vom ersten Tag an, seit Miranda Prescott zu ihrer Tochter auf die Insel gezogen war, hatte sie sich mit Hingabe „ihren Babys" gewidmet. Schildkrötenspuren, das Umbetten von Gelegen und die Bestimmungen des Umweltministeriums waren ihr gleichgültig. Sie interessierte sich nur für die frisch geschlüpften Jungschildkröten. Während der Brutzeit besuchte sie jedes einzelne Nest in ihrem kleinen Strandabschnitt.

„Ich veranstalte ein Picknick zum Unabhängigkeitstag. Du kommst doch, oder?" fragte Lovie.

„Was machst du?"

Lovie sprach etwas lauter: „Ein Picknick. Am Vierten!"

In Mirandas alten wässrigen Augen spiegelte sich Unverständnis. „Ihr zwei Mädchen wollt doch heute in die Stadt fahren, hab ich gehört!"

Lovie lachte verhalten und verzichtete auf eine Antwort. Dass Miranda sie jedoch noch immer als „Mädchen" bezeichnete, fand sie höchst amüsant. „Nur ein paar kleinere Besorgungen. Hast du nicht Lust mitzukommen?"

„Ich? Um Gottes willen, nein! Bei der Hitze in die Stadt? Ich setze mich lieber auf die Veranda und gucke mir die Gegend an.“

„Wir wollen zur Bäckerei und ein paar Torten holen. Ich werde dir etwas Süßes mitbringen, und wenn wir zurück sind, dann trinken wir zusammen ein Tässchen Tee. Na, klingt doch gut, oder?“

Miranda lächelte, nickte kaum merklich, drehte sich um und schlurfte davon, wobei sie etwas vor sich hin murmelte, das Lovie nicht verstand. Lovie schaute ihr nach. So alt wie Miranda wirst du nicht werden, schoss es ihr durch den Kopf.

Im nächsten Moment vernahm sie Flos Stimme. Laut und deutlich teilte Flo ihrer Mutter mit, was sie vorhatte, und kam danach schwungvoll ins Zimmer gestürmt. Sie trug einen ziemlich kurzen khakifarbenen Rock und ein rotweißes Hemd, das ihre sonnengebräunte Haut besonders gut zur Geltung brachte.

„Donnerwetter, meine Liebe! Das blaue Kleid steht dir aber gut“, meinte Flo anerkennend. „Bereit für den Besuch bei deiner Bank?“

Lovie presste nervös ihr Handtäschchen an ihr etwas altmodisches Etuikleid. Offenbar war sie wegen des Termins schon ganz aufgeregt. Trotz der Hitze trug sie Nylonstrümpfe, Lackschuhe und einen Pullover, den sie sicherheitshalber mitgenommen hatte, falls es in der Bank zu kühl werden sollte. Schließlich gab es dort eine Klimaanlage.

„Bestens gerüstet“, antwortete Lovie.

Flo zögerte und musterte sie. „Bist du sicher, dass du es tun willst? Die ganzen Jahre hast du nichts in dieser Hinsicht unternommen! Und jetzt muss es ausgerechnet heute sein?“

Lovie nickte, den Blick fest geradeaus gerichtet. „Wenn nicht jetzt – wann dann? Bobby Lee Davis wartet bestimmt schon auf mich und hat außerdem meinen Rechtsanwalt hinzugebeten. Es ist alles arrangiert. Nach Bobbys Aussage wird es ein Kinderspiel sein. Ich brauche nichts weiter zu tun, als ein paar Dokumente zu unterschreiben. Übrigens“, fügte sie mit einem Augenzwinkern hinzu, „wir treffen schon Vorbereitungen für den 4. Juli, den Tag, an dem wir unsere Unabhängigkeit feiern. Das passt doch wie die Faust aufs Auge, oder?“

Allmählich rückt die Zeit heran, in der die jungen Schildkröten aus dem Ei schlüpfen. Dazu pickt die kleine Schildkröte mit einem Eizahn von innen die Eierschale durch. Nach dem Schlüpfen verbleiben die Jungen noch einige Tage in ihrem Sandnest, bis das wichtige Eidotter, das ihnen die Energie für den Überlebenskampf liefert, voll und ganz aufgezehrt ist. Zudem muss sich der gekrümmte Rückenpanzer noch etwas strecken.

15. KAPITEL

Am 4. Juli lief den ganzen Morgen der Rasensprenger, um dem Garten den letzten Schliff für die Party zu verleihen. Lange Tische waren gemietet worden, die man auf die wind- und insektengeschützte hintere Veranda stellte und mit hellblauen Papiertischdecken, Pappgeschirr, Plastikbestecken und den frischen Schnittblumen, die Lovie vom Stadtbesuch mitgebracht hatte, dekorierte. Keiner hatte Lust, am Abend schmutziges Geschirr zu spülen, während draußen das Feuerwerk abgebrannt wurde. Cara und Toy zogen Kreppgirlanden in Rot, Weiß und Blau diagonal über die Veranda und verschönerten das Ganze noch, indem sie Luftballons mit dem Sternenbanner darauf in den Ecken aufhängten. Auch weiße Lichterketten durften nicht fehlen, wie es schon immer bei Lovie Sitte gewesen war. Als Kind hatten die Lämpchen Cara stets an Sterne erinnert, und sie hoffte nun, Linnea und Cooper würde es ähnlich gehen.

Gerade suchte sie im Wohnzimmer nach Klebeband, als sie bemerkte, wie ihre Mutter einige Fotoalben auf dem Wohnzimmertisch ausbreitete.

„Was machst du denn da?“ fragte sie.

Lovie blickte von ihrer Tätigkeit auf und lächelte stolz. „Hier siehst du die Früchte meiner Arbeit der letzten Monate. Ein noch nicht abgeschlossenes Projekt. Ich habe endlich eine gewisse Ordnung in sämtliche Familienfotos gebracht. Es hat mich überrascht, wie viele es waren. Sie lagen jahrelang in Schuhkartons herum. Komm, schau sie dir an“, sagte sie, wobei sie auf dem Sofa Platz nahm und zwei Alben aus dem Stapel zog. „Kinderfotos von dir und Palmer. Die hab ich getrennt und jedem von euch ein Album zusammengestellt. Ich dachte, ihr wolltet die Bilder vielleicht behalten.“

Cara setzte sich zu ihrer Mutter auf das dick gepolsterte Sofa mit dem Blumenmuster, griff nach dem Album, auf dem in Goldlettern das Wort „Caretta“ prangte, und fuhr mit der Hand bewundernd über das edle, weiche marineblaue Leder.

„Danke“, erwiderte sie tief gerührt. „Es ist wunderschön!“

Lovie lächelte und nestelte nervös an dem anderen Album herum. Dass ihr die Sammlungen viel bedeuteten, war unschwer zu erkennen.

„Die restlichen Fotos habe ich nach Jahren geordnet in weitere Alben geklebt.“

Cara warf einen Blick auf die auf dem Tisch liegenden Alben, mindestens zehn an der Zahl. Jahrzehnte mussten darin verewigt sein. „So viele Jahre“, flüsterte sie und glaubte plötzlich jedes einzelne ihrer vierzig Lebensjahre zu spüren. „Ein unglaubliche Leistung, die du da vollbracht hast!“

Das Kompliment ließ Lovie erröten. „Noch bin ich nicht fertig“, wehrte sie ab, rückte näher an Cara heran und guckte ihrer Tochter, die nun ihr Album öffnete, über die Schulter.

Cara fand es schön, neben ihrer Mutter zu sitzen, so eng, dass sich beim Umblättern fast ihre Finger berührten. Sie überflogen die eingeklebten Fotos: Cara beim Schwimmenlernen in der Brandung, mit Palmer beim gemeinsamen Angeln, beim Klavierspielen und bei Schultheateraufführungen. Dann ein Bild vom Aufbruch ins Sommercamp, auf dem Cara lachend und weinend zugleich in den Bus stieg, wieder ein anderes, das Cara in allen möglichen Verkleidungen zeigte: beim weihnachtlichen Krippenspiel, zu Halloween und zu Ostern. Die Sammlung repräsentierte die glücklicheren Momente ihrer Kindheit, die Jahre, die später der Zorn verdunkelt hatte.

„Sieh mal, das hier!“ Cara lachte verschmitzt. Ein stolzer Palmer, nicht viel älter als Cooper jetzt, mit stolzgeschwellter Brust und unübersehbarer Zahnlücke und mit beiden knubbeligen Patschehändchen das Steuerruder des Boots umklammernd. „Wie der Vater, so der Sohn!“

Auch Lovie musste lächeln und beugte sich vor, um das Foto genauer betrachten zu können. Sie blätterten weiter, wandten sich dann aber den anderen Alben zu und widmeten sich bedächtig Jahr für Jahr. An die Momente, die auf den Schnappschüssen festgehalten waren, konnte Cara sich noch gut erinnern. Und während die Stunde verflog, begriff sie, dass ihre Mutter nicht nur eine Chronik der Kindheit der Geschwister oder der Familiengeschichte erstellt, sondern gleichzeitig Erlebnisse und Gefühle bewahrt hatte, die allen Familienangehörigen auf ewig lieb und teuer sein würden.

„Wer ist denn das?“ erkundigte sich Cara und wies auf das Bild eines auffällig groß gewachsenen Mannes mit zerzaustem, hellblondem Haar. Er trug Khakishorts und hatte die Ärmel aufgekrempelt. Am faszinierendsten war sein breites, einnehmendes Lächeln. Auf dem Foto stand Lovie an seiner Seite, kerzengerade und adrett mit breitkrempigem Strohhut. Neben dem Paar war eine riesige Meeresschildkröte am Strand zu sehen. „Der schaut aber gut aus!“

Eine kurze Pause entstand, während der Lovie unsicher das Foto anstarrte.

„Ich kann mich nicht genau entsinnen“, erwiderte sie schließlich. „Wahrscheinlich ein Zoologe, der über Schildkröten forschte.“

Anders als vorher, als Lovie Foto für Foto erläutert und mit einer passenden Anekdote bedacht hatte, schwieg sie diesmal und wirkte unangenehm berührt. Mittlerweile hatte Cara ein Gespür für die kaum merklichen Stimmungsschwankungen ihrer Mutter, und als sie ihr nun ins Gesicht guckte, zeigten die Wangen eine leichte Rötung; die Finger glitten über das Bild, als wollten sie es bedecken.

„Irgendwie kommt er mir bekannt vor“, stellte Cara fest.

„Eigentlich ging's mir mehr um die Aufnahme von der Schildkröte.“ Lovie wollte die Seite umblättern.

„Warte mal!“ Cara hielt sie davon ab. „Jetzt weiß ich's wieder. Einen Sommer lang schaute er häufig bei uns vorbei, und dann war er plötzlich weg. Wir fanden es schade, Emmi und ich, als er sich im folgenden Sommer nicht mehr sehen ließ. Er war nämlich ein netter Kerl, der uns nicht so abfällig behandelte wie die meisten Erwachsenen.“ Mit den Fingern trommelte sie auf die Albumseite und dachte angestrengt nach. „Wie hieß er bloß noch? Irgendwas mit R ... Robert? Randolph?“

„Ich glaube, sein Name war Russell Soundso.“ Lovie warf ihrer

Tochter einen kurzen, skeptischen Blick zu und blätterte dann entschlossen die Seite um. „Ist alles lange her."

„Wohl wahr. Doch wenn man diese Bilder betrachtet, dann ist einem, als wär's erst gestern gewesen, nicht wahr?"

Lovie klappte das Fotoalbum zu und fuhr melancholisch mit der Hand über das Leder. „Ja, allerdings."

Später am selben Morgen traf Julia ein, Linnea und Cooper im Schlepptau. Die beiden Kleinen sprangen aus dem Allradkombi und polterten mit wehendem Strandtuch und gegen die Fersen klatschenden Schwimmflossen die Treppenstufen zur Veranda hinauf.

„Oma Lovie! Wir gehen zum Strand!" rief Cooper und umarmte seine Großmutter.

„Aber ja!" meinte Lovie und erwiderte die zärtliche Geste, bevor auch Linnea auf ihre Großmutter zustürzte.

„Nicht so stürmisch, ihr zwei", ermahnte Julia ihre Sprösslinge, als sie nun ebenfalls eintrat. „Ihr werft sonst Oma Lovie noch um! Cooper, nun lass mal ihren Hals los! Linnea, lauf zum Auto und hol die Blumen, die du extra im Garten gepflückt hast!" Sie schüttelte den Kopf und lachte leise vor lauter Mutterstolz. „Hallo, Mama Lovie", sagte sie schwer atmend und gab ihrer Schwiegermutter einen Kuss. In den Händen hielt sie eine Kasserolle mit Deckel. „Wohin damit?"

„Gib her, ich nehme dir das ab", bot Cara an. „Wie geht's, Julia? Du wirkst, als hättest du 'ne Partie Golf gespielt!"

„Tennis", verbesserte Julia und folgte Cara in die Küche. „Aber die beiden Schlingel halten mich ständig auf Trab! Sie konnten es kaum abwarten herzukommen. Ich musste sie fast die ganze Nacht anbinden. Schließlich habe ich Palmer eröffnet, ich sähe es überhaupt nicht ein, die Kinder auch noch zu all den anderen Partys mitzuschleppen, die heute ebenfalls stattfinden sollen. Heute ist Oma Lovies Fest, hab ich ihm mitgeteilt und versucht, ihn zum Mitkommen zu bewegen. Doch du kennst ihn ja: Aus geschäftlichen Gründen fühlt er sich verpflichtet, noch die eine oder andere Party abzuklappern. Er wird jedoch sicher bald eintrudeln."

„Dass er auf den Festen bloß nichts isst." Cara unterdrückte ihre Enttäuschung. Wie konnte Palmer ausgerechnet heute seine geschäftlichen Interessen über die seiner Mutter stellen? Eins war klar: Ihr Bruder würde mit Sicherheit erst ziemlich spät auftauchen. „Wir sind schon seit drei Tagen am Kochen!"

„Mom!" Cooper stand auf der Veranda und kreischte in höchsten Tönen. „Ich will endlich zum Strand!"

„Dann hör mit dem Gejaule auf und schnapp dir deine Badehose!"

Cara fühlte sich an eine Reihe bunter Zirkuswagen erinnert, als alle im Gänsemarsch über den Pfad Richtung Strand spazierten. Lovie lief vorneweg wie ein graziler Tambourmajor. Sie trug ein rotes Sommerkleid und einen breitkrempigen Strohhut, an dem rotweißblaue Bänder flatterten. Danach kam Cooper, ein umwerfend komischer Clown mit übergroßer Kunststoffsonnenbrille, einem orangefarbenen Schwimmreifen um den Leib. Hinter ihm ging Linnea, die sich das Strandtuch kess um die Hüften gewunden und den Walkman übergestülpt hatte und nun krampfhaft auf erwachsen machte. Im Gegensatz zu ihr wirkte Toy mit ihrem fröhlichen Schritt geradezu wie ein kleines Mädchen. Schließlich war dies seit ihrer Ankunft das erste Mal, dass sie dem Meer einen Besuch abstattete. Nachdem festgestanden hatte, dass Emmis Söhne das Surfen einem Familienfest vorgezogen hatten, schaute sie auch nicht mehr so düster und nervös drein, sondern schien sich sichtlich zu amüsieren und hatte sogar ihren neuen Umstandsbadeanzug angezogen. Julia und Cara fungierten als Packesel und schleppten Sonnenschirme, Kühlbox, zusätzliche Handtücher, Liegestühle und haufenweise Buddelzeug mit.

Für Cara war es der klassische Familienstrandausflug schlechthin, fast so, als wäre man selbst wieder Kind. In einem fort buhlten Linnea und Cooper um Tante Carettas Aufmerksamkeit. *Tante Cara, guck mal! Tante Cara, kannst du das? Tante Cara, komm mal!* Zu dritt tollten sie durchs Wasser, bis Finger und Lippen blau anliefen, bauten mächtige Burgen aus Sand und sammelten Muscheln. Julia nutzte die Anwesenheit eines kostenlosen Babysitters, legte sich zusammen mit Toy und Lovie unter den Sonnenschirm und vertiefte sich in den Roman, den Cara mitgebracht hatte.

Doch nach nur einer Stunde wurde Lovie plötzlich von einem Hustenanfall geschüttelt, was die kleine Gesellschaft aus der Ferienstimmung in die Wirklichkeit zurückholte. Lovie wehrte allerdings alle besorgten Fragen ab und erhob sich. „Entschuldigt mich, Kinder, aber das Beste wird sein, ich kehre zum Strandhaus zurück und ruhe mich vor dem Dinner ein wenig aus."

„Ich begleite Sie!" Toy stemmte sich bereits aus dem Liegestuhl hoch.

„Untersteh dich! Ich kann sehr gut allein zum Cottage gehen. Hab ich oft genug gemacht. Du setzt dich jetzt schön wieder hin und genießt die Sonne! Was willst du im Haus herumhocken, wenn ich sowieso schlafe?"

„Ganz sicher?"

„Aber ja! Sag Cara Bescheid, damit sie nicht nach mir sucht. Es muss ohnehin jemand im Haus sein, für den Fall, dass Palmer auftaucht!"

Diese Möglichkeit tat Julia allerdings mit einer Handbewegung ab. „Gib dich nur keinen Illusionen hin, Mama Lovie! Wenn der so zeitig mit dem Feiern anfängt – weiß der Himmel, wann er dann hier eintrudelt!"

Im Cottage angekommen, genoss Lovie ganz bewusst das Alleinsein. Zwar hatte sie die Familie sehr gern um sich, brauchte indes ihre Ruhephasen mehr denn je, um bei Kräften zu bleiben. In letzter Zeit betete sie auch häufig, nicht so sehr für sich selbst als vielmehr für ihre Kinder, die sie glücklich und zufrieden zurücklassen wollte, wenn sie diese Welt verließ.

Sie trat hinaus auf die neue Veranda, deren Bau von Cara so energisch vorangetrieben worden war. Die Hand auf das in frischem Weiß erstrahlende Geländer gestützt, betrachtete sie die gerade gepflanzten Rosensträucher und Palmen. Erstaunlich, wie sich alles verändert hatte! Wenn sie sich so umblickte, war es fast, als reise sie in die Vergangenheit zurück. Noch mehr freute sie sich jedoch über die Veränderung, die sich im abgelaufenen Monat im Leben ihrer Tochter ergeben hatte.

Bei Caras Ankunft war ihre innere Leere deutlich spürbar gewesen. Lovie hatte es an den Augen erkannt. Zwar suchte ihre Tochter nach wie vor Erfüllung und vergeudete ihre Energie mit zahllosen Aufgaben, statt sich still auf sich selbst zu besinnen, doch die Schildkröten, so hoffte Lovie insgeheim, würden ihr den Weg weisen. Sie lächelte zufrieden. Die morgendliche Strandpatrouille, das Aufspüren der Gelege im Sand, die Nachtwachen am Nest – all das würde sie auf den rechten Kurs führen.

Palmer hingegen ...

Gedankenverloren strich sie die Tischdecke glatt und rückte die Blumenvase zurecht. Ja, Palmer ... Im Grunde war sie so zeitig zum Haus zurückgekehrt, um ihren Sohn noch unter vier Augen sprechen zu können. Das, was sie ihm zu sagen hatte, würde ihm kaum gefallen. Kraftlos sank sie in ihren Schaukelstuhl und ließ den Blick über die Dünen und das Meer schweifen. Während der Nachmittag in den frühen Abend überging, betete sie um die Kraft, das, was sie sich vorgenommen hatte, in die Tat umzusetzen.

Und so traf Palmer seine Mutter auf der Veranda an. „Hallo, Mama!“ rief er in seiner typischen lauten Art.

Sie zuckte zusammen. Sie war so in Gedanken versunken gewesen, dass sie ihn nicht hatte kommen hören. Als sie sich umdrehte und sah, wie Palmers Augen beim Anblick der Mutter freudig aufleuchteten, machte ihr Herz einen Sprung. So hatte er sich immer verhalten. Sie wusste, er wäre für sie durchs Feuer gegangen, und es war umso bedauerlicher, dass er so oft seinen Jähzorn nicht unter Kontrolle halten konnte. Als er sich zu ihr hinunterbeugte und ihr einen Kuss auf die Wange gab, bemerkte sie seine starke Whiskeyfahne. Das verhieß nichts Gutes.

„Nun schau sich einer bloß mal das Haus an!“ Er reckte den Hals, um die neue Veranda mit Pergola auch richtig begutachten zu können. „Ich traute meinen Augen kaum, als ich ankam! Sieht genauso aus, wie ich sie in Erinnerung habe, die Veranda! Da drüben in der Ecke haben Cara und ich stundenlang Monopoly gespielt!“ Lovie wusste, dass er an jene unbeschwerten Tage zurückdachte, als sich sorglose Stunden wie Perlen an einer Schnur aneinander gereiht hatten. „Unglaublich, was ihr da geleistet habt! Ich komme aus dem Staunen nicht heraus! Wie habt ihr das denn so schnell geschafft? Julia kann ja nicht mal ’nen Glaser auftreiben!“

„Wir mussten zwar mächtig schuften, doch es hat einen Riesenspaß gemacht!“

„Egal, wer das Ding hier gebaut hat“, sagte er und rüttelte prüfend an einem der Pergolapfosten, „erstklassige Arbeit! Hält ewig! Das schmeißt höchstens ein Wirbelsturm um.“ Er zwinkerte seiner Mutter zu.

„Kennst du Brett Beauchamps noch? Dem haben wir das zu verdanken.“

„Ach nee! Dem ollen Schlawiner? Den hab ich ewig nicht getroffen! Der hat das hier gebaut? Nicht zu fassen! Normalerweise riss er doch vor allem Sachen *ab*, wenn ich mich recht entsinne! Was treibt er denn heute so, wenn er nicht gerade an ’ner Veranda bastelt?“

„Tja, um nicht lange drumherum zu reden: Er ist mit deiner Schwester liiert.“

„Wie war das?“

„Er und Cara sind sich näher gekommen.“ Sie zog bedeutungsvoll die Augenbrauen hoch. „Offenbar hat’s gefunkt.“

„Gegensätze ziehen sich an, heißt es doch. Wie lange geht das denn schon?“

„Ein paar Wochen erst. Aber ich mache mir Hoffnungen. Er ist keine schlechte Partie.“

Da war Palmer weniger optimistisch. „Nie und nimmer. Cara ist 'ne unverbesserliche Jungfer. Außerdem gibt's kein weibliches Wesen, das diesen alten Riesenfisch an Land ziehen könnte. Die Damen werfen schon seit Schulzeiten vergebens die Netze aus, das kann ich dir flüstern!"

Lovie passte es nicht, dass er seine Schwester „eine unverbesserliche Jungfer" genannt hatte. Die Bezeichnung hätte glatt von Stratton stammen können. „Abwarten", erwiderte sie knapp.

Palmer schaute in die Ferne. Sein Blick blieb an den Grundstücken haften. Die Hände in die Hüften gestemmt, stand er da und lächelte zweideutig. „Mein lieber Mann, da habt ihr den Laden aber prima in Schuss gebracht! Neuer Anstrich, neue Fensterläden, und den Garten habt ihr auch neu bepflanzt. Kommt mir ganz so vor, als trügest du dich mit Verkaufsabsichten!"

„Keineswegs, mein Junge, im Gegenteil", widersprach Lovie. „Das haben wir ausschließlich unseretwegen gemacht!"

Er runzelte die Stirn, ließ sich bedächtig in einen Schaukelstuhl sinken, umfasste die Armlehne und wiegte sich ein paar Mal vor und zurück, wobei er seine Mutter fixierte.

„Ich dachte, Mama, wir wären uns einig", meinte er schließlich. In seiner Stimme schwang ein Unterton mit, als sei er die Sache allmählich leid. Für Lovies Geschmack klang es ziemlich herablassend.

„Das habe ich auch geglaubt." Lovie erhob sich mühsam und schickte sich an, ihren Schaukelstuhl zur anderen Seite der Veranda zu schieben, aber Palmer sprang auf, nahm ihr den Stuhl ab und stellte ihn direkt vor seinen eigenen. Nachdem beide wieder saßen, schaukelten sie eine Weile wortlos vor sich hin, wohl wissend, dass sie beide nur Zeit zu gewinnen versuchten.

Lovie ergriff schließlich als Erste das Wort. „Da wir unter uns sind, ist es wohl das Beste, wenn wir zwei die Sache ein allerletztes Mal bereden."

„Wenn's sein muss", antwortete er verstimmt. „Ich wüsste nicht, was es noch zu sagen gäbe. Mir ist schon klar, dass du es behalten möchtest. Aber wie schon erwähnt, die Rechnung geht nicht mehr auf!"

„Merkwürdig, dass du es so ausdrückst", entgegnete sie gelassen. „Robert Davis hat exakt dieselbe Formulierung benutzt."

Er hörte zu schaukeln auf. „Was hat denn Bobby Lee damit zu tun?"

„Ich habe ihn in seinem Büro aufgesucht. Nach dem Gespräch mit dir vor ein paar Wochen wollte ich mir einen präziseren Überblick über meine finanzielle Situation verschaffen. Bobby ist ein netter Mensch, und so zuvorkommend! Er hat sich alle Zeit der Welt genommen, um mir den Sachverhalt zu erklären. Und jetzt bin ich bestens im Bilde. So verwirrend war's nämlich gar nicht, mal abgesehen von dem Teil, wo er mir mitteilte, dass die Rechnung nicht aufgeht. Möglicherweise bin ich in Mathematik nicht so beschlagen wie du, Palmer, doch mir fällt durchaus auf, wenn zwei plus zwei nicht mehr vier ergibt. Offenbar hast du von meinem Konto erheblich mehr abgehoben als die Summen, die ich ausgezahlt erhielt."

Palmer wurde blass. „Du unterstellst mir doch nicht etwa, dass ich dich bestehle, oder? Hin und wieder muss ich ein wenig jonglieren! Im Endeffekt gleicht es sich aber immer wieder aus!"

Lovie guckte ihren Sohn streng an. „Von Ausgleich kann aber schon lange nicht mehr die Rede sein!"

„Ich kann dir nachweisen, wohin jeder einzelne Cent geflossen ist! Du kriegst alles auf Heller und Pfennig zurück, das schwöre ich! Vom Geschäftlichen verstehst du nichts, Mama! Wie soll ich dir das begreiflich machen?"

„Bobby Lee jedenfalls hat's mir einwandfrei erläutern können. Warum versuchst du's nicht auch?"

Offenbar riss Palmer sich nur mit allergrößter Mühe zusammen. „Ein Speditionsunternehmen ist ein kompliziertes Unternehmen. Und in letzter Zeit gehen die Geschäfte schlecht. Ich hab nicht mal so viel Guthaben auf meinen Geschäftskonten, um fällige Verbindlichkeiten zu begleichen! Ergo nehme ich das Geld, wo ich's kriegen kann. Natürlich nur vorübergehend!"

„Natürlich! Das heißt also, du genehmigst dir auf meine Kosten einen zinsfreien Kredit!“

Er lächelte gequält. „So könnte man es wohl nennen. Ich dachte, wir hielten hier zusammen. Hab mich wohl geirrt. Soll ich dir gleich einen Scheck ausstellen? Mach ich glatt! Auf der Stelle!“

„Nein, Palmer, das wird nicht nötig sein. Ich möchte das Geld nicht einmal zurückhaben. Keinen Cent. Ich will auch nicht wissen, wohin es geflossen ist. Betrachte es als geschenkt.“

Überrascht blies er die vom Alkohol geröteten Wangen auf.

Lovie sprach ungerührt weiter. „Das bringt mich nicht an den Bettelstab. Allerdings habe ich Bobby Lee angewiesen, die Restsumme von meinem Konto auf ein neu zu eröffnendes umzubuchen, auf das ausschließlich ich Zugriff habe.“

„Wie bitte? Mama, das kannst du nicht tun! Du hast doch seit vierzig Jahren kein Scheckformular mehr ausgefüllt!“

„Bist du dir da so sicher? Außerdem kann mir Cara helfen.“ Sie hielt einen Moment inne und wählte ihre Worte mit Bedacht. „Es liegt mir fern, deine Berechnungen anzuzweifeln, aber Bobby Lee versicherte mir, es bestehe für mich keinerlei Anlass, aus meinem Strandhaus auszuziehen. Meine finanziellen Mittel sind mehr als ausreichend, um auf absehbare Zeit hier zu bleiben.“ Sie zwang sich zu einem fröhlichen Lächeln. „Das ist doch eine gute Nachricht, oder?“

Auf Palmers Gesicht zeigten sich kleine hektische Flecken. „Soll das heißen, du traust mir nicht?“

Lovie seufzte. Genau das bedeutete es, doch sie konnte sich nicht dazu aufraffen, es offen zu äußern. Sie liebte ihn zu sehr, um ihm eine solch tiefe Kränkung zuzufügen. „Lass es mich so ausdrücken: Ich vertraue lieber auf mich selbst.“

„Da steckt doch Cara dahinter! Unter Garantie, oder?“ murrte er finster. „Sie hat erkannt, was Haus und Grundstück wert sind, und sich in letzter Sekunde doch noch eingeschlichen. Ich wette, sie hat dich auch dazu gebracht, diese Verschönerungsarbeiten durchführen zu lassen. Auf deine Kosten! Die ganze Zeit über habe ich befürchtet, dass diese Toy Sooner diejenige ist, auf die wir ein Auge haben müssten, und dabei ist es Cara, die dich gegen mich aufhetzt!"

„Davon kann überhaupt keine Rede sein", erwiderte Lovie. „Hier hat keiner etwas gegen dich oder sonst jemanden. Der Einzige, der Vorwürfe erhebt, bist du!"

„Du meinst also, sie hat nicht ihre Finger im Spiel, wenn du jetzt deine Finanzen selbst regelst?"

„Sie hat's mir empfohlen", gab Lovie ehrlich zu, um Cara dann, als sie die Entrüstung in seinem Blick bemerkte, zu verteidigen. „Diese Art von Selbstständigkeit hält sie für etwas ganz Normales! Du übersiehst eben, dass sie sich erfolgreich in einer Männerdomäne behauptet hat! Ich begreife nicht, was daran so bedrohlich sein soll. Aber um dich aufzuklären: Sie hat es zwar vorgeschlagen, die Sache dann aber nicht mehr erwähnt. Das brauchte sie nämlich nicht. In den vergangenen Wochen hat sie mir vorgelebt, wie man offensiv mit seinen Ängsten umgeht. Konfrontationen bin ich früher am liebsten ausgewichen; das weißt du. Stets habe ich zu allem, was die Männer in meinem Leben entschieden haben, Ja und Amen gesagt. Wahrscheinlich war das in meiner Generation einfach so üblich. Also, niemand steckt irgendwo dahinter. Wenn überhaupt, dann hast du dir alles selbst zuzuschreiben."

„Weil ich dir zum Verkauf riet? Weil ich dich bat, wieder bei mir einzuziehen, damit ich mich um dich kümmern kann? Ist die Vorstellung denn so furchtbar?"

„Offen gestanden, ja. Ich habe dir wieder und wieder mitgeteilt, dass ich nicht mehr in der Stadt wohnen möchte. Hier bin ich glücklich, hier in meinem Strandhäuschen. Ich brauche jetzt Ruhe und Abgeschiedenheit. Du aber willst mich dazu bewegen, das zu tun, was *du* für richtig hältst und was für dich die einfachste Lösung ist, ohne Rücksicht auf meine Bedürfnisse und Wünsche. Das hier ...", sie beschrieb mit dem Arm einen Kreis und wies auf die Veranda und den Garten, „... hat Cara veranlasst, und zwar auf ihre Kosten und völlig ohne Hintergedanken. Einzig aus dem Grunde, um mir eine Freude zu machen, um mich ein bisschen aufzuheitern."

„Da spielen garantiert noch andere Motive eine Rolle“, stellte er verächtlich fest.

Lovie wurde wütend. „Es reicht, Palmer! Primrose Cottage gehört mir! Ich habe ansonsten alles aufgegeben, was mir lieb und teuer war, und zwar mehr, als du dir vorstellen kannst. Nur ein einziges Mal im Leben habe ich wahres Glück erfahren, und aus dieser Zeit blieb mir nur das kleine Cottage. Schon dein Vater hat versucht, es mir wegzunehmen, aber ich habe darum gekämpft! Er wusste nämlich, warum ich so daran hing! Deshalb hat er mich so kaltherzig behandelt. Doch das bestärkte mich erst recht in dem Entschluss, mich nicht von ihm kleinkriegen zu lassen. Alles habe ich ihm gegeben: mein Haus, mein Geld, und auch, wie ich jetzt erkenne, meine Selbstachtung. Doch meine Erinnerungen und mein Herz, die konnte er mir nicht nehmen, und dieses Strandhaus auch nicht. Und da kommst du und verlangst, ich solle es dir einfach übereignen? Ja, glaubst du denn, ich würde kampflos aufgeben? Mein Junge, ich bin schon mit ganz anderen Gegnern fertig geworden!“

Palmer wirkte wie vor den Kopf geschlagen, und als er endlich die Sprache wiederfand, irrte sein Blick wild suchend umher. „Kannst du mir verraten, was hier eigentlich vorgeht? So habe ich dich ja noch nie erlebt! Kein Wort hast du bisher gegen Daddy gesagt! Warum hätte er dir alles wegnehmen sollen? Menschenskind, du warst doch seine Frau! Ihr wart doch vierzig Jahre verheiratet!“

„Ich habe jedes einzelne Jahr gezählt!“

„Dann teil mir endlich mit, was das alles soll!“

„Es hat dich nicht zu interessieren, Palmer!“

Zunächst schien er gekränkt, doch dann fasste er sich wieder. „Aha, da haben wir's also! Ich soll nichts erfahren. Nur Cara, die weiß Bescheid, jede Wette! Offensichtlich läuft seit Caras Heimkehr plötzlich einiges anders.“

Wie wahr, dachte Lovie. Seine Beobachtung stimmte, wenn auch aus völlig anderen Gründen, als er sich einbildete. „Palmer, du musst deine Träume von der Bebauung dieser Grundstücke beerdigen! Ich habe auch Ashton Etheridge aufgesucht und alles notariell beurkunden lassen. Die Sache ist erledigt – nach meinem Tod erbt Cara Primrose Cottage. So problematisch unser Verhältnis in der Vergangenheit auch war, sie ist meine Tochter, und man kann es nur recht und billig nennen, wenn ich ihr dies Haus mit Grundstück hinterlasse."

In Palmers Augen trat ein seltsames Leuchten.

„Ich vermute, du hast jetzt den Eindruck, dass all das, was du über die Jahre für mich getan hast, nichts mehr zählt", fuhr Lovie fort. „Aber du täuschst dich. Ich verhehle nicht, dass du hart arbeitest und gut für deine Familie sorgst. Andererseits, Palmer, kommt es im Leben auf mehr an, als lediglich materielle Besitztümer anzuhäufen. Sie sind bedeutungslos und machen einen nicht glücklich. Denk doch an deinen Vater, mein lieber Junge. Willst du deinen Kindern einmal ähnlich im Gedächtnis bleiben wie er dir?"

Sie wurde von einem langen, heftigen Hustenanfall geschüttelt, gegen den sie machtlos war. Von Entsetzen gepackt, die Finger um die Armlehne des Schaukelstuhls geklammert, schaute Palmer hilflos zu. Als der Anfall endlich abflaute, wischte Lovie sich mit einem Tuch über die Lippen, das sie ständig bei sich trug. Dann schnappte sie nach Luft und richtete sich auf.

„Mama, ich ..."

„Es geht schon", flüsterte sie, während ihr Puls sich allmählich beruhigte. Noch einmal holte sie tief und zitternd Luft. „Vergeude nicht deine Zeit mit der Sorge um eine alte Frau. Deine Kinder spielen dort hinten am Strand. Geh und kümmere dich um sie! Sie brauchen dich! Sie sind deine wahren Schätze!"

„Ich muss jetzt erst einmal etwas trinken – etwas möglichst Starkes."

Er erhob sich aus dem Schaukelstuhl, um sich einen Drink einzuschenken, besann sich dann eines Besseren, machte auf dem Absatz kehrt und stapfte auf und ab, offenbar so aufgebracht, dass Lovie am liebsten aufgestanden wäre und ihm eigenhändig den Drink geholt hätte, nur um die Wogen zu glätten. Doch sie merkte, dass ihr Sohn noch lange nicht fertig mit ihr war, und wappnete sich daher gegen eine erneute Kanonade von Vorwürfen.

„Also, eins muss man dir lassen, Mama. Da hast du eine mordsmäßige Party auf die Beine gestellt. Von Feuerwerk verstehst du offenbar etwas!" Er stieß einen schrillen Pfiff aus, der sie regelrecht zusammenfahren ließ. „Und was steht als Nächstes an? Setzen wir uns jetzt alle zu Tisch wie 'ne große, glückliche Familie?"

Sie wollte etwas erwidern, wurde aber vom kehligen Bariton eines Besuchers an der Haustür unterbrochen. Es war Bretts Stimme. Sie erkannte es gleich.

„Ich komme!" rief sie gezwungen fröhlich, brachte ihren Sohn mit einem warnenden Blick zum Schweigen und stemmte sich hoch, um zur Tür zu eilen.

„Alles Gute zum Unabhängigkeitstag, Miss Lovie", sagte Brett, dessen Arme unter dem Gewicht eines gewaltigen Topfs gekochter Krabben schon langsam lang zu werden schienen.

„Sie bringen auch noch etwas zu essen mit? Meine Güte, Brett, wir haben ja schon so viel, dass sich die Tische biegen! Wenn sie uns bloß nicht zusammenbrechen! Hoffentlich haben Sie auch ordentlich Hunger!"

„Seien Sie unbesorgt! Ich war den ganzen Morgen mit dem Boot unterwegs und habe mir den Mund fusselig geredet. Also werde ich ihn heute Abend ausschließlich zum Essen benutzen." Er stellte die Krabben auf der Arbeitsplatte in der Küche ab und entdeckte dann Palmer. Sein sonnengebräuntes, wettergegerbtes Gesicht verzog sich zu einem Grinsen, das noch breiter ausfiel als sonst. „Mensch, Palmer!" grüßte er, ehrlich erfreut über die Begegnung, und streckte die Hand aus.

Zu Lovies Erleichterung ließ sich Palmer zu einem freundschaftlichen Begrüßungslächeln herab und schüttelte Brett die dargebotene Hand. Wenn es erforderlich war, konnte er sehr überzeugend auf umgänglich schalten. Lovie betrachtete die beiden Männer, die sich nach langer Zeit wieder trafen. Brett mit seinem windzerzausten Haar war der größere von beiden. Er hatte zwar zur Party noch geduscht und sich umgezogen, war jedoch ansonsten im üblichen Insel-Outfit erschienen: Khaki-Shorts und ein kurzärmeliges Hemd, das er offen über dem T-Shirt trug. Palmer bildete den eher konservativen Kontrast dazu: adrett gestutzte Frisur, teures Polohemd zu gebügelten langen Hosen. Lovie entging nicht, wie Palmer den Neuankömmling mit besonders scharfem Blick musterte, da er ja nun wusste, wie die Sache um seine Schwester und Brett stand. Nach kurzem Geplauder schaute Brett fragend zu Lovie hinüber.

„Es ist ja so still hier! Wo sind denn alle hin?"

„Unten am Strand. Ich habe Palmer eben vorgeschlagen, doch auch hinzugehen. Die Kinder amüsieren sich wie Bolle! Nun macht schon, ihr zwei!"

„Bedauere, aber ich kann nicht", lehnte Palmer höflich ab. „Ich muss mich noch bei verschiedenen Partys sehen lassen, bevor heute Feierabend ist. Aber geh du ruhig, Brett! Vielleicht stoße ich später dazu." Er drehte sich um und gab seiner Mutter einen flüchtigen Kuss auf die Wange.

Bitter enttäuscht schloss Lovie die Augen. Als sie sie wieder öffnete, befand sich Palmer bereits auf dem Weg zum Wagen. Rasch eilte sie ihrem Sohn nach. „Um sechs ist Dinner", rief sie von der Veranda aus hinter ihm her.

„Wartet nicht auf mich! Ich kann nicht sagen, wann ich zurück bin!"

„Palmer!"

Am Fuß der Treppe machte er kehrt und guckte seine Mutter mit einem Gesichtsausdruck an, aus dem jegliche Spur von Freundlichkeit gewichen zu sein schien.

Lovie war, als wollte ihr schier das Herz zerspringen. „Du darfst doch nicht beim Dinner fehlen! Die Kinder wären sehr enttäuscht!"

„Daran sollten sie sich gewöhnen. Musste ich auch!"

Sie streckte die Hand nach ihm aus, doch er wandte Lovie ein letztes Mal den Rücken zu und ging davon. Seine Schritte ließen sie schmerzhaft zusammenzucken, während sie ihm machtlos hinterherschaute.

In der Hitze des Tages verhalten sich die jungen Schildkröten ruhig. Nachts jedoch schaufeln sie allesamt mit den Füßen Sand unter sich und pflügen sich miteinander durch Eierschalen und dichtere Schichten. Dadurch hebt sich der Boden der Grube allmählich, und das gesamte Nest gelangt immer weiter nach oben an die Oberfläche.

16. KAPITEL

Dieser Sommertag würde für Cara immer unvergesslich bleiben. Er kam ihr vor wie ein Tag aus dem Bilderbuch. Die Sonne stand hoch am wolkenlosen Himmel, das Wasser war erfrischend kühl, und die Brise hielt einem die Mücken vom Leib. Den ganzen herrlichen Tag verbrachte man am Strand, und alle freuten sich, als Brett mit einem langschwänzigen Drachen erschien, der lustige Loopings am Himmel vollführte. Die Flut lief gerade auf. Cara, Brett, Linnea und Cooper fassten sich bei den Händen und stürmten kreischend in die Brandung. Erbitterte Huckepack-Duelle wurden ausgefochten, Cara mit Linnea gegen Brett und Cooper, der hoch auf Bretts Schultern thronte und aus Leibeskräften schrie. Als die Kinder müde wurden, zogen sich Brett und Cara zu Toy und Julia unter die Sonnenschirme zurück und machten es sich auf den Strandtüchern bequem, wo der warme Wind ihnen die Haut trocken blies, während das Rauschen der Wellen die Kinder in den Schlaf lullte.

Als die Sonne allmählich unterging, da hatte es fast den Anschein, als hätten sämtliche Strandurlauber einen einstimmigen Beschluss gefasst: Mit einem Schlage stellte sich bei allen Heißhunger auf das Festtagsmahl und die Freude auf das Feuerwerk ein. Aufbruchsstimmung herrschte. Liegestühle wurden zusammengeklappt, Handtücher ausgeschüttelt. Toy und Julia machten sich schon zeitig auf den Rückweg, um Lovie beim Auftragen des Essens zur Hand zu gehen, während Brett und Cara noch mit den Kindern die Strandutensilien einsammelten. Cooper rannte in die Brandung zurück, um sich die Füße abzuspülen, die natürlich danach wieder genauso dreckig waren wie zuvor. Er quittierte das mit wütendem Gezeter und frustrierten Fußtritten, dass der Sand nur so stob. Cara befürchtete schon, sie könnten sich verspäten und die Kinder womöglich das Feuerwerk verpassen, weil sie vor lauter Müdigkeit vorher einschlafen würden. Sie schaute Brett fragend an, doch er lächelte nur und zwinkerte ihr zu. Sie beschloss, den Jungen einfach gewähren zu lassen.

Linnea wartete geduldig in ihrer Nähe. Sie hatte sich das Strandtuch um die schmalen Schultern geschlungen und klapperte laut mit den Zähnen, sodass Cara Mitleid mit ihr hatte. Linnea befand sich in jenem empfindlichen Mädchenalter, das der Phase vorausgeht, in der die Hormone anfangen verrückt zu spielen. Ihr hellblondes Haar bildete einen scharfen Kontrast zu ihrer geröteten Haut. Cara hatte bereits bemerkt, wie sehr ihrer Nichte daran gelegen war, einmal die kleinen Schildkröten zu sehen. Die Kleine hatte ihrer Tante bereits das Versprechen abgeluchst, sie dürfe Primrose Cottage einen längeren Besuch abstatten und bei der Betreuung der Schildkrötennester helfen. Cara freute sich auch schon auf diese Zweisamkeit mit ihrer Nichte, über die sie bei der Gelegenheit mehr zu erfahren hoffte.

„Ich hab solchen Hunger!“ verkündete Cooper schmollend und klammerte sich an Caras Bein. Sie blickte auf das gebräunte und nun beleidigt verzogene Gesichtchen hinunter.

„Tatsächlich?“ fragte sie und zog ihrerseits einen Schmollmund. Cooper nickte eifrig. Das Herz ging ihr vor Zuneigung über. Angesichts des feucht am Kopf anliegenden, nach hinten gestrichenen Haars, der tiefen Bräune und der dunklen Augen hätte man sie und Cooper ohne weiteres für Mutter und Kind halten können. So auffallend ähnelten sich Tante und Neffe.

„Ich bin ebenfalls fast am Verhungern“, meinte Brett zu dem Kleinen, strich ihm mit der Hand über den Schopf und legte sie dann Cara auf die Schulter. Cooper blinzelte zu dem großen Mann auf, als traue er ihm nicht recht.

Irgendwie fühlte Cara sich merkwürdig. Auf andere mussten sie wie eine typische amerikanische Familie an einem typischen amerikanischen Feiertag wirken. Ein süßes Gefühl der Zufriedenheit durchströmte sie.

Sie signalisierte ihren beiden Männern, dass sie fertig zum Aufbruch war. „Zu Hause warten ganze Futterberge auf euch. Wenn sich jetzt jeder etwas zum Tragen schnappt, sind wir in Nullkommanichts unter der heißen Dusche, in frischen Klamotten und am Tisch. Fertig, Linnea-Schätzchen? Cooper, du läufst an der Spitze!"

Als sie dann frisch gewaschen und umgezogen wieder erschienen, bogen sich die Tische schon unter der Last von Brathähnchen, Maiskolben, gedünsteten Krabben, eingelegten Gurken, allen möglichen Salaten, Keksen, vier Torten und zwei Kuchen. Lovie führte die Oberaufsicht über das Festmahl und kümmerte sich um jede noch so kleine Kleinigkeit. Sie trug ihr dünnes Haar aus dem Gesicht gekämmt. Dazu hatte sie roten Lippenstift aufgelegt, der so ideal mit ihrem gleichfarbigen Kleid harmonierte.

Cara fiel auf, wie sehr ihre Mutter im Schein der Festtagsbeleuchtung mehr und mehr der zauberhaften, lebenslustigen Gastgeberin aus früheren Tagen glich, und sie musste an die zahlreichen Gesellschaften und Partys denken, die ihre Eltern im Haus in Charleston gegeben hatten. Oft genug hatte sie ihre Mutter damals beobachtet. Schwarz gekleidete Kellner hatten Tabletts mit appetitlich duftenden Vorspeisen und Champagner bereitgehalten, während Lovie plaudernd von Gast zu Gast und von Zimmer zu Zimmer geschwebt war, jedermann begrüßte und willkommen hieß und zwischendurch auch noch durch die Küche wirbelte und das Personal beaufsichtigte. Diese Riesenveranstaltungen mussten eine enorme Belastung dargestellt haben. Dabei hatte Lovie stets den Eindruck erwecken können, als bewältige sie alles mühelos, obwohl es, wie Cara wohl wusste, zuweilen über ihre Kräfte gegangen war.

„So, das Büfett ist eröffnet!" verkündete Lovie nun mit lauter Stimme.

Cara befreite Töpfe und Schüsseln von Deckeln und Folien und versah alles noch mit Servierlöffeln und -zangen. Toy und Linnea zogen sich mit ihren Tellern auf die Treppenstufen der hinteren Veranda zurück, während sich Florence, Lovie und Miranda auf der vorderen niederließen, wo Brett ein Weilchen mit ihnen plauderte, um sich dann an den Tisch neben Cara, Emmi und Julia zu setzen.

Es herrschte eine fröhliche, entspannte Stimmung, auch wenn allen auffiel, dass Palmer fehlte. Niemand verlor ein Wort darüber, obwohl Cara bemerkte, dass es Lovie tief bekümmerte. Irgendetwas musste während Palmers nachmittäglichem Kurzbesuch zwischen Mutter und Sohn vorgefallen sein. Sie hätte es zu gern erfahren. Bei ihrer Rückkehr vom Strand hatte sie Lovie auf der Veranda vorgefunden. Sie hatte teilnahmslos aufs Meer hinausgestarrt. Zwar war sie gleich lebendig geworden, als alle anrückten, und hatte besonderes Brimborium um die Kinder gemacht, doch Cara waren die rot geränderten Augen nicht entgangen. Offenbar hatte sie geweint, was Cara zutiefst beunruhigte.

Julia hingegen wirkte durch Palmers Abwesenheit kaum berührt. „Ach, der ist doch ständig auf Achse", sagte sie nur leichthin, als Cara sie auf ihren Mann ansprach. Auch Linnea schien sich rein gar nichts daraus zu machen, dass der Vater nicht anwesend war, und Cooper fragte mit keiner Silbe nach ihm. Der Kleine hockte sich neben Brett und gestattete nur diesem riesengroßen Mann, ihm beim Abbrechen der Krabbenscheren zu helfen. Ganz offensichtlich suchte der Knirps nach einem männlichen Vorbild. Ob Palmer auch nur im mindesten ahnte, was er verpasste? Cara hätte es gern gewusst.

Emmi, Julia und Cara hatten die übrig gebliebenen Speisen eingepackt und wollten gerade Kaffee trinken, als Florence von der Veranda hereinkam.

„Hat jemand meine Mutter gesehen?"

„War sie denn nicht bei euch draußen?" erkundigte sich Cara.

„Ich meinte, sie wäre vor kurzem ins Haus gegangen." Mit sorgenvoller Miene eilte Flo den schmalen Flur hinunter in Richtung der Schlafzimmer und rief nach ihrer Mutter.

Alle machten sich nun auf die Suche nach Miranda, doch schon nach kurzer Zeit stand fest: Im Haus war sie nicht. Da alle befürchteten, die alte Dame sei davongelaufen und könne irgendwo im Dunkeln herumirren, herrschte eine angespannte Stimmung. Wenn auch nicht völlig senil, so war Miranda doch ab und zu ein wenig verwirrt.

„Ich schaue bei mir nach“, verkündete Flo, die sich bereits auf dem Weg zur Tür befand. „Vielleicht ist sie einfach nach Hause gegangen.“

Brett begleitete sie, doch bereits Minuten später waren sie wieder zurück. Bestürzung spiegelte sich auf ihren Gesichtern.

„Sie ist nicht da!“ rief Flo aus. „Seid ihr sicher, dass sie nicht hier irgendwo steckt? Habt ihr auch überall nachgeguckt?“

„Vielleicht sollten wir die Polizei rufen“, schlug Emmi vor.

Cara vernahm ein Keuchen, und als sie die Kinder betrachtete, bemerkte sie, dass deren Augen beim bloßen Hören des Wortes Polizei bereits kugelrund geworden waren. „Augenblick, lasst uns mal nachdenken“, sagte sie, um etwas Ruhe in das Chaos zu bringen. „Könnt ihr euch vielleicht erinnern, wann ihr Miranda zum letzten Mal gesehen habt? Jeder Einzelne von euch?“

„Vor etwa einer halben Stunde“, antwortete Flo. „Wir haben uns den Sonnenuntergang angeschaut.“

„Richtig, dabei sprach sie von den geschlüpften Schildkröten“, fügte Lovie hinzu. „Ich entsinne mich, sie erzählte noch, dass die kleinen Biester gern eine Stunde nach Einbruch der Dunkelheit aus dem Nest krabbeln.“

„Und dann?“

„Dann sind wir Richtung Haus aufgebrochen, um uns einen Kaffee zu holen“, berichtete Flo. „Ich fragte sie noch, ob das Koffein nicht ihren Kreislauf zu sehr ankurbeln würde, doch sie bestand auf einem Tässchen, weil sie für das Feuerwerk wach bleiben wollte. Lovie und ich sind dann in die Küche gegangen. Wir haben doch noch etwas mit euch geplaudert, während der Kaffee durchlief! Nicht lange! Als wir dann mit der Kaffeetasse zurückkamen, war Miranda weg!“

„Also hat offensichtlich niemand beobachtet, dass sie ins Haus ging“, stellte Cara fest.

„Müssen eigentlich nicht allmählich die Jungen aus dem ersten

Nest krabbeln?" erkundigte sich Emmi. „Das macht Miranda doch liebend gern: zum Strand spazieren und nachschauen!"

„Dann ist sie bestimmt dorthin gegangen", vermutete Flo erleichtert. „Ich könnte sie erwürgen! Mir kein Wort zu sagen! Himmel noch eins, hoffentlich hat sie sich nicht verlaufen!" Sie hastete zur Tür.

„Welche Straße war das noch – die 6. oder die 27.?" fragte Emmi, die Flo bereits auf den Fersen folgte.

„Sie betreut nur die Gruben auf ihrem eigenen Strandabschnitt, es muss also die 6. Straße sein", erklärte Lovie, während sie ebenfalls hinauseilte.

„Mama!" Nun rannte auch Cara noch auf die Veranda, um die drei einzuholen. „Glaubst du, du schaffst es noch bis zum Strand? Es war ein langer Tag, und du warst doch ziemlich müde!"

„Und ob ich das schaffe!" rief Lovie, und ihre Augen funkelten. „Miranda besitzt einen sechsten Sinn in diesen Dingen! Wenn sie wie ein Spürhund zum Nest loszieht, dann kann man drauf wetten, dass es heute Nacht losgeht. Und dann halten mich keine zehn Pferde mehr im Haus! Ich fühle mich blendend. Mach dir nur keine Sorgen um mich." Damit schlug sie die Gittertür zu, eilte die Treppe hinab und verschwand im nächsten Moment um die Hausecke.

Drinnen hatte Julia Probleme, die Kinder im Zaum zu halten.

„Nichts da, ihr zwei! Nicht ohne eure Sweatshirts! Sonst fressen euch die Moskitos bei lebendigem Leibe auf!" Die beiden wollten schon widersprechen, aber sie blieb hart und schnitt ihnen das Wort ab. „Keine Widerrede! Ohne Sweatshirts bleibt ihr hier!"

Die Kinder maulten nicht lange herum, sondern zerrten ihre Sweatshirts aus den Rucksäcken und waren wie der Blitz zur Tür hinaus, sodass ihre Mutter Mühe hatte, ihnen zu folgen.

Das hektische Türenschlagen, die Aussicht auf den Anblick der aus der Sandgrube krabbelnden Jungtiere – all das jagte Cara einen erwartungsvollen Schauer über den Rücken. Sie griff sich ein paar Stranddecken, ihre Mütze und den unvermeidlichen roten Eimer mit den notwendigen Utensilien. „Toy! Kommst du auch mit?“ rief sie, als sie das Mädchen erblickte.

„Nein! Mir reicht es für heute mit dem Strandleben. Ich halte hier die Stellung.“

Brett zwängte sich an Toy vorbei. „Möchtest du wirklich nicht mit?“ fragte er fürsorglich. „Macht’s dir auch wirklich nichts aus, allein hier zu bleiben?“

Sie schüttelte den Kopf und wurde sogar etwas rot, weil Brett sich so um sie sorgte. „Nein, laufen Sie nur. Ich bin ein bisschen müde!“

Als Brett Cara erreicht hatte, nahm er ihr wortlos mit einer Hand die Decken ab, zog Cara mit der anderen stürmisch an sich und küsste sie so plötzlich und besitzergreifend, dass ihr ganz schwindlig wurde.

„Wollte ich schon den ganzen Tag“, flüsterte er, nachdem er sie losgelassen hatte. Dann packte er ihre Hand, und wie Kinder rannten sie hinter den anderen her.

Als Brett und Cara eintrafen, standen alle im Kreis um die Brutgrube herum, Miranda eingeschlossen. Die anderen Urlauber hatten sich zumeist in Richtung Landungssteg zurückgezogen, um dort auf das Feuerwerk zum Nationalfeiertag zu warten. Flo war gerade dabei, ihrer Mutter die Leviten zu lesen und sie zu belehren, sich bloß nie wieder ohne ein Wort davonzumachen. Die Kinder hüpften aufgeregt herum, waren völlig aus dem Häuschen, denn nun sollten die Schildkrötenbabys bald aus dem Sand kriechen. Lovie kniete bereits neben der Grube, hatte ihre Spezialstablampe eingeschaltet und beäugte angestrengt das Nest.

„Und? Wie lautet dein Urteil?“ Cara ließ sich neben ihrer Mutter auf die Knie nieder.

„Erkennst du die leichte Vertiefung da?“ fragte Lovie und beleuchtete eine Art Delle im Sand. „Ein deutliches Anzeichen! Da drin tut sich etwas! Kinder, hört mal mit dem Gehopse auf! Ihr springt mir zu nahe am Nest herum! Wenn ihr so weitermacht, krabbeln sie nie heraus! Das wollt ihr doch nicht, oder?“

Miranda trat etwas näher heran und nahm das im Lichtkegel liegende Nest in Augenschein. „Steck doch mal den Finger rein und prüf nach, ob die Jungen schon oben sind!"

Lovie lehnte das ab. „Lassen wir sie in Ruhe! Die werden schon irgendwann herauskommen!"

„Ach, nun mach schon! Hilf doch ein wenig nach", forderte Julia ihre Schwiegermutter auf. „Hast du doch früher auch getan! Die Kinder sind schon so gespannt!"

„Das hier ist doch kein Kasperltheater!" verkündete Lovie entrüstet, worauf die Kinder enttäuscht seufzten. „Ich hab früher einiges gemacht, was ich besser gelassen hätte. Man lernt eben nie aus."

Gespannt starrte sie auf die Brutgrube, während der Mond am Himmel höher stieg und sein schimmerndes Licht auf die Wellen warf.

Toy stand vor dem kleinen, über der Kommode angebrachten Spiegel und bürstete sich mit langsamen und mutlosen Bewegungen das Haar. Wenn man nur ihren Oberkörper betrachtete, also Kopf, Hals und Schultern, dann sah sie gar nicht so anders aus als die Mädchen aus den wohlhabenden Familien, die hier überall wohnten. Die neue goldbraune Farbe ihres Haars wirkte richtig natürlich, und es wellte sich an den Spitzen leicht, was Toy besonders gefiel.

Sie legte die Bürste hin, schaute an sich herab und zeichnete mit dem Finger die Rundung ihres Bauches nach. Ja, die jungen Männer, die guckten nur dorthin, für die war sie uninteressant, eine Schwangere eben – wie benutzt und weggeworfen.

„Hältst wenigstens du mich für etwas Besonderes?" fragte sie ihr ungeborenes Baby und streichelte dabei ihren Leib. Dass ihr eine Träne die Wange hinunterlief, passte ihr nicht. Wütend wischte sie sich über die Augen. Flennen nützte nichts. Sie steckte nun einmal tief im Schlamassel, und irgendwie musste sie es aus eigener Kraft schaffen, da herauszukommen.

Auf dem Bett lagen ihre Lehrbücher. Ein paar Wochen zuvor hatte Cara bei ihr angeklopft und diese Bücher und eine Broschüre über den

Fernlehrgang zum Erwerb des Highschool-Abschlusses vorbeigebracht. Seitdem hatten sie beide Abend für Abend über den Aufgaben gesessen. Lovie hörte derweilen vom Sofa aus zu, die Beine bequem hoch gelegt. Als Toy die erste Zwischenprüfung für Externe bestanden hatte, war Cara in Jubelrufe ausgebrochen: „Und wenn du jetzt noch den Abschluss machst, kannst du am College studieren!" Und das hatte Cara nicht bloß so dahergesagt! Das war ihr voller Ernst gewesen, nicht nur einfach eine Nettigkeit.

Toy streckte sich auf ihrem Bett aus und nahm sich ihr Algebrabuch vor. Sie hatte es Cara zwar nie anvertraut, aber was sollte sie auf einem College? Bald musste sie sich um ein Baby kümmern! Was sie brauchte, das war ein Job.

Sie war zwar fix und fertig von den Festtagsvorbereitungen, der frischen Luft und der Sonne, doch gebüffelt hatte sie relativ wenig in letzter Zeit. Deshalb war's jetzt wohl nötig, „sich auf den Hosenboden zu setzen", wie Cara es auszudrücken pflegte. Toy hatte eine Menge solcher Redensarten und Sprichwörter von Cara übernommen, „Ohne Fleiß kein Preis" etwa oder „Was du heute kannst besorgen, das verschiebe nicht auf morgen". Das war genau die Sprache, die ihr schon immer gefallen hatte. Am allermeisten mochte sie daran, dass man damit exakt das sagen konnte, was man meinte. Früher hatte sie solche Redensarten immer als Angeberei abgetan, mittlerweile jedoch erkannt, dass man sich damit umständliche Erklärungen ersparte. Bei diesem Gedanken hob sich ihre Stimmung nun doch, und sie schlug das Buch auf.

Sie rechnete gerade an einer quadratischen Gleichung herum, als ein Geräusch sie ablenkte. Sie hörte das Knirschen von Kies, als ob ein Wagen in die Hofeinfahrt eingebogen wäre. Toy lag mucksmäuschenstill, die Ohren gespitzt, doch alles blieb ruhig. In ihrem gemütlichen Zimmer fühlte sie sich geborgen; Angst hatte sie keine. Außerdem hatten jede Menge Leute ihre Fahrzeuge draußen am Straßenrand abgestellt, um sich vom Strand aus das Feuerwerk anzusehen. Also knobelte sie weiter an ihrer Rechenaufgabe herum, nagte dabei an der Lippe und wünschte sich Cara herbei, denn die hätte ihr bestimmt auf die Sprünge helfen können. Kurze Zeit später vernahm sie dann doch noch etwas, diesmal allerdings das unmissverständliche Knallen und Krachen der ersten Feuerwerkskörper.

Sie legte den Stift hin und lauschte. Die Knallerei schien ganz in der Nähe stattzufinden. Vielleicht sehe ich ja von der Veranda aus etwas, erwog sie, und gerade in dem Augenblick, als sie hinaustrat, gab es wieder einen gewaltigen Knall, und ein Feuerregen ergoss sich über den Nachthimmel. An das Geländer gelehnt, stellte sie sich auf die Zehenspitzen und starrte angestrengt in östliche Richtung. Das Feuerwerk wurde drüben, auf Sullivan's Island, abgebrannt. Zwei Raketen explodierten gerade kurz hintereinander.

„Oh, Baby", sagte sie aufgeregt, „wenn du das erleben könntest!"

„Tu ich doch!"

Die Stimme aus dem Dunkel ließ Toy erschreckt zusammenfahren. Ihr Herz pochte so heftig, dass sie glaubte, es könne in Stücke reißen. Wem die Stimme gehörte, das wusste sie nämlich auch ohne Licht.

„Darryl!"

Unten raschelte etwas, und tatsächlich – da war er, stand an der Verandatreppe, die Hände in den Hosentaschen, einen Fuß bereits auf der untersten Stufe. Toy war sich im Klaren, dass sie eigentlich ängstlich oder sauer reagieren sollte, doch was sie fühlte, war nur dieser verräterische, lustvolle Schauer, wie immer, wenn sie in diese babyblauen Augen blickte.

Es war so lange her, seit sie ihn zuletzt gesehen, ja, seit ein Mann sie so angeguckt hatte wie er – nicht mit Abneigung oder Desinteresse, nein, sondern auf eine Weise, wie es eine Frau gern hatte. Und gut schaute er aus! Adrett. Sein braunes Haar war kürzer, auch in einem anderen Stil geschnitten, sodass es sich locker um Nacken und den offenen Hemdkragen kräuselte, was richtig sexy wirkte. Seine dunkelblauen Jeans wiesen keinerlei Flecken oder Löcher auf.

„Du hast ja 'ne neue Frisur", stellte er fest.

Sie wurde rot; ihre Hand zuckte hoch, und sie strich sich verlegen eine Strähne hinter das Ohr. Offenbar mustert er mich ebenso genau wie ich ihn, dachte sie. „Ich ... ich wollte mal etwas ... Reiferes ausprobieren."

„Du siehst richtig hübsch aus!"

Sie erinnerte sich daran, wie nett er sein konnte, und entspannte sich leicht.

„Was suchst du denn hier?" fragte sie und schüttelte ungläubig den Kopf. „Ich hab dich doch gebeten, nicht herzukommen!"

„Ich will dir keine Scherereien machen", erwiderte er. „Ich hab später 'nen Auftritt im ‚Windjammer' hier auf der Insel, also hielt ich's für 'ne gute Idee, mal herzufahren und zu gucken, wie's dir geht. Das ist alles. Ehrenwort!"

Es lag an seinem Blick, dass sie schließlich nachgab – die traurigen Augen eines kleinen Jungen, die an ihren Mutterinstinkt appellierten. „Der ‚Windjammer'? Das ist echt ein Superschuppen", meinte sie.

Er kam etwas weiter die Treppe hinauf, bedächtig, Stufe für Stufe. „Stimmt. Wird vielleicht der Durchbruch, hoffen die Jungs und ich wenigstens. Wer weiß, wer alles im Publikum sitzt? Diesmal könnte es klappen." Mittlerweile stand er unmittelbar vor ihr und starrte sie an. Besonders groß war er nicht, nicht mal so groß wie Cara. Toy konnte schon sein Rasierwasser riechen. Vor Verlangen wurde ihr ganz flau im Magen.

„Mir ist eingefallen, wie du früher immer für mich da warst, wenn ich 'nen wichtigen Auftritt hatte. Mein kleiner Glücksbringer!"

Sie bekam kaum noch Luft.

„Bring mir auch heute Abend Glück, Baby!"

Toy schloss die Augen und ließ sich langsam gegen ihn sinken.

Ihr Bauch berührte ihn zuerst. Sie riss die Augen auf, schaute auf das Hemmnis zwischen ihnen und lachte hilflos. Als sie sein verhaltenes Glucksen hörte, war sie unbeschreiblich erleichtert.

„Hab dir ja gesagt, dass der kleine Fratz zwischen uns stehen wird", verkündete er grinsend.

Sie zitterte etwas, lächelte aber, denn der übliche gemeine Unterton, mit dem er sonst über das Kind sprach, schien diesmal zu fehlen.

„Er wird langsam groß", bemerkte sie.

„Wird mal 'n großer Bursche."

Sonderbar, wie sie über das Kind – ihr gemeinsames Kind – redeten, als wüssten sie genau, es würde ein Junge werden. Plötzlich überzeugt, dass es wirklich so war, tauchte vor ihrem geistigen Auge Klein-Darryl auf, und sie streichelte ihren Bauch. Sie standen eng beieinander, sie, das Ungeborene, sein Vater – sie musste heftig schlucken. Fast wie eine Familie!

„Wann ist es so weit?"

„Mitte September. Er wird im Sternbild der Jungfrau geboren."

„Ist das gut?"

„Ach, du Dummer! Diese Tierkreiszeichen sind doch alle gut! Ich bin Zwilling. Sensibel."

„Das merkt man!" Er kam noch näher. „Und was bin ich?" Seine Stimme war leise und rau.

Sie fuhr sich mit der Zunge über die Lippen. „Löwe." Sie wusste selbst nicht, warum, hielt es auf einmal aber für unglaublich erotisch.

„Ich vermisse dich, Toy. Ohne dich ist nichts mehr so, wie es war." Er strich ihr unendlich sanft über die bloßen Arme.

Toy spürte die Gitarristenfinger, schwielig verhärtete Fingerspitzen, die weiche Haut berührten. Erinnerungen kamen wieder hoch. „Du fehlst mir auch", flüsterte sie ergriffen.

Er senkte den Kopf. Sie neigte den ihren, konnte nicht widerstehen, schloss die Augen, merkte, dass er sie küsste, fühlte den sanften Druck seiner Lippen und war sich sicher, dass Darryl sie liebte.

„Möchtest du mich zu meinem Auftritt begleiten und mich spielen hören?" fragte er, als sie sich voneinander lösten.

Was für eine Versuchung! Ausgehen! In ein Tanzlokal! Wie in alten Zeiten! Vergessen, dass man vorzeitig erwachsen geworden war!

„Ich bin sofort fertig!"

Sie hastete in ihr Zimmer zurück, fuhr sich rasch mit der Bürste durchs Haar und legte etwas Lipgloss auf. Dann griff sie nach ihrer Handtasche, löschte das Licht und eilte zu Darryl zurück. Das aufgeschlagene Algebrabuch blieb unbeachtet auf der Bettdecke liegen.

Männliche und weibliche Schildkröten ähneln sich stark, wenn man davon absieht, dass die Männchen einen langen Schwanz und an den Ruderfüßen zusätzlich Klauen haben, mit denen sie bei der Begattung das Weibchen festhalten. Die Paarungszeit verläuft wild und stürmisch. Bei der Verfolgung eines Weibchens kann es zu Kämpfen zwischen den Verehrern kommen. Erst wenn das Weibchen paarungsbereit ist, lässt es sich begatten.

17. KAPITEL

Der Mond stand hoch am Himmel, während Wolken und Nebel ihn fast verdeckten. Rauchfahnen von den Feuerwerkskörpern hingen noch in der Luft. Die Nacht am Strand war lang gewesen, das von Erwachsenen und Kindern gleichermaßen bewunderte Feuerwerk ein Riesenspaß. Zum Glück hatten sich die Schildkröten als gescheit genug erwiesen, mit dem Verlassen des Nests so lange zu warten, bis die Massen sich verzogen hatten.

Bei den Lichtverhältnissen waren die Jungen kaum zu sehen gewesen, als sie ihren hektischen Wettlauf Richtung Meer angetreten hatten. Aber tatsächlich, sie waren aus dem Nest gekrabbelt! Cara hatte dicht davor gekniet und an die achtzig kräftige Jungschildkröten gezählt, die sich aus der Brutgrube wühlten. Nun ging es auf Mitternacht zu, und wenn Cara auch sämtliche Knochen spürte, so war sie doch in Hochstimmung, während sie beobachtete, wie die Jungen davonschwammen.

„Caretta?"

Cara wandte den Kopf und erspähte in der Finsternis eine große Gestalt, die sich ihr näherte. Es war Brett. Sie konnte die Umrisse seines wie gemeißelt wirkenden Gesichts in der Dunkelheit gerade noch ausmachen.

„War das jetzt das letzte Nest?" fragte sie.

Er stand neben ihr an der Wasserlinie. „Es schaut so aus."

Sie blickte wieder aufs Meer hinaus. Selbst durch die Nebelschwaden erkannte man die weißen Schaumkronen der Brandung. „Was waren die niedlich!" Sie lachte leicht auf. „Vermutlich würde ein Naturforscher eine Babyschildkröte nicht als *niedlich* bezeichnen."

„Er würde sie auch nicht *Babyschildkröte* nennen. Allerdings finde ich, beide Wörter treffen den Sachverhalt ziemlich genau."

Dass er niemals besserwisserisch auftrat, rechnete sie ihm hoch an. „Ich musste gerade an die Nacht denken, in der Mama und ich Zeuge wurden, wie eine Schildkröte ihr Gelege absetzte. Weil Vollmond war, bekamen wir alles genau mit. Ein gewaltiges Tier, so eine Schildkröte! Kaum zu glauben, dass sich die kleinen Biester von vorhin auch mal zu solche Riesenviechern entwickeln."

„Wenn sie überleben. Nur eine von tausend schafft es."

„So wenige nur? Eigentlich schade."

„So ist die Natur."

„Mag schon sein." Cara schlang die Arme um ihren Körper. „Zuweilen hat man den Eindruck, dass die Natur ziemlich grausam sein kann."

Sie wussten beide, dass sie damit auf die Krankheit ihrer Mutter anspielte. Es gab nicht mehr viel dazu zu sagen, und sie wollten auch nicht länger darüber reden. Eine Weile starrten sie aufs Meer hinaus. Die Flut lief auf, und die herrlich warmen Wellen umspülten bereits Caras und Bretts Zehen.

„Spaziergang gefällig?" erkundigte er sich.

Cara schaute kurz zum etwas weiter oben am Strand liegenden Nest hinauf. Julia, Miranda und die Kinder waren bereits gegangen. Wenn man genau hinsah, konnte man in Umrissen Lovie und Flo erkennen, die offenbar gerade aufbrachen. Die Nacht war mild, feucht und einladend, und im Grunde hatte Cara noch keine Lust, nach Hause zurückzukehren. Nur ... irgendwie war Brett ein Buch mit sieben Siegeln. Als sie sich anfangs auf diese unerklärliche Weise zu ihm hingezogen gefühlt hatte, da war sie davon überzeugt gewesen, dass alles nach dem üblichen Schema ablaufen würde: flüchtiger Sex, ein schnelles Lebewohl. Doch so war es nicht gekommen. Immer, wenn sie zu wissen glaubte, woran sie mit ihm war, hatte er etwas Überraschendes gesagt oder getan, was ihn nur umso faszinierender werden ließ. Und da war noch etwas: Nie hatte sie einen Mann gekannt, der mit ein paar Metern Schnur und einem Haken eine komplette Mahlzeit herbeizaubern konnte.

„Einverstanden", sagte sie.

Er ergriff ihre Hand, und zu zweit schlenderten sie an der Brandung entlang, wobei Cara sich nach und nach seinem Tempo anpasste.

Die Lichterketten weit hinten am Landungssteg schienen durch die samtschwarze Finsternis.

All das wirkte auf beinahe schmalzige Weise romantisch, ganz wie eine jener Kitschpostkarten mit einem Liebespaar, das verträumt am Strand entlangspaziert. Mit einer Einschränkung natürlich, wie Cara gleich einfiel: Sie und Brett waren kein Liebespaar. Sie bedauerte es, denn die Stille hatte etwas Erotisches. Cara spürte überdeutlich den Druck seiner Hand. Ihr kam es so vor, als wäre ihre gesamter Körper in Alarmbereitschaft versetzt. Berührten sich ihre Hüften, lief Cara ein Schauer den Rücken hinunter. Jeder Windhauch war wie eine Zärtlichkeit.

„Gehst du nachts öfters hier draußen spazieren?“ erkundigte sie sich – eine dumme Frage, wie sie gleich darauf fand. „Aber sicher tust du das. Du wohnst ja schließlich hier!“

„Genau deswegen tu ich's eher selten! Wahrscheinlich betrachte ich das Meer als Selbstverständlichkeit. Schau mal da rüber“, sagte er und zeigte auf eine Häuserzeile oberhalb des Strandes. Selbst zu dieser nachtschlafenen Zeit brannte in einigen noch Licht. „Siehst du diesen flackernden bläulichen Schein? Da hocken sie noch vor der Glotze! Ich bin wohl nicht der Einzige, der die See als selbstverständlich hinnimmt.“

„Meine Eigentumswohnung liegt direkt am Michigansee. Ich gebe zu, ich stehe auch nur noch selten am Fenster und gucke mir den See an. Ich weiß und spüre aber, dass er da ist. Hin und wieder betrachte ich ihn und nehme ihn bewusst zur Kenntnis, und dann bin ich immer ganz überrascht von dem wunderbaren Anblick. Es ist wie ein Geschenk, und dann kommt er mir nicht mehr selbstverständlich vor. In diesem Moment verschönert er mein Leben. Vielleicht geht es den Leuten drüben in den Häusern ähnlich.“

„Vermisst du Chicago?“

Die Antwort fiel ihr nicht leicht. Seit einiger Zeit schon, seit dem letzten Gespräch mit der Jobvermittlerin, hatte sie nicht mehr an Chicago gedacht. Es war, als habe sie für sich dieses Kapitel ihres Lebens abgeschlossen und hier auf der Insel ein neues aufgeschlagen.

„Im Grunde nicht“, erwiderte sie wahrheitsgemäß. „Das Leben in der Großstadt wird mir bestimmt irgendwann fehlen. Das Flair, die Abwechslung, das Tempo.“ Sie lachte verhalten. „In letzter Zeit bin ich ruhiger geworden. Ich habe zwar noch genug zu tun, aber ich stresse mich nicht mehr so sehr.“

„Sollte man auch nicht machen. Eile mit Weile, dann hat man mehr von seinem Dasein.“

„Wundert mich nicht, dass du so denkst“, bemerkte sie mit leisem Spott.

„So? Wie kommst du darauf?“

„Durch deine ganze Art, deine Arbeit. Deine Einstellung zu Sex.“

Er blieb wie angewurzelt stehen. „Wie bitte?“

Am liebsten hätte sie sich die Zunge abgebissen. Sie zerrte an seinem Arm, wollte weiter, aber er rührte sich nicht vom Fleck. Sie ließ seine Hand los, blickte zu Boden und stocherte mit dem Zeh im Sand herum, während er auf eine Antwort wartete.

„Nun, das mit uns beiden, da haben sich die Ereignisse nicht gerade überschlagen.“

„Nach meinem Geschmack verlief es bislang ziemlich gut.“ Das klang ein wenig beleidigt.

„Stimmt ja auch“, beeilte sie sich zu versichern. „Wir sind gute Freunde geworden. So richtig gute F-r-e-u-n-d-e.“

Er schwieg.

„Ich wünschte, es wäre ein wenig mehr als Freundschaft“, schob sie nach.

„Aha!“ Das hörte sich schon weit weniger gekränkt an. Sie schöpfte Hoffnung.

„Und was genau hast du dir vorgestellt?“ fragte er, wobei er einen Schritt näher kam.

„Na ja“, begann sie zögernd, „jetzt geht das zwischen uns ja schon eine ganze Weile, und es ist ja auch alles ganz wunderbar so weit. Ich dachte aber auch, es wäre vielleicht ein bisschen mehr ... äh, Spaß ... drin.“

„Na so was! Tatsächlich?“

Er schaute angestrengt auf seine Fußspitzen. Cara betrachtete seinen Hinterkopf, sein Haar, das so dicht war, dass man womöglich nicht mal mit der Hand hindurchfahren konnte. Als er wieder aufschaute, hielt sein Blick sie gleichsam gefangen, ließ sie nicht los. „Und den Eindruck, ich hätte mich ähnlichen Hoffnungen hingegeben, den hattest du nicht?“

Cara wurde ernst, beinahe schüchtern. „Ich war mir nicht sicher. Mich hätte schon interessiert, ob du mich attraktiv findest oder ob ich dir zu aufdringlich bin. Ich kann ziemlich unverblümt sein, das weiß ich. Ich hatte ein bisschen Angst, ich könnte dich verschreckt haben.“

Das Eingeständnis schien ihn sichtlich zu verblüffen. „Wie kommst du denn auf so was?“

„Na, du hast nie ... ich meine ...“ Es fiel ihr verflixt schwer. Sie merkte, wie ihr das Blut in die Wangen stieg. Bescheuert, schalt sie sich. Wieso macht dir das was aus? Jede Menge Lover im Lauf der Jahre, und jetzt stehst du hier und wirst rot wie ein Schulmädchen? Lächerlich!

„In den letzten paar Wochen ist außer Küssen nichts gewesen“, stellte sie fest. Jetzt war es heraus.

Er stand in der Dunkelheit, nur Zentimeter von ihr entfernt, so nah, dass sie sehen konnte, wie seine Lippen sich zu einem bedächtigen, freudigen Lächeln verzogen. „Cara“, erwiderte er, strich ihr eine Strähne hinter das Ohr und ließ die Fingerspitzen dann sacht an ihrer Wange heruntergleiten, bis sie am Kinn verweilten. „Ich mache dir eben den Hof!“

Sie starrte ihn völlig verdutzt an. *Den Hof?* Habe ich mich verhört? fragte sie sich. Ja, gab’s denn so etwas überhaupt noch irgendwo, dass ein Mann einer Dame den Hof machte? Die Vorstellung hatte etwas Reizvolles. Sie fühlte sich geschmeichelt. Verzaubert. Ja, zum Kuckuck, sie strahlte über das ganze Gesicht!

„Tatsächlich?“

„Hast du damit ein Problem?“

„Aber nein! Ich ... ich hatte doch keine Ahnung!" Und da sie schleunigst ihre Verlegenheit überspielen wollte, fügte sie spöttisch hinzu: „Schon wieder so eine Anstandsregel? Ein richtiger Gentleman aus dem Lowcountry, der macht seiner Lady den Hof?"

„Kommt auf die Lady an."

Die Antwort war ganz nach ihrem Geschmack.

„Was hast du morgen vor?" erkundigte er sich.

„Wieso?"

„Hast du Lust zum Zelten?"

Sie schwieg, weil sie nicht wusste, ob das wirklich nach ihrem Geschmack war.

„Bitte gib mir keinen Korb!" Er ließ nicht locker.

Ganz überzeugt war sie nicht, doch wie er das äußerte, den Kopf schräg gelegt, dieses Funkeln in den Augen, das hatte einen so jungenhaften Charme – da konnte sie nicht Nein sagen.

„Wohin geht's diesmal?" fragte sie am folgenden Morgen, als Brett vom Kai ablegte und das Boot, das er mit noch mehr Ausrüstung als beim letzten Mal beladen hatte, aus dem Hafen manövrierte.

„Capers Island", erwiderte er.

Cara erlaubte sich ein Lächeln. Capers Island also! Das Inselchen, zu dem sie seinerzeit, als sie sich kennen gelernt hatten, gefahren waren. Seitdem war sie von dem Eiland ganz verzaubert gewesen und hatte gehofft, er werde sie irgendwann wieder einmal dorthin mitnehmen.

Bei schon recht flotter Strömung und warmem, klarem Wetter tuckerten sie hinaus. Cara saß im Bug und spürte, wie die Sonne ihr auf die ungeschützten Schultern und Wangen brannte. Sie glitten über den vertrauten Waterway dahin, mit Kurs auf die Küste von South Carolina mit ihren vorgelagerten, zuweilen versteckt liegenden kleinen Inseln.

Capers Island war verlassen. Einsam erstreckte sich der unberührte Strand vor ihnen. Nur einige Wasservögel hatten sich in einiger Entfernung versammelt. Brett brachte die Ausrüstung auf eine breite, flache Düne, die sich plateauähnlich über „Boneyard Beach“ erhob. Gemeinsam bauten sie das Zelt so auf, dass eine Ansammlung von Kiefern sie vor heftigen Windböen schützte, aber dennoch die sanft vom Meer her wehende Brise zu spüren war.

Da weder Cara noch Brett im Moment besonders gesprächig waren, verbrachten sie den Tag mit Nichtstun, sonnten und entspannten sich. Wenn ihnen danach war, schwammen sie im seidenweichen Wasser des Atlantiks, ruhten sich im Sand aus und ließen sich von der Sonne trocknen. Ganz durchtränkt und durchdrungen vom Sonnenschein, döste Cara schläfrig und träge vor sich hin.

„Alles hier ist so einfach“, sagte sie zu Brett, drehte sich auf den Bauch und legte das Kinn auf die verschränkten Arme. „Keine wichtigen Entscheidungen, niemand will etwas von mir, keine Probleme, die gelöst, keine Profite, die gemacht werden müssen. Die reine Wonne und Seligkeit, schlicht und einfach. Können wir nicht hier bleiben und niemals weggehen, wie das Pärchen in dem Film? Du weißt doch, der Streifen, wo die zwei zusammen aufwachsen und so tollen Schmuck aus Muscheln basteln und sich schließlich ineinander verlieben!“

„Nie gesehen. Hört sich ganz nach ’ner Weiberschmonzette an.“

Sie räkelte sich und zwickte ihn in den Arm. „Immer diese Klischees! Ich behaupte doch auch nicht, dass Männer nur Agentenfilme schauen oder Horrorschinken, in denen das Blut in Strömen fließt!“

„Ja, und?“

„Du bist ein hoffnungsloser Fall.“

„Und Tarzan? Was ist damit?“

„Prima Film.“

„Den zum Beispiel kenne ich“, erwiderte er genüsslich. „Und der handelt sogar von ’nem Typen, der allein auf sich gestellt im Dschungel überlebt.“

„Überlebt schon, aber aufgelebt ist er erst, als Jane auftauchte.“

Brett brach in schallendes Gelächter aus, stand auf, fasste Cara bei der Hand und zog sie hoch.

„Komm, Jane! Tarzan hungrig!"

Sie lachte so schrill und albern, dass der Vogelschwarm am Wasser erschrocken aufflog.

Brett führte sie zu einem kleinen Bachlauf, der sich, fast wie ein klaffender Messerschnitt, spaltartig in den Inselboden gefurcht hatte. Aus der Nähe konnte sie beobachten, wie Brett ein Netz mit Zähnen und Händen packte und es, nachdem er für sicheren Stand und gute Hebelwirkung gesorgt hatte, mit elegantem, schwungvollem Einsatz des ganzen Körpers in die Luft schleuderte. Das Netz öffnete sich wie eine Blüte, entfaltete sich über dem schimmernden Wasser und landete mit sanftem Klatschen auf der Oberfläche. Es war ein fast poetisch anmutendes Bild von perfekter Harmonie und Eleganz. Als er den Wurf wiederholte, da erst konnte sie die athletisch-kraftvolle Schönheit voll würdigen, die ihm über die Jahre so viele Preise, Auszeichnungen und Stipendien eingebracht hatte.

Man fühlt sich tatsächlich an Tarzan erinnert, dachte Cara. Seine Statur, seine Naturverbundenheit, seine ruhige Gelassenheit. Aber ich – bin ich wie Jane? Das wohl weniger, befand sie. Sie hielt sich jedoch zugute, dass sie, wenn's drauf ankam, so clever und mutig wie Jane sein konnte. Und ein paar Tricks zum Überleben in der Wildnis hatte sie auch inzwischen gelernt. Wozu biwakierten sie schließlich hier?

Aber auf immer und ewig bei einem Mann in der Wildnis zu bleiben, das hätte sie denn doch nicht gekonnt. Sie war ein City-Girl, eine Frau, welche die Großstadt brauchte. So ohne weiteres würde es ihr nicht gelingen, die moderne Zivilisation mit ihren Segnungen – E-Mail, Caffè latte, Kino- und Restaurantbesuche nach Dienstschluss – abzustreifen.

Wie dem auch sei, sie spielte die Rolle der Jane mit großem Vergnügen, besonders in dem Moment, als sie einen angefaulten Hühnerkopf so an einem Bindfaden in den Bachlauf senkte, wie es Brett ihr gezeigt hatte. Nach mehrmaligem Heben und Senken gelang es ihr tatsächlich, einige tropfnasse Krabben zu fangen, die sich hartnäckig mit den Scheren an den Köder klammerten. Caras Fischkünste reichten zwar nicht ganz an die ästhetische Perfektion von Bretts Netzwürfen heran, aber es war dennoch ein befriedigendes Gefühl, eigenhändig zum Gelingen des Festmahls beigetragen zu haben.

Im Schein der allmählich sinkenden Sonne durchkämmten die beiden den Strand auf der Suche nach Brennholz für ein Lagerfeuer. Als das Feuer dann loderte, kochten sie die Krabben und tranken dazu gekühlten Wein aus der Kühlbox. Und als das Mahl beendet war und der Vollmond endlich seinen Platz zwischen den Sternen eingenommen hatte, da ergriff Brett Caras Hand und half ihr galant auf.

„Was wird denn das jetzt?" fragte sie.

„Wir tanzen."

„Das ist nicht dein Ernst! Ich tanze miserabel", wehrte sie ab. „Ich habe zwei linke Füße!"

„Nun komm schon!"

„Brett, ich hab seit der Highschool nicht mehr Shag getanzt!"

„Tanzen ist wie Radfahren. Das verlernt man auch nicht."

„Okay, ich geb's zu – ich habe es nie richtig gekonnt."

„Dann bringe ich es dir bei."

Er bückte sich zu dem mitgebrachten Kassettenrekorder hinunter, ein vernehmliches Klicken ertönte, und schon erklang der vertraute Sound von Beach Music, unvergessliche Songs und Evergreens wie „My Girl" oder „Sweet Carolina Girls".

„Während der Schulzeit haben wir nie miteinander getanzt", stellte er fest. „Das wollte ich heute Abend nachholen."

Sie lachte hell auf. „Das ist ja, als wäre ich wieder sechzehn!"

„Gut, dass wir uns nicht näher kannten, als du sechzehn warst. Damals hättest du mich womöglich nicht ausstehen können!"

„Das glaubst du doch selbst nicht", neckte sie.

Er hob die Hand und schob ihr eine Strähne aus der Stirn. „Das war wirklich ernst gemeint. Ich bin heilfroh, dass wir uns erst jetzt näher kommen, Caretta."

Er blickte ihr lange in die Augen. Von vorübergehender Panik ergriffen, befürchtete sie, er könne ihre alberne Fassade durchschauen und erkennen, dass sie sich in seiner Gegenwart ungewöhnlich hilflos und unsicher fühlte, als wäre sie tatsächlich wieder auf der Schule und habe ein Rendezvous mit diesem unglaublichen Mann, von dem sie ihr ganzes Leben geträumt, den sie immer gesucht hatte – allerdings an den falschen Stellen.

Wieder ergriff er ihre Hand und führte sie durch die schwierigen Schrittfolgen des Shag.

„Jetzt drehen! Anders herum! So ist's richtig", wies er sie an. „Na, wer sagt's denn? Und ob du tanzen kannst!"

Sie kicherte zwar albern, bekam aber allmählich ein Gefühl für den Tanz. Bei Beach Music, einer alten Kombination aus Rhythm and Blues, Big-Band-Jazz und Pop, wiegte man sich fast von ganz allein in den Hüften, und die Füße bewegten sich wie von selbst. Fasziniert von dem erdigen Beat und dem Lob von Brett, verlor Cara schnell ihre Unsicherheit und überließ sich der Musik. Lachend und tanzend sprachen sie über Tanzpartys ihrer Schulzeit, auf denen sie allerdings nie gemeinsam gewesen waren. Abwechselnd nannten sie die Namen von damals beliebten Pop-Gruppen, von alten Freunden, von den Diskotheken, die damals angesagt gewesen waren. Während sie alte Zeiten wieder aufleben ließen, erfuhren sie etwas vom Leben des anderen, das bisher unterschiedlich und doch ähnlich zugleich verlaufen war.

Und als er schließlich aufhörte zu tanzen und ihr einen Blick voller Verlangen und Sehnsucht zuwarf, da brauchte er nicht lange zu fragen. Er musste nur vorausgehen zu dem sich in der Brise leicht bauschenden weißen Zelt, das sich auf der Dünenkrone an die Kiefernstämme schmiegte.

Die Jungschildkröten orientieren sich stets am hellsten Lichtschein. In der Natur ist dies das weiße Licht des Mondes oder der Sterne über dem Ozean. Künstliche Beleuchtung kann die Jungtiere verwirren und in die Irre leiten, zum Beispiel in dichtes Strandgras oder auf belebte Straßen. Das bedeutet für die Kleinen den sicheren Tod.

18. KAPITEL

„Isst du die noch?"

Toy schaute auf die vor ihr stehende Schale Pommes Frites mit Ketchup. Das Baby nahm mittlerweile so viel Platz im Bauch ein, dass Toys Magen wie ein Pfannkuchen zusammengequetscht wurde. Dabei hatte sie ständig Hunger und knabberte immerzu an irgendetwas herum. Doch sie bekam nie viel auf einmal hinunter und schob Darryl deshalb die Pommesschale quer über den Tisch zu.

„Nein. Kannst sie aufessen."

Es war Freitagabend und dementsprechend voll bei Burger King, die Kundschaft setzte sich aus Kinobesuchern und Touristen mit übermüdeten, quengelnden Kindern zusammen. Toy bemerkte, dass Darryl Ketchup über das Kinn lief.

„Was guckst du so?"

„Du hast da 'n bisschen Ketchup", erwiderte sie und zeigte auf die Stelle. Als er den Tropfen mit dem Finger abwischte, erinnerte Toy sich an die Sandwiches, die als Kind ihr Mittag gewesen waren, wenn das Geld für einen ordentlichen Brotbelag nicht mehr gereicht hatte. Die Situation war von ihrer Mutter zu einer Art Spiel umfunktioniert worden, indem sie kleine Ketchup-Kleckse auf Weißbrotscheiben gequetscht und das Ganze dann als „Knopf-Sandwich" deklariert hatte. Für Toy waren diese Brote keineswegs ein Ausdruck der Armut, sondern etwas Besonderes gewesen.

„Ich denke, am 20. September sollten wir hier den Abflug machen", verkündete Darryl, wobei er sich ein Pommesstäbchen in den Mund schob.

Es fiel ihr unangenehm auf, dass er mit vollem Mund sprach und außerdem einen Riss im T-Shirt hatte, direkt im Ärmelsaum. Mittlerweile bemerkte sie solche Dinge sofort, verlor aber kein Wort darüber, um ihn nicht zu verärgern. In letzter Zeit war er nämlich wirklich nett zu ihr, wie damals, als sie sich kennen gelernt hatten. Er versicherte ihr auch dauernd, wie sehr er sie liebte. Er machte ihr zwar keine Komplimente mehr, aber das fand sie nicht so schlimm. Schließlich wusste sie, dass man sie nicht mehr als hübsch bezeichnen konnte. Sie war nun mal schwanger.

„Meinst du, bis dahin könntest du so weit sein?"

Stirnrunzelnd betrachtete Toy ihren Milchshake, weil sie es nicht mochte, wenn Darryl sich auf diese Weise danach erkundigte, ob das Baby bis dahin zur Welt gekommen und sie wohl reisefähig sei. Gemeinheiten über das Kind äußerte er zwar nicht mehr, wies aber immer mal wieder darauf hin, dass er es für einen Klotz am Bein hielt. Seine Band hatte inzwischen die erste CD vorgelegt, wollte nun unbedingt nach Kalifornien und dort schnell berühmt werden.

Im Grunde war's ja nicht gelogen, als sie Darryl mitgeteilt hatte, sie werde das Baby zur Adoption freigeben und dann nach Kalifornien mitkommen. Eigentlich hatte sie damit nur beabsichtigt, Darryl ausreichend Zeit zu geben, sich an den Gedanken zu gewöhnen, dass er bald Familienvater sein würde. Auch Cara und Miss Lovie hatte sie nicht wirklich angeflunkert, sondern ihnen nur die halbe Wahrheit erzählt. Seit dem Unabhängigkeitstag hatte sie immer behauptet, sie fahre ins Kino, die Treffen mit Darryl allerdings verschwiegen. Sie taten ja niemandem weh, solche kleinen Notlügen.

Irgendwann stand sie sowieso mit dem Baby allein da! Cara würde bestimmt nach Chicago zurückkehren, Miss Lovie lebte nicht mehr lange, und Darryl befand sich schon halb auf dem Weg nach Westen. Es war alles ein solches Tohuwabohu! Und wenn sie sich lange den Kopf darüber zerbrach, dann wurde ihr immer ganz elend zumute. Sie wusste nur eins: Sie liebte ihr Baby und musste bis zu seiner Geburt abwarten. Kommt Zeit, kommt Rat. Irgendwie würde sich alles schon richten!

„Hal-lo! Ding-dong!" Darryl bewarf sie mit einem Pommesstäbchen. „Was ist eigentlich heute Abend mit dir los? Ich bin die ganze Zeit am Reden, und du sitzt nur da wie 'n Ölgötze!"

„Hab nachgedacht", antwortete sie und wischte sich über die Brust, auf der das Stäbchen wie auf einem Regalboden liegen geblieben war. „Es ist ja nicht mal August! Wie soll ich da wissen, was im September wird?"

„Augenblick mal! Wir haben schon Ende Juli! Da ist September nicht mehr weit. Ich muss schließlich vorausplanen!"

„Der Doktor sagt, das Baby könnte zwei Wochen früher oder vielleicht auch zwei Wochen später kommen. Abreise am 20. September – das wird mir zu knapp! Außerdem kann ich doch nicht einfach ein Kind in die Welt setzen, dann in ein Auto hopsen und 'ne lange Reise machen. Ich brauche erst mal einige Tage Ruhe!"

„Ausruhen kannst du dich doch im Auto! Da sitzt du doch die ganze Zeit, und wir fahren mehrere tausend Kilometer, Herrgott noch mal!" fluchte er.

„Führ nicht den Namen des Herrn so gotteslästerlich im Mund!"

Das war ihr so herausgerutscht. Sie warf Darryl einen nervösen Blick zu.

Darryl guckte sie zunächst verdattert an, als traue er seinen Ohren nicht, lachte dann aber und schüttelte den Kopf. „ Schwangere sollen zuweilen ein bisschen austicken, habe ich gehört. Offenbar stimmt's."

Sie atmete erleichtert auf und sog mit eingezogenem Kopf an ihrem Trinkhalm.

„Also, ich weiß nicht recht", fuhr Darryl fort. „Die Jungs werden langsam kribbelig. Die möchten los, lieber heute als morgen!"

„Sollen sie doch", murmelte sie.

„Geht nicht. Wir fahren alle zusammen mit Hals Lieferwagen. Ist aber sowieso egal. Hal muss sowieso erst was mit seiner Alten regeln."

„Kriegt Amber ein Kind?"

Darryl glotzte sie an, als wäre sie übergeschnappt. „Quatsch!" fauchte er böse. „So dämlich ist die nicht!"

Toy verspürte einen scharfen Stich und massierte sich den Bauch.

„Mann, bin ich froh, wenn dieser ganze Baby-Zirkus endlich vorbei ist!" Darryl rutschte auf seiner Sitzbank herum, streckte die Arme über die gesamte Breite der Rücklehne aus und fragte dann, wobei sich seine Augen zu Schlitzen verengten: „Was ist denn nun schon wieder?"

Toy zuckte erschreckt zusammen. „Gar nichts!“

Er stieß einen Seufzer aus, der eher wie ein Ächzen klang. „Ach, verdammt, tut mir Leid! War nicht nett von mir. Das kommt, weil du mir so fehlst! Weil ich nicht bei dir sein kann ...“ Er schaute sie an. „Ein Mann lebt nicht von Pommes allein ...“

Sie lächelte ein wenig verschämt und trat ihm spielerisch unter dem Tisch gegen das Schienbein. „Ich vermisse dich doch auch! Der Arzt meint, wir können, na ja, wir können etwa eine Woche nach der Geburt wieder zusammen sein ...“

„Willst du wissen, was mich echt nervt? Dass ich dich nachts irgendwo draußen in der Pampa bei irgend 'nem Haus absetzen muss. Hab schon überlegt ... vielleicht solltest du wieder bei mir einziehen.“

„Das geht doch nicht!“ brach es aus ihr heraus. „Das wäre doch unanständig, Miss Lovie jetzt im Stich zu lassen! Und es dauert doch nur noch einen reichlichen Monat, bis das Baby da ist! Außerdem kannst du mich in diesem Zustand sowieso nicht leiden. Hast du oft genug angedeutet! Ich werde nur noch dicker und reizbarer; das hältst du doch nicht aus!“

Seine Mundwinkel verzogen sich hämisch. „Da hast du ausnahmsweise mal Recht!“

„Nur noch ein paar Wochen! Dann sind wir wieder zusammen! Du, ich und ...“ Sie brach ab und hielt den Atem an.

Es war Darryl am Gesicht abzulesen, dass ihm nicht entgangen war, was sie hatte sagen wollen. Er nahm die Arme von der Rücklehne und beugte sich über den schmalen Tisch. „Du und ich! Basta“, zischte er warnend. „So war's immer, und so wird's immer sein! Nur wir zwei!“

In Toys Brust regte sich etwas. Sie hätte am liebsten laut aufgeschrien, unterdrückte diesen Impuls jedoch, indem sie rasch und heftig an ihrem Trinkhalm sog.

Cara und ihre Mutter saßen derweil auf der Veranda des Strandhauses, hielten sich stumm bei den Händen und betrachteten einen außergewöhnlich schönen Sonnenuntergang. Cara nippte an ihrem Weißwein, während sich Lovie, eine Tasse Tee in der Hand, sanft in ihrem Schaukelstuhl wiegte.

Der Gesang der Vögel erstarb; langsam verschwand die Sonne am Horizont, ein Anblick, der Cara melancholisch stimmte. Eigentlich sonderbar, hier so gemütlich und in stiller Zufriedenheit mit der Mutter zu sitzen! Und doch schön!

Sie warf ihrer Mutter einen Blick zu. Die hohen Wangenknochen, scharf umrissen im Halbdunkel des Dämmerlichts, ließen Lovies Gesicht ernst und erhaben wirken. Was ihr wohl gerade durch den Kopf ging? Welche Gedanken mochten eine Frau, die nun vor dem Sonnenuntergang ihres Lebens stand, beschäftigen? Auch ich, dachte Cara, werde eines Tages dem Tod ins Angesicht sehen müssen. Wie werde ich mit der Situation umgehen? Sie war sich so unsicher, dass sie fröstelte.

„Ist dir kalt?" erkundigte sich Lovie.

„Nein", erwiderte Cara leise.

„Die Luft ist ein wenig kühl."

„Das bildest du dir sicher nur ein, Mama. Ich zerfließe förmlich in dieser Schwüle. Die Insekten am Strand waren eine echte Plage."

Lovie seufzte. „Hoffentlich gibt es mich noch, wenn die Schmetterlinge kommen!"

Außer einem gemurmelten „Hmm" brachte Cara kein Wort hervor, und so wiegten sie sich weiter stumm in ihren Schaukelstühlen, während vom Meer das Rauschen der Brandung zu ihnen herüberdrang.

„Woran denkst du?" fragte Cara nach einer Weile.

„Ich? An nichts Tiefsinniges jedenfalls. Eigentlich an überhaupt nichts. Ich habe nur einfach so vor mich hin gestarrt. Mir scheint, die rosafarbenen Finger des Sonnenuntergangs sind heute Abend besonders lang. Siehst du? Sie greifen über den ganzen Himmel, umarmen ihn regelrecht!" Wieder ein Seufzer. „Wie tröstlich!"

„Tröstlich? Warum?"

„Na, weil ich dabei Gott näher bin, Liebes."

Cara schaute lange aufs Meer. Der Abendschein verwandelte sich allmählich zu einem dunkleren Rosa, ging dann in Violett-Töne über und zerfloss hinter der dünnen schwarzen Linie des Horizonts. „Ich bin nicht sicher, ob es einen Gott gibt", verkündete Cara schließlich.

„Wie kannst du so etwas sagen? Wir haben dich im Glauben an Gott erzogen."

„Es war leichter, einfach ‚ja, ich bin gläubig' zu antworten, wenn mal jemand die Frage stellte. Innerlich hatte ich allerdings stets meine Zweifel – bis heute."

„Mich würde das sehr ängstigen."

„Was mir Furcht einflößt, ist eher die Vorstellung von der Existenz der Hölle. Das ist der Haken an der Sache."

„Finde ich nicht, Liebes. Man muss nur mehr Liebe zu Gott als Angst vor der Hölle empfinden. Mir hat mein Glaube durch ziemlich schlimme Zeiten hindurchgeholfen. Nun gehe ich ja nicht mehr allzu häufig in die Kirche, doch auch die Gartenarbeit kann eine Art Gebet sein, genauso wie Musik zu hören, Blumen in eine Vase zu stellen, einen Saum zu nähen oder einfach bloß eine Melodie zu summen."

„Nur, wenn einem der Glaube fehlt, was dann?"

„Glaube passiert einem nicht einfach so, Cara. Man kann ihn auch nicht studieren, nicht dafür arbeiten oder am Verhandlungstisch um ihn feilschen. Nach dem heiligen Paulus gelangt der Glaube nicht von selbst zu den Menschen, sondern wird ihnen von Gott geschenkt."

„Damit wären wir wieder bei der Ausgangsfrage. Wie kannst du so sicher sein, dass Gott existiert?"

Lovie reagierte mit einem weisen Lächeln. „Cara, Liebes, guck dir den Himmel an. Der Sonnenuntergang ist der tägliche Beweis dafür, dass es Gott gibt!"

Der Augustmond stand hoch am Himmel und warf sein Licht auf den schimmernden Ozean. An Land strahlten die Außenleuchten einiger

Häuser hell und klar wie funkelnde Sterne, was die Schildkröten-Muttis mächtig in Rage versetzte.

„Ich könnte sie verdreschen, diese Idioten“, knurrte Flo abfällig. „Lassen einfach ihre Verandalichter an.“

Wieder einmal hielt das Turtle Team an einem Gelege Wache. Da der Wind abgeflaut war, verhielten sich die Moskitos und andere Stechmücken besonders angriffslustig. Sämtlichen Damen waren die Knöchel zerstochen. Flaschen mit Insektenspray wanderten von Hand zu Hand.

„Genau das Haus, bei dem ich neulich schon mal vorgesprochen habe“, wetterte Flo weiter und schmierte sich dabei etwas Lotion auf die Beine. „Ich hab die Leute freundlich und höflich gebeten, doch bitte die Außenleuchten zum Strand hin abzuschalten. Und jetzt schaut euch das an! Beleuchtet wie ’n Christbaum!“

„Die Jungen werden geradewegs auf die Lichter zusteuern.“

„Wessen Haus ist es denn?“

„Sind jetzt Mieter drin.“

Mittlerweile war das Insektenmittel bei Emmi gelandet. „Die allermeisten Mieter, mit denen ich mich wegen der Lichter unterhalten habe, sind hellauf begeistert und ganz wild darauf, während des Urlaubs junge Schildkröten sehen zu können. Sie sind froh und glücklich, wenn sie irgendwie helfen können. Mann muss sie nur informieren.“

„Also, die Sache gestern hat mich gewaltig auf die Palme gebracht“, warf Cara bissig ein.

„Ja, sind die Jungen denn tatsächlich zur Straße raufgekrabbelt?“

„Die reinste Katastrophe! Gegen fünf Uhr morgens ruft einer bei der Polizei an und meldet überfahrene Jungschildkröten auf der Fahrbahn. Die Polizei alarmiert Lovie, die holt mich und Flo aus den Federn, und wir nichts wie hin! Ein Jammer, sage ich euch! Stundenlang haben wir die ganze Gegend abgesucht – die Dünen bis rauf zur Straße. Ergebnis: fünfzehn tote und zirka zwanzig lebendige Jungtiere.“

„Die auch mehr tot als lebendig waren“, fügte Flo sichtlich erschüttert hinzu. „Die armen Viecher hatten sich stundenlang abgestrampelt. Dabei hätten sie schon längst schwimmen müssen! Wir haben sie zum Meer gebracht. Sie waren schon ziemlich am Ende ihrer Kräfte. Ich wage zu bezweifeln, dass sie es schaffen. Und ich möchte mir gar nicht erst vorstellen, wie viele andere von anderen Tieren gefressen worden oder schlicht an Erschöpfung verendet sind."

„Also, da darf man wohl mit Fug und Recht sauer sein", sagte Cara und zerklatschte eine Mücke.

„Na schön, dann marschiere ich ein allerletztes Mal rüber und bitte die Leute dort, ihre Außenleuchten auszumachen!" Flo erhob sich ächzend. „Es soll uns schließlich keiner mangelnde Aufgeschlossenheit vorwerfen. Du bleibst hier, Mutter! Wirf für mich ein Auge aufs Nest! Ich bin sofort zurück!"

„Ich rühre mich nicht vom Fleck", erwiderte Miranda.

Cara stellte amüsiert fest, über wie viel Zähigkeit die alte Dame verfügte. Dies war immerhin das vierte Nest in „ihrem" Strandabschnitt, aus dem die Jungen flüchteten. Nicht ein einziges Mal hatte sie das Ereignis verpasst.

„Heute Nacht sind die Sterne aber besonders hell, Tante Cara!" Linnea schmiegte sich an Caras Schulter. „Da werden die Baby-Schildkröten bestimmt den Weg finden, ganz gleich, was geschieht. Meinst du nicht auch?"

Cara lächelte auf das zarte, erwartungsvolle Gesicht herunter. Da Linnea inzwischen bereits mehrmals zu Besuch gekommen war, hatte sich eine enge Bindung zwischen Cara und ihrer Nichte entwickelt. Cooper hingegen fand es zu langweilig, still mit einem Damenzirkel bei einem Sandnest zu hocken, weshalb er es vorzog, daheim zu bleiben. Linnea aber machte es Spaß, mit der Tante bei den Schildkröteneiern zu wachen. Außerdem waren sie einkaufen gefahren, hatten sich gemeinsam die Nägel lackiert, Plätzchen gebacken oder sich einfach nur abends zu Lovie aufs Sofa gekuschelt und in ihren Lieblingsbüchern geschmökert. Dass es so erfüllend sein könnte, ein Kind in den Armen zu halten, hatte Cara nicht geahnt, und sie hätte nie im Leben gedacht, dass sie ein kleines Mädchen einmal so gern haben würde.

„Glaubst du, sie kommen heute Nacht raus?“

Die Kleine stellte die Frage bereits zum x-ten Mal, und Cara lachte leise in sich hinein. „Vielleicht, vielleicht auch nicht. Wir müssen halt abwarten“, antwortete sie und fuhr dem Mädchen durch das seidige Haar.

Linnea rutschte ein Stückchen von ihr weg, kroch dicht ans Nest heran und beugte das Gesicht darüber. „Kommt raus, ihr Kleinen“, flüsterte sie. „Alles ist für euch bereit. Bitte kommt raus.“ Dann drehte sie den Kopf und fragte: „Um welche Zeit krabbeln sie denn wohl raus?“

„Keine Ahnung. Vielleicht heute Nacht oder morgen Nacht.“

„Ach, die werden schon kommen“, verkündete die Kleine dann und hockte sich wieder zu ihrer Tante. „Woher weißt du so viel über Schildkröten?“

„Deine Oma Lovie hat mir ’ne Menge beigebracht. Die meisten von uns haben ihre Kenntnisse von ihr!“

Mit dem Zeigefinger zeichnete Linnea Schleifen in den Sand und machte ein ernstes Gesicht. „Muss Oma Lovie sterben?“

Cara war sprachlos. Wie sollte sie darauf reagieren? Hilfe suchend blickte sie sich um, aber scheinbar wollte niemand über dieses Tabuthema sprechen. Cara betrachtete das gespannte Gesicht ihrer Nichte, winkte das Mädchen näher heran und legte ihm den Arm um die Schultern.

„Ja“, erwiderte sie wahrheitsgemäß. „Deine Großmutter wird bald nicht mehr unter uns sein.“

„Lag ich also doch richtig. Ich habe nämlich mitangehört, wie Mama und Daddy drüber redeten. Daddy meint aber, es stimme nicht. Bist du denn ganz sicher?“

„Es tut mir Leid, Mäuschen, aber es ist die Wahrheit.“

Linnea überlegte einen Moment. „Warum behauptet Daddy dann, sie stirbt nicht?“

Ja, warum? Das hätte Cara auch gern gewusst. Sie seufzte. „Manchen Menschen fällt es schwer, den Gedanken zu akzeptieren.“

„Ach so." Und nach kurzer Pause fragte Linnea: „Und weshalb stirbt sie?"

„Sie hat Krebs."

„Tu das weh?"

„Zuweilen. Aber nicht allzu sehr." Noch nicht, dachte sie fröstelnd.

„Wann stirbt sie denn wohl?"

„Das kann man nicht genau sagen. Das ist wie mit dem Schildkrötennest. Es passiert, wenn's passieren soll."

„Ach so!"

„Mäuschen, hat deine Mama denn noch nie mit dir darüber gesprochen?"

„Nein."

„Aha." Also wich Julia offensichtlich dem Thema aus. Cara wollte ihre Kompetenzen wahrlich nicht überschreiten, doch es lag auf der Hand, dass Linnea Antworten auf ihre Fragen erwartete. „Weißt du denn, was Sterben bedeutet?"

„Aber natürlich!" Linnea wirkte ein wenig pikiert. „Das heißt, dass Oma in den Himmel kommt."

Die Kinder besuchten wöchentlich den Gottesdienst. Vermutlich besaß die Kleine eine ziemlich genau Vorstellung von Gott und dem Himmel. Der Tod allerdings blieb in der kindlichen Fantasie oft nur etwas Verschwommenes. Für die Erwachsenen im Übrigen auch.

„Richtig, aber es kann sein, dass man nicht genau begreift, wie das ist mit dem Himmel, nicht wahr? Ich bin nicht mal sicher, ob ich es recht verstanden habe – selbst in meinem Alter!"

Da war Linnea anderer Meinung. „Ist doch nicht schwer! In den Himmel gelangt man nach dem Tod. Das weiß doch jeder! Natürlich kann keiner so genau sagen, wie es da ist. Aber schön auf jeden Fall. Mama hat erzählt, der liebe Gott befindet sich da oben über den Wolken und hat so schöne Häuser, in denen wir dann wohnen. Wenn wir auf Erden Gutes tun, kriegen wir 'n großes Haus als Belohnung. Ich denke, Oma Lovie bekommt 'ne richtig große Villa. Und Engel gibt's im Himmel natürlich auch."

„Natürlich." Cara beneidete die Kleine um ihre Naivität.

„Meinst du, auch die Schildkröten kommen in den Himmel?"

„Woher soll ich das wissen?" erwiderte Cara. „Zumal ich noch nie da war."

„Ich glaube fest daran. Ohne die Schildkröten wäre Oma doch einsam da oben."

Cara merkte, dass die Kleine schlucken musste, nachdem sie den Satz ausgesprochen hatte. „Ohne Oma würdest du dich schrecklich verlassen fühlen, nicht wahr?" erkundigte sie sich behutsam.

Linnea schaute zu Boden und nickte.

„Ach, ich mich auch, Mäuschen", gab sie zu und schloss das Mädchen in die Arme. Sie drückte sie an sich, wiegte sie sanft und küsste sie auf den Scheitel. „Wir müssen zusammenhalten, wir zwei. Du könntest doch in unsere Schildkröteninitiative eintreten. Na, wie wäre das?"

„Ehrlich?" fragte Linnea, schon wieder obenauf.

„Na klar", antwortete Cara. „Wir brauchen dich doch bei uns im Team!" Sie blickte zu Emmi und Miranda hinüber und wusste gleich, was die anderen dachten: dass Linnea den Platz ihrer Großmutter einnehmen würde. Lovie war Caras Lehrerin gewesen, und Cara ihrerseits gab nun ihr Wissen an Linnea weiter. So wurde die Fackel weitergereicht.

Sofort zählte Linnea sämtliche Pflichten auf, mit denen sie während des Sommers Bekanntschaft gemacht hatte und die sie nach ihrer festen Überzeugung bereits alle schon selbst erledigen konnte. Cara hörte nur halb zu, amüsiert zwar, doch mehr am Enthusiasmus in der Stimme und am begeisterten Blick interessiert. Wie selbstbewusst das Mädchen auftrat! Und wie rasch sie von zu Tode betrübt auf himmelhoch jauchzend umschalten konnte! Neun Jahre – ein herrliches Alter!

„Wer kommt denn da?" fragte Emmi und fuhr auf.

Cara blinzelte in die Dunkelheit und erspähte in einiger Entfernung den auf und ab tanzenden Schein einer Taschenlampe. Das Rotlicht signalisierte bereits, dass es sich um jemanden aus dem Turtle Team handeln musste. Emmi kramte ihre eigene Stablampe aus dem Strandbeutel, schaltete sie ein und schwenkte sie im Bogen, um den Neuankömmlingen, die nun ebenfalls einen roten Lichtbogen beschrieben, die Richtung anzuzeigen. Alle Augenpaare richteten sich jetzt auf die zwei schattenhaften Gestalten, eine davon sehr groß, die andere hingegen klein.

„Es sind Toy und Brett“, verkündete Emmi und stupste Cara an.

Cara lächelte nur nachsichtig, freute sich jedoch insgeheim über sein Erscheinen. Die Exkursionen mit den Touristen hatten ihn in jüngster Zeit so stark in Anspruch genommen, dass Cara ihn kaum zu Gesicht bekommen hatte. Kein Wunder, denn es war Hochsaison.

Die beiden Nachzügler wurden wärmstens willkommen geheißen. Alles rückte ein wenig zur Seite, um für die beiden Platz zu schaffen, und auch das Insektenmittel machte wieder die Runde. Linnea, kess und kokett, flog Brett geradezu in die Arme und ließ sich von ihm unter entzücktem Gequietsche wie eine Stoffpuppe durch die Luft wirbeln. Danach schäkerte er mit Miranda, die sich wie ein Schulmädchen gebärdete. Egal, ob jung oder alt: Niemand vermochte sich Bretts Charme zu entziehen, wie Cara wieder einmal beobachten konnte.

Dann erst ließ er sich neben ihr auf der Düne nieder. Sie fand es schön, dass es keines Austausches von Zärtlichkeiten bedurfte, um ihr zu verstehen zu geben, dass er lediglich ihretwegen gekommen war. Er brauchte ihr nur seine große Hand aufs Knie zu legen und ihr in die Augen zu schauen, mehr nicht. Schon schlug ihr Herz schneller, und alles drehte sich, als hätte Brett auch sie wie die kleine Linnea herumgewirbelt.

„Irgendwas passiert?“ fragte Toy, die sich, weil ihr Bauch mittlerweile so stark angeschwollen war, wenig elegant in den Sand plumpsen ließ.

Cara freute sich, sie endlich wieder bei einem der Gelege zu sehen, schließlich hatte Toy die letzten Male nicht mitbekommen, wie die Jungen das Nest verließen. Cara hatte schon befürchtet, die junge Frau könnte die Lust daran verloren haben, was angesichts der bevorstehenden Geburt nicht verwunderlich gewesen wäre.

„Nur eine leichte Vertiefung im Sand. Aber schon seit 'ner ganzen Weile keine Veränderung."

Linnea kroch noch einmal an das Gelege heran. „Kannst du nicht noch mal nachgucken? Bitte?"

Cara tat der Kleinen den Gefallen und richtete den roten Schein der Lampe auf das Nest. Plötzlich hielt sie den Atem an. Die kleine konkave Delle hatte sich tatsächlich vergrößert. Alles drängte sich nun um die Brutgrube, um einen Blick zu erhaschen, und tatsächlich, vor ihren Augen passierte es!

Linnea krampfte die Hände wie zum Gebet zusammen. „Los, los, los!" forderte sie fieberhaft.

„Na, die kommen ja tatsächlich noch diese Nacht", stellte Emmi fest.

„Da kannst du Gift drauf nehmen", bestätigte Miranda.

„Klasse", quietschte Linnea, die es vor Aufregung kaum noch aushielt.

Die hellen Lichter weiter oben am Strand, die den Turtle Ladies vorher noch Kummer bereitet hatten, erloschen plötzlich.

„Hut ab, Flo", flüsterte Emmi. „Genau im richtigen Moment."

„Wie viele sind denn wohl da drin?" erkundigte sich Linnea. „Was meinst du?"

„Dieses Gelege wurde ja von uns umgebettet, also kennen wir die Anzahl genau. Einhundertsechs Eier waren drin!"

„Wieso bleibt denn die Schildkrötenmutter nicht beim Nest?" fragte das Mädchen.

„Weil die das schon seit Jahrmillionen so machen."

„Das ist aber traurig", seufzte Linnea. „Die Kleinen so sich selbst zu überlassen."

Toy rutschte näher heran. „Es ist wirklich traurig, wenn man's recht bedenkt. Nicht nur für die Jungen, sondern auch für die Mutter. Sie muss sie schließlich verlassen und sieht sie nie wieder."

„Ehrlich gesagt, ich bezweifle, dass sie sich darüber groß den Kopf zerbricht", meinte Emmi. „Die folgt einfach dem uralten Ruf der Natur."

Toy war damit nicht einverstanden. „Hat doch mit Natur nichts zu tun, wenn eine Mutter ihre Kinder im Stich lässt!"

„Doch, das ist ein völlig natürlicher Reflex", erklärte Brett in seiner gelassenen Art. „Die Natur kennt zwei Arten von Fortpflanzungsverhalten. Es gibt Tiere, die betreiben maximalen Fortpflanzungsaufwand. In dieser Gruppe wird viel Zeit und Mühe auf eine nur kleine Zahl von Nachwuchs verwandt. Elefanten oder Delfine gehören dazu. Dann existieren noch die Tiere mit minimalem Reproduktionsaufwand. Die produzieren eine große Menge an Nachwuchs und überlassen ihn dann sich selbst. Das wird als Vorbeugeüberhang bezeichnet. Der Zweck liegt darin, dass dieser zahlenmäßig große Nachwuchs für natürliche Feinde ein Überangebot darstellt, sie also gar nicht alle fressen können. Auf diese Weise überlebt die Art. In dieser Gruppe finden wir zum Beispiel die Fische, Frösche oder eben die Schildkröten. In der Biologie zählt nicht das Individuum, sondern nur die Spezies."

Cara boxte ihm spaßhaft gegen den Arm. „Den kann man nirgendwohin mitnehmen!"

„Wieso? Ich beantworte lediglich Fragen", entgegnete er.

Alle lachten.

„Und wozu rechnet man die Menschen?" erkundigte sich Toy. „Was ist mit denen?"

„Die Menschen gehören zu beiden Kategorien", erläuterte er. „Sie haben die Qual der Wahl."

Toy nagte an ihrer Lippe und kratzte mit den Fingern im Sand herum. „Ich fände es besser, wenn die Mutter bei ihren Jungen bleiben würde. Sie nicht auch?"

Cara, der das Drängende in Toys Stimme aufgefallen war, guckte erst das Mädchen und dann Brett an.

„Nee, eigentlich nicht“, gab er unbewegt zurück. „Diese Vorgehensweise hat den Schildkröten das Überleben ermöglicht, und deshalb gibt es sie schon sehr, sehr lange.“

Toy hörte mit dem Kratzen auf und strich den Sand glatt.

„Einer uralten Sage zufolge“, dozierte Emmi, „ruht die Welt auf dem Rückenpanzer einer alten Schildkröte, und diese uralte Schildkrötenmama passt auf alle Eier auf, nachdem die anderen Schildkrötenmütter sich davongemacht haben. Ein schöner Gedanke!“

„Irgendwie kommt es mir so vor, als würde das Schildkrötenweibchen die Eier auch den menschlichen Schildkrötenmuttis anvertrauen“, meinte Toy. „Wahrscheinlich spürt sie, dass man sich nach ihrem Verschwinden gut um ihre Jungen kümmert.“

Trotz der Schwüle überlief Cara ein Frösteln. Sie hatte Angst um Toy, den nun ahnte sie plötzlich, was dieser jungen Frau durch den Kopf spukte.

Die Schildkrötensaison neigte sich allmählich dem Ende zu. Morgens konnte Cara länger schlafen, da keine Meldungen über Schildkrötenspuren mehr eingingen. Insgesamt vierzig Gelegegruben gab es auf der Isle of Palms und auf Sullivan’s Island.

So ruhig die Vormittage geworden waren, so hektisch wurden nun die Nächte. Cara und mit ihr die restlichen Aktivistinnen hielten ab sofort fast Nacht für Nacht Nestwache oder führten kleinere Touristengruppen zu den verschiedenen, nun bald schlupfreifen Brutgruben. Trotz aller Überwachung gelang es einigen besonders trickreichen Jungtieren, unbemerkt aus dem Nest zu flüchten. Meist krochen sie zu einem Zeitpunkt, an dem die Wächterinnen bereits übermüdet den Heimweg angetreten hatten, aus dem Nest und strebten dem Meer zu. Winzige Spuren, die zum Wasser führten, verrieten dann ihren nächtlichen Aufbruch.

Für Cara war es der Sommer, den sie sich immer erträumt hatte. Sie liebte den Gesang der Vögel, wenn sie morgens aufstand, und die Arbeiten am Strand. Sie freute sich darauf, allein am Meer entlangzuwandern und nach Spuren Ausschau zu halten. Sie war mit sich selbst im Reinen wie noch niemals zuvor. Was ihr außerdem sehr gefiel, war die Kameradschaft, die unter den Aktivistinnen herrschte. Sie saß gerne im kühlen Sand und unterhielt sich über Gott und die Welt mit ihnen. Möglich, dass die Schildkröten der Gruppe Halt und Ziel vorgaben – man musste Regeln folgen und Probleme lösen –, doch ihre eigentliche Stärke lag im Zusammenhalt, in Zuneigung und gegenseitigem Vertrauen, das immer stärker wurde. Wenn sie im Mondlicht um ein Nest herumhockten, dann fühlte Cara sich als Teil eines eng verbundenen Kreises von Freundinnen.

Am allermeisten bedeuteten ihr die wenigen kostbaren Augenblicke mit Brett, der ihr in den vergangenen Monaten so etwas wie Spontaneität beigebracht hatte. Wann immer ihnen danach war, sprangen sie beispielsweise einfach händchenhaltend in die Wellen, oder sie lachten, bis ihnen die Tränen kamen. Sie warfen den Kopf in den Nacken und schmetterten lauthals irgendein bekanntes Lied. Und bisweilen, bei Strandspaziergängen, wenn Bretts Augen im Mondschein glänzten, dann nahm er Cara einfach bei der Hand und führte sie weitab in die Dünen zu einem hinter Strandhafer verborgenen Platz, und unter dem weiten, offenen Himmel deckte er sie mit seinem Körper zu.

War er nicht bei ihr, dann dachte sie an ihn. Beim Telefonieren kritzelte sie geistesabwesend seinen Namen dutzendfach auf den Block. Das T-Shirt, das er ihr einmal am Strand geborgt hatte, gab sie ihm nicht zurück, sondern sie schlief nachts darin, nur um ihn riechen zu können und von ihm zu träumen. Love-Songs, die im Radio gespielt wurden, waren ihrer Meinung nach eigens für sie komponiert worden. All diese für sie neuen Gefühle überwältigten Cara.

„Du hast dich verliebt", sagte Emmi ihr eines Nachts auf den Kopf zu, als sie gemeinsam am Strand Nestwache hielten.

„Ach was! Das ist lediglich der Sommerflirt, den ich als junges Ding nie erlebt habe. Nicht Liebe, sondern Liebelei!"

„Diese verliebte Art von Liebelei, die gibt's nicht. Ich muss es schließlich wissen. Ich habe meinen Sommerflirt geheiratet."

„Das zählt nicht! Dein Sommerflirt entwickelte sich zu einer regelrechten Ganzjahresbeziehung. Ein Sommerflirt, das kann man schon aus der Bezeichnung schließen, muss mit dem Ende des Sommers enden."

„Ach, du kennst also sogar die Definition?"

„Aber sicher! So heißt es doch in irgendeinem Song. Wenn die Herbstwinde wehen oder so. Du hast das Lied bestimmt schon einmal gehört!"

„Na schön, gehen wir alles mal einzeln durch und entscheiden dann, was es ist." Emmis streckte die Beine aus und zählte die Punkte auf: „Die Kulisse für eine Sommerromanze war schon mal passend, das lässt sich nicht bestreiten. Da hätten wir also zuallererst den Mond ..."

„Und zwar nicht irgendeinen, sondern den Mond von Carolina. Und der schien über einem Gewässer. Wir dürfen kein Detail vergessen."

„Einverstanden. Dann gab es noch Sonnenuntergänge und ein Boot." Emmi hakte mit dem Finger in der Luft Nummer zwei und drei der imaginären Auflistung ab. „Was dann? Ach ja ... die Küsse."

„Klar, auf jeden Fall die Küsse. Meine Güte, was ..."

„Hör auf, Cara! Du bringst mich um. Erspar mir die Details!"

„Sorry. Weiter im Text!"

„Noch mal von vorn: Mond, Gewässer, Sonnenuntergang, Boot, Küsse. Fehlt noch was?"

„Die Eltern. Oder der Betreuer im Sommercamp. Eins von beiden. Das habe ich auch zu bieten. Mama wartet tatsächlich immer auf mich. Und dabei bin ich vierzig!"

Emmi warf den Kopf in den Nacken und brach in schallendes Gelächter aus. „Okay, du hast gewonnen, und zwar mühelos! Es ist 'ne Liebelei. Und? Glücklich?"

Bin ich glücklich? Ich wollte, ich könnte die Frage mit Ja beantworten, dachte Cara. Es war Mitte August; ein neues Schuljahr begann; die Touristen reisten ab. Die Zeit der Sommerseligkeit neigte sich rasch dem Ende zu. Was mochte der Herbst wohl bringen? Cara flößte der Gedanke Angst ein.

Dass der Sommer tatsächlich zu Ende ging, erkannte Cara schmerzlich an dem Morgen, als sie entdeckte, dass Lovie verschwunden war. Cara fiel auf, dass das goldlackierte VW-Cabrio noch draußen stand, und geriet beinahe in Panik. Sie eilte aus dem Haus und sah sich im Garten um: keine Spur von Lovie. Cara strich sich die Haare aus dem Gesicht und war auf einmal hellwach. Im Gegensatz zu Miranda litt Lovie nicht an gelegentlichen Demenzzuständen. Dennoch hatte Cara keine Ahnung, wann ihre Mutter wohl das Haus verlassen haben und wohin sie gelaufen sein mochte.

Das änderte sich, als sie bemerkte, dass auch der rote Eimer nicht mehr an seinem Platz stand. Schnell streifte sie das Nachthemd ab, schlüpfte in Shorts, Top und Sandalen und eilte nach draußen. In den Bäumen jubilierte ein ganzer Vogelchor, und der Sandpfad, über den sie zum Strand hastete, war kühl und feucht. Die Sonne ging gerade auf, als Cara den Strand erreichte.

Ihre Mutter stand am Ufer, eine zierliche, einsame Gestalt mit einem hellroten Eimer in der Hand. Das lange, weiße Nachthemd flatterte in der frischen Brise. Im trüben Rosa des Tagesanbruchs wirkte Lovie wie ein aufs Meer starrender Geist.

Cara näherte sich ganz behutsam, um Lovie nicht zu erschrecken. „Mama?“

Langsam wandte ihre Mutter den Kopf, und zu ihrem Entsetzen stellte Cara fest, dass Lovies Gesicht tränenüberströmt war.

„Was ist passiert, Mama?“ fragte Cara.

„Sie sind weg“, erwiderte Lovie. Ihre Stimme klang wie ein kraftloses Röcheln.

„Weg? Wer?“

„Die Loggerheads. Die Mütter. Alle fort, nach irgendwohin aufgebrochen. Ich fühle es. Es ist vorbei. Und ich vermisse sie jetzt schon.“ Ihre Unterlippe bebte; sie hob die Hand an den Mund, bemüht, nicht vollends die Fassung zu verlieren. „O Cara, sie fehlen mir so!“

Cara wusste nicht, wie sie ihre Mutter trösten sollte. Was hätte sie auch sagen können? Dass die Schildkröten doch im kommenden Jahr wiederkehrten? Davon hatte Lovie nichts. Sie fühlte genau, dass dies ihre endgültig letzte Saison war, dass die Loggerheads sich für immer verabschiedet hatten. Das war es, was ihr solchen Kummer bereitete.

Cara ahnte, dass ihre Mutter ebenfalls bald von ihr gehen würde. Tränen schossen Cara in die Augen. In den vergangenen zwei Monaten hatte Cara nicht wahrhaben wollen, was das Ende des Sommers letztendlich wirklich bedeutete, und es genauso verdrängt wie jegliche Gedanken an den kommenden kalten Winter.

„Ach, wie gerne würde ich mit ihnen ziehen“, flüsterte Lovie, den Blick nach wie vor auf die wogende Dünung gerichtet. „Könnte ich doch nur meinem Gefühl folgen und mich wie sie von der Strömung treiben lassen! Dann hätte ich es hinter mir. Wäre das nicht schön?“

„Noch nicht“, erwiderte Cara, der fast die Stimme brach. Sie schlang die Arme um ihre Mutter und drückte Lovie fest an sich. „Bitte, Mama, schwimm noch nicht fort.“

Lovie strich ihr übers Haar. „Dafür bist *du* ja noch da, meine eigene, geliebte Caretta, nicht wahr? Das ist mein einziger Trost.“

Dass sie nun ihre weinende Mutter in den Armen hielt, kam Cara wie ein sonderbarer Rollentausch vor, ganz so, als sei sie selbst die Mutter, stark und resolut, während Lovie, klein und wehrlos, die Tochter war – ein bewegendes und zugleich furchtbares Gefühl.

Und während um sie herum der Morgen anbrach, standen Mutter und Tochter in inniger Umarmung am Strand. Es herrschte gerade Ebbe, und das Wasser hatte Muscheln, Seetang und Schaumreste wie Unrat an Land zurückgelassen. Gemeinsam weinten Lovie und Cara um alle Mütter, die fortgegangen waren, und um die, die das noch vor sich hatten.

Nachdem die Schildkrötenweibchen sich auf ihre einsame Rückreise begeben hatten, verschlechterte sich Lovies Zustand rapide. Es war, als habe sie, zumindest innerlich, die Loggerheads begleitet. Vorher hatte sie ihre Krankheit mit solch stoischer Ruhe ertragen, dass Cara, Toy und alle anderen dem Irrtum unterlegen waren, Lovie müsse nur frohen Mutes sein, dann würde sie ewig leben. Nun indes welkten Lovies Elan und ihr Optimismus dahin. Sie wurde depressiv und war in sich gekehrt. Sobald Cara sie zum Strand und zu einem der Nester locken wollte, lehnte sie kopfschüttelnd ab und gab vor, zu müde zu sein, da sie wegen ihres Hustens fast die ganze Nacht nicht hatte schlafen können. Versuchte es Cara dann mit der Schildkrötenstatistik oder einem bestimmten Gelegeproblem, zuckte Lovie nur mit ihren zerbrechlichen Schultern, ließ sich auf der Veranda im Schaukelstuhl nieder und starrte aufs Meer hinaus. Sie zog sich in sich selbst zurück, ließ sich von ihrer inneren Strömung treiben. Cara kam nicht mehr an sie heran.

Während Lovie fast täglich an Gewicht verlor, wurde Toy, nunmehr in ihren letzten Schwangerschaftswochen, immer runder. Um Lovies Appetit anzuregen, kochte sie mittlerweile alles Mögliche, doch Lovie rührte die Gerichte kaum an und entschuldigte sich mit abgewandtem Gesicht. „Liegt an dem Husten", sagte sie dann unter fortwährendem Räuspern. „Der nimmt mir jeglichen Appetit."

Mit Tränen in den Augen machte Toy ihr dann bittere Vorwürfe. „Wenn Sie jetzt die flüssige Nahrung auch noch ablehnen, dann werden Sie ja noch weniger! Gucken Sie doch mal, Miss Lovie, Käse-Soufflé! Weich und zart. Wollen Sie nicht wenigstens mal kosten?"

„Ich kann ja mal probieren", war gemeinhin Lovies lustlose Antwort.

Zu etwas zwingen wollten Cara und Toy sie nicht, denn der Husten quälte Lovie abscheulich. Eines Nachts eilten beide in ihr Zimmer, weil sie befürchteten, sie könne an ihrem eigenen Speichel ersticken. Das brachte das Fass zum Überlaufen. Trotz aller Widerstände von Seiten Lovies setzte Cara sich durch und verkündete, nun müsse ein Termin bei Dr. Pittman her.

„Nein, der hat so viel zu tun", wandte Lovie ein. „Den können wir nicht behelligen."

„Und ob wir das können, Mama. Wie sollen wir dir helfen, wenn wir den Arzt nicht ab und zu um Rat fragen dürfen?"

„Der wird uns ohnehin nur sagen, was wir ohnehin schon wissen!"

Cara schaute ihre Mutter hilflos an. Allmählich führte der Weg in dunkle, unbekannte Gefilde. Hilfe war vonnöten.

Die wenigen Minuten, in denen die jungen Schildkröten versuchen, so schnell wie möglich vom Nest ins Meer zu gelangen, sind lebensgefährlich. Oft werden die Jungtiere Opfer von bereits im Hinterhalt lauernden Gespensterkrabben. Nur eine von tausend geschlüpften Jungschildkröten überlebt so lange, dass sie die volle körperliche Reife erreicht.

19. KAPITEL

Drei Tage später saß Cara in Dr. Pittmans Wartezimmer, das sich in der onkologischen Abteilung der Klinik befand. Stumme, niedergedrückte ältere Männer und Frauen, einige davon in entsetzlichen Krankenhausnachthemden, blätterten in alten, abgegriffenen Zeitschriften. Manche Patienten schoben fahrbare Sauerstoffgeräte vor sich her, die bei jedem Schritt metallisch schepperten. Sorgsam vermied Cara jede Berührung mit den zerfledderten Illustrierten oder auch den Armlehnen des Stuhls, auf dem sie Platz genommen hatte. Sie fasste aus Prinzip nichts an und betrachtete niedergeschlagen und in sich gekehrt ihre Hände.

Voller Unbehagen hockte sie auf dem unbequemen Stuhl. Krankenhäuser waren ihr ein Gräuel. Eins sah aus wie das andere. Sie waren kalt und steril, Labyrinthe aus langen, engen Fluren mit Linoleumböden und Doppeltüren. Am schlimmsten an Kliniken fand Cara die Tatsache, dass sie voller kranker Menschen waren. Hinfälligen Leuten und Krankheiten ging sie tunlichst aus dem Weg. Sie reiste nur ungern mit dem Flugzeug, weil man sich ihrer Meinung nach stundenlang in einer gigantischen Bazillenfalle aufhalten musste. Hustete jemand neben ihr im Theater, rutschte sie sich so weit wie möglich von der Person weg. Wenn jemand in einem voll besetzten Aufzug nieste, hielt Cara den Atem an, bis sie endlich aus der Kabine flüchten konnte. Diese Manie gipfelte nun in der Überzeugung, dass Lovies chronischer Husten – ebenso wie dieser Krankenhausbesuch – eine Strafe Gottes war, eine Art Fegefeuer als Buße für die Sünden der Vergangenheit.

Nicht, dass sie sich beklagen wollte! Die Liebe zu ihrer Mutter war stärker als jede Abscheu vor Krankheiten. Deshalb saß sie, während Lovie eine Vielzahl von Untersuchungen über sich ergehen ließ, niedergeschlagen auf ihrem Metallstuhl und wartete. Plötzlich kam ihr Toy in den Sinn. Welch hilfreicher rettender Engel das Mädchen all die Zeit gewesen war! Die Fahrten zu den Strahlenbehandlungen, das

Warten, und alles trotz der Schwangerschaft, trotz der Erschöpfung, trotz der Tatsache, dass sie alle Nase lang zur Toilette musste. Und ich, dachte Cara, ich hetzte meinem Beruf in Chicago hinterher und hatte von allem keine Ahnung! Wenn es einen Himmel gab, dann musste er einen besonders schönen Platz für diejenigen bereit halten, die Kranke pflegten. Daran wollte Cara mit aller Macht glauben.

Nach zweieinhalb Stunden bat eine Arzthelferin sie zu Dr. Pittman hinein. Cara fuhr regelrecht vom Stuhl hoch und folgte ihr durch einen sehr engen Korridor ins Sprechzimmer. Bei ihrem Eintreten kauerte ihre Mutter, noch in den grünen Papierumhang gehüllt, auf der Untersuchungsliege und begrüßte ihre Tochter in unnatürlich fröhlichem Plauderton.

„Ja, sieh mal einer an, wer da kommt!" rief sie aus. Ihre Augen funkelten.

Ihre Mutter verhielt sich krampfhaft optimistisch, was Cara auf der Stelle alarmierte. Sie schaute den Arzt an, einen sehr intellektuell wirkenden jungen Mann mit langem, ernstem Gesicht und einer Brille mit dickem Gestell. Dr. Pittman trug gerade etwas in die Krankenakte ein, blickte jedoch kurz auf und lächelte. Cara kannte ihn bereits von einem längeren Telefongespräch, das sie seinerzeit, als sie von Lovies Krankheit erfuhr, mit ihm geführt hatte. Allerdings war dies das erste persönliche Treffen.

„Nehmen Sie doch Platz, Miss Rutledge", sagte er und zeigte auf einen Stuhl.

Cara lehnte dankend ab. „Ich stehe lieber", entgegnete sie und stellte sich neben ihre Mutter.

„Also? Wie lautet Ihr Befund?" fragte Lovie, auch diesmal wieder übertrieben fröhlich.

Dr. Pittmans Schweigen sprach Bände, und seine düstere Miene ließ Lovies bewusst zur Schau gestellten Optimismus dahinschwinden.

„Was wir heute entdeckt haben, gefällt mir gar nicht."

Lovie wandte den Kopf und guckte ihre Tochter an, und Cara erkannte, dass hinter der Fassade übertriebener Fröhlichkeit in Wirklichkeit Angst steckte. Sie ergriff die Hand ihrer Mutter.

„Der Krebs hat sich schneller ausgebreitet, als wir vermutet haben. Insbesondere die Luftröhre hat er angegriffen. Das erklärt den ständigen Hustenreiz."

„Käme eine Operation in Betracht?" wollte Cara wissen.

„Die Luftröhre ist inoperabel. Die Metastasen sind bereits überall."

Cara krampfte sich der Magen zusammen. Sie bemühte sich um Haltung. „Aber man kann doch sicher etwas unternehmen, Doktor?"

Er seufzte. „Man könnte eine erneute Strahlentherapie in Erwägung ziehen."

„Nein." In dieser Hinsicht ließ Lovie nicht mit sich reden.

Dr. Pittman sah Lovie unsicher lächelnd an, klappte dann das Krankenblatt zu und wandte sich an Cara. In seine Zügen spiegelte sich so etwas wie Mitgefühl.

„Wir haben das Endstadium der Krankheit erreicht."

Cara begriff, was das hieß. Tapfer hielt sie seinem Blick stand, dankbar für seine Aufrichtigkeit. Sie hätte es nicht ertragen, wenn er die bittere Wahrheit verschleiert oder beschönigt hätte. „Ich verstehe."

„Ihre Mutter weiß, dass wir zu diesem Zeitpunkt höchstens noch ein Palliativum verabreichen und damit die Beschwerden lindern können."

Lovie tätschelte Cara die Hand. „Dr. Pittman will damit sagen, dass man nichts mehr für mich tun kann."

Dass er in dieser Situation noch lächelte, fand Cara bewundernswürdig. „Wenn Sie damit weitere Behandlungsmöglichkeiten meinen", fuhr er fort, „haben Sie Recht. Allerdings können wir sehr viel tun, um Ihnen die Beschwerden zu erleichtern, Mrs. Rutledge. Es ist absolut nicht einzusehen, warum Sie leiden sollen. Da Sie sich für den Verbleib in häuslicher Umgebung entschieden haben, werde ich dafür sorgen, dass Ihnen eine ambulante Krankenpflegerin zur Verfügung steht, die regelmäßig nach Ihnen schaut und ein Sauerstoffgerät bereithält. Für den Fall, dass Sie Schwierigkeiten mit der Sauerstoffversorgung haben sollten! Seien Sie nur nicht bescheiden, sondern machen Sie von den Hilfsangeboten Gebrauch! Wenn es hart auf hart kommt, können wir Ihnen auch Morphin verabreichen. Im Moment gibt es dafür allerdings noch keinen Anlass.“ Danach widmete er sich Cara. „Wenn Sie sich bestmöglich um Ihre Mutter kümmern wollen, müssen Sie sich fragen, welche Behandlungen Sie selbst zu Hause durchführen können und für welche Sie Unterstützung benötigen. Es wäre das Beste, wenn sich ein komplettes Team finden würde, das Ihnen unter die Arme greift. Wohnt Miss Sooner noch bei Ihnen?“

„Ja. Sie ist uns eine große Hilfe.“

„Gut. Aber ihre Niederkunft steht kurz bevor, nicht wahr?“

„Der voraussichtliche Geburtstermin ist der 15. September.“

„Aha.“

„Cara wird das schon schaffen“, versicherte Lovie. „Wissen Sie, meine Tochter ist eine sehr kompetente Frau.“

Der Stolz in Lovies Stimme entging Cara nicht.

„Gut!“ wiederholte Dr. Pittman emphatisch. „Aber laden Sie sich bitte nicht alles auf die eigenen Schultern! Zu oft begegne ich einer tatkräftigen Tochter oder Ehefrau, die fest davon überzeugt ist, dass sie es schafft, und am Ende doch ausgebrannt aufgibt. Das muss nicht sein. Eine gute Pflegerin gibt Acht, dass sie sich nicht übernimmt. Bedenken Sie bitte, die Pflege an sich muss auf zwei Säulen ruhen. Die erste ist die medizinische Versorgung. Ambulante Pflege, Sozialarbeiterinnen, Hospiz: All das können wir für Sie beantragen. Die zweite Säule sind Sie selbst. Um diese Aufgabe zu leisten, benötigen Sie Menschen, die sich um Sie kümmern, sowohl um Ihre Mutter als auch um Sie selbst. Die Leute, die Sie brauchen, müssen gut zuhören können und zuverlässig zur Stelle sein, wenn Not am Mann ist.“

Cara und Lovie wechselten einen Blick. Die Antwort kam wie aus einem Munde: „Die Schildkrötenmuttis!“

Sobald die Kunde von Lovies Gesundheitszustand die Runde gemacht hatte, stand das Telefon nicht mehr still. Die Aktivistinnen aus der Schildkröteninitiative meldeten sich mit zahlreichen Hilfsangeboten und offerierten jede Menge Speisen: Kasserollengerichte, Suppen, alles Mögliche. Brett übernahm das Rasenmähen. Emmi klopfte jedes Mal, wenn sie eine Besorgung machte, bei Lovie an, um zu fragen, ob nicht etwas mitzubringen oder zu erledigen sei. Miranda kam zu Besuch, saß an Lovies Bett und leistete ihr vor dem Fernseher Gesellschaft. Zweimal pro Tag kam Flo energiegeladen hereinmarschiert, gab sich besonders laut und unbekümmert und brachte interessante oder spaßige Lektüre mit, die sie zuvor sorgfältig ausgesucht hatte. „Damit sie bei Laune bleibt", sagte sie immer und warf Cara einen bedeutungsvollen Blick zu, um dann wieder nach Hause zu gehen.

Wie viele kleine Dinge rund um das Thema „Schildkröte", verbunden mit besten Genesungswünschen, tagtäglich für Lovie abgegeben wurden, wusste Cara schon längst nicht mehr. Sie besaßen jetzt ein unübersichtliches Schildkröten-Sammelsurium: Schmuck, Hemden, Kerzen, Windspiele, Mützen, Tassen, Wimpel, Schlüsselringe und anderes mehr. Wo trieben die Leute all das bloß auf! Dankbar berührt, war Lovie bemüht, sich für jedermann Zeit zu nehmen und mit allen zu reden, die ihr Grüße übermittelten, sei es durch persönlichen Besuch oder Anruf. Es kam auch vor, dass eine Besucherin in Tränen ausbrach und Lovie dann ihrerseits Trost spenden musste. Noch vor Ablauf der Woche sah Cara sich gezwungen, die Besuche, die sichtlich Lovies Kräfte überstiegen, einzuschränken. Umgehend erfolgte die Benachrichtigung aller Betroffenen, dass Lovie ihre Ruhe brauche, worauf sich die Situation im Haus am Meer allmählich wieder normalisierte.

Lovies Schlafzimmer nahm indes mehr und mehr das Aussehen eines Krankenzimmers an. Es ging nicht anders. Das Sauerstoffgerät beanspruchte reichlich Platz neben ihrem Bett; ein Wasserglas, mehrere Pillenfläschchen und eine Schachtel mit Papiertüchern standen auf dem Nachttischchen. Weiterhin hatte man einen Fernseher und ein Bücherregal im Zimmer aufgestellt. Cara überlegte auch, ihrer Mutter ein Krankenhausbett zu besorgen, doch Lovie wies die Idee entsetzt zurück. Sie wollte in ihrem eigenen Bett liegen, in dem bereits ihre Mutter und davor deren Mutter geschlafen hatten. In dieser Hinsicht ließ sie sich auf keinerlei Diskussionen ein.

Somit erfolgte innerhalb kürzester Zeit eine erhebliche Umstellung im Strandhaus. Lovie hielt sich die meiste Zeit über in ihrem Zimmer auf, verbrachte den Tag mit Lesen, Ruhen, Fernsehen oder der Arbeit an ihren Fotoalben, die geradezu zu einer Obsession wurden. Zwar gab sie sich alle Mühe, auch weiterhin bei den alltäglichen Entscheidungen ein Wort mitzureden, doch es fiel ihr merklich schwer.

Cara musste immer häufiger kochen. Toy half ihr zwar in der Küche, war indes in ihrem hochschwangeren Zustand extrem kurzatmig und musste ob ihrer geschwollenen Knöchel häufig die Füße hochlegen. Zudem wurde sie häufig des Abends merkwürdig unruhig und behauptete, mal kurz an die frische Luft zu müssen. Ihre Kinobesuche waren bereits nahezu an der Tagesordnung.

All das führte dazu, dass Cara offiziell eine ganze Reihe von Aufgaben übernehmen musste: als Haushüterin, Köchin, Wäscherin, Haushälterin und Chauffeurin. Sie kümmerte sich um die Mahlzeiten, Medikamente, Beschwerden, Termine, Einkäufe und Rechnungen. Hilfsangebote gab es reichlich, sie wurden jedoch eher zögerlich akzeptiert, denn Cara wollte niemanden mit ihren Problemen behelligen. Zudem schien es ihr einfacher und schneller, wenn sie die erforderlichen Dinge selbst erledigte. Allerdings existierte nach ihrer Auffassung jemand, dem in der Tat dringend seine Verantwortung bewusst gemacht werden musste.

Als Palmer die Tür des Hauses in Charleston öffnete, huschte zunächst ein freudig überraschtes Lächeln über sein Gesicht, doch es gefror schnell zu einer steifen, höflichen Maske.

„Tag, Cara!“

„Grüß dich, Palmer.“

In hellblauem Polohemd, das die Farbe seiner Augen unterstrich, wirkte er so braun gebrannt und kerngesund, als komme er geradewegs von einer Bootsfahrt oder vom Golfplatz. Verglichen mit seinem erlesenen Freizeitlook, hatte Cara in ihren simplen Khakihosen und dem Baumwollhemd direkt etwas Mädchenhaftes an sich. Wahrscheinlich, so glaubte sie, wäre es besser gewesen, wenn sie zu dieser Unterredung in etwas formellerem Outfit erschienen wäre.

„Was führt dich her?“

„Ich finde, wir sollten uns mal über Mama unterhalten.“

Er überlegte. Cara spürte Unbehagen aufsteigen. Die Sache würde nicht einfach werden.

„Gut, dann tritt bitte ein“, sagte er widerwillig und hielt die Tür auf.

Betont selbstbewusst, mehr um ihre Nervosität zu übertünchen, setzte Cara den Fuß über die Schwelle ihres Elternhauses. Erst zum zweiten Mal seit ihrer Heimkehr war sie hier. Weitere Einladungen waren ausgeblieben, und seit der Party zum Unabhängigkeitstag hatte Palmer sich nicht mehr im Haus am Meer blicken lassen.

„Wo sind denn die Kinder?“ erkundigte sie sich, als sie das mit Marmor ausgelegte Foyer durchquerten.

„Die spielen irgendwo.“

„Schade!“ Dass sie die Kleinen nicht antraf, enttäuschte sie. Andererseits war’s angesichts des Themas der anstehenden Unterhaltung vielleicht besser so. Ohne Umschweife lief Cara ins Wohnzimmer; Palmer folgte ihr und bat sie mit einer Handbewegung zu zwei Polstersesseln mit herrlichem italienischen Sitzbezug.

„Sind die neu?“ fragte Cara voll Bewunderung.

„Nein, sie standen vorher in Daddys Bibliothek. Das waren die mit diesem wandteppichähnlichen Stoff! Erinnerst du dich noch?“

„Die schauen jetzt aber anders aus“, stellte sie fest, wobei sie sich in einem der Sessel niederließ. Die Bezüge mussten eine Stange Geld gekostet haben. „Sehr hübsch!“

„Macht alles Julia“, erwiderte er teilnahmslos und setzte sich in den Sessel gegenüber.

„Wie geht's ihr denn? Ich habe sie ewig nicht gesehen. Sie war lange nicht bei uns drüben."

„Sie ist zu 'ner Schulpflegschaftssitzung. Sie hat sowieso dauernd drüben in der Schule zu tun. Langsam wird's ernst, jetzt, wo der Unterricht wieder begonnen hat."

„Bei uns im Strandhaus ist auch einiges los." Damit war das Thema eröffnet, wie beide wussten.

Palmer nickte gleichmütig.

Bemüht, das nichtssagende Geplauder zu beenden und zur Sache zu kommen, beugte Cara sich vor. „Vor zwei Wochen hab ich dich wegen Mama angerufen." Sie legte eine Pause ein, um den Satz wirken zu lassen. „Wir sprachen über die Diagnose. Ich dache, ich hätte mich klar ausgedrückt! Offenbar hast du nicht ganz begriffen. Deshalb möchte ich lieber persönlich mit dir reden."

„Ich habe dich durchaus verstanden. Ich stimme dir allerdings nicht zu."

„So? Was gibt's da groß zuzustimmen? Mama hat Krebs! Sie liegt im Sterben!"

„Das glaube ich nicht."

Auf diese Antwort war Cara nicht gefasst. Wie betäubt lehnte sie sich in ihren Sessel zurück. „Mensch, Palmer, du machst dir was vor!"

„Das behauptest du! Ich habe mich selbst mit den Ärzten unterhalten, und von denen hat keiner angedeutet, dass sie stirbt. Menschenskinder! Wenn's so wäre, läge sie längst im Krankenhaus!"

Cara konnte ihn nur ungläubig anstarren. Entweder hatten die Ärzte ihn hingehalten, oder er hatte nicht richtig zugehört. „Mama will nicht ins Krankenhaus! Sie möchte zu Hause sterben!"

„Sie stirbt nicht", wiederholte er.

„Palmer, es steht schlimm um sie. Sie möchte dich unbedingt sehen, fragt dauernd nach dir. Und nach den Kindern auch!"

„Du weißt genau, dass wir gern öfter rüberkämen, aber es geht nicht. Julia rennt wegen der Kinder in einem fort von Pontius zu Pilatus. Außerdem waren wir doch neulich erst da!"

„Ich meine nicht nur die Kinder! Du selbst hast Mama schon über einen Monat nicht besucht!“ In ihrer Stimme schwang ein anklagender Unterton mit.

„Ich hatte zu tun“, antwortete er. „Du bist diejenige mit der vielen Freizeit. Zudem hat Mama dich ja zur Pflegerin bestimmt. Dich und dieses Mädchen.“

Cara war außer sich vor Empörung. „Einfach unglaublich, wie du das alles auf die leichte Schulter nimmst! Faselst daher von Terminen oder von zu viel zu tun ... und das in dieser Situation! Wovor hast du eigentlich solchen Bammel? Dass Mama tatsächlich stirbt?“

„Wie gesagt ...“

„Oder bist du ihr böse?“ fuhr sie dazwischen. Er klappte den Mund zu – ein sicheres Anzeichen, dass sie ins Schwarze getroffen hatte. „Ich weiß, dass ihr euch am Unabhängigkeitstag gezankt habt. Du hast sie verstört, Palmer!“ Zu ihrer Erleichterung spiegelte sich in seinen Augen so etwas wie Schuldbewusstsein. „Aber mir verrät sie nichts, und ich frage auch nicht nach. Mich interessiert überhaupt nicht, worum es bei eurem Streit ging. Aber du wirst doch wohl nicht die beleidigte Leberwurst spielen wollen, während deine Mutter nicht mehr lange zu leben hat! So viel Schneid wirst du doch wohl aufbringen!“

Seine Kinnladen zuckten, und seine Augen blitzten vor Zorn. „Du bist nun wirklich die Letzte, die sich ein Urteil über mein Verhältnis zu Mutter erlauben darf! Ich habe mich weit länger um sie gekümmert als du!“

„Das streitet auch niemand ab, Mama am allerwenigsten! Doch jetzt braucht sie dich! Jetzt! Und ich genauso!“

„Offenbar hast du doch drüben alles im Griff! Alles verläuft exakt nach deinen Vorstellungen.“

„Ich bin nicht sicher, ob ...“

„Du machst das großartig“, spottete er und stand auf. „Echt klasse. Ich lasse mich bei Gelegenheit mal blicken. Und falls Not am Mann ist – ruf mich an, okay? Entschuldige, ich muss los.“

Er wimmelt mich ab! Wie vor den Kopf geschlagen, erhob sie sich brüsk, eilte ihm in den Eingangsbereich nach und ließ ihrem Zorn freien Lauf. „Was ist bloß in dich gefahren?“ fauchte sie. „Ist dir deine eigene Mutter so gleichgültig?“

„Wage es ja nicht, meine Liebe zu meiner Mutter anzuzweifeln!“ brüllte er ihr ins Gesicht. „Für wen hältst du dich eigentlich? Du hast doch von Liebe keine Ahnung! Wer hat sich denn all die Jahre um Mama gekümmert? Als du oben in Chicago warst? Na? Wer? Ich! Du bist ja abgehauen!“

„Rausgeflogen bin ich!“

„Ja, aber nur weil du dich mit dem Alten angelegt hast!“

Sie standen sich gegenüber, Zentimeter nur voneinander entfernt, starrten sich zornbebend an, und beiden fiel jener Abend wieder ein.

Cara trat einen Schritt zurück und fasste sich zitternd an die Schläfe.

„Ach, zum Teufel!“ fluchte Palmer, die Hände in die Hüften gestemmt, und schaute durch die wunderbar gearbeiteten Sprossenfenster neben der Haustür. „Damals war ich richtig stolz auf dich!“

„Ich wüsste nicht, wieso“, gab sie leise zurück. „Ich schäme mich, wenn ich nur dran denke.“

„Ich habe mich aus tiefster Seele gehasst, weil ich ein solcher Hasenfuß war! Und dich habe ich gehasst, weil du weg warst und ich es ausbaden musste.“

„Mir blieb keine Wahl.“

Er zuckte mit den Schultern, als wolle er die schwere Last dieser Erinnerung abschütteln.

Cara bemerkte die Körpersprache, das vorgereckte Kinn, die zusammengekniffenen Augen, und plötzlich sah sie ihren Bruder vor sich, wie er damals gewesen war: Der nach außen hin hellwache Teenager, der ältere Bruder, der so gern lachte und Geschichten erzählte, hatte sich innerlich mit manchem herumgequält. „Ich meine, du solltest Mama unbedingt besuchen. Ich an deiner Stelle würde unverzüglich zu ihr hinfahren.“

Palmer guckte auf seine Schuhe hinunter. „Sie braucht mich nicht!“

„Aber natürlich tut sie das! Heute mehr denn je!“

„Sie hat doch dich! Du warst immer ihr Liebling.“

„Ihr Liebling, das warst du!“

Seine Lippen verzogen sich hämisch. „Wie kommst du denn darauf?“ fragte er, schon fast hasserfüllt. „Dann, mein Schatz, hast du wirklich keinen Schimmer!“ Er wandte sich ab und hielt die Haustür weit auf. „Kehr zurück zu ihr und zu eurem verdammten Strandhaus. Und lasst mich bloß in Ruhe!“

Am folgenden Tag lieferte ein Bote einen riesigen Blumenstrauß ab. Auf der beiliegenden Grußkarte stand „Gute Besserung! Wir lieben dich. Palmer und Julia.“ Cara hielt den Strauß weit von sich und hätte ihn am liebsten auf den Komposthaufen gefeuert. Das also war Palmers Antwort? Ein herzloses Geschenk? Lovie durchschaute diese Geste mit Sicherheit und würde bestimmt am Boden zerstört sein.

Schließlich brachte Cara das Bukett pflichtbewusst in die Küche, füllte etwas Wasser und Flüssigdünger in die mitgelieferte billige Glasvase und trug dann alles, das Gesicht maskenhaft fröhlich, zu Lovie hinein. „Guck mal, was Palmer dir geschickt hat!“ rief sie mit aufgesetzter Begeisterung.

„Von Palmer sind die?“ fragte Lovie mit leuchtenden Augen und setzte sich im Bett auf. Die Anstrengung löste den nächsten Hustenanfall aus, aber sie streckte doch die Hände nach dem Strauß aus. „Oh, sind die schön! Nein, nein!“ Sie wurde fast etwas böse, als Cara die Blumen wieder mitnehmen wollte. „Stell sie hierhin!“ Sie zeigte auf den Nachttisch. „Damit ich an ihnen riechen kann!“

Mit verkniffenem Mund kam Cara dem Wunsch ihrer Mutter nach.

„Ist er nicht ein herzensguter Junge? Cara, hol mir doch bitte meine Grußkarten. Ich möchte mich bedanken.“ Sie beugte sich über den

Strauß und atmete den Duft der Blüten ein. „Hat er also doch an mich gedacht! Ob er mich wohl bald besucht?“

Als Cara aus Lovies Zimmer trat, sah sie, wie Toy mit Inbrunst auf die Sofakissen einschlug.

„Hoppla“, sagte Cara und begab sich quer durchs Wohnzimmer zu dem kleinen Sekretär. „Welche Laus ist dir denn über die Leber gelaufen?“

„Ich habe alles mit angehört! Unglaublich, wie Miss Lovie ihren Sohn in den Himmel hebt! Das macht mich rasend! Ist es ihr denn egal, dass er hier nicht auftaucht? Der eigene Sohn? Blumen schicken, das kann doch jeder! Lachhaft!“

„Ich nehme an, sie verdrängt das alles. Es tut ihr zu weh, die Wahrheit anzuerkennen. Also lasse ich sie gewähren. Sie quält sich augenblicklich schon mehr als genug.“

„Und Sie? Sind Sie denn nicht stinksauer auf ihn?“

Um ein Haar hätte Cara ihr brühwarm von dem Streit am Vortag berichtet, besann sich allerdings eines Besseren. „Ich kann mir nicht leisten, zusätzlich Energie oder Zeit an Streitereien zu verschwenden. Außerdem bin ich zu müde.“

„Also, ich wäre geladen! Sie lobt ihn über den grünen Klee, und dabei hockt er bloß auf dem Hintern, während Sie die ganze Arbeit am Halse haben!“

Cara zog die Schublade heraus, in der ihre Mutter die Schachtel mit Grußkarten aufbewahrte, gedruckt auf eisblauem Papier und mit Monogramm versehen. Cara zeichnete mit dem Finger die elegant verschnörkelten Lettern nach, und sie erinnerte sich daran, wie Lovie stets unnachgiebig darauf bestanden hatte, dass man sich unverzüglich mit einer solchen Karte für ein Geschenk oder eine Aufmerksamkeit bedankte. Und jetzt konnte sie es natürlich gar nicht abwarten, Palmer ein solches Schreiben zu senden. Wie wollte er da noch abstreiten, dass er ihr Liebling war?

Ich selbst, so vermutete Cara, werde wohl nie für all das, was ich nun für Mama tue, ein solch formelles Dankeschön erhalten. Andererseits: Wie bedankt man sich bei einer, die immer die Aufpasserin spielen muss, die einen ständig dazu anhält, auch genügend zu trinken, die schimpft, wenn man nicht essen oder seine Medikamente nicht nehmen will, die unbarmherzig die ärztlichen Anweisungen durchsetzt, obwohl man nichts anderes als seine Ruhe haben möchte? Tief im Herzen wusste Cara, dass ihre Mutter ihr dankbar war und sich auf sie verließ. Auf ein Stück Papier als Anerkennung für die Mühe konnte sie getrost verzichten.

Doch dass ihrem Bruder für seinen armseligen Beitrag derartige Lobeshymnen gesungen wurden, war schlichtweg nicht einzusehen und tat weh. Immer hatte Mama die Männer in ihrem Leben bevorzugt behandelt, und immer noch schmerzte es genauso wie damals, als Cara noch Kind gewesen war und Lovie alles, was Palmer tat oder ließ, in höchsten Tönen gepriesen hatte, wohingegen Caras hart erarbeitete Erfolge beiläufig zur Kenntnis genommen worden waren. Sein Zeugnis mit der Durchschnittsnote Zwei minus hatte sie auf dem Kühlschrank aufgestellt. Caras Einser-Zensuren hingegen waren als eine Selbstverständlichkeit betrachtet worden.

Selbst erstaunt über die Heftigkeit ihres Zorns, massierte sie sich die Stirn. Ihre Hand zitterte sogar! Dabei war es doch absurd, im Alter von vierzig Jahren noch auf den Bruder eifersüchtig zu sein! Sie schämte sich deswegen.

Dann fiel ihr Blick auf die Sofakissen. Mit entschlossener Miene ging sie geradewegs darauf zu, ballte die Faust und begann, auf die Dinger einzudreschen, immer und immer wieder. Toy applaudierte ihr lachend.

„Nur zu, feste! Tut gut, nicht wahr?“

Cara trat zurück, nickte, die Hände in die Hüften gestemmt, und holte tief Luft. „Du hattest Recht. Ich bin tatsächlich sauer. Sauer auf Palmer, sauer auf meine Mutter, und besonders sauer deshalb, weil ich mich wieder in dieses Familienchaos habe hineinziehen lassen! Dabei bin ich doch eigens von daheim geflohen, um dem ganzen Kram zu entkommen. Und wo bin ich jetzt? Wieder hier. Ich stecke erneut in demselben Morast fest."

„Das stimmt doch gar nicht! Sie tun etwas Schönes, etwas Richtiges, indem Sie Ihre Mama betreuen. Wenn sie einmal nicht mehr ist, haben Sie immerhin die Gewissheit, Ihr Möglichstes getan zu haben. Das wird Ihr Bruder nicht von sich behaupten können."

„Mag schon sein", erwiderte Cara und fuhr sich mit beiden Händen durchs Haar. „Trotzdem ist es schade. Es bricht mir das Herz, denn ich weiß, dass er sie sehr gern hat."

„Vielleicht erträgt er es nicht, sie krank zu sehen. Manche können das nicht aushalten."

„Er ist immer verwöhnt worden. Zuerst von seiner Mutter und jetzt von seiner Frau. Deshalb überlässt er die unangenehmen Angelegenheiten gern den Frauen."

„So sind die Männer!"

„Ich halte normalerweise nicht viel von solchen Klischees, aber der Sozialarbeiterin zufolge ist Krankenpflege hier zu Lande überwiegend Frauensache."

„Ist doch kein Wunder! Die Männer halten sich da raus."

„Aber das ist doch kein Zustand! Es ist die verdammte Pflicht und Schuldigkeit aller Kinder, sich um ihre kranken Eltern zu kümmern."

Toy protestierte gegen diesen Anspruch. „Na, also ich jedenfalls werde meine später nicht betreuen."

„Sei dir da nicht so sicher! Als ich in deinem Alter war, dachte ich ähnlich wie du. Und jetzt stehe ich hier nach zwanzig Jahren ... und ich danke dem Herrgott dafür! Ich hätte es mir nie verziehen, wenn ich meiner Mama vor ihrem Tod nicht noch einmal hätte sagen können, dass ich sie liebe."

Toy kämpfte sichtlich mit den Tränen, dann meinte sie: „Wissen Sie, meine Mama musste sich auch um ihren kranken Vater kümmern, bis der starb. Er war ein schrecklicher Trunkenbold, aber sie mochte ihn trotzdem. Immerhin hatte sie Unterstützung von ihrer Schwester."

„Und ich habe dich."

Toy machte erst große Augen, schaute dann in eine andere Richtung und nestelte an ihrem Staublappen herum. „Na, ich bin in letzter Zeit ja nun wirklich keine große Hilfe gewesen! Tut mir Leid, dass ich letztens so viele Abende unterwegs war. Ich hätte Sie nicht allein lassen dürfen."

„Du brauchst auch Zeit für dich selbst. Du bist jung und durchlebst selbst eine schwierige Phase."

„Ach, mir geht in letzter Zeit so vieles durch den Kopf", seufzte Toy. „Alles ist so verwirrend. Nun werde ich bald Mutter, dabei bin ich fast noch ein Kind!" Ihre Stimme wurde weinerlich. „Ich ... ich ... was mache ich bloß mit einem Baby? Wie soll ich für das Kind sorgen?"

Gütiger Himmel! Cara guckte betreten. Bei all der Belastung hatte sie keinen Gedanken an Toys Situation verschwendet, sie zwar nicht direkt vergessen, aber doch ignoriert. Nun zermarterte Cara sich das Hirn und fragte sich, wie sie dem Mädchen aus der Patsche helfen konnte. Schaffe ich es überhaupt, noch eine zusätzliche Krise zu bewältigen? überlegte sie. Ich habe doch ohnehin schon das Gefühl, ausgebrannt zu sein!

Kraftlos ließ sie sich aufs Sofa sinken und klopfte einladend neben sich auf das Kissen. Toy setzte sich zögernd zu ihr.

Cara hoffte, dass das Mädchen zumindest über seine Lage nachgedacht hatte. „Was hast du denn bislang geplant?" erkundigte sie sich.

Toy atmete hörbar ein. „Also, zuerst hole ich den Schulabschluss per Fernkurs nach. Die Prüfung findet schon bald statt. Eigentlich habe ich ein ganz gutes Gefühl. Was danach kommt, weiß ich noch nicht so recht. Vermutlich werde ich mir wohl einen Job suchen, um möglichst bald Geld für mich und das Kleine zu verdienen."

Vermutlich? „Hast du was Spezielles im Sinn?"

„Nö, irgendwas, wenn nur die Bezahlung stimmt und die mich krankenversichern. Was, das ist mir egal."

„Hast du denn irgendetwas gelernt? Berufserfahrung auf irgendeinem Gebiet? Macht dir etwas besonderen Spaß?" Cara startete einen letzten Versuch.

Toy guckte nur trübsinnig zu Boden und zuckte die Achseln.

„Wer soll den auf das Baby aufpassen, während du arbeitest?"

„Keine Ahnung." Toys Stimme war kaum zu vernehmen.

„Bist du schon in Kontakt zu Kinderkrippen getreten?"

Toy schüttelte den Kopf.

„Ja, meine Güte!" rief Cara, und ihre Frustration war kaum zu überhören. „Was hast du denn überhaupt gemacht?"

Toy griff nach einem Kissen und presste es sich an die Brust. „Ich wollte erst einmal die Prüfung machen."

Cara schloss die Augen. Das Ganze übertraf ihre schlimmsten Befürchtungen. Toy hatte nichts, aber auch gar nichts für ihre Zukunft geplant, eine Fahrlässigkeit, die für eine zielstrebige und erfolgsorientierte Person wie Cara unfassbar war. Cara erinnerte sich an eine Äußerung ihrer Mutter. Sie hatte Toy mit Cara im Alter von achtzehn Jahren verglichen. Toy war als kindlich, Cara hingegen als Mädchen beschrieben worden, das immer schon gewusst hatte, wo es langging. Zielstrebigkeit und Selbstbewusstsein – waren das Charakterzüge, mit denen man bereits auf die Welt kam, oder ließen sich diese Qualitäten erlernen? Es war aber auch wirklich merkwürdig! Bei allem, was mit dem Haushalt zusammenhing, hatte sich Toy als außerordentlich umsichtig erwiesen. Wie also kam es, dass eine junge Frau, die ansonsten jeden noch so kleinen Fleck fortwischte, untätig herumsaß und seelenruhig zuschaute, wie ihr Leben in tausend Scherben zerbrach?

Die Antwort, wie immer sie auch ausgefallen wäre, tat nun nichts mehr zur Sache.

„Du brauchst ja nicht von heute auf morgen hier auszuziehen, das ist dir doch klar, oder?" fragte Cara.

„Natürlich. Aber ewig kann ich hier auch nicht bleiben. Miss Lovie ist ... ach, Sie wissen doch, ihre Zeit ist begrenzt. Und Sie? Sie fahren doch sicher wieder nach Chicago zurück, oder?"

„Ja. Ich werde wieder abreisen. Nachdem ..." Sie konnte den Satz nicht beenden.

„Dann muss ich also überlegen, was aus mir wird."

Cara befürchtete, dass ihr die Aufgabe zufallen würde, dieses Problem für Toy zu lösen. „Keine Sorge. Wir haben noch etwas Zeit. Wir werden schon etwas für dich finden", beruhigte sie das Mädchen.

Toy nickte nur und zupfte am Kissen herum.

Von der Zuversicht, die Toy zu Anfang des Sommers noch ausgestrahlt hatte, war nicht mehr viel übrig geblieben. Vor ein paar Wochen noch waren für sie die Tage lang und voller Pläne gewesen. Nun lief ihr die Zeit davon. Da erging es ihr nicht anders als Cara.

Am folgenden Abend lagen die Nerven endgültig blank.

„Ich bin doch nicht Toys Mutter", schluchzte Cara. „Auch nicht die Mutter meiner Mutter! Ich bin niemandes Mutter!"

„Das nicht, aber 'ne Furie!" schimpfte Brett. „Zieh deine Krallen ein, bevor noch Blut fließt!"

Stöhnend streckte sich Cara auf dem Bett aus. „Brett, ich halte das nicht mehr aus! Entweder gehe ich jeden Augenblick in die Luft, oder ich lasse alles stehen und liegen, je nachdem, was mir zuerst einfällt."

Er stützte sich auf einen Ellbogen und richtete den Oberkörper ein wenig auf. Sie schaute ihn flehentlich an. An seiner Seite konnte sie ganz sie selbst sein. In Bretts Ruhe lagen stille Kraft und ausgeglichene Herzlichkeit, wenngleich unter der Oberfläche auch etwas Mysteriöses, Gefährliches zu lauern schien.

„Niemand verlangt von dir, dass du so tust, als wärst du ihre Mutter", sagte er mit seiner tiefen, dröhnenden Stimme.

„Ich habe aber trotzdem das Gefühl, als wär ich's." Sie verbarg das Gesicht in den Händen, ließ sie aber, gequält stöhnend, wieder sinken. „Es ist schrecklich, wenn man meint, die Mutter seiner eigenen Mutter zu sein", gestand sie. „Man kommt sich vor wie ein Monstrum! Zuweilen benimmt sie sich wie ein kleines Kind, nörgelt, wenn ich ihr die Medizin geben will, versteckt ihre Pillen unter dem Kopfkissen und behauptet, sie habe sie bereits eingenommen. Und ewig diese schmallippige Grimasse", Cara versuchte, Lovies Gesichtsausdruck nachzuahmen, „wenn ich ihr Wasser zu trinken bringe. Du kannst mir glauben, zuweilen bin ich kurz davor zu sagen ‚ein Löffelchen für Cara, ein Löffelchen für Flo' und so weiter! Hach!" Sie schnappte sich das Kopfkissen und presste es an die Brust. „Das möchte ich nicht! Ich will sie so nicht erleben!"

Sacht und wohltuend wortlos streichelte ihr Brett übers Haar.

„Und dann auch noch Toy ... für die bin ich ebenfalls eine Art Mutterersatz! Ausgerechnet ich! Zum Piepen!"

„Wieso ist das zum Piepen?"

„Ja, guck mich doch an!" rief sie fassungslos. „Ich bin doch kein bisschen der mütterliche Typ! Und außerdem ein Totalausfall in punkto Beziehungen!"

„Und du denkst also, dass du deine Mutter betreust und dich um Toy bemühst, das sei nicht mütterlich?" fragte er sanft.

Dass er damit näher an die Wahrheit herankam, als ihr lieb war, brachte sie in Rage. „Das ist etwas anderes. Wie soll ich mich um sie kümmern, wenn es mir nicht einmal gelingt, auf mich selbst Acht zu geben? Ich kann mich doch kaum noch auf den Beinen halten! Ich habe jeden Tag den Eindruck, als arbeitete ich mehr, erreichte aber immer weniger. Meist starre ich vor lauter Erschöpfung bloß noch die Wände an und könnte heulen!"

„Du mutest dir zu viel zu. Du brauchst dringend Hilfe."

Sie stieß ein bitteres Lachen aus. Der Stachel der Enttäuschung über Palmers Verhalten saß noch tief. „Ich habe meinen Bruder um Hilfe gebeten, und er hat einen Blumenstrauß geschickt. Brett, die Liste meiner Pflichten nimmt kein Ende! Ich weiß nicht mehr, wo ich anfangen soll. Ich wollte niemandes Mutter sein."

„Was findest du denn so schrecklich an der Vorstellung, Mutter zu sein?"

„Überhaupt nichts! Ich möchte mich nur nicht von anderen Menschen in eine Rolle drängen lassen!" Sie sagte es betont barsch, als wolle sie nicht nur ihn, sondern auch sich selbst mit diesen Worten überzeugen. Aufgewühlt rollte sie von Brett weg und zog sich die Bettdecke bis unter das Kinn. „Ach, ich hab's satt, darüber zu sprechen!"

Er legte ihr die Hand auf die Schulter und drehte sie so, dass Cara ihm wieder das Gesicht zuwenden musste. „Gestattest du eine allerletzte Bemerkung?“

„Bitte sehr!“

„Ich denke, aus dir könnte mal eine hervorragende Mutter werden!“

Sie schaute ihn entgeistert an.

„Vielleicht sogar 'ne prima Ehefrau.“

Er sprach es mit einem Lächeln aus, doch sein Blick verriet, wie unwohl er sich dabei fühlte, weil er sich auf unsicheres Gelände vorwagte. Plötzlich lag eine Spannung in der Luft. Cara war, als bliebe ihr für einen Augenblick die Luft weg.

„Bewahre, ich doch nicht!“ entgegnete sie, fasste die Bettdecke und setzte sich auf.

Offenbar fühlte er sich etwas überrumpelt. „Wieso du nicht?“ wollte er wissen und griff nach ihr, um sie an sich zu ziehen. Sie blieb stocksteif sitzen.

„Guck dich doch selbst an! Einzelgänger wie wir taugen nicht für Ehe und Familie. Das stimmt doch, oder?“

„Bei mir war's bislang nicht so, dass ich mich bewusst gegen Ehe und Kinder entschieden habe. Es hat sich halt noch nicht ergeben! Vielleicht dauert es bei Einzelgängern wie uns ein wenig länger, bis es so weit ist.“

Auf diese Diskussion hatte sie nun absolut keine Lust. Sie warf die Decke beiseite, stand auf und schlüpfte in ihre Unterwäsche.

„Wo willst du hin?“

„Ich muss zurück. Toy möchte heute Abend wieder ins Kino gehen.“

„Ich hatte vor ...“

„Ich hab's eilig.“ Sie brauchte gar nicht hinzusehen, um zu wissen, dass er sie beobachtete. Aus lauter Befangenheit nestelte sie an ihrem T-Shirt herum, auch wenn ihr gleichgültig war, dass sie es verkehrt herum übergestreift hatte.

„Warte doch, Cara! Brich noch nicht auf! Ich möchte mit dir reden. Ich kann dich doch später hinfahren!“

„Ich glaube, wir haben uns heute schon genug unterhalten“, beschied sie ihm und stieg, den Blick zu Boden gerichtet, in ihre Shorts. „Außerdem bin ich mit dem Rad da.“ Fast wäre sie in ihrer Hast über seine Sandalen gestolpert. Kurz vor der Tür drehte sie sich um. Brett lag auf dem Bett, ein Laken über den muskulösen Schenkeln. Doch er machte ein Gesicht, als wäre soeben ein Berg von einem Erdbeben erschüttert worden.

Bei ihrer Rückkehr fand sie ihre Mutter schlafend vor. Toy saß in ihrem Zimmer und lernte. Alles wirkte friedlich. Heilfroh über die Ruhe, begab sie sich in die Küche, kochte sich eine Tasse Tee und setzte sich damit auf die windgeschützte Veranda. Um sich selbst ein wenig zu trösten, zündete sie noch eine Duftkerze an – eine seltene Wohltat. Dann ließ sie sich erschöpft in den Schaukelstuhl sinken, und plötzlich, sie wusste selbst nicht warum, flossen die Tränen.

Kurz darauf hörte sie Schritte auf der Verandatreppe. Sie schreckte in ihrem Schaukelstuhl hoch, wischte sich über die Augen und spähte durch das gedämpfte Licht in die Richtung, aus der das Geräusch kam. „Hallo?“ rief sie. Eine Frauengestalt tauchte auf, und ihr weißes Haar schimmerte schwach im Kerzenlicht.

„Ich war noch spazieren und habe bei euch Licht gesehen“, antwortete Flo. „Hoffentlich störe ich dich nicht?“

„Nein! Setz dich doch!“

Florence zog einen Stuhl heran und schob ihn neben Cara. „Und? Wie geht's dir?“

„Danke, gut.“

„Und Lovie?“

„Sie schläft.“

Flo musterte Cara scharf. „Was ist los?“

„Nichts.“ Aber sie fügte dann doch hinzu: „Ach, alles Mist!“ Wieder begann sie zu schniefen und fuhr sich, weil ihr die Tränen peinlich waren, mit der Hand über die Augen. „Ich fühle mich unmöglich."

Flo reichte Cara eine Packung Papiertaschentücher. „Die habe ich immer dabei. Sie werden oft benötigt. Eine Angewohnheit aus meiner Zeit als Sozialarbeiterin."

„Ach, mach dir keine Sorgen. Ich bin einfach nur erledigt. Hab 'ne harte Woche hinter mir."

„Brauchst du Hilfe?"

„Danke, wirklich nicht, ich komme schon zurecht."

„Das sieht man."

Cara schnäuzte sich und schüttelte dann den Kopf. „Ich weiß auch nicht, was heute Abend in mich gefahren ist. Entweder flenne ich, oder ich werde pampig."

„Oho", meinte Flo gutmütig. „Bei wem bist du denn pampig geworden?"

„Bei Brett."

„Möchtest du's loswerden?"

„Ich kapiere es ja selbst nicht. Wir sprachen über meine Mutter und über Toy, und plötzlich diskutierten wir über Mutterschaft und Ehe. Da bin ich durchgedreht. Ich konnte mit seine Vorstellungen irgendwie nicht umgehen. Mir wurde plötzlich alles zu viel. Ich wollte nichts wie weg!"

„Und dann bist du abgehauen, was?"

Cara nickte.

„Ist doch kein Beinbruch!"

„Du hättest sein Gesicht sehen sollen. Ich hab ihn gekränkt, Flo!"

„Na, du wirkst nach meinem Dafürhalten auch nicht gerade glücklich. Willst du mit ihm Schluss machen?"

„Keineswegs! Überhaupt nicht."

„Dann ruf ihn an! Verrate ihm, was mit dir los ist. Wenn du es ihm nicht erklärst, wird er nicht verstehen, was du hast."

„Solche Gespräche liegen mir nicht. Was soll ich denn sagen?"

Flo lächelte. „Für den Anfang reicht ein Hallo!"

Das Freizeichen ertönte mehrere Male, bevor er endlich abhob.

„Hallo?"

„Brett? Ich bin's, Cara. Hab ich dich geweckt?"

„Nein. Ich konnte sowieso nicht schlafen."

„Ich auch nicht." Im Geiste legte sie sich die Worte zurecht. „Ich habe noch mal über heute Abend nachgedacht. Ich wollte mich für meine verbalen Ausfälle entschuldigen. Offenbar war ich ziemlich durchgedreht." Zu ihrer Erleichterung hörte sie ihn verhalten lachen. „Du bist der Einzige, bei dem ich mich richtig gehen lassen und mir den Frust von der Seele reden kann", fügte sie hinzu. „Da hast du mit mir das große Los gezogen, was?"

„Freut mich, dass du das so siehst."

„Ich weiß jetzt zwar nicht, wie das gemeint ist, aber ich nehme es mal als Kompliment. Bei dir fühle ich mich geborgen, Brett. Und ich wollte mich bedanken."

„Gern geschehen."

Sie wartete, aber er schwieg. Als die Stille allmählich unerträglich wurde, fragte Cara vorsichtig: „Möchtest du nicht darüber sprechen?"

„Eigentlich nicht."

„Ach so." Es kam ihr so vor, als ließe er sie ein wenig auflaufen. Sie hatte gerade vor, sich zu verabschieden, da meldete er sich doch noch einmal zu Wort.

„Hin und wieder sind wir alle mal mit den Nerven runter. Und wenn mir das passiert", fuhr er fort, wobei seine Stimme einen einladenden Klang annahm, „dann gehe ich angeln."

Sobald die aus dem Nest geflüchteten Jungschildkröten am Meer ankommen und das Wasser spüren, geht der Krabbelgang instinktiv in kräftige Schwimmbewegungen über. Nun beginnt eine Phase, die als „Schwimm-Ekstase" bezeichnet wird: Die Jungen schwimmen vierundzwanzig Stunden ununterbrochen, bis sie den Golfstrom erreichen.

20. KAPITEL

Immer wenn sich in den Monaten September und Oktober über dem Atlantik stürmische Wetterlagen zusammenbrauen, stellen die Bewohner der amerikanischen Südostküste ihre Radios und Fernseher an und sind besonders auf der Hut.

Cara und Brett befanden sich auf der Rückfahrt von ihrer Angelexpedition, als sie den Wetterbericht im Autoradio hörten. Demzufolge bildete sich draußen vor der afrikanischen Küste ein tropischer Sturm, der nun in Richtung Karibik zog – das erste Mal seit zwanzig Jahren, dass Cara einen Hinweis auf einen möglichen Wirbelsturm bewusst zur Kenntnis nahm. Ihr jagte ein kalter Schauer über den Rücken.

„Meinst du, dass wir mit einem Wirbelsturm rechnen müssen?"

Brett schien nicht im Geringsten beunruhigt zu sein. „Wer weiß?" sagte er und tat es mit einem unbekümmerten Schulterzucken ab. Dann guckte er sie, die Hände am Steuer, von der Seite an. „Wieso? Bist du besorgt?"

„Nein, nein", log sie.

„Dann ist ja gut."

„Nur, wo Mama doch krank ist und Toy möglicherweise jeden Tag ihr Kind zur Welt bringt ... noch ungelegener könnte er nicht kommen!"

„Alles halb so wild. Diese Wetterwarnungen gibt es hier alle Nase lang. Die machen doch die Jahreszeit erst richtig spannend! Tatsache ist, dass die meisten Stürme sich weit draußen auf dem Atlantik austoben, bevor sie auch nur in die Nähe der Küste gelangen."

Cara nagte an ihrer Unterlippe und musterte ihn verstohlen. Er wirkte unbewegt und abgeklärt; sicher konnte man sich auf seine Expertenmeinung verlassen. Schließlich wusste er über Umwelt und Natur Bescheid. Cara schaute durch die Wagenfenster. Der Himmel war sonnenklar, nur ein paar Schleierwolken zogen über ihnen dahin. Nach einem Sturm sah es in der Tat nicht aus.

„Trotzdem wär's keine schlechte Idee, sich entsprechend vorzubereiten", räumte er jetzt jedoch ein. „Legt euch einen Nahrungsmittelvorrat an. Das ist während der Zeit der Wirbelstürme nie falsch."

„Na toll", erwiderte sie stöhnend. „Ich trage es in meine Liste ein."

Als sie in die Einfahrt einbogen, blickte sie auf die Uhr: Viertel vor fünf. Sie hatte den ganzen Nachmittag mit Angeln zugebracht und kam sich ziemlich schmuddelig vor. Ihr Pferdeschwanz löste sich allmählich auf, die Shorts waren feucht, und das aufgetragene Sonnenschutzmittel hatte Sand und Schmutz magnetisch angezogen. Dennoch fühlte sie sich so wohl wie seit Tagen nicht mehr. Sie hatten einige schöne Forellen gefangen und auf dem Heimweg noch Zutaten für ein zünftiges Fischgericht eingekauft. Bei der Aussicht auf gegrillte Forelle mit Zitrone lief Cara das Wasser im Mund zusammen.

„Wenn du dich ums Grillen kümmerst, nehme ich die Forellen aus." Brett bot wieder die übliche Arbeitsteilung an und lud sich dabei mehrere Einkaufstüten auf den Arm. In letzter Zeit hatten sie sich mit Vorliebe zum Fischen verabredet, wodurch Cara zu einer recht passablen Anglerin geworden war.

„Soll mir recht sein", antwortete sie, ergriff die beiden restlichen Tüten und schloss mit der freien Hand den Kofferraumdeckel. Sie stieg hinter Brett die Treppenstufen hinauf. Sie konnte es kaum abwarten, endlich unter die Dusche zu kommen und den Fischgeruch von Haut und Haaren zu spülen. „Hoffentlich hat Toy noch etwas von ihrem berühmten Krautsalat übrig! Ich habe einen solchen Kohldampf, ich ..."

Sie blieb jäh stehen, um nicht gegen Brett zu prallen. Er hatte auf der Schwelle innegehalten und starrte Lovie an, die einen Schritt auf ihn zu machte. Ein Blick ins Gesicht ihrer Mutter genügte, und Cara wusste: Irgendetwas war faul.

„Schaut mal, wer hier ist", verkündete Lovie.

Cara zwängte sich an Brett vorbei und schritt beherzt ins Zimmer. Sie hörte ein Rascheln links von sich, wandte den Kopf und erblickte die zwei Männer, mit denen sie an diesem Nachmittag am wenigsten gerechnet hatte: ihren Bruder sowie Richard, ihren Ex-Freund.

Um ein Haar hätte sie die Einkäufe fallen lassen. Plötzlich schien das Zimmer vor ihren Augen zusammenzuschrumpfen. Seit Monaten hatte sie keinen Gedanken mehr an Richard verschwendet. Warum war er plötzlich hier, auf der Isle of Palms, im Strandhaus ihrer Mutter – ausgerechnet! Es verschlug ihr vollkommen die Sprache.

Wie immer in solchen Situationen die Ruhe und Gelassenheit selbst, trat Richard vor, um ihr die Tüten abzunehmen. „Hallo, Darling! Das ist eine Überraschung, was?"

Sie war froh, die Tüten loslassen zu können, denn gleich nachdem sie sein teures Rasierwasser gerochen hatte, waren ihr die Knie weich geworden.

„Überraschung ist gar kein Ausdruck!" erwiderte sie.

Sie guckte kurz Brett an. Er bewegte sich nicht; seine Armmuskeln traten unter der Last mehrerer Einkaufstüten deutlich hervor. In diesem Moment betrachtete Cara ihn mit Richards Augen: bloß ein hemdsärmeliger Provinztrampel in ausgebeulten Cargo-Shorts, ausgelatschten braunen Sandalen mit abgelaufenen Absätzen und mit Baseballmütze auf dem Zottelkopf.

Dann aber meldete sich ihre Kinderstube. „Brett, darf ich vorstellen? Richard Selby, ein ehemaliger Kollege. Richard, das ist Brett Beauchamps, ein lieber Freund."

Kollege? Freund? Ja, bin ich noch ganz bei Trost?

Richard strahlte. „Caras Freunde sind auch meine Freunde. Ich würde Ihnen ja die Hand schütteln, aber leider ..." Er hob die Beutel an, die er in den Händen hielt.

Brett nickte nur steif zur Begrüßung.

Richard musterte ihn mit unverhohlenem Spott.

„Ihr wart wohl angeln, ihr zwei, wie? Hab schon gehört, dass ihr Naturburschen hier unten im Süden ganz groß darin sein sollt!"

Brett starrte ihn nur stumm und abweisend an.

„Nun kommt erst mal rein!" mischte sich Lovie ins Gespräch. „Stellt die Sachen in der Küche ab!"

Nach einigem verlegenen Hin und Her folgten ihr die beiden

Kontrahenten, während Cara ihrem Bruder, der sich offenbar köstlich amüsierte, einen bitterbösen Blick zuwarf.

„Was guckst du mich so an?“ sagte er und lachte kurz auf. „Er ist bei uns aufgetaucht, weil er dich suchte! Kommt extra von Chicago runtergefahren!“

„Ach nee“, zischte sie. „Und deshalb schleppst du ihn höchstpersönlich hier an, was?“

„Na, als ’ne Art Nachbarschaftshilfe! Bot sich doch an, nachdem er mich über euer Verhältnis aufgeklärt hat!“

Gerade wollte sie fragen, wie Richard dieses Verhältnis denn beschrieben habe, da stand dieser schon neben ihr, wie immer gepflegt und tadellos angezogen. Er trug taubengraue gebügelte Hosen, ein dunkelblaues Leinensakko, ein am Kragen offenes Seidenhemd sowie quastenverzierte Mokassins. Auch seine schicke dunkle Frisur saß, Haar für Haar, makellos geföhnt, wie geleckt, und trotz der Hitze wirkte er so frisch und ausgeruht, als komme er direkt aus dem Badezimmer. Dagegen hatte Cara das Gefühl, sie stinke wie eine ganze Fischfabrik.

„Schön, dich wiederzusehen“, meinte er und wandte sich ihr zu.

Sie drehte sich ein wenig weg und machte gleichzeitig einen Schritt rückwärts. Er verstand den Wink und hielt sich zurück.

„Was willst du hier, Richard?“

„Das, so scheint mir, liegt wohl auf der Hand. Ich möchte mich mit dir unterhalten.“

„Ich wüsste nicht, warum.“

Über Caras Schulter hinweg blickte Richard auf die übrigen Personen im Zimmer, die jedes Wort verfolgten. Als er Cara wieder anschaute, konnte sie an seinen Augen ablesen, wie unbehaglich ihm zumute war – so gut kannte sie ihn.

„Hier sind mir zu viele Menschen. Darf ich dich zum Dinner einladen?“

„Ich habe bereits andere Pläne.“

„Es gibt viel zu besprechen.“ Er guckte sie flehentlich an.

„Bedaure."

„Cara, ich kann mir vorstellen, was du über mich denkst."

„Wenn du das tätest, hättest du nicht die Unverfrorenheit besessen, hier in meinem Haus aufzukreuzen."

Zu ihrer Empörung war er sich offenbar keiner Schuld bewusst, denn er grinste spitzbübisch. „Eben. Und genau deswegen müssen wir ein Gespräch führen. Unter vier Augen."

„Richard!" Allmählich langte es ihr.

Er sprach einfach weiter, als habe er sie nicht gehört. „Und damit es dir leichter fällt, dich zu überwinden, darf ich dir, ganz ungeachtet aller persönlichen Gefühle, zunächst von vornherein mitteilen, dass ich rein geschäftlich hier bin."

Mit einem Schlage putzmunter, schaute sie zu Brett hinüber, der aufmerksam zuhörte.

„Eigentlich habe ich eine Verabredung zum ..."

„Mein Anliegen ist wichtiger."

„Na, dann klärt eure Probleme mal!" Jetzt mischte sich auch noch Palmer in seiner typisch jovialen Art ein. „So komme ich endlich mal dazu, Mama zu besuchen!"

Cara warf ihm einen zornigen Blick zu. Sie und ihr Bruder wussten, dass er nicht hier aufgetaucht war, um seiner Mutter einen Krankenbesuch abzustatten.

„He, Brett!" rief Palmer laut. „Wollen wir uns nicht den Inhalt deiner Tüten vornehmen? Was hältst du davon?"

„Ein andermal, Palmer", wehrte Brett ab, schon auf dem Weg zur Tür. „Hab noch was zu erledigen. Aber was die Forellen angeht, tu dir keinen Zwang an! Die meisten hat ohnehin Cara gefangen. Wiedersehen, Miss Lovie! Schön, Sie so vergnügt und munter zu sehen! Mach's gut, Toy!" Im Vorbeigehen guckte er Cara forschend an und setzte dann seine Sonnenbrille auf.

Nachdem Brett das Haus verlassen hatte, wandte sie sich Richard zu. „Würdest du bitte einen kurzen Moment warten? Ich mache mich schnell frisch. Ich beeile mich!"

Es war, als hätte man sie in ein anderes Leben zurückversetzt. Anheimelndes Kerzenlicht erhellte das vornehme Restaurant in Charleston, ringsum hörte man gedämpftes Stimmengewirr und das Klirren von Gläsern. Langsam glitten Caras Fingerspitzen über das Weinglas. Zum ersten Mal in diesem Sommer trug sie das hautenge schwarze Kleid, das sie aus Chicago mitgebracht hatte. Recht ansehnlicher Perlenschmuck, den sie aus den Tiefen ihrer Kommodenschublade gezogen hatte, zierte Hals und Ohren, und die Allerweltsarmbanduhr war einem Designermodell gewichen.

„Du siehst umwerfend aus!“ Richards Augen funkelten vor Bewunderung. „Und so gebräunt und fit! Spielst du etwa Golf?“

Sie lachte. „Weit gefehlt! Ich bin eine Schildkrötenmutti.“

Er verstand nur Bahnhof. „Eine was?“

Sie erklärte es ihm kurz. Wahrscheinlich interessierten ihn Loggerheads ohnehin kein bisschen. „Ich gehe oft am Strand spazieren. Gartenarbeit, Angeln und Bootsausflüge tun ein Übriges.“

Diesmal war's Richard, der lachte. „Du? Nicht zu fassen! Du traust dich doch sonst nie nach draußen!“

Irgendwie entsprach diese Einschätzung überhaupt nicht dem Bild, das sie sich mittlerweile von sich selbst machte. „Früher vielleicht. Hier lebt man ganz anders. Könnte dir gefallen.“

„Wie auch nicht? Charleston ist eine wunderschöne Stadt, es herrscht meist prächtiges Wetter, und außerdem gibt's Golfplätze von Weltruf. Und die Restaurants sind exquisit. Dieses hier wurde in einem Feinschmeckermagazin empfohlen. Fünf-Sterne-Lokal!“

„Würde es dich sehr überraschen, wenn ich dir sagte, dass ich seit meiner Ankunft noch nie in einem der hiesigen Lokale gegessen habe?“

„Darf doch nicht wahr sein! Du Ärmste! Du musst ja völlig ausgehungert sein! Hausmannskost – die verabscheust du doch sonst!“

Cara dachte an die frischen Krabben, die Brett gefangen und für sie gekocht oder gegrillt hatte, an die improvisierten, spontanen Picknicks am Strand, an Toys Kochexperimente, an Lovies Familienrezepte. Sie lächelte. Im ganzen Leben hatte sie nie etwas Besseres vorgesetzt bekommen.

„Wie geht es deiner Mutter?“

„Sie ist todkrank, Richard. Wie soll es ihr da schon gehen?“

Er guckte sie betroffen an. „Ich wollte nur höflich sein“, erwiderte er kühl.

„Geschenkt! Hör zu, Richard, ich habe keine Lust, hier zu hocken und so zu tun, als wäre dies ein normales, nettes Dinner. Bei unserem letzten Zusammentreffen hast du dich, wenn ich nicht irre, noch dafür entschuldigt, dass du meinen Geburtstag vergessen hattest, und dich dann, nach einem Abschiedskuss, flugs nach New York abgeseilt. Tatsächlich war dir aber lediglich eine Kleinigkeit entfallen, nämlich die Tatsache, dass ich am folgenden Tag an die Luft gesetzt werden würde. Oder ist das etwa deine Vorstellung von einer Geburtstagsüberraschung?“ Sie lächelte spröde.

„Ich musste wirklich nach New York. Und über die Entlassungen durfte ich dich an dem Abend nicht informieren. Die Sache sollte vertraulich behandelt werden; ich war zur Wahrung dieses Dienstgeheimnisses verpflichtet.“

„Mensch, Richard, ich bitte dich!“

Er hob protestierend die Hand. „Hör mir zu, Cara! Lass mich erklären! Ich wollte dir doch keinen Schaden zufügen!“

„Ach nee! Hast du aber! Volltreffer! Lässt mich voll im Regen stehen!“

„Ich konnte doch nicht ahnen, dass du sofort abreist! Die ganzen letzten Monate bin ich fast durchgedreht, habe gerätselt, wo du abgeblieben bist, wie's dir wohl geht. Ich hab versucht, dich telefonisch zu erreichen, über dein Handy! Du musst doch deine Mailbox abgefragt und meine Nachrichten bekommen haben! Da bin ich mir sicher! Wieso hast du dich nicht gemeldet? Du hättest *mir* monatelange Selbstzerfleischung erspart, und ich hätte *dich* über die Vorgänge ordentlich aufklären können.“

„Du hast dir meinetwegen monatelang den Kopf zerbrochen? Hach, wie entzückend!“

„Wenn du dich dann besser fühlst: Ja, ich habe gelitten! Zufrieden?

Du hast meiner Sekretärin mitgeteilt, dass du mich anrufen würdest, sobald du zu Hause wärest. Also saß ich neben meinem Telefon und wartete, wochenlang, monatelang. Dann hab ich mich auf die Suche nach dir begeben. Kein Mensch konnte mir sagen, wo du steckst. Du warst wie vom Erdboden verschluckt. Zuerst hat mich das nicht beunruhigt. Ich wusste ja, dass du gerne reist, und ich ging davon aus, dass du dir 'ne Auszeit genommen hast. Außerdem habe ich vermutet, dass du mordsmäßig sauer auf mich bist." Er schaute sie an wie ein begossener Pudel.

Dass er den Anschein erweckte, sie liege ihm wirklich am Herzen, hielt Cara für eine Finte. Er wollte ganz offensichtlich etwas von ihr, also hieß es abwarten, bis er mit der Sprache herausrückte. Nervös wippte sie unter dem Tisch mit dem Fuß, obgleich sie auf Augenhöhe ruhig und beherrscht wirkte. Trotzdem war ihre Wut spürbar, doch das beeindruckte ihn offensichtlich wenig. Ganz klar, der Kerl hielt noch irgendeinen Trumpf im Ärmel.

„Das", erwiderte sie kühl, „ist alles lange her. Schnee von gestern."

„Zugegeben. Als du jedoch den ganzen Sommer von der Bildfläche verschwandest, da kriegte ich es mit der Angst zu tun, dachte schon, du hättest mit mir Schluss gemacht, ein für alle Mal. Ich streckte meine Fühler aus, überallhin, trug mich schon mit dem Gedanken, einen Privatdetektiv anzuheuern. Möchtest du wissen, wie ich dich schließlich gefunden habe? Ich war mit Adele zum Lunch, und sie erzählte mir, du seiest noch immer bei deiner Mutter in Charleston. Allerdings wollte sie deine Nummer nicht herausrücken. Ich fuhr also zurück in mein Büro, schlug das Telefonbuch der Stadt Charleston auf und guckte unter dem Eintrag Rutledge nach. Übrigens, hast du 'ne Ahnung, wie viele Rutledges es in Charleston gibt? Schließlich landete ich bei deinem Bruder. Und nun bin ich hier."

„Das ist ja eine tolle Geschichte! Und wozu der ganze Aufwand, wenn ich fragen darf?"

Für einen Augenblick verengten sich seine Augen zu schmalen Schlitzen. Dann legte er seine Hände mit den Handflächen nach oben auf den Tisch und zuckte mit den Schultern. „Ich weiß, dass du sauer bist, Darling, und ich bedauere, dass ich dich nicht über deine bevorstehende Entlassung informieren konnte. Es tut mir wirklich Leid. Doch eins musst du mir abnehmen: Ich habe dabei die ganze Zeit darauf hingearbeitet, dass du wieder eingestellt wirst. Es kam nur darauf an, den günstigsten Zeitpunkt abzupassen. Womit wir beim Thema wären." Seine dunkelbraunen Augen funkelten im Kerzenlicht. „Diese Geschichte mit der Schnellimbisskette, an der du dran warst – erinnerst du dich? Die Sache ist gebongt! Wir kriegen den Auftrag! Die Fastfood-Hanseln wollen Cara Rutledge als Projektleiterin. Das trifft sich genau mit unseren Vorstellungen. Wir möchten, dass du zurückkommst. Wir brauchen dich." Er legte eine dramatische Kunstpause ein. „Als Key Account-Managerin. Und als Mitglied der Geschäftsleitung."

Mit einem Schlage hörte sie auf, mit den Zehen zu wippen, einer ihrer Schuhe plumpste auf den Fußboden. „Du willst mich wohl auf den Arm nehmen", erwiderte sie und musterte ihn argwöhnisch.

Schmunzelnd lehnte er sich zurück. „So, meinst du?"

Sie zögerte nur einen winzigen Augenblick. „Das möchte ich schriftlich haben."

„Cara ..."

„Mit Vertrag, der die soeben von dir angesprochenen Details und alles andere beinhaltet, was sonst noch dazugehört. Schick ihn mir per Eilboten zu. Faxen geht nicht, ich habe kein Gerät. Und falls er mir zusagt, darfst du mich nach Chicago einfliegen lassen, mich im ‚Four Seasons' einquartieren und mich nach Strich und Faden verwöhnen. Und ein paar Tage später, falls entsprechende Verhandlungen zu meiner Zufriedenheit ausfallen, habt ihr mich wieder."

Er grinste gequält. Offenbar wusste er nicht, ob er sie bewundern oder sich über sie ärgern sollte. „Das ist nicht zufällig ein Scherz, oder?"

„Über Geld oder Karriere mache ich keine Witze. Lügen tu ich auch nicht. So gut müsstest du mich doch mittlerweile kennen."

Sein Lachen klang dünn und krächzend. Was habe ich an ihm eigentlich gefunden, fragte sich Cara. Doch Geschäft ist Geschäft, und ganz gleich, was ich persönlich von ihm halte, eins ist sicher: Wenn er extra aus Chicago herkommt, nur um mir Honig um den Mund zu schmieren, dann ist das Angebot echt.

Sie griff nach ihrer Handtasche und erhob sich.

„Wo willst du hin?"

„Wir haben alles besprochen. Eine Fortsetzung der Unterredung erübrigt sich. Es war nett, dich getroffen zu haben, Richard. Bis bald! Wir sehen uns dann vielleicht in Chicago. Im Büro."

„Aber unser Essen ..."

„Wie ich höre, soll man hier erstklassig speisen. Lass es dir schmecken. Auf mich allerdings wartet noch eine Forelle, die ich unbedingt probieren muss. Ach, bevor ich's vergesse: Ich hoffe, du kommst zu deiner Golfrunde, solange du noch hier bist. Du bist nämlich ein wenig blass um die Nase. Tschüs."

Sie klemmte sich ihre Handtasche unter den Arm und stolzierte aus dem Lokal, wohl wissend, dass Richard jede ihrer Bewegungen verfolgte.

Cara befand sich in einer solchen Hochstimmung, dass sie das Gefühl hatte, Flügel zu haben. Mit heruntergelassenem Verdeck, das Autoradio auf volle Lautstärke gedreht und mit den Fingern den Takt der Musik aufs Lenkrad klopfend, brauste sie über die Verbindungsbrücke zur Isle of Palms. Ihr war, als sei alle Last der Welt von ihr abgefallen, und am liebsten hätte sie es laut in alle Welt hinausposaunt: „Ich bin wieder da!" Nicht nur wieder im angestammten Job, sondern mit einer dicken Beförderung obendrein! Wenn man schon Richard herschickte, um sie zu holen, kam man in Chicago offenbar nicht ohne sie aus. Diesen Umstand musste sie jetzt bei den Vertragsverhandlungen ausnutzen. Erst dann wollte sie die ganze Geschichte als erledigt betrachten. Und während sich die Räder ihres Wagens drehten, wirbelten ihr die Namen all der ebenfalls entlassenen guten Mitarbeiter aus ihrem Team durch den Kopf, für deren Wiedereinstellung sie jetzt sorgen konnte. Ach, es war einfach herrlich, wieder Arbeit und Einkommen zu haben, eine Zukunft, auf der sich aufbauen ließ! Cara Rutledge ist wieder im Geschäft, dachte sie und brach in lautes Lachen aus, als sie den Scheitelpunkt der Brücke erreichte und den Ozean vor sich im Schein der Abendsonne schimmern sah. Sie hätte die Welt umarmen können.

Im Haus am Strand war es still.

„Hallo!“ rief sie, als sie eintrat, und legte ihre Handtasche auf den Tisch. Die Küche war blitzblank gewienert, kein Fischgeruch, wie Cara schnuppernd feststellte. „Wo seid ihr denn alle?“

Toy tauchte aus ihrem Zimmer auf, bereits im Schlafanzug, obwohl es erst halb acht und noch sonnig war. Auf dem Flur knotete sie sich den Gürtel ihres Morgenmantels zu. „Oh, Cara, Sie sind es! Wie ist es gelaufen?“

„Prima. Aber wieso herrscht hier so eine gespenstische Ruhe? Wo ist mein Bruder?“

„Der ist kurz nach Ihnen abgefahren.“

„Und Mama?“

„Ich bin hier drinnen!“

Cara und Toy begaben sich zu Lovie ins Schlafzimmer. Trotz der weit geöffneten Fenster und der frischen Brise, die vom Meer hereinwehte, roch es überall nach Krankheit und Medikamenten. Im Abfalleimer neben dem Bett lagen unzählige zerknüllte Papiertücher, eine Sauerstoffmaske bedeckte Lovies Mund und Nase, und der Fernseher lief. Cara zwang sich zu einem Lächeln.

„Hallo, Mama“, grüßte sie, setzte sich auf die Bettkante und küsste ihre Mutter auf die Stirn. „Wie fühlst du dich?“

Lovie zog sich die Maske vom Gesicht, woraufhin Toy die Sauerstoffzufuhr am Behälter abdrehte. „Ach, gut, gut! Die hier brauche ich nur, damit ich etwas besser Luft bekomme.“ Dabei benutzte sie die Maske immer häufiger, was sie jedoch nur ungern zugab. „Aber lass dich anschauen!“ Beim Anblick ihrer so schick zurechtgemachten

Tochter leuchteten ihre Augen merklich auf. Cara freute sich über das Kompliment.

„Hast du dich gut mit Palmer unterhalten? Lange ist er ja offensichtlich nicht geblieben!“

„Ach, wir haben geplaudert, ein bisschen über dieses, ein bisschen über jenes. Er führt ja nicht gern tief schürfende Gespräche. Er musste früh los, und ehrlich gesagt, mir war's ganz lieb. Lange Besuche stehe ich nicht mehr durch.“ Sie richtete sich etwas auf, verfiel in langes, heftiges Husten, ließ sich dann wieder sinken und strich die Decke über der Brust glatt. „Toy, sei bitte so nett und stell den Kasten ab, ja?“ bat sie und zeigte auf den Fernseher. Dann wandte sie sich wieder Cara zu, wobei sie durch die Nase einatmete wie ein Hund, der eine Fährte wittert. „Na, und dieser Richard? Was wollte er?“

Cara lachte auf. Die Begeisterung von vorhin war noch nicht abgeklungen. „Du wirst es nicht glauben“, sagte sie und machte es sich zunächst auf der Matratze bequem, um die Spannung ein wenig zu erhöhen.

Lovies Augen funkelten vor Neugier.

„Er hat mir angeboten, wieder einzusteigen. In meinen alten Job. Inklusive Beförderung! Erinnerst du dich? Die Sache mit der Fastfood-Kette, an der ich vor der Entlassung dran war? Ich hab's dir doch erzählt! Nun, sie haben den Auftrag bekommen und wollen mich als Projektleiterin zurück! Außerdem soll ich mit in die Geschäftsleitung einsteigen!“ Erst jetzt konnte sie ihr Glück fassen und strahlte.

„Mensch, super!“ rief Toy.

Cara schaute sie an und nickte. „Ich habe auch hart daran gearbeitet, um den Auftrag an Land zu ziehen! O Mama, das ist 'ne Riesensache für mich!“

Lovie wirkte überrascht. „Soll das heißen, der junge Mann ist den ganzen weiten Weg hergekommen, nur um dir ein Stellenangebot zu unterbreiten?“

„Ja, natürlich! Was hast du denn gedacht?“ fragte Cara verblüfft.

„Na, ich hatte angenommen, er wolle dir einen Heiratsantrag machen!“

„Heiratsantrag?"

„Wieso guckst du mich so an? Das ist doch normalerweise der Grund, wenn ein Mann so unangemeldet und stürmisch hereinplatzt! Zumindest war's in meiner Generation so!" Sie wiegte den Kopf. „In deiner Generation allerdings ... da weiß man nie. Alles ist so anders. Ich hatte den Eindruck, du wärst von ihm ganz angetan. Bist du nicht bereits ein paar Jahre mit ihm liiert?"

„Schon", erwiderte Cara zögernd. „Unsere Beziehung lief auch eine Zeit lang ziemlich gut. Aber eine Mrs. Selby werde ich nicht, verlass dich drauf!"

„Woher willst du das wissen?"

„Weil wir vom Leben unterschiedliche Dinge erwarten."

„Und wie wär's mit Mrs. Brett Beauchamps?" schlug Toy vor.

Diesmal blieb Cara vollkommen gelassen. „Ich habe tatsächlich den ein oder anderen Gedanken daran verschwendet", gestand sie zur allgemeinen Überraschung, „doch in dem Augenblick, als Richard mir die Beförderung anbot, da war mir klar, was ich wollte. Da habe ich zugegriffen."

Lovie zog eine Grimasse. „Brett ist so ein feiner Kerl! Und ihr zwei versteht euch so prima. Bist du sicher, dass du wirklich weißt, was du möchtest?"

„So gut wie jeder andere, schätze ich."

„Aber so ganz allein zu leben, Cara! Das fällt einer Frau doch schwer! Jede Frau braucht einen Mann, der sie liebt und für sie sorgt. Du wirst schließlich nicht jünger!" Sie schnalzte mit der Zunge und schüttelte bekümmert den Kopf. „Wenn du doch nur einen guten Ehemann fändest!"

Caras euphorische Hochstimmung verflog im Nu. Ein nur zu vertrautes, beklemmendes Gefühl schnürte ihr die Kehle zu, und sie wäre fast wieder in alte Verhaltensmuster zurückgefallen und hätte sich schweigend abgewandt. Doch so wollte sie nicht mehr reagieren. Sie atmete tief ein und schaute ihre Mutter lange und eindringlich an.

„Mama, du begreifst es wirklich nicht, was?"

„Was verstehe ich nicht?“

„Wie es heute um Frauen wie mich oder wie Toy bestellt ist.“ Sie warf dem Mädchen einen verschwörerischen Blick zu. „Du hast ein privilegiertes Leben geführt. Für uns gilt das nicht. Für uns bezahlt niemand einfach so die Krankenversicherung oder kommt für unsere Miete auf. Wir müssen selbst für uns sorgen. Weißt du, zuweilen scheint es mir so, als habest du vergessen, dass ich mir meinen Lebensunterhalt die meiste Zeit selbst verdient habe.“

„Was willst du damit sagen?“

Cara fixierte sie scharf. „Daddy und du, ihr habt mir nicht das Studium finanziert und mich auch nicht bei der Einrichtung meines ersten Hausstandes unterstützt. Nicht einen Dollar hattet ihr nach meinem Weggang für mich oder für meine Ausbildung übrig. Und ich war erst achtzehn! Wie Toy jetzt“, fügte sie mit Nachdruck hinzu. „Es hat Jahre gegeben, und gar nicht mal so wenige, da stand ich mit einem Bein auf der Straße. Ich habe sehr, sehr hart arbeiten müssen, um dorthin zu gelangen, wo ich jetzt bin. Es dauert lange, bis einem eine solche Position angeboten wird wie jetzt mir.“ Sie holte hörbar und tief Luft. „Das ist ein großer Augenblick in meinem Leben.“

Lovie guckte sie aus großen, verständnislosen Augen an.

„Und da wünscht du dir nichts anderes, als dass ich einen guten Mann finde?“

Cara stand auf, ging zum Fenster und schaute hinaus. Wie immer rollten die Wogen im nimmermüden, monotonen Rhythmus heran. Sie drehte sich um und schlang die Arme fest um ihren Oberkörper. „Mama, machst du dir eigentlich einen Begriff davon, wie du mich gerade vor den Kopf gestoßen hast?“

„Du hast mich vollkommen falsch verstanden! Ich habe nur gesagt, dass ich mich sehr freuen würde, wenn du einen Mann hättest, der sich um dich kümmert. Ist es so falsch, wenn man sich das für sein Kind wünscht?“

„Ich behaupte doch nicht, dass ich keine Beziehung zu einem Mann eingehen will! Selbst einer Ehe wäre ich nicht abgeneigt! Aber ich suche nicht nach jemandem, der mich versorgt! Ich heirate nicht um der Sicherheit willen!“

Lovie reagierte erstaunlicherweise weder empört noch beleidigt, sondern starrte ihre Tochter an, als habe sie eine Fremde vor sich. „Verzeih mir bitte“, flüsterte sie. „Ich wusste ja nicht ... wir bekamen doch immer solch optimistische Briefe von dir, in denen stand, wie gut es dir geht! Das habe ich dann auch geglaubt. Du warst immer so patent und selbstständig, dass es leicht fiel, sich einzureden, es sei alles in Ordnung.“ Ihre Augen füllten sich mit Tränen. „Ich hatte ja keine Ahnung.“

Angesichts ihrer weinenden Mutter schämte sich Cara für ihren Wutausbruch. Wozu jetzt dieses Hickhack? fragte sie sich. Meine Mutter stirbt, das ist doch wohl schlimm genug! Was will ich jetzt, nach all diesen Jahren, eigentlich damit erreichen? Sie trat wieder an Lovies Bett und beschloss, das Thema nicht weiter zu verfolgen.

„Ach, egal, Mama! Es spielt sowieso keine Rolle mehr. Ich bin nicht gekommen, um mich mit dir zu streiten. Eigentlich hätte ich es dir gar nicht sagen sollen. Ich dachte nur, das mit dem Stellenangebot hättest du gern gewusst. Das war alles.“

Lovie wischte sich mit einem Papiertaschentuch über die Augen und putzte sich anschließend die Nase. „Nein, ich bin froh, dass wir darüber gesprochen haben. Ich wollte nur nicht ... Ach, mir ging's nur darum, dass eine Frau nach meiner Ansicht glücklicher wird, wenn sie verheiratet ist.“

„Jetzt sei bitte ehrlich! Bist du etwa glücklicher deswegen gewesen?“

Mit roten Augen sah Lovie sie an, öffnete den Mund, brachte dann aber kein Wort heraus.

„Heißt das, Sie brechen bald nach Chicago auf?“ erkundigte sich Toy.

Cara drehte sich zu dem jungen Mädchen um, das auf der Türschwelle stand und offensichtlich nicht recht wusste, ob es lieber gehen oder eintreten sollte.

„Bevor dein Baby nicht auf der Welt ist, breche ich nirgendwohin auf!“ verkündete Cara bewusst burschikos und zeigte auf Toys Bauch. Auf Toys Gesicht machte sich Erleichterung breit. „Doch danach werde ich wohl nach Chicago reisen müssen, um einige Gespräche zu führen. Wird sicher nicht länger als ein paar Tage dauern, eine Woche höchstens. In der Zeit kannst du doch die Stellung halten, wenn ich dir noch jemanden zur Unterstützung besorge, oder? Und Flo hat versprochen, auf Abruf bereitzustehen. Mir schwant allerdings, dass sie vor allem daran interessiert ist, das Kleine auf dem Arm zu halten. Ich werde nicht lange herumtrödeln und schnellstmöglich zurück sein.“

Dann setzte Cara sich wieder auf die Bettkante, nahm Lovies Hand und drückte sie. „Ich liebe dich und werde dich nicht im Stich lassen“, versicherte sie. „Das ist dir doch klar, nicht wahr?“

„Ja, natürlich!“ Lovie brachte ein klägliches Lächeln zu Stande.

Ein kurze Pause entstand, und Cara erkannte, dass das Thema nun erledigt war. Nie hatte sie den Rollentausch so deutlich gespürt wie in diesem Moment: die Verantwortung für diese zwei Menschenleben – für eines, das zu Ende ging, und für ein anderes, das demnächst neues Leben gebären würde – ruhte voll und ganz auf ihren Schultern.

„Und? Fühlst du dich wenigstens einigermaßen?“ fragte sie ihre Mutter.

Lovie antwortete mit einem kraftlosen Nicken.

„Habt ihr denn noch nicht zu Abend gegessen? Es riecht ja gar nicht nach Fisch!“

„Wir hatten einfach keine Lust, die Forellen auszunehmen“, erwiderte Toy entschuldigend. „Deshalb haben wir die Reste vom geschmorten Tunfisch von gestern verspeist. Dazu gab es noch etwas frische Erbsensuppe.“

„Es schmeckte ausgezeichnet, mein Mädchen“, sagte Lovie geistesabwesend.

„Möchten Sie noch etwas davon, Cara?“ erkundigte sich Toy.

Cara knurrte bereits der Magen. „Ich hab noch nichts gegessen und bin halb am Verhungern. Aber mach dir keine Mühe. Ich ziehe mir erst etwas Bequemeres an und schaue dann mal, was ich noch im Kühlschrank finde.“

„Du siehst sehr hübsch in dem Kleid aus“, lobte Lovie, um Cara versöhnlich zu stimmen.

„Sexy“, fügte Toy hinzu. „Ich kann mich schon gar nicht mehr daran erinnern, wann ich so etwas zuletzt anhatte.“

„Ich auch nicht“, entgegnete Cara und verließ den Raum.

Während sie sich die Schuhe abstreifte und in Jeans und T-Shirt schlüpfte, fragte sie sich, was Brett wohl für den Abend geplant haben mochte. Sie rief ihn an. Das Freizeichen ertönte mehrere Male, aber er hob nicht ab. Auch der Anrufbeantworter schaltete sich nicht ein – wahrscheinlich hatte Brett vergessen, ihn in Betrieb zu setzen. Das sah ihm ähnlich! Sicher saß er draußen auf seinem Bootssteg und aß Krabben. Noch einmal meldete sich unüberhörbar Caras Magen, und sie beschloss, umgehend zu Brett zu fahren. Beim Zubinden ihrer Tennisschuhe fiel ihr auf, wie sehr sie sich nach dem Fiasko mit Richard danach sehnte, Brett wiederzutreffen.

Sie griff nach ihrer Handtasche. „Mama!“ rief sie im Hinausgehen. „Ich bin dann bei Brett! Wartet nicht auf mich!“

„Okay!“ Toys Stimme übertönte den Lärm des Fernsehers in Lovies Schlafzimmer. Doch bevor sie die Haustür hinter sich zuzog, bekam Cara noch den Schluss des Wetterberichts mit. Eine Unwetterwarnung wurde durchgegeben. Der Orkan in der Karibik hatte sich in einen Wirbelsturm verwandelt.

Aus den flachen, gefährlichen Gewässern nahe der Küste, an der sie das Licht der Welt erblickten, schwimmen die jungen Schildkröten hin zu den Tiefen des Golfstroms. Dort angekommen, suchen sie sich ihre Futterplätze hinter riesigen, im Meer treibenden Flächen aus Beerentang und anderem Treibgut.

21. KAPITEL

Als Cara in Bretts Garageneinfahrt einbog, werkelte er gerade an einer riesigen schwarzen Harley-Davidson herum, einer wahren Höllenmaschine. Die schwarze Lederjacke ließ Bretts Schultern noch breiter wirken und verlieh ihm fast etwas Bedrohliches. Er schaute kurz zu Cara hin, die den Wagen abstellte, ließ sich aber ansonsten nicht stören.

„Das ist mir ja völlig neu, dass du ein Motorrad besitzt", stellte sie fest und kam näher, den Blick fasziniert auf den chromblitzenden Feuerstuhl geheftet.

„Ich fahre nur noch selten. Keine Zeit."

Offensichtlich war er kurz angebunden. Außerdem hatte er kein freundliches Willkommenslächeln für sie übrig. Er legte ihr auch nicht den Arm um die Schulter. Und einen Begrüßungskuss gab er ihr ebenfalls nicht.

„Ich sterbe vor Hunger", verkündete sie. „Hast du schon gegessen?"

„Warst du nicht zum Dinner eingeladen? Von diesem ..."

„Richard? War ich auch. In einem Restaurant. Die Sache war schnell geklärt. Noch vor dem eigentlichen Essen bin ich gegangen."

„Sache? Was denn für 'ne Sache?"

„Er hat mir eine Stelle angeboten."

Brett nahm das kommentarlos zur Kenntnis und widmete sich wieder seinem Motorrad, an dem er offenbar einige Regler überprüfte.

Ihre Faszination verflog relativ rasch und machte, zum zweiten Mal an diesem Abend, Enttäuschung Platz. Zumindest hatte sie erwartet, er werde sich, wenn auch nicht begeistert, erkundigen, was es mit dem Job auf sich habe, oder ihr höflich Anerkennung zollen.

Sie startete einen zweiten Anlauf. „Eigentlich hatte ich gehofft, du wärst gerade dabei, dir ein paar Krebse in den Kochtopf zu werfen."

Er schüttelte den Kopf. „Hab mir 'ne Tiefkühlpizza in den Ofen geschmissen ... Hatte dich ja auch nicht erwartet."

„Ach so!“ Sie wusste nicht weiter, stand eine Zeit lang nur da und überlegte. War er nun sauer wegen des Reinfalls mit den Forellen oder eher eifersüchtig? Letzteres wäre ihr lieber gewesen. Sie wagte einen letzten Versuch. „Hast du eine Spritztour vor?“

„Erraten“, erwiderte er lakonisch, ohne sie dabei anzugucken, verschwand dann in der Garage und war kurz darauf zurück, einen schwarzen Sturzhelm unter dem Arm.

Nun langte es ihr endgültig. Sie wurde stinksauer. Eine solche Behandlung brauchte sie sich nicht bieten zu lassen. „Was ist dein Problem?“ fragte sie wütend.

„Mein Problem? Ich habe kein Problem.“

„So? Und warum zeigst du mir dann die kalte Schulter?“

Er legte den Helm auf den Motorradsitz und starrte ihn an. „Du hast Recht“, meinte er dann. „Du kannst schließlich nichts dafür. Ich bin heute Abend einfach ein wenig von der Rolle.“

„Wegen Richard?“

Keine Antwort.

„Brett, ich wusste nicht, dass er kommt! Und eingeladen habe ich ihn erst recht nicht. Menschenskind, zwischen ihm und mir läuft nichts mehr! Das dürfte ihm heute Abend auch klar geworden sein.“

Er betrachtete sie mit seinen glänzenden blassblauen Augen, doch sie konnte nicht sagen, was er wohl dachte. Zu Caras Überraschung stapfte er in die Garage zurück und erschien gleich darauf erneut mit einem Helm, diesmal jedoch mit einem kleineren, weißen Modell.

„Setz den auf“, befahl er und hielt ihr den Sturzhelm hin.

Unschlüssig trat sie von einem Bein aufs andere, kam aber dann seiner Aufforderung nach, während er seinen schwarzen Helm überstülpte, sich auf die Maschine schwang und die Hände fest um die Lenkergriffe legte. Er trug lange Jeans und schwere Stiefel.

„Nun mach schon!“

Gespannt darauf, wohin die Fahrt wohl gehen mochte, nahm sie auf dem gebogenen Sattel Platz und rutschte etwas nach vorn, bis ihre Oberschenkel die von Brett berührten. Die Arme um seine Taille geschlungen, verschränkte sie fest die Finger und stemmte die Füße auf die Fußrasten.

„Festhalten!"

„Wo geht's denn hin?"

„Ich will dir was zeigen."

„Alles klar!"

Sie spürte, wie er kurz den Arm bewegte, und aufbrüllend erwachte die mächtige Maschine zum Leben. Cara hielt sich krampfhaft fest, ihr Herz tat einen Sprung, und sie kam nicht einmal dazu, Brett zu beichten, dass dies ihre erste Fahrt auf einem Motorrad war – das Moped zählte ja nicht. Die Angst verwandelte sich in Nervenkitzel, als Cara sich an Bretts Rücken schmiegte, und dann schoss die Harley los, dass der Kies nur so spritzte. Sie fuhr unter dumpfem Dröhnen aus der Einfahrt hinaus und röhrte den Boulevard hinunter. Im verglühenden Licht der Sonne, die sich rot auf die dunkelviolett schimmernden Marschen senkte, überquerten sie die Verbindungsbrücke. Verzückt kauerte Cara hinter Brett und staunte. Um die ganze Welt war sie gereist, doch nirgendwo versank die Sonne mit solcher Pracht hinter dem Horizont wie hier in South Carolina.

Es war ein herrlicher Abend, wie gemacht für eine Tour mit dem Motorrad. Der Mond stand schon am Himmel. Cara war, als rausche sie wie auf einem Pfeil durch den seidig warmen Wind. Sie klammerte sich, als ginge es um ihr Leben, an Brett fest, leidenschaftlicher als je bei einer Umarmung zuvor. Unter ihnen vibrierte die Maschine; der Motor dröhnte in ihren Ohren; die Luft roch nach Leder und feuchter Erde, nach grünem Gras und Meer. Cara verspürte dieselbe innige Verbindung mit der Landschaft wie damals im offenen Motorboot auf dem Intracoastal Waterway.

Die Brücke führte hinüber nach James Island, wo die Straße allmählich breiter wurde und sich wie eine Allee unter riesigen, über und über bemoosten Eichen am Wasser entlangschlängelte. In der Zwischenzeit war es dunkel geworden, und Mondlicht sickerte durch das Laubwerk. In völligem Gleichklang der Bewegung legten Cara und

Brett sich in die Kurven, richteten sich, wie von unsichtbarer Hand gezogen, wieder auf, um dann die nächste anzuschneiden. Nach etwa einer Stunde Fahrtzeit erreichten sie ihr Ziel. Brett bremste ab und hielt schließlich an.

„Da wären wir", sagte er und stellte den Motor ab.

Sie ließ Bretts Taille los, setzte den Helm ab und schüttelte ihr Haar. Noch immer hallte das Dröhnen der Maschine in ihren Ohren, und ihre Schenkel fühlten sich ganz taub von den Vibrationen des Motorrads an. Doch nachdem sie von der Harley heruntergeklettert war und einige Minuten aufrecht gestanden hatte, normalisierte sich ihre Wahrnehmung wieder, und sie konnte das Zirpen der Insekten und das Quaken der Frösche hören. Brett nahm den Motorradhelm ab, hängte ihn an den Lenker und ging ein paar Meter am Straßenrand entlang zu einem kleinen, neben der Fahrbahn errichteten weißen Kreuz. Dort blieb er stehen, zog eine zerdrückte gelbe Rose aus der Tasche seiner Lederjacke und legte sie vor das Kreuz. Cara hielt sich im Hintergrund. Sie spürte, Brett brauchte jetzt Zeit für sich allein.

Geraume Zeit verweilte er dort. Es wurde merklich kühler. Autos sausten vorbei. Das Licht ihrer Scheinwerfer huschte über Bretts Gesicht. Schließlich wandte er sich zu Cara um und winkte sie zu sich.

Der Kies am Straßenrand knirschte unter ihren Schritten; dann lief sie über weicheren Boden, blieb am Fuß des Kreuzes stehen, ganz dicht neben Brett, und spürte, wie er ihr den Arm um die Taille legte und sie an sich presste.

„Sie hieß Ashley Carter", sagte er. „Wir lernten uns als Erstsemester am College kennen, bei einem Einführungsseminar in den Kurs ‚Fischereiwesen und Naturschutz'. Hin und wieder verabredeten wir uns. Sie war ein kluges Mädchen, alles andere als eine Partynudel. Ein bisschen so wie du früher. Sie wollte mal Försterin werden. Ein Rendezvous mit ihr sah so aus, dass man in die Natur zog und Proben nahm." Er lachte bitter auf und verstummte, offenbar wieder tief in Erinnerungen versunken. Cara wartete geduldig.

„Eigentlich war ich damals kein so übler Kerl", erzählte er weiter,

„dafür aber ein tollkühner Heißsporn. Ich ging jedes Risiko ein und fackelte auch nicht lange. Ein Sprung von einer Brücke? Da brauchte ich nicht lange zu überlegen. Es war mir auch piepegal, wenn ich meinen Pick-up in einen Fluss oder See setzte oder mich damit um einen Baumstamm wickelte, weil ich auf nasser Fahrbahn ins Schleudern geraten war. Hauptsache, es machte Spaß! Daher auch mein sportlicher Ehrgeiz. Mit dem Motorboot immer ran an die dicken Pötte, lebensgefährlich nah ran, viel zu nah für so einen draufgängerischen Jungspund, wie ich es damals war. Ich hätte von der Bugwelle erfasst und unter das Schiff gedrückt werden oder in den Sog der Schraube geraten können! Irgendwann bekam mein Alter Wind von meinen Mätzchen, weil's ihm ein Lotsenkollege steckte. Das war das einzige Mal, dass mein Vater mir eins hinter die Löffel gab. Und verdient hatte ich es! Ich war nämlich nicht allein an Bord des Bootes gewesen."

Er legte eine kurze Pause ein und fuhr dann fort: „Allerdings ging's auch schon mal daneben: ein Beinbruch, zwei Armfrakturen, einige Zehen und Finger gequetscht oder gebrochen. Zog ich meine Lehren daraus? Mitnichten. Ich war nur noch stärker davon überzeugt, dass mir nichts und niemand etwas anhaben konnte. Ich hielt mich für unsterblich. Heute weiß ich nicht mal mehr, wie ich eigentlich die Highschool überstanden habe. Und als ich schließlich mein Studium aufnahm, war ich fast jede Nacht voll. Ehrlich, ich glaubte felsenfest daran, dass ich im alkoholisierten Zustand besonders gut Auto fuhr, meinte sogar, ich hätte dafür ein besonderes Geschick. Wenn ich heute über diesen egozentrischen Irrsinn nachdenke, schwitze ich Blut und Wasser vor Angst."

Er kratzte sich am Kopf. „Ashley allerdings bekam diesen Zug von mir nie mit. In ihrer Gegenwart benahm ich mich völlig anders. Ironischerweise war ich stocknüchtern, als sich der Unfall ereignete. Wir befanden uns auf der Rückfahrt vom Labor des Umweltministeriums. Es war helllichter Tag, und ich hatte es keineswegs eilig, ging die Kurve auch in recht gelassenem Tempo an, aber ein entgegenkommender Truck geriet zu weit auf die Gegenfahrbahn und kam direkt auf uns zugedonnert. Ich versuchte noch ein Ausweichmanöver, geriet ins Schlingern, das Motorrad brach aus und rutschte flach auf den Seitenstreifen, ich mit. Ashley aber wurde von der Maschine geschleudert. Wäre sie einfach auf dem Boden gelandet, dann hätte sie zwar Blessuren davongetragen, jedoch überlebt. Aber das Schicksal meinte es an jenem Tag nicht gut mit uns. Sie prallte gegen die riesige alte Eiche da vorn und war auf der Stelle tot."

„Das tut mir aufrichtig Leid, Brett."

Er nickte dankbar und blickte zur Eiche hinüber.

„Du darfst dir keine Vorwürfe machen. Es war ein Unfall. Du hast mir doch berichtet, dass du nicht betrunken warst."

„Das sagt sich so leicht! Ich hatte lange daran zu knabbern. Ich glaubte, dass Glück habe mich verlassen, nachdem ich lange genug das Schicksal herausgefordert hatte und immer mit knapper Not davongekommen war. Diesmal, so dachte ich, war ich dran und musste zahlen. Aber nicht ich zahlte die Zeche, sondern Ashley. Ich weiß, ich kann von Glück reden, dass ich überhaupt noch am Leben bin. Ich weiß aber auch, dass das Schicksal genauso sicher den Tag und die Stunde für mich bereithält, wie es bei Ashley am 2. September 1984 der Fall war."

„Das ist ja das Datum von heute!"

Er nickte. „Ja. Dass dieser Richard hier auftauchte, hat mich an sich gar nicht so gestört. Aber musste er ausgerechnet heute antanzen! Das habe ich als Drohung aufgefasst – nicht von ihm, sondern als Drohung des Schicksals. Ich befürchtete, ich verlöre erneut jemanden, der ..." Er machte eine kurze Pause und holte tief und heftig Luft. „... der mir viel bedeutet."

Cara griff nach dem Reißverschluss seiner Lederjacke und öffnete ihn, und dann schlang sie Brett die Arme um den Hals, schmiegte sich an ihn, ließ ihn ihre Wärme und ihren Atem spüren. Er umfasste sie, zog sie an sich und legte sein Gesicht an ihr Haar.

Ein Auto näherte sich, schoss vorbei; Kies spritzte auf. Und durch das laute Motorengeräusch, so meinte sie, vernahm sie die Worte: „Ich liebe dich."

Zurück auf der Insel, zogen sie ihre Badesachen an und gingen im Meer schwimmen. Danach streckten sie sich auf Handtüchern am Strand aus. Den Kopf in seine Armbeuge gebettet, ein Bein über das seine gelegt, kraulte Cara sanft Bretts Brusthaar. Um sie herum war das Knistern und Knacken der über den Sand huschenden Gespensterkrabben und das Rascheln des Seegrases im Wind zu hören.

„Als wir da zusammen vor dem Kreuz standen", sagte Brett und strich ihr dabei das feuchte Haar vom Hals, „da war ich nicht vollständig ehrlich zu dir."

„So?"

Er nahm ihre Hand von seiner Brust und spielte, die Augenbrauen nachdenklich zusammengezogen, mit ihren Fingern. „Ich wollte nicht allein wegen des Jahrestags des Unfalls dorthin fahren, sondern auch, um meine Vergangenheit endlich zu begraben. Ich habe eine wichtige Entscheidung getroffen, aber sie machte und macht mir immer noch Angst. Dabei war es wenig hilfreich, dass plötzlich dieser Richard auftauchte. Ich habe schon einmal versucht, dir das alles zu erklären, doch da wolltest du nichts davon wissen. Ich hoffe, du bist diesmal bereit, mir deine Aufmerksamkeit zu schenken."

Sie ahnte, was nun kommen würde, und ihr Puls beschleunigte sich. Sie war froh, dass die Dunkelheit ihr Gesicht verhüllte. „Brett ..."

Er atmete tief durch. „Ich liebe dich, Cara." Es brach wie ein Geständnis aus ihm heraus. „Ich weiß, es ist verrückt, sich zu verlieben, wenn man sich jahrelang geschworen hat, dass es einem nie wieder passieren darf. Ich habe nur eine Erklärung. Eigentlich hätte ich mich in dich verlieben sollen, als wir sechzehn waren. Damals sind wir aber beide noch nicht so weit gewesen und mussten zunächst getrennter Wege gehen, um uns dann richtig kennen zu lernen. Jetzt. Mit vierzig."

Er brachte das alles ohne Pause hervor – eine vorher nicht einstudierte, sondern spontan von Herzen kommende Liebeserklärung. Doch kaum waren die Worte heraus, da schaute er sie verlegen wie ein kleiner Junge an. „Wieder mal Tolstois Fahrrad", verkündete er grinsend, offenbar selbst über den Vergleich entzückt. Dann wurde seine Miene schnell wieder ernst. „Ich liebe dich und möchte dich heiraten."

Ihr stockte der Atem. Sie konnte ihn nur sprachlos anstarren.

Er legte den Kopf schräg. „Geschockt?"

„Aber wie!"

„Hast du nicht damit gerechnet?"

„Doch, hin und wieder hab ich so etwas geahnt, aber ich wäre nie auf ... Du hast immer behauptet, du seiest ein Einzelgänger."

„Da habe ich mich eben geirrt."

„Meinst du?"

„Du hast dasselbe von dir gesagt."

Sie holte Luft und entzog ihm ihre Hand. „Und dazu stehe ich nach wie vor."

Er brauchte einige Zeit, um das Gehörte zu verdauen. Er musterte sie skeptisch. „Was willst du damit andeuten? Dass du mich nicht heiraten möchtest?"

„Wahrscheinlich nicht. Jedenfalls noch nicht. Verzeih mir!"

„Ich dachte ..."

„Das heißt nicht, dass ich dich nicht liebe. Das tue ich nämlich." Sie setzte sich auf. Nackt, wie sie war, fröstelte sie in der kühlen Nachtluft. Brett griff nach seinem Hemd und legte es ihr über die Schultern. Genau wegen dieser kleinen Gesten liebte sie ihn so, und genau deswegen fiel es ihr so schwer, ihn jetzt vor den Kopf stoßen zu müssen.

„Du darfst mich gar nicht heiraten", erklärte sie. „Es ist nicht einfach, mit mir zusammenzuleben. Vor dem Frühstück kann ich unausstehlich sein. Abends arbeite ich bis in die Puppen. Du hast nicht viel von mir. Außer Arbeiten kann ich nichts. Als Hausfrau bin ich ein Flop. Meine Mutter kann dir ein Lied davon singen. Dauernd läuft mir beim Waschen irgendwas ein. Und kochen? Das kannst du vergessen. Ich lasse selbst Wasser anbrennen! Lass die Finger von mir, Brett!"

„Ich führe schon lange einen eigenen Haushalt und koche auch selbst. Darum geht's mir doch nicht!" Er umfasste ihren Hals und zog ihr Gesicht näher heran. „Wieso musst du alles immer komplizierter machen, als es ist? Sag doch einfach Ja!"

Seine Lippen bedeckten die ihren, voll Verlangen und Sehnsucht. Halb lachend, halb weinend löste sie sich von ihm und seufzte. „Dadurch wird die Sache für mich nicht einfacher!"

„Umso besser!"

Gar nichts war besser, verflixt! Es brach ihr das Herz. *Und ich breche seins! Wie soll ich das bloß vermeiden?* Aufgelöst fuhr sie sich mit den Fingern durch die nassen Strähnen, raufte sich regelrecht das Haar.

„Ich habe dir doch erzählt, dass Richard mir ein Angebot gemacht hat. Erinnerst du dich? Ich war etwas überrascht darüber, dass du gar nicht wissen wolltest, was für ein Job das ist."

Ihre Stimme hatte einen völlig anderen Klang angenommen, und er antwortete dementsprechend kühl: „Es hat mich nicht interessiert."

„Na, sonst verfügst du doch immer über ein so feines Gespür", meinte sie behutsam. „Dass du nicht gefragt hast, hat mich schon ein wenig gekränkt!"

Er richtete sich auf und hockte reglos wie ein Fels neben ihr.

„Also schön, dann frage ich jetzt. Was hat er dir angeboten?"

„Eine dicke Beförderung. Und der fetteste Köder ist: Ich kriege sie für den Auftrag, an dem ich so hart gearbeitet habe. *Mein* neuer Großkunde! Den habe *ich* akquiriert – und der Kunde will mich!"

„*Ich* will dich!"

Sie schaute ihn enttäuscht an. „Ich habe schon zugesagt."

Er wandte den Blick ab. „Glückwunsch!"

Er war zwar der Einzige, der ihr überhaupt zur Beförderung gratulierte, aber besonders herzlich klang es nicht.

„Warum quälen wir uns eigentlich die ganze Zeit so herum?" entgegnete sie. „Es ist doch nicht so, dass damit zwischen uns Schluss wäre! Wir können genauso weitermachen. Dass wir nicht heiraten, heißt doch nicht, dass wir uns nicht mehr treffen!"

Es erschreckte sie, dass er so vehement den Kopf schüttelte.

„Nein“, stellte er richtig, „dazu bin ich mir zu schade. Mit so etwas gebe ich mich nicht zufrieden.“

„Was hat denn das mit Zufriedengeben zu tun? Was soll an unserem augenblicklichen Verhältnis so problematisch sein? Es funktioniert doch! Beide legen wir auf unsere Unabhängigkeit Wert, nutzen gern unsere Freiräume. Erklär mir doch mal bitte, worin der Vorteil einer Ehe bestehen soll! In den Steuervorteilen? Geschenkt! Ich finde, die Ehe wird maßlos überbewertet. Typen wie du und ich fahren als Singles besser.“

„Dann beantworte mir folgende Frage: Wieso vergleichst du uns zwei permanent mit berühmten Kino-Paaren? Mr. Allnut und Rosie, Tarzan und Jane, das Liebespaar in der Blauen Lagune ... Die sind doch zusammen, weil sie miteinander stärker und glücklicher sind als ohne einander.“

„Das ist Hollywood, nicht das Leben!“

„Woher weißt du, dass es im wirklichen Leben nicht ähnlich läuft, wenn du's nie versuchst? Ich erzähle dir mal etwas aus dem richtigen Leben: Tiere kommen dauernd zusammen und paaren sich, um den Arterhalt zu sichern. Zumeist erfolgt ein bloßer Deckakt. Aber hast du mal gesehen, was geschieht, wenn das männliche Tier beim Weibchen bleibt und die beiden gemeinsam die Jungen aufziehen? Das geht dir unter die Haut, weil es so verdammt schön ist!“

„Und selten.“

„Genau deswegen ist es umso wertvoller!“

„Du vergisst dabei, dass ich Caretta heiße. Ich bin nach der Meeresschildkröte benannt, nach einem ausgesprochen einzelgängerischen Lebewesen also.“

Diesem Argument hatte er offenbar nichts entgegenzusetzen. Die Stirn gerunzelt, griff er nach seinen Sachen, stand auf und streifte seine Shorts über. Cara hörte, wie er den Reißverschluss hochzog.“

„Wo willst du hin?“

„Ich lege mich schlafen. Unter den Sternen.“ Er schlüpfte in seine Sandalen und entfernte sich von ihr.

„Nun lauf doch nicht weg!“ Als er weitermarschierte, rief sie ihm nach: „Wieso musst du immer so sein?“

Er blieb stehen und drehte sich zornig um. „Wie denn?“

„So stur!“

„Cara, vergib mir meine Unbeholfenheit. Aber du bist bislang die erste und einzige Frau, der ich einen Heiratsantrag gemacht habe, und du hast mir gerade einen Korb gegeben. Deshalb möchte ich gern allein sein, falls du nichts dagegen hast.“ Seine Augen verengten sich. „Du behauptest doch, dass wir so gut sind im Alleinsein, oder?“

„Warte! Falls ich Ja sagen würde – und ich betone: falls –, würdest du dann mit mir nach Chicago ziehen?“

„Nach Chicago? Wozu denn das?“

„Weil dort mein Arbeitsplatz ist!“

„Und ich habe einen Betrieb hier.“

„Aha. Na gut. Dann lautet die Antwort Nein.“

„Cara ...“

„Warum darfst du einfach ablehnen, mir zu folgen, ich aber nicht?“ Sie merkte, wie er nach Worten rang, und fügte hinzu: „Wieso können wir nicht einfach so weitermachen, wie es bisher war?“

„Weil ich das nicht kann.“

Sie hätte vor Frust laut aufschreien mögen. „Das heißt also, entweder passiert das, was du willst, oder wir lassen es ganz.“

Er schaute sie so traurig und niedergeschlagen an – sie hätte losheulen können.

„Mehr als mein Angebot kann man von einem Mann nicht verlangen. Und deine Antwort kenne ich jetzt. Wir beenden die Unterhaltung also besser. Gute Nacht, Caretta.“

„Brett ...“

Sie blickte ihm nach, bis er in der Dunkelheit verschwand. Es stimmte. Mehr gab es nicht zu sagen. Der Sand unter ihren Füßen fühlte sich hart und klumpig an, die Nachtluft, ringsum erfüllt von Leben und Geräuschen, war nicht mehr seidig mild, sondern kühl. Irgendwo aus den Dünen erklang das scharfe Knacken von brechenden

Zweigen, das Scharren und Huschen von Jägern und Gejagten, das Summen und Zirpen der Insekten. Vom Meer her tönte in mächtigem, schwellendem Auf und Ab das rhythmische Tosen der Brandung.

Langsam richtete sich Cara auf, schüttelte das Handtuch aus, stopfte ihre Sachen in den mitgebrachten Beutel und schlüpfte in ihre Sandalen. Der Tag war lang gewesen, zu viel war geschehen. Zum Umfallen müde, machte sie sich auf den kurzen Heimweg, auch wenn sie plötzlich das Gefühl hatte, die Beine würden ihr den Dienst versagen. An Schlaf war dennoch wohl nicht zu denken. Auf Cara wartete die längste Nacht ihres Lebens. Sie wusste es.

Mit den nordatlantischen Meeresströmungen treiben die jungen Schildkröten zu den Inseln vor der westafrikanischen Küste. Zehn oder mehr Jahre bleiben die etwa esstellergroßen Tiere in diesen Gefilden. Werden sie danach erneut in den Gewässern entlang der Ostküste Nordamerikas gesichtet, haben die mittlerweile herangewachsenen Loggerheads erheblich an Gewicht und Körpergröße zugelegt.

22. *KAPITEL*

Der Hurrikan erhielt den Namen „Brendan".

In seiner für Wirbelstürme typischen Unberechenbarkeit wechselte Brendan fast täglich den Kurs, ließ einen Tag nach, erhöhte dafür am nächsten den Kerndruck und sorgte so dafür, dass die Meteorologen sich die Haare rauften. Allgemein zerrte er an den Nerven aller Bewohner der östlichen Küstenregionen. Noch herrschte auf der Isle of Palms klares Wetter, doch eine bislang unbekannte Spannung lag in der Luft. Cara stand stundenlang nach Tischlerplatten, Nägeln, Batterien, Mineralwasser sowie anderen Materialen und Vorräten für den Notfall an. Sicher ist sicher, lautete die Devise. Fahrzeuge mit Kennzeichen von North Caroline, Ohio, New Jersey, Illinois und anderen Bundesstaaten krochen dicht an dicht über die Verbindungsbrücke hinüber zum Festland.

„Zumindest ist er bislang nur in Kategorie eins eingestuft", schnaufte Emmi, die gerade zusammen mit Cara eine dicke Tischlerplatte zur vorderen Veranda von Lovies Haus schleppte.

„Selbst in der untersten Kategorie bedeutet das eine Windgeschwindigkeit von hundertzwanzig Stundenkilometern", antwortete Cara, die sich mit dem anderen Ende der Platte abmühte. Die raue Kante grub sich schmerzhaft in die Handflächen. „Wenn der Hurrikan gleichzeitig mit der Flut kommt, dann kriegen wir hier Hochwasser."

„Was sagt denn der letzte Wetterbericht? Im Baumarkt hieß es, der Sturm zieht raus aufs Meer."

„Mama und Toy sitzen vorm Radio und passen auf, was es Neues gibt."

Sie setzten die schwere Holzplatte ab und legten eine Verschnaufpause ein.

„Gott sei Dank ist die hier die letzte", sagte Cara und dehnte ihre Arme.

„Und die Seitenfenster?"

„Bei denen schließen wir nur die Fensterläden, und zwar erst im allerletzten Moment. Sonst ist es im Haus wie in einem Sarg." Der makabre Vergleich ließ Cara erschauern. Zum hundertsten Mal an diesem Tag blickte sie aufs Meer hinaus. Dort draußen schien alles täuschend ruhig zu sein, doch ein schmutziges Grau erstreckte sich am Horizont. Ganz gleich, wie die Wetterwarnungen ausfielen: Cara spürte den heraufziehenden Sturm in allen Nervenfasern. Es lag nicht an konkreten Dingen, nicht an der Temperatur, nicht am Wind oder der Schwüle. Es war vielmehr ein Gefühl, das ihr schwer auf die Brust drückte, das sich nicht abschütteln ließ und ihr das Atmen erschwerte. Und es irritierte sie, dass die Vögel verstummt waren. Selbst die Insekten summten nicht mehr. Eine unheimliche Stille hatte sich über die Insel gelegt.

Sie schüttelte ihre Müdigkeit ab und konzentrierte sich auf die unmittelbaren Aufgaben. Trödeln kam nicht in Frage, dazu war zu viel zu tun. „Auf, auf, wieder ans Werk!" verkündete sie und hob wieder ihr Ende der Tischlerplatte an.

„Warum machen wir das alles eigentlich?" beschwerte sich Emmi, wobei sie eine lange weiße Hautabschürfung am Arm begutachtete. „Wenn der Hurrikan vorbeizieht, müssen wir doch alles wieder abreißen!"

„Betrachte es als Versicherung. Falls wir auf diese Weise den Wettergöttern ein Schnippchen schlagen können, dann hat es sich gelohnt. Also, in die Hände gespuckt! Eine noch! Heb an bei drei! Eins ... zwei ... drei!" Unter Aufbietung aller Kräfte wuchteten sie die Platte hoch, sodass sie das vordere Fenster bedeckte, und während Emmi festhielt, befestigte Cara die Schutzplatte schnell mit Hammer und Nägeln und ließ sich, als der Fensterschutz saß, kraftlos dagegen sinken. „So, fertig! Das war die Letzte! Feierabend!"

Cara warf das Werkzeug auf die Erde. Nach wie vor konnte man allerdings aus der gesamten Nachbarschaft wildes Gehämmer hören. Zwar besaßen viele Hauseigentümer inzwischen hurrikanfeste Fensterläden, doch die Unverbesserlichen vertrauten nach wie vor auf Tischlerplatten und Panzerklebeband, um die Fenster zu sichern und so dem Sturm zu trotzen.

„Sieht dir ähnlich, ausgerechnet in dieser Zeit mit Brett Schluss zu machen!“ Emmi stand vornüber gebeugt, die Hände auf die Knie gestützt, und schnappte nach Luft. „Seine Muskeln könnten wir jetzt gut gebrauchen.“

„Er hat telefonisch seine Hilfe angeboten.“

„Und du lässt ihn schnöde abblitzen? Schon wieder? Mensch, Mädchen, du hast wirklich ’ne Schraube locker!“

„Ich war’s nicht. Mama hat mit ihm gesprochen.“

„Aha! Verstehe!“

„Wäre doch eine Zumutung gewesen, ihn um Hilfe zu bitten, nachdem ich eben erst seinen Heiratsantrag abgelehnt habe! Das ging doch nun wirklich nicht.“

„Nee, allerdings nicht.“

„Außerdem hat er genug am Hals. Für ihn heißt es Luken dicht, Boote raus in ruhigere Gewässer. Der ist längst weg!“

Noch während sie sprach, erkannte sie die Doppeldeutigkeit ihrer Aussage und warf Emmi einen raschen Blick zu. Der Miene nach zu urteilen, war der Freundin diese Tatsache auch aufgefallen.

Cara holte den Eistee von der Veranda, um ihren Durst zu löschen, aber auch um ihre Verlegenheit zu überspielen. Toy hatte Trinkgläser, Eiswürfel und sogar frische kleine Minzezweige bereitgestellt. Das Mädchen, so schien es, entwickelte sich allmählich zu einer Art Lovie in Kleinformat.

Cara füllte den Eistee in die Gläser und hockte sich dann neben Emmi auf die Treppenstufen und reichte ihrer Freundin das Getränk.

„Danke!“ Emmi nahm einen gehörigen Schluck und musterte Cara eingehend. „Und wie fühlst du dich jetzt?“

„Eigentlich ganz gut. Alle Fenster verbarrikadiert, Notrationen und Krankenunterlagen verpackt. Und Mama verstaut alle Fotos und wichtigen Dokumente in einem Plastikbehälter, damit wir alles im Notfall mitnehmen können.“

„Ich rede nicht vom Wirbelsturm, du kleines Dummchen, sondern von der Sache mit Brett!“

„Ach so!“ Stirnrunzelnd stützte Cara die Ellbogen auf die Knie. „Na, es gibt keine Sache mit Brett mehr, oder?“

„Du hast sie nicht alle! Dass ihr zwei ganz wild aufeinander seid, das sieht doch jeder!“

Cara blickte in ihren Tee und stupste mit dem kleinen Finger die Eiswürfel an.

„Gott im Himmel! Deine Mama hat doch sicher ’nen Anfall gekriegt, als sie hörte, dass du ihn abgelehnt hast! Einen Heiratsantrag!“

„Komisch. Ich rechnete schon mit ’ner Gardinenpredigt über die Schrecken des Daseins als alte Jungfer, doch sie hat keinen Ton gesagt. Keinen Piep.“

„Echt?“

Cara dachte kurz nach und meinte dann: „Wäre das nicht ein seltener Glücksfall, wenn ich mit meiner Mutter so kurz vor ihrem Tode mal einer Meinung wäre?“

Sie schauten sich lächelnd an.

„Lieber vor ihrem Tod als gar nicht“, antwortete Emmi aus tiefster Seele. „Mäuschen, wieso tust du dir das an? Du schlägst dein Glück für immer in den Wind.“

„Kannst du mir mal verraten, warum alle Welt davon ausgeht, eine Frau könne nur ganz in Weiß mit einem Blumenstrauß glücklich werden? Dass ich nicht heiraten will, ist eher eine gefühlsmäßige Entscheidung. Mag sein, dass ich Bammel davor habe, alles Vertraute aufzugeben. Womöglich wäre ich etwas weniger konsequent, wenn ich Brett mit dreißig statt mit vierzig über den Weg gelaufen wäre. Vielleicht hätte ich mich da nicht so gegen eine Veränderung gewehrt. Jetzt ist der Zug wohl abgefahren.“

„Ja, Menschenskind, wir sind doch aber keine Dinosaurier! Mit vierzig ist man doch noch jung! Es passiert sogar häufig, dass Vierzigjährige zum ersten Mal schwanger werden!“

„Fang um Gottes willen nicht vom Kinderkriegen an! Das fehlte mir heute gerade noch!“

„Du willst keine Kinder? Absolut nicht?“

„Komisch, aber vor diesem Sommer habe ich mich nie mit dem Thema auseinander gesetzt. Doch jetzt bin ich zu einer Entscheidung gelangt: Nein, ich glaube nicht. Versteh mich nicht falsch, ich mag Kinder. Ich habe Linnea und Cooper zum Fressen gern. Aber selbst welche zu bekommen, den Drang verspüre ich einfach nicht."

„Tatsächlich?" Emmi überlegte kurz. „Na ja, aber dass du keine Kinder möchtest, das spricht ja nicht per se gegen eine Heirat!"

„Brett scheint sich aber wohl nach Nachwuchs zu sehnen."

„Hast du schon mal mit ihm darüber gesprochen?"

„Nein."

„Na, also!" verkündete Emmi.

„Warum soll ich darüber mit ihm reden, wenn ich nicht mal Heiratsgelüste verspüre? Im Übrigen geht's in erster Linie nicht um Sprösslinge, sondern um meinen Beruf, um mein Heim in Chicago, um mein gewohntes Leben."

„Die Antwort kommt ja wie aus der Pistole geschossen!"

„Ich tauge eben nicht zur Ehefrau."

„Was hast du eigentlich gegen die Ehe? Deine Eltern waren doch viele Jahre verheiratet!"

Cara schloss kurz die Augen. Sie und Emmi waren sich während der vergangenen Wochen näher gekommen, und Emmi hatte bezüglich ihrer Ehekrise kein Blatt vor den Mund genommen. Sie waren schließlich keine albernen, knutschenden Teenager mehr, sondern erwachsene Frauen mit entsprechenden Problemen. Cara sah deswegen keinen Sinn mehr darin, der Freundin ihre Familiengeschichte noch länger zu verheimlichen.

„Ich raube dir nur ungern deine Illusionen, doch gerade die Ehe meiner Eltern ist einer der Gründe für meine Abneigung gegenüber der Institution an sich."

„Wie meinst du das? Die waren doch das glücklichste Paar weit und breit!"

„Eine Farce, sonst nichts. Alles nur Show. Sie haben sich das Leben zur Hölle gemacht."

Emmi war geschockt. „Ach, geh weg! Ehrlich?“ Den Mund weit offen vor Verblüffung, starrte sie Cara an, die nur nickte. „Und das sagst du mir erst jetzt?“

„Ach, wie oft ich dir das schon anvertrauen wollte! Aber Familienloyalität bei uns, das hieß: kein Sterbenswörtchen über Interna nach draußen.“ Sie nippte an ihrem Tee, unschlüssig, wie weit sie bei dieser Beichte gehen sollte. „Ob sie von Anfang an eine unglückliche Ehe führten, weiß ich nicht. Ich kann mich nicht erinnern, dass sie sich je gefetzt hätten, als ich ein kleines Mädchen war. Damals wirkten sie wie ein Herz und eine Seele. Doch dann, etwa zu dem Zeitpunkt, als wir zwei uns anfreundeten und ganze Sommer hier im Strandhaus verbrachten, begann es. Daddy ließ sich nur noch selten blicken. Er beachtete Mama nicht mehr, hörte ihr nicht mehr zu, verhielt sich ihr gegenüber aggressiv und behandelte sie herablassend. Und das steigerte sich nach und nach bis hin zur Gewalt.“

„Nein! Das glaube ich nicht! Nicht deine Eltern!“

Cara sprach die Dinge zum ersten Mal laut aus, musste sie einfach loswerden, sich jemandem anvertrauen, bevor es sie innerlich zerriss. „Damit meine ich nicht direkte Handgreiflichkeiten. Es war heimtückischer – so eine Art seelische Folter. Dauernd gab er ihr das Gefühl, dumm zu sein, insbesondere in Geldangelegenheiten. Er vertrat die Einstellung: Männer haben das Sagen, Frauen sind zum Dienen da. Unfassbar, was? Erlaubte sie sich mal eine eigene Meinung, machte er sich über sie lustig. Oder er rastete aus, wenn sie mal was äußerte, was ihm nicht passte. Schließlich traute sie sich kaum noch, etwas zu sagen.“

„Dabei ist sie doch so lebhaft und aufgeschlossen!“

„Nur hier im Strandhaus. Du hast sie nie in Gegenwart meines Vaters erlebt. Da war sie ein ganz anderer Mensch. Damals ist es mir nicht aufgefallen, aber irgendwann hat er über ihr Geld und ihre Immobilien bestimmt, und zwar mit der Begründung, Geschäftliches sei Männersache. Und dann zeigte er sich ihr gegenüber ausgesprochen knauserig! Speiste sie mit Almosen ab, zwang sie dazu, ihn um mehr

Haushaltsgeld zu bitten, schaute ihr permanent auf die Finger. Nach und nach ging er sogar zu ganz merkwürdigen Sachen über, kontrollierte die Tankuhr im Auto oder sah nach, wie viele Kilometer Mama mit dem Wagen gefahren war."

„Na ja", unterbrach Emmi, „aber genau das lässt man sich einfallen, wenn man den Verdacht hat, dass der Ehepartner oder die Ehepartnerin fremdgeht. Ich weiß, wovon ich rede."

„Mama und eine Affäre? Mal ganz abgesehen davon, dass ich den Gedanken absurd finde – wie hätte sie ein Verhältnis beginnen sollen? Sie verließ doch nie das Haus, es sei denn, sie besuchte irgendwelche karitativen Veranstaltungen oder ließ sich zu gesellschaftlichen Anlässen blicken, und dann auch nur mit Daddys Zustimmung. Keinem Mensch wäre es je in den Sinn gekommen, Olivia Rutledge sei isoliert! Dauernd fanden irgendwelche Partys oder Zusammenkünfte bei uns zu Hause statt, und außerdem hatte Mama zahlreiche Funktionen inne. Doch das gestattete Daddy nur, weil es für ihn nützlich war. Richtige Freunde besaß sie nicht, außer Flo. Nicht mal zu ihrer Tochter hatte sie ein gutes Verhältnis." Cara schwieg plötzlich und machte ein erschrecktes Gesicht. „Mein Gott, mir fällt gerade auf, wie ähnlich Mama und ich uns sind! Ich habe oben in Chicago auch keine Freunde. Als hätte ich mich absichtlich isoliert und mich in meine Arbeit vergraben."

„Warum verhältst du dich so?"

„Keine Ahnung. Ein Psychoanalytiker hätte bestimmt seine helle Freude an mir!"

Emmi schien das Ganze noch nicht recht begriffen zu haben. „Aber wieso hat sie sich das gefallen lassen? Sicherlich, sie ist eine nette Frau, deine Mama, aber für wehrlos habe ich sie nicht gehalten!"

„Das ist die große Frage. Es wäre ihr vermutlich schwer gefallen, sich zur Wehr zu setzen. Mit zunehmendem Alter wurde Daddy richtig gemein und unverhüllt aggressiv, besonders unter Alkoholeinfluss. Dann kriegten wir Kinder oben mit, wie er Mama unten anbrüllte und ihr die übelsten Gemeinheiten an den Kopf warf. Und ganz nebenbei, als wär's aus Versehen geschehen, machte er irgendetwas, an dem sie hing, kaputt, nichts allzu Kostbares zwar, sondern eher etwas wie eine chinesische Porzellanvase oder eine Teetasse. Immer irgendetwas, das von Mamas Familie stammte. Die ganzen Jahre habe ich vermutet, dass sie es hinnahm, weil sie ihn liebte. Und jetzt hat sie mir eröffnet, dass sie ihn die ganze Zeit hasste!"

„Das glaube ich nicht!" rief Emmi.

„Doch, wirklich!"

„Du wirst es kaum fassen, aber immer, wenn's zwischen mir und Tom richtig krachte, habe ich mir deine Eltern zum Vorbild genommen. Die führten in meinen Augen die absolute Musterehe. Da sieht man's mal wieder, man weiß nie, was sich hinter geschlossenen Türen abspielt. Jetzt kommen mir meine Probleme mit Tom vergleichsweise nichtig vor."

„Ein Seitensprung lässt sich wohl kaum als nichtiges Problem bezeichnen. Rede mit ihm, bevor ihr nichts mehr habt, was euch noch verbindet."

„Das musst ausgerechnet du sagen! Du gibst doch Brett auch einfach auf! Nur weil ihre beide zu dickköpfig seid, zum Telefon zu greifen!"

„Das ist ganz und gar nicht dasselbe! Im Gegensatz zu euch sind wir keine Verpflichtung eingegangen."

„Verpflichtung? Der Kerl geht fremd! Was soll das für 'ne Verpflichtung sein?"

„Ihr seid verheiratet. Ihr habt euch Treue gelobt. Ihr habt gemeinsame Kinder. Der Bund fürs Leben!"

Emmi betrachtete ihre Hände und nestelte an ihrem Ehering herum.

„Vielleicht gefällt mir deshalb das Single-Dasein so gut", mutmaßte Cara. „Keine Zwänge. Ich bin ungebunden und kann gehen, wann es mir passt." Sie verstummte und schaute auf, als sei ihr gerade etwas eingefallen. „Mist", murmelte sie.

„Lass mich raten", sagte Emmi. „Du hast deshalb mit Heirat

nichts am Hut, weil du nicht in den gleichen Schlamassel wie deine Mutter geraten willst! Stimmt's?"

Caras schwieg betreten.

„Mein Schatz, wenn es zwei Menschen gibt, die unbedingt miteinander reden müssen, dann dich und Lovie! Ihr habt einiges aufzuarbeiten. Und ich an eurer Stelle würde mich beeilen!"

Die Schwüle wurde immer unerträglicher; die Fliegen verhielten sich immer aggressiver. Cara verscheuchte ein besonders hartnäckiges Insekt. „Ich will sie nicht aufregen. Jedenfalls nicht jetzt."

„Es geht hier nicht darum, ob du deine Mutter aufregst. Zur Abwechslung solltest du mal an dich selbst denken."

„Gerade unter diesen Umständen möchte ich nicht egoistisch erscheinen."

„Das hat mit Egoismus nichts zu tun. Immer hast du dich nur dem Beruf gewidmet, und nun kümmerst du dich um deine Mutter. Wann endlich nimmst du dir mal eine Minute Zeit und überlegst, was für dich selbst am besten ist. In deinem Leben läuft etwas schief, und das solltest du jetzt wieder geradebiegen. Du musst mit deiner Mutter sprechen, um eurer beider willen. Und sobald du mit ihr geredet hast, ist Brett dran!"

Cara fuhr sich mit den Fingern durchs feuchte Haar und atmete ein paarmal tief durch. „Ich kriege keine Luft. Bestimmt deshalb, weil der Sturm näher kommt!"

„Nein, du hast Angst. Hab ich alles schon erlebt."

„Ach, Emmi!" erwiderte Cara und lehnte sich an die breite Schulter ihrer Freundin. „Was würde ich bloß ohne dich anfangen?"

Emmi seufzte. „Ich muss zugeben, ich wüsste auch nicht, wie ich ohne dich diesen Sommer überstanden hätte. Unsere Nachtwachen an den Nestern, die Gespräche über das Theater mit Tom – all das hat mir sehr geholfen. Mit anderen konnte ich mich ja nicht darüber unterhalten. So ein Geheimnis mit sich herumzuschleppen und es mit niemandem teilen zu können kann einen ziemlich isolieren."

Sie wechselten einen Blick und lächelten einander an.

„Du bist für mich wie eine Schwester“, stellte Emmi fest.

„Mir geht es mit dir genauso“, lachte Cara.

Sie setzte ihr Glas ab, stand auf und begab sich zum äußersten Ende der Veranda. „Der Sturm soll nur kommen!“ schrie sie in Richtung Ozean. „Wir stehen das gemeinsam durch!“ Lachend wandte sie sich zu ihrer Freundin um.

Emmi saß da und machte ein merkwürdiges Gesicht, halb Grimasse, halb Lächeln. Cara schwante nichts Gutes.

„Ich wollte es dir schon die ganze Zeit verklickern“, begann Emmi. „Ich habe mich entschlossen, meine Zelte hier abzubrechen und mich unverzüglich auf den Heimweg zu machen. Zurück nach Atlanta, bevor der Sturm losbricht.“

Cara war, als hätte sie gerade ein Hurrikan der Kategorie vier umgeworfen. „Du reist ab? Schluss für diese Saison? Aber ich dachte, du wolltest bis nach Erntedank bleiben!“

„Gestern Abend rief Tom an. Sein Projekt in Peru ist vorzeitig abgeschlossen. Er kommt in zwei Wochen heim. Er klang auch tatsächlich so, als freue er sich darauf und könne es kaum erwarten, mich wiederzusehen.“ Sie schüttelte den Kopf und stieß ein verlegenes Lachen aus. „Ich war so durcheinander wie ein Schulmädchen.“

Cara starrte sie sprachlos an.

„Ach, nun guck mich nicht so an, Mensch“, jammerte Emmi. „Ich weiß, ich nehme mir immer wortreich vor, ihn zu verlassen. In Wirklichkeit schaffe ich es nie. Jetzt sind wir zwanzig Jahre zusammen, und die meisten davon waren gar nicht so übel.“

„Und dass er hin und wieder nach anderen schielt, was ist damit?“

Emmi wich Caras forschendem Blick aus.

„Du kannst schließlich nicht immer die Augen davor verschließen.“

„Nee, echt nicht“, gab sie ernüchtert zu. „Du hast mir beigebracht, dass ich nicht den Kopf in den Sand stecken darf. Also: kein Versteckspiel mehr. Ich werde ein ernstes Wörtchen mit ihm reden, sobald er wieder da ist.“

„Wirklich?“

Emmi verzog das Gesicht. „Versteh doch, Cara! Tom ist nicht ein bloßer Sommerflirt für mich. Ihn gibt es das ganze Jahr, jedes Jahr, immer und ewig. Er ist mein Mann. Wir haben uns Treue gelobt, wie du schon so richtig sagtest. Ich liebe ihn zu sehr, als dass ich ihn ziehen lassen könnte. Und nachdem ich den ganzen Sommer allein war, will ich lieber mit ihm als ohne ihn leiden. Ich bin anders als du. Selbst als wir Kinder waren, musste ich mich immer sehr anstrengen, um mit dir Schritt halten zu können. Du verfügst über mehr innere Stärke als ich. Ich tauge nicht zum Alleinsein.“

Cara war fassungslos. Alle verlassen mich, dachte sie, folgen ihrem Mann, ihrem Beruf, sterben oder müssen sich um ihr Baby kümmern. „Du wirst mir fehlen“, verkündete sie traurig.

Emmi nickte betreten. Cara vermutete, dass sie ein schlechtes Gewissen hatte, weil sie die Freundin aus Kindertagen im Angesicht des drohenden Sturms allein ließ. Als Emmi sie in ihre warmen, mütterlich-schwesterlichen Arme schloss, wollte Cara sie am liebsten gar nicht mehr loslassen.

„Erntedank komme ich wieder“, flüsterte Emmi ihr ins Ohr. „Versprochen! Dass du dann aber hier bist! Dinner bei mir! Punkt drei Uhr. Keine Ausreden!“

„Ich werde da sein“, wisperte Cara zurück.

Dann löste sie sich aus Emmis Armen, wischte sich über die Augen und blickte zum Horizont. Wolken waren aufgezogen. Die beiden Freundinnen guckten sich schweigend an und seufzten. Sie wussten, was diese Wetterlage bedeutete.

Am selben Abend stand Toy auf der Veranda und schaute, wie landauf, landab fast jedermann an der Küste, aufs Meer hinaus. Eine Sturmfront zog vor der untergehenden Sonne auf. Schemenhaft schoben sich bläulich-dunkle Gewitterwolken dräuend über die weite Wasserfläche und überlagerten die dünnen, im Abendschein flammend orangerot leuchtenden Wolkenschichten. Das Licht fiel fächerförmig vom Himmel wie Finger, die nach der Insel griffen. Toy erschauerte.

Sie atmete mehrmals tief durch und massierte sich in kreisenden Bewegungen den Bauch. Schneller als ein Wirbelsturm schwirrten ihr die Gedanken durch den Kopf. Ihr blieb keine Zeit mehr; sie musste sich entscheiden. Jetzt, an diesem Abend noch. Darryl hatte in heller Aufregung angerufen und am Telefon herumkrakeelt, dass die Mutter aller Wirbelstürme sich direkt auf Charleston zubewege und dass die Jungs aus der Band beschlossen hätten, sich schleunigst aus dem Staub zu machen, ehe der Sturm losbrach.

„Die kümmern sich nur um sich, die Arschlöcher! Aber so bin ich nicht! Du bist mir nicht egal, und ich werde den Teufel tun und dich auch nur noch eine Minute länger da draußen sitzen lassen! Verstanden? Nichts wie runter mit dir von dieser Scheiß-Insel! Da kommt ein mordsmäßiger Taifun angewirbelt! Also, pack deine Sachen! Ich komme rüber und hole dich ab, und dann wollen wir doch mal sehen, ob wir uns von 'ner alten Dame aufhalten lassen!"

Toy versuchte, tief und ruhig Luft zu holen, weil ihr schon wieder so ein Zucken vom Brustbein direkt bis in die Gebärmutter fuhr. Wie ein nasser Mantel legte sich die feuchtheiße Luft über sie; die drückende Schwüle war mit Händen zu greifen. Eigentlich sollte das Baby erst in zwei Tagen kommen, doch der Sturm schien es ihr jetzt schon aus dem Leib pressen zu wollen. Ihr war, als hätte sie eine Bowlingkugel verschluckt. Vielleicht waren's aber auch nur die Nerven. Mein Gott! Und wenn sie das Baby im Auto zur Welt brachte?

Sie spürte, wie ihr zum x-ten Mal seit Darryls Anruf die Tränen in die Augen stiegen. Sie musste mitfahren. Außer Darryl hatte sie doch keinen Menschen! Er war der Vater ihres Kindes, und sie musste ihm doch noch eine Chance geben, das war das Mindeste! Auch wenn sie ihn nicht mehr liebte. Sie wollte es trotzdem noch einmal mit ihm versuchen. Außerdem blieb ihr ohnehin nichts anderes übrig.

Drüben an der Wand, wo die Fenster verbarrikadiert waren, drang Licht durch die schmalen Schlitze zwischen Fensterrahmen und der dicken Platte vor Miss Lovies Fenster. Toy trat dicht heran und legte das Ohr an das Holz. Anscheinend verfolgten Miss Lovie und Cara den Wetterbericht im Fernsehen. In einem fort faselte der Wetterfrosch über den Wirbelsturm, wie schon den ganzen Tag über. Brendan war mittlerweile auf Kategorie zwei hochgestuft worden und verwüstete momentan die Bahamas. Der Moderator sprach hektisch; allein schon vom Zuhören wurde Toy ganz nervös. Aber sie begann sich erst zu fürchten, als Cara Miss Lovie aufgeregt mitteilte: „Wirbelsturmwarnung für den ganzen Bezirk Charleston! Augenblick! Verdammt! Man erwägt eine Zwangsräumung der Inseln!“

„Nur keine Panik! Wir haben noch reichlich Zeit“, vernahm Toy Miss Lovies Stimme. Sie klang relativ gelassen.

„Am besten reisen wir gleich morgen früh ab“, meinte Cara. Toy trat vom Fenster zurück. Deshalb war Darryl also derart daneben! Schützend legte sie die Hände über ihr ungeborenes Kind. Sie hatte schreckliche Angst – um sich, um ihr Kleines, um Miss Lovie und Cara. Wie gern wäre sie ins Haus gegangen, hätte sich zu Miss Lovie ans Bett gesetzt und von ihr gehört, dass sie alle gemeinsam aufbrechen würden, dass alles gut verlaufen werde!

Doch Gespräche, die gab es nun nicht mehr. Kein Tratsch beim Frühstückskaffee, kein abendliches Albern auf der Veranda, keine Miss Lovie, die nachsichtig Grammatikfehler berichtigte, keine Cara, die bei den Hausaufgaben half. Beide hatten so eine nette Art gehabt, ihr etwas beizubringen; sie war sich nie dumm vorgekommen, sondern hatte sich immer wohl dabei gefühlt. Toy legte die Hand gegen die Holzwand und schmiegte die Wange ans Holz.

„Adieu, Miss Lovie“, flüsterte sie. „Lebewohl, Caretta Caretta.“

Sie hätte sich schrecklich gern persönlich verabschiedet, wie es in richtigen Familien üblich ist. Doch das ging natürlich nicht. Eine richtige Familie waren sie ja nicht. Die beiden hätten auch nicht verstanden, dass sie Darryl begleiten und eine eigene Familie gründen musste.

Still nahm Toy ihren Koffer, stieg langsam, eine Hand am Geländer, die Stufen hinunter und ging weiter zum Straßenrand, wo sie ihr

Gepäck absetzte und wartete. Der Wind wurde ständig stärker. Die Blätter der Palmen raschelten heftig; man konnte den Regen, der vom Ozean heranzog, förmlich riechen. Bedrohlich laut dröhnte die Brandung. Nervös trat Toy von einem Bein aufs andere; ihre Blase machte sich schon wieder bemerkbar. Doch da bohrte sich Scheinwerferlicht durch das trübe Grau. Darryls alter Ford Mustang! Sie winkte. Der Wagen bremste ab und kam neben ihr zum Stehen. Darryl steckte den Kopf durchs Seitenfenster.

„Los, rein! Und dann nichts wie weg!“ Hektisch betrachtete er die tosende See. „Heiliger Bimbam! Da wälzt sich ein gewaltiges Monster heran, da draußen!“ Er zog aufgeregt an der Zigarette und blinzelte mit zusammengekniffenen Augen durch den Qualm. „Lauert dort wie ’n knurrender Köter! Los, Babe, dalli! Mach hin!“

Nur mit Mühe bekam Toy die rostige Tür auf. Sie hievte mühsam den Koffer hoch, wuchtete ihn auf den Rücksitz und knallte die Tür zu, die dabei dermaßen knirschte, dass es einem durch Mark und Bein ging. Voller Furcht, jemand könne das Geräusch gehört haben, kletterte sie unbeholfen auf den Beifahrersitz.

Darryl sah sie nur kurz an. „Mensch, was bist du rund!“

Toy sagte kein Wort, bat ihn auch nicht, die Zigarette auszumachen, obwohl ihr bei dem Qualm immer ganz flau wurde. Stumm schaute sie durchs Seitenfenster und warf einen letzten Blick auf das kleine gelbe Strandhaus auf der Düne. Drinnen hatte sie die Küche blitzblank gewienert und auch den Fußboden geschrubbt. Das Geschirr, das sie so gern benutzt hatte, war sicher verpackt in den Schränken verstaut, zusammen mit Miss Lovies Lieblingsvasen. Und auf ihrem säuberlich gemachten Bett hatte Toy einen Brief für Miss Lovie und Cara hinterlassen.

Beim Losfahren kam ihr die Endgültigkeit ihrer Entscheidung erst richtig zu Bewusstsein. Das Haus am Meer, in dem sie eine so glückliche Zeit verbacht hatte, blieb vernagelt und verbarrikadiert zurück, für sie für immer verschlossen.

Wenn die Jungtiere die Brutgrube verlassen, sind sie zirka fünf Zentimeter lang. Ausgewachsene Meeresschildkröten bringen es auf 110 bis 1180 Kilogramm Lebendgewicht und erreichen eine Panzerlänge von über 90 Zentimetern. Bis zur völligen Geschlechts- und Fortpflanzungsreife benötigen sie 20 bis 30 Jahre. Niemand weiß allerdings genau, wie alt Karettschildkröten werden. Man schätzt, dass es ungefähr 100 Jahre sein dürften.

23. KAPITEL

Wirbelsturm Brendan bewegte sich geradewegs auf die Isle of Palms zu und gewann stetig an Druck und Geschwindigkeit. Die halbe Nacht wälzte sich Cara schlaflos im Bett herum, halb gelähmt vor Angst nach einem vor dem Wetterkanal verbrachten Fernsehabend, und wachte, nachdem sie kurz eingeschlafen war, wie gerädert auf. Ein schrilles Heulen ertönte von irgendwoher. Cara tastete nach ihrem Wecker und erschrak: Schon fast neun Uhr! Wie konnte ich nur so lange schlafen, fragte sie sich und schwang sich aus dem Bett. Wieso war es so dunkel? Stromausfall etwa? Dann fielen ihr die verbarrikadierten Fenster ein.

Erstmals in diesem Sommer war sie nicht vom Frühkonzert der Vögel geweckt worden. Sie streifte Jeans und T-Shirt über, wobei sie sich durchaus bewusst war, dass sie in dieser Kleidung wahrscheinlich die Insel verlassen musste, eine erschreckende Erkenntnis, die ihrer Tatkraft nicht eben förderlich war. Statt für Sandalen entschied sie sich für Socken und Tennisschuhe und legte auch einen Pullover aufs Bett, gleich neben ihre Handtasche.

Es herrschte eine unheilvolle Stimmung, und ein muffiger, abgestandener Geruch erfüllte das trübe erleuchtete Haus. Als Cara die Tür zur Veranda aufschloss und sie weit aufschwingen ließ, fegte ihr eine Windböe zahlreiche Regentropfen ins Gesicht. Sie schnappte nach Luft und stellte bestürzt fest, dass sich das Wetter komplett geändert hatte. Der Himmel war kein bisschen blau mehr, sondern schwefelgelb. Über dem Ozean türmten sich schwere, bleigraue Wolken. Die See peitschte hoch. In diesem Moment ließ Cara alle Hoffnung, sie könnten noch der Gewalt dieses Hurrikans entkommen, endgültig fahren. Sie hätte es sich denken können, denn der Wirbelsturm trug einen Männernamen. Brendan schickte sich offenbar an, genauso ein Berserker zu werden wie seine Vorgänger Hugo and Andrew.

Alles war in Bewegung. Die Rosenstöcke wurden fast von ihren Rankgittern gerissen; rote Blütenblätter stoben durch die Luft. Weiter hinten bogen sich die neuen, gerade gepflanzten Palmen im Wind. Die

Luft brodelte in einer absonderlichen Mischung aus warm und kalt, schwül und eisig. Anders als im Mittleren Westen, wo ein Tornado ohne Vorwarnung vom Himmel herunterwirbelt, kündigt sich ein Hurrikan mit vielerlei Vorzeichen an, und dann heißt es: die Beine in die Hand nehmen, und nichts wie weg!

„Mama! Toy!“ rief sie laut. „Aufwachen! Wir müssen los!“

„Ich bin schon wach!“ schallte es aus Lovies Zimmer.

Cara spürte, wie ein Adrenalinschub durch ihren Körper jagte. Fieberhaft schleppte sie Schaukelstühle und kleine Tische von der Veranda ins Haus. „Toy!“ schrie sie erneut, von der Stille in deren Zimmer beunruhigt. Dann plötzlich fiel ihr ein, dass bei Toy möglicherweise die Wehen eingesetzt haben könnten. Sie rannte schnurstracks zu Toys Zimmertür und klopfte an. Keine Antwort. Als auch nach mehrmaligem Klopfen niemand öffnete, drückte sie die Tür einen Spalt weit auf und spähte in den Raum.

Trotz des Halbdunkels konnte sie erkennen, dass das Bett unberührt war. Nun stieß sie die Tür vollends auf und schaltete das Licht an. Toys Zimmer war pikobello aufgeräumt. Die Umstandskleidung hing säuberlich aufgereiht im Schrank. Der Topasring, ein Geschenk von Lovie, lag in einem Schälchen auf der Kommode. Auf dem Bett aus Ahornholz erblickte Cara einen weißen Umschlag.

Cara schlug das Herz bis zum Hals, als sie den Brief an sich nahm und das Kuvert aufriss.

Liebe Miss Lovie, liebe Caretta,

ich bin Darryl gefolgt, um eine eigene Familie zu gründen. Bitte verzeihen Sie mir, dass ich mich so heimlich davonstehle. Es war nicht meine Absicht. Ich hätte gern Lebewohl gesagt, doch der Sturm ließ mir keine Zeit, denn Darryl wollte fort. Ich hatte Ihnen ja versprochen, Ihnen nicht zur Last zu fallen.

Für alles, was Sie für mich getan haben, kann ich Ihnen nicht genug danken. Ich werde Sie nie vergessen und stets an das denken, was Sie mich gelehrt haben. Vor allem aber werde ich Sie immer lieben.

Bitte machen Sie sich keine Sorgen um mich. Seien Sie mir nicht böse, und versuchen Sie, mein Handeln zu verstehen.

Alles Liebe, Toy Sooner.

P.S. Ich schicke Ihnen Fotos von meinem Baby.

Wie vor den Kopf geschlagen starrte Cara auf das Schreiben. *Wie kann sie uns das antun? Ausgerechnet jetzt?* Ihr Herz hämmerte zum Zerspringen, als sie zu Lovies Zimmer hastete. Ihre Mutter war bereits angezogen und trug dieselben Sachen, die sie an dem Tag von Caras Ankunft angehabt hatte. Jetzt allerdings hingen Jeansrock und weiße Bluse schlaff an ihrer ausgemergelten Gestalt herunter.

„Mama, Toy ist verschwunden!"

Lovie schaute bestürzt auf. „Was sagst du da? Was soll das heißen – verschwunden? Musste sie ins Krankenhaus?"

„Nein! Fort, mit diesem Darryl!"

Lovie machte einen Schritt rückwärts, die mageren Arme Halt suchend ausgestreckt. Voller Furcht, ihre Mutter könne in ihrem geschwächten Zustand ohnmächtig werden, sprang Cara vor und stützte sie.

„Ach, Toy, Toy", jammerte Lovie. „Warum ist sie mit ihm fortgegangen, Cara? Warum nur?"

„Weil sie jung ist und ihn zu lieben glaubt. Komm, setz dich und lies den Brief selbst. Ich überlege derweil, was wir tun können."

Sie begab sich zum Telefon im Korridor, um die Polizei zu informieren, doch die Leitung war tot. Cara hielt den Hörer fassungslos in der Hand, und ein weiterer furchtbarer Gedanke durchzuckte sie. Die Telefonleitungen unterbrochen, kein Handy im Haus – sie waren von der Außenwelt abgeschnitten!

„Das Telefon geht nicht!" rief sie und eilte in Lovies Zimmer zurück. „Ich kann die Polizei nicht benachrichtigen. Und selbst wenn ich's könnte – was sollte ich denen sagen? Wir kennen nicht mal Darryls Nachnamen oder die Automarke! Wir wissen nichts über ihn, außer dass er ein Widerling ist!"

„Sie hat sich entschieden“, erwiderte Lovie, traurig, doch gefasster schon, den Brief im Schoß. „Wir müssen sie ziehen lassen.“

„Aber man muss doch etwas unternehmen!“

„Sie weiß, wo sie uns findet.“

Die Haustür flog auf, und herein stürmte Flo, mit einer hellgelben Öljacke bekleidet. „Gott sei Dank, ihr seid noch da! Ich will los, aber Miranda lässt mich nicht!“

Lovie warf sich ihrer Freundin in die Arme, und die beiden umarmten sich liebevoll. „Was ist denn mit ihr? Ist sie wieder weggelaufen?“

„Das nicht, aber offenbar völlig verrückt geworden! Weint und zetert rum, wegen des letzten Nests vor dem Haus! Meint, wir dürften es nicht dem Hurrikan überlassen.“

„Es sind noch jede Menge Nester draußen“, wandte Cara ein. „Was erwartet sie denn?“

„Wir sollen es umbetten!“

„Was? Das ist nicht erlaubt! Es widerspricht den Bestimmungen des Umweltministeriums!“

„Nicht ganz“, warf Lovie ein und fügte erklärend hinzu: „Nach den Bestimmungen darf ein Nest bei Gefahr im Verzug von einer berechtigten Person umgebettet werden, wenn beispielsweise Vernichtung durch Überflutung droht.“

„Aber die Erlaubnis muss vorliegen“, gab Cara zu bedenken. „Und vom Strand dürfen sie erst recht nicht entfernt werden!“

„Okay, dann ruf im Ministerium an!“

„Geht nur mit dem Handy.“

„Na, da nehmen wir wohl meins“, meinte Flo.

Stumm und gespannt beobachteten sie, wie Flo versuchte, zur zuständigen Sachbearbeiterin im Umweltministerium durchzudringen. Ohne Erfolg. Nur der Anrufbeantworter sagte sein Sprüchlein auf.

„Die sind längst weg!“ Flo steckte ihr Mobiltelefon ein. „Alles zieht Leine. Wir sollten auch sehen, dass wir fortkommen! Die Straßen sind schon verstopft.“

Im Geiste ging Cara noch einmal sämtliche Möglichkeiten durch. „Glaubst du, das Nest ist sozusagen in Lebensgefahr?"

„Ohne Zweifel", versicherte Flo. „Das vorm Haus mit Sicherheit. Die Flut wird den Abschnitt völlig überspülen, vielleicht sogar die gesamte Düne abtragen. Die anderen Gruben ... na, die liegen weiter oben. Hoffen wir das Beste und lassen wir der Natur ihren Lauf!"

Lovie reckte entschlossen das Kinn. „Also gut! Aber das eine Nest nur! Und umgebettet wird es von mir! Ich bin verantwortlich." Man erkannte an ihren flammenden Augen, dass sie keinen Widerspruch duldete. „Ihr lasst die Finger davon!"

Während ihre Mutter mit dem Nest beschäftigt war, legte Cara letzte Hand an das Sichern des Hauses, ein Auge dabei stets auf dem Fernsehprogramm, wo im Minutentakt die neuesten Wetter- und Staumeldungen durchgegeben wurden. Das vordere Zimmer war zum Warenlager geworden. Überall standen Gartenmöbel und sonstiger Kram.

Auf einen kurzen Hupton hin hastete Cara auf die Veranda. Flo und Miranda warteten in ihrem gelben, proppenvoll gepackten Buick. Auf der Ablage vor dem Rückfenster hatte es sich eine getigerte Katze bequem gemacht.

„Ich wollte mich verabschieden und euch unsere Reiseroute mitteilen!" rief Flo vom Fahrersitz. „Steht hier auf dem Zettel. Gib mir eure bitte auch."

Cara ging zu ihrem Saab, kritzelte die Informationen – Hotel in Columbia, geplante Anfahrtsstrecke – auf ein Blatt und reichte es Flo. „Wir rufen an, sobald wir angekommen sind."

„Und das Nest?" erkundigte sich Miranda mit flehendem Blick, lehnte sich vom Beifahrersitz herüber und stützte sich auf Flos Arm.

„Machen wir schon, Miranda. Sei unbesorgt!"

„Fahrt ihr noch nicht ab?"

„Gleich. Ich warte noch auf Mutter."

„Wie bitte?" Flo war bestürzt. „Jetzt sag bloß nicht, sie treibt sich noch draußen am Strand herum!"

„Ich mache mich sofort auf die Socken und hole sie."

„Tu das! Aber dalli! Der Wind wird stärker. Nicht mehr lange, dann schließen sie die Brücke!" Ein letztes Mal schaute Flo sehnsüchtig zu ihrem Haus hinüber. „Ob ich es je wiedersehe?"

„Das Unwetter kann immer noch abdrehen und uns verschonen", versuchte Cara sie zu beruhigen.

Flo schnalzte mit der Zunge und löste die Handbremse. „Gefällt mir gar nicht", meinte sie, wobei ihre Stimme leicht bebte. „Überhaupt nicht!"

„Geht uns nicht anders. Also, gute Reise! Fahr vorsichtig, hörst du?"

Toy wartete auf dem Beifahrersitz, während Darryl den Ford Mustang für die Fahrt Richtung Westen belud. Sie hatten ein schlimme Nacht in Darryls leerem Apartment verbracht und auf Luftmatratzen geschlafen. Hier auf dem Festland war es dermaßen heiß und stickig, dass man kaum atmen, geschweige denn schlafen konnte. Lediglich ein quietschender, angerosteter Ventilator, der ständig surrend hin und her schwenkte, hatte die drückende Schwüle ein wenig erträglicher gemacht. Dass Darryl in der Nacht auch noch auf die Idee gekommen war, sich an sie heranzumachen, und das bei ihrem Zustand, so unmittelbar vor der Niederkunft, konnte Toy schlichtweg kaum fassen. Ein paar Wochen zuvor hätte sie es womöglich zähneknirschend über sich ergehen lassen. Doch in der vergangenen Nacht hatte sich ihr Bauch wie ein gespanntes Trommelfell angefühlt, und zudem war sie total verschwitzt gewesen. Also hatte sie Darryl eins auf die Finger gegeben. Jetzt spielte er den Beleidigten und schmiss wie ein schmollendes Kind verbiestert die Sachen ins Auto. Der Himmel über ihnen mutete wie eine brodelnde graue Suppe an. Wollten sie noch rechtzeitig aus der Stadt herauskommen, mussten sie sich beeilen.

Plötzlich zuckte sie zusammen. Ein stechender Schmerz jagte ihr vom Unterleib geradewegs die Wirbelsäule empor. Sie erstarrte und hielt den Atem an. Sie hatte die ganze Nacht Beschwerden gehabt, aber nicht solche! Als der Schmerz nachließ und ihre Muskeln sich entspannten, holte sie tief Luft und schaute auf die Armbanduhr. Waren das Wehen? Sie hatte mal gelesen, dass man überprüfen sollte, in welchem zeitlichen Abstand die Wehen erfolgten. Also stützte sie den Kopf in die Handflächen und bemühte sich, gleichmäßig zu atmen und sich dabei die monotone Wellenbewegung des Meeres vorzustellen, so, als treibe sie selbst auf dem Wasser dahin. Und in diesem Moment fuhr ihr der nächste Stich durch den Leib, genauso heftig und drängend wie zuvor. Jetzt begann sie zu wimmern.

Darryl ließ sich auf den Fahrersitz fallen, schlug die Tür zu und wischte sich über die Stirn. „Mann, ist das heiß! Wenn wir aus diesem Höllenloch raus sind, mache ich drei Kreuze!" Er wandte ruckartig den Kopf. „Flennst du etwa schon wieder? Mensch, Toy", jammerte er weinerlich und dehnte dabei jede Silbe, „was ist denn nun schon wieder?"

„Ich hab so komische Schmerzen!"

„Was soll das heißen? Du kriegst doch nicht etwa jetzt das Kind, hä?"

„Weiß ich doch nicht! Ich hab doch noch nie eins bekommen!"

„Aber ihr Frauen merkt das doch, oder nicht?"

„Ich sagte doch gerade, ich habe keine Ahnung!"

„Nun mal sachte!" Er steckte den Schlüssel ins Zündschloss und ließ den Motor an. „Geht vielleicht von selbst weg!"

Sie traute ihren Ohren nicht. Mein Gott, was für ein Dummkopf! „Fahr mich lieber ins Krankenhaus."

„Was, jetzt? Wo wir loswollen? Verdammter Mist!"

Toy spürte, wie ihr Gesicht rot anlief vor Hitze und vor Angst, es könne sie dieser Schmerz wieder überfallen. „Ich möchte das Kind nicht im Auto zur Welt bringen!" schrie sie Darryl an.

Sie hatte keinen Schimmer, woher sie die Kraft nehmen sollte, doch sie wusste nur eins: Wenn Darryl nicht auf der Stelle zum Krankenhaus fahren würde, ginge sie zu Fuß!

Er musste es an ihrem Blick erkannt haben, denn er murmelte irgendetwas, fügte sich aber. Als er losfuhr, spürte Toy, wie sich zwischen ihren Beinen ein warmer Wasserschwall ergoss, den sie nicht zurückhalten konnte. Erschrocken kreischte sie auf.

„Was ist denn noch, zum Teufel?" brüllte Darryl, wandte den Kopf und guckte sie verschreckt an.

„Irgendwas ist passiert! Ich zerfließe!" Sie versuchte, sich das Kleid zwischen die Schenkel zu stopfen, doch es nützte nicht viel. Dann fiel es ihr wieder ein. Sie hatte einmal gelesen, dass vor der Geburt die Fruchtblase platzte! So lief das Fruchtwasser ab! Erleichtert ließ sie sich gegen die Lehne sinken, unglaublich gespannt und aufgeregt, auch wenn sie sich ein wenig blöd vorkam wegen ihrer Panik. „O Gott, es geht los! Das Baby kommt tatsächlich! Darryl ..." Sie streckte die Hand nach seinem Arm aus.

Er schüttelte die Berührung ab. „Wurde aber auch höchste Eisenbahn, verdammt und zugenäht!" Er zerrte eine Zigarettenschachtel aus der Hosentasche und zog mit den Zähnen einen Glimmstängel heraus. Seine Hand zitterte so heftig, dass er kaum das Feuerzeug halten konnte.

Toy machte sich ganz klein, umklammerte ihren Bauch, sah durch einen Tränenschleier verschwommen die Häuser draußen vorbeihuschen, während sich dunkel und unheilvoll die Sturmwolken zusammenballten. Doch drinnen im nun verqualmten Wagen durchschaute Toy die eigene Situation mit glasklarer Schärfe. Sie stand allein, konnte sich weder auf Miss Lovie noch auf Cara stützen, auf Darryl erst recht nicht. Sie musste sich auf sich selbst verlassen.

Lovie kauerte im Wind und legte behutsam das letzte Ei in den Eimer. Sie war besonders vorsichtig zu Werke gegangen, um Erschütterungen so spät in der Bebrütungsphase tunlichst zu vermeiden. Zudem hatte sie noch eine Extraschicht feuchten Sand ganz unten und auch seitlich beigegeben, um den roten Eimer möglichst nestähnlich zu präparieren. Nachdem die letzte Kugel an Ort und Stelle war, bedeckte sie alle zweiundachtzig Stück mit noch mehr feuchtem Sand, bis der Eimer randvoll war. Obendrauf platzierte sie ein Handtuch. Der Eimer war schwer, ihr Arm zitterte beim Hochheben, doch sie lief mit langsamem, stetigem Schritt, bemüht, ihre Schützlinge nicht mehr als unbedingt erforderlich durchzuschütteln. Dabei summte sie ihnen eine Melodie vor, ein Wiegenlied, mit dem Mütter überall auf der Welt ihre Kleinen in den Schlaf lullen.

Gleich einem ungezogenen Frechdachs trieb der Wind seinen Schabernack mit ihr, wehte ihren Rock hoch und stupste sie vorwärts. Lovie hielt an, damit der Eimer nicht zu sehr schaukelte. Immerhin hatte der Regen nachgelassen, wofür sie dem Herrgott dankte. Mehr durfte sie vom lieben Gott vorerst nicht verlangen, auch wenn es sie drängte, direkt hier im Sand auf die Knie zu sinken und eine ganze, verzweifelte Fürbittenlitanei anzustimmen. Eine innere Stimme mahnte sie, ihr Schicksal in Ruhe anzunehmen.

„Mama!"

Cara trabte den Pfad entlang auf sie zu, ein Anblick, der Lovie neuen Mut verlieh, obgleich sie, zitternd vor Erschöpfung, den Eimer absetzen musste.

„Wo bleibst du denn? Ich bin halb tot vor Angst um dich!" Cara musste laut schreien, um den Wind und das Tosen der Brandung zu übertönen. „Guck dich mal an! Du bist ja klatschnass!"

„Es hat leider sehr lange gedauert! Und dann noch mein Husten!"

„Gib mir den Eimer! Komm, stütz dich auf meinen Arm!"

„Nein! Finger weg vom Eimer! Wenn du ihn anfasst, machst du dich zur Mittäterin!"

„Ach, Unsinn! Du kannst ihn doch nicht schleppen. Ich werde den Teufel tun und dich den Eimer tragen lassen! Wo bringst du das Gelege eigentlich hin?"

„Zum Haus!"

„Das darfst du nicht!"

„Caretta, ich habe keine Zeit für lange Diskussionen. Das Wasser steigt stetig höher. Am ganzen Strand gibt es für diese Kleinen hier keinen sicheren Ort mehr, und jetzt noch weiter oben nach einem geeigneten Platz zu suchen, dazu ist es zu spät. Mir bleibt keine andere Wahl."

„Na, meinetwegen", murmelte Cara, nahm mit der einen Hand den Eimer und packte mit der anderen ihre Mutter am Arm. Kalte Regentropfen klatschten ihr heftig ins Gesicht. „Beeilung, Mama, es fängt wieder an zu regnen!"

Sie setzten sich in Bewegung und kämpften gegen die Windböen und Regenschauer an. Am Haus angekommen, blinzelte Cara durch die Regenschwaden und nahm eine Gestalt wahr, die an ihrem Saab stand. Brett!

Er trug Jeans und einen olivgrünen Poncho. Nasse Haarsträhnen klebten an seinem vor Sorge ganz grau gewordenen Gesicht. Cara fühlte einen Kloß im Hals, so groß war die Erleichterung, ihn zu sehen. Am liebsten hätte sie den Eimer fallen lassen und sich Brett in die Arme geworfen.

Mit düsterer Miene und wuchtigen, zornigen Schritten stapfte er auf sie zu. „Was sucht ihr denn noch hier draußen, zum Kuckuck?" brüllte er. Dann sah er den roten Eimer. Der Zorn verschwand aus seinem Gesicht.

Cara hatte es nicht gerne, wenn man sie anschrie. „Wir mussten das Gelege ausräumen", fauchte sie ihn durch den Regen an und schritt zornig an ihm vorbei. „Die Düne war im Begriff wegzubrechen!"

„Seid ihr des Wahnsinns?" fragte er, bot dann Lovie galant den Arm, als geleite er sie die Stufen zu einem Ballsaal hinauf. „Miss Lovie, Sie müssten längst fort sein!"

„Meine Schuld", gestand Lovie, die sich schwer auf seinen Arm stützte. „Ich war so langsam. Ich habe mir in den Kopf gesetzt, das ganze Gelege hierher zum Haus zu verlegen. Cara ist schon seit Stunden abreisefertig!"

„Vor mir brauchen Sie sie nicht zu verteidigen."

„So?" Sie schaute ihm prüfend ins Gesicht, das vollkommen verschlossen und undurchdringlich wirkte.

Als sie wieder im Haus waren, konnten sie ihr Gespräch in gedämpfterem Tonfall fortsetzen. „Miss Florence und ihre Mutter sind wohl schon weg, wie? Auf mein Klopfen reagierte niemand", berichtete Brett.

„Abgereist", erklärte Cara, die beobachtete, wie er von einem Fenster zum anderen ging und den Sitz der Läden und Holzplatten überprüfte. „Keine Sorge. Ich habe jede Menge Nägel reingehämmert." Und zu Lovie gewandt meinte sie: „Mama, ich bringe das Gelege sicher unter. Du ziehst dich jetzt sofort um. Du bist nass bis auf die Haut."

Brett folgte Cara in die Küche, wo sie Töpfe und Pfannen aus einem Unterschrank räumte und dann behutsam den Eimer an einen trockenen, warmen dunklen Platz stellte.

„Schlaft gut", sagte sie und machte leise die Schranktür zu. Dann stand sie seufzend auf und schob sich eine Haarsträhne aus dem Gesicht.

„Na, du bist mir vielleicht eine Gesetzesbrecherin!"

„Na und? Dann haben wir eben eine Ordnungswidrigkeit begangen!" blaffte sie beleidigt. „Ich habe keine Zeit, mir darüber jetzt den Kopf zu zerbrechen."

„Ich mache mir schon die ganze Zeit Sorgen um dich! Seit ich deinen Wagen in der Einfahrt stehen sah! Ach, Quatsch, seit wir uns vor ein paar Tagen zum letzten Mal getroffen haben!"

Sie standen sich in der engen Küchenzeile gegenüber, Zentimeter nur voneinander entfernt, und Cara spürte, dass zwischen ihnen eine große Spannung herrschte. Unsicher betrachtete sie Brett. Sein Haar war klitschnass. Regentropfen rannen ihm über die Stirn und blieben ihm an den Wimpern hängen.

„Alles okay mit dir?" fragte er.

Sie stützte sich verzweifelt auf die Arbeitsplatte. „Toy ist weg! Mit diesem Darryl. Sie hat einen Abschiedsbrief hinterlassen."

Man konnte ihm an den Augen ablesen, dass er sich beherrschen musste, um Cara nicht einfach in die Arme zu nehmen. Hilflos ballte er die Hände zu Fäusten. „Sie kommt bald nieder, oder? Ich werde sie suchen!"

Cara schluchzte laut auf und wischte sich mit einem Papiertuch die Tränen aus den Augen. „Wie soll das gehen? Wir wissen doch nicht einmal, wohin sie gefahren sind!"

„Der Verkehr staut sich überall, und bei ihrem Zustand können sie noch nicht weit sein. Ich werde mich in den Notunterkünften und Evakuierungslagern umschauen, überall anrufen. Ich habe meine Verbindungen. Sag mir jetzt lieber, wo ihr hinwollt."

Cara wurde ganz nervös vor Dankbarkeit. „Ist das schon wieder eine von deinen Regeln? Ein Mann aus dem Lowcountry lässt eine Lady nie im Stich, wenn sie in Not ist?"

Erst schwieg er, dann erwiderte er zögernd: „So ähnlich."

Sie griff nach einem Notizblock, schrieb Hotel und Reiseroute auf und reichte Brett den Zettel. „Hier! Auch wenn du sie nicht finden solltest, bin ich dir doch sehr dankbar, dass du's wenigstens versuchst. Das rechne ich dir hoch an."

Er steckte den Zettel ein. „Dann mache ich mich jetzt auf den Weg. Stell Strom und Gas ab, bevor ihr aufbrecht. Und beeilt euch! Keine Verzögerungen mehr! Ich rufe euch heute Abend vorsichtshalber an."

Kurze Zeit darauf war Cara mit dem Beladen des Autos fertig. Sie hatte alles, was irgendwie hineinging, in jedes freie Eckchen gequetscht und stöhnte nun auf, als sie auf ihre Uhr sah: erst vierzehn Uhr, obwohl es draußen schwarz war wie die Nacht. Der Sturm ballte sich ebenso schnell zusammen wie ihre Furcht. Sie hatten zu viel Zeit verloren. Brendan war ihnen schon dicht auf den Fersen. Die Brandung toste so laut, dass das Dröhnen im Kopf von Cara widerhallte. Während sie sich die Treppenstufen hinaufkämpfte, spürte sie, wie die Angst immer stärker von ihr Besitz ergriff.

„Mama, beeil dich!" rief sie, als sie ins Haus trat, und rannte in Lovies Zimmer. Lovie lag ausgestreckt auf dem Bett, eine Decke um die Beine geschlungen. „Komm, es ist höchste Zeit!"

Ihre Mutter schüttelte den Kopf und zog die Beine an. „Fahr du ruhig los!“

Abrupt blieb Cara stehen. „Was?“

„Ich bleibe.“

„Was tust du? O nein, kommt nicht in Frage! Absurd! Wir haben keine Zeit für dies Geplänkel! Du fährst jetzt mit!“

„Das werde ich nicht! Ich verlasse das Strandhaus nicht. Nie wieder!“ Sie klang aufgewühlt und wurde immer lauter, riss sich aber zusammen, bemüht, ihre Würde nicht zu verlieren. „Aber du musst fahren! Also geh schon! Bitte!“ Sie lächelte verkrampft.

Von heller Panik ergriffen, konnte Cara ihre Mutter nur fassungslos anstarren. Sie kannte diesen maskenhaften Gesichtsausdruck, hatte ihn über die Jahre oft gesehen. Ihre Mutter schaute sie mit zusammengekniffenen Augen an und hatte den Blick eines geprügelten, ausweglos in die Ecke gedrängten Hundes, der verzweifelt die Zähne fletscht und zubeißt, wenn man ihm zu nahe kommt.

Es war der Tropfen, der das Fass zum Überlaufen brachte. Cara pfefferte ihre Handtasche auf den Fußboden, strich sich mit wütendem Schwung eine feuchte Locke aus dem Gesicht und guckte ihre Mutter zornbebend und mit wachsender Wut an.

„Ach, rutsch mir doch den Buckel runter!“ schrie sie aufgebracht. „Wenn du nicht fährst, dann bleibe ich auch hier!“

Lovie wirkte wie vor den Kopf geschlagen. „Aber ... aber ... du musst!“

„Ich breche nicht auf!“

„Cara, hör auf damit“, jammerte Lovie. „Mir wird schon nichts passieren! Das Haus hat eine Menge Stürme überstanden, selbst Hugo. Es wird auch diesem trotzen!“

Cara bewegte sich keinen Zentimeter.

„Ich kann doch nicht weg!“ rief Lovie händeringend. „Jemand muss doch bei den Schildkröten bleiben!“

Cara verschränkte störrisch die Arme vor der Brust. „Ich fahre auf keinen Fall ohne dich.“

Urplötzlich ertönte draußen das ohrenbetäubende Krachen eines berstenden Astes, gefolgt von einem grauenhaften Knirschen, als die Läden vor dem Badezimmerfenster aus den Angeln gerissen wurden. Dann ein dumpfer Schlag, ein Splittern, und abgebrochenes Geäst durchstieß die Glasscheibe.

„Fahr los, Cara!“ flehte Lovie. „Um Gottes willen, fahr! Ich will nicht fort! Ich möchte hier sterben! Ich habe keine Angst um mein Leben! Bitte verlass mich!“

Cara spürte, wie etwas in ihr fast so entfesselt zu toben begann wie die Naturgewalten draußen. Ihr kam es so vor, als wäre sie wieder achtzehn; ein gewaltiger Schmerz, so mächtig, dass sie am liebsten laut aufgeschrien hätte, presste ihr die Brust zusammen. Worte, die viel zu lange unterdrückt worden waren, drängten mit irrem Klagegeheul heraus.

„Einmal!“ brüllte sie hysterisch. „Nur ein einziges Mal wünschte ich, du würdest mal an *mich* denken!“ Ein tiefer Atemzug blieb ihr in der Kehle stecken und ging in hilflosen Schluckauf über. Breitbeinig, die Hände zu Fäusten geballt, stand sie vor ihrer Mutter. „Willst du hören, warum ich mit achtzehn abgehauen bin? Soll ich's dir verraten?“

Lovies magere Hände klammerten sich an den Blusenstoff über ihrer Brust. „Ach, Cara ...“

„Nicht nur wegen Daddy! Mir war vollkommen klar, dass der nichts für mich übrig hatte! Nein, es war *deinetwegen!* Ich habe dir nie verziehen, dass du dich nicht schützend vor mich gestellt hast. Oder vor Palmer. Du hast dich ja nicht einmal selbst verteidigt. An dem Abend, als ich fortlief, da hat Daddy mich geschlagen, er prügelte mich windelweich! Und du rührtest keinen Finger! Dabei hättest du ihm in den Arm fallen und mich beschützen müssen! Aber du schautest zu, wie er mir wehtat! Und warum?“ Sie fuhr sich aufgebracht übers Gesicht. „Ich ahne, wieso! Um dich selbst nicht in Gefahr zu bringen. Und jetzt denkst du erneut nur an dich selbst! Oder an die Schildkröten!“ Die Kränkungen aus all den Jahren kamen wieder hoch. „Warum verschwendest du keinen Gedanken an mich? Weshalb bin ich dir nicht wichtig genug?“ In einer wahren Tränenflut brach der Schmerz aus ihr heraus. „Wieso bedeute ich dir so wenig?“

„Nein, Caretta, nein! So war es überhaupt nicht!“ Schon beim Aussprechen der Worte erkannte Lovie, dass sie nicht stimmten. Sie hatte ja ihre Tochter wirklich nicht beschützt. Nur aus welchem Grund sie es nicht getan hatte, das wusste Cara nicht.

Wieder erzitterte das Haus unter einem explosionsartigen Donnerschlag, als die zerborstenen Äste endgültig durchs Fenster geschleudert wurden. Lovie stieß einen gellenden Schrei aus. Während Glasscherben wie Geschosse durch den Raum flogen, suchte Cara am Boden Deckung, den Kopf eingezogen, die Arme schützend darüber gekreuzt – eine Pose, die ihr so entsetzlich vertraut war, dass das nackte Grauen sie überfiel. Nur einmal zuvor hatte sie, in eben dieser Haltung, um Leib und Leben fürchten müssen, und es war dieser Moment, der ihr plötzlich wieder einfiel.

Kurz nach ihrem achtzehnten Geburtstag hatte sie in einem Winkel des Foyers ihres Elternhauses in Charleston gekauert, die Arme über den Kopf gehalten, und das hässliche, peitschende Klatschen des Hosengürtels vernommen, der auf sie niedersauste. Es hatte höllisch wehgetan, doch am meisten schmerzte die schockierende Erkenntnis, vom eigenen Vater geschlagen zu werden. Selbst als sie ihn unter Tränen bat einzuhalten, schämte sie sich zutiefst dafür, dass er ihr dies antat. Sein Gesicht war wutverzerrt, und in seinen Augen spiegelte sich die Genugtuung darüber, dass er die widerspenstige Tochter in ihre Schranken wies. In seiner Raserei beschimpfte er sie, herrschte sie an, schrie Worte wie „zum letzten Mal“ oder „Du tust, was ich dir sage“. Ihr Bitten und Flehen nutzte nichts.

Doch dann erblickte sie ihre Mutter. Durch die schützende Deckung der Arme hindurch sah sie Lovie, die sich krampfhaft an den Rahmen der Durchgangstür zum Foyer klammerte. Ihre Mutter eilte ihr nicht etwa zu Hilfe oder stellte sich schützend vor ihr Kind. Nein, sie schaute nur zu, das Gesicht bleich, die Augen vor Entsetzen geweitet. In diesem Moment hörte Cara schlagartig auf zu weinen, stand auf und starrte ihrem Vater, der weiter auf sie einschlug, unerschrocken ins Gesicht, so lange, so aufrecht, bis er ernüchtert von ihr abließ. Der Schmerz in ihrem Innern war so groß, dass sie seine Hiebe nicht mehr spürte.

Und nun hockte Cara wieder in einem Winkel, in Todesangst zusammengekauert, während um sie herum die Elemente wüteten und die Winde tobten wie irrsinnige Furien. Plötzlich merkte sie, dass ihre Mutter ihr die Hand auf die Schulter gelegt hatte.

„Liebes", sagte Lovie. Dann, mit festerer Stimme noch einmal: „Liebes! Guck mich an!"

Cara wandte sich um und blickte auf. Lovie stand kerzengerade vor ihr.

„Ja, ich habe nicht eingegriffen, als er dich an jenem Abend schlug", begann sie. „Und in dem Augenblick war mir klar: Du musstest fort aus dem Haus. Zu deiner eigenen Sicherheit. Als du uns dann verließt, brach es mir das Herz, doch ich hielt dich nicht auf, denn ich liebte dich mehr als mein Leben. Ich kannte den Weg, den ich gegangen war, und auf diesem Pfad solltest du mir nicht folgen. Vielleicht hätte ich gemeinsam mit dir weggehen sollen, doch ich habe es nicht getan und kann es nicht mehr ändern. Jetzt allerdings werde ich dich begleiten. Ich liebe dich, Cara. Du bist mir sehr wohl wichtig."

„Mama ..." schluchzte Cara.

Lovie fuhr ihrer Tochter mit der Hand über das feuchte Haar. „Meine kleine Seeschwalbe", flüsterte sie. „Komm, nimm meine Hand." Sie half Cara auf die Füße. „Ich habe viel zu erklären, doch jetzt ist nicht die Zeit dafür. Wir müssen fort!"

Hand in Hand traten sie in den Sturm hinaus. Brendans Atem streifte sie bereits, doch seine tödliche Kraft hatte sich noch nicht entfaltet. Arm in Arm den Elementen trotzend, kämpften Mutter und Tochter sich bis zum Auto vor. Sie hatten kaum die Straße erreicht, da öffnete der Himmel vollends seine Schleusen. Die Fahrbahn war kaum zu erkennen, obwohl die Scheibenwischer Schwerstarbeit leisteten.

Cara saß vornüber gebeugt, die Hände fest am Lenkrad, blinzelte angestrengt durch den strömenden Regen und kroch im Schneckentempo in Richtung Palm Boulevard. Sie rollten durch eine Geisterstadt; die Straßen waren menschenleer, die meisten Häuser verbarrikadiert. Cara fuhr vorsichtig, immer auf der Hut vor herabstürzenden Stromversorgungsleitungen oder überspülten Straßenabschnitten. Sie fragte sich, welche Windverhältnisse wohl auf der Verbindungsbrücke herrschen mochten.

„Ach, du großer Gott! Da vorn! Guck dir das an!" Cara spähte durch die Regenschauer. Unweit der Brücke war eine alte Eiche geborsten und hatte sich quer auf den Boulevard gelegt. Mit plötzlich trockenem Mund trat Cara auf die Bremse. Sie glaubte ihren Augen nicht zu trauen: Das gewaltige Astwerk versperrte die gesamte Breite der Fahrbahn. Windstöße warfen den Wagen hin und her. Regen trommelte gegen die Scheiben.

„Kann man das Hindernis umfahren?" erkundigte sich Lovie ängstlich.

„Das versuchen wir am besten erst gar nicht. Überall liegen Stromleitungen herum, und die Nebenstraßen sind bestimmt überflutet."

„Dann lass es lieber. Wenn das Wasser weiter steigt, würden wir vermutlich weggespült." Lovie führte ihre Hand zitternd zum Mund. „Und die Ben-Sawyer-Brücke? Könnten wir umkehren und die benutzen?"

„Laut Verkehrsmeldung im Radio ist die bereits geschlossen worden. Bei Hurrikan Hugo ist sie ins Wasser gestürzt, weißt du noch?" Cara kostete es große Mühe, die Fassung zu bewahren. Durch die hektisch hin- und herzuckenden Scheibenwischer betrachtete sie die blockierte Fahrbahn. „Wir sitzen hier in der Falle! Was nun?"

„Cara, kehr um und bring uns nach Hause", befahl Lovie in einem energischen, festen Ton, sodass Cara verblüfft den Blick von der Straße abwandte. „Im Strandhaus sind wir bestimmt sicher."

„Aber wenn es überschwemmt wird ..."

„Das Grundstück liegt recht hoch, und das Haus steht auf Pfählen. Hier können wir jedenfalls nicht bleiben – und ein anderer Ausweg fällt mir nicht ein. Wir müssen unbedingt aus dem Wagen raus!"

Mit fahrigen Bewegungen legte Cara den Rückwärtsgang ein, wendete und machte sich auf den Heimweg.

„Vielleicht kommen wir ja glimpflich davon."

„Ich bete zu Gott, Cara! Mit ganzer Kraft!"

„Tu das, Mama. Du hast bessere Beziehungen zu dem alten Herrn als ich."

„Ich finde das im Moment überhaupt nicht witzig! Du solltest dich lieber in Demut üben und auf die Knie fallen."

„Wird gemacht, Mama, sobald ich aus dem Auto raus bin!"

Als sie das Strandhaus erreichten, sahen sie, dass bereits mächtige Wellen gegen die Dünen schlugen und das Wasser schon um die Pfeiler der vorderen Häuserreihe schwappte. Die Gischt spritzte. Cara befürchtete, dass eine riesige Flutwelle alles um sie herum unter Wasser setzen würde. Dann säßen sie in der Falle und müssten womöglich Zuflucht auf dem Dach suchen. Immerhin, sie hatte im Radio gehört, dass der Hurrikan vermutlich eintreffen würde, wenn Ebbe herrschte. Ihr Pulsschlag beruhigte sich etwas. Sie stellte den Saab unter der rückwärtigen Veranda ab, gleich hinter Lovies goldlackiertem Käfer, und nahm die Plastikbox mit den wichtigen Dokumenten aus dem Wagen. Eines war klar: Sollte hier alles überflutet werden, konnte sie den Wagen wahrscheinlich abschreiben.

Cara half Lovie aus dem Auto.

Im Hausinneren war es feucht, dunkel und still. „Ich zünde die Sturmlaternen an, während du – mal wieder – in etwas Trockenes schlüpfst", sagte sie zu ihrer Mutter und bemühte sich, heiter zu klingen.

Ihre Mutter hielt sich tapfer, gleichzeitig hustend und lächelnd. „Am besten ziehe ich für den Fall der Fälle gleich diverse Kleidungsstücke übereinander an, dann kann ich sie nach und nach ablegen: der sogenannte Zwiebelschalen-Look."

„Ich hole noch schnell dein Sauerstoffgerät aus dem Auto, bevor es zu spät ist!“ Als Cara die Haustür aufmachte, wurde sie ihr von einer Sturmböe aus der Hand gerissen. Sie schmetterte gegen die Hauswand und brach mitsamt Angel und Scharnier aus der oberen Verankerung.

„Nicht!“ Lovie geriet in Panik. „Lass es! Ich brauche das Gerät nicht. Du gehst mir nicht noch einmal raus! Das ist zu gefährlich!“

„Das schaffe ich schon!“ brüllte Cara zurück und sprintete durch den Sturm. Zum Glück befand sich das Sauerstoffgerät auf dem Rücksitz, sodass sie leicht herankam. Sie zerrte das Ding aus dem Wagen und eilte zum Haus zurück.

„Aberwitzig, so etwas!“ schimpfte ihre Mutter erleichtert, als Cara eintrat.

Im Hochgefühl des Triumphs schaffte Cara noch rasch Hammer und Nägel herbei, rammte die Tür wieder in ihre alte Position und nagelte sie mit ein paar wuchtigen Schlägen fest. „Geschafft“, ächzte sie und ließ sich rücklings dagegen sinken. Regenwasser rann ihr aus den Haaren übers Gesicht.

„Gott, steh uns bei“, wisperte Lovie.

Während Lovie die Kleider wechselte, zündete Cara die Laternen an, stellte eine auf die Arbeitsplatte in der Küche und die andere in Toys Zimmer, wo sie auch die Nahrungsmittel und Medikamente unterbrachte. Mit den verbarrikadierten Fenstern und den überall herumstehenden Verandamöbeln wirkte das Haus wie eine Art Depot. Dann schleppte sie auch noch das Sauerstoffgerät in Toys Zimmer, und Cara war gerade dabei, den Kleiderschrank dort auszuräumen, als Lovie sich mit ihrer Bibel plötzlich neben sie stellte.

„Wieso trägst du alles hier herein?“ wollte sie wissen.

„Wenn der Sturm erst richtig loslegt, ist dieses Zimmer am sichersten. Außerdem, wenn’s nicht anders geht, können wir immer noch in diesen Kleiderschrank springen!“

„Der Herr sei uns gnädig!“

„Ach, wir werden den Sturm schon überstehen“, versicherte Cara, obwohl sie doch ein wenig daran zweifelte.

„Ganz bestimmt", bestätigte Lovie tapfer, doch sie war ganz weiß um die Nasenspitze.

„Du kannst dich ruhig ein wenig ausruhen, Mama. Wir werden hier einige Zeit ausharren müssen. Ich hole uns das Radio und ein bisschen Lektüre. Möchtest du etwas Bestimmtes?"

„Ich habe ja meine Bibel. Wenn es dir nichts ausmacht, könntest du mir daraus vorlesen."

Cara lächelte. „Gern!"

Stunden verstrichen, und obwohl der Hurrikan leicht nach Norden abdrehte, schwankte das Strandhaus auf seinen Holzpfeilern, während das Unwetter immer näher kam. Im Innern des kleinen Schlafzimmers warf die Sturmlaterne ein warmes, gelbes Licht auf die Bibel, aus der Cara nun vorlas. Sie sprach leise und stellte somit einen ruhigen Gegenpol zum ständigen Heulen des Sturms dar. Lovie hatte eine Stelle aus dem Alten Testament gewählt, das Buch der Weisheit, und beide, Mutter und Tochter, fanden Trost in König Salomos Worten. Und als die nächste Orkanböe um das Haus fegte, drückte Lovie die Hand ihrer Tochter.

„Schone deine Stimme einen Augenblick und stell das Radio ab, Liebes. Dieses unaufhörliche Gequatsche über Wirbelstürme macht uns nur noch nervöser. Und ich denke, es ist Zeit ..." Sie machte eine kleine Pause und holte tief Luft. „Cara, ich möchte dir etwas erzählen, das mir schon einige Zeit auf der Seele lastet."

Jungschildkröten ernähren sich von Kleinschnecken, Plankton und Wirbellosen. Ausgewachsene Tiere zermalmen mit ihren mächtigen Kinnladen die harte Schale von Krebstieren und fressen andere in Riffen und unter Felsen wohnende Lebewesen. Quallen sind für sie geradezu Leckerbissen.

24. KAPITEL

„Weißt du noch, was ich dir in meinem Brief geschrieben habe?“ erkundigte sich Lovie. „Dass wir über die vielen Jahre, die sich angesammelt hätten, reden müssten?“

„Natürlich erinnere ich mich daran.“ Cara klappte die Bibel zu und schaute ihre Mutter an.

„Du hast damals vermutet, diese Stelle beziehe sich auf den alten Trödel in unserem Haus in Charleston.“

„Das haben wir doch geklärt, Mama. Ich habe begriffen, dass du uns beide damit meintest.“

„Das ist auch so. Aber noch haben wir die Dinge nicht einmal ansatzweise geklärt. Ach, Caretta, seit Monaten überlege ich hin und her! Mal denke ich, mein Entschluss steht fest, dann wieder werde ich wankelmütig. Ich kann nur hoffen, dass nicht alles schon zu spät ist, und der Herrgott mir nicht die Entscheidung aus der Hand nimmt.“

Besorgt wanderte ihr Blick von einem Fenster zum anderen, während sie noch immer Caras Hand festhielt. Der Wind rüttelte an den vernagelten Läden, als wolle er sich gewaltsam Einlass verschaffen.

„Du hast mich gefragt, wieso ich die Grobheiten deines Vaters all die Jahre ertrug.“

„Mama, du brauchst nicht ...“

„Doch, ich muss. Also lass mich bitte aussprechen. Ich habe dir viel zu sagen.“ Sie fuhr sich mit der Zunge über die spröden Lippen und begann dann zu erzählen. „Zuerst musst du begreifen, was es in meiner Generation bedeutete, Ehefrau zu sein. Wir hatten damals ein vollkommen anderes Rollenverständnis, und unsere Einstellung, so vermute ich mal, unterschied sich ebenfalls von der euren. Es gab Männer- und Frauenarbeit. Eine Frau hatte sich um Heim und Kinder zu kümmern. Darin bestand ihre Aufgabe. Wäre eine Frau so wie du arbeiten gegangen, hätte man ihren Mann für einen Versager gehalten, der nicht ausreichend für seine Familie sorgen kann.“

Sir schluckte kurz und fuhr dann fort: „Meine Mutter brachte mir bei, was sie von ihrer Mutter gelernt hatte: dass das Wort des Ehemanns Gesetz war. Sie lehrte mich, dass man sich seinem Mann zu fügen und immer hinter ihm zu stehen hatte." Lovies Lippen verzogen sich zu einem gequälten Lächeln. „Am besten zwei Schritte hinter ihm. Und als Ehefrau hatte ich nicht etwa meine eigenen Leistungen in den Vordergrund zu stellen, sondern den Ruf meines Mannes zu fördern."

Cara beugte sich vor und versuchte, den Gedankengängen ihrer Mutter zu folgen. „Soll das heißen, du hast dich deshalb von ihm schikanieren lassen, nur weil er ein Mann war?"

Lovie schüttelte betrübt den Kopf. „Nein. Ich versuche nur, dir die Hintergründe zu erläutern, damit du begreifst, was gleich kommt."

„Entschuldige. Ich werde dich nicht mehr unterbrechen. Erzähl weiter!"

„In jenem Sommer war ich neununddreißig – nicht viel jünger als du jetzt. Stratton war bereits ein recht erfolgreicher Mann und geradezu heilfroh, dass ich mit euch Kindern den Sommer im Strandhaus verbrachte, während er in der Stadt blieb oder auf Geschäftsreise ging. Damals war er ziemlich viel unterwegs, um seine Geschäftsbeziehungen auszuweiten, insbesondere ins Ausland. Vermutlich hatte er auch Frauengeschichten, doch ich gewöhnte mir an, das einfach zu verdrängen. Wie dem auch sei, damals jedenfalls gab es hier noch keine Schildkröteninitiative. Niemand hielt an den Nestern Wache oder führte Statistik. Es gab nur mich." Sie ließ Caras Hand los, sank in die Kissen zurück und schloss die Augen. „Und einen Mann namens Russell Bennett."

Sie lächelte gedankenverloren, offenbar weil sie sich freute, nach dreißig Jahren den Namen jemand anderem gegenüber laut aussprechen zu dürfen. Bei seinem Klang lebte alles aufs Neue auf, wurde lebendig, war nicht mehr bloße Erinnerung.

„Russell? Der Mann auf dem Foto?"

„Ja. In jenem Sommer traf er auf der Insel ein, um das Verhalten der Loggerheads zu erforschen. Russell war Naturwissenschaftler. Er kümmerte sich auch sehr um die Belange seiner Familie, doch was ihm am meisten am Herzen lag, das war das Studium der Natur – draußen an der frischen Luft. Brett ähnelt ihm stark. Nicht so sehr, was das Äußere betrifft. Russell war zwar auch groß, doch schlaksig und blond. Nein, Brett hat einen ähnlichen Charakter wie Russell: Er war tatkräftig, aber dennoch zurückhaltend und umsichtig. Und naturverbunden. Das wirkte auf mich sehr ... anziehend. Unser Interesse für Meeresschildkröten führte uns schließlich zusammen. Damals war ich die Einzige auf der Insel, die sich bewusst mit den Loggerheads beschäftigte, so amateurhaft das auch gewesen sein mag. Ich las alles, was mir zwischen die Finger kam: Fachartikel, Dr. Archie Carrs Buch *The Windward Road*, alles. In der Rückschau betrachtet, habe ich mich recht ordentlich geschlagen. Es sprach sich herum, dass ich mich für die Schildkröten einsetzte, und deshalb suchte Russell mich auf. Als er sich meine Aufzeichnungen anschaute, wirkte er sichtlich beeindruckt. Und ehrlich, Cara, zum ersten Mal war ich stolz auf etwas, was ich völlig allein zu Wege gebracht hatte."

Sie strahlte. „In jenem Sommer begann unsere Zusammenarbeit. Ich lernte von ihm viel über Meeresschildkröten. Er zeigte mir, wie man den Tieren helfen kann. Er hat mir noch bedeutend mehr beigebracht ..." Als wolle sie etwas besonders betonen, hob sie die Hände, um sie dann jedoch mit kraftlosem Seufzen in den Schoß sinken zu lassen. „Nein, nein, Cara", fuhr sie kopfschüttelnd fort. „Darum geht es mir ja gar nicht! Die Schildkröten sind nicht das Thema! Immer noch schweife ich zu sehr ab. Dabei will ich doch vollkommen offen zu dir sein. Ich muss es sein, wenn die volle Wahrheit ans Licht soll!"

Sie bemerkte die Beklemmung in Caras Blick, zögerte unschlüssig und wusste nicht recht, wie sie fortfahren sollte. Sie schloss die Augen und stellte sich Russells liebevolles Gesicht vor. Dort drinnen, tief in ihrem Herzen, wo die Liebe zu ihm wohnte, dort fand sie das, was sie ihrer Tochter wirklich sagen wollte. Und als sie die Augen wieder öffnete, nahm sie allen Mut zusammen und setzte ihren Bericht fort, eindringlicher als zuvor.

„Hast du eine Ahnung, wie das ist, wenn man jemanden kennen lernt und auf den ersten Blick, ohne den Hauch eines Zweifels, erkennt: Dieser Mensch ist mit dir seelenverwandt? Genau so war's bei Russell und mir. Wir befanden uns mit einer Gruppe am Strand; ich sehe es noch vor mir, als wär's erst gestern gewesen. Alle standen um ihn herum und lauschten seinem Vortrag über die Karettschildkröten. Es war ein heißer Tag, die Sonne strahlte, und ich schirmte meine Augen mit der Hand gegen das gleißende Licht ab. Durch die Bewegung wurde er auf mich aufmerksam. Unsere Blicke trafen sich; ich guckte in seine graublauen Augen, und für einen Moment kam es mir vor, als wären wir allein am Strand, ja auf der Welt sogar. Ich erinnere mich sogar noch, was mir durch den Kopf schoss: *Nein! Lieber Gott, nicht! Bitte!* Denn in diesem Augenblick war mir klar, dass ich ihn liebte, wie ich nie zuvor und nie wieder danach einen Mann geliebt hatte. Wir verhielten uns beide so angestrengt förmlich, dass es an Komik grenzte. Mehrere Wochen lang traf ich mich, streng wissenschaftlich natürlich, täglich im Morgengrauen mit ihm am Strand, brachte Kaffee in der Thermoskanne mit und genoss mit ihm den Sonnenaufgang. Danach schwangen wir uns auf unsere Räder und radelten rund um die Insel herum, stets auf der Suche nach Schildkrötenspuren. Jeder mit ihm verbrachte Moment kam wir wie ein Geschenk vor. Wie gebannt hing ich an seinen Lippen. Ach, was gaben wir uns zunächst für Mühe, uns nicht zu zeigen, was wir füreinander empfanden!" Sie lachte leise in sich hinein. „Es gelang uns auch einigermaßen, bis es mit den Nachtwachen an den Gelegen losging. Dann aber ..." Sie seufzte. „Plötzlich, Cara, waren wir hoffnungslos verliebt! Wir wurden ein Liebespaar. Schockiert dich das? Es ist sonderbar, wenn die Mutter so etwas der Tochter gesteht! Doch es war passiert – und nicht mehr rückgängig zu machen. Fast jeden Abend trafen wir uns auf den Dünen, drüben auf der anderen Straßenseite, auf dem Gelände, auf das Palmer so scharf ist. Du entsinnst dich doch noch, wie die Landschaft vor dem Bau der Straße aussah, oder? Damals erstreckten sich die Dünen bis zu unserem Haus hinauf und stellten eine wahre Oase dar, abgeschieden und geschützt." Sie lächelte auf eine merkwürdig scheue Weise.

„Und ich habe damals immer gedacht, du wärest unterwegs, um Gelege zu überprüfen!" Cara machte ein Gesicht, als fühle sie sich jetzt noch hintergangen.

„Das war ich ja auch. Treu und brav. Aber ich konnte dir doch unmöglich erzählen, dass ich mich außerdem mit meinem Liebhaber traf, oder? Du warst schließlich erst zehn! Und ich ahnte, dass die Sache den Sommer nicht überdauern würde. Das musst du mir glauben!"

„Aber wenn eure Liebe so groß war – warum habt ihr nicht einen Weg gefunden, sie zu leben?"

„Das genau ist der Punkt, der so schwer zu verstehen ist. Deshalb habe ich dir anfangs meine Rolle als Frau erklärt. Die Rolle, für die ich erzogen wurde. Vergiss nicht, ich war verheiratet! Und Russell auch! Beide entstammten wir Familien, in denen eine Scheidung einen Skandal heraufbeschworen hätte. In unseren Kreisen trennte man sich nicht vom Ehepartner, das gab es nicht! Mehr noch: Wir standen beide zu unseren Verpflichtungen. Ich konnte Stratton ebenso wenig verlassen wie Russell seine Frau. Zumindest dachte ich am Anfang so."

Sie wurde von einem Hustenanfall gepackt, gegen den sie wehrlos war. Der Husten schien ihre Energie täglich mehr aufzuzehren. Zuweilen hatte Lovie das Gefühl, sie werde den nächsten Anfall nicht überleben. Cara griff rasch nach dem Inhalationsgerät, drehte die Sauerstoffflasche auf, und Lovie presste sich die Maske aufs Gesicht und holte ein paar Mal tief Luft. Und während ihre gepeinigten Lungen wieder zur Ruhe kamen, tobte der Sturm gegen die gesicherten Fenster, als rüttelten Gespenster daran. *Lass mich, Stratton! Dein Protestgeheul ist sinnlos! Diese Geschichte muss ans Licht!* Sie streifte die Maske ab und bedeutete Cara, die Sauerstoffzufuhr abzustellen. Dann ließ sie sich in die Kissen zurücksinken und nahm den Faden wieder auf, ohne sich um das empörte Jaulen des Sturms zu kümmern.

„Als der Sommer sich dem Ende zuneigte, empfanden wir bereits viel zu viel füreinander. Wäre es nach Russell gegangen, dann hätte ich offen gegen alle Konventionen rebelliert, die Scheidung eingereicht und ihn geheiratet. Es war eine allzu verlockende Vorstellung, und ich hätte mich fast breitschlagen lassen. Du ahnst nicht, wie gern ich Russells Wunsch Folge geleistet hätte. Ihm Lebewohl sagen zu müssen brach mir das Herz. Ende August trafen wir uns zum letzten Mal auf unserer Düne. Es war eine jener vollkommenen Nächte, die in der Erinnerung immer wunderbarer werden. Immer noch sehe ich den Vollmond vor mir, dessen silbriges Licht über den Strand schien und alles verzauberte; es war ein Anblick traumhafter Schönheit, fast weihevoll und deshalb so ergreifend. Man hatte das Gefühl, als tauchte man in eine andere Welt. Kein Lufthauch war zu spüren, als hielte die Nacht den Atem an, als wolle sie warten und beobachten, wie die letzten Sekunden des Sommers unserer Liebe verrannen. Nichts regte sich; allein die Wellen spülten an Land. Kein Laut war zu hören außer das Klopfen unserer Herzen, die im Einklang mit der Brandung schlugen. Eng umschlungen, schworen wir uns unter Tränen ewige Liebe. Kein vom Schicksal verfolgtes Liebespaar der klassischen Literatur hätte unglücklicher sein können als wir. Und genauso fühlte ich mich: wie die tragische Heldin eines Dramas, gezwungen, der Liebe ihres Lebens zu entsagen, weil Pflicht und Familienehre es verlangten. Denn bei all unseren edlen Vorsätzen erschien es doch ausgeschlossen, dass wir uns jemals wiedersehen würden."

Sie seufzte und räusperte sich kurz. Dann begann sie erneut: „Und so gaben wir uns ein letztes, verzweifeltes Versprechen: Wir wollten sechs Monate warten. Falls einer von uns nach Ablauf dieser Frist vorhatte, seine Ehe zu beenden, sollte er zum Strandhaus kommen. Es wurde verabredet, alles ohne Druck ablaufen zu lassen, sodass später keiner dem anderen Vorwürfe machen konnte. Erschien nur einer von uns beiden, hieß das für den anderen, jeglichen Kontakt einzustellen, sich nie wieder zu melden. Wir trafen also diese Abmachung. Sie war ein Hoffnungsschimmer, ein Strohhalm, an den wir uns klammerten, der uns die Kraft für ein letztes Adieu gab. Als ich durch die Dünen zum Strandhaus zurückging, schwebte ich geradezu auf Wolken. Ich wusste mit Sicherheit, dass ich nach sechs Monaten wieder hier auftauchen würde. Ich beabsichtigte, meine Angelegenheiten so sauber wie möglich zu regeln, von Stratton nichts außer meiner Freiheit zu verlangen und dann, frei und ungebunden, zu Russell zurückzukehren. In jener Nacht floss mein Herz vor Hoffnung über. Ich war völlig verzückt und tanzte lachend im Walzertakt zum Haus. Mein Entschluss stand fest. Das Schlimmste, so dachte ich, lag hinter mir. Doch da hatte ich mich getäuscht. Als ich die Tür zum Strandhaus öffnete, wartete Stratton bereits auf mich. Noch heute sehe ich ihn in seinem dunklen Geschäftsanzug vor mir, als wäre es gestern gewesen. Breitbeinig hatte er sich mitten im Zimmer aufgebaut, das Gesicht bleich vor unterdrückter Wut, die Hände zu Fäusten geballt. Ich war von seinem Kommen überrascht; normalerweise kreuzte er hier nie auf. Ich klammerte mich an den Türrahmen, einerseits um nicht umzufallen, andererseits um nicht auf dem Absatz kehrtzumachen und wegzulaufen. Zahllose Gedanken schossen mir in Sekundenschnelle durch den Kopf. Vor allem war ich froh, dass Russell mich nicht begleitet hatte. Eigentlich konnte ich mir nicht vorstellen, dass Stratton Wind von meiner Affäre bekommen hatte, doch ich war sicher, dass er Bescheid wusste. Ich erkannte es an seinem Blick, an den dunklen Augen, die sich drohend verengten. Ich kriegte furchtbare Angst.

‚Wo warst du?' herrschte er mich an.

Ich strich mir die Haare nach hinten und tat möglichst unbefangen. ‚An einem Gelege', erwiderte ich und klang dabei alles andere als gelassen. ‚Ich schaue fast jede Nacht nach.'

Er funkelte mich zornentbrannt an. ‚Ganz alleine? So spät noch?'

‚Na sicher. Es ist doch völlig ungefährlich.' Ich streifte meine Sandalen ab und klopfte mir den Sand von den Shorts, und dabei fiel mein Blick auf meine Hand. Fast wäre ich zur Salzsäule erstarrt. Mein Ehering fehlte! Blitzschnell guckte ich zu Stratton und erkannte, dass auch er es schon bemerkt hatte! Seine Augen durchbohrten mich regelrecht. Hätte ich dann doch bloß den Mund gehalten! Aber ich dummes Ding musste ja unbedingt eine Erklärung erfinden und gleich unüberlegt losstammeln!

‚Am Strand trage ich ihn nie! Sand dringt dann in die Fassung des Brillanten ein. Und wenn ich eine Nestgrube aushöhlen muss ...'

‚Wer ist es?' Seine Stimme wurde tief und drohend.

Zitternd vor Angst versuchte ich weiterzulügen, stellte mich unwissend und ahnte doch, es war zwecklos. Erst heute, mit dem Abstand der Jahre, erkenne ich, dass ich damals meine einzige Rettungschance verpasste. Hätte ich Stratton von Anfang an reinen Wein eingeschenkt, in diesem Moment Stärke bewiesen, Russell und unserer Liebe vertraut, dann wäre vielleicht alles anders gekommen. Doch ich war zu feige, zu ängstlich, zu kleinmütig, um Stratton Paroli zu bieten. Und so verstrickte ich mich in das Lügengespinst, das mir zum Verhängnis wurde.

Bis zum heutigen Tag ist mir schleierhaft, wie er davon erfahren hat. Ob er uns zusammen gesehen oder ob uns jemand denunziert hatte, ob mich ein Gegenstand verriet, der von mir liegen gelassen und von ihm dann gefunden worden war, ich tappe völlig im Dunkeln. Möglicherweise verfügte er über einen dermaßen ausgeprägten Jagdinstinkt, dass er den Duft eines fremden Mannes an meinem Körper wahrnahm. Jedenfalls wusste er es. Aber als ich ihm den Namen meines Liebhabers nennen sollte, da stellte ich mich stur.

In jener Nacht wurde er zum ersten Mal handgreiflich. Er brach mir zwei Rippen, das Handgelenk und meinen Willen. Damals starb ein Teil von mir. Doch ich schwieg. Für immer. Niemandem habe ich je anvertraut, wie mein Liebster hieß. Bis jetzt."

Cara spürte, wie ihr das Blut aus dem Gesicht wich. Sie bedeckte Lovies Hand mit der ihren, nicht nur, um ihre Mutter, sondern auch um sich selbst zu trösten. „Ich hatte ja keine Ahnung", flüsterte sie kaum hörbar. „Ich habe mich immer schon gefragt, ob er dich wohl verprügelt hat."

„Ihr zwei, du und Palmer, verbrachtet die Nacht gerade bei Freunden – Glück im Unglück, für das ich dankbar war, denn so ließen sich die Blutergüsse mit einer erfundenen Geschichte und einem fiktiven Sturz erklären."

„Jetzt erinnere ich mich! O Mama! Wie konnte ich so naiv sein!"

„Du warst doch noch ein Kind! Wie hättest du darauf kommen sollen? Stratton hat mich vor dieser Nacht nie geschlagen und es auch nie wieder getan, doch dieses eine Mal reichte aus, und ich erkannte seine brutale Natur. Sie war da, und ich lebte in der Angst, sie könne erneut durchbrechen. Und sich vor allem gegen dich richten! Ich wusste ja, wie eigensinnig du warst, und vermutete, dass es nur eine Frage der Zeit sei, bis das Maß voll sein würde."

„Du hättest Anzeige gegen ihn erstatten sollen!"

„Ach, mein liebes Mädchen, nein! Das verstehst du nicht. Ich glaubte, dass ich die Schläge verdient hatte."

„Das kann nicht dein Ernst sein!"

„Vermutlich brach ich ihm nicht gerade das Herz, doch was ich gebrochen hatte, war mein Eheversprechen, mein Treuegelöbnis. Es war diese Erkenntnis, ihm Unrecht getan zu haben, die mich dazu zwang, alles so lange zu ertragen. Aus Scham und Schuldbewusstsein schwieg ich."

„Warum hast du ihn nicht verlassen?" rief Cara.

„Weil er, hätte ich die Scheidung denn eingereicht, nie und nimmer in sie eingewilligt und weil er mir dich und Palmer weggenommen hätte! Das gab er mir deutlich zu verstehen. Ich wäre von ihm bloßgestellt worden – als unfähige Mutter und als Hure. Dafür hielt er mich nämlich. Er erpresste mich, was ihm leicht fiel, da ich ihm jedes Wort glaubte. Stratton gehörte zur Prominenz und verfügte über gute Beziehungen, während Frauen damals nur wenige Fürsprecher fanden, besonders Frauen mit beschädigtem Ruf. Selbst meine Mutter riet mir, lieber den Mund zu halten und dadurch meine Ehre zu retten. Wenn ich mir dann auch noch vorstellte, dass ein Scheidungsantrag alle die, die mir lieb und teuer waren, in Mitleidenschaft ziehen würde, blieb mir keine Wahl. Ich musste an seiner Seite ausharren. Und, Cara", ergänzte sie energisch, „eben weil ich nun sein wahres Wesen erkannt hatte, konnte ich doch niemals aus dieser Ehe ausbrechen, weil ich ihm sonst das Sorgerecht für meine Kinder hätte überlassen müssen!"

Cara starrte ihre Mutter an, hielt Lovies Hand umklammert, während der Sturm draußen vor den Fenstern wütete. Das also waren die Antworten auf die vielen, vielen Fragen!

„Nach Ablauf der vereinbarten sechs Monate", erzählte Lovie weiter, „ging ich also nicht zum Strandhaus. Es war ein stürmischer Tag im März, trübe und kalt, genau zu meiner Stimmung passend. Oh, wie gut ich mich an alles erinnere! An jenem Tag schloss ich mich in meinem Zimmer ein. Ich befürchtete, ich könnte sonst doch noch meinen Gefühlen folgen und geradewegs in Russells Arme fliehen.

Danach verlief mein Leben nur noch rein mechanisch. Du und Palmer, ihr wart für mich die einzige Freude, und ich habe versucht, die Wahrheit von euch fern zu halten und euch eine glückliche Kindheit zu ermöglichen. Kinder indes haben ein Gespür für diese Dinge. Glück lässt sich nicht durch noch so viele Kreppgirlanden und bunte Bänder herbeizaubern. In euren Augen stand die Wahrheit geschrieben, besonders in deinen. Doch du kanntest die Gründe für deine Situation nicht, und bis heute konnte ich sie dir nicht nennen."

Cara war den Tränen nahe. „Hätte ich es doch nur gewusst! All die Jahre habe ich dich für schwach gehalten! Warum hast du mir nie gesagt, dass Daddy so grausam zu dir war? Ach, warum ist nur alles so kompliziert und konfus?"

„So ist es halt im Leben, vor allem wenn man alt wird, mein Schatz!"

„So lange war ich dir böse! Nicht, weil ich dich zu wenig, sondern weil ich dich zu sehr liebte, konnte ich lange Jahre nicht herkommen!"

„Dann sei nicht länger wütend auf mich! Der Krebs zerfrisst meinen Körper, doch dir würde der Zorn die Seele zerstören! Lass nicht zu, dass er dir dein Lebensglück verbaut! Es hat Jahre gedauert, doch ich habe hartnäckig auf mein Ziel hingearbeitet, dorthin zurückzukehren, wo ich Frieden finde. Nur hier, im Haus am Meer, fühle ich mich frei von Verzweiflung und Elend."

Ihr Blick schweifte durch das kleine, im gedämpften Licht so ärmlich wirkende und mit Vorräten voll gestopfte Zimmer. „Dies Häuschen war meine Zuflucht. Stratton wusste, was es mir bedeutete. Er wollte es mir wegnehmen, so wie er mir alles andere weggenommen hatte, doch es war auf meinen Namen eingetragen. Auch wenn er noch so tobte, ich gab es nicht her. Da er das Häuschen mied und ich andererseits nicht darauf verzichten mochte, trafen wir eine Art stiller Übereinkunft. Danach kam ich, zumindest den Sommer über, mit euch Kindern her, während er dann in der Stadt seine Ruhe hatte. Das war immerhin ein gesellschaftlich akzeptabler Kompromiss."

„Ich staune, dass er sich darauf eingelassen hat. Er musste doch davon ausgehen, dass du eventuell wieder auf Russell treffen könntest."

„Stratton war klar, dass er mich besiegt hatte. Er hatte an meinen Augen erkannt, dass in mir etwas gestorben war."

„Das verstehe ich nicht. Du hast Russell nie wiedergesehen?

Lovie schüttelte den Kopf.

„Also hielt keiner von euch die Verabredung ein?"

„Im Mai des folgenden Jahres erfuhr ich aus der Presse von Russells Tod. Er war mit seinem Privatflugzeug die Küste entlanggeflogen, was er zu Beginn der Brutsaison häufig tat, und dabei abgestürzt. Die Zeitungen brachten Sondermeldungen und druckten Fotos von ihm und seiner Familie. Am liebsten wäre ich ebenfalls gestorben. All das ereignete sich in dem Sommer, als deine Großmutter Linnea uns im Strandhaus besuchte. Weißt du noch? Vermutlich hat sie geglaubt, ich hätte völlig den Verstand verloren. Zu jeder Tages- und Nachtzeit streifte ich über den Strand. Später erfuhr ich, dass er unseren Termin eingehalten und die ganze Nacht am Strandhaus auf mich gewartet hatte." Tränen liefen ihr über die Wangen. „Bis zum heutigen Tag quält mich der Gedanke, wie schmerzlich er unter der Vorstellung gelitten haben muss, dass ich ihn nicht genug liebte!"

Ein Hustenanfall schüttelte ihren Körper. Cara hielt sie an den Schultern fest und streichelte ihr über den Rücken, und dabei fiel ihr auf, wie wenig sie ihre Mutter kannte, wie sehr sie sich in ihr getäuscht und wie schnell sie sich ein ungerechtes Urteil über sie gebildet hatte. Auch wenn sie Mutter und Tochter waren, wussten sie in mancher Hinsicht ziemlich wenig übereinander.

Als der Husten nachließ, fragte Cara: „Möchtest du dich einen Moment ausruhen?“

Lovie presste die Hand auf die Brust, holte kurz Luft und sagte heiser: „Ich möchte dir alles erzählen. Komm, leg deine Füße neben meine.“ Cara streckte sich neben ihrer Mutter auf dem Bett aus.

„In jenem Herbst“, fuhr Lovie fort, „suchte mich ein mir unbekannter Herr hier auf. Ich bereitete gerade unsere Abreise aus dem Strandhaus vor. Er stellte sich mir als Phillip Wentworth vor, Mitarbeiter der Morgan Grenfell Trust Limited, einer Vermögensverwaltungsgesellschaft auf den britischen Kanalinseln. Sein Besuch war mir rätselhaft, doch ich bat ihn auf eine Tasse Tee herein. Er war Engländer, Gentleman alter Schule, sehr korrekt. Doch trotz seines gepflegten britischen Akzents begriff ich nicht gleich, worauf er eigentlich hinauswollte.

Mr. Wentworth teilte mir mit, dass Russell zwei Strandgrundstücke auf der Isle auf Palms einer Umweltschutzorganisation vermacht hatte. Russell und ich hatten den Sommer des Öfteren über diese Idee gesprochen. Deshalb freute ich mich, dass er diesen Traum verwirklicht hatte. Russell durchschaute nämlich die Vorgänge auf der Insel, hatte verfolgt, wie Teile des Ostufers erschlossen, bebaut und besiedelt worden waren und man dabei keinerlei Rücksicht auf Umwelt und Meeresfauna genommen hatte. Gewiss, angesichts der zirka achthundert Bauvorhaben, die auf der anderen Seite der Insel realisiert werden sollten, waren seine zwei Grundstücksschenkungen praktisch ein Tropfen auf den heißen Stein, doch vermutlich wollte er mit gutem Beispiel vorangehen.

Ich erfuhr, dass er mir die dritte, direkt meinem Haus gegenüberliegende Parzelle überschrieben hatte und sie von einem Vermögensfonds verwalten ließ. Mr. Wentworth informierte mich weiter, dass zudem aus einem zusätzlichen Fonds die jeweiligen Grundbesitzabgaben und Steuerzahlungen für das Grundstück erfolgen sollten, sodass ich als eigentliche Eigentümerin nicht durch etwaige an mich adressierte Postsendungen, Steuerbescheide oder sonstige formelle Schreiben kompromittiert werden würde. Nach dem Finanz- und Steuerrecht der Kanalinseln darf der Vermögensfonds die Identität des Grundstückseigners nicht preisgeben. Daher der Umstand, dass dieser Mr. Wentworth mich nach Russells Tod persönlich aufsuchte."

Cara stieß ein überraschtes Keuchen aus. „Das Grundstück gehört dir?"

„Ja, mein Schatz. Schon eine ganze Weile."

„Wenn Palmer das hört, fällt er tot um!"

„Es darf ihm nie zu Ohren kommen", verkündete Lovie, wobei sie ihre Tochter so ernst und eindringlich anschaute, dass es Cara die Sprache verschlug. „Niemand darf es je wissen! Darum geht es mir doch die ganze Zeit! Begreifst du es denn noch immer nicht? Der Verkehrswert des Grundstückes hat mich nie interessiert, auch der Schätzwert des Hauses nicht! Palmer ließ zwar nie locker, doch ich habe nie verkauft, weil ich dieses Stück Land so liebe. Du darfst mich jetzt nicht auslachen, aber häufig setze ich mich einfach drüben auf die Düne und spreche mit Russell. Dort bin ich ihm nah. Nach dem Flugzeugabsturz wurde seine Leiche nie gefunden. Ich stelle mir gern vor, dass er draußen bei den Schildkröten ist und dort auf mich wartet."

Sie schluchzte und griff nach einem Papiertaschentuch. „Meine Geschichte ist fast zu Ende. Begreifst du jetzt, warum mir das Land so viel bedeutet?"

„Natürlich verstehe ich das! Wie furchtbar muss es für dich gewesen sein, ihn aufzugeben!"

„Ich weiß jetzt aber auch, dass ich mich glücklich schätzen darf, eine solche Liebe erfahren zu haben."

Lovie sah, wie ihrer Tochter die Tränen in die Augen traten. Sie musste verhindern, dass das Ganze vollends in die Sentimentalität abglitt. Zum eigentlichen Kern war sie nämlich noch gar nicht vorgedrungen. Draußen rauschte der Regen mittlerweile in wahren Sturzbächen herunter, die donnernd aufs Dach niederprasselten.

„Lass uns lieber das Radio wieder einschalten, ja?“ Cara betrachtete besorgt die Decke. In einer Ecke hatte sich bereits ein Feuchtigkeitsfleck gebildet; im Zimmer nebenan tropfte es vernehmlich.

„Warte noch“, bat Lovie und hielt Cara zurück. „Ich möchte dir mein eigentliches Dilemma schildern. Ich zermartere mir seit langer Zeit das Hirn, was aus dem Grund und Boden werden soll, wenn ich nicht mehr bin? Ich muss eine Entscheidung treffen und brauche dazu deinen Rat. Selbstverständlich habe ich erwogen, es meinen Kindern oder Enkeln zu hinterlassen, also euch allen. Ab und zu will mir scheinen, ich sei es euch schuldig, weil ich euch gegenüber so kläglich versagt habe, doch ich befürchte, dass dann irgendwann die Frage auftauchen würde: Woher hatte Mutter das Grundstück überhaupt? Mein Geheimnis wäre in Gefahr!“

„Du schuldest uns nichts. Was hast du denn nun mit den beiden Grundstücken vor?“

Lovie wurde nachdenklich. „Russell vermachte mir das Grundstück für den Fall, dass ich es benötigte, um mir meine Freiheit zu sichern. Und in gewisser Weise hat es ja zu meiner Befreiung beigetragen. Doch nun brauche ich es nicht mehr.“ Sie ergriff Caras Hand und guckte ihre Tochter flehend an. „Ich möchte es dem Küsten- und Naturschutzbund vermachen, wie es von Anfang an vorgesehen war. Es wäre schön zu wissen, dass meine Kinder und Kindeskinder sowie Kinder von überall her diesen kleinen Flecken Dünen und Strand so genießen können, wie es mir vergönnt gewesen ist. Und natürlich fände ich es gut, in dem Bewusstsein zu scheiden, dass es am Strand unserer Insel noch einen Ort gibt, wo die Schildkröten ungestört ihr Gelege absetzen können.“

„Dann kann ich dir nur zuraten!“

„Wirklich?“

Cara lächelte ihrer Mutter an und nickte. „Unbedingt.“

„Ich hatte gehofft, dass du einverstanden sein würdest. Ich musste einer Person meines Vertrauens mein Geheimnis anvertrauen, damit der Morgan Grenfell Trust über meine Entscheidung in Kenntnis gesetzt werden kann. Würdest du das nach meinem Tode als meine Treuhänderin übernehmen, Cara?"

„Es wäre mir eine Ehre."

Lovie seufzte erschöpft. Ihre Kraft schien restlos aufgebraucht. „Danke! In der Schachtel mit meinen Fotos findest du ein Blatt, auf dem nichts weiter steht als Name und Telefonnummer von Mr. Wentworth. Nun weißt du ja, um wen es sich handelt. Natürlich wird er in der Zwischenzeit längst pensioniert sein, doch ganz gleich, wer jetzt zuständig ist – man wird garantiert alles diskret erledigen. Das können die Briten! Ach, ich kann dir gar nicht sagen, wie erleichtert ich bin, dass ich diesen Entschluss gefasst habe! Es war eine schwere Bürde."

„Sei unbesorgt, Mama, ich nehme alles in die Hand."

„Ach, eins noch: Nach der Überschreibung wird noch etwas Geld aus diesem zweiten Fonds übrig sein, nicht viel, aber doch genug, dass du davon die Grundsteuer ein paar Jahre finanzieren kannst."

„Grundsteuer? Ich?"

„Aber sicher! Für das Strandhaus! Das hinterlasse ich dir!"

Cara war total überrascht. „Aber ich glaubte ... Ach, ich weiß nicht mehr, was ich dachte. Eigentlich habe ich mir nie darüber den Kopf zerbrochen. Ich vermutete immer, es ginge an Palmer!"

„Palmer? Du meinst, ich hätte die ganze Zeit ..." Seufzend breitete sie die Arme aus. „Komm, nimm deine Mama in den Arm!" Cara kam dieser Aufforderung gerne nach.

„Was bist du für ein sonderbares Mädchen", sagte Lovie versonnen. „So gewitzt in manchen Dingen, und dann wieder vollkommen ahnungslos! Doch nie egoistisch! Das war immer ein besonderer Charakterzug an dir. Und deine Stärke. Besonders bewundert habe ich immer deinen Mut, mit dem du dich den Herausforderungen des Lebens gestellt und sie gemeistert hast. Das beweist, dass du deinen Gefühlen trauen kannst. Als du in Chicago warst, habe ich mir Sorgen um dich gemacht. Du hast so hart gearbeitet und mit solcher Hingabe, ohne wirkliche Freundschaften, und hattest so gut wie kein Privatleben. Ich fürchtete schon, du würdest im Lärm der Stadt nicht mehr auf deine innere Stimme hören. Doch als du Palmer die Stirn botest und mir vom Verkauf des Strandhauses abrietst, als du dies alte Häuschen hier wieder in Schuss brachtest, nur um mir eine Freude zu machen, und als du dich um mich und Toy kümmertest, da wusste ich, dass du dich nicht verändert hattest!"

„Ich habe alles nur getan, weil ich dich liebe."

„Eben! Cara, wenn Eltern das Wenige, was sie besitzen, vererben, sei es ein Stück Land oder Großvaters Taschenuhr, dann geschieht es aus Liebe. Man überlegt vorher, welches Kind wohl welches schöne Erbstück besonders in Ehren halten wird. Palmer mag dabei in erster Linie den Geldwert sehen, doch in diesen Kategorien denke ich nicht. Zahlen sind nicht meine Stärke, auch wenn ich versuche, alles gerecht aufzuteilen. Ich liebe euch beide gleich stark und habe mich bemüht, herauszufinden, womit ich euch jeweils die größte Freude machen könnte. Als ich Palmer das Haus in Charleston überschrieb, da wusste ich bereits, dass ich dir das Strandhaus hinterlassen wollte, schon damals, bevor die Grundstückspreise so explodierten. Ich kannte doch meinen Sohn. Er mochte das Stadthaus und den damit verbundenen Lebensstil. Du hingegen nicht; du warst dort nie glücklich, sondern nur hier auf dem Strandgrundstück."

Überwältigt von Zärtlichkeit, fuhr sie fort: „Du bist mein Kind, mein kleines Mädchen. Du darfst nicht glauben, ich hätte all die Jahre, die du fort warst, nicht an dich gedacht. Du warst immer bei mir, hier drinnen." Sie wies auf ihre Stirn. „Und hier!" Ihre Hand glitt zum Herzen.

Cara stiegen Tränen in die Augen. „Mehr habe ich nie gewollt. Ich habe mir immer gewünscht, dir wichtig zu sein."

„Du liebes, dummes Mädchen", flüsterte Lovie. „Das Strandhaus ‚Primrose Cottage' gehört nun dir. Das Juristische ist bereits erledigt. Bobby Lee hat alles arrangiert. Das war's, was ich Palmer am Unabhängigkeitstag eröffnete."

„Ach, deshalb kocht er die ganze Zeit schon so!"

„Lass ihn nicht zu lange schmoren. Eigentlich hat er ein gutes Herz, wenn ihm nicht zu sehr die Dollars und Cents das Hirn benebeln. Er braucht das Strandhaus mehr, als er ahnt, doch es ist dein Eigentum, denn du verstehst den Zauber, der von ihm ausgeht. Das Häuschen ist nicht so sehr ein Ort als vielmehr ein Gemütszustand. Der Strand, der Ozean, die einsame Lage – sie sind alle nur Mittel zum Zweck und helfen dir, den Weg zum inneren Frieden und zum inneren Glück zu finden. Den Zauber musst du im Herzen tragen, wohin es dich auch verschlägt. Hatten wir nicht einen wunderschönen Sommer zusammen? So viele schöne Sommer! Und ich hoffe, du wirst noch weitere hier verbringen. Solltest du jedoch erwägen, es zu verkaufen, dann tu es. Es ist dein Leben, Cara. Lass dich von nichts und niemandem davon abhalten, nach dem zu streben, wonach dein Herz sich sehnt."

„Ach, Mama! Wie soll ich wissen, was das ist?"

Lovie nahm das Gesicht ihrer Tochter in beide Hände und erkannte darin das kleine Mädchen von einst. „Du wirst es erfahren, mein Liebling! Eines Tages weißt du es!"

Die Meeresschildkröte gehört zu der Familie der Cheloniidae und somit zu den lungenatmenden Amphibien. Karettschildkröten können stundenlang unter Wasser schlafen, doch bei Stress und Bewegung geht ihre Fähigkeit, unter Wasser die Luft anzuhalten, erheblich zurück. Daher müssen sie, wenn sie sich in Fangnetzen oder anderen Unterwasserhindernissen verheddern, elendig ertrinken.

25. KAPITEL

Cara schreckte hoch, als Lovie von einem Hustenkrampf heimgesucht wurde. Ringsum war es so stockdunkel, dass man nicht die Hand vor Augen sah. Die Laterne war verlöscht, das Haus wackelte. Cara wischte sich einen Wasserfilm von der Stirn. Alles fühlte sich feucht an. Die Schwüle drückte ihr auf die Lungen wie ein nasses Tuch.

„Ich hole dir den Sauerstoff", flüsterte Cara heiser, richtete sich zerschlagen auf und schwang die Beine aus dem Bett.

Ihre Füße landeten bis zu den Knöcheln in Wasser.

„O Gott!" schrie sie auf und zog reflexartig die Beine an. Am ganzen Leibe zitternd, wurde sie mit einem Schlage hellwach und versuchte zu begreifen, was passiert war. Die Augen vor Entsetzen geweitet, bibbernd und mit hämmerndem Puls kauerte sie auf dem Bett. Durch die ringsum herrschende Finsternis drang das Gurgeln und Schwappen der Fluten, das Poltern und Scheppern von im Wasser treibenden, aneinander stoßenden Gegenständen, das Knacken und Knirschen des Gebälks, wenn das Haus unter der Gewalt von Wind und Wellen schwankte und erzitterte. Sie hatten keine Chance mehr, das war das Ende! Sie konnte kaum noch denken.

Noch nicht, verdammt noch mal, meldete sich plötzlich ihr Überlebenswille.

„Mama! Wach auf!"

„Was? Was ist denn?"

„Wasser! Das Haus ist überschwemmt!"

„Wie bitte?" kreischte Lovie.

„Bleib liegen!" Die Dunkelheit verstärkte ihre Todesangst. Licht musste her! Ihre Hände zitterten so heftig, dass sie ihr kaum gehorchten und Cara nur fahrig auf dem Nachttisch herumtasten konnte. Von draußen ertönte ein berstendes Krachen, als würde vorn ein Stück des Hauses fortgerissen. Neben ihr wimmerte ihre Mutter. Endlich stieß Cara an die Taschenlampe, die sie nun umklammerte wie einen Rettungsring. Sie knipste das Licht an, und abgrundtiefe Erleichterung überkam sie, als der Strahl die Finsternis durchbohrte und man wieder etwas sehen konnte.

Sie ließ den Lichtstrahl durchs Zimmer wandern. Das Bett war eine Insel inmitten eines schwarzen, schwappenden Sees von mehreren Handbreit Höhe. Cara starrte sprachlos auf die Wassermassen. Schuhe, die Plastikbehälter, Kleidungsstücke, Stühle – alles trieb umher wie Kinderspielzeug in einer Badewanne.

Cara spürte, wie Lovie sich an ihr festkrallte. „Das muss die Sturmflut sein“, flüsterte ihre Mutter. „Haben wir Ebbe oder Flut?“

Cara wusste es nicht und fuhr sich mit der Zunge über die trockenen Lippen. Man konnte regelrecht zuschauen, wie das Wasser weiter stieg, Zentimeter für Zentimeter. „Wir müssen hier raus!“

„Wohin denn? Wir kommen doch nicht mehr weg!“

„Auf den Dachboden!“

„Das Haus hat keinen! Dort oben ist nur ein niedriger Hängeboden!“

„Dann müssen wir eben dorthin! Los, Mama, man kann nicht sagen, wie hoch das Wasser noch steigen wird! Hoffentlich müssen wir nicht noch aufs Dach! Lass mich überlegen ...“ Sie ließ den Lichtkegel der Taschenlampe durch den Raum gleiten, hielt Ausschau nach ihren Notvorräten. Der Koffer trieb zwar im Wasser, doch mit etwas Glück waren einige Sachen darin vielleicht noch trocken. Bäuchlings auf dem vom Wasser umfluteten Bett liegend, streckte sie ihren Körper so weit aus, dass sie den schwimmenden Koffer mit den Fingerspitzen greifen und zu sich heranziehen konnte. Von dem Tischchen an der anderen Bettseite nahm sie die zweite Taschenlampe und gab sie ihrer Mutter. „Guck nach, ob noch trockene Sachen im Koffer sind! Ich suche mein Werkzeug zusammen und sehe zu, dass ich möglichst viel rechtzeitig nach oben verfrachte. Beeil dich!“

„Die Eier! Cara, das Gelege!“

„Ja, ja! Ich kümmere mich darum!“

Sie blickte auf die schwarze Brühe hinunter. Gut, dass ich den Hauptschalter am Sicherungskasten umgelegt habe, dachte sie noch, holte tief Luft und setzte den Fuß in den See. Das Wasser, lauwarm wie Blut, reichte ihr bis über die Knöchel, ging fast bis hinauf zu den Knien.

„Du wartest hier“, wies sie Lovie an und watete auf die Tür zu. Sie befürchtete, dass eine Riesenwelle über sie hinwegbrechen könnte, sobald sie die Tür öffnete. Cara schickte ein Stoßgebet zum Himmel, hielt den Atem an und riss die Tür auf. Zwar spürte sie eine deutliche Wellenbewegung um die Waden herum, doch Gott sei Dank, die Flutwelle blieb aus. Der Flur wirkte wie ein unter Wasser gesetzter schwarzer Tunnel, und während sie ihn durchquerte, kam sie sich vor wie in der Geisterbahn eines makabren Vergnügungsparks, wo ihr jeden Moment ein schleimiges oder glitschiges Ekelwesen entgegenspringen konnte. Sie hätte vor Erleichterung fast geweint, als sie endlich das Seil erreichte, mit dem sich die Zugklappe zum Dachboden mit der auf der Oberseite angebrachten Schiebeleiter herunterholen ließ. Sie klappte die Stiege herab und lief zurück, um Lovie herzubringen.

Später kauerten sie eng aneinander gedrängt in dem stickigen, engen Verschlag. Neben ihnen standen der rote Eimer mit dem Gelege und ein batteriebetriebenes Transistorradio. Einen Stapel trockener Kleidung, die grüne Plastikbox mit den Dokumenten, Werkzeug und den Erste-Hilfe-Kasten hatte Cara ebenfalls heraufgerettet. Draußen, über ihnen, kreischte der Sturm wie ein wahnsinnig gewordenes Weib, zerrte und rüttelte wie rasend am Dach. Unter ihnen schwoll die Flut wie ein drohender Moloch.

Und wie Cara so hinunterstarrte in die schwappende Schwärze, da betete sie einfach darum, nur noch einmal den Sonnenaufgang erleben zu dürfen, einmal noch am Strand entlangzuwandern, Lovie und Toy beim Plaudern zuzuhören, mit Emmi zu lachen, sich in Bretts Arme zu kuscheln. Sie hoffte so sehr, noch einmal die einfachen Freuden des Hier und Jetzt, die ihr bisher so selbstverständlich erschienen waren, genießen zu dürfen. Nur noch ein einziges Mal.

Toy lag auf einer fahrbaren Krankentrage im Korridor der Notaufnahmestation des Krankenhauses und trank aus einer Plastiktasse heißen

Tee, den eine nette Krankenschwester ihr gebracht hatte. Während der schlimmsten Phase des Sturms hatte man vorsichtshalber alle Patientinnen der gynäkologischen Abteilung nach unten in geschütztere Bereiche gebracht, doch die Schwester hatte gemeint, bald würden sie wieder nach oben verlegt, und sich ganz optimistisch dabei angehört. Dann würde Toy auch ein normales Bett und eine Mahlzeit bekommen. Die Schwestern rannten wie verrückt von einer Patientin zur anderen, weil auf Grund der Luftdruckverhältnisse sehr viele angehende Mütter in dieser Nacht niedergekommen waren und nicht genug Personal zur Verfügung stand.

Toy konnte sich nicht beklagen. Innerlich spürte sie eine sonderbare, nie gekannte Ruhe, die sich kurz nach dem Moment eingestellt hatte, als das Baby aus ihr herausgeglitten war. Sie fühlte sich vollkommen eins mit der Welt, seit dem Augenblick, als sie das erste Mal ihre Tochter gesehen hatte. Eine Empfindung, die bestimmt ihr ganzes Leben lang anhielt.

Und ihr kleines Mädchen war wirklich etwas Besonderes. Ein Mädchen! Kein Junge, obwohl sie ganz fest damit gerechnet hatte. Sie dachte mittlerweile, dass ihr wohl einige Irrtümer unterlaufen waren. Als die Schwester ihr das kleine Bündel zum ersten Mal in die Arme legte, da hatte es, das Gesicht rosafarben, aus Leibeskräften geschrien, als wäre es total sauer, dass es den schönen warmen Mutterleib hatte verlassen müssen. Doch sie hatte bald aufgehört, die Kleine, und nicht ausdauernd weitergequäkt wie die anderen Babys. Toys kleines Mädchen hatte einfach nur die großen Augen ganz, ganz langsam auf- und zugemacht, als wolle es sich erst einmal einen Überblick über die neue Umgebung verschaffen.

Toy lächelte gedankenverloren, und in diesem Moment bemerkte sie Darryl, der an einer Reihe von Rolltragen und auf Stühlen sitzenden Menschen vorbeischritt und auf sie zukam. Sein Gesicht war blass und das Haar an einer Seite am Kopf flachgedrückt, sodass sich die Vermutung aufdrängte, er habe irgendwo auf dem Fußboden genächtigt. Wahrscheinlich stimmte das sogar! Wie er sich so mit besorgter Miene näherte, versetzte es ihr doch einen Stich ins Herz.

„Hallo, Darling“, sagte er, beugte sich über die Trage und gab Toy einen Kuss. Dann schob er seine Hände in die Gesäßtaschen und stand unschlüssig da.

„Hast du sie dir angeguckt?“ fragte Toy.

„Wen?“

„Unsere Kleine, du Dummer!“

„Ach, ja ... äh, nein, noch nicht.“

„Sie ist ganz wunderbar! Hat weiches, hellblondes Wuschelhaar – wie ein Küken – und große, runde Augen. Und deine Nase hat sie! Wir müssen uns überlegen, wie sie heißen soll.“

„Nenn sie, wie du willst.“

„Hast du denn gar keine Vorschläge?“

„Ist mir Wurscht, welchen Namen sie bekommt.“ Er drehte sich seitwärts, schaute den Flur hinunter und zuckte merkwürdig nervös mit den Schultern, wie jemand, der am liebsten weglaufen würde. Dann sah er Toy ungeduldig an. „Wie lange, glaubst du, werden die dich im Krankenhaus behalten? Ist heiß wie die Hölle hier!“

„Keine Ahnung. Lange sicher nicht. Ich muss mich ein wenig erholen. Die haben mich genäht. Da unten, weißt du. Juckt irrsinnig.“

„Und wann können wir los? Der Wetterfritze im Fernsehen hat grünes Licht gegeben; alles macht sich auf den Heimweg!“

Heim! Toy klammerte sich an das Wort. „Würde ich gerne, Darryl. Im Augenblick wird die Kleine noch untersucht. Sobald alles mit ihr in Ordnung ist, können wir ...“

„Wozu die Warterei? Kann denn nicht jemand ... na ja ... kann es niemand holen kommen? Jemand vom Jugendamt oder so?“

Toy spürte, wie Panik in ihr aufstieg. Wie redete er denn über das Baby? „Guck sie dir doch wenigstens mal an! Nur ganz kurz!“

„Wozu denn?“

„Mach schon! Bitte! Wenn du sie siehst, wird sie dir bestimmt gefallen!“

„Hör auf damit, ja?“

Sie wurde laut. „Darryl, du gehst jetzt und schaust dir dein Kind an!“

„Ich will nicht!“ blaffte er zurück.

Die Frauen ringsum drehten sich um und betrachteten ihn vorwurfsvoll.

„Tut mir Leid, aber ich möchte mir das Baby wirklich nicht anschauen“, erwiderte Darryl zerknirscht, massierte sich das unrasierte Kinn und schritt nervös vor der Trage auf und ab. Dann trat er ganz nahe an Toy heran, damit er so leise sprechen konnte, dass die anderen Mütter ihn nicht hörten. „Ich hab's dir doch gesagt“, flüsterte er. „Hundertmal! Ich eigne mich noch nicht zum Vater!“

„Du lässt sie einfach im Stich? Ohne sie nur einmal angeguckt zu haben?“

„Wenn ich sie sehe, dann überlege ich's mir womöglich anders. Aber ich muss nach Westen! Dies ist die ganz große Chance für meinen Durchbruch. Du weißt doch, wie hart ich dafür gearbeitet, wie lange ich darauf gewartet habe! Wenn ich jetzt nicht fahre, dann zerbreche ich mir den Rest meiner Tage den Kopf darüber, was wohl passiert wäre, wenn ich's getan hätte! Und auf so 'ne jämmerliche Art will ich nicht mein Leben verbringen.“

Allmählich begriff Toy. In ihrem Kopf löste sich eine Wolke von Wunschträumen in Rauch auf, verflüchtigte sich im Nichts. Sie öffnete den Mund, spürte, wie die Zunge gegen die Zähne stieß, wie sich die Lippen bewegten und wie sie ausatmete. „Dann geh!“

Er zögerte. „Du kommst nicht mit? Und warum teilst du mir das erst jetzt mit?“

Sie schloss die Augen, merkte, wie ihr Tränen über die Wangen kullerten. „Es tut mir Leid, Darryl, aber ich habe mir das alles anders vorgestellt. Als ich hier lag und auf dich wartete, da habe ich mir die ganze Zeit ausgemalt, wie du wohl reagieren würdest. Ich war sicher, dass du dir das Baby anschauen und die Kleine auf der Stelle ins Herz schließen würdest. Ich dachte, du wärst ein liebender Vater und Ehemann und würdest uns heimbringen, damit wir eine Familie sind, du, ich und unser gemeinsames Kind.“ Sie öffnete die Augen und erblickte Darryls übermüdetes, erschöpftes Gesicht.

„Ich habe oft davon geträumt. Aber als du heute kamst, erkannte ich, dass du dich nie und nimmer so verhalten würdest. Ich hätte es von Anfang an nicht von dir erwarten dürfen. Du hast mir immer offen und ehrlich gesagt, wie es zwischen uns steht. Ich war's, die sich die ganze Zeit etwas vorgemacht hat. Aber soll ich dir mal etwas Erstaunliches verraten? Ich sehe die Dinge jetzt vollkommen klar. Als ich meine Kleine im Arm hielt, da wusste ich, dass ich sie niemals im Stich lassen würde. Sie ist mein Ein und Alles. Mein ganzes Leben war ich von anderen Menschen abhängig, doch damit ist jetzt Schluss. Ich werde meinem Kind ein anständiges Leben bieten, auch wenn ich im Moment keine Ahnung habe, wie ich das schaffen soll. Mag sein, dass die Kleine mit irdischen Gütern nicht reich gesegnet sein und keinen Daddy haben wird – aber sie hat mich, und ich habe sie. Und das wird uns reichen."

Laut Rundfunkmeldung von zwei Uhr nachts hatte der Sturm die Küste von South Carolina gestreift und bewegte sich nun gen Norden. Als der Morgen graute, war das Wasser größtenteils aus dem Haus abgelaufen. Lovie und Cara konnten vom Hängeboden herunter.

Cara führte ihre Mutter über den durchweichten Fußboden zum Wohnzimmer. Beide waren übernächtigt, durchnässt und trotz der brütenden Hitze ausgekühlt. Cara, die unbedingt frische Luft und Licht in die modrig und säuerlich riechenden Räume lassen wollte, half Lovie auf einen der Esszimmerstühle und eilte schnell weiter zur Haustür. Sie zog die Nägel mit der Zange heraus, löste die Sicherheitsriegel und schwang die Tür weit auf.

Nach wie vor roch die Luft nach Sturm, rollte die zinngraue See mit gewaltigen, stahlharten Brechern an Land. Doch der Wind heulte nicht mehr so stark, und sogar einige Vögel wagten sich zwitschernd hervor. Kerzengerade standen die Fächerpalmen wieder, zerzaust zwar, doch unversehrt. Blassrosa Licht durchbrach das unwirkliche Grau der Morgendämmerung.

Der Hurrikan war vorüber.

Doch Brendan hatte ganze Arbeit geleistet. Auf der Düne vor dem Haus, inmitten eines Gewirrs aus Rosenranken, lagen die Reste der Pergola. Die Liegestühle waren zerbrochen; die Fliegengitter der Veranda sahen aus, als wären sie mit Tausenden Rasierklingen zerfetzt worden. Beide Wagen standen unter Wasser. Doch es hätte alles viel schlimmer kommen können. Das Strandhaus war im Ganzen heil, und Cara und Lovie hatten unversehrt überlebt.

Bleich und zitternd begab sich Lovie an Caras Seite. Ihre Augen leuchteten jedoch vor Dankbarkeit. Sie nahm Caras Hand in die ihre, hob das Gesicht zum Himmel und dankte Gott mit Inbrunst und klarer, freudig erregter Stimme, indem sie einen Psalm rezitierte:

Denn siehe, vorbei ist der Winter; der Regen vorüber;
Die Blumen, sie brechen hervor;
Die Lerchen singen ihr Lied,
Und der Schildkröte Stimme erschallt weit über dem Land.

Nach dem Sturm galt Caras ganze Aufmerksamkeit ihrer Mutter. Die blasse Hautfarbe und der flache Atem gefielen ihr gar nicht. Mit Lovie, die jetzt zusammengesunken in ihrem Schaukelstuhl saß, schien es rapide bergab zu gehen. Von Panik ergriffen, hätte Cara gern das Unvermeidliche abgewendet, wohl wissend, dass das unmöglich war.

Sie fühlte sich fix und fertig. Doch es wartete dermaßen viel Arbeit, dass sie sich nicht entschließen konnte, was sie zuerst in Angriff nehmen sollte. Alles war feucht oder total durchnässt. Mühsam quälte sie sich vom Stuhl hoch und krempelte die Ärmel hoch.

Zuerst hebelte sie mit einem Stemmeisen die Tischlerplatten von den Fenstern, riss die Flügel weit auf und sorgte so für Luftzirkulation im ganzen Haus. Dann schrubbte sie mit dem Wasser, das sie vor dem Sturm in weiser Voraussicht in die Badewanne eingelassen hatte, Lovies Schlafzimmer und Bettgestell. Danach wusch sie die Bettlaken mit der Hand und hängte sie zum Trocknen auf. Lovies aus Mahagoni gefertigtes Bett stand auf vier Pfosten und hatte einen solchen Abstand vom Boden, dass Lovie normalerweise ein mit Schnitzereien verziertes Fußbänkchen benutzte, um überhaupt hineinzuklettern. Diese Höhe erwies sich nun als Segen, denn so war die Matratze von den Fluten verschont geblieben. Nach einigen Stunden verflog der muffige Geruch, der ansonsten im ganzen Haus herrschte, fast vollständig aus dem Zimmer, und Lovie durfte es sich endlich wieder an einem angenehmen Ort bequem machen. Beim Gehen setzte sie Fuß vor Fuß, benötigte Caras Hilfe und hätte es nicht allein ins Bett geschafft. Cara deckte sie sorgsam zu und strich ihr das strähnige weiße Haar glatt, bis es sanft auf das Kopfkissen fiel, und wieder bemerkte sie, wie schmal ihre Mutter wirkte, zart und feingliedrig wie ein Kind, und ebenso hilflos.

Die Sonne bewies guten Willen, indem sie später am Morgen hervorkam und Boden, Haus sowie Laken und Kissen trocknete, die Cara auf einer improvisierten Wäscheleine zwischen zwei Palmen aufgehängt hatte. Die Wollteppiche drapierte sie über das Verandageländer, um danach den Dreck von den Holzbohlen zu entfernen, die sicher noch einige Zeit brauchen würden, bis sie nicht mehr beim Gehen feucht und vollgesogen quietschten. Den Schlamm unter dem Haus ließ sie zunächst einmal liegen, als sie sah, wie sich eine Mokassinschlange unter dem Auto hervorschlängelte. Am Ende der Straße lag ein Hundekadaver; auf einer benachbarten Veranda miaute eine Katze zum Gotterbarmen. Cara stellte dem ausgehungerten Tier etwas Tunfisch aus der Dose hin, vorsichtshalber auf Abstand bedacht, doch die niedliche, buntscheckige Katze lief ihr nach.

Gerade fegte sie Tangreste von der Veranda, als sie hörte, wie ein Wagen knirschend auf dem Kies hinter dem Haus zum Stehen kam. Eine Tür schlug zu, und ein Mann rief aufgeregt Caras Namen.

Brett! Cara erkannte seine Stimme sofort. Die Antwort flog ihr geradezu aus der Kehle. „Hier bin ich!“

Im Laufschritt bog er um die Hausecke, rannte in Riesensätzen, gleich zwei Stufen auf einmal nehmend, die Treppe hinauf, und ehe Cara auch nur einen Gruß stammeln konnte, riss er sie in die Arme und presste seine Lippen stürmisch auf die ihren. Völlig verblüfft, erschlaffte Cara in der Umarmung, hielt mit einer Hand seine Schulter, mit der anderen den Besenstiel umklammert und balancierte – schräg hintenüber gelehnt – auf einem Bein. Brett küsste sie weiter, bis sie den Besenstiel fallen ließ, und dann schlang sie Brett die Arme um den Hals und erwiderte den Kuss mit gleicher Inbrunst.

Endlich ließ er sie los und schaute sie finster und drohend an. „Jag mir bloß nicht noch einmal einen solchen Schrecken ein! Gestern Abend habe ich in dem Motel angerufen, wo ihr unterkommen wolltet, und man sagte mir, ihr wäret gar nicht angereist. Auch in sämtlichen anderen Motels oder Notunterkünften im Umkreis von siebzig Kilometern wart ihr nicht abgestiegen. Ich weiß es deshalb, weil ich jedes Einzelne von den verdammten Dingern abgeklappert oder zumindest telefonisch dort nachgefragt habe!"

Er war unrasiert, das braune Haar wirr und ungekämmt, die Kleidung zerknautscht; insgesamt wirkte er abgekämpft und übernächtigt, als habe er kein Auge zugetan. Cara lächelte, denn sie sah wahrscheinlich auch nicht anders aus.

„Ich konnte dich nicht erreichen", erwiderte sie schlicht. „Niemanden." Und leise ergänzte sie: „Ich hatte Angst."

„Na, kein Wunder! Du hast dein Leben aufs Spiel gesetzt!" Er senkte die Stimme und musterte Cara. In seinem Blick lagen Erleichterung, Besorgnis und noch etwas, das Cara nicht zu benennen wagte. „Und meins hast du auch riskiert. Weißt du das noch immer nicht? Der Teufel soll diesen ganzen Wahnsinn holen! Cara, wir brauchen nicht zu heiraten, es macht mir nichts aus, nach Chicago zu ziehen! Die vergangene Nacht war die längste meines Lebens! Dauernd fragte ich mich, ob es dir gut geht, ob ich dich je wiedersehe, dich jemals wieder in den Armen halte! Ich liebe dich! Ohne dich will ich nicht mehr sein."

„Ich liebe dich auch", antwortete sie.

Seine kräftigen Arme hielten sie umschlungen, und nun erst spürte sie, dass alles überstanden war. In seinen Armen fühlte sie sich geborgen, sicher vor jeder Gefahr und dem Wüten der Elemente.

Als er sie losließ, lächelte er. „Ich habe Besuch mitgebracht."

„Flo?"

„Wart's ab!"

Er lief die Treppe hinunter und verschwand um die Hausecke. Wieder hörte Cara, wie die Wagentür zuschlug, dann Knirschen von Kieselsteinen und leises Gemurmel. Sie bückte sich, um den Besen aufzuheben, lehnte ihn an die Wand und klopfte sich den Sand von den Händen, und genau in dem Moment, als sie aufblickte, bog Toy um die Hausecke. Sie hatte einen Säugling auf dem Arm.

Es mochte an der Erschöpfung liegen, am Stress durch den Wirbelsturm, an der Sorge um ihre Mutter. Stunden-, im Grunde wochen-, ja, monatelang hatte Cara unbeirrbar und standhaft ausgeharrt, doch nun war es um ihre Fassung geschehen. Sie brach in Tränen aus, in heftiges, zitterndes Schluchzen, fast peinlich vor so vielen Menschen, denen sie stets ihre Stärke hatte beweisen wollen. Doch sie konnte sich nicht dagegen wehren.

Toy und Brett traten zu ihr und versuchten sie zu trösten. Durch einen Tränenschleier sah sie Toy lächeln und ein schlafendes, wunderschönes Baby.

Plötzlich ertönte Gehupe auf der Einfahrt.

Das Baby zuckte zusammen und begann zu schreien, während Cara sich zuerst schnäuzte, um sodann in lautes Lachen auszubrechen. Mit den Handflächen wischte sie die Tränen weg, und dann strahlte sie übers ganze Gesicht: Flo und Miranda kamen die Stufen herauf. Beide fielen gleich unter schrillen Überraschungsrufen über Toy und das Baby her. Kurz darauf tauchte Lovie auf der Veranda auf, etwas schlapp und wackelig auf den Beinen, doch mit strahlenden Augen angesichts des freudigen Tumults. Toy stürzte sich sofort mitsamt ihrem Säugling in Lovies ausgebreitete Arme. Das Kleine brüllte wie am Spieß, während sämtliche Damen sich vor Entzücken und Begeisterung nahezu überschlugen. Nein, so ein niedliches Schnuckelchen!

„Ach, Brett", jammerte Lovie traurig. „Die Pergola ..."

„Ist mir schon aufgefallen, Miss Lovie", sagte er tröstend. „Dann baue ich halt eine neue! Hauptsache, Sie und Cara haben es überstanden. Und alle anderen auch."

„Amen", fügte Flo hinzu. „Ich habe fast 'nen Herzanfall erlitten, weil ihr zwei nicht im Motel aufgekreuzt seid."

„Und das Nest?" wollte Miranda wissen. „Hat es auch den Hurrikan überstanden?"

Alle lachten. Miranda hatte immer nur eins im Kopf!

„Bestens", versicherte Lovie, tätschelte der alten Dame die Hand und guckte Cara gespannt an. „Wir müssen das Gelege an den Strand zurückbringen. Möglichst schnell!"

„An den Strand bringen?" wiederholte Flo verwundert, die Augenbrauen verblüfft hochgezogen.

„Stell keine Fragen", erwiderte Cara und hob die Hand. Und zu Lovie gewandt, fuhr sie fort: „Ich kümmere mich darum. Lass mich nur machen."

„Wird heute noch erledigt", bestätigte Brett.

„Nein, nein", widersprach Lovie mit warnendem Unterton. „Sie müssen die Finger davon lassen."

„Haben Sie Angst, ich könnte zum Komplizen werden?"

„Bonnie und Clyde sind nichts gegen uns", stellte Cara amüsiert fest.

Er schnaubte zwar und schüttelte den Kopf, fand aber offensichtlich diesen Scherz auch nicht so abwegig. „Du weißt ja, wie es mit denen ausging, oder?"

„Na, dann hole ich lieber schnell mal etwas für uns alle zu trinken", verkündete Cara und eilte hinaus. Brett folgte ihr in die Küche. Dort zog sie ihn noch einmal an sich. „So, und nun raus mit der Sprache", flüsterte sie aufgeregt. „Wo hast du Toy aufgetrieben?"

„Im Krankenhaus. Zuerst habe ich sämtliche Notunterkünfte abgeklappert, und dann machte man mich darauf aufmerksam, dass Schwangere wahrscheinlich selbst bei Wirbelsturmalarm zum Hospital dirigiert werden würden. Und beim dritten Versuch – Bingo! Da fand ich sie. Da war das Baby aber schon da."

„Ach, die Ärmste! So ganz allein."

„Allein war sie nicht. Sie hatte ihren Freund bei sich. Er scheint anständig genug gewesen zu sein, bis zur Niederkunft bei ihr zu bleiben. Aber nun ist er weg. Toy hat nicht viel erzählt, doch offensichtlich ist er heute Morgen dann doch Richtung Kalifornien aufgebrochen. Seine Band soll da einen wichtigen Auftritt haben. Der junge Mann wollte, dass Toy auch mitkommt, aber ohne das Kind, was sie natürlich ablehnte."

„Tatsächlich? Hut ab! Das war sicher keine leichte Entscheidung für das arme Ding."

Er zupfte sich am Ohrläppchen. „Na, ich weiß nicht. Allzu unglücklich wirkte sie nicht, als ich sie aufspürte. Sie saß gerade bei einem Riesenfrühstück und langte ordentlich zu. Und grinste von einem Ohr zum anderen. Das Baby ist übrigens ein Mädchen."

Cara lachte. „Also, 'ne Zeit lang hatte ich das Gefühl, sie wolle das Kind bei mir lassen. Es gab hier und da kleine Hinweise, merkwürdige Fragen, komische Blicke und so."

„Hättest du's denn gerne genommen?" Man merkte, dass er gespannt auf die Antwort wartete.

„Auf sonderbare Weise schon, ja", erwiderte sie. „Ich malte mir aus, wie es wohl wäre, Mutter zu sein, weil ich nicht mehr damit rechnete, selbst noch Kinder zu bekommen. Der Gedanke, dieses Baby – nicht irgendeins, sondern dieses, zu dem ich eine persönliche Bindung habe – aufzuziehen, war ziemlich verlockend. Doch jetzt bin ich natürlich begeistert, dass Toy ihr Kind behält. Für sie und das Kleine ist es das Beste. Leicht wird's sicher nicht. Sie muss ihr ganzes Leben umkrempeln."

„Bin mal gespannt, wie sie zurechtkommt."

„Darüber braucht sie sich vorerst nicht den Kopf zu zerbrechen. Bei wichtigen Entscheidungen will ich ihr gern helfen. Ich lasse sie nicht im Stich."

„Ich hätte von dir auch nichts anderes erwartet", entgegnete er und griff nach dem Tablett mit den Flaschen. „Jetzt bringe ich wohl besser die Getränke hinaus."

„Ja. Die da draußen warten schon." Cara beugte sich zu ihm und küsste ihn sanft auf die Lippen. Er lächelte verblüfft.

„Wofür war das denn?"

„Für das Hier und Jetzt."

Ein Leuchten trat in seine Augen, und dann senkte er seine Lippen auf die ihren zu einem langen, nicht enden wollenden Kuss, zart und doch voll Verlangen und Versprechen. Als er sich von ihr löste, stieß Cara einen leisen Seufzer aus.

„Nun aber raus!" befahl er, doch seine Augen verrieten, dass der Kuss ihn genauso tief erschüttert hatte wie sie.

Cara folgte ihm mit den Plastikbechern. Alles nahm, so gut es ging, zwischen den Trümmern Platz, und dann stieß man mit Wasser und Saft auf das Wohl von Mutter und Kind an.

„Hast du denn dem kleinen Wonnenproppen schon einen Namen gegeben, Toy?" erkundigte sich Flo.

Alle verstummten und wandten sich gespannt Toy zu.

Sie strahlte, und trotz des ringsum herrschenden Chaos stellte sie, penibel wie immer, ihren Becher auf dem auf dem Tisch stehenden Tablett ab. Dann schaute sie Lovie mit tränenfeuchten Augen an.

„Wenn's Ihnen recht ist, möchte ich sie Olivia nennen."

Lovie wurde vor Freude rot.

„Olivia? Ach, wie schön", meinte Flo. „Passt doch haargenau!"

Cara lächelte Toy dankbar und zustimmend an.

„Hier, nehmen Sie sie doch mal!" Behutsam bettete Toy das schlafende Baby in Lovies abgemagerte Arme und ließ dann, sobald sie merkte, dass die alte Frau die Kleine auch sicher hielt, allmählich los, blieb allerdings wie eine besorgte Glucke ganz in der Nähe.

Miranda nickte ernst. „Little Lovie", flüsterte sie ergriffen und damit stand der Kosename für das Neugeborene ein für alle Mal fest.

Alle freuten sich über die beiden Olivias. Vielleicht war's ja im Leben tatsächlich so: Irgendwie schloss sich der Kreis am Ende doch.

Lovie hatte unruhig geschlafen, war nur ab und an eingenickt und von heftigen, krampfhaften Hustenanfällen immer wieder aufgeweckt worden. Der Kampf mit dem Unwetter hatte sie geschwächt. Umso mehr verblüffte es Cara, dass ihre Mutter darauf bestand, die erneute Umbettung des Schildkrötengeleges an den Strand zu beaufsichtigen.

„Ich muss“, versicherte sie leise.

„Mama, ich schaffe das schon. Du hast mich gut ausgebildet.“

„Es ist keine alltägliche Sache“, beharrte sie. „Alles muss hundertprozentig laufen. Dafür bin ich verantwortlich.“

„Aber dein Husten ... du bist doch so erschöpft!“

„Caretta“, erwiderte Lovie, und obwohl ihre Stimme nur einem rauen Flüstern glich, war doch die Unnachgiebigkeit, mit der sie ihre Tochter beim vollen Namen nannte, unüberhörbar. „Ich *will* es so!“ Dann wurden ihre Züge weicher. „Verstehst du?“

Cara nickte und schaute Hilfe suchend zu Brett. Beide wechselten einen gequälten Blick.

Also zogen sie los und liefen über den abschüssigen Sandpfad durch die Dünen zum Strand. Brett trug Lovie mehr, als sie ging, während Cara den roten Plastikeimer schleppte. Abgebrochene Äste, Palmenwedel und Abfall lagen über den Weg verstreut. Sie kamen nur langsam voran, nicht allein wegen Lovie, sondern auch, weil sie das Gelege nicht zu sehr erschüttern wollten. Endlich, am Strand angekommen, blieben sie stumm und betroffen im weichen Sand stehen. Der Strand bot einen erschütternden Anblick, weil die Brandung die Dünen stark beschädigt hatte. Gerade lief die Flut ab. Der nass glänzende Sand erstreckte sich so weit hinaus, wie Cara es noch nie zuvor gesehen hatte.

„Wie’s wohl den anderen Nestern ergangen sein mag?“ überlegte Cara.

„Wahrscheinlich schaffen sie es nicht“, meinte Lovie sachlich. „Unseres hier höchstwahrscheinlich auch nicht. Die Natur ist zuweilen brutal. Immerhin haben wir unser Möglichstes getan, oder?“

„Das kann man wohl sagen.“

Auf der Suche nach dem bestmöglichen Bebrütungsplatz schleppte sich Lovie am Strand entlang. Ihr langer, rosafarbener Morgenmantel flatterte in der Abendbrise, und mit ihrer leicht gebückten Haltung und den Trippelschritten wirkte sie wie eine zierliche japanische Geisha. Eine ganze Weile blieb Lovie vor einer kleinen, ausgewaschenen Düne stehen.

Cara lief zu ihrer Mutter hin. „Mama? Was ist?“

„Meine Düne ist verschwunden“, flüsterte Lovie traurig. Ihre Unterlippe zitterte.

Cara guckte sich um. Die hohe Düne, einst Ort der Zuflucht für ihre Mutter und Russell Bennett, war nahezu platt gewalzt worden. Cara legte ihrer Mutter den Arm um die Schulter, und wieder stellte sie fest, wie mager und zerbrechlich Lovie sich anfühlte, wie wenig von ihr eigentlich noch übrig war.

„Du brauchst die Düne doch nicht mehr. Erinnerst du dich noch, was du mir erzählt hast? Ihren Zauber, den trägst du im Herzen.“

Lovie drehte sich um und betrachtete ihre Tochter, und Cara war, als leuchte noch einmal Hoffnung in ihren Augen auf.

„Du hast Recht! Wie dumm von mir, dass ich es vergaß!“

Cara hielt ihr Haar fest, ließ ihren Blick über die windgepeitschte, umgestaltete Küste schweifen. Ob es irgendwo einen Platz für die Eier gab? „Ich weiß nicht recht ... was meinst du? Wohin mit dem Gelege?“

Lovie schaute erneut zu der Düne hin und lächelte zaghaft. „Vielleicht Glück im Unglück. Meine Düne war stets zu hoch und zu steil für die Schildkröten. Doch jetzt ist sie nahezu ideal. Weit genug zurück und schön sanft zur See abfallend. Hier soll es sein.“

Lovie wankte vor Erschöpfung, während sie die Arbeit beaufsichtigte. Brett und Cara schaufelten eine neue Bebrütungsgrube – genauso tief, breit und birnenförmig wie die ursprüngliche. Eins nach dem anderen setzten sie dann sorgfältig die Eier hinein, und nachdem alle an Ort und Stelle waren, bedeckte Cara sie mit einer Sandschicht und klopfte diese sacht mit der Handfläche fest. Das Gelege wurde mit Holzpflöcken und Trassierband markiert, und Lovie höchstpersönlich brachte das orangefarbene Hinweisschild an. Ihr letztes Gelege war fertig.

Als sie sich wieder aufrichtete, packte sie ein langer Hustenanfall, der ihrem zerbrechlichen Körper so schrecklich zusetzte, dass sie keuchend nach Luft rang. Cara und Brett standen hilflos an ihrer Seite und hielten sie fest.

Ihre Mutter derart leiden zu sehen, war für Cara schier unerträglich. Sie blickte aufs Meer hinaus, und ihr Herz sandte einen Hilferuf aus, hinaus in die Dünung, wo, das spürte sie einfach, Russell wartete. *Bitte mach, dass sie sich nicht länger quälen muss! Der Sommer ist vorüber. Wenn du sie liebst, dann hol sie zu dir!*

Endlich ließ der Husten nach. Lovie konnte sich kaum noch aufrecht halten. Ihr Atem ging flach, und sie sank gegen Bretts Brust. „Entschuldige ... ich glaube, ich schaffe es nicht allein zum Haus zurück!"

„Ist mir ein Vergnügen, Miss Lovie", versicherte Brett, und mit elegantem Schwung hob er die alte Dame hoch, als wäre sie ein kleines Kind. „Ach, übrigens, Miss Lovie", fuhr er fort und lief breit lächelnd los. „Hat Cara Ihnen eigentlich verraten, dass ich sie huckepack durch den Schlick geschleppt habe?"

Lovies Augen funkelten vor Entzücken. Offenbar bereitete ihr es ein Riesenvergnügen, von einem solch schönen Kavalier auf Händen getragen zu werden. „Nein, hat sie nicht", erwiderte sie. „Aber Sie werden es mir sicher gleich erzählen."

Und das tat Brett dann auch. Bis hinauf zum Strandhaus dauerte sein Bericht. Cara schritt hinter ihm her, den leeren Eimer an der Hand. Das brüchige Lachen ihrer Mutter, das durch die Abendbrise hallte, kam ihr vor wie ein kostbarer Schatz.

Meeresschildkröten haben nur wenige natürliche Feinde. Gelegentlich werden sie von Haien angegriffen, ihr größter Feind ist jedoch der Mensch. Erschließung und Besiedelung der Küstenregionen und die da-

mit verbundene Erosion der Strände führen zum Verlust von Brutgebieten. Zahlreiche Schildkröten verenden zudem in Fangnetzen oder infolge von Verletzungen durch Schiffsschrauben und im Meer treibenden Unrat.

26. KAPITEL

Nach dem Sturm strich eine frische Brise über die Isle of Palms. Den ganzen Tag über dröhnten Gehämmer und das Kreischen von Kettensägen durch sämtliche Straßen und Viertel. Die Autos fuhren wieder; Kinderlachen, Vogelgezwitscher und Hundegebell kehrten zurück – Musik in aller Ohren.

Gegen Abend indes senkte sich Stille über das kleine Eiland. Am Strandhaus flackerten Laternen und Kerzen in der Dämmerung und tauchten es, nach all dem Chaos des Unwetters, in ein heimeliges Licht. Toy war vorübergehend bei Flo untergekommen, deren Obergeschoss die Flut verschont hatte. Alle waren sich einig, dass Mutter und Kind am besten in trockenen Räumlichkeiten schlafen sollten. Brett hatte sich verabschiedet, um seine Boote auf etwaige Beschädigungen zu überprüfen, wollte allerdings am folgenden Morgen mit frischen Nahrungsmitteln zurückkehren. Das süße Mischlingskätzchen, nunmehr der einzige Gast im Strandhaus, lag zusammengerollt auf dem Sitzkissen eines Korbsessels.

Somit waren Lovie und Cara wieder allein. Stumm saßen sie auf der Veranda in ihren Schaukelstühlen und genossen, wie schon so oft zuvor, den Sonnenuntergang. Worte erübrigten sich. Was sie sich zu sagen hatten, drückten sie aus, indem sie einander bei den Händen hielten.

Cara schaute ihre Mutter an. Lovie blickte hinaus aufs Meer und zu dem unberührten Stück Strand, das ihr so ans Herz gewachsen war. Cara bemerkte, wie Lovies Augen sich lebhaft bewegten, und sie ahnte, dass die Vergangenheit in Lovies Seele lebendig geworden war und die Gegenwart völlig verblasste. Sie hielt die Hand ihrer Mutter fest umklammert. „Mama, es wird kühl. Möchtest du lieber hineingehen?"

Lovie schüttelte den Kopf, kaum merklich nur, und drückte ganz sacht Caras Hand. Doch Cara verstand.

„Dann hole ich dir noch eine Decke. Bin sofort zurück."

„Caretta?" Lovies Stimme glich einem leisen Röcheln.

„Ja, Mama?“

„Du bist ein braves Mädchen.“

Cara kniff die Augen fest zu und atmete tief ein. „Danke, Mama.“

Sie war nicht lange im Haus, nur so lange, um die Baumwolldecke von Lovies Bett sowie eine Flasche Wasser aus der Küche zu holen und dabei das Radio auszuschalten. Vom Hurrikan hatten sie genug gehört.

Als Cara wieder auf die Veranda trat, spürte sie instinktiv, dass sich etwas verändert hatte. Sie blieb auf der Schwelle stehen, die Decke an die Brust gepresst, und starrte zu Lovie hinüber, die reglos im Schaukelstuhl saß. Die Bibel lag am Boden.

Unwillkürlich nahm Cara jede kleine Einzelheit ringsum wahr: die winzige Stelle vorn am Stuhl, wo die Farbe abblätterte, das Loch im Fliegengitter, etwa so groß wie ein Zehncentstück, eine im Luftzug flatternde Seite der Bibel, die zarte Rundung von Lovies Hand. Langsam schritt Cara auf ihre Mutter zu und ging neben ihr in die Knie. Lovies Hand fühlte sich noch warm an; zwischen den Fingern klemmte ein vergilbtes, gefaltetes Stück Papier. Cara nahm es und hielt es unter den goldenen Schein der Laterne. Es war ein Brief, verfasst in schöner, elegant geschwungener Handschrift.

Meine geliebte Olivia,

ich trage es dir keineswegs nach, dass du unsere Verabredung nicht eingehalten hast. Niemand weiß besser als ich um die komplizierten Bindungen, die uns an unsere Verpflichtungen fesseln. Und doch gestehe ich gern, dass ich dein Kommen erhofft hatte. Die ganze Nacht wartete ich am Strandhaus, verborgen im Schutz der Dunkelheit, gleich einem Dieb, denn ein solcher war ich ja, hoffte ich doch, dich trotz aller Widrigkeiten entführen zu können.

Nicht einen Augenblick zweifele ich daran, dass du mich liebtest und noch immer liebst. Doch du hast dich entschieden, und diese Entscheidung werde ich wie versprochen respektieren.

Solltest du indes jemals deinen Schritt bedauern oder dein jetziges

Leben, aus welchen Gründen auch immer, nicht länger ertragen können, dann wünsche ich dir, dass du die Freiheit wählst – auch wenn sie dich nicht zu mir führen sollte.

Meine Liebe trägst du in dir. Nie wird ein neuer Tag erwachen und nie die Sonne hinter dem Horizont versinken, ohne dass ich an dich denke. Dass unser Verstand, nicht das Herz, oft unser Handeln bestimmt, muss ich wohl hinnehmen. Doch glaube ich, dass uns das Herz besser leitet als das Hirn.

Wenn du also im Laufe der Zeit doch noch zu mir kommen möchtest, dann tu es ohne Zögern. Du sollst wissen, dass ich auf dich warte. Du wirst mein Herz auf ewig besitzen – und meine Liebe.

Immer dein

Russell

Cara faltete den Brief zusammen, steckte ihn zwischen die dünnen, festen Seiten der Bibel und stand dann, das Buch fest an die Brust gedrückt, auf der Veranda. Sie schaute aufs Meer hinaus. Graue Schwaden schwebten über dem Wasser; vom Hafen her dröhnte das dumpfe, sonore Brüllen eines Nebelhorns, wieder und wieder, wie Trauergeläut einer Totenglocke.

„Geh zu ihm, Mama!“ Cara liefen Tränen über die Wangen. „Du bist frei. Sorge dich nicht um uns. Ich kümmere mich um Toy, passe auf Palmer auf, reiche die Fackel weiter an Linnea und Cooper. Geh nur! Lass dich durch nichts und niemanden davon abhalten, deinem Herzen zu folgen.“

Aus Anlass der Trauerfeier zu Ehren von Olivia Rutledge – Lovie für die, die sie liebten – war die Kirche bis auf den letzten Platz gefüllt. Olivias Stammbaum hatte beträchtliche Ausmaße, und wenn man sich auch übers Jahr eher selten zu irgendwelchen Familienfesten einfand, so erschien die Familie bei Beerdigungen doch stets in voller Stärke. Brett und Toy wichen nicht von Caras Seite, während Flo und Miranda sich zur Gruppe der Schildkrötenmuttis gesellt hatten. Aus Atlanta waren Emmi und ihr Mann sowie die beiden Söhne angereist. Generationen von Schildkrötenschützern waren erschienen, um der Frau, die sich so unermüdlich um das Wohl der Loggerheads und der Umweltgruppen gesorgt hatte, die letzte Ehre zu erweisen. Zahlreiche Freunde aus Schultagen sowie entfernte Bekannte hatten sich ebenfalls eingefunden.

Nach der Trauermesse stand Cara neben Julia im hinteren Kirchenschiff und nahm bewegt die Beileidsbekundungen entgegen. Die ganze Zeit über beobachtete sie dabei ihren Bruder. Zusammengesunken saß Palmer in der ersten Reihe, die Augen verweint, die Gesichtshaut fleckig, und starrte den Sarg an, als könne er alles noch immer nicht fassen. Er wirkte wie jemand, auf den geschossen worden war und der jeden Moment unter der Wucht des Geschosses zusammensacken musste.

In diesem Zustand befand er sich jetzt schon, seit Cara ihm die Todesnachricht telefonisch übermittelt hatte. Eigentlich war sie auf einen Tobsuchtsanfall gefasst gewesen, hatte damit gerechnet, dass er sie auf schneidende Art und Weise für Lovies frühen Tod verantwortlich machen würde, weil sie die Insel nicht früh genug verlassen hatten. Doch nichts dergleichen: Er war viel zu betäubt, zu bestürzt und zu schockiert gewesen, um etwas zu sagen.

Nachdem die letzten Trauergäste die Kirche verlassen hatten, wandte sich Julia an ihre Schwägerin. In ihren Augen stand Entsetzen.

„Cara, ich fürchte, er wird während der Beisetzung die Fassung verlieren! Du musst etwas unternehmen. Er ist halb verrückt vor Schmerz und macht den Kindern richtig Angst!"

„Er wäre nicht der Erste, der am offenen Grabe in Tränen ausbricht. Und mit mir wird er kaum reden wollen."

„Im Gegenteil! Du bist die Einzige, mit der er überhaupt sprechen wird! Er ist völlig verstört, Cara! Er ist dein Bruder, er braucht dich! Außerdem muss ich jetzt nach Hause, um den Leichenschmaus vorzubereiten! Dauernd werden Speisen angeliefert; es reicht schon fast an die wundersame Brotvermehrung heran!"

Cara seufzte zwar, ließ sich jedoch erweichen. „Gut, geh du schon mal mit den Kindern. Ich werde sehen, was ich tun kann."

Sie atmete den schweren Weihrauchduft ein, während sie den langen Mittelgang zu ihrem Bruder hinunterlief. Den Sarg hatte man soeben zum Leichenwagen getragen, in dem Lovies sterbliche Überreste ihre letzte Fahrt zum Friedhof antraten. Palmer starrte jedoch nach wie vor auf den leeren Platz inmitten des Blumenschmucks.

„Palmer?"

Er rührte sich nicht. Sie legte ihm sacht die Hand auf die Schulter. Der Wollstoff fühlte sich heiß und kratzig an. „Palmer, wir müssen gehen. Man wartet auf uns."

Ihr Bruder holte tief Luft und kämpfte mit den Tränen. Als er sich erhob, wirkte er wie ein Greis. Julia hatte ihre Pflicht getan und dafür gesorgt, dass er einen gebügelten schwarzen Anzug anhatte, doch gepflegt konnte man ihn nicht nennen. Die Frisur war in völliger Unordnung, weil er sich ständig mit den Händen durchs Haar fuhr, und seine Kleidung sah völlig verrutscht und zerknautscht aus. Als er sich seiner Schwester zuwandte, schaute er sie mit den blutunterlaufenen Augen des kleinen Jungen an, den sie aus ihrer Kindheit kannte. So hatte er sie immer angeguckt, wenn er nachts verängstigt neben seiner Schwester auf den Treppenstufen gehockt und sich an sie geklammert hatte, während im Stockwerk darunter der Vater mal wieder am Toben gewesen war.

Cara öffnete ihm die Arme und auch das Herz, wie es ihre Mutter getan hatte. Als er ihr weinend in die Arme fiel, da schmolzen all die bösen Worte dahin, die eine kalte, harte Mauer zwischen ihnen errichtet hatten.

„Ich konnte mich nicht einmal von ihr verabschieden", schluchzte er, „und ihr nicht noch einmal sagen, wie lieb ich sie hatte! Ich dachte, mir bliebe noch Zeit!"

In diesem Augenblick begriff Cara, welches Glück ihr beschieden gewesen war. Hätte sie nicht auf den Brief ihrer Mutter reagiert und mit ihr über jene vielen schmerzerfüllten Jahre gesprochen, dann wäre sie jetzt in der gleichen Situation wie ihr Bruder und müsste mit reuevollen Selbstvorwürfen leben.

Dankbar nahm sie sich vor, Vergangenes zu vergessen und sich mit ihrem Bruder wieder zu versöhnen. Noch an diesem Tage.

Nur ein geringer Prozentsatz der geschlüpften Jungen überlebt bis zur vollen Geschlechtsreife, um dann selbst für Nachwuchs zu sorgen. Forschungsergebnisse belegen, dass die Zahl der Meeresschildkröten weltweit immer weiter zurückgeht. Schildkröten existieren bereits seit Jahrmillionen. Es wird sich erweisen, ob die Bemühungen von professionellen und ehrenamtlichen Umweltschützern die Loggerheads vor dem Aussterben bewahren können.

27. KAPITEL

Cara stand auf der niedrigen Düne und sah, wie die Sonne im Atlantik versank. Der Mond war noch ein silbriger Schatten an einem sich rotviolett färbenden Abendhimmel. Hier war es gewesen, wo sich Lovie und Russell einst zu ihren Rendezvous getroffen hatten, und nun sollte es ein Stück unberührte Naturlandschaft für kommende Generationen werden. Hier fühlte Cara sich ihrer Mutter näher als auf dem Friedhof, wo sie in der Familiengruft an der Seite ihres Mannes beigesetzt worden war. Dort auf dem Friedhof ruhte nur ihre sterbliche Hülle, und Cara wusste, ihre Seele befand sich hier auf der Düne, von wo Lovie so viele Jahre aufs Meer hinausgeschaut hatte.

Allmählich hatte sich Cara in den vergangenen Wochen an ihren Schmerz gewöhnt, an dieses an- und abschwellende Gefühl des Verlustes. Doch nachts, wenn sie im Zimmer der Mutter schlief, in Lovies hohem Bett, dann spürte sie zuweilen, wenn die Brise ihr sanft über die Stirn strich, Lovies Gegenwart.

Doch ihre Mama existierte nun nicht mehr, und nach ihrem Tode stand Caras Abreise im Grunde nichts mehr im Wege. Wieder neigte sich eine Schildkrötensaison dem Ende zu. Die Mehrzahl der Feriengäste war längst wieder daheim. Die Schildkrötenschützer hatten sich bis zum kommenden Jahr in alle Winde zerstreut. Aus den Nestern, die während des Wirbelsturms nicht evakuiert worden waren, hatte sich kein einziges Jungtier herausgegraben, und dem Gelege, das Cara und Lovie umgebettet hatten, drohte offenbar dasselbe Schicksal.

Es war Oktober, für Cara immer schon der schönste Monat auf der Insel. Im Moment standen wunderschöne Wildblumen in Blüte, und auf ihrem Weg nach Süden flogen Zugvögel über das Lowcountry hinweg.

Cara aber zog es nach Norden. In dem Kostüm, das sie bereits angelegt hatte, kam sie sich am Strand so fremdartig vor wie damals im Mai bei ihrer Ankunft. Am frühen Morgen schon hatte sie die Sachen mit fast ritueller Sorgfalt auf dem Bett zurechtgelegt und sich mental auf den Wechsel des Lebensstils eingestellt. Brett sollte sie in einigen Stunden zum Flughafen chauffieren.

Bei Erhalt der Reiseunterlagen, die ihr von ihrer Agentur zugeschickt worden waren, hatte sie doch zunächst ein bisschen Angst vor der eigenen Courage bekommen. Sie hatte die Insel während ihres viermonatigen Aufenthaltes so gut wie nie verlassen. Ausgerechnet ihr, die gewöhnlich zwischen Chicago, Los Angeles und New York hin- und herpendelte, wurde plötzlich mulmig zumute bei dem Gedanken, nun in ein Flugzeug steigen und sich wieder mit Massen von Menschen umgeben zu müssen. Das Leben hier auf der Insel war doch sehr isoliert gewesen. Merkwürdig fürwahr, dass sie in den wenigen Monaten trotzdem engere und zahlreichere Beziehungen geknüpft hatte als in zwanzig Jahren zuvor.

Sie nahm zum letzten Mal Abschied vom Meer. Ringsum raschelte der Strandhafer im Wind. Nachdenklich stand Cara da. Was mochte die Zukunft bringen? Warum, so fragte sie sich im Stillen, gerate ich jetzt, fünf Minuten vor zwölf, bezüglich meiner Entscheidung ins Grübeln? Wozu jetzt noch wankelmütig werden? Alles war doch vorbereitet, die gepackten Koffer standen in Reih und Glied an der Tür. Toy sollte, so war es beschlossen worden, weiter mit Little Lovie im Strandhaus wohnen. Brett hatte sich einverstanden erklärt, Cara nach Chicago zu folgen, sobald sie sich in ihre neue Funktion in der Agentur eingearbeitet hatte. Allerdings mussten bestimmte Einzelheiten seines Umzugs noch festgelegt werden. Cara hatte mit der Vergangenheit abgeschlossen. In der Firma winkte eine strahlende Zukunft, ihre Beziehungen ruhten auf solidem Fundament. Eigentlich hätte sie zufrieden sein können.

Die Wahrheit war allerdings, dass sie nur äußerst ungern abreiste. Sie hatte sich an das beschaulichere Tempo des Lebens gewöhnt, fand es schön, morgens aufzuwachen und den ganzen Tag für sich zu haben. Das hatte Lovie sie gelehrt.

Sie wandte der See den Rücken zu und sah zum kleinen gelben Haus hinüber. *Ihr* Häuschen am Meer! Wenn auch ein wenig mitgenommen nach den Strapazen des Hurrikans, thronte es dennoch stolz und robust auf dem Dünenkamm. Violette und goldgelbe Wildblumen sprenkelten die umliegenden Dünen. Dieses kleine Strandhaus auf der Insel war nun ihr Zuhause, und auf der kleinen, vorgelagerten Insel wohnten die Menschen, denen ihr Herz gehörte.

Und dennoch fuhr sie wieder weg. Sie verstand es selbst nicht recht. Ständig schwirrten ihr die Worte, die Russell ihrer Mutter geschrieben hatte, im Kopf herum: *Dass unser Verstand, nicht das Herz, oft unser Handeln bestimmt, muss ich wohl hinnehmen. Doch glaube ich, dass uns das Herz besser leitet als das Hirn.* Begehe ich denselben Fehler wie meine Mutter? Treffe ich eine vermeintlich richtige Entscheidung, allerdings aus den falschen Gründen?

Der Himmel wurde dunkler. Ein Blick auf die Armbanduhr verriet, dass es Zeit war aufzubrechen. Tief seufzend, setzte sie sich in Bewegung. Eine plötzlich Brise strich über sie hinweg, kühl und süß duftend. Argwöhnisch schaute sie zum Himmel, doch keine Wolke war zu sehen – eine ideale Nacht für eine Flugreise. Dann fiel ihr Blick auf das markierte Schildkrötengelege, das sie nach dem Hurrikan eingegraben hatten. Einer sentimentalen Eingebung folgend, machte sie einen kleinen Umweg, um der Schildkrötensaison, die ja so viel zur Versöhnung mit ihrer Mutter beigetragen hatte, einen würdigen Abschluss zu verleihen.

Das einsame Nest wirkte wie ein verlassener Außenposten auf der von den Elementen so arg gebeutelten Düne, nichts weiter als ein kleines Dreieck, markiert mit schon etwas windschiefen Holzstäben, durchhängendem orangefarbenem Trassierband und einem Plastikschild. Doch als Cara näher kam, bemerkte sie eine deutliche Vertiefung oben auf der Brutstelle. Sie blinzelte verwirrt, traute fast ihren Augen nicht, und als sie sich tiefer bückte, da gab es keinen Zweifel mehr. Da regte sich etwas!

Ihr Herz klopfte laut vor Freude, als sie sich wieder aufrichtete. „Mama, sie schlüpfen!“ rief sie, rannte den Sandpfad hinauf und erreichte völlig außer Atem das Haus.

„Toy!“ schrie sie und riss die Tür auf. „Toy!“

„Was ist?“ Mit einem Geschirrtuch in der Hand trat Toy aus der Küche, schlank und mädchenhaft in Shorts und T-Shirt, das Haar hinten zu einem Pferdeschwanz gebunden.

„Es ist kaum zu glauben! Das Gelege! Lovies Nest! Die Jungen krabbeln raus!“

Mit einem schrillen Jauchzer drehte sich Toy im Kreis.

„Ich rufe Flo an! Nein, warte! Brett!“ verkündete Cara.

„Telefoniere du mit Brett! Ich renne derweil zu Flo. Geht schneller.“

Mit vor Aufregung zitternden Fingern wählte Cara Bretts Nummer. „Komm schnell rüber! Die Jungen verlassen das Nest!“

„Tatsächlich? Na, vielleicht kann man dann mildernde Umstände geltend machen, und wir müssen nicht ins Gefängnis!“

„Sehr witzig! Los, setz dich in Bewegung!“

Sie legte auf und wollte gerade zum Strand zurückeilen, als ihre innere Stimme sie aufforderte, Palmer zu benachrichtigen. Lovie hatte gesagt, er brauche das Strandhaus. Außerdem wäre es ein weiterer Schritt aufeinander zu. Sie nahm den Hörer wieder ab und rief ihren Bruder an, der auch tatsächlich da war. „Palmer!“ rief sie. „Die Jungen in Mamas Nest schlüpfen gerade!“

Palmer schwieg erst einmal vor lauter Verblüffung.

„Bruderherz! Es ist Mamas letztes Gelege! Das sie persönlich gerettet hat! Das will Linnea doch sicherlich sehen! Und Cooper auch! Und vor allem solltest *du* es dir anschauen! Kommst du?“

„Ja, natürlich! Menschenskinder!“

Cara spürte, wie sie übers ganze Gesicht strahlte. „Prima! Dann mach dich auf die Socken! Die Dingerchen warten nicht auf dich!“

Der Mond stand hoch am Himmel. Es war Ebbe, und nasse Streifen am Strand zeigten in Wellenlinien an, bis wohin die Flut das Wasser gespült hatte. Auf den Dünen wiegten sich die goldenen Rispen des Strandhafers in der Brise. Alles hatte sich um die kleine, sich ständig erweiternde Öffnung des Geleges geschart: Cara, Brett, Toy und ihr Baby, Flo, Miranda, Palmer, Julia und die beiden Kinder. In atemloser Spannung beobachteten sie, wie die Sandoberfläche rund um das Loch immer weiter in sich zusammensackte. Der winzige Paddelfuß einer Schildkröte erschien, dann ein Kopf. Der Winzling wand sich zappelnd aus der Sandmasse heraus und flitzte sofort in Richtung Meer.

„Soll das alles sein?“ Cooper war sichtlich enttäuscht.

„Das ist erst der Späher“, belehrte ihn seine Schwester altklug. „Und nun sei still!“

Cara und Brett schauten sich amüsiert an.

Nur Sekunden später schien sich der Hügel zu wölben, als schiebe eine unsichtbare Kraft von unten nach. Dann spritzten kleine Sandfontänen hoch, und über achtzig Jungschildkröten krabbelten aus ihrer Grube, eine wirbelnde, zappelnde, übereinander purzelnde Masse.

Das sich auf der Meeresoberfläche spiegelnde Mondlicht und die phosphoreszierenden Gischtkronen der Wellen wiesen den Kleinen den Weg zum Wasser. Wie wahnsinnig wackelten sie los, rannten und fielen den Abhang hinunter, strebten dann fächerförmig auseinander und der See entgegen. Nichts konnte sie aufhalten. Sie überwanden Sträucher und Büsche, liefen um Felsen und Rinnen und durchschwammen lange, schmale Tümpel, von der Flut zurückgelassen. Der ganze silbrig glänzende Strandabschnitt wimmelte nur so von winzigen Meeresschildkröten.

Cara blieb am Rand des Nests hocken, um die Tierchen zu zählen, während die anderen sie auf dem Marsch zum Meer begleiteten, um sie vor Gefahren zu beschützen. Als einigermaßen sicher schien, dass auch der letzte Schützling im Wasser war, erhob sich Cara, schlang die Arme um die Brust und ließ den Blick über den Strand schweifen.

Toy schritt behutsam neben einem der Winzlinge her und hielt Little Lovie sicher im Arm. Nicht viel weiter weg wanderten Flo und Miranda, Arm in Arm, und wachten über einige Jungtiere, die ein wenig zu weit vom Kurs abgekommen waren. Linnea bewegte sich Zentimeter für Zentimeter vorwärts und eskortierte ihr ausgesuchtes

Schildkrötenbaby. Palmer stand neben Cooper, eine Hand auf der Schulter des Kleinen, mit der anderen auf einen der Nestflüchter zeigend, die Hosenbeine bis zu den Waden hochgekrempelt, die Füße nackt. Gerade bückte er sich und flüsterte Cooper etwas ins Ohr. Weiter unten, schon direkt am Wasser, wartete Brett, die Hände wie üblich in die Seiten gestemmt.

All das sah Cara von ihrem Ausguck auf der Düne, und sie spürte ganz deutlich, wie ihre Mutter ihr nah war. Plötzlich kam es ihr vor, als hörte sie Lovies Stimme: *Du wirst es erfahren, mein Liebling! Eines Tages weißt du es.* Und jetzt, dies nächtliche Bild vor Augen, wusste Cara es wirklich.

Sie hatte keine Lust, nach Chicago zurückzukehren. Sie liebte diesen Mann aus dem Lowcountry, und ihn zu bitten, dies Land am Meer zu verlassen, brachte sie nicht übers Herz. Sie würde bei Toy und der Kleinen im Strandhaus bleiben und ihnen beim Neubeginn helfen. Sie würde sich mit ihrem Bruder aussöhnen und für seine Kinder da sein. Sie würde all ihre Freundschaften pflegen, wie sie Tausende von kleinen Schildkröten den Sommer über gepflegt hatte – Ehefrau, Mutter, Großmutter, Tante und Schwester, alles in einer Person, das wollte sie sein. Einer traditionellen Familie mochte das wahrlich nicht ähneln, doch was hatte Cara schon bislang auf Traditionen gegeben?

Glücklich verließ sie die Düne. Brett wandte ihr den Kopf zu, verfolgte ihren einsamen Gang über den Strand hin zu ihm und streckte die Hand aus. Cara ergriff sie.

Seite an Seite begleiteten sie den letzten winzigen Nachzügler auf seinem Weg zum Wasser. Cara beobachtete, wie er zum ersten Mal Bekanntschaft mit dem Meer machte. Eine Welle spülte ihm den Sand vom Rückenpanzer, sodass nun die rötlichbraune Farbe zum Vorschein kam. Das Junge reckte angestrengt den Hals, als wittere es etwas oder höre den Ruf der uralten Schildkrötenmutter. Mit frischer Energie krabbelte es erneut voran, wurde jedoch von einem Brecher auf den Strand zurückgeworfen. Unbeirrt nahm das Kleine einen neuen Anlauf, um in das befreiende Element zu gelangen.

Wieder rollte eine gischtschäumende Welle heran. Gespannt drückte Cara Bretts Hand. Die Woge erfasste das Junge, wirbelte es kopfüber durch die Brandung. Die kleine Schildkröte drehte sich und machte kräftige Paddelbewegungen.

Sie geriet in die ablaufende Strömung, tauchte ab und verschwand in der weiten See. Und so sagte Cara dem letzten Boten eines wunderschönen Sommers lächelnd Lebewohl. In zwanzig Jahren, dachte sie, kommt dieses Tier vielleicht hierher zurück. Dann werde ich es, so Gott will, auf der Insel willkommen heißen.

– ENDE –

Heather Graham
Am Anfang war der Tod
Band-Nr. 25083
7,95 € (D)
ISBN 3-89941-108-0

Jennifer Blake
Der Benedict Clan
„Fremder Feind"
Band-Nr. 25084
7,95 € (D)
ISBN 3-89941-111-0

Anne Stuart
Mitternachtsschatten
Band-Nr. 25085
7,95 € (D)
ISBN 3-89941-112-9

Christiane Heggan
In tödlicher Gefahr
Band-Nr. 25078
7,95 € (D)
ISBN 3-89941-101-3

Erica Spindler

Der Tod kommt lautlos

Band-Nr. 25063

7,95 € (D)

ISBN 3-89941-084-X

Heather Graham

Mord in Miami

Band-Nr. 25071

7,95 € (D)

ISBN 3-89941-093-9

Mary Alice Monroe

Sommer der Verheißungen

Band-Nr. 25043

7,95 € (D)

ISBN 3-89941-054-8

Alex Kava

Eiskalter Wahnsinn

Band-Nr. 25069

7,95 € (D)

ISBN 3-89941-091-2